龍　谷　大　学
仏教文化研究所編

龍谷大学善本叢書

31

龍谷大学善本叢書 31

中世歌書集

責任編集　大取一馬

思文閣出版

平成二十五年度出版

共同研究員

岩井宏子　内田誠一
内田美由紀　小田剛
勝亦智之　加美甲多
木村初恵　日下幸男
櫛井亜依　小山順子
小林強　近藤香
近藤美奈子　斎藤勝
斉藤美津子　酒井茂幸
酒主真希　下西忠
鈴木徳男　關根真隆
高畠望　田中貴子
田村正彦　寺尾卓之
西山美香　浜畑圭吾
原田信之　原田水織
日比野浩信　万波寿子
三浦俊介　三ツ石友昭
三輪正胤　安井重雄
山本廣子　吉田唯
若生哲

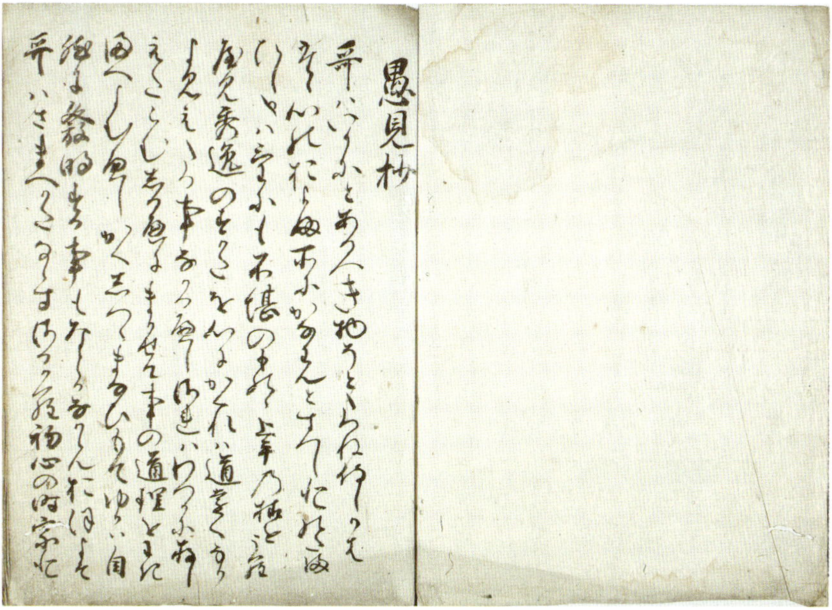

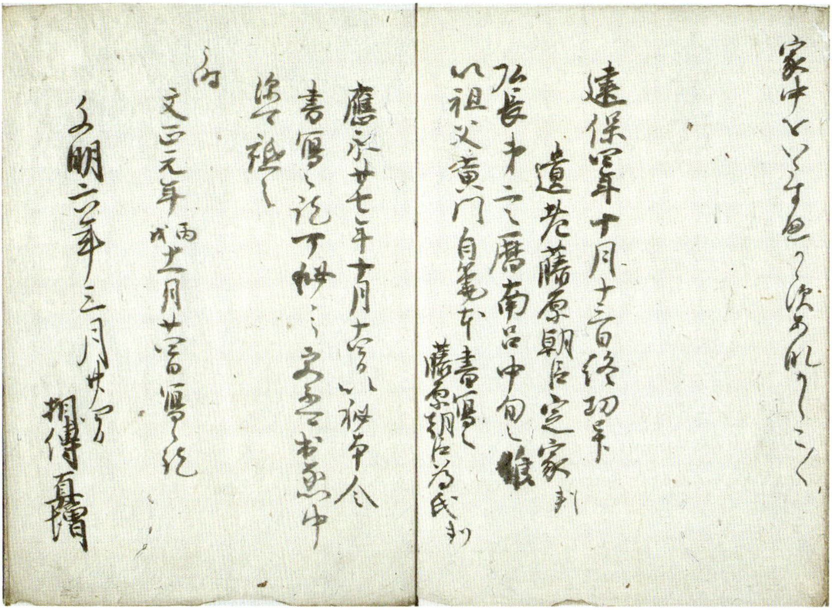

建保四年十月十三日終功畢

遺老藤原朝臣定家判

以祖父黄門自筆本書写之

藤原朝臣為氏判

文正元年丙戌十二月廿八日写之訖

愚見抄

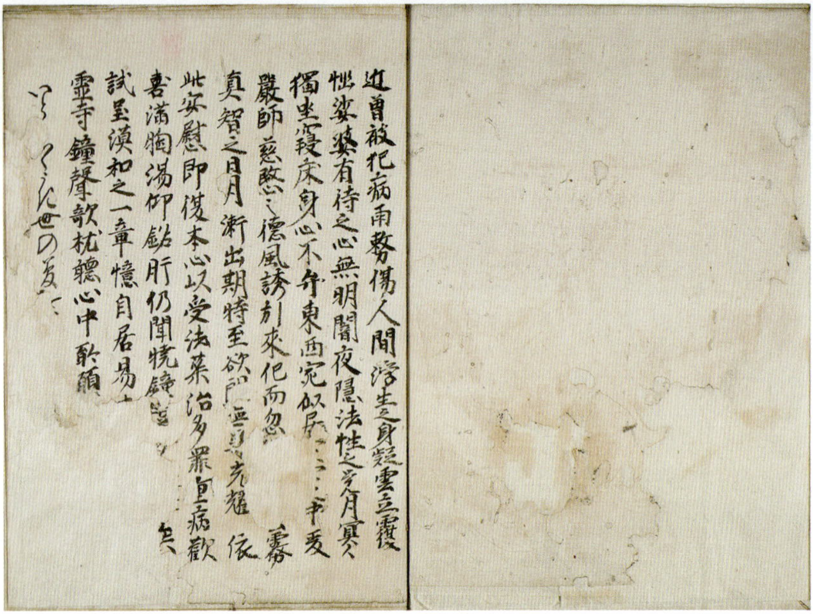

近曾被犯病再發傷人間浮生之身疑雲立霞後
悩娑婆有待之心無明闇夜隱法性之秀月寘〻
獨坐寝床身心不弁東西宛似〻〻〻〻 爰
嚴師慈愍〻徳風誘引来化而忽 霧
真智之日月漸出期時至欲〔illegible〕光耀 依
此安慰即従本心以受法薬治多罪自病歡
喜満胸湯仰銘肝仍聞暁鐘皆 矣
試呈漢和之一章憶自居易
靈寺鐘聲欹枕聽心中歡顔
〻〻〻世の友〻

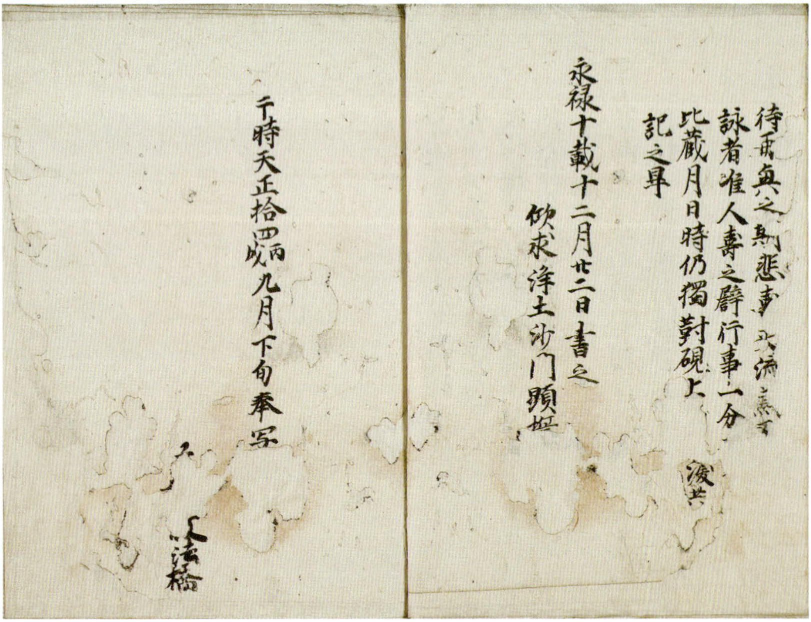

侍再與之刹悲事〔illegible〕
詠者准人壽之辭行事一分
比蔵月日時仍獨對硯上
記之耳
永禄十載十二月廿二日書之
欣求浄土沙门〔illegible〕

于時天正拾四丙戌九月下旬奉写
〔illegible〕法橋

光闡百首

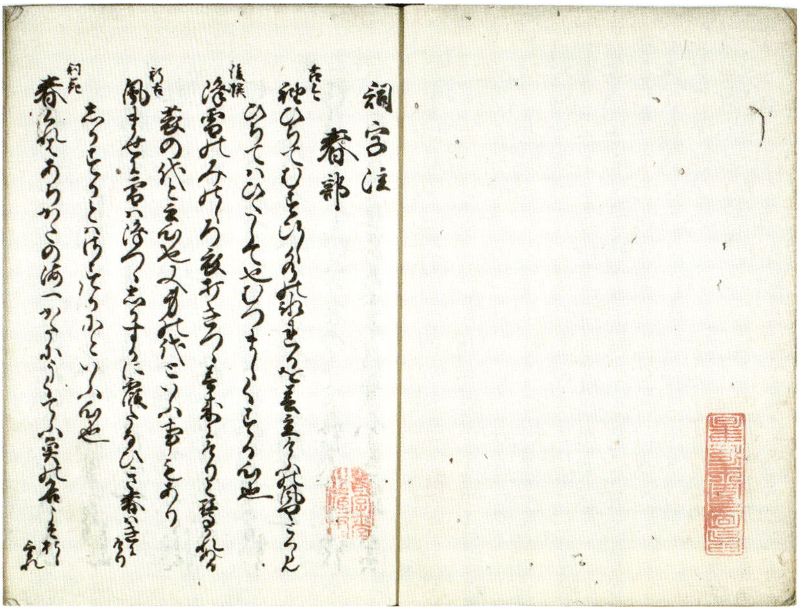

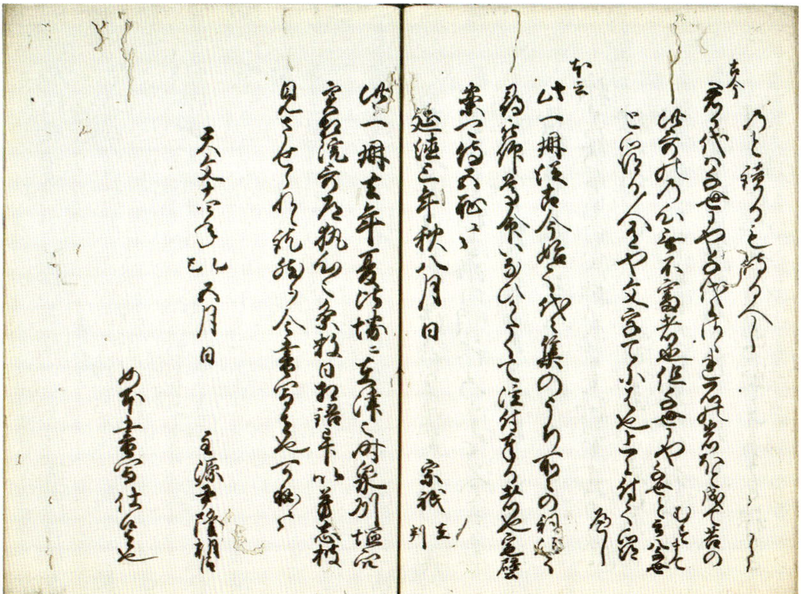

詞字註

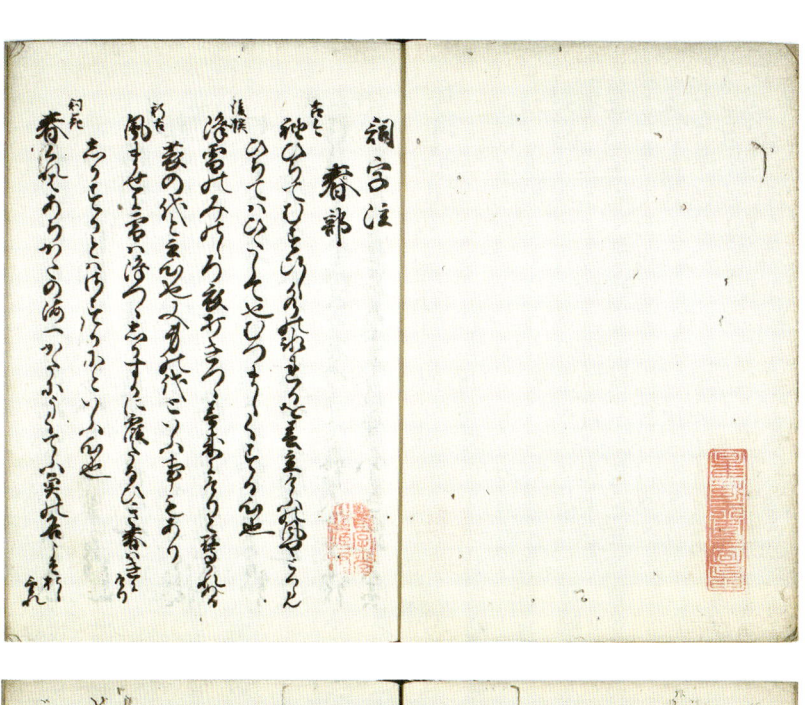

あったり、内容上意義深いものであるなどの点で各々貴重書と認められる典籍である。この資料が大いに活用され今後の研究に資することを願っている。

尚、文庫調査に当たっては龍谷大学大宮図書館の大木彰さんに、また出版するに当たっては思文閣出版の大地亜希子さんにお世話になりました。心より御礼申し上げます。

平成二十五年五月吉日

大取一馬

（1） 大取一馬他「共同研究　歴代本願寺派宗主の文学活動の総合的研究」（『仏教文化研究所紀要』第二十七集、平成元年）、及び「共同研究　歴代本願寺派宗主の文学活動の総合的研究（Ⅱ）」（『仏教文化研究所紀要』第二十八集、平成二年）。

中世歌書集　目次

（上段頁は影印・下段頁は解説）

愚見抄

愚見抄
全
021
343
1

愚見抄　表中表紙

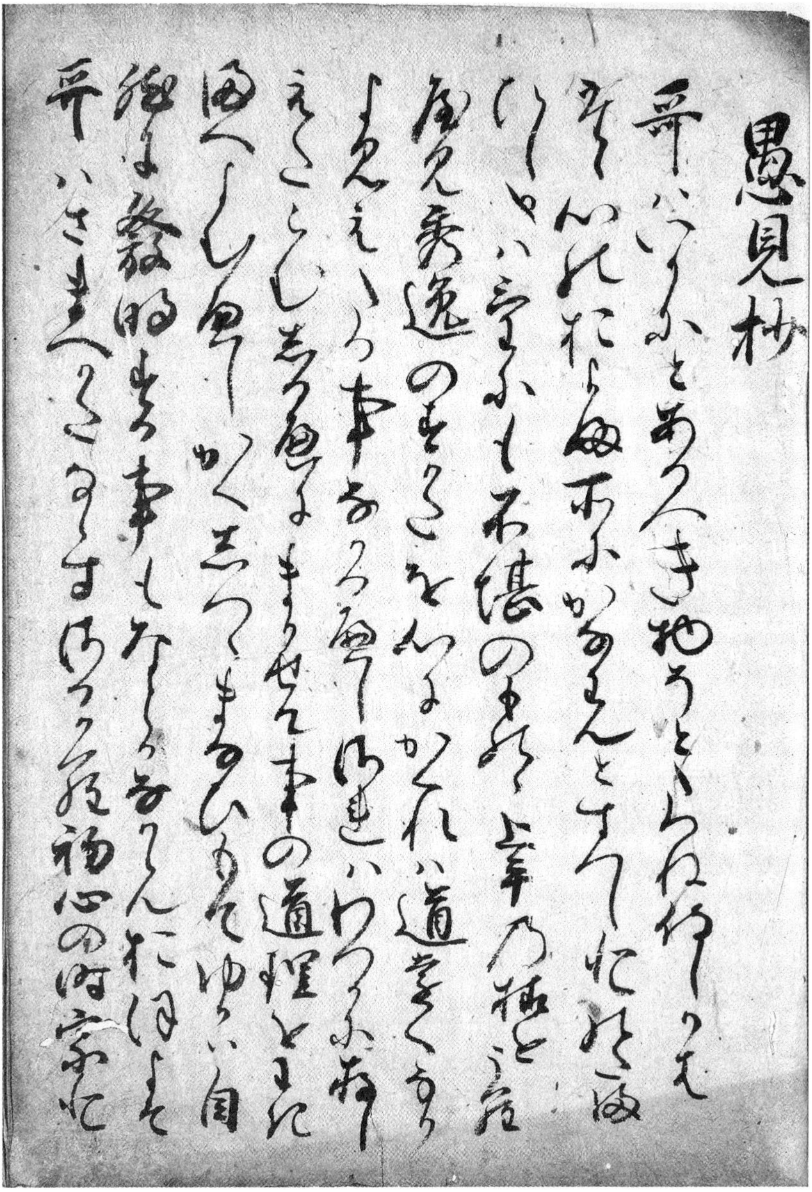

愚見抄（一オ）

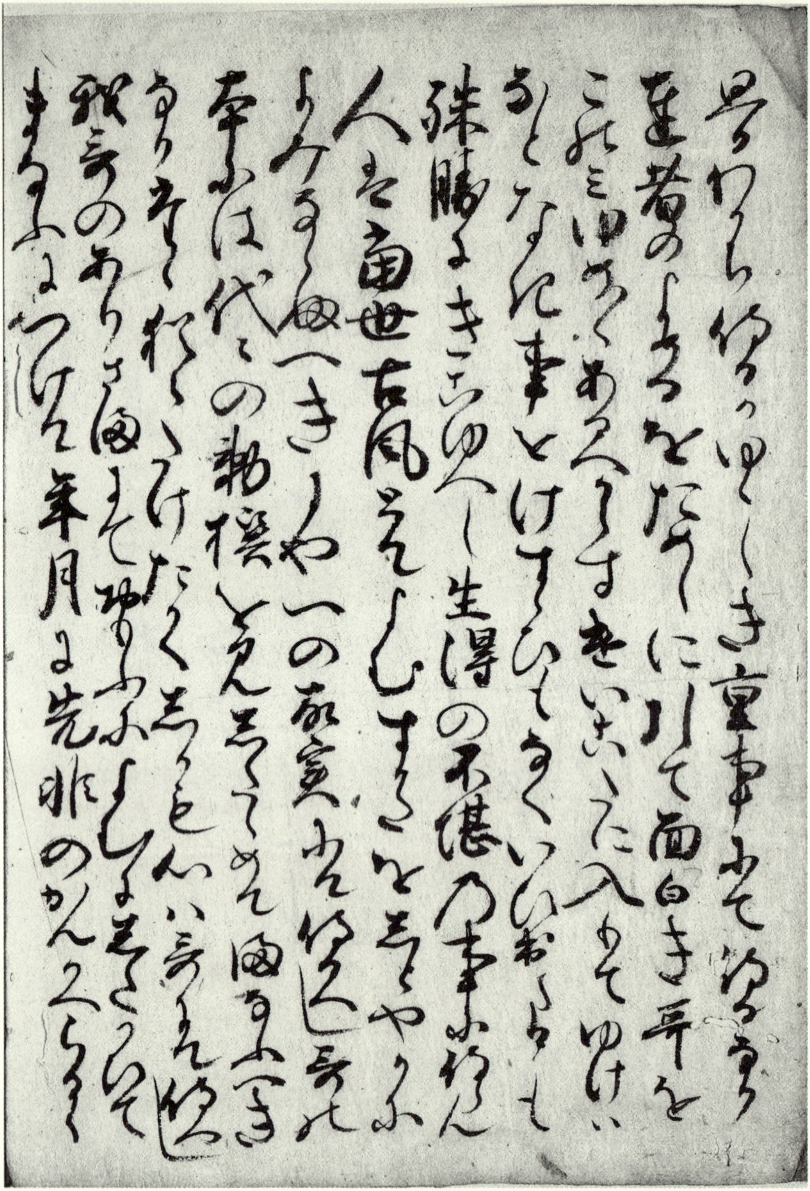

是から修行のせしき重事にそなる
達者のしわさをなしに入て面白き歌を
これにはあまたあるへきにいたりて入てこそゆけは
ふとなれ事とけすひてすくいひおとりても
殊勝なききこゆへし生得の不堪の事に修ん
人も此世古風をもしまさとえてやうふ
よみすへきやへの歌躰ことは修得せよ
事には代々の物様と見えてめて度事にてき
あるに物くはしけなくてさもいはれ候
歌よのありさまて物にもしにてさつて
ましますように年月を先非のかんへくらく

盡せすついふと初心の耳さへしれかたき言
四句もおほえよまれ候はゝよく指南を
まち侍るへき事かう也こそ巨又卿し
こまかしなからかくならし家も耳なく
きこやらしこかはんとおもふしくをゆるされ
きやうの事とはきこしこそそらことも申くては
古今本文をも無下にすつる事とし侍
侍りけるふあるまゝ事ともかはきかや遅
訓とえねはかすかすもつ舌金吾の説をはかし
川祢の人の祥をなとて詞をもしるれ論し
しとるや瀟湘の書記の點ふ〳〵と訓せる

事てあれハとてもやらしそく語ハきこえらしくみ
文訓の用捨ハ哥よみの色にやそれをうま
あしくてすゝ語あれハ事それこそしき事
にようらふよろつきうとトを窮
雖役人のしわさくかて宿りそもろつ神の恵れ
は哥ハ天地のあはひみるくやといふそ年へる
よろしともつ蓮ふすゝ語とつもん事も縁
なゝゆつま太切なりそあ大かたらくりしは行
来月ゝやうの縁あることゑふしおしし哥に
まゝ語まといつん事何やく未語も語しく見る
此外とは韻りよくつとそこもれみそいめは

ほ移よみてうちそきてよれなるへしそれはさや
の中山と申せしも歌の心をいはきとふいさ侯
れ中山としはこうし筆もやよれいはれし多
まり深くそくひこ行よりけら更をつとつく
三の隅（スミ）をもつよりそうへし作うれするをわめ
まさに風情あり十体をふくして家にそ
たゝんゆりしや文詩の十体そそして詩等の
十体とおふ相整るきつるや三五記にふそらく
わうらあそく体十体と申そ幽玄体
長高体　有心体　事可然体　麗体　濃体
有一節体　面白体　見様体　拉鬼体是也

よろしく候ハ如くきことききん候まは見知さよ
は躰の躰乃文て有事あまた候いま擬ろ
寫古躰　景曲躰　褒躰　存直躰　行雲躰　廻
雪躰　理世撫民躰と申事あり
是ふさしく枝のさ松風鳴ず侍りし／の是みて候
これそ寫古躰と申へき也さくしくかゝりき
言を色も三文卿のしにう藤やまれし言すう
存直躰と申ハこゝ十躰乃麗躰にそ候つき
みや細違とも侍らんえまく思し麗躰な
らは好て平懐なれ是候くこれくあるのきうん

其をある直所とは申侍し 行雲廻雪とも申に
幽玄の体にこそ侍れとも也幽玄の体の中に
行雲廻雪とてすこし姿よりも心幽玄詞幽玄と
て面影ありていまの所を詞幽玄になるへき
にや 文選高唐賦云昔先王遊高唐怠而
昼寝夢見一婦人曰妾巫山之女也為高
唐之客旦為朝雲暮為行雨朝々暮々
陽台之下旦朝視之如言故為立廟号曰朝
雲 同洛神賦云河洛之神名曰宓妃髣髴
兮若軽雲之蔽月飄飄兮若流風之廻雪

肩如削成腰如約素とはしろき景粧をなかにかきなし
ありとしつきりや景曲躰といふは同時につきて
いゝまゐえもこゝ何真似見ゆる色あるしき
を景曲躰にたかうへき程世姪民躰といふは
有心躰の様態を作り見朝夷齊我國に
延喜天暦の御門こそきはめて見ならぬ
御事にて常は一國の為主万人戴頂すなるに
ましてかくにぬせず又くれぬせんとすろふ
天下に何がしまうひゆるはすつてさまざまなる
為にみしを物哀躰に似いつに始き様は見え

てもつねにや侍らず物とまうす也
けにすゑにて候へし是色大事の所なり
有心躰の中にもあるにや
あはれならぬ様も遠ようあはれなる道理にてきこえん
春あはれは、まことに思ふ枕のよはれかりにたゆし　露の中にも
とはゞ京極中納言の清家卿〈この〉一首とよろしく　のよ　とよ
これをかれ侍り愚老もいふしんをやふる見よ
せんとのミあはれは、さや見あへと達まして文字
かういふ也　巨父卿は桐火桶の序をぬきまし
はつかしくいはれ侍りきしかれ秀逸様は

つれなき事かなと侍るをそれをさへ仏の字の中にはさと
地字こそ仏の字と御号わきまへし字とえへいふ無
かの事あるへし
桜花さきにけらしな足引の山のかひより見ゆる白雲
住吉の松を秋風吹からにおとうちそふるおきつ白波
真は風吹ときゝし住吉の松あきつゑそありける　古今三
さそあらん侍し又是白妙そかれかしきの妙なれ
侍りみえしの松にかゝれそしもしれ妙すり
さゝ浪や国つみかみの浦さひてふるき都に月ひとりすむ
あれてとみるの月の月かきにおもひ吹ねかつもしかれの風

小倉山こえにし此の鈔るく時分はいとけなりしもの也
これかれ作りをそへ山の言は画師の中に立まよ
ほのまつりやおねゆゑそくひかる也
たきもとる也とは
日られは我人も色まされたる客の尾ともと
けぬくひたを作りてはなはれ詩と吟しれ
ハにてまをへき也詩はんをこゝろをもまちかして
作り蘭省花時錦帳下廬山雨夜草
庵中といふ詩をと又卿は詠せられし故郷
有母秋風涙旅館無人暮雨魂にて作文

これらは事にそ歳を動くの也白氏文集
の中に大要の巻ありつ様よ相見せらる古人も
申さる
極りたりあるに御家よ基芸にて人のてもとられ
高円の尾上の宮は荒れ木末をきれしや本柏と云わざ
ゆゑやあるらん
さ也いうそきこれそくひ上手の下よしくさ
にや物にはれたるに
春の代のゝそのてきたりふるおもやうなし但古今和歌
けそとそのそうにしと申人のめやうしるき
人のあやまりをするあさましき事也全書も
御やしけしとや手本のまことに本實とや申に

ゆゝすゑらくゑいゑく年五十を過の上卿に
衣冠をきしたゝふきつれは何となく物うれし
そゝろ寒しきかくれ御せも物いふてあるつまりゝはなる
あやつるしやくれう御し陣座につき殿に
しうつと今やにそあへまりき
思ひ出ゆん恨しと思ふ様なれも袖きふあふき
老のたまの御なりゆかく猶心のうらしとしつゝと
いつところはら言ゝ思すり
風のくをよせすの杖かしてはかの謂より君只思ゝ
家隆ハりおもはこれかふまいりおほくひてみてれ
小やよゆかしき方おゝ思ひゆてて後積綱経を

生得の堪能なれ作りえたれとも、かすかに艶あれし
なるへきは、ゆさうきこえし、言ふよりよし
字尽くるかよう、今昔は作所よ候頼いかに
しゐやしも志ねるれつよのこゝろなれ作りよし
らうや思ふ念しく、代々の物様の中にも
万葉の様とは初心のをよひかたきまれ人乃
おほせふゝりて始終しかしかし、当世の
風体は初心の人はきこえしやすくわかるへきにしも
千載集よりは学ふへき様や作り難義、
ことなしいきこえんとも意にまかせて付ことおもて
まく寝食とこえすれ給夕ふへてつきぬらん

ありて あゆミにつきて長集遂まても
らしとこそしま ゆゑくはへてけり風情ぬ
もとていはれたる事小さくらなめし給
そやよみとかするそこみしまかくいえやくて
よそおくとし見心得するそのへ業ニて
勝負のうへの作して心底みえりかゝしきは心そ
あしするま文あるへきを存するしぬまゝ
申くなの陵遅にいてまされ作りあり
よりい字みきの寄せてそへい多れとてしき
寄ゆゑてゆゑし 是則言作寄首しよ見ん
て様とそ給そはんなと去のなる有四婦と

もとつきしゝつきなやみけれとゆきたらく
よえゐてゆきゝあるはまうくるしけれど
すゑまのうてになつすみいさゝかも
おやあんまりいかでゆくゆくふかくそれこそまさ
にうり給ひもあらまほしきやきをつれがきら
先賢の遺訓もまことにいつはりや平と
しるしことはれ取捨ありて給うしとあふにさ
つくてあまたのさゐ給ひ自らこそ詞の中に
なかれきゝしとなに一向るいし
なれよれしとふとも又一首おもひそよみ
さゐやうかつても取けるき詞にあこと迷

体とは哥きゝて不具也相構て〳〵 三
けそえかすくするやうときこえんけれとも
ふるいしき恋也はするをこそうくらうへきを
ゆへそ多く体くきつかてしき恋の是也
雄難をきこゆるところをおほせかゝくの筆
のゝ沙汰にようされいてき恋らていかく
うきくわれ哥いまく物ぞしを案物もぐく
あむしゑしで用捨あへきもめてしき恋の
そこえる哥れしも人死ゆく体 大そこる
三哥をうけるゆるされていやうしゑふてよ
い体をも様をして詞のせんめいつきまゐらし

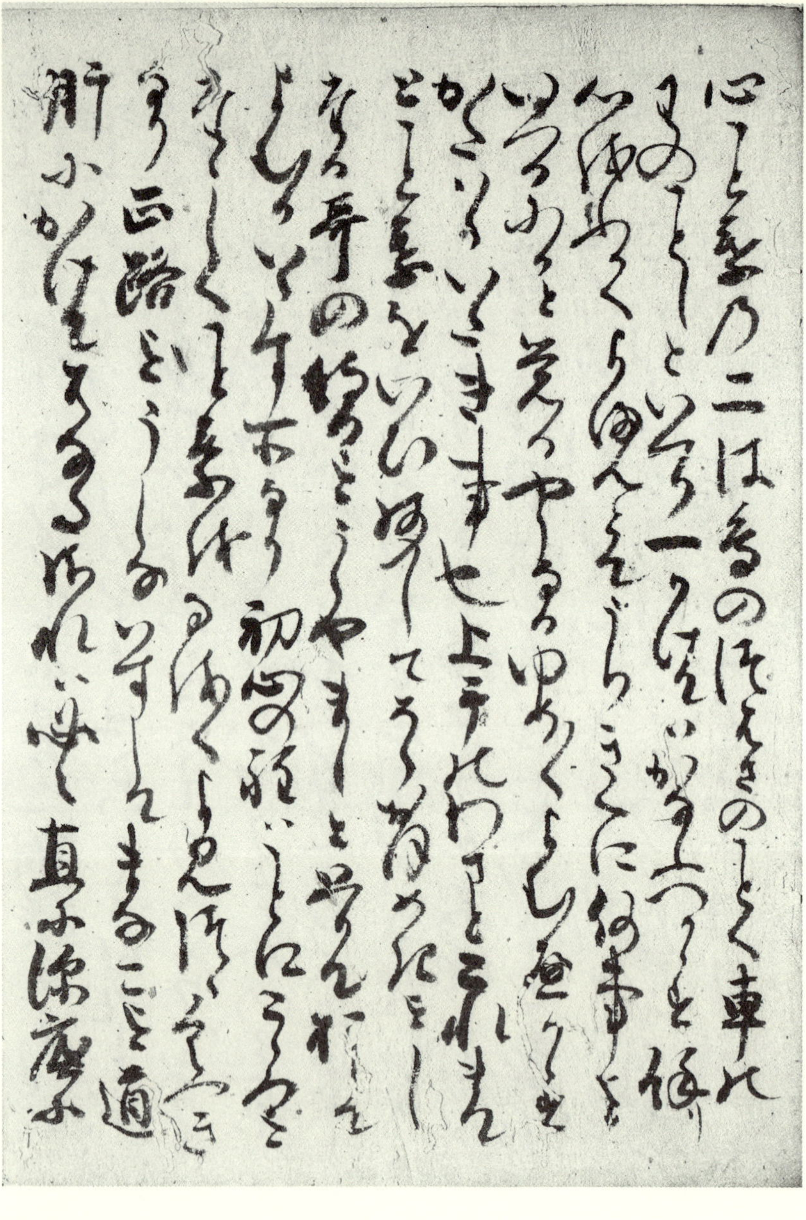

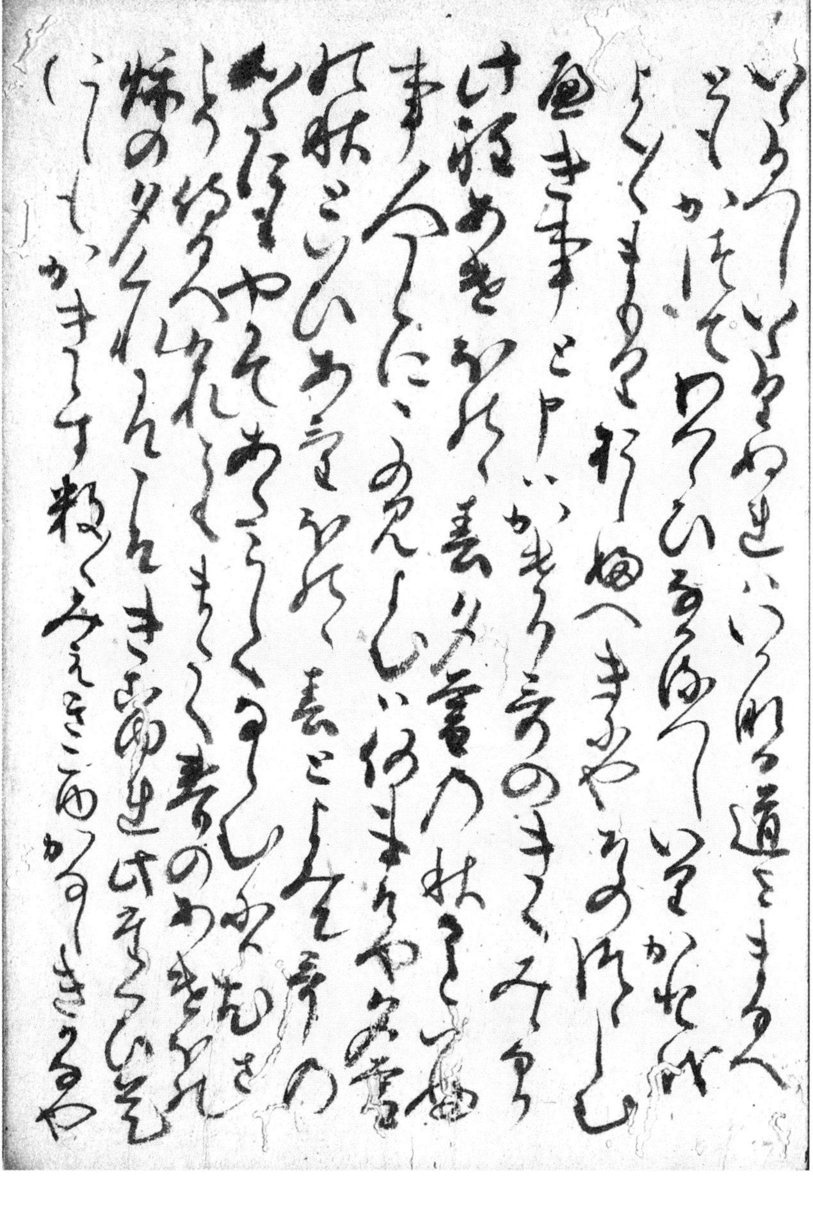

そらもそふすきれたんこさは此のことをなし侍ら
ねもころなりそあれは御くを侍てまいらして
何事も平のりんつふすへきあくひと御は
ゝ夕されは門田のいなはおとつれてあしのまろやに
　是は旅宿にてやもなくて宮亭家にてまたの秋かせそふく
此の哥はけれの哥なりわれ云ふらんにて月
面きゝるひさて数給ましは云あきらふ
めてさたにしのせそ侍らは作者のしるし給ふ
そくすまひ御ことによ給し堪能のくちる
きつとも侍ら作まのえられとらゝや西上人
さよの事は中くりしとは事ありし高道の

御後ろの御くし
よられつる雪のやうなれはかきろひて凉しくなす
ほの国なりしかの書は夢るやあしのはき[illegible]
さりけれは虚のすゝしてこそきこえ[illegible]
昔物語なれと只今書[illegible]花あるへく[illegible]
山里浮世はつとめ[illegible]くるしくて昔[illegible]
と此[illegible]物しとは[illegible]
はまこといまするあしく侍て鎌倉の右府は寺
すなはちくい人丸赤人にてはらくて曲[illegible]
不相違の筆者とうそへて行る

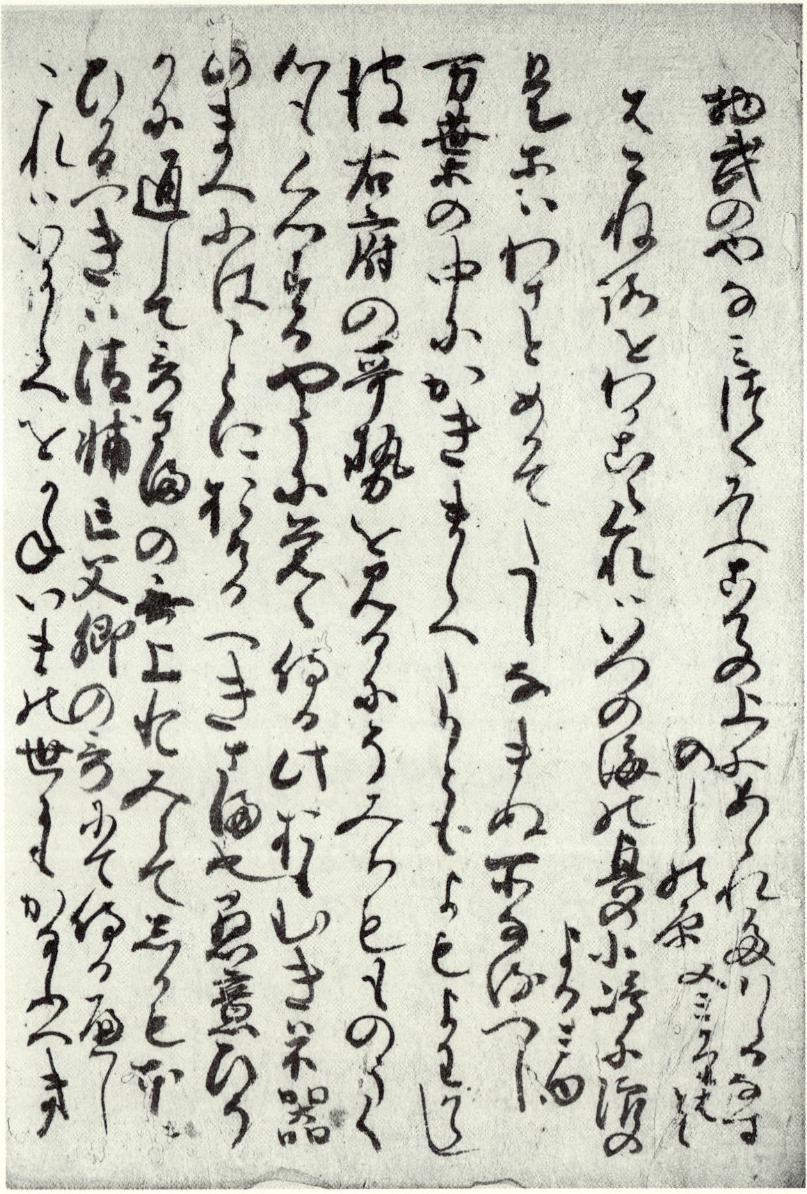

まつは人ての事とかきあつめてその身のあそひ
とおもふよ事ハ和国の風也しらぬ人の所に
ちくさらは風情くらくふかきこともき
あそてあそれとゆよの事やふしゆんをすし
こころうつもしえられしやられ事と
ミつしつき侍れとも なるきうまのことく
懐旧のあいさつ 往事の夢をうかへてなく
よろ鈔にハいりいそなりて道の故実をも
かい侍りても事とかくきき見侍るとき
やうらりしも人々の骨目まかしんめかうる
まろの事ハあさしうけりと家の的規と侍そ
みさき

家けといふす色つ淡あれはしこく

建保四年十月十三日終功畢

遺老藤原朝臣定家 判

弘長第二之暦南呂中旬之候

以祖父黄門自筆本書写之

藤原朝臣為氏 判

應永廿七年十月十四日以桜本令
書写之訖下野〻〻宇都宮之中
染筆候

同
文正元年丙戌十二月廿四日写之訖

文明二年三月廿八日
栩傳真讃

愚見抄　裏表紙

光闌百首

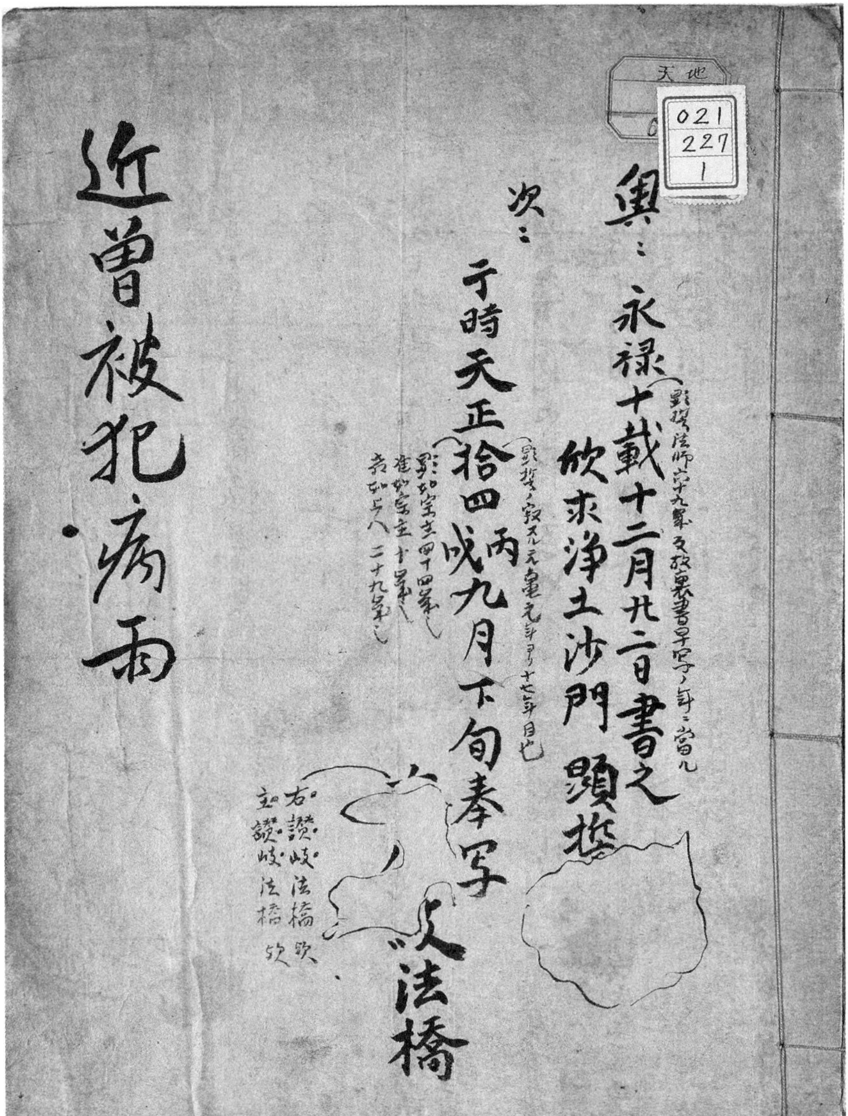
021
227
1
奥ニ
永禄十載十二月廿二日書之
欣求浄土沙門
次ニ
于時天正拾四丙戌九月下旬奉写
法橋
近曽被犯病雨

光闡百首　表中表紙

光圀百首　表中表紙見返

近曽被犯病両勢傷人間浮生之身疑雲立霞復
悩娑婆有待之心無明闇夜隠法性之月冥々
獨坐寝牀身心不弁東西冗似居[illegible]中爰
厳師慈愍之德風誘引来化而忽霧
真智之月衛出期特至欲開[illegible]光耀依
此安慰即復本心以受法薬治多羅直病歎
書満胸湯仰銘肝仍聞暁鐘[illegible]矣
試呈漢和之一章憶自居易[illegible]
霊寺鐘聲欹枕聴心中所願
こゝてん世の夢く

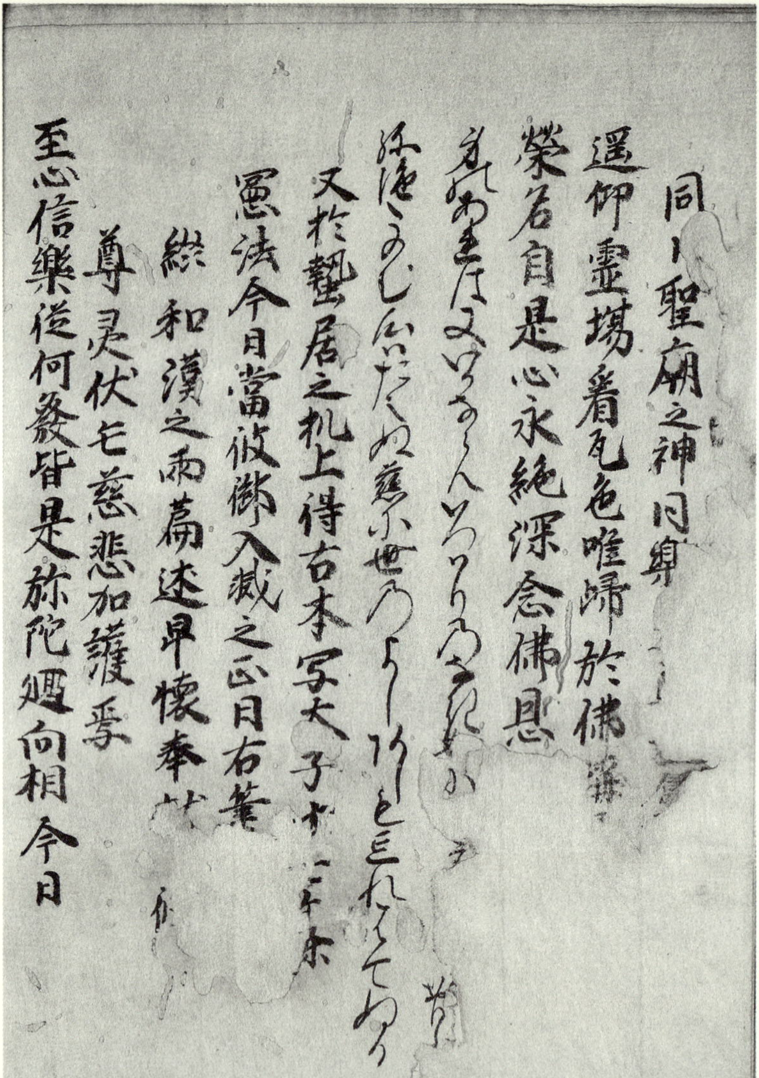
同丶聖廟之神同身
遥仰靈場着乞色唯歸於佛
榮名自是心永絶深念佛恩
又於靈居之机上得古本写之
今日當彼御入滅之正日右筆
和漢之兩篇述卑懐奉
尊灵伏乞慈悲加護乎
至心信樂從何發皆是弥陀廻向相今日

更思弘眞德和朝教主上宮王

そくせしとおもひし佛乃法の道ゆゑと説けるや君かめくみよ

ありとあらて法のあるなかとおほしめしけん人のうちに　と悲し

旃陀智願首迴向太子來應慈愍明

觀自在尊同勢至艤舩若海度飛土

クルシミノ海ヲモワタス法ノ舩旃陀ノ誓ヲタスクノ人

次日得隆寛律師法語書写

建長七歳丁卯四月廿三日　愚禿

八十三歳書写之〻則日終〻功訖

又一本如此禪尼之ゝ

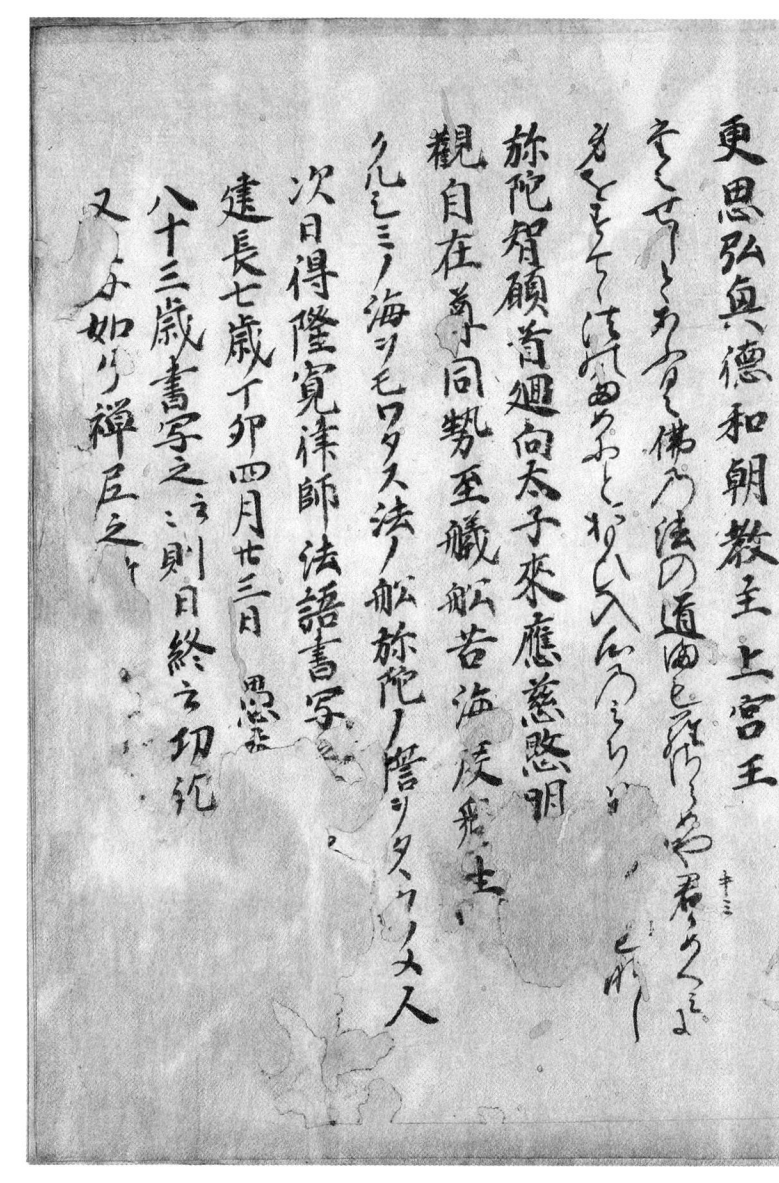

元禄丁卯歳不期　之日

柳令師上人御誕生天文十二年

月七日癸卯當年又卯歳也云

諸徳勧誘之懇誠示無生□

要道絡是併末代奇妙之化益佛

法繁昌之根源者乎況日中之

世尊因位應化也其一者乎歟

又當年同暦時節相應也表示

兼夕烈寫法書写之古本明應四年乙卯

三月廿九日云々　吾雖為末生以前之

写本〻〻年入予手遂拜覧尤機感
順魃者欲閑對愚為愚膝安慰章
之少解大子哀憐豈無之乎〻〻
今日者當山開闢之吾師蕙〻
圓寂之忌衣當留流中興〻一明哲也
下愚雖不奉遇彼在世信順其遺
教專仰彼行化是則許
二尊之脇袁代〻相兼知
因慈亦記早詞呈筆端矣
老釋不陀〻佛回真〻

無明雲霧随風散シノ光
廿アーマリ五ノ年ニアヒニアフ法ノチキリシ
觀經義云仰蒙釋迦發遣
方又藉弥陀悲心招喚今信
意不顧水火二河念〻無遺乗彼
願力之道上已唯遇此真説古語云
千支之堤自螻蟻穴而潰云〻猶
有悪徒掘蟻穴入者為一諆討邪帰
放逸〻企是併佛法破滅之基也
彼嬰虫在土中不弁明闇適遊陸地
丈

坐臥不安忽加潤澤増其悪濁水漲
來今既既出奔言語非人是外道
癡鈍之所為天罰冥罰在其身
乎導和尚二河譬喩其證明白
消乎不述毒虫此類欲無慚無愧是
為畜生何為仏法修行之　略乎彼
文云西欲到西群賊悪獣漸〻　道
西欲南北避走悪獣毒虫競向此
向西尋道而去復恐随此水火二河
時惶怖不復可言　乃至

嗳即匠高才心姿字之生
怯退心至乃一心直進念道而行須臾
到西岸永離諸難善友相見
無已上已二尊之構護烈祖之慈士
豈踈乎仍柳悉書之涙誌報謝
之愚念而已

永禄拾年十月廿八日早朝任浮心記之

なかれつゝゆふくれしてふれるゆかりの草葉のおとをきゝしき
身にしむとあはれはかゝる法のみちをききてはなく涙に沈行

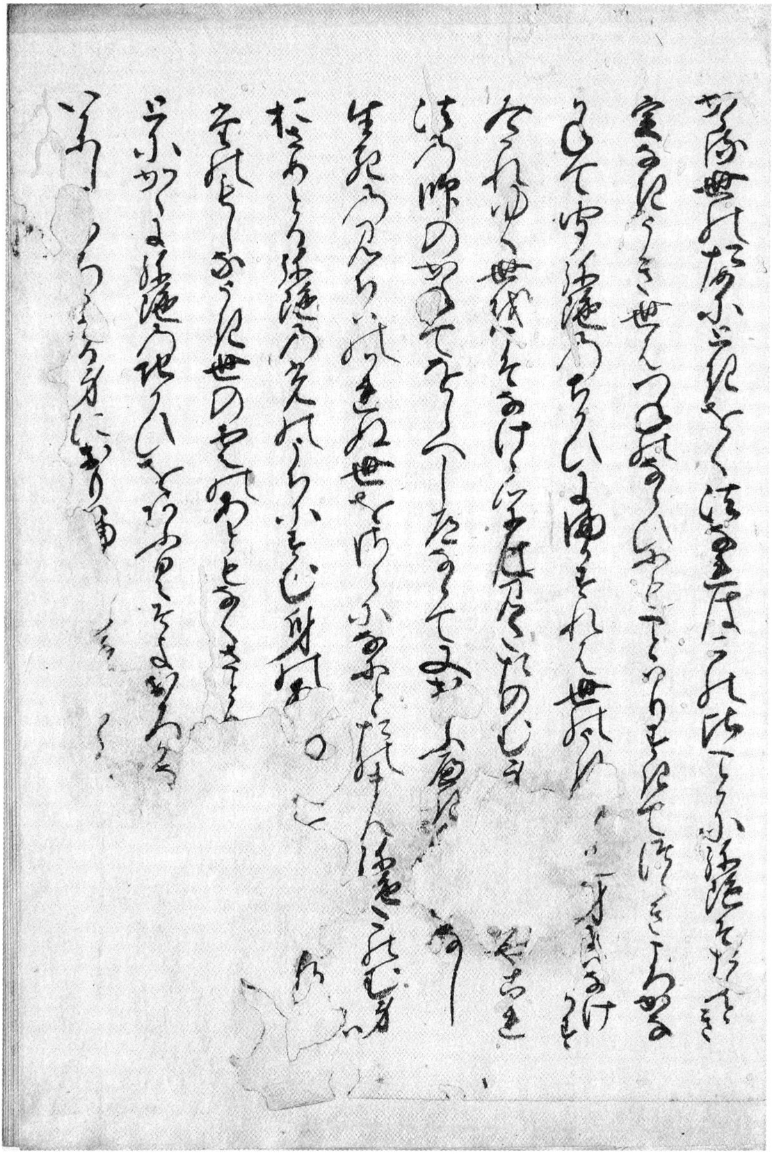

わか君にしくへ千代見む
今日從及古ゝ中愚詠一首捜尋
去比清水ゝ花亭度前之池逐
花初開境節门主佛書儲府西
卿也予侍座下塵ゝ則至于其池邊
為希奇之思頓作筆ヲ入ヘ花サカも
蓮葉もいまそむらさきのまゝ
讀詠章也翌日廿九文存鏡筆亦予詩然
篇者之仍勅彼風景景賡其韻破語云
倒風深菊荒雫池蓮ゝ之随而當時寓

居之亭庭前見菊去夏歩行之次
池水詠蓮爲其無變既今更憶
慕々思不休無々然此數年荷葉[illegible]
繁茂未發一花今年初而蓮[illegible]
數奇妙之瑞銘心肝仍憶往事[illegible]
冊心歸佛仰良憐深院獨居更精々
近見寒々庭戴霜菊遠思夏[illegible]
佛月祖風化益遐欲明長夜法
一心專念無量德本是如來正覺
[illegible]光佛恩[illegible]

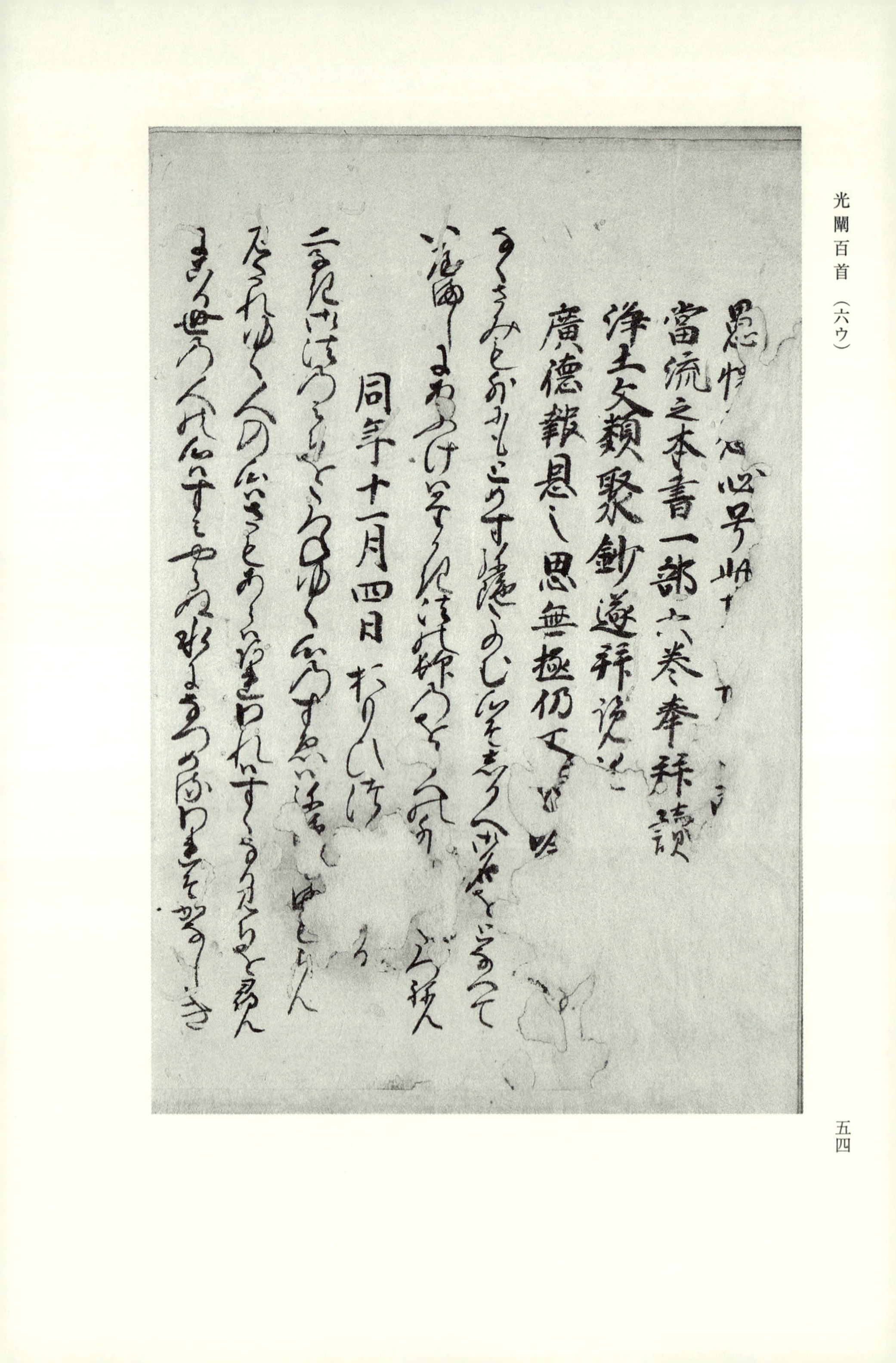

愚情[illegible]

當流之本書一部六巻奉拝読

浄土文類聚鈔遂拝読之

廣徳報恩之思無極仍丈如此

[illegible]

[illegible]

同年十一月四日　おりにふれて

[illegible]

[illegible]

[illegible]

ナキ名ニテノミハシシツミシ舌ノ海ニモウカム舟ハアラスヤ
イニシヘモナキ名ニシツム跡ハアレトヒロヘル法ノ名ハタエセス
タエセシトタノム師法ヲサヘタクル人ノ心ハサテ[illegible]カニセシ
釋迦弥陀ノ誓ハイヘモアキラケキ法ヲ[illegible]ハラシ
六日暁夢サメテ後　開山聖人御詠
アリカタヤタフトヤトコソイハシシハ
ミタタノム身ノヒトリコトニハ[illegible]
わりかくや老の[illegible]あと[illegible]めしそれ[illegible]
法の[illegible]を[illegible]
法の師[illegible]

信證院法師北國行化ノトキハ
光業ト云シモノ寵ヲウケテ有
カス人加州ニタムカハシカリシ
ハカリイサム凡人モナカリシニ　故法師
康蕙阿兄蕙祐法師ニアヒ談シ頼成
就院法師ツヨヒクタシ奉リ　含
トモニヒツカニ信證院法師ニ申アケ奉リ
シカハオトロキ　オホシメシニハカニ光助法師
ノ便船ヲイテ順風ヲ五給ヒ一日ノチ千ノニ

若狭ノ小濵ニ着岸アリテソレヨリ都ニ
ノホリナレイレカノ倭着ヲ退ラレ、優都鄙
一流ノ正意アラハレ佛法繁昌[illegible]ト井ニ
ナリキ毛トヨリ故法命下ハシロカナ　ハチテ
ヨロツツヽシミアリトイヘトモ法ノシナニハ身ヲツ
忌ヒケルムネヲツヽネニカタリ侍リ夏ヲ思イテ、
タラチネノヲシヘシ毛法ノ師ノ、
ツロカナル身ニモオモヒノ法ノ道イモコ
ヒルカヘス心ヒトツニエクゑツノナヲワケテコ
末ノ一エ入キホ

イモム……ツノ法ノ道
ヌルカラウチモ月サメテミルモ夢ナレハ何カ……
カハル世モヒトツテコトノ道トテハ跡陀ヱ
コノ比ツナツカシミ侍ノ中ニ河上ノナニカシトイヘル……ハ
故瑞泉寺賢心ニロカキ時ヨリナレムツヒシ人ナレハ
ソノ玉カハナト申出テオリノヽ心ヲナクサメ侍シ
カノ賢心ハ賓如上人ニシタシミ奉ル……ムツヒテ
他事ナク侍シカハ故法印トモコトニモ……ツナヒシ
ラヘツノ子謹心ハ兼順ト叔姪ノアヒタニ侍シハ
イミハリモヨノツネナラスチカクノハ賢心跡ツエツリ

攸欈坊兼葉トソ申ケルツ子ニムカシノ事ナト
カタリ給シイニシヘヨリモテキコエシ古キコト葉
繪賛ヘモチ來侍シソノ語カノ韵ニ[illegible]キコト
オモヒツヽケケル古語云
学道参禪渡世計不如閑ニ送年[illegible]
物イハテ心ニシツクル年月モ法ノ道ソイタルヽ
繪賛云履盡風揖四十囲[illegible]
寒枝莫教淪落西湖去着
和韵莫謂風光不到囲朝〻[illegible]
仲[illegible]遇寺[illegible]

同焚、可期無定而修心ノ旨　音
早断暮雲残照外青楓吹落
可期定裏意悠々佛化自然
末世相應一稱德弥陀本誓ノ私
河上ヤ法ノコロノ玉椿ミレトモアカヌ花ノ色香ハ
ウレシクモ今夜アヒミル夢ノ友ヨニツスミノ盃
オモヒ出ル心ハタエヌウミシヘノ人ヤアハレ昇リ
後ノ二首ノ哥ハコノ惶カミノ友トテ携ヲノ
イタキヲ尋來リテトモニ盃ツメクミテ侍ルト覺テ
文サメテヨメルシカモナフハ妙祐禅尼　身ノ

イカリ侍シ日ナリ　カタク筆ニアラハシ書ツケ侍ル、

コトノ葉モタヱテウレシキ心カナ弥陀ノタスクル法ヲキク身ハ

罪フカク愚ナル身ヲノオモヒシル心モ弥陀ノ[illegible]ノ[illegible]ラレテ

キクノ事モ心ニウルモハカリナキ弥陀ノ攝[illegible]慈ミ

キケハナシヲワカハカラヒノ盡ハテヽ弥陀ノタ[illegible]ノ恩サ

イクノ度カ身ヲカヘリミテ法ヲ思ハヽハカラヒノアリヤナシヤト

ワレトイフ迷モナシヤ六ノ道ヨコキル弥[illegible]去

ヨシアシトワレニトイリシ道モナシ弥陀[illegible]

一スチニ弥陀タノム身ハツノツカラワキ世ノ

閑居[illegible]ノアナリ出[illegible]

書地　十地ノ給ノ科
侍ル階次ヲミルニモ自力修行ノ成
今弥陀ノ本願第十七ノ願ノ五
第十八ノ念仏往生ノ機ハ　ハ　欠
住正定聚ノ益必至滅度ノ果ヲウルヨシ祖師ノ解
釋他力易往ノ本誓イトヽ貴クソ覚エ侍ル今朝才キ
出侍レハ寒風ハケシク水コホリ雪フリ外宅
ニナシロタヘニミエ侍ルニカノ越王句践ノ会稽ノ
恥ヲ雪メシフルコトオモヒイテヽヨメルシカモケフハ
十一月二十日ナリ　ハシヘリケル

手ニムスフ水モコホリテノウチムカフ外山ノミチノフル初雪
フル雪モ恥ヲツキヨムルタメシトヤ十地ヲ越ルヒトツサトリハ
ケフハ十五日ノ日ナリヨノツ子ニ弥陀釋迦ニ尊感
應ノ日ト申シナラハシ侍ルサレハ釋迦出給ヘ皇モ
ヒトヘニ弥陀ノ本願ヲツトキノヘイシテスヘノタトミエ
侍レハ末ノ世ノワレライテモコノ御誓ニマヒ奉ル佛
恩カタシケナク覚侍ル又偏　増院僧都光融家
兄（アニ）中納言公（ケウ）光圀ト申セシハ故
アハセラレ侍シツノ御ニカリヲ忘レスト
二八巻　テ　タ　合

十六ノ[illegible]文[illegible]大戸[illegible]

カタリ侍ルカヤウノ心ツカヒイテモ[illegible]

オモヒ出侍ルコトサラスキヽヽ姉アネ[illegible]誓覚明應八年

トヽノヽハスノ二蘭身イカリ[illegible]

ラセ侍シトナリソノ中ハ二モ蓮如上人アソハサレシ哥ニ

カクノコトクヤスキ事ツノイイヽヽ信シ[illegible]ツラサル

事ノアサヽヽサヨトオモヒテナヲヽウカヽノ弥陀如来

ソレヽノミ奉ヘキモノナリトノ御詞ヲ申[illegible]念

佛申ヽソノイヽイキタエ侍ルトナシイイタナアテリ人

心ハセニタクヒナキヨシ申ツタヘ侍ル事ナトイナノ

オモヒイテヽ　ヨメル

釋迦弥陀ノ恵アマネキ法ノ道ヒロマル末ノ世ヲハナケヤヒ

カリソメノ法ノ敎モ忘レヤツノタラチネノカヽヘコトノ葉ヽ

シロヤナル身ヲオモフニモイヤナヒミフカクソノ[illegible]ノ標ヲ

今夜ノ月　コトニクイナカリヒヽハ

サヤカナル月ニタククヘテ思ヤル弥陀ノ御國ノキヨキ光ヲ

イカナレハ月ハクモラヌ中天ニナニトニ

慈ノ光ヲノワケテ法道キクモ佛ノ手

タスタノメアフケハタヤキ法ノ道心ニタエス

トナフルモ弥陀ノモヨヽ大名ヽ

四十地アム　ハノ積テ[illegible]ヨ　テ
カンカヘ侍レハ去九月廿七日ヨリ今日
ナリ侍ルコレニヨリテ弥陀ノ本願ニ
侍ル文子月中旬弟七日當初[illegible]
セシ人建暦元年ノ比勅免ノ宣旨ヲ[illegible]タイハリ
黒谷聖人御帰洛アリシ陛　爭ソモニ出テ源
中納言ト申ケル許ヘ消息ノツイテヒト　侍ル
法ノ道オモフハカリニスキシ身ノナニトウモ　セニテヨノ心ヲ
世ノタメトオモヒシカトモ身ノウヘニヤル瀬ノツモル月日ハ
イカニセンシロカナル身ヲカコチテモ老行末ノ世ノナラヒヲハ

ヒタスラニ弥陀タノム身ノ心ニハ法ノ師徳ノ恵アラスヤ
世ノ浪モシヅナル法ノ海ヅラニウカフ檣ノ舟ヲシソ思フ
ムカシ大施太子ト申セシ人貧人ヲア　ニスクハン
トノ大願ヲオコシ如意寶珠ヲモト　ソ
龍神オシミ奉リシカハエシヽノ貝ヲ　ヲクミ
盡シツ井ニ寶珠ヲエ給フトナリ志ノセ　ナツハ佛
神モ感應アルタメシニ申ツカ　ヘ
以蠡測海ハツロカナル事ニ申侍
御キイサヽカ法ノ道ノミニタム行ヘキ吉
朋ナ　三番ヘヨリ　ニ

ヒトツ[illegible]ノウミホノ吻[illegible]
特ノイタラサルト心ノツタナキニ
ユク事身ノ志ノオロソカナルニ
ミルニモ自樂ヲモトメス我身ヽ[illegible]心[illegible]ス
オモヒモナシタヽ祖師ノ御遺訓ヲミタヒ佛
智ノ本據ツタノミ奉ルハカリナリ毛邪
見放逸サカリナル時ナレハカヘリ破壞
瞋毒ノタクミニトモ見聞ニツケテ悲淚ニムセヒ
イトヽムカシ戀シク庭ノ梢ニ枇杷ノ葉ノ中ニ
花ノツホミノイシハルヲノミテ盧(ロ)橘(キツ)ノワタカヒテテ

ツノヨセアリテヤケノ申侍ル
コトホトモ人ヤミルラン昔オモフハナ手花ノ袖ノナミクタハ
イニシヘモ昔ニテソラヲハヤリミツ見ニテ梅ノクニ盡ニセ
愚ナル身ニモ叨[illegible]ソノタメニ心ヲツクス及工ニ
古キ詩ニ白梅盧橘サメテヤ見リモ古[illegible]ノル
却月廊トイヘル事ヲ思出テ
ムカシタル月ニヤヘリシ夏ノ百モトイ[illegible]ニモ
古モ冬ヽコモリセシ難波津ニサクヤコノ
此哥ハ仁徳天王ノムカシヲオモヒ合
舜面ハ　古也ニヨツヘ長

トシ村ニ祢尼雄子ニ[illegible]劣
光寺ヘイラテ給ヒシカ先妣タタツ子ニ
イタリシノツカラ法門聽聞シ
法事トノシヽヘシラウケテツノイ
給ヒ但信念佛ノ行人トナリ給ヌルヨリコノ
カタ加列ヘトモナヒ奉リ姉妹オナシクススミ給ヘハ
アイトケナカリシ特トクノサケヨヽスタル
春七ツハト梅ノ花ソヨミ侍シソノコトノ葉ホツ
アハレミ敷嶋ノ道ニススメ入給ソレヨリハシメテ
三十一モシノコトノ葉ニ心ヲノカテイテ老ノ後ノ

一ナリサミトナリ侍ル古リノ露モカラハシリムカ
シノ風モナツカシクヲ侍ラハ御オトゝ小倉大
納言李種卿ニ論語ノ訓説ツタケ奉ル和哥
ノ道ナテモカタリ出タイヒ逍遥□顕
ナト申ヲウケ侍シ古ノ事ナニテヒ　コトシテ
カキツケ侍ルナラシ　ケフハ父祖母如ノ禅尼ノ卒
逝ノ日ニアタリ給フスキシ　〻ニ
ノノチ仲冬下旬身イカリ給
毎年コノ月十三日ニトリコシ古
給ニ　今サノ口

百ノ[illegible]トコトモ
ウヘニシラシテアハレニ覚ヘ侍ル、
申セシ人ナリ教恩院法印ノ
御妹公ニテイラレケルハ切
伯母ノカハイツクシミニテヒトヽナル ニ ウハ康
多無ハ實ヘ如トコトニシタシク御兄弟ノ中ノニモト
リワキ法爰ニテイラレケル先比知事ハ権大
納言持季卿ノ末女ナリシカ事ソノ縁アリテ
越ノ國ヘクタリツノツカラ真俗ノ道トモニ
カシコク物シ給ヘハ信證院法印モツヨニ康

義ミイミクキサシハカノ孝妣ノ跡ヲトフラヒ
ソノ道ヲイモルヘキム子實如ヲアニツ子ニヲシヘ
キカセラレシ事ヲ
タラチ子ノミタヒミ道モ法ノ門思ヒイテヽ　カナ
廿四日早朝和泉ノ國ノ法安二人ヘマ　トヲ
タツ子テ來レリ　チカキアタリノ人サヘ　タヘヲハヽ
カリヲトツレモナキトコロニハ山
レニ　オホヘテ
心サシフカキヤ色ニイツミナル信太ノモリ
過ニシモ　泉ノ北ヨリ

サトセトナリ心ツイツクシ下
モノト出雲守正家トイヘル青侍
外ノモノハチリ〳〵ニナリヌシカ
和泉カ息順信信秀フタリ
シタカフモノナシサレハ二タヒノ難ニ[illegible]又
コヽロサシ父ノアトヲワスレヌ道アルニオモヒ
侍ルコトニ弟信秀弟カヤイヒニ是
非ヲワカサルオリフシチカラヲソヘ侍事
タクヒナクツ覚シ　サスカ名アル青侍ノ
シルシト感氣スクナカラスコノ母子ノナサケ

筆ニツクシカタクテ老ノ心ニオモヒツヽケケル
身ハ老ヌワレヒトリナル後ノ世ヲタノムハ法ノ契ナルラシ
カクシテワレサキタツトテモカヘリ來テスクハン於所　猶タノモシ
又土佐入道良誓トイヘルモノハ故[illegible]シク
ツカヘシモノナリコノ大坂御堂ニ御座ノ時モツカヒト
シテノホリツノトキ給リシ法名良[illegible]ト[illegible]貞如
御筆ヲツクタシテイシヽケル[illegible]
ニシタカヒ當寺帰參ノ時モ[illegible]
キツ井ニコノ山ニシテ往生ノ本望
不思議ノ宿縁[illegible]

ヒテ來シリ　カノ法ニ
イコトアル檀ノ末ヤ今サラニ忌ス法ヲトヽ
イコトアル檀ヲソタノム弥陀ノ名ノ世ニキ
ケフハ當山開基蓮如上人御命
オナシク法然聖人御圓寂ノ忌日ナレハ　シモ
浄土弘興ノ明師ニテイマシ世ハフトヽ　ヒ出寺ル
タヽタノメ弥陀ノ稱ヲ世ニオモフ恵ハオナミ　ノ袖
末ノ世ニ生ル身モ弥陀ノ名ノヒロマル道ヲ首ロヽ　チリ
巳父カキヲケルフルキ要文ナトムカシ戀シクテヒトリ
ヒラキミルニ第十六歳ノトキ妙照禅尼ニタサナハレ

松涯寺ヘコエ侍ルニ蓮如上人ツクラセオハシテ人ゝ御文

末代无智ノ在家止住ノ男女タラントモカラハトアソハ

サレシ御詞ヲソラニヨミ侍レハ聖人一流ノ御勧化ノ

オモムキハ信心ヲモテ本トセラレ候ト文ヲ

ツレヘサセ給シヲ光教寺ヘカヘリテ先イニソラニ

カタリ申シカハロツカラカキトヽ大サハノ

跡ナリ

今サラニ思ヘハ愚ナル法ノ道ヲソロカナルヲモ

愚ナル身ニモ忘ヌコトノ葉ヲイイニルカ

ムカシヨリフウナキハノツモ自

去年ゝ霜月十六日今[illegible]
イタサル像末五濁ノ世トナリテ
カクレム彌陀ノ悲願ヒロマリテ
サカリナリト申トヲノ明日利[illegible]
ナリソノムネ堂衆ニ申ヘキカ助音[illegible]ニワ
カヽヒ申侍シハ申ヘカラス一衆衆ニ我ホコヽ呈
ニテムト オホセラレシイヽ三チノ誓ニ[illegible]花
日ソノ衆同音ニ申アハセ侍ヘリ子因ニワキ
イヘ侍ラス今朝ソノ事ヲ思出タテイツリヒツ
カニヒトリ誦シタテイツリテ

思イテヽコトシモ袖ヲシホルカナ君カヲシヘシ法ノコトノハ
サカリナルサクラノ花ヲ心ナクナソウワアラシヨサテイカニセン
ミタリナク世ニモサハラヌ彌陀ノ名ノ猶アラハレテ[illegible]來ラン
大唐念佛興行ノ祖師善導和尚ハ[illegible]二年
三月廿七日ニ入滅シタマフソノ徳ヲホ[illegible]ノイハク佛
法東行シテヨリコノカタイマタ禪師[illegible]シ德
ノコトクナルハアラスト云々鸞[illegible]者
佛ノ正意ヲアキラカニセリト
法譚ニヨセ奉リテ
サナクニヒロメ大之キ中ナ[illegible]

タラチメノ残ス言ノ[illegible]路ニ[illegible]衣
後ノ歌ハ先妣如尊禅尼去ヌル永正十一年十月
廿七日身マカリケルソノキワニ君
真俗トモニヲワケヤワラキ法文[illegible]
談合スルトキハヒトリノアヤマリニ又モ
ノナリ後生一大事ナリ佛法ヲシンハラタヽ
ナミコトサラ佛前ノ義ヲイツヽ[illegible]ニ
カクヘキヨシ子ンコロニ遺言セシ事[illegible]此ハ
イトケナカリシカハ[illegible]バニワキケヘ侍ラサリシカコノ
コロ當寺ニアイリヘシ[illegible]此コトノ叢[illegible]ヲアケクル思ヒ

イタシ侍ルケフモ懐旧ノ涙袖ヲヌラシケルコトニ
今夜ハナシく御[illegible]ヨリニ通夜セシ人朋友イシ
ハリ入テタカヒニ信不信ノ[illegible]息ノ[illegible]　侍ル
事往昔ヨリ流例タリシカルニナ
ニヨリテコノヤトニトヽマリテヒ[illegible]リ君ヲ奉ル
ハカリナリ
心ノミカヨフハシルヤ今夜ナヲ法ノ筵ヲ　ヌ
晴ニケリ天満星ノ光イテ法ノ御空ノ
ヒルノホトハ雨フリ侍ルカ暮ニカヽリ[illegible]
シノ光カヽヤ　一天ノ[illegible]

申侍オリフシ法友ニ　セ
語リキコエケルモカタヽク慈恩ナ一
オホエ侍ル夜アケヽシハイサヽクヽセ
成就ノ御臣忌ニテ侍ルシカヽ[illegible]者サ
ヨリツヰニ法席ニナラウテノ侍ラサ[illegible]テモ
ツキカタヽシヽカレトモ佛祖ノ照覧ヘ[illegible]ノ御
哀憐ニヨリイインテ命ナカラヘ[illegible]
日ニ逢タヽテイツルヽイカタヽシケナクヽテ
大クニアリテケフニ逢アフヽヽシサハナニヽツヽテヽ法ノ衣手
窮冬朔日ナヘニテノイトナミ　ヽヽ比ニ侍レトモ

イタツラニ日ヲヲクリヒトリ閑床ニムカヒシオリ
カラ夜フケ人シツマリ侍秀才酒ヲスヽメ世ノ
コトクサナト語ルシ[illegible]ナクサメ侍　カテ
ラチフシ侍トモ巻ノ習子フリハヤク
タツクヽ往事ヲオモフニケニハ實女ノ令日
又摺賢足公ノ正忌ナリヒツカニ念ニ　今ヨ
ナシ侍ル和讃ニ無明ノ太夜ヲ[illegible]
ハシタ奉シ八六首ハ平等心ヲウ
トナツクトノヘイシイス御詞ニア[illegible]ノ
諸經ノ音ハ　コリナフ

天王寺ニテ九讃浄土[illegible]

拝見せし事イテ思出侍ルハしく[illegible]

キハモナク安養界ニ影現し

佛トし大し伽耶城ニ應現し[illegible]

三身ノコトハリモアラハし易往無人[illegible]信ソ

タカフトモカラ石無眼人名無耳人[illegible]キイし

イス金言眞解脱ニイタリ無為[illegible]フ

ハルヽトコロ安養ニイタリテサトルヘ[illegible]ラカニ

ノヘ給フ御コトノ葉心肝ニ銘しアリカタク覺エ

侍ル特ニ門ヲタヽクモノアリ花洛ヨリノツテ

ナリ尊書ヲヒラキ喜悦キワマリナシカクテハ
又イニシ年霜月ノ比乗賢公病ニヨリ執筆
中出頭ヲコタル　コトモ御傳ノ　ミニテ
ヨミ給ヘシカルニ當春元日ノ出仕コトナ　一
ノ朝浄門主ノ貴前ヘマイリシオ　モ家童
物カタリシタイヒシハ乗賢公病氣ヲ　ノサル
ヨシ申サレシトキ今師上人ソノハ死一　シ
旨ノタイヒシカハソノ人コトノホ
ケサフト心ニワカヒオモヒアハ
ソノホカタクノ〳〵オホ　イタシ合フ

思案ヲメクラシ侍レハ御解ノタヨリ
タヽナニトナクキヽスクシ奉ケルヲ
ヘリミルハカリナリサリナカラ
ステ給ハス大慈大悲タノモシク覚侍
ヲロカナル身ニモ忌又弥陀ノ名ノ誓ヲタノム去トハ
モトヨリ煩悩ハ身ツタナクノ心ヲロカニミテ真
俗ノ道ヲワキマヘスコトニトモスレハ[illegible]ヒ
ソノカタラフセヒハ[illegible]道ニモタツサハ[illegible]数
ニイミハリツモコノナスヘカレトモ家嫡蓮能法師去
又ル文亀第三正月廿二日廿二歳ニテ身イカリヌ

イイタ世子モナカリシカハソノ關ニヨリテシハラク
妙照尼ト母子ノナソラヘテ松雲寺蕙祐真弟
蕙玄法印トトモニ親シナレムツヒ侍　公ハ
カレコクノ世藝云ニ心ヲカケ歌鞠ノ道イテ
風ヲイナヒ給𪜈嫌姻契ノヨシミアレハタカヒニ
イシハリウトカラサリシコトニヨリテ　二十
年月廿八日六要鈔讀書ノノソミニヰ
實如ニ申アケ恩恕ニ預リ一部
セシメヲハリヌ　御幼稚ノ時ヨリ
ヘシワケ奉リシ一歳ノ　岸ニニ

集授与ノ、于和漢両朝ノ祖師先徳
ナラヒツタヘ廿三歳ニイタルマテ常随
シコタラス十八歳ノ時出家得度
貴寺ニシヒテ浄土文類聚鈔愚禿鈔
宗関坊龍玄ニシタカヒ傳受オナシ歳ニ
シテ本書教行信證一部六巻擢願寺乃祐
相傳イツレモ實如上人恩許ニアツカリ
又念佛勤修法門　合ノ餘暇韻　朝
蔵主万年山ヨリワタリ給ヒ談話ノ併テオ
モヒヨルフシヲツラ子侍リシモトヨリノタシナミニナラヒ

ツタフル道モナケレハ自然ト心ニテカフハカリヲ
コトノ葉ニノヘ筆ニシルスノミナリコレ他見ノタ
メニアラスミツカラ　ノサミトスルハカリ　ワ
サテモヽヽ叙ハカラサル横難ニアヒテ
イマ我ヒトリノ案立與人ノ説言ト集モツクシ
カタシヽヽカレトモ今師上人ノ厚恩佛　照覧
イシクケルニヤ虚説ヤラリヤクノヽ
カツハ又三公勞功ノ恩致別シテ
ノ芳情ナリ　古語ニ家ニワ
親ニアラサハスツノ

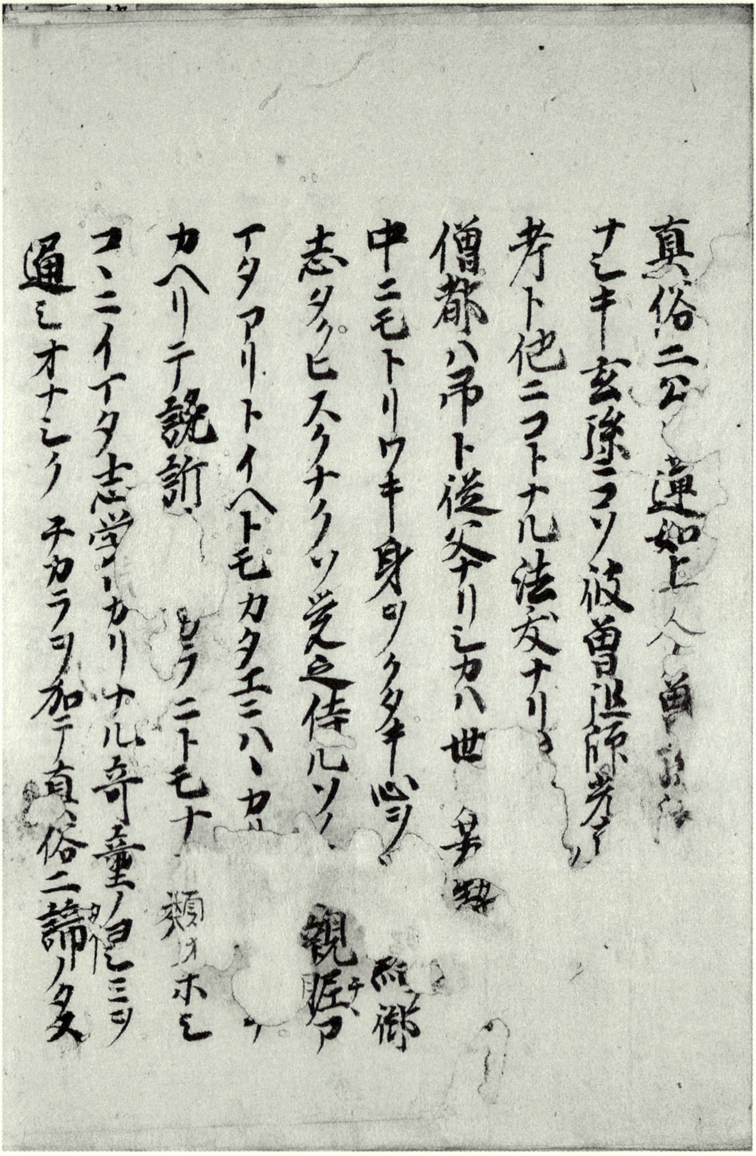
真俗二公ハ蓮如上人ノ曽孫[illegible]
ナレキ玄孫ニヲツ彼曽祖師考ナ
考ト他ニコトナル法友ナリシ
僧都ハ弟ト従父ナリシカハ世 [illegible]
中ニモトリワキ身ヲツクタキ心ヲ [illegible]
志タクヒスクナクソ覚之侍ルソノ 觀阿
イタアリトイヘトモカタエニハヽカル
カヘリテ謗訴 モラニトモナ 類オホモ
コヽニイイタ志学ハカリナル奇童ノ[illegible]ミヲ
逼シオナシク チカラヲ加テ真俗二諦ノ多

ケツナミ給フコノホカ志ヲ通スル信男信女
アハセテ七仁晋ノ七賢カ竹林ノ交遊ニモ
イサリ侍ルヘシ[illegible]此世聞法ノ[illegible]當來
倶會一處法樂ヲウタカヒナクソ[illegible]
シカミナカラ今師上人十月十五日ニハ人ノ使
節ニ法侶二人ヲツクワヘ給フ御[illegible]リ
ヨコシリカノ常樂寺法専[illegible]
眞ハ弟教行寺佐栄ハ惠鈴[illegible]
コノ詮公ハ帝若年ノ比ヨリク
カタリ眞俗ノタ[illegible]首ナリ

法爰ナリサレハコノ[illegible]モリ
アハセラレシニコソ父ノ道ヲタカ
クワヘタイフ事コトノ葉ニモ
漸亜理モアラハレ保公世俗ノ仁政ノ
ヲモヨリノヽカタリ出イテイスニ[illegible]ヤハ
ラキ下ムツイシクシテ是非ノ[illegible]リ誰カ
ワキイヘサラシヤソノ餘ハ日々口[illegible]
我惕邪見ヲ[illegible]シテ内外ノ[illegible]モニ
タツサハラサル人ノ[illegible]アル蹤ニイハク
華曲ハニアツカラサルハ君子ノツル所ナリト

シカレハ無慚無愧ノヤカラニ對シテハ真俗ノ
二義コトハヲツクシ一心ヲツクシテモソノ
所詮ナキモノヲ[illegible]テニ籠居シ經
人ノイミハリヲツタエテ二七有餘十
リヲモトメアル人ノカタヘヨミテツカハシケル
老カ身ノカヽル思ノ露深クチ行袖ニツモル
モロクチル庭ノ木ノ葉ノ色ミテモ老ノ[illegible]
ナニトカクノヘタツル道ソ法ノ師ノ教ノ[illegible]
法ノ師ノ心ノ月ソ照シミシ世ノイツハリノ[illegible]
フタツナキ心ハ君ニ[illegible]ソナハ[illegible]

法師ノヲシヘノム[illegible]ヒタノム[illegible]サノ[illegible]ニ
イツイテヤイヨウ心ノ雲霧毛法ノ恵ノナ
スナハチコノ日　今師上人ハシメ
ナサレ翌日ニ清水ノ局（ツボネ）ヘウツリイ[illegible]イ
已父毎朝念佛勤行ノ後常ノ居[illegible]ヘリ
シリラクノ佛場ニムカヒ安座ノ凡事[illegible]父比
地ニシテハ南方ニムカフ今ハ東[illegible]
我毛又オナシクノ[illegible]信敬慈[illegible]ノ毛ヒハ
カハラサル毛ノヲヤシカレハ東南ニ雲オサナリ
西北ニ風シツカニシテ真如ノ月ヒカヽヤキ法

性ノ水ニ影ヲヤトスコレ機縁相應真俗
繁栄ノ嘉瑞ナリノヤ法爾聖人ノ云浄土ノ
教時機ヲタヽキニ仏運ニアタレハ佛ノ
行水月ヲ感シテ昇降ヲ得ク
イサヽカ時イタレルカナ

あらはれてよしにこれる水にすめりとも月のかけ

然說着称增悪競來欲毀辛
歎毒虫之向吾亦不恐水
願力之道殊更保公為救唯
宛如二河之影嘆

待再興之期悲事哀流哀
詠着唯人壽之辟行事一分
此歲月日時仍獨對硯上 渡世
記之畢

永禄十載十二月廿二日書之
欣求浄土沙門顕□

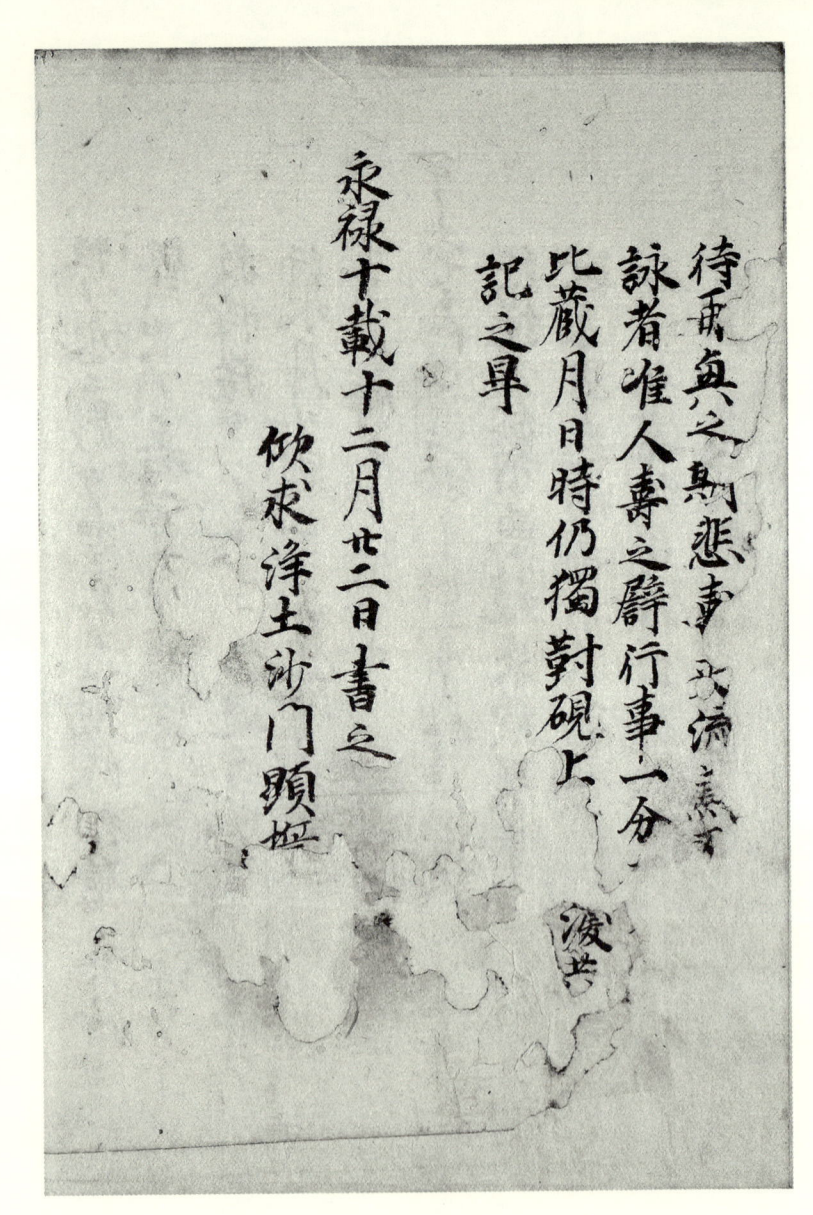

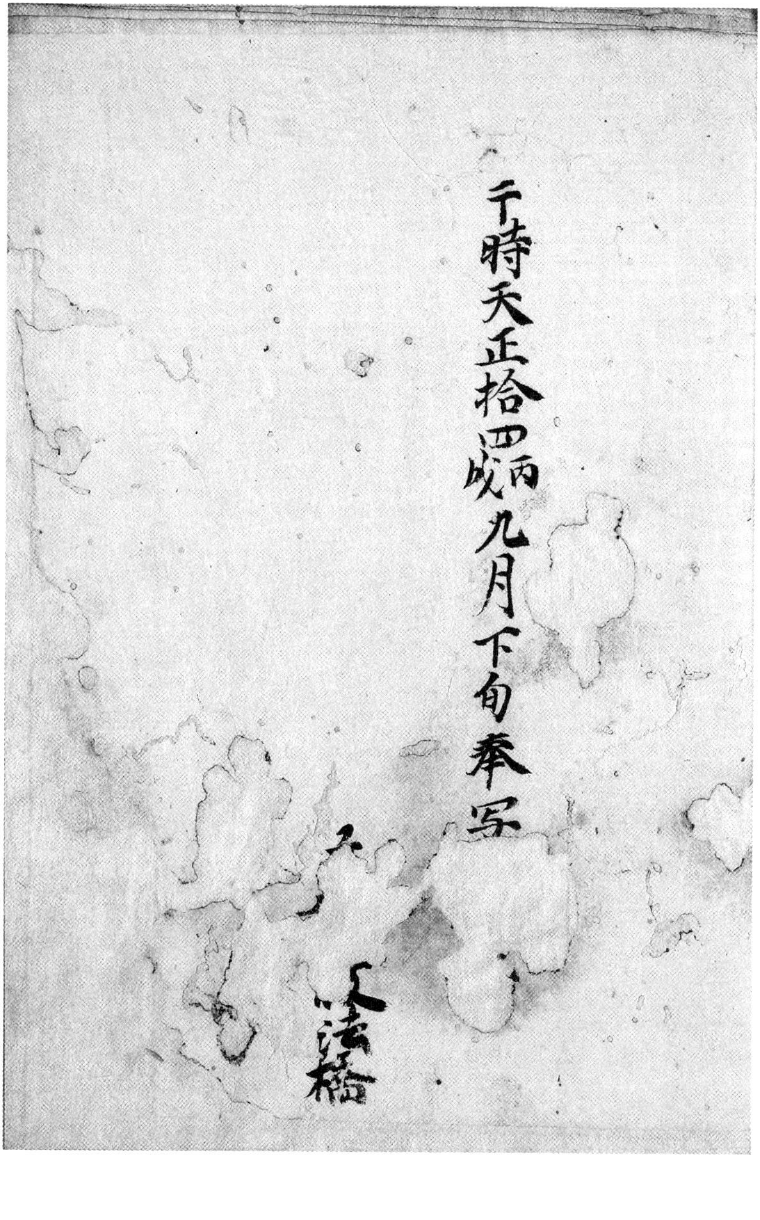

于時天正拾四丙戌九月下旬奉写

法橋

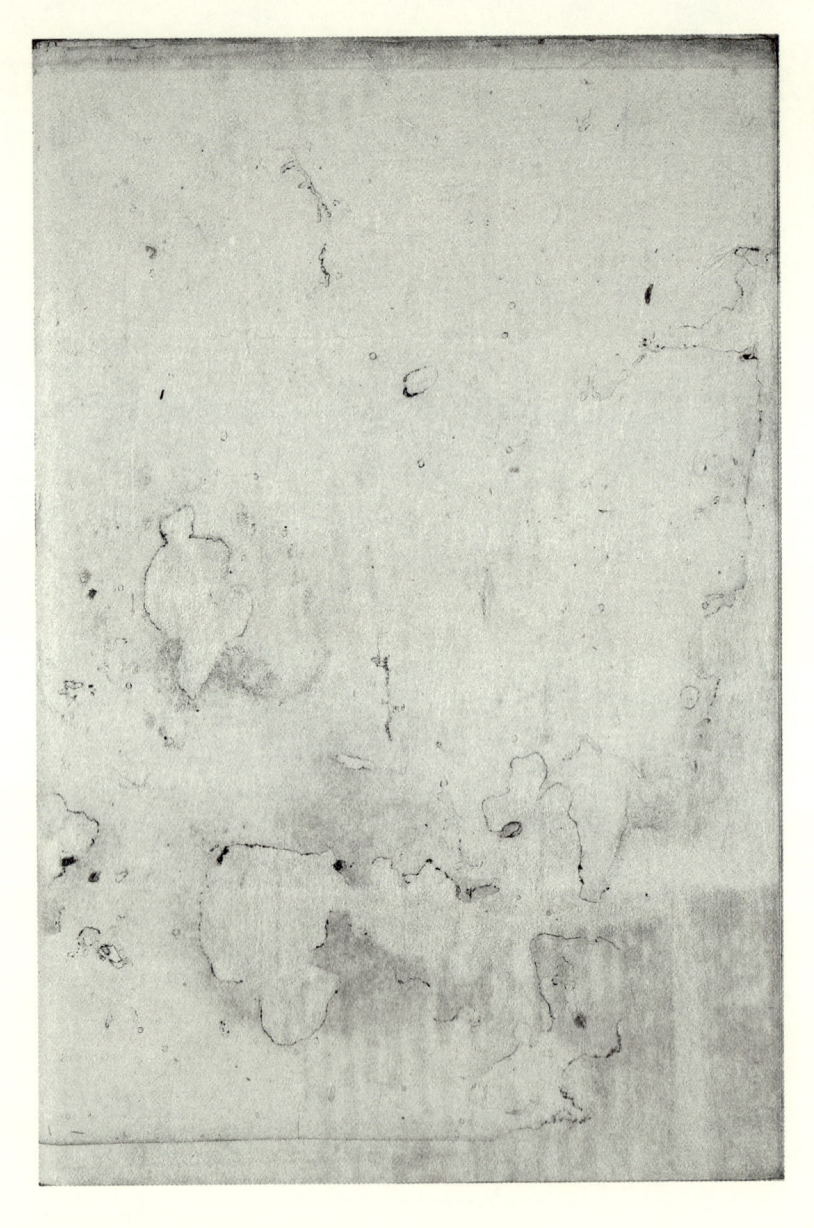

光闡百首　裏中表紙

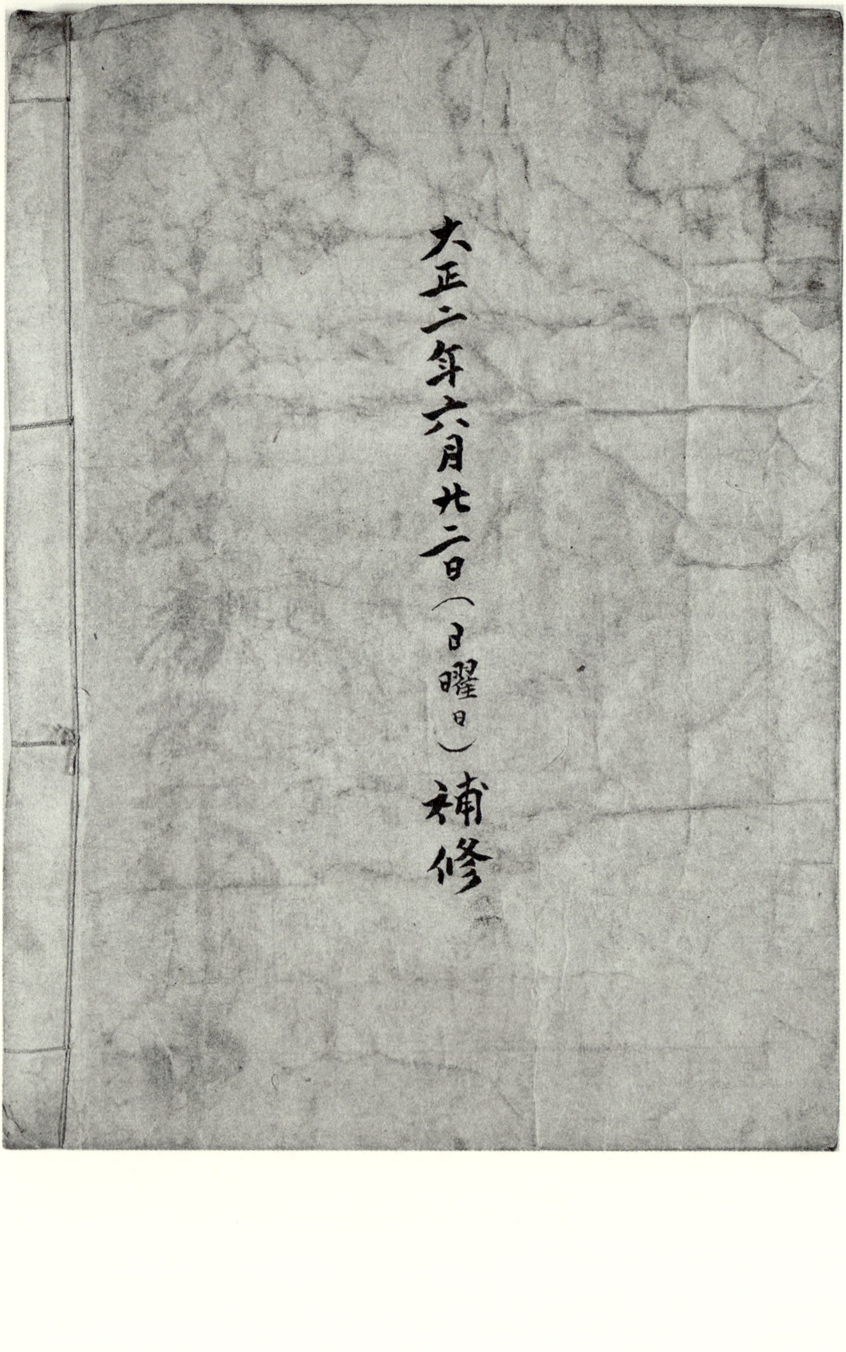
大正二年六月廿二日（日曜日）補修

イモレ〔　〕ツノ法ノ〔　〕
ヌルカラウチモ月サメテミルモ夢ナレハ何カ〔　〕
カヽル世モヒトツイフトノ道トテハ弥陀〔　〕
コノ比ツナツカレシ侍ノ中ニ河上ノナニカシトイヘル〔　〕ハ
故瑞泉寺賢心ニワカキ時ヨリナレムツヒシ人ナレハ
ソノユカリナト申出テオリ〳〵心ヲナクサメ侍シ
カノ賢心ハ實如上人ニシタシミ奉リ〔　〕ヒテ
他事ナク侍シカリ故法事トモコトニシ〔　〕ツトヒシ
ソノ子證心ハ兼順ト叔姪ノアヒタニ侍レハ
イシハリモヨノツネナラスチカクハ賢心跡ヲユツリ

證心ノ母ハ蓮如女、兼順ノ姉也　落髪妙祐

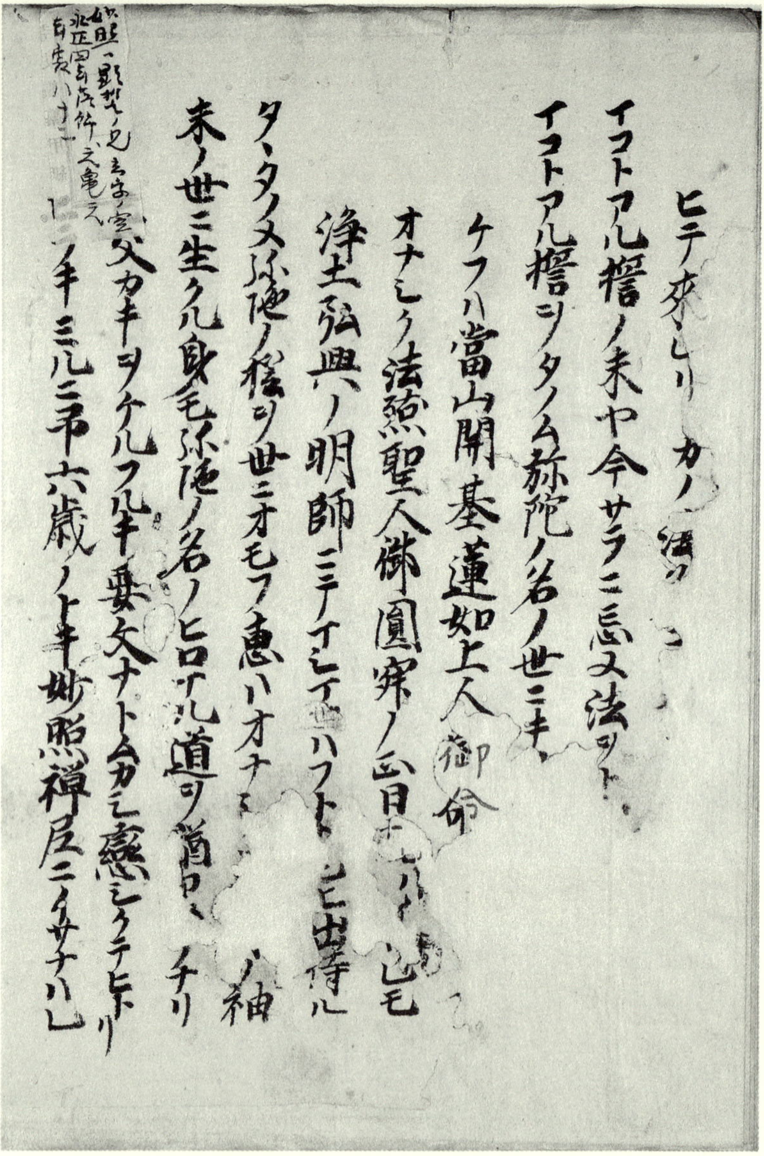
ヒテ来しリ カノ法ノ ニ
イコトアル誓ノ末ヤ今サラニ忘ヌ法ヲト
イコトアル誓ヲタノム弥陀ノ名ノ世ニキ
ケフハ當山開基蓮如上人御命
オナシク法然聖人御圓寂ノ正日ナレハ
浄土弘興ノ明師ニテ
タヽタノメ弥陀ノ誓ヲ世ニオモフ恵ハオナ ノ袖
末ノ世ニ生ル身モ弥陀ノ名ノヒロマル道ヲ首ロ、 チリ
父カキヲケルフルキ要文ナトムカシ戀シクテヒトリ
ノ手ニミルニ年十六歳ノ上半妙照禪尼ニイサナハレ

詞字注

儒学下

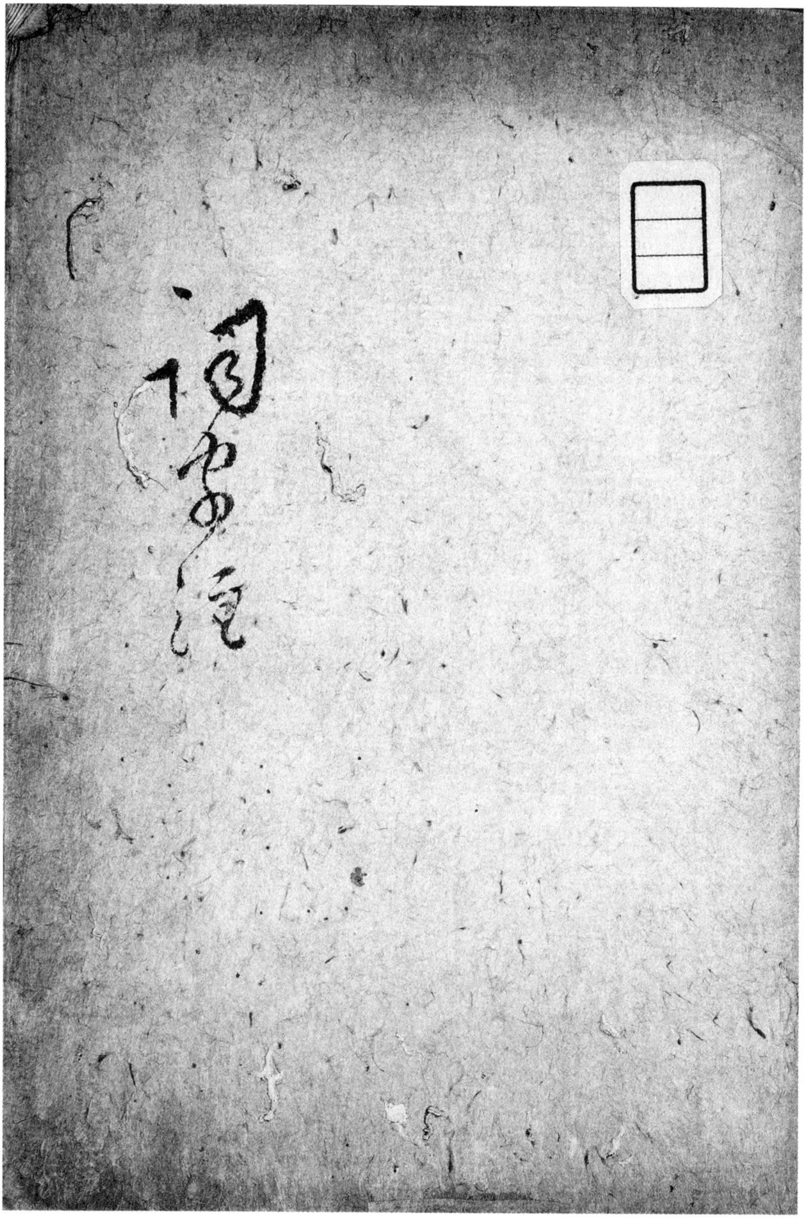

詞字注　表表紙

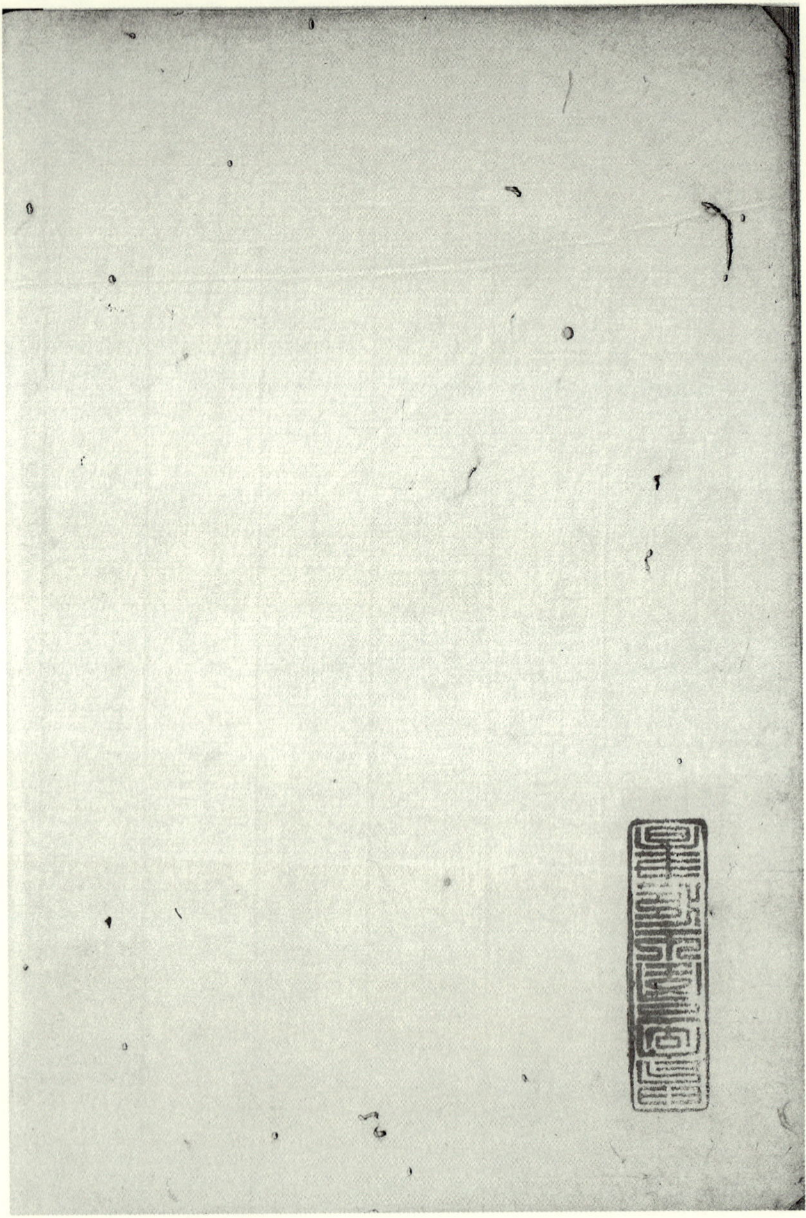

詞字注

春部

古今
袖ひちてむすひし水のこほれるを春立けふの風やとくらん
ひちてハひたしてむすふこゝろ也

後撰
降雪のみのしろ衣うちきつゝ春来にけりと驚かれぬる
蓑の代と云ん也又身の代衣といふ事もあり

新古
風ませに雪ハ降つゝ霞たなひき春ハきにけり
志つしつとハしつかにといふ心也

詞花
春たちてあらかきの海ハかくふかくてハ実の名そ春たつ

桜乃花を䑖りあらやかれ海ハ米薮園ゟえひ
海ハ苦ミに親うきそて人言うゆ事う行
桜綱をさんそて䑖り花を打しむんせ
䑖れ
䒑毛みろ乃タふかむ乃きにろからゆらいれ
䒑き
節迎むいう人宇を中くむれと余をけつるゝえ鏡
わさしてみ池うろふ玉きそて茜あ家立てちう
うま
こしてみそ女乃事迎池うろ山らる居而
推逢
けふ波やあふミ袰たうきこまるう
志かくろ宫古乃あきそ隠守人すきんえうきん

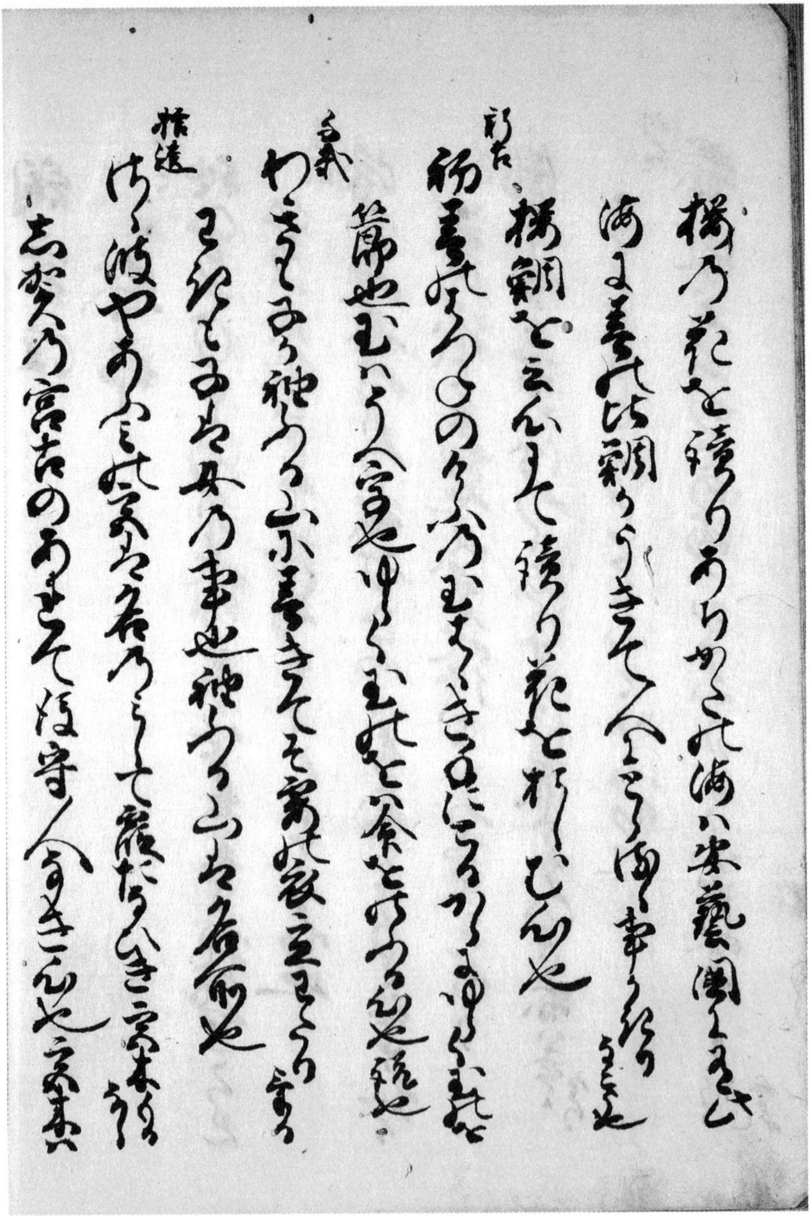

新古

それはよりうら人本意に侍るし

次に浦のかきこえてあさハうてうら小舟にしけ入漁民釣 舟

なれてうちこえてうらうら見あさハ朝也うとするとハ

をろうふ人なりをろ也岸本せ目のをろへ出て

左傍

はろかにとりもへ心ニ云事とおもひて人ごとのうつか 言也

所近く歌所ゟせし鷺鳴あまさけハ朝ゟそてはこと

朝居せしまはるとハあし たらのをあとりふ心也

かきこし宿ハうりつ注にすゝ家也常也に常にを鳴

うらき所しハうへれきを所へくとくすうなる体なり

今案
鶯の鳴よはすてやゆうね吹きらひの山へ今まで志らん
ころかゝのとかりてきれとくむるこそ吹合也
古今
梅中ふかうるうの縁わかき音也さしふりてうねを吹返
梅花見んとこそきつれ鶯のひとくひとくといとひしもをる
鶯のこひあきすゝむこゝろくしとこふ桜かれ
うくひすの人は花をみんとて我はきたる也を鶯の
拾遺
胤くわくといふ也
勅なれはいともかしこし鶯の宿はとゝはゝいかゝこたへん
是の作なれはとてそ陳ける也

杖植遠
いはゆる又こちくうちふるき言葉はてつゝそへしよゐの
笛にこちくと読るハ竹の物也されハそへらるま　笛竹
皆く讀り

月

卯杖つきてはまゝ引きハたゝはりに見えるといふ心の若葉　卯杖ら
卯杖ハ正月初卯の日にや梅椿なとして杖を
作りて上殿の夜をこゆるしと読也山橘を
こなさて杖よそふる事をこれ読也山杖をとは
さて其葉をつけてほしきこゆ也見えてふひて問
とゆふへきゝ也

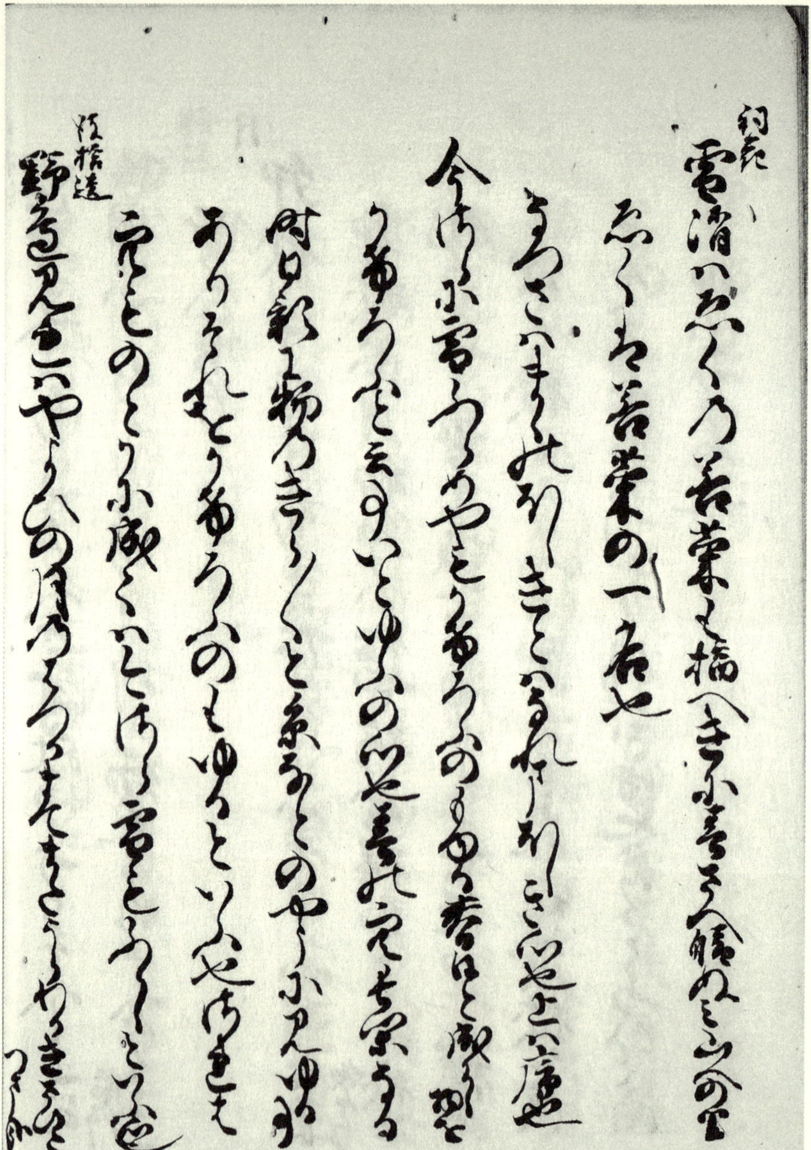

善導の趣右也といへり

新古
あさと因のたつむかしはたえぬる蓬とはさそふこえもなし
枝ふりえてこのさすをひとし枝すこへ
むさし（引）をひてことこといへり常盤乃心也

後撰
はかなしやつくる事ハ草をなへて歎き枝さしけり
悪業也公ハ今生の縁也清水観音梵字ハ業也
然にいへり何も殺生の心也積らる時も同し
百葉つりみてゆく何

新古
ふかき夕暮や伊吹のけしき草ほつむる枝もなし蓬浦ん

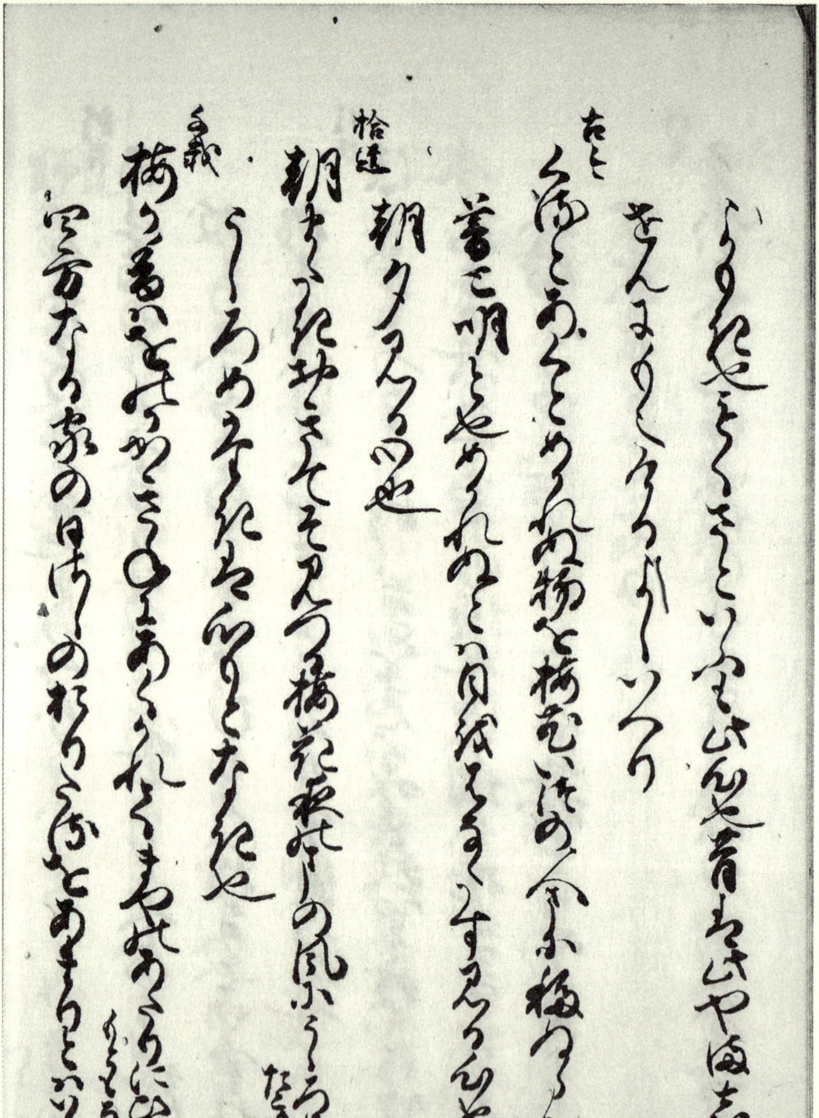

拾遺
いかて年経ぬる人に我宿の吾末の梅ハ花咲にけり
本どうつしてうつる也

江槃
いもか家のはひりにたてる青柳ハ今や鳴らん鶯の声
はひりとハ門のほとりへをいふよし袖中抄なり
又ことりの居所なくていふとあれ欤

新古
風吹岸乃柳のいな筵折敷波にまかせてそ見る
いな筵とて此歌ハ秋の稲乃出そろひたる
むしろと云字なるや也されハ青き柳のしけく
黄色なるか似たれハいな筵と読りそれの庭

なら葉の筵を敷たるやうなるをいはれ筵と云
それをたとへいへる物歟

新古
高瀬さすむつたの淀の柳原みとりもふかく霞春哉
たかせさすハちいさき舟をいふとそいへる高瀬さ
すともよめり謡にもいへるも又、
鵜かひ舟たかせさしこす程なれやとあるハ
あらき瀬のこともむつかしといふ名前なり

千載
おく山乃八重尾の椿君乃世にいく度かけをかへんとすらん
此やくの峯乃椿といふハ八文字をかさねてこそ分

小あゆをわかきといふ也八尾の雑魚とも読りか
わ形し事也
後拾遺
志かのやまこえてなかめつる桜花わすれはてやゆくハちらまし
志かの山ふもとの春すみ也そのさとハ前也また初と
書なり
新古
花のちるよあさしき所頭三迷ハ兄さ分かよひさつれ
くとりくろ霧なり
たく
桜花ちりかひくもる花の流れをいふか道の分
ちりてうきくもれといふ也

古今
我宿にくる事此山の桜花ちるらんとも散はさもあらはあれ
ひとりわくらのも志られん也

拾遺
桜花わか宿にのみありと見はなき物くさは思はさらまし
かきねくさ書くるねんとて今案なしなき物は何也
此歌之乃心は我云歌桜花我宿計に咲物ならは
一切の歌よみてんのこゝろなるへき事をいふ歌く
さハそへ字也なき物をあるといはんとて富貴の
家にすこしを常に云事あり花をはみるへきそんね
ものへ并なれや

新古
桜ちる春の末には成にけりあまゝもしらぬなかめせしまに
眺とかきてもなかめといへるにや
古今
いさけふハ春の山辺にましりなん暮なはなけの花の陰かは
山家にましりなは暮ともなかるへき花の陰は夜をもて
あかしてみんといふ也ものゝ无をたとれはかく侍り
内
あはれなるをもみゆ雅に霞花と雅にみせてさくら咲也
都の此地の事なり
古今
駒なへていさみにゆかん古郷は雪とのみこそ花はちるらめ
なへてとハならへてともよむ也

古今
春風は花のあたりをよきて吹け心つからやうつろふと見ん
心つからてする事をは心からしてすると云かなてする也
、身からしてといふ我からといふも同心也

円
春霞人の心在てみんとしけれはたなひく山の花の枝を
此哥花に映して霞の名をかきつくらすく見ゆる也
色ある心雅といへる木々の梢に移るを詠る也

嘉撰
い
かすみたつふちりくる花とみるらんねこめに風吹てささえん
根ことのふといふ心也根からつ花なきとそつはえのんそいふ

円
折つきへふふさふ字すつかへてかかつとせの御に花くそまつる

みよふさハ平也ことにふかや宮つきんそれ侍るに
のちをたてかかりきこえけるの心也

後拾遺
一とせふたとせとこめたるなりていかすはなしと
いとわくおいとまなき心也

新古
手ろ人の無あはれとおもふて雨にそやせこ花を
三月にはとしこそのありし人をおもひて
ふまあまたやせこて身をかさりてあはれと思也

月
春雨のそそきつるをやとて花におつる
ひそかにふる雨のまえ細雨の心なり

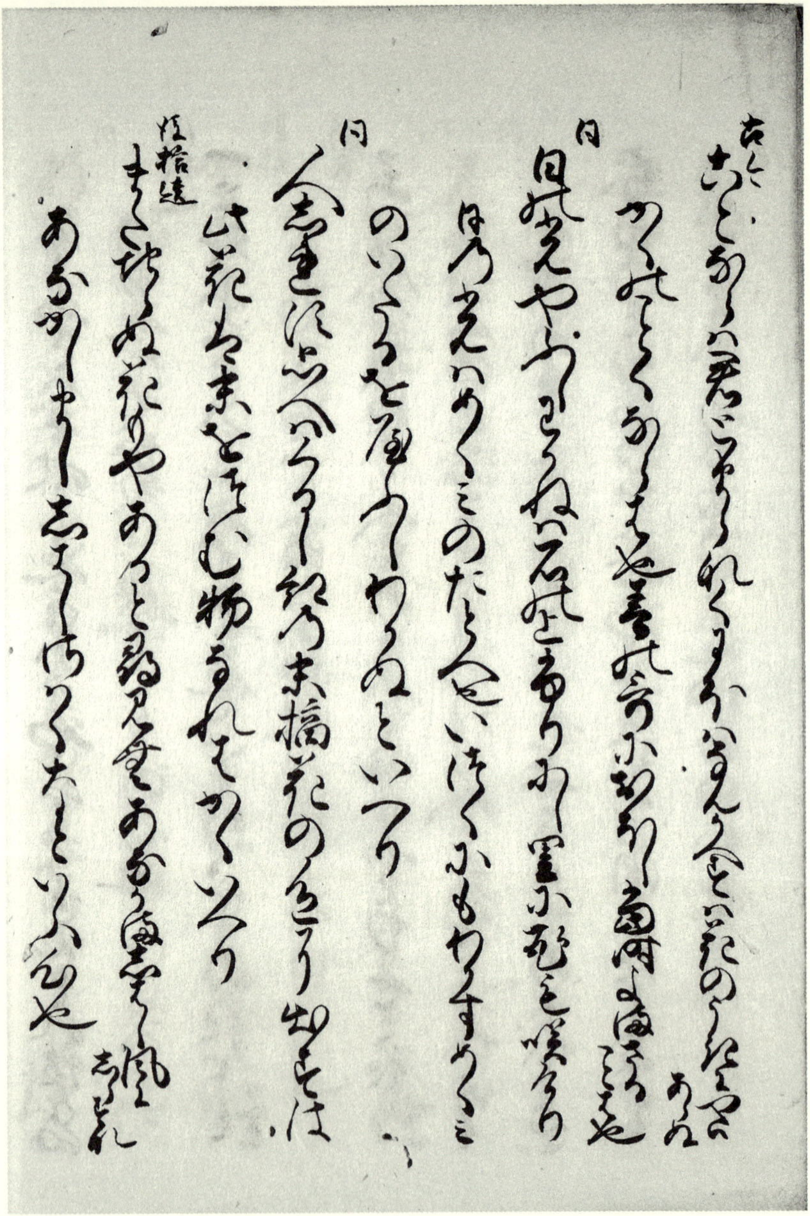

同
我やどの花のさかりは人待とし（みや）るらんしりかほ
さかりは木をきる時分のさかりなりといへるを
おなしく花のちるといふ心也さるゆへにしりかほ（遊）
ちるの花咲遊とよみて推量也
うく哀の袖也常にうへにあらはるゝ也

（ささ）
春されはなくなる白露にしらぬにてやはそ（やし）
みちのはてなる

同
逢遊のよるきをしらぬ心にはおほつかなしと心（ふ）
たゝりをしらぬなり

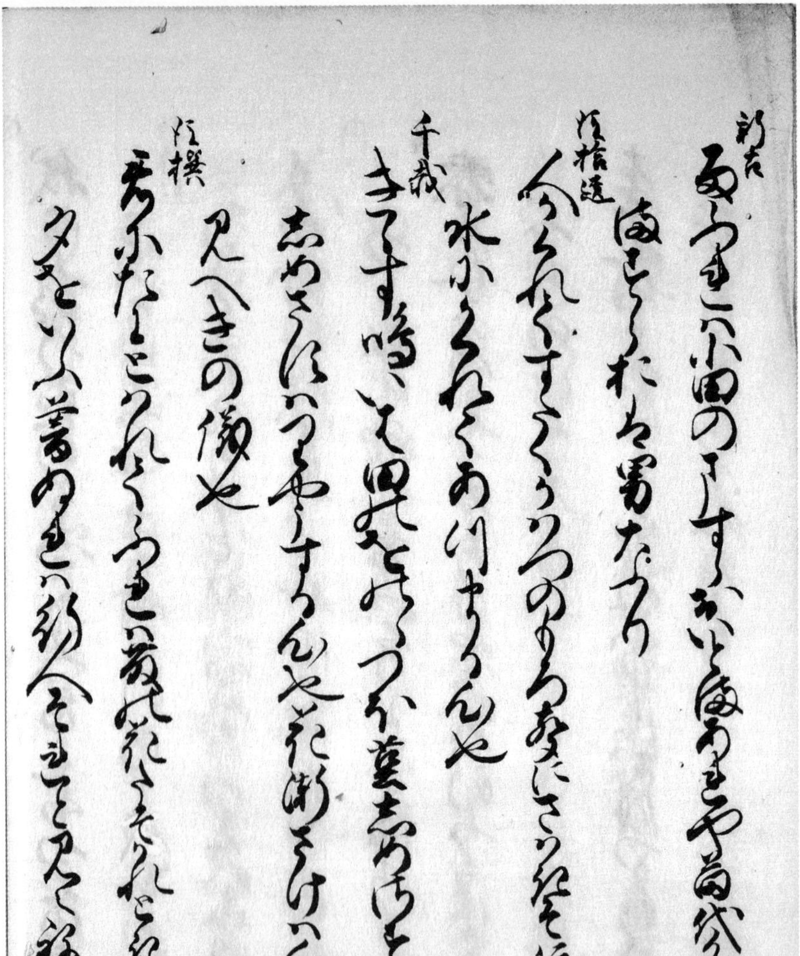

かくいふかよの時なもかくれなきことなれとハおもき上浮
そらの物を作りてこれにこれなきなかし
続拾遺
紫の名は　あさかほの花は池にまひきすくなるを　名ゝ
さきいてしはむらさきと深く小ありてさきものことく
なる花にあやしといふ事はいひよれる也
同
池のほとりの松のまひえて紫なる藤の咲かゝる小の
まとひてとは池に近くてさしかゝる枝也
古今
いまもかも咲にほふらん橘の小嶋かさきの山吹の花
いまもかもさくらんといふ也上下のもハ文字たらねハ

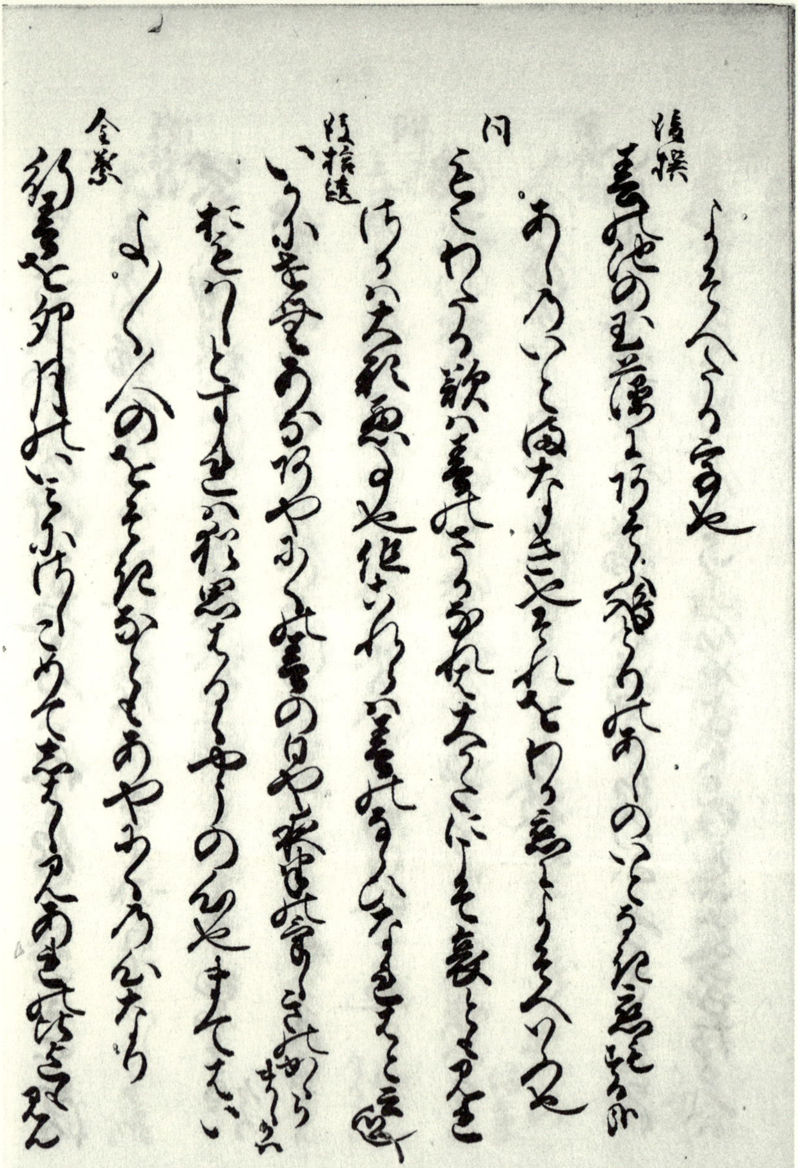

いふはつきつねなとゆくへきよう人々のゆゑなきを
夏は参志するはからふさいみし春はつ帰て
卯月のはしめをとやらてをとんとりふおつなる
春をとつてふあまりけり也

夏部

神まつる宮は卯花さかりなのみてくらるおやまさ まさる
みてくらは幣也ますなり
しのたくれはてしといふおなき人々のかうふてふれはみなれをせて
木綿也たもとれはうろん也

後拾遺
こゑのうちに二声なかりしと君にかくおもひやる歌のこゝろ[illegible]
郭公の声をきゝとめてといふおもふところ[illegible]
[illegible]

同
郭公卯月はまだ神山のうちに声かきなる[illegible]
神山の神すみ相柏のなき声をとりて神代[illegible]
[illegible]
[illegible]

古今
五月待山郭公[illegible]
郭公のなかんとてこそ羽をひろぐるといへり

同
やよやまて山郭公ことつてん我世中にあるかなきかハ
やまてハしはしまてといふ心也やハ物をいふやといふ心なり

同
宿りせし花橘もかれなくになと郭公声たえぬらん
宿をもうらくかゝりとこそいふ心也よそへさいはれたると
いへり

同
夏山に恋しき人や入にけん声ふりたてゝ鳴郭公
声をおしますなく心也

後撰
木かくれてさ月待とも郭公羽ならはしに枝うつるなり
枝うつるとハあそふといふハやうの心也

拾遺

郭公をちかへりなけうなゐこかうちたれかみのさみたれのそ
らをちかへり八百千かへり也云ゝすく又ハちかへりせよ
うなゐこうなゐこハ童女也

今案

ちかくきゝにゐとて又ふあくかれてよりきゝたなるみなの里
とふ心さへかよりこゑをいふ心也

今義

忍てと関へきもと郭公へたのめなる夜はの一声
我をたのまするといふ心也ところへハ沙汰也

新古

声ハして雲路にむせふ郭公涙やそゝく宵の村雨
むせふハものゝこゝろ悲也みちよりのせることを

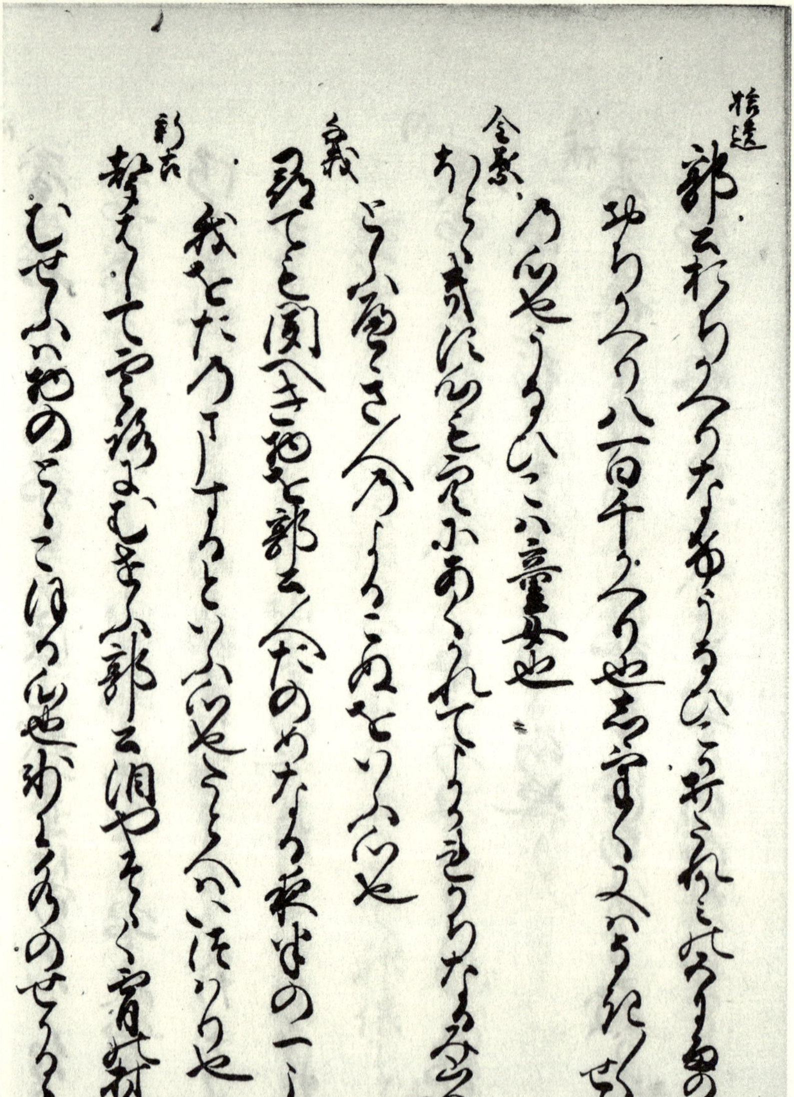

古今
いふ泪をもとめしにもしとたえさうつゝ人なり
いさゝか此田をもつくりまうけ置て此田のあるやうに鏡の[?]ふ
さそのためにさとはかく〳〵こそ此の新名也田作はぐよ
あやうけれはいつくにも此田作にいれてをくと読り

新古今
五月雨の空だにすめる郭公あつきなく声は人をこそめす
しのゝをとうかし　そらさ[?]也

後拾遺
みなやめるゝふはありしに蔵まゝのいそけや早苗すてさそとれ
御田作りつとに云也秋の田をつくるを云也

今案
津の多小屋に此部のうつまるを二つめしとや床の見るらん

底と行くこゑのまゝ大とかくしといへりとりも大いへり

義

このすゝかくて此まゝ色消つきてゆゑに逢ふ志のつやがみ
月の入く後夜の月のうくつきこそといへり夕闇とは
宵に月なくて後に月の出るをいへり

問

いつる後の唐のいふをさふ卯花くてはあり雨きら
五の事と、いるうの卯花くてしうし雨へきる
いふるの卯花くてしといふまて雨には此や隠

問

あり雨ふりはへ浪の花のつきかはる後に浪める小
花のさくらいものまゝ也

同
[illegible]水無月の[illegible]
みそきのことや

新古今
五月雨はまやの[illegible]
[illegible]也
まやは[illegible]

新古今
川やしろ[illegible]をいふなり

桜麻のをふの下草[illegible]
さくらあさの[illegible]也

拾遺
蓬[illegible]

蓮にハあひと云物のあまたつらなる心ハ殺生と命ちり
またひの中にかゝへるといふハ命也
往来
蓮の葉おるゝ人ハ流したまはれきこしにたまそ和あるハ法なとにハあまき
此事證案抄にあり也
同
七夕ハ天のかはらをせうゑいの橋のとそくと内様にハせよ
六月二日附読の字也
御心にて帰らるゝ秋もまうくるふねとにむかへ名も
秋部
旅逢
縄手くハくゝかくとも籠こそねかへる鶴首此風ハ禮儀しきこ

往指遠　このとりハ宮ぶの代ありしこれ秘わるあしたや

浅茅原玉まく葛のうら風のうらかなしかる秋ハ来にけり

下かなしかる心と云ん也又かなしかなしく悲しきといふ心也

彩雲　浅茅原露のよすがを契りて置とかれ色を秋ハ来にけり

よすかハたより也かのたよりといふ心也

往操　志くて何かんとよふハ文善ハせき人信めくやまたん

せき人信めハつきし也たくせき人まて也

さもかりハ天乃うつるかあせらんそとよもとも的くたく流え

花もつことも的くハ他流の説也定家卿ハそこ

井こりゆくとありくそこもゆくやらくさ
さらんと云也そこよこころゆくとるにかいうんとぞ　急し
問
むろつたえの物かへ行ハむのこゝろハたゞ一夜のさ
たゝかつてハ女のうくろくつてともいふ又若ヲ風つ
義
ともいゝ急りむハそへ宮也さくてハたぬと云枕詞也
織姫の天漢ハまつつる秋風やそれ女性の女行
漢ハ漆同じ也やそれ漢を持つ女より守へさ事の
人多傳也
古今
天河紅葉を橋にわたせばや七夕つめの秋をしもまつ

秋てふにわたる河なる也紅葉をとゝかはすや
とよめる也紅葉の橋とてはなき也只紅葉を渡と云
言也天河かはらは字本にてとつて紅葉の橋はちる
やらしをやと読る也又紅葉の橋とてもある（又読り）
（新古）わたらかに天河かこよふわれあらさ也にて渡るとそれ
稀なる也とも絶ゆりとはわたし
（拾遺）たなはたのあまのはころもゝ重しきにとるとおもひあかさね（まつ）
昔寄にたとへは祠也物をかゆんとてたゝ也たなはたによめ
かはいまのしきん也

梢遠
天河扇のかせにきり晴て空すみわたるかささきのはし
烏鵲のつはさをならへて橋わたして星後いふを
こいふ伝あり霧はるゝこと合ころハ天のすむ也
百人一首つり見也

擣衣
打たへくるかこそ孰む旅の松かせとる秋の風はふるか
うらけへて松のへくるゝ月詞也たま絵を
かますそて人いはされぬこともも也

新古
これかかる首にもあるめ秋風いとくかちをきぬたの声巻
寝覚の色伝のやまにまろくりて人くりへと

事ありかほにもてなすをいふ いんとそいふ也又微さ
をハいたんとてきりのをさくさと読事もあり

彩色
松ふく嵐さ木枯のうちふくふりかの山の秋ハ風とさふらん
嵐ハ風のあらきを云也又吹しをるゝといふハ志
川のほとりを云也あらしとさむしもやむを云駒
もすさめ侘と云草なとくある也とてさむる草
をあはれ用ゆる也人をすさめすたしと云也

秋をとふ用乃秘也

同
さつを山の秋さく葉て言もへハ松のはへに嵐風を吹

夕暮ならてうつゝあくいふ也

新古
玉ゆらの露も涙もとゝまらすなき人こふる宿の秋風

志はしのま也

水底に沈む玉の数はしらすとさしき権乃風らい
玉のしらすて絶文の勝るを玉の数といへり
朗詠に見えてたり山谷に草の花をかゝく玉の
数とは露のこの詞たりかゝしめ也

詞花
萩の露よりや秋せ吹めたるはさやかなる露玉
きらゝやいはしらかさての也破と云也

作様
かやうの人は声をたのまむ世間花ものゝ秋は
名のたちぬへの言葉かなとも見えたるふかき
いろこそかのまするをいふなりさてこそ人へき頭
秋なれは夜のさためたてゝゆふへあかさし袖ー花ー附
かさぬくいかめくる詞や幽玄体枕詞の字
なりくへと守ちりするゝ事をあきらめさかる
作様
ご作様お読り見え也
花と見くもえとすきいめられさをうそてにほひさ海の
とへ将の字をあまりうちかへ事に見え体の也

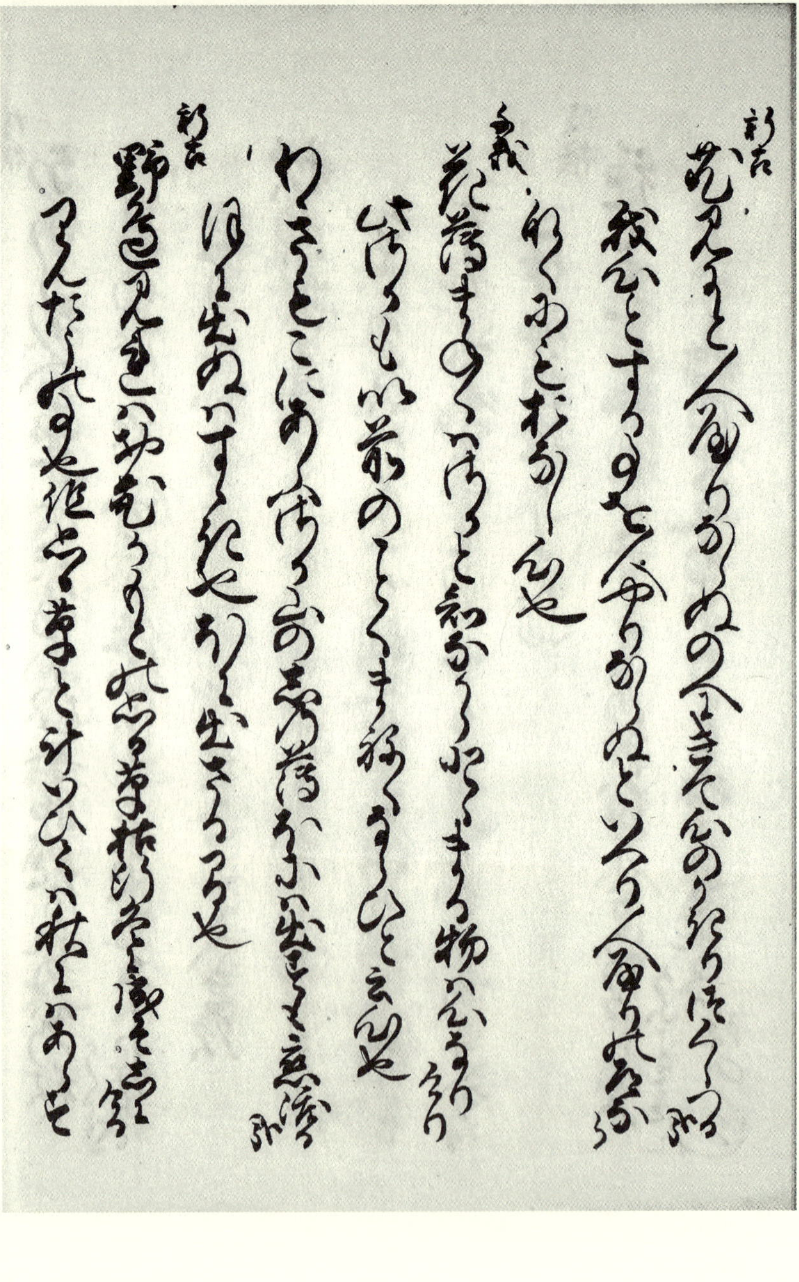

古今

折て見はおちそしぬへき秋萩の枝もたはゝにをける白露

たはゝはたはむ也とをゝと同心なり

新古

秋萩を折ては過し月草の花すり衣露にぬるとも

露草也秋なるへき歟

同

萩か花ま袖にかけてたかまとのおのへの宮にひれふるやたれ

ま袖両方の袖と云歟あまたともたかき袖ともいふ

ひれは着は髪上しきてとて袖のとふる事あるそ

思ひやるへき歟

新古

高円のゝの小萩咲しよりしもしく庭に月そうつろふ

しゝのあきはむつましく萩を鹿のつまといへり

古今
すがる鳴秋の萩はら朝立て旅行人をいつとかまたん

拾遺
さをしかは鹿の名なり

かの岸に萩刈をのこなはをなみねるやねりその けてそ思ふ

なはなきよしなれは刈に行てとりてそれをねつ也

ねりそとは綾色へくたりし後撰への説

新古
萩の葉や露のけしきとおつる葉にかゝるかゝるをと物と

やうてとは云世しの心なり

古ゝ
白くもの此嶋つる人は白は嶋のやうへは山の波はそれと云

まへハなつさつるかゝれたるゑんも

同

こゝやといふハ物をはくる也かくれなきこゝれつ

新古

こゝとハ此ふことゝいふ心なり

なきてみんと思ふしかとまれなるの露のけるる櫻の花

なかるハ勝字也露のとも櫻の花なるを花也

當るけともゆき花といふも益るさなりて

とえたいふるなり

古今

我つゝいふ物かせ多み鳴たる人に相坂の関ハ東路

いゝこゝきこりすも

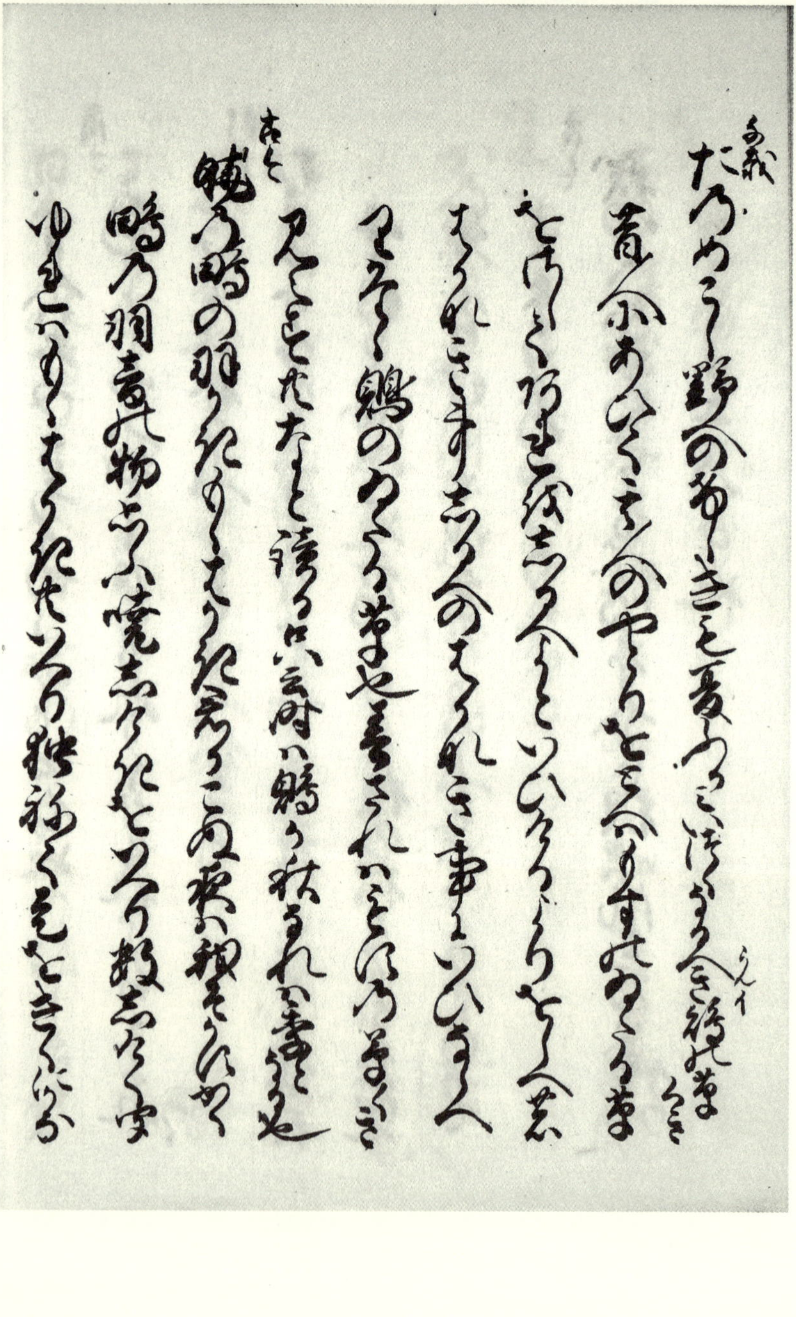

【古く】

志てさせつゝろんと

秋風よりひきおれハ足引の山下とよミ鹿そ鳴なる

ゝしひきたられへうつきふるやしのかやこられて

【多義】

鹿とあいれて鳴をそへそろ云也

松よふかやまと人小男鹿の声よふ声武志てろなる

う海ゝく松の取也住松を云也松ハ末武志久絶と

かつなれき道やまと人とハふや

【指遺】

あらちおのかやつさ於ゝ立鹿のいて秋かう物ハ椛て

のしき男なり

郭公
夏野ゆくをしかの角のつかのまもと云事ハいかにそや
夏の鹿の角ハ只一寸ハかりなるをつかのまと
いふ又つかのまとハしはしのまといふ事をいはんとて夏の
鹿の角よりいへる云也

楫棹
梶をたえてもよりひともへつゝあまくは言ハ家もとく うらみん
かのいうめしきと云事と云ます也

名義
立田姫かさしの玉のをよはみ乱にけりと見ゆるしら露
そもそも姫ハ錦をはさところ女神也露ハ秋の物
なれハ立田ひめのかさしの玉とよめるなり

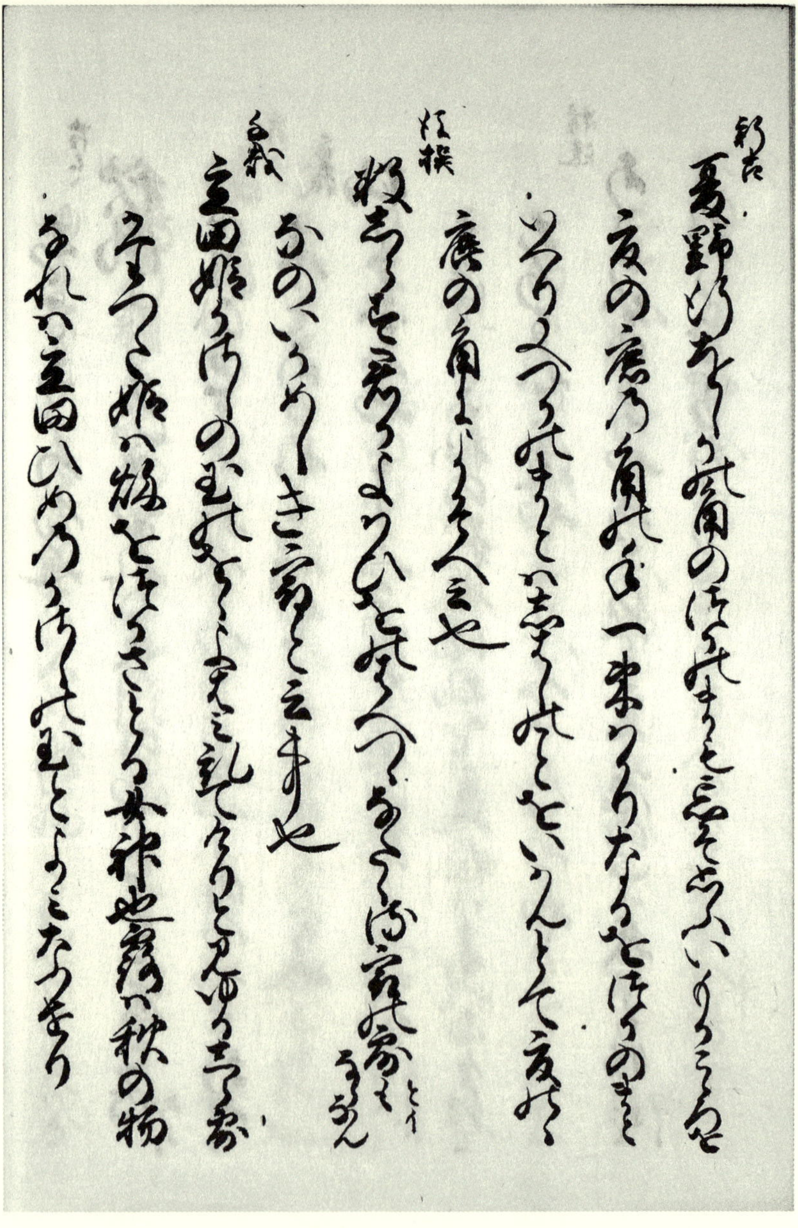

古今
みさふらひ御笠と申せ宮城野の木の下露は雨にまされり
みさふらひは侍従の事也貴人へともいふやさきのは
宮城野のすゝかそへくめ給り
同
命やはなにそは露のあた物をあふにしかへはおしからなくに
命やはとは命をなにゝかはおしからんの心也
後撰
うつゝなるわすれかたみとおもふなかりけりと云 返
朝またきおきて露をはらふかねつゝ袖の衣にくきは めつらと
はなめは花よすの事也
新古
ち涙をよ志のゝさくはなのかりそめの人の袖のと 不詳

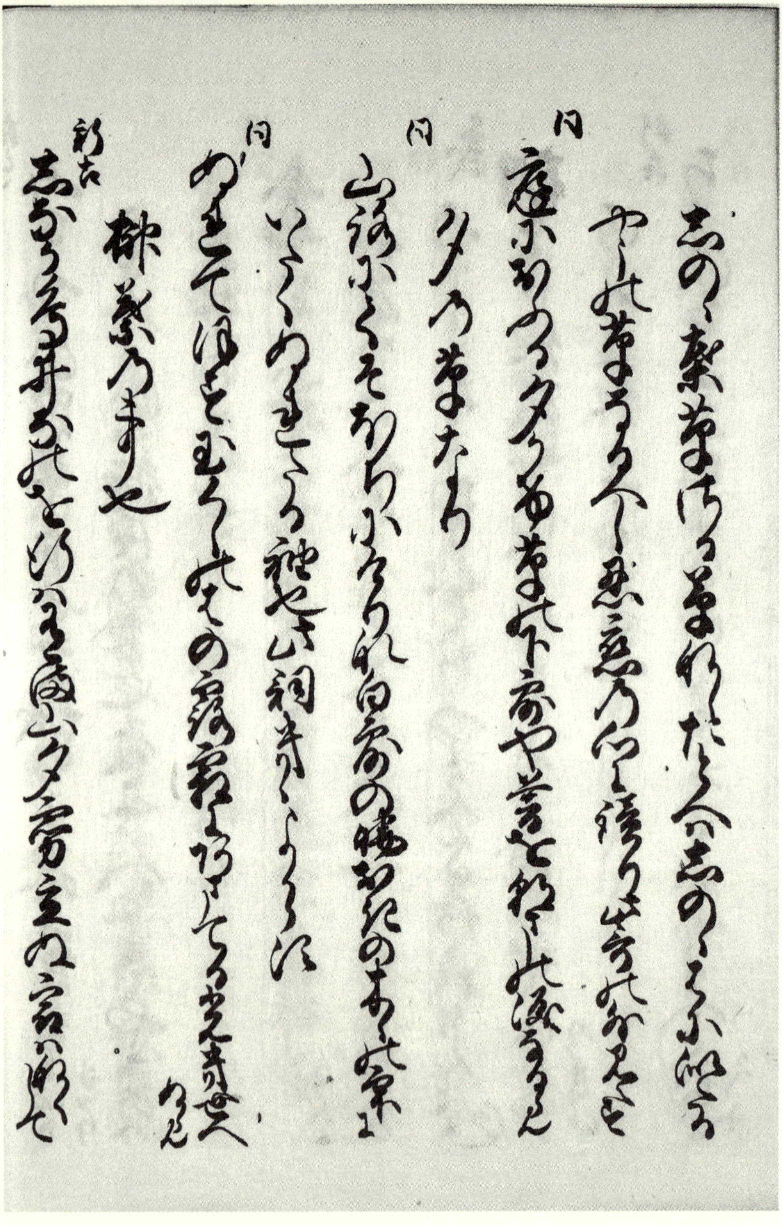

此文字は梵乃真名にて我不しらぬ万葉の作者
梵字にて梵をとらんとされハ梵ハかくて白扇をと
とりくらうとさんも志多とハ白の字にもも万葉ら
又しまかせて内ひつくりくくいふ也といふん梵詞也

梵語遠
ちくさきんん背にへとられ家ふそて我すらハ秋の露
すそくハつまらんも背にあるて信へ帰るらんも　月

ちぎり我
ちぎりおはらやそよそてつるんも背に露ぬの我ちぎり
我いとつへとへ右我をたとひ我すと思ふらしまと　いひ　かくいふ

問
てる月乃影ねの床やたりとつかふつき山の谷川の水

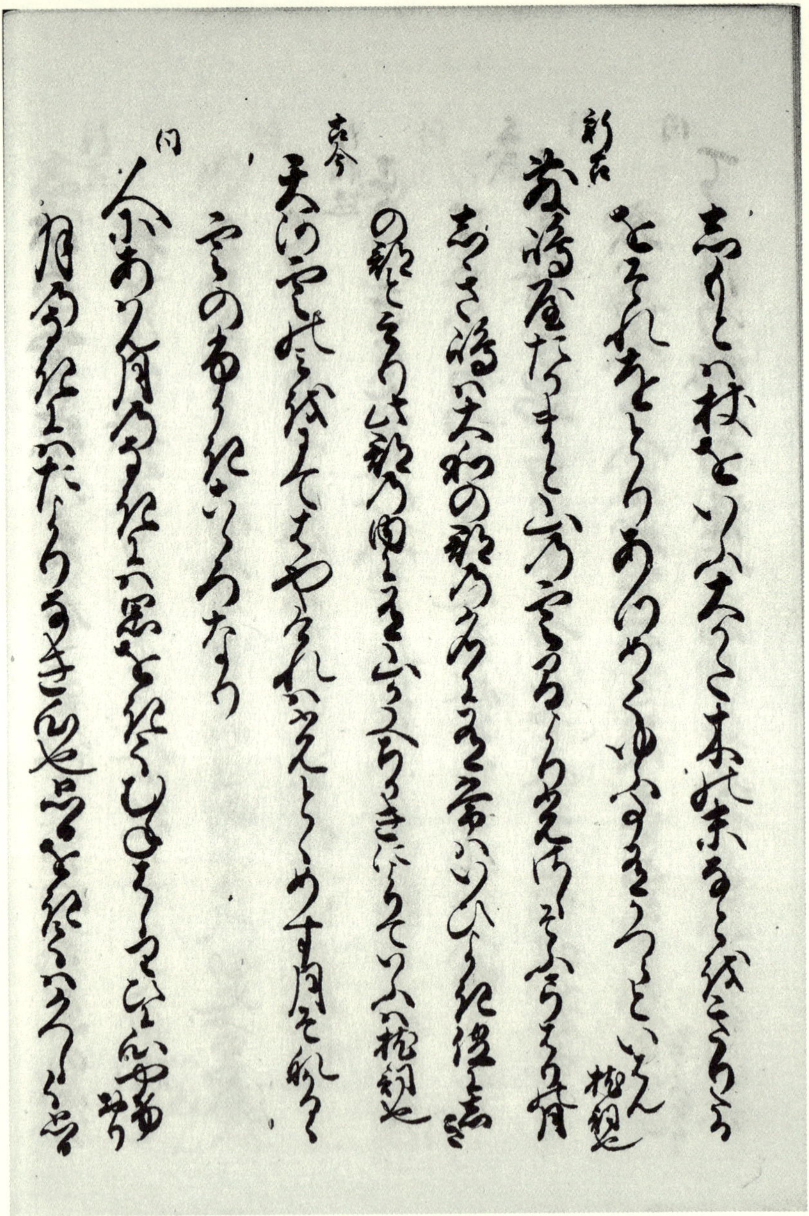

きぬ〳〵と思の心ハ人にはなれん後の名残に胸の中ら

さハれもゆるさじ

同

月夜よし夜よしと人に告やらハこてふに似たりまたすしもあらず

待をよしといひ夜乃庭もよしといひたれとことを

新古

いふに似たれハいまされとまてぬ気色もなきと言也

かり衣袖乃泪に宿とる夜ハ月も旅ねのきるらしと見え

かり衣のすそ狩場の時きるをいへり、旅ぐるま

おほよそハ旅をかり衣かといへハ狩場にかぎる

へからず

万葉
ゆくかはや国つみかみの浦さひて荒さ都見れはかなしも
さゝ浪の名前と見ゆ此下に云国つかみとは地祇
ここかしこによる神
同
古の板井の清水みくさゐてあまたの人をまたてあはむ
板もて井つゝみたる水なり
古今
紅葉ゝ風にまかせつゝ袖京小読とすてらるゝ
それを待くちなく鳴そとうたふ也
同
是河乃山田見そおりつゝ秋きぬとおもひと云ふ
おりいたつらに山田のそうつのうつき物をた

といへりあるしのこゝろはすみよしのきしへ
猿も山田の僧都か秋をよみしを猿丸かよめれ
たしきはらへし

新古
秋せしもりくふのたなかや山田のかゝる田のいほはあらしそ

やりかくは兵八束計あること猿丸かよめる田とも云在て卯辺

拾遺
相坂の関の岩かとふみならし山立出るきり原の駒
きりはらは牧の名也望月の駒日

後拾遺
秋きりのみねの駒とひく時はこゝろにのりて君そまつき
何すゑも心にまかせぬめすとしへてゆくとそいへり而成

なとふとしらんへきといふ也

詞花
あふ坂の杉まの月のなかりせハいくきの駒といかてしらまし

馬乃数をいく木何すなとゝいへハそれをいふ也

古今
久かたの雲のうへにて見る菊ハ天つほしとそあやまたれける

あやまつ錯也花を星とまかふと見るも同心也

拾遺
かのみゆる池辺にたてるそか菊のしけみさえたの色のてこらさ

すかうハさ陰にて見んゆかりし也蘇菊東おに見えたり

古今
おく山の岩かきもみちちりぬへしてる日のひかり見る時なくて

垣のことくの中に岩のある所也そこにちる紅葉也

後拾遺
水上に紅葉流て大井河むらこに見ゆる瀧の白糸
むらこハ村ゝにそめたる也白波もよりてむら〳〵なる也

今案
大井河岩ねにたかし筏士よ岸の紅葉にあかれ成を
筏のあやうき瀬をくたるをもみるとよめる
さんといふ也定目ちとれと云也

今義
牡丹の字也これをやへのようにも見える也
なにはつの名にやといふ也

古今
手向にハつゝりの袖もきるへきに紅葉にあける神やかへさん
手向にハかゝる袖をとるこゝろをとくへきを道

拾遺 [illegible]といふころも
紅葉をは錦と見ん[illegible]
古今 [illegible]花も月もをよひなき[illegible]
[illegible]秋
千載 [illegible]
契りをきしさせもか露を命にてあはれことしの秋もいぬめり
[illegible]の哥なり百人一首に見ゆ

冬部

千載 [illegible]の氷[illegible]

みちのくとはかの紀の国をいふにて侍るとへ本を家
人のはこの歌に見えたりとおもひふる選を
事を物名に見えたるに侍り

彩色

たゞ彩色してつくりに彩色をなすれはくらくの奔騰
ことさら彩色の色の名をかへてもおとかすやうに見えた

悠遠

久しさはさすかにやすんかくれは年月をつもりて富にそのなき
人はいはゝ久しかすはさうとたえたりとそ見えた

あと

あは言葉につきてそれをもつておもひけつ私物をかれてものなかはに
かそへやすくてうけつゝやつかりくらくいけんにそ

續拾遺
やましろのちかき所也
世をこしへしらぬよのみそれともおもひしらぬそかれなき雲
とゝめて
世をのかは様とへ大峯葛の河原の様のまた世をと
しとへ世をゝにさつかゝはすともとりと遂

金葉
ゑのあるはまはらうれ枕ひまもなしむへいくとこふのなか
こそ
こふは名所也陸奥よりえいのえんはにふのなかこそと
讀り

戀部

古今
夕されは雲のはたてに物そ思ふ天津空なる人をこふとて
雲のはたてとはくものひきはへたるをいふそと
いへり

夕とつ日とは旦を抱かれは夕ト意なりとも云也ともいふかう待り

円

天原ふりさけ弥しなる和をふ中をへさくるを見る

かくろへて待るをいふかる時うしハ旦をうき

物と見ゆ中をと浦の抱をと朝中此人につきてふれ

相待るなり

後撰

くれはとりあやに恋しくありしかは二村山もこえすなりにき

あや織りみたなりとそ

拾遺

なとせめて秋つる山のもみち葉をちるに世をそあてき

昔見し人（[illegible]）とくらへて秋をひろう人へ余するに我の

御剣也それかりのさ山〳〵を神の山と云也かの紀有
うれ山〳〵を神社をいふ稲荷の紀には見えすと読なり世〳〵
伊勢の海のあまのまてかたいとまなみなからへにける身をそうらむる
まてかたと云物をとりくたる枝のやうなる物也志ほかきて
後撰を和歌にそうつき以下いと海かきと読り
古今
このまよりもりくる月の影見れは心つくしの秋はきにけり
前栽に植ゑけり女我妻のもろこしに行舟と
さひ絶くことふるかうせてるとなるをといふ海とや
かへのかはらを我とみるみあくとの行方や人の言つれなき

金葉

かくた火といふは蚊を燒火也

鳴せにしたふ波やちゞに恨ても猶たのまるゝ

志たふとは戀て志たれ候也

古今

ほりえ漕たなゝしを舟こきかへりおなし人にや戀渡るらむ

舟にはたなと云物をいへりてちいさき舟にはな

それをたなゝし舟といへり

拾遺

なき事をいはれの池のうきぬなはくるしき物は世にこそ有けれ

ぬなはものゝうきてある也

後拾遺

近江にかありといふなるみくりくる人くるしめのつくまえのぬま

今案

さくらんこしかますやうの地(?)のことく(?)と云(?)々

津乃国のまろやは人を芥河君こそつらきせゝは見えけれ

芥川と名所なるまろやとは我身のこと也 他は津の国と

津の国のあしかれなるまろやなとこそかますをよめりと見え

後撰

難波かたかりつむあしの葦つゝの一よも君を我やわするゝ

あしの中よりすゝやかなる物はそれをいふ

拾遺

竹の中にもきるをもしすゝをいふ也

みかくれ分笠とめてふあつさし菅ほりてのほとあへともいふ

菅の名所也

今義

花なき一本花をかきしくてひとつ花みよしかすはにまさり　又そ所

それなりさうらうなり

円

雨うつさみすきつりいはのみすをたゝへ其觴とく秋の夜の立酒

まろくさみすとは觴をころんとて和哥をとくすもの

木の枝をまとをさみすをこえ觴ふくかさくもちるくま

称をつくるものや

行旅遠

のきとうれつとぬる床のくるをやとてこゝにそ称にめかりをす　所

うりとかくは猿のうつとて木草をとりうるてふ

うと物也席分也

捨遣
たらちねのおやのかふこのまゆこもりいふせくもあるかいも
親のかふことゝいふハ也蚕乃まゆの中ニある とうかうして
つゝまれ物あれハそ捨也秋よりハ八月の月より見あはせ
たらへく侍り

新古
もし[illegible]の野辺に鏡見てもかれ[illegible]
さかい鏡一つ二つとさつりて

千載
ゆきさしてほとてあつまりぬるやなれや遊女ともきこえてさよ[illegible]
今案
あまてハ布也庵寄也
何ぞんてきゐうなんかく哀意するすかみきかあかねを

詞花　帯かりくる也みけれはかれくるとは物はおもはぬさ夜もすがら
紅乃たいそへのむすひめときん恋のあつさに乞ふらんやと
こゝろをしらぬ也

千載　色ともみえよさ田の淀よりてさしてしるせる絵のなき数に
小網とりてすまり

新古　藤乃花のさかりさく帯ならむしきゐ花やまとふも折と照
さかりさく織られたる帯也

同　さつまちれ花乃きそてぬるひもの帯かくとつゝむともとけん
青鹿浴まて男女契のするさとつつりぐなき露也

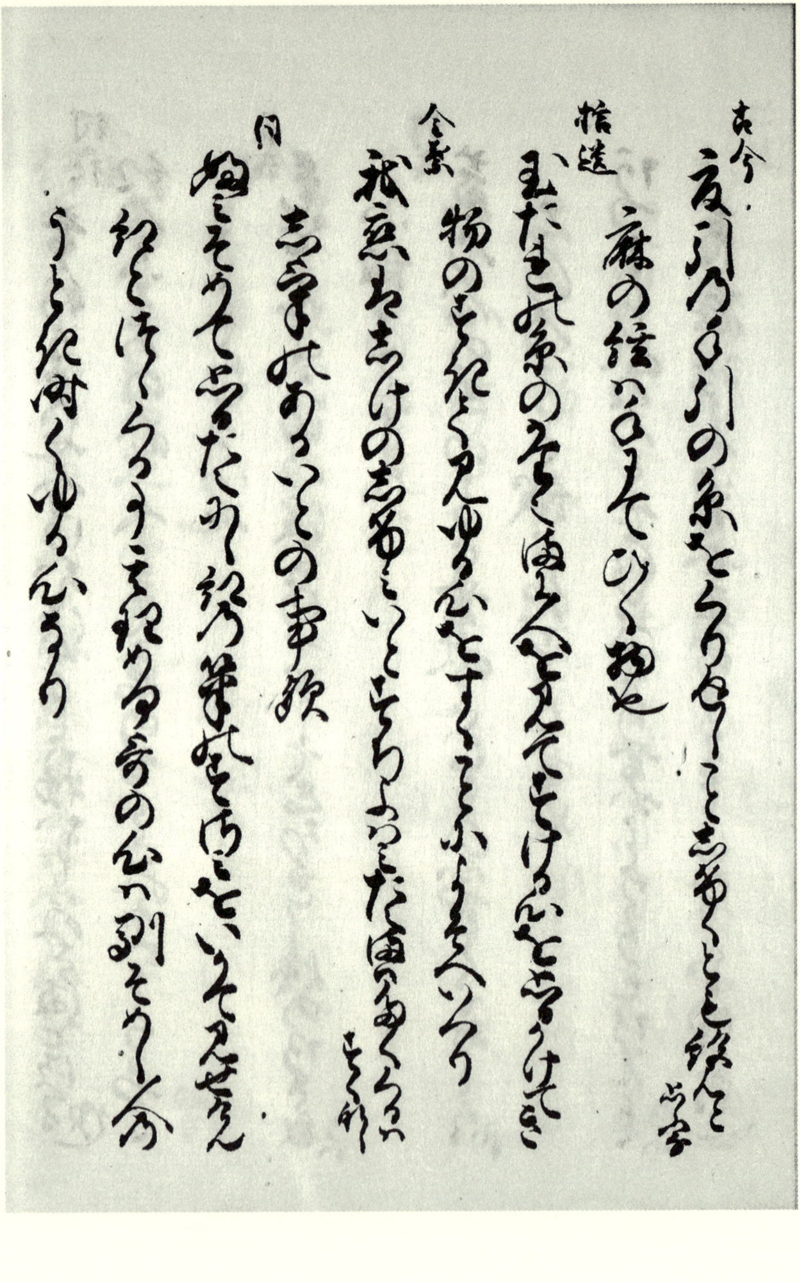

古今

いで我を人なとがめそおほ舟のゆたのたゆたに物思ふ比ぞ

大かたの舟はゆたときやうてしつまりぬるをゆたと云

そをゆたといふそれを我心によそへたり

後撰

津の国のなにはたゝまくをしみこそすくもたくひの下にこかるれ

すく藻はあくたなり

古今

歎てふ事たえなくは何をかは恋の乱のつかね緒にせん

おもふこゝろをいはんとすれは色にもあらはれぬるを乱と趣

せんかたなくあまりに独するなとをもなくさ

むことつかね緒をといへりみたれぬをとかくあつかふ也

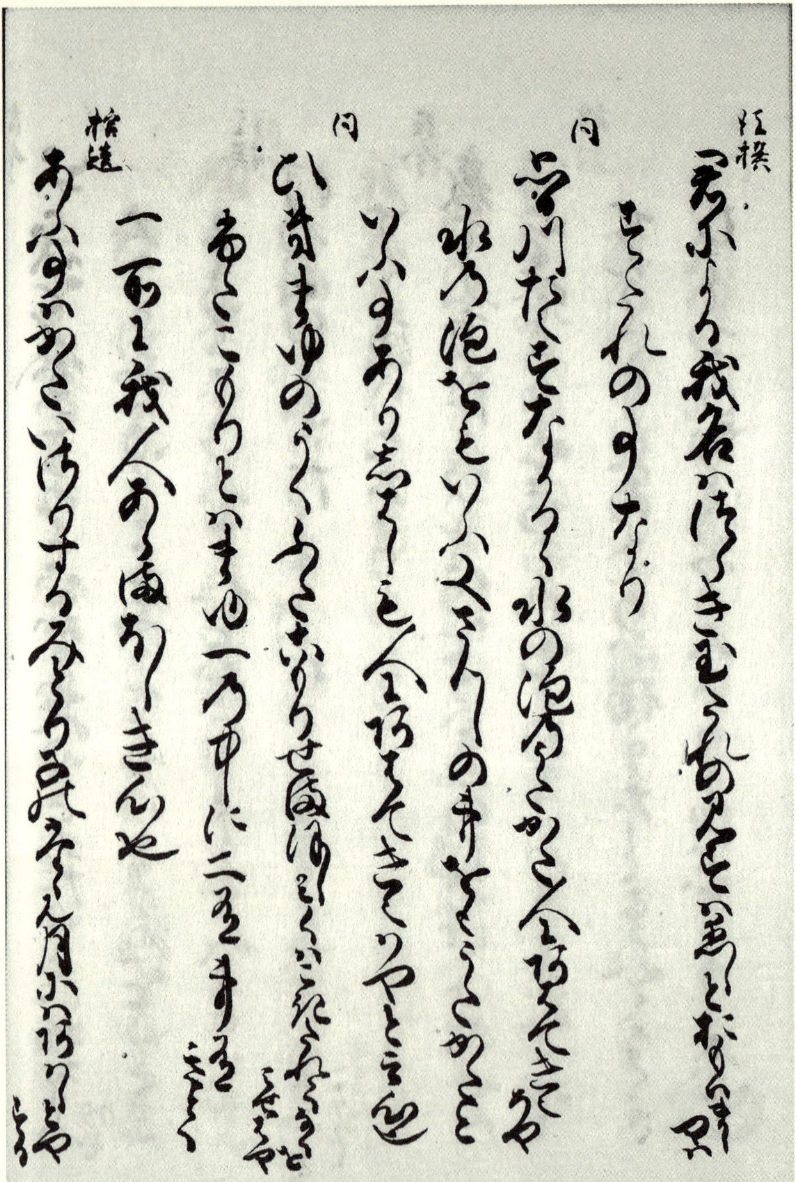

上ハ扇也そらん月よりと八月ゟうてゝかくそやあ
らんとりハさうらや

拾遺
ちるとちれ粉ふとあつぬ秋男ゆへ二字ニよん妹かかさ

拾遺
いちと積色し抱しくハうすくひあつよふとうり
おかめくハ猶ともれてよ弁くるハ家にかへらん頼もこん

古今
えハおかもてうつと同すや
春ころふる洞の扇をみちめ色ハ男を法りとそ秋ハうちかるめろ
をみのうくさ前をさうせんとて赤うくをうる抱

拾遺
歯さしてふ八十みちかよふ中ハ字ーい点まさらせよ
妹の色へ

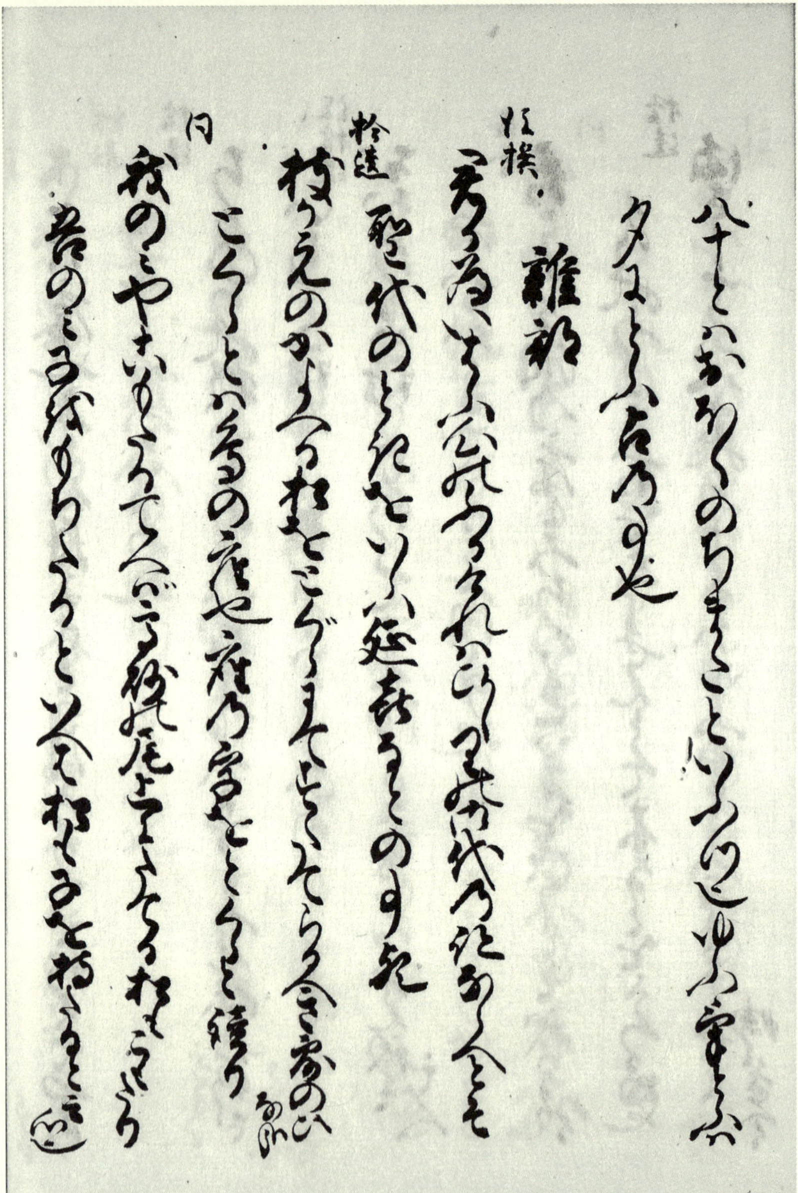

今歌
千代ふるまでとかはらうるを見河竹ハあれての世も植たり
河竹の節とハいふ又禁中ニ此竹を河竹といふ由 上古ハ
同
寿たり代つゝの山のすゑくたのしき御世とうたひき
たのしミある御代也
同
くもりなき光をみかきたに寿ける朝日ハ雲ハなかりけりふ
十一月辰の日も豊明也
同
君か代ハこゝれそと川のなかれすゑて千世をうけたしき あふ
大和の名所也
古歌
千早振いつきの宮のうちも川松ともみそ注ハまむ へさ

紗浣の色にてある川也

新古 すへらきをときはかきはにもる山の山人ならし山かつらせよ

ときはかきはとハ常盤堅盤と書也山かつらハ日かけの事也蘿を冠にかくる事なり

同 ときハなる松井の水をむすふ手のしつくことにそ千世ハ見ゆる

大嘗会の哥也主基方哥也近江[illegible]ハ悠紀

拾遺 方也新古今に見ゆへし

かゝみのゝむろのとふせきとし鶴のたゝ世ハ君か千代のためとや

かゝみハ鏡とむの山也近江にあり

円　あさましく記きる梅の墨に立雑ハ無世也といふ言葉也　云々

円　名所也　尊を讃り

都なく三笠乃山そよまふくるわかる下さへたのしき也

山ハ嶮萬歳といふ心也　下句ハ天下治るたのしみ也

円　太平ふむきてゝるのはしかりとふハ公式なり字ようみ

後撰　さし銅清くきそれ程知へ合にはなるいさ行ゝ也

寄る世ハ清るのこありよありこゝさぬ霞すれ世也頼と行く

今案　清るれこありハ甲斐の名所なり

魚ハ津浴ゝゝ乃岸を行く分ふかよりれぬ幻との記

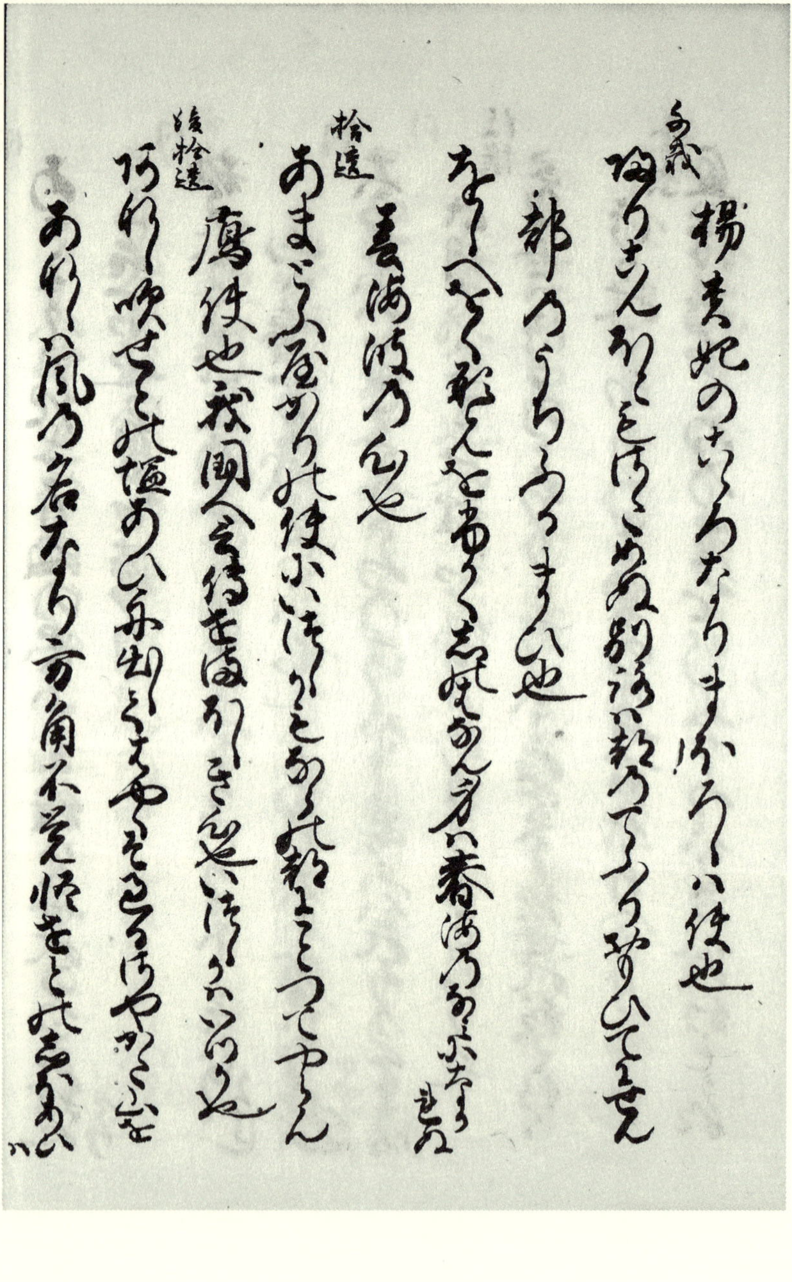

新古 ○かこつき恨なり
いさやまたきや月日に我かこと気色のろ露をかく恨なる
心をこそいさやといふ人といさ人ふ心をおもと
もろこし津湊のくらくたりまた意あらんか枝を
かこつ○詞にいふ恨りまといふは倭国の人をまつふよ

同 花くい恨り
かこつる我身かなあまさかきいてや皆恨にうちまくた 山路集
ゆらふ志つるやつの心

古今 かく語をふかたなる色やくる川のなかれをうきたる
に

三津乃川の事なり

古今
さくら花ちりぬる風乃なこりにハ水なき空に浪そ
思ふ人をとゝめて我まつ時さたの事をくゆる
こゝも八雲といふハ色ゆる事也志乃絶下向ハく
たゆふすゑたるぬさをむかふよするへしふ

日
常つゝき霧乃なかに乃あかりて照日也それわやいあふみ
涼草也涼門の崩るの事をめくらす家也名也
燈乃色也又文字ハ涼草とも云也てる日也常とハ
天をてらすたゝへする事也

拾遺
ひさしく[illegible]住の江の[illegible]

[illegible]

同
[illegible]

[illegible]世の[illegible]

同
[illegible]

[illegible]

同
[illegible]世と[illegible]

[illegible]ますや

同
[illegible]川の[illegible]

拾遺　ゝふつくはいうふをくろくはきこんなり
こゝくゆよやそくさそへてしらへそちかさゐむくと　うきを秋すら
拾遺　母のおもふことこふかとやりくさやそらはい思のあかき也
霊山乃釈迦の御前ふ契てし真如くちせすあへ見つる
かな
同　かひらゑにこの小契りしかひありて文殊の御かほあひ見つる
此二首又くりかへして書ふ見ゆへき歟
同　志なてるや片岡山乃いひよう（へ）てふせる旅人あはれおやなし
万の神は志なてるハ日乃山は志すへひてるかとそ

をとこ伊勢物語せる旅人ハ達摩のまわ也といふ
これ理あるハなし歟
月
いふなりやここに此をとり川のたかいそ秋大黒也の名をやとれ
一二句ハ奈多のおりまて絶也恩のんハあらぬ名也
往捨遠
さるまうしき事を川のみたきなしまくハるう
深川なるこみをとさる孫やれ神つる也ハ人のとうん
みをいふる孔所也
別なるく人ハるへてとあるれくよふるまふハつけふそこね
ふるまふハけるふの家にくるさ道也人ハさふ人の

新古
くくさそとはしかふつことにそれめハはとれき事を
移んそて見まこハいかゝ此つゝ事何中く此気へかるん ミや

同
かそんのます也

同
維かりとそくれなさ紀主経あるいハかなことに生死人の道 の紀

筆の紀也

同
清少女はゝく紛かそあつくの袖を紀て秋とみを 見人

紅
拾遺
佛神を秋を見んたまへといふ何也
白妙のころもそてくるとみかりて、いふそ神の宗乃祁
ハよいハいふひく云詞也ゆとかゝかるも也ころもくるハ帶也

後拾遺
ゝ海とりはあふみのうみに海こそれ思ひの外に風ふけとさめる
祈る儀也
日
ゝおきつ山にいのるむかし神代に奇称をさす名を神をいふよ
神かけ事をいのる意をへとくくにもと称き
事を称と緒り名れを神称ふよそへてのする也
日
あめの下たらむ神のみそかいなゆけれとさめるつの
神の前に其たく始なしとて名すむゆるけに富ろへし
義
りんの神ののれよいつ海をかすみてかけみ八ゑとゝいふにはよとい
ゝ結神也

彩色
絵にかく此ものの岸に堂たてゝはすそけるゑんの
藤氏は南家北家式家京家とて四流あり 藤原
また南はいまもすこしあり北家のミ繁昌
志侍しまゐらするなり

同
白浪にむかふ姫みつてとかうれさや昇此こまりうらん
苔むものはいとこしこれすゑ文か蔵て苔むす姫と云
あり明神のかゝくもむかふ姫は鵜吾也

同
ことらうまれあさ此は光兵部そて秋津洲殿王宮しめ給
いまだ〇神代のことなれとけるかなし

貫之
河社しのにおりはへほす衣いかにほせはか七日ひさらん
夏神楽の譜にみゆといへりへあまりてきこ

同
けふ見れは又壁葉抄に見ゆそれをて閑也
契りけりてくふかや川のゆふつかたまて絶せ　ぬ也ん
本綿のかくつるをとりといふや

同
さよふけて岩孫にさたて露とくるめ〈し〉緒
伊勢あたりの竹根のさ川下をなかるゝ岩根といふ
秋風立ぬ此た絶とりふけ人の此に其をいそ　神也
櫛葉也

新古
千早振かしゐの宮のあや杉ハ神のみそきにたてる也けり
あや杉ハ字不分明たゞ杉のすぐ也文字たゞせハあやとよむ歟
同
立のぼる塩屋の煙うら風になびくを神の心ことふ
志お屋乃明神紀列ありけり
拾遺
みてくらハ我にハあらすあめにますとよをか姫の宮の
みてくら
白神乃かゝす
同
我駒ハ手もゆるかんなきさひこそ風吹寒む夜の
あさひこハ日也とも云へるをとハ日影のことにて
おもてらす也歟

さいそめは衣ハそめん事のまへにうつろひやすくそ　めそへ

拾遺

物をうつしつる本の名なり

祢きことハ此社乃夕たゝきそ此祭をてやめ　てこけ

くものうへハ禁中の事なり

拾遺

みかなしうとく神乃はくかハいせ心をさかそ　うれしき

三輪乃明神ハ嶋也白木をけハ業しける神也

日本此地をまてまし海と也

新古

夜や寒き衣やうすきかたそきの行あひの間より　霜や置らん

住吉乃社の御事也ちきをかたそきとゆきあひの間

金葉
みくさ山神のちかひハちかしとおもふらしきこそ　られき
あらハたる事なり
古今
いそのかみふるき京の神さひてたゝ経殺ハいそのかみの縁つゝ
いそのかみといふハふるきをあらすゝき京といへるなり
古今
桜ハそれとすれハうつかくれとあふのくれそあはさ　らるゝ
引さ面ろう傍ましといふ縦横の縦横まかふす
のたりふさしろたり
同
かくれぬのしてさらすゝ糸のかへの糸のかへそへらるか
常まかとふ姫きくの追糸のかへのたえれす糸ハ極　脚そ

同

とゝろくは此歌は山守のさゝへかねたる所也
引侍らは小吉野の山にあることは行かさるを
尾上に住家のうちに入る誹諧になるや也心ハ
小吉野の吉野山ともいはさるとも山といふ也
只宇紀の山とてなく成ぬれはこの枝のさしはされたる

同義

部枝なり

心の志くるゝ孫の山は嵯峨の二ツなるとの枝を せりまふ
色は露のかゝる数のこのとし山家のいさり 鐘ハ
村照をもいふへき欲不審のす也

同

志ぞとひろく意の有様に於ひても方紙にせよ若やは よく分る

意とする物は悪よつれさる心也

今案

白雲小羽うちかはしなと哀を見えたり

白布にみえて行きてとまるかしらぬ時

雲風に[illegible]月の前の中にみゆる

ありのまゝになり

古今

きよ瀧のせゝの白いとくりためて山わけ衣おりてきましを

山をわくる衣なり

同

甲斐か根をさやにも見しかけゝれなくよこほりふせる さやの中山

夢の内にはうつゝの人を見んと思ふ人は常に見る[illegible]
心にかくる事をいひて見えぬよし也

拾遺

足引の山のこなたに住人はゆめいふもおもはれぬ[illegible]
小寺也太るとも[illegible]

古今

[illegible]こゝろや[illegible]こゝろ[illegible]の[illegible]
たましゐのこゝろみす風俗の[illegible]
[illegible]の[illegible]書に[illegible]

同

[illegible]や[illegible]や[illegible]
[illegible]

同

こよひさへ秘蔵らの給ふにいそれつゝしみ給ひめしよれ地さしよせれあと

めとゝけしきる杖のやうなる物をいふ絶それをとりつ

杖操

たけしの女童とめけしとゝいそりめてをおとさそん(返)

年なまこハ秘ろるかこと志ヲ九むかしの仏たる老不死の

先くハひさしとこらしとかくなむ物なれたる婦と

拾遺

いふ絶それをとおよもからくよめり

みつをたわつるこほりかともなかりるを行き衣とめてにて くろん

こほり川やみさかいのぬるさかおかたりなれは(返)衣かく

くろハ地蔵の絵ふ見人中

いかゝ〳〵ふかくなく〳〵とかくつゝりの編のひとつかほしおもひ
　糸にしおりとハ我身をくゝりて我おもふ所有とそくやこと　ミモ迄

千載
あとたえてぬこともなき岸の根にしなふ草たちかへりてよせ　はる
　根わし草まれますや

新古
白波のたちかへるのゝ高草いく代まてにそこえたる
　菊といふをもいへり又一説に高野をいふ事也　是迄

同
このの花のかたみ文ハ神さひてよそにひとつけるかな　是也
　丹後国にありて文ハ神社とみえたり

続撰
春霞秋やゆくらん住かつれなき松本とせよとそくれ　ほれハ

今案
山乃端たしと申ハ本也我人々志をぬ事をよろこ人々続り
新撰ハつましき撰乃序ハ續後撰ニそれをも侍て申つける
序ハおのおのそれそれゆゑにとおもふなり
後撰
いにしへをうしなはぬかたも命をまてまつよりの名のはしけさなれは
侍るさるをもし後撰乃名残さる事一つ也
ちかしとめの又名をとゝめり
日
久ふかくきすの侍る人の百代の花乃藏をのこしけるに
今義
あるしゝとも花乃あとあるにハつるともおもふてこそ
後撰
春霞のかさなるをもはつかしやかしかるにありかたき物也

後撰
君かはる此夜をとをへにやまつのうくけとそ

同
おほかたはそ鹿の音ちかくきこゆるやうなきかは秋のうれへ

拾遺
それつきもしものそらとゝもに露わき秋あるらん

同
けふかこゝ此志みてこゝ海をはいせのあをと見んとは思き

同
家にきてわかやと見んまとはむすひつのなからに逢けるいはり枕

こゝろへしかは萩の花の夕たえ胡そ見えけり

古今
なつなつゝけくけ春は物こそあれたまれと秋そうかり

いつくてん鴬といふ代りに丈春まつりて萬葉

かはしつゝをこく候の物こかゝたまゝこは夢住

のんも葉末にたかくれ一ご無當此たこれ多くろ
つり枝の物とゝ見えて○此言葉ありてへりくの此
あらたまり也なれ此想力一そ終以る事なりて
ふりまつるさつかなり
古今
逢坂のゆふつきとしめぬ年ふるはあはぬくもなきふこそ胸
さかみの山の春つれば涼山は今る小霞そく
立わくいふく逢坂を越たりと志てめぬ喚留
のぼりに鳴くるなるなりわかさらもいつきの鳥の
声を待しそ待ぬまといふ付く鳥あるは流れ

此心のふかく御心殊に優にして艶をふくみ餘情
ある句也

古今
我ことにふかくあはれせらるゝ此時節今朝吹初る秋爲景 給り
いかなる御心ある此事あるかなしといふ鳥もなく
何となく馬其まゝ人の爲をいふこともなく庭枕き
かきくも遠く家々の方に時乃京氣秋風涼しく
なりとり時庭たくきのかたをありてさとるの
秋草此中におりぬく衣も露ある時袖爲
乃庵に待のうき也に物ある事なきは人の心庭

あくふれてこゑ鳥をたくりとめ出ぬく同やき
荒又見ゆるすふつき待らんと思ろろろつろゑムミろ
名々ハ沙集氏よらありひあらろう也
古今
立うり衰こそ思ふうそこく人よむとゆきろ殿
ふいちろうけろく人つきえく年月とをミ
我とうひなれ事と思るめひき中く長らんを
鴎くなのもえ人ようろろうとをれきてうう
いよくろろ長るむすとみふえろくハやの
ありくさろ時立帰て先もえろくき葵也

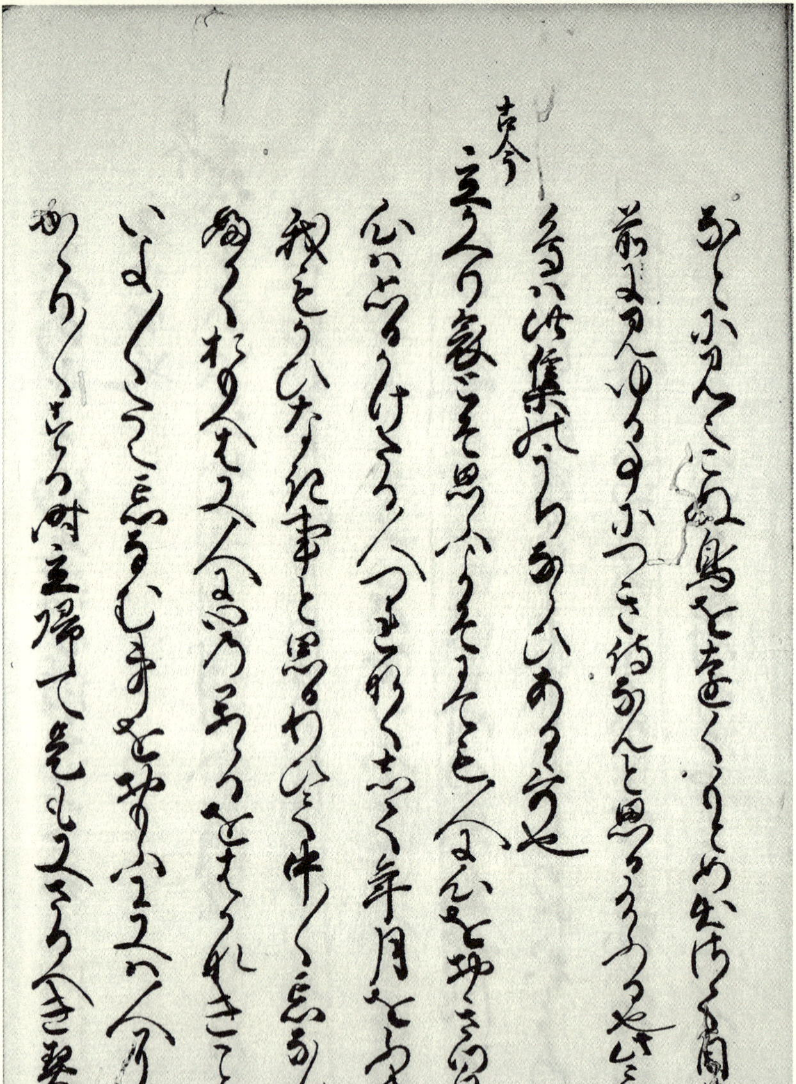

たゞよふ泡は、おきつ白浪は人の心をたとふるは
あらそひて人の心のかはる儀をかはるといへる事を
おきつ白浪といへり。水鳥意をたとへるを
世中にたゞしきなさけをいへるにて候
業平にも侍るにや
夏衣身をいへるは人の心をうつろふにたとへ歟
しらつゆとは雲の上のたと悦と合ことハ
よわよきこゆる物を我人ともに心を侍るよ人の影
さけ稀いへるは我をおもひやりてきこゆる人を

歌よく読る者なりよく〳〵心をとむる人ハ見え侍る也　今案　哥の心ハ

古今
しらかこ此歌なれはこそ漕舟を風にたくふる也と侍

最後ハ歌なれはこそいはんかた也　歌のさかゆへに漕舟を

風のたよりとて行かたもしらぬハ人の世の中なとの

あはれにおもひそ我思をもしらぬ人ハいつあと

きこえたるよし此出来何也　又云　歌のさまをいふ也

舟を風にまかせたる地也　其趣ハたゝ此

うきことをいへり　清輔の奥儀抄ニハ公任卿説ニ爲

の理ハ定家卿の注也　何も同事なから定家卿

古今
錦となりて南流の理くまなりしも
秋の野の花すすき穂に出て咲むものの色もやこのんてふなりと
尾花よまして咲むとは心葉をいふ也莖の
勘ニ云秋の野盛なるに花すすきのかげに穂のさかり
つんだし此それやうに咲むさるとも心のうちほ
ゆかり此名よとてよみ人しらぬとよそ色は心葉
のはて也思の事はかくとは序歌也色也しおもれは
色に出て思ふんと云也

古今
花薄は穂に出て来るかは色に出ての下心はゆかりの心をしのびつ

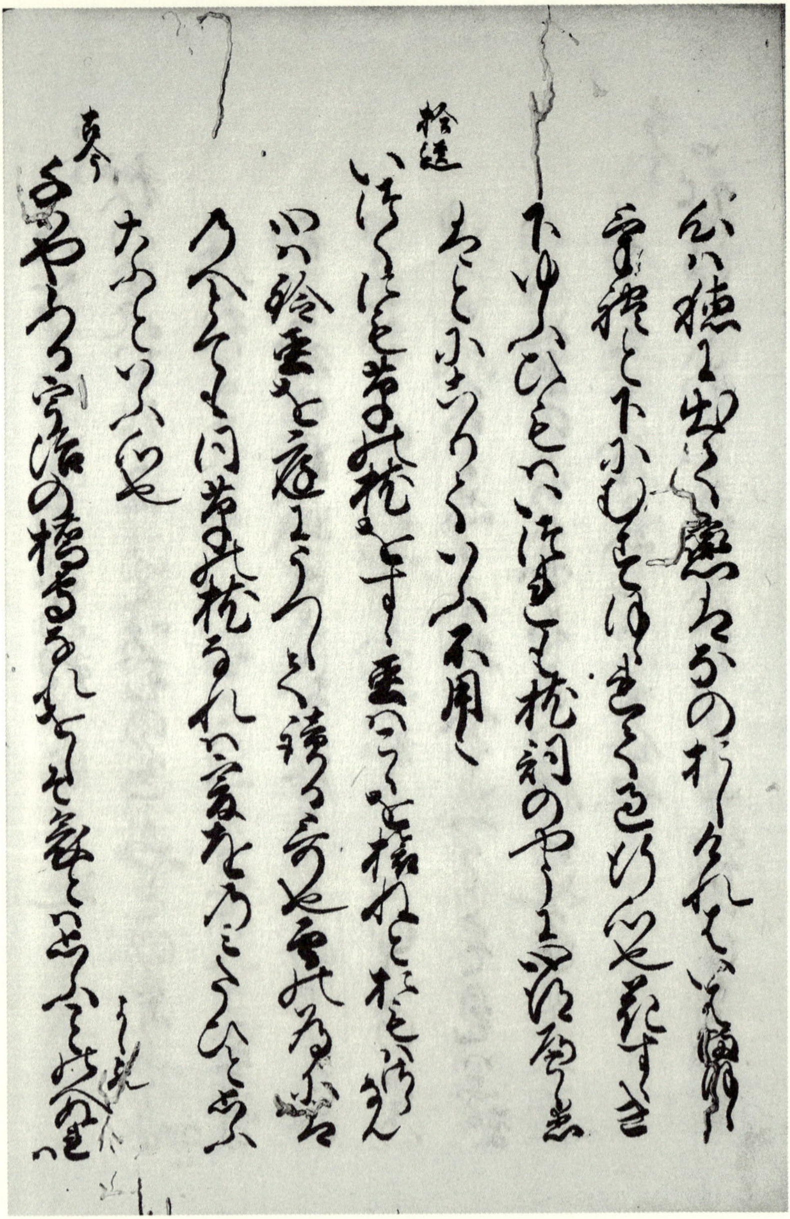

ちゝやゐのうちとはくらます義藝の人ゝ公家
別也是は橋姫の明神なりすをいへる子振
也といふ色の思ひの人は石あるへのむかし往年へき
内橋なるも義とみすふらし也

神なりとは宮の公乃社參かうこ此分前と義のある公
神垣のみむろとは名所とあるそみむろとは名の
神なりすも山は神路の山也思乃山は神領の神
まひく神木此物のみなさ後なりて後とより
寸勝の名も名所なりこ宮とふりをも神

乃ち續乃ことはゝ

古今
君か代は千世にや千代にさゝれ石の巌となりて苔の
此君の代乃久しき不窮者進依千世にや千世ともまて八千世
と云乃心を歌や文字てふれ也上て付く也
也

私云
此一冊従古今始代々集のうちの詞を
為初心者命はるかにして注付するもの也壁
案て後不他言
延徳三年秋八月日
宗祇 在判

此一冊去年夏於堺ニ玄澤ニ対泉州塩穴
宗長流房ニ執心之余数日相語畢以芳志被
見せられ候統縁ニ令書写者也　可秘々々

天文十四年乙巳　八月日

平源隆相

以本書写仕候者也

自讃歌注　付百人一首

自讃歌注　表表紙

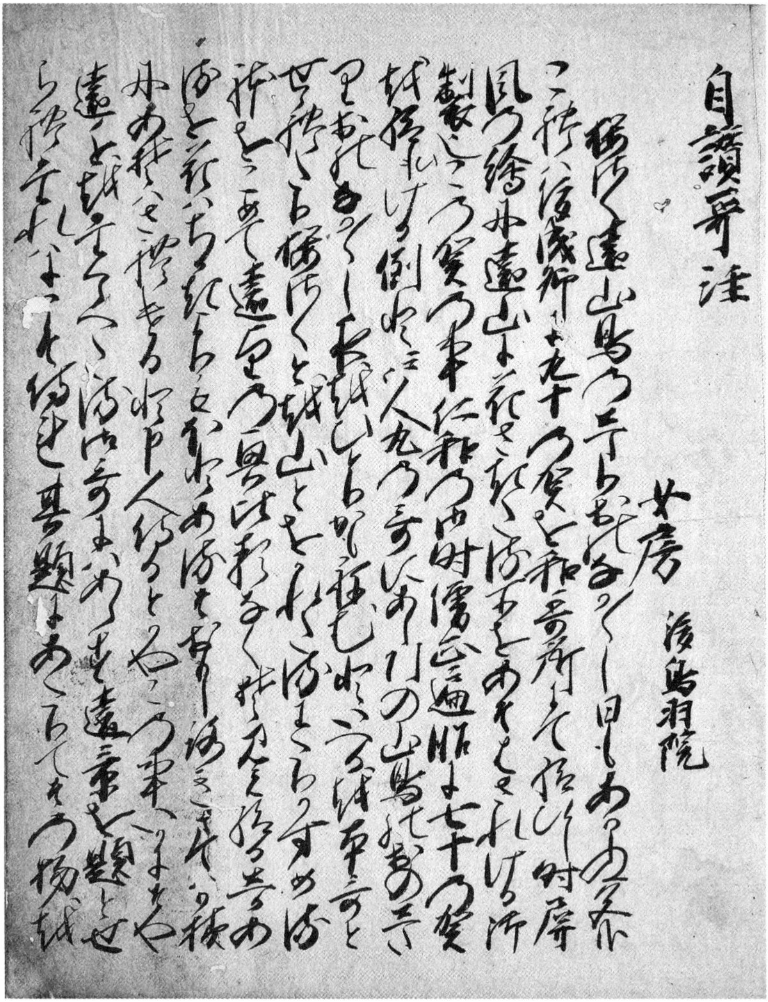
自讃哥注

女房　後鳥羽院

桜さく遠山鳥のしたりをのなかなかし日もあかぬ色かな

書きつる事いふやうにてめてたく笑ひ
秋石ふれと、殺えつゝおりぬる
音神と物事、沖侍ぬとくする次第社なと
出つる事製社のをしくらも神のあつくいすると
伺事物ゆめにそれる神をといし申そと
もちまけうれ三の時こへて、 擇ねうをてきらこと
物のよされんて、礼 楼上にかくゆめのをつ盛様玉
格してくあおげんはや
祗薗ほまつくゝる嶋めやかく神つまよゝち
忠をつれよみとたゞのろすなてきよ
中にも侍には ろめきこや、たつく三言きそ
谷山つかへ以時雨ぐくたさい
みをあり持ちをくや をめむつゝくに
まれ以源太よゆ世を彩くやろとし内うとみを神つ

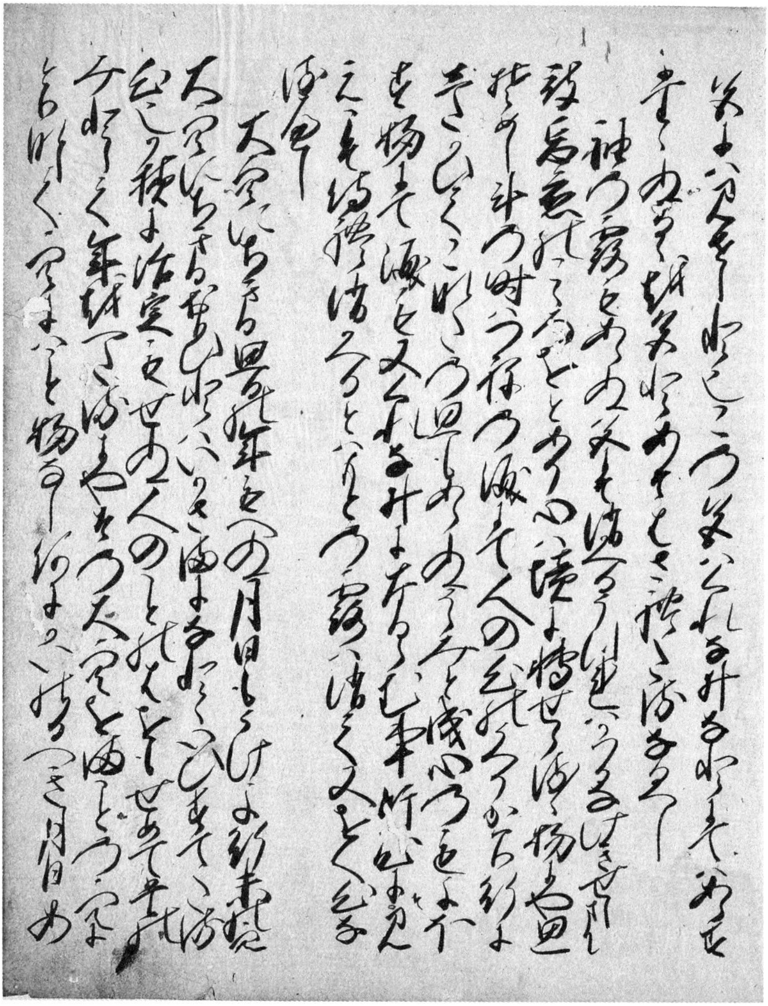

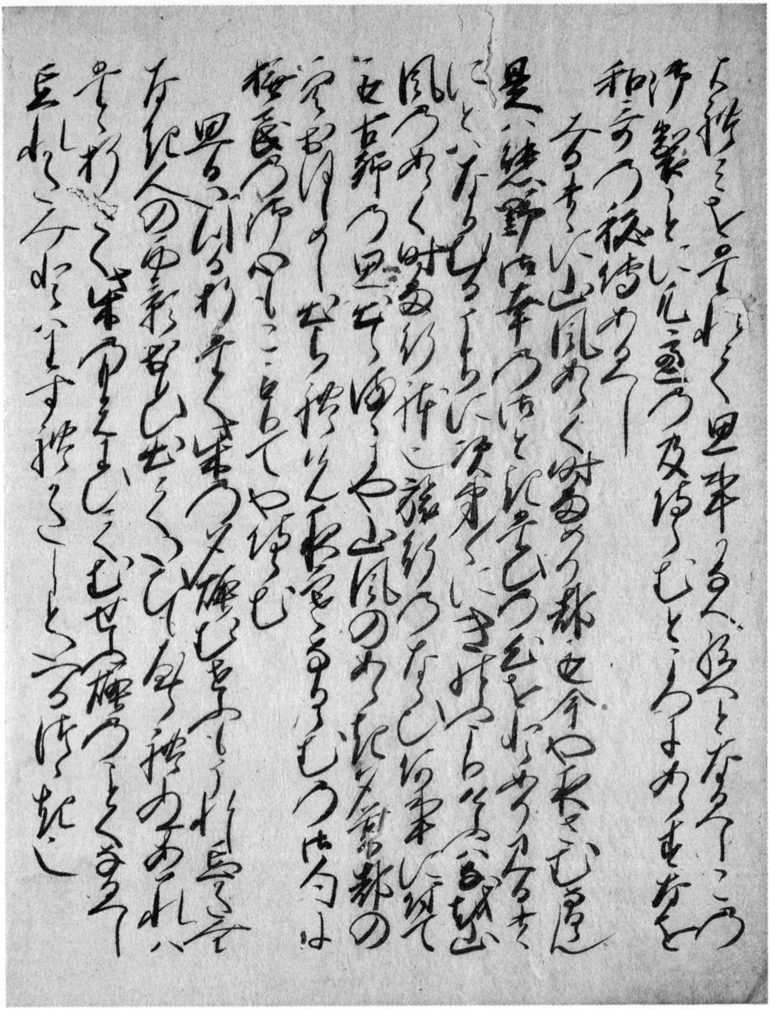

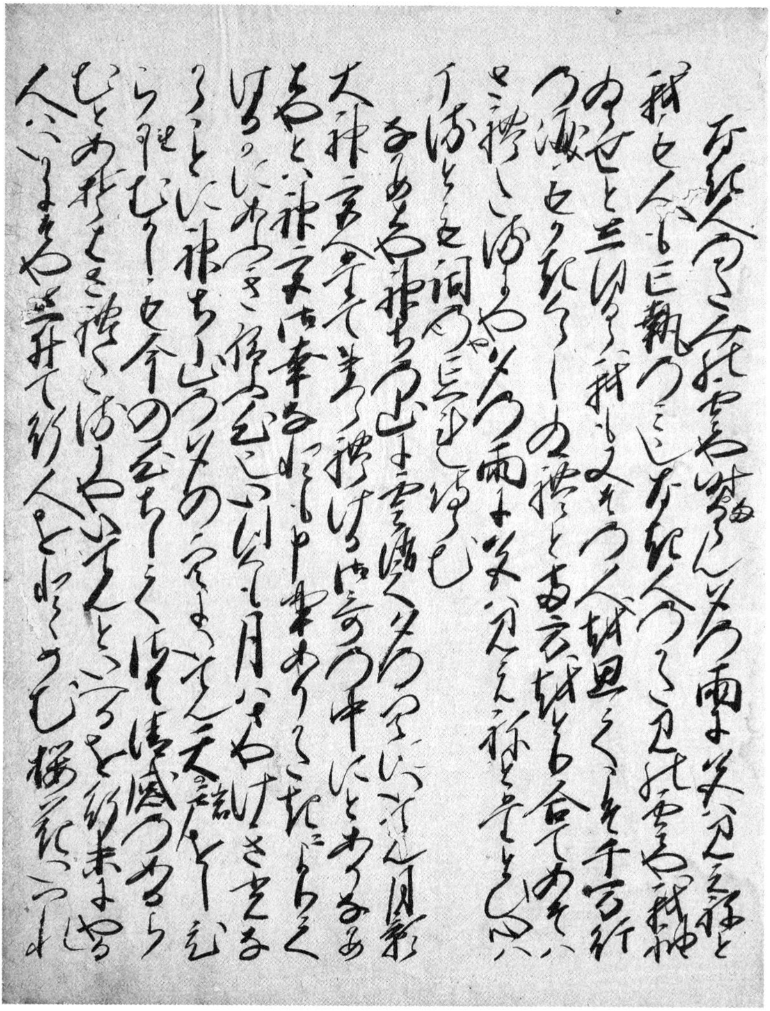

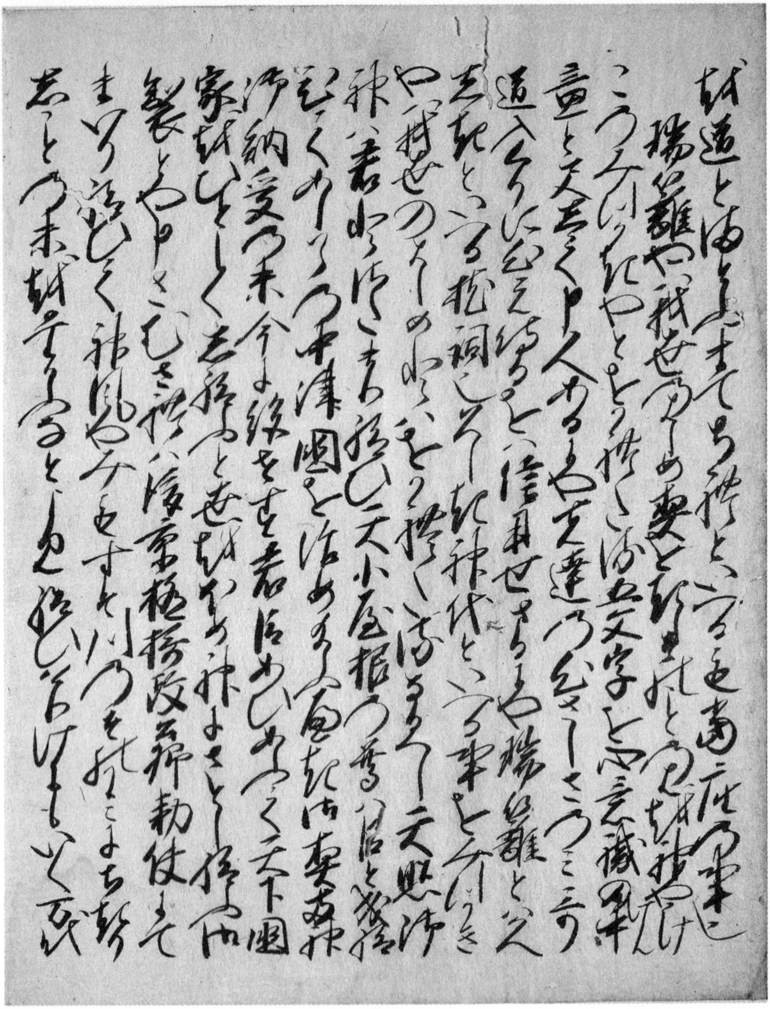

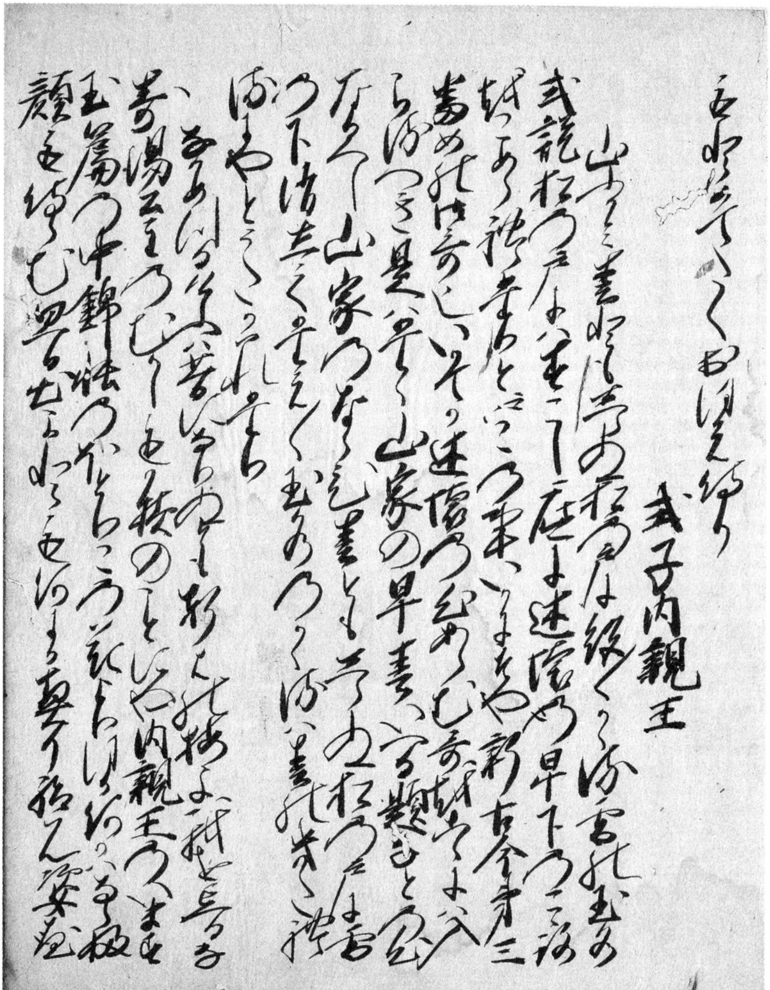
式子内親王

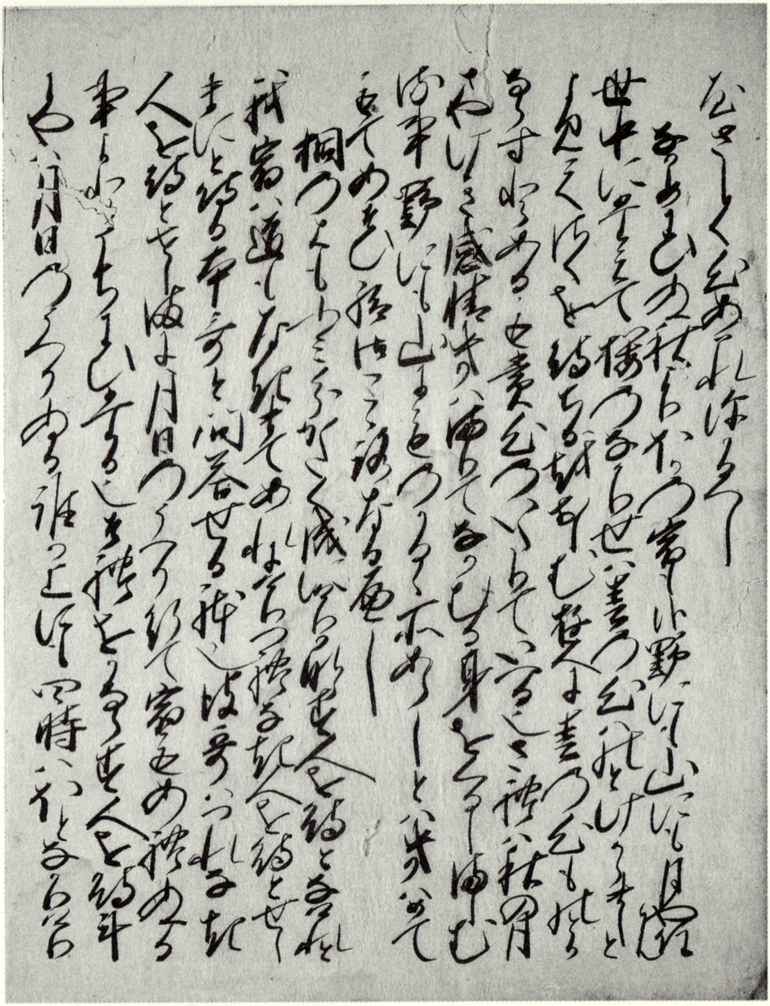

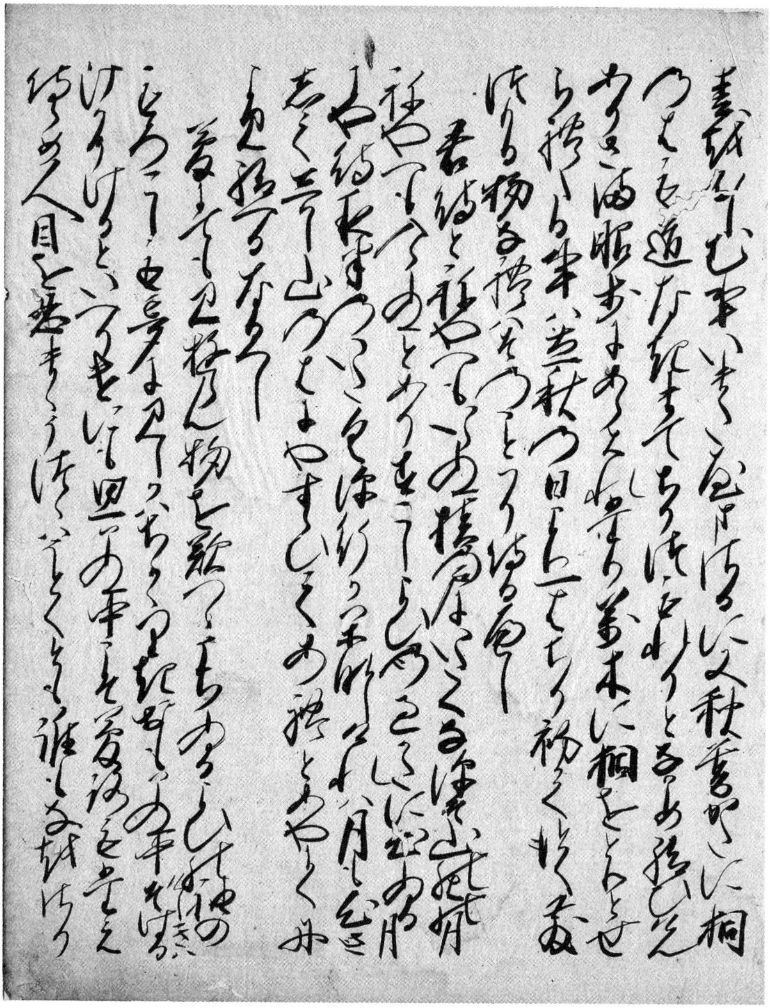

自讃歌注（五オ）

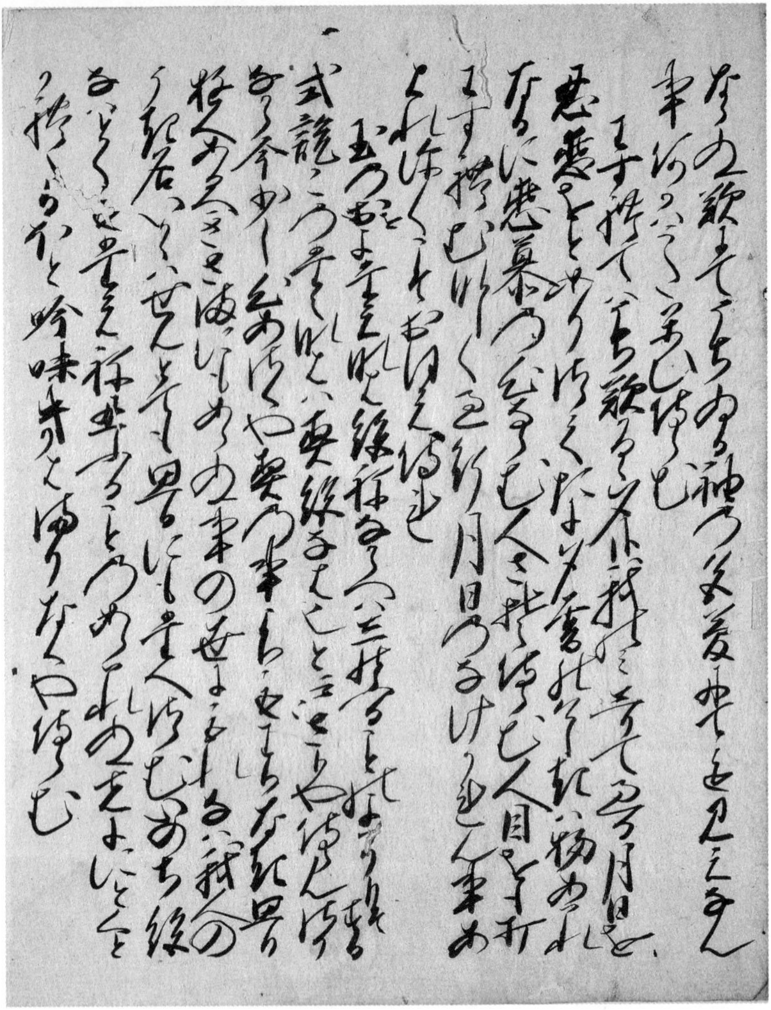

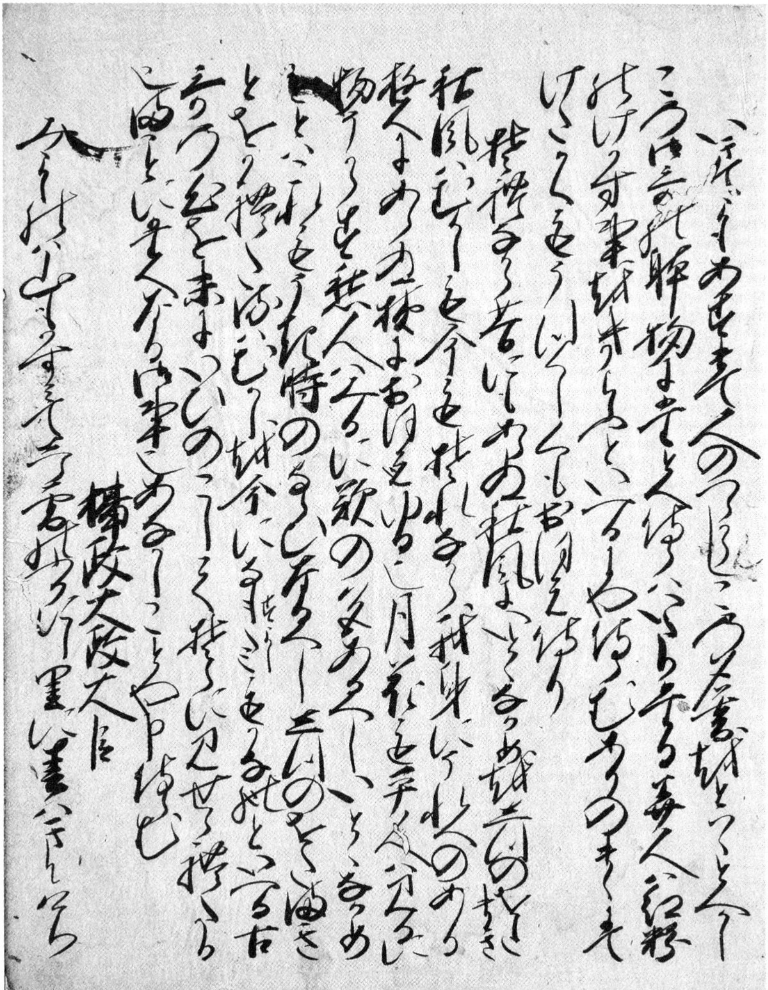

自讃歌注（六オ）

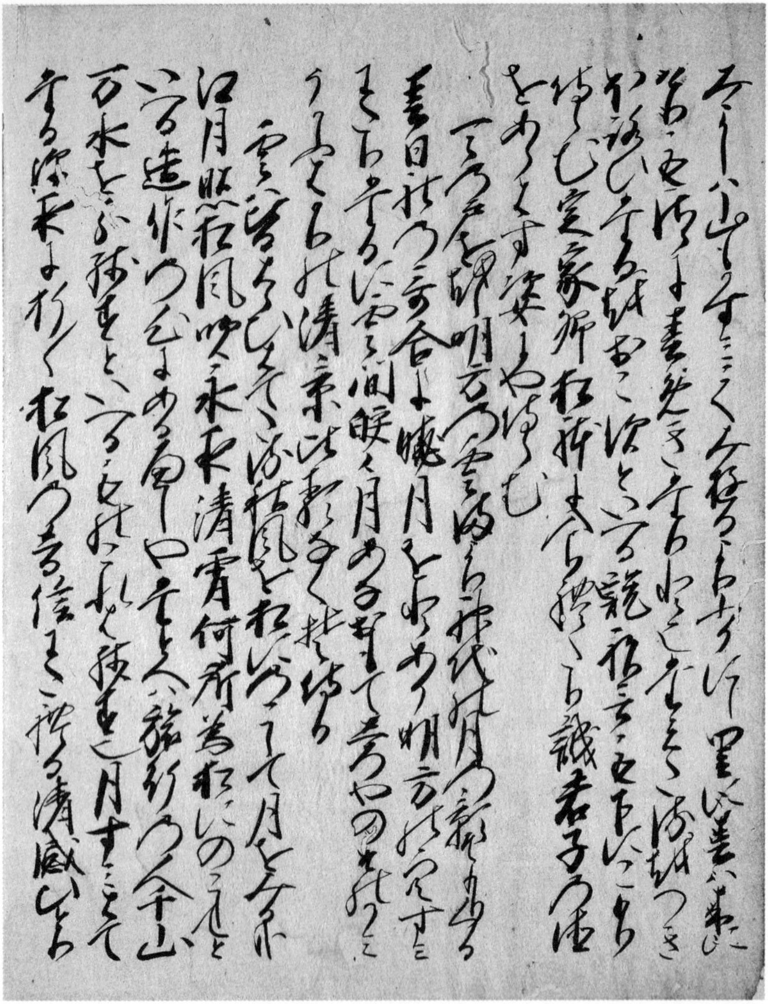

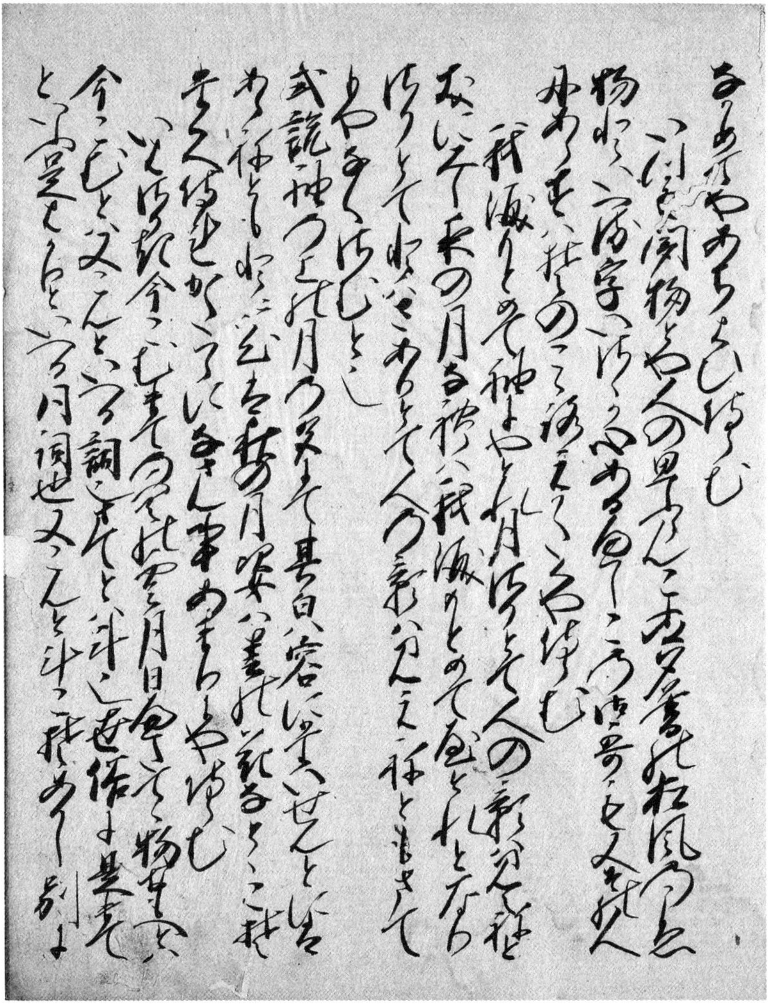

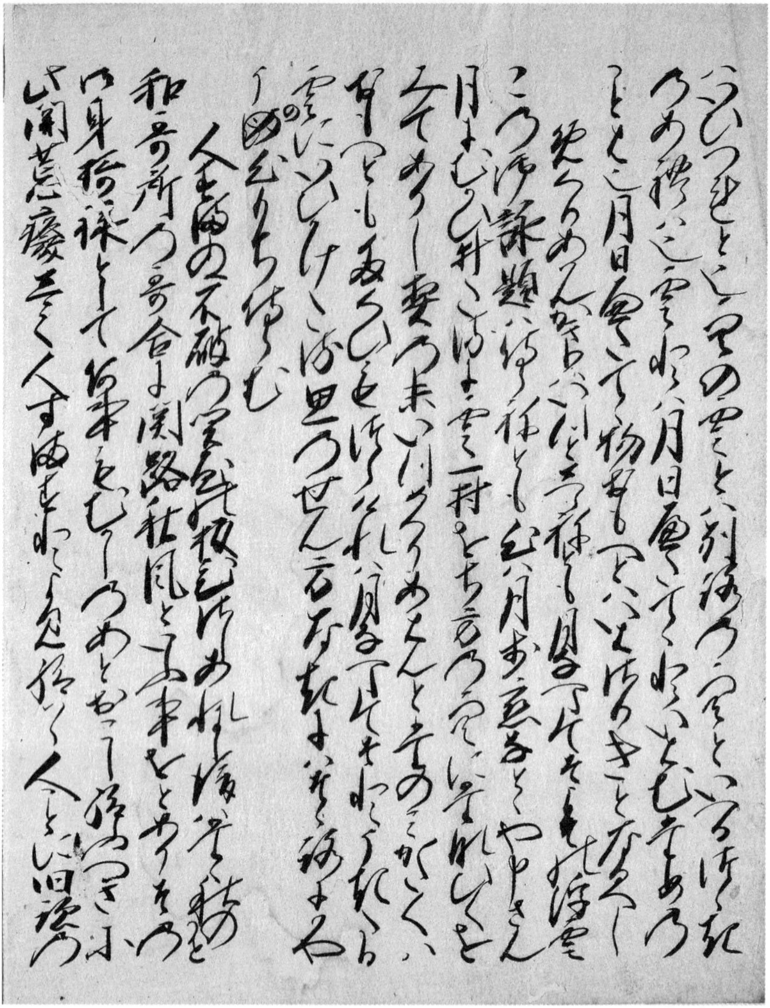

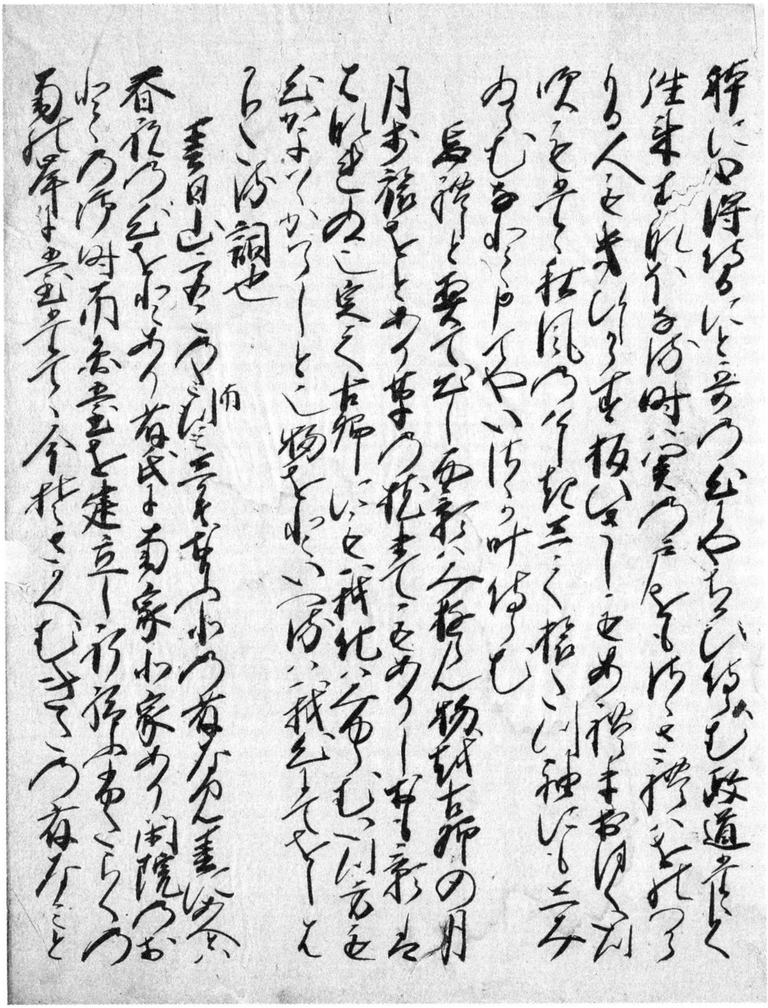

神詠めつらしもとさに小家さるくへちこり車ばれみ
さまくはなりて三ツ矢を今ひさとくほらをして
さらゐゝ上書日山林の青いかく持う小の
さらに見れい対ことほ事とく也和哥の意うた
とく大るゝ又ッをこ候き侍としるゝや

天台座主慈圓

心開そう悠する月の谷を杜け沼えてを秋の立ぬ
丸世氣にむ対こ月の感情にもなく又より
そもかさや立ゆよそりきに物うめ心こをく
さ流すにくちなるふらうきヘ一今秋の月を
こらやけき永幸るゝ減くそちむしッ秋
さ一仕を心をつ色そ守ゑに写そひおく侍ら
木丁ち可な神ふ行きゑ侍らひち侍とうて
行安ゝとう侍ふち古身なれあもと侍こる神

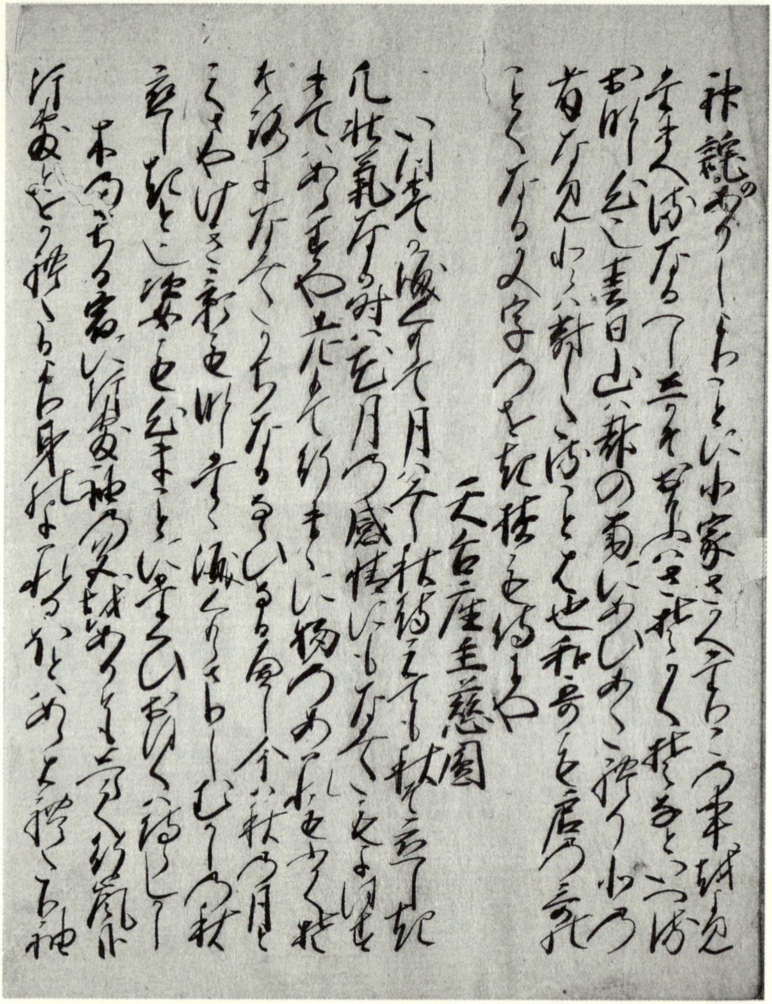

の白露は林の霜葉を染めずや侍らむ風はふきて来れ
と秋の暁はなにとなく心ぼそき物哀と也秋すれ
落葉ぞめ悲しく侍る窓の中もむ草は麻の邉楚人
の胸にあり言葉なくや侍らむ
霜さゆる山田のかり穂打落る人哀しむの侍りけ
武蔵にはの迷境の秋とかおほへりの哀にも侍る山田
にはやうやう霜をかれ田にあつかへり拾ふ侍るに
打つるる鉾見ぬなれば伊勢の寺拾ふものの音はやすし
けそくのしけるは草鉾とせて拾ひけるとや
野邉の露は落葉にしてや哀れ侍り袖にまる萩が風
たつ此の大空とゆるやさかと侍し野人よこりきし
ませの露草も秋袖にひと侍は落に枕露は吹
萩の上風とあるへし袖にはこれ一面に千夏万恨
秋にあり拾くらは此言の姿識白圭のけしき侍れる

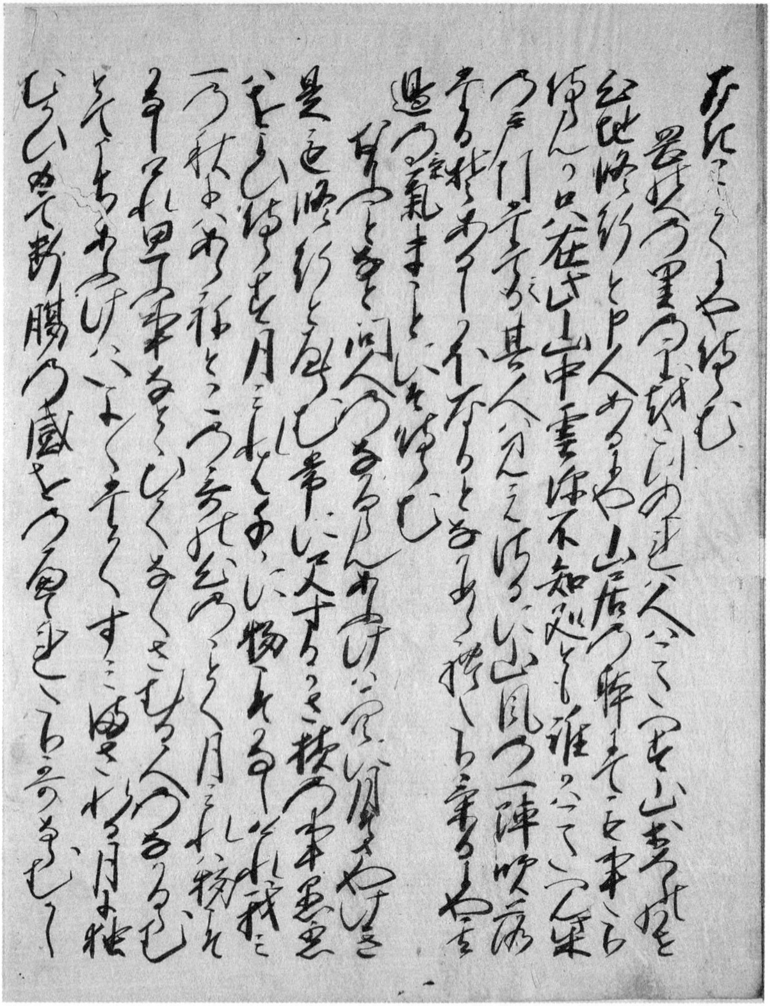

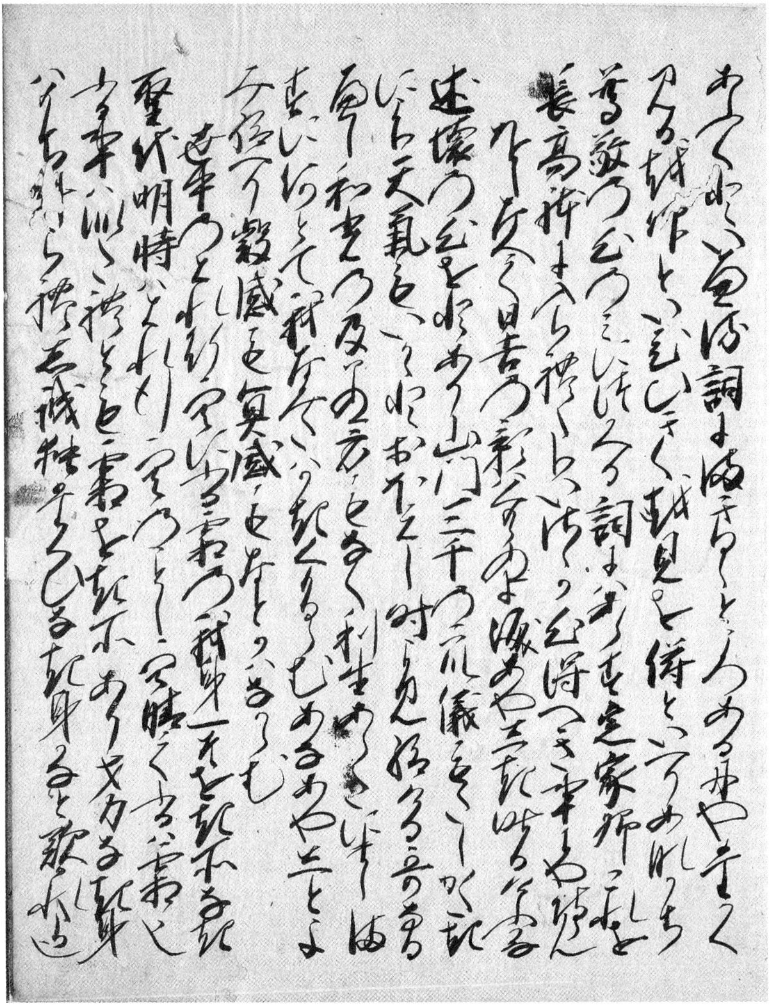

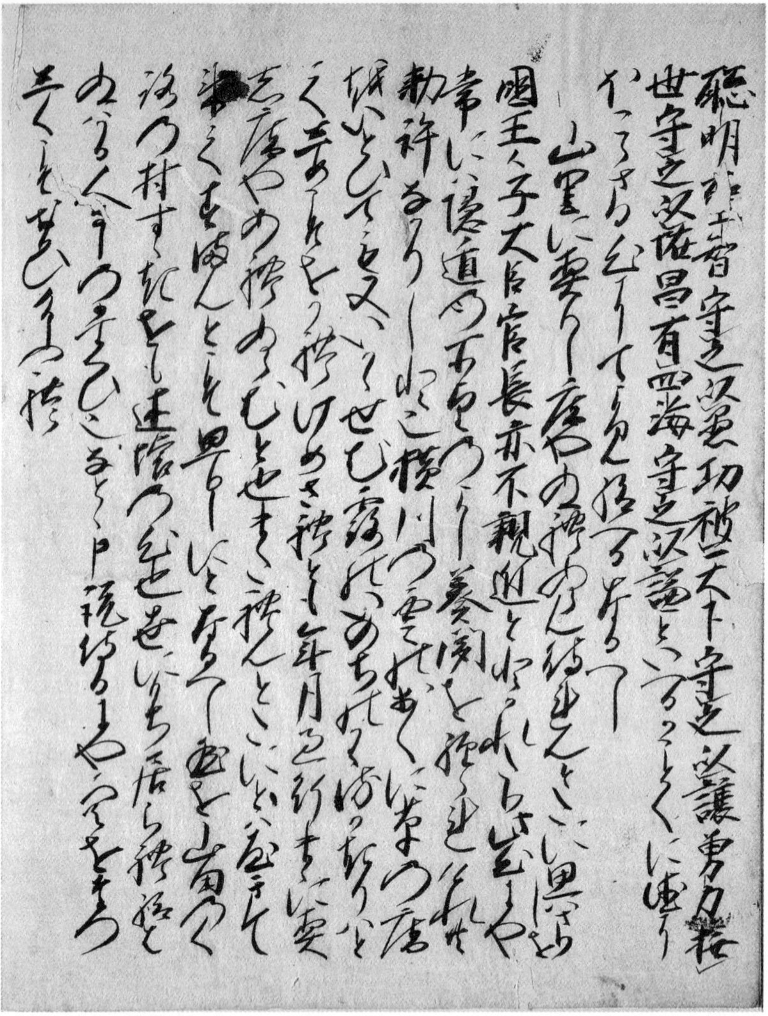
聰明睿智守之以愚　功被天下守之以譲　勇力振世守之以怯　富有四海守之以謙と、かくのごとくに侍り

我すめむつ社ゝれハ六ノ通ノしく書
七社六ノ道あにハなり對りなりてとれと
おむこ出き神ハほくハ祠をつとミてしく
けくゝとよしとあ可ミ高位高妙ノ宽恋とゝ
志れり迷肓誘引ノ君便ゝ作ノ文意ヱ恕ヱ
つくて酒春ツ技三リめゑすとほよる
　　　　　　左朱門常通卷
三鳴ちう弟もゆひとめむひとも墨帆
ぬゝゝゝ人字上古に合れにる郡書色ぬして來と
詩ヒ作くち合ゝすゝ合ゝらわをいふすゝ高源守ノ
ばとひゝほに用ひ沱ゝゝてつゝけむる字きゝ
色ヒ時号合ノ睦とい沱ゝゝ心深べき來と定家
翔ヒゝ禅くらゝゝっゝゝ。ゝ書よ女もくも
小力ゝゝゝゝはよらや筆ゝ載く意窗むもとしく崩

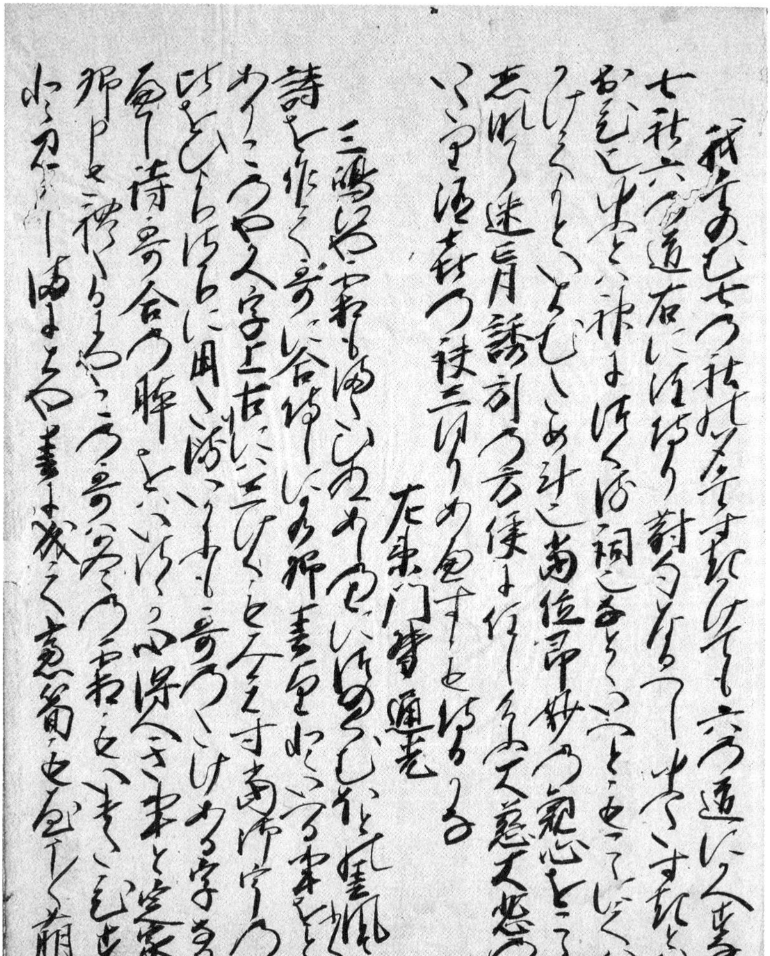

せめてなに枯葉の風の音聞けはさよかとまつ音信や
わさとちるあさしの色なる色し情のくもといへる半
慈鎮和尚なとありておもふ様をよめり三嶋江津國
武藏野やゆけとも秋のはてそなきいかなる風の末に吹らん
むさし野は広くしてゆけともはてなき様と日数をふ
様もはるかに見えし末にこそ我秋のこゝろその折にみえ
我はいかなる風のかたへともなく行末もしく
おもひなりに吹らんと歎しき也紀三年舎裏闕
山月万国兵戈草木風といへるや、作のかたなれん
明のとて野へも山にも廉のめて吹とく秋萩か風
廉とはおもへともせいつく秋なる様ましにはくれ
ところさて千草の中に花咲とく萩の下風
鹿鳴草はいはゆる甚名也云々
はま又いはしてみの明月ほる月のやう秋もの

弓人の御宿に許されて落合にて一夜ふかしつるに
物にうちたゝみつゝをけつもむ匣を持ちまうけ
ほめ給はく明ひるよりけつる人ものを曇
見侍り事いそきて別て留めゝてつまとふ
かき子ゐたるよう月そすみち合そと
も明かるまろけたる月そとみそむ合侍く
めしくそのみゝめたまゝよろしく盛々に返しみこそ
つ櫨をゆう下ゑ也申せよ鷹野なるまうそ徒をと
かもまよりそえ入らしよらそ都さふいくらま
をなきたるこれまよふつ○やをきくよふ
ねはえ過ふ所食そゑ
明ちろやれせ月くすゝ人此神のほら
川霧とうつる車とをやる武蔵早くおろれ
立神関わやくつるにいくとなると飛やししゝ

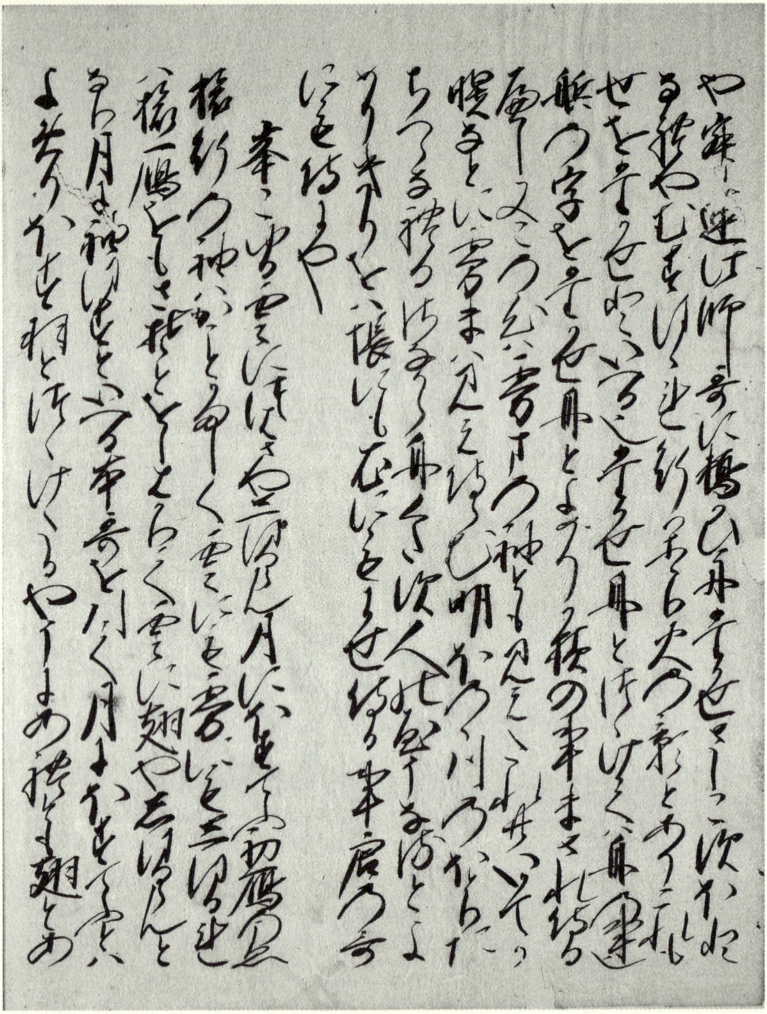

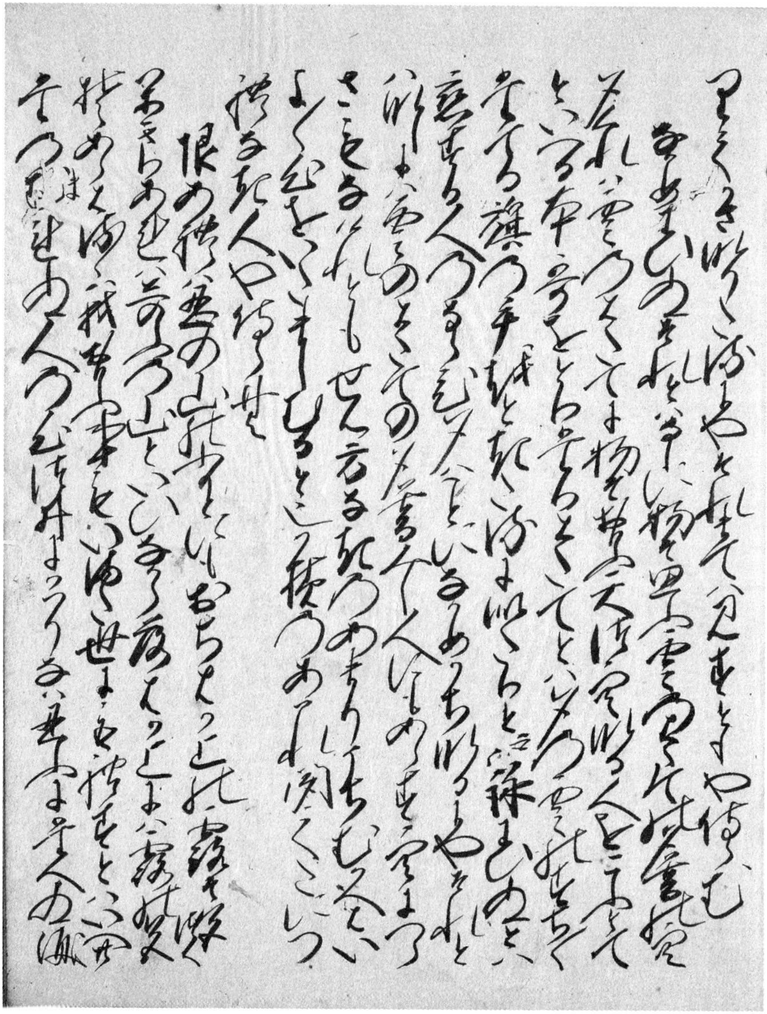

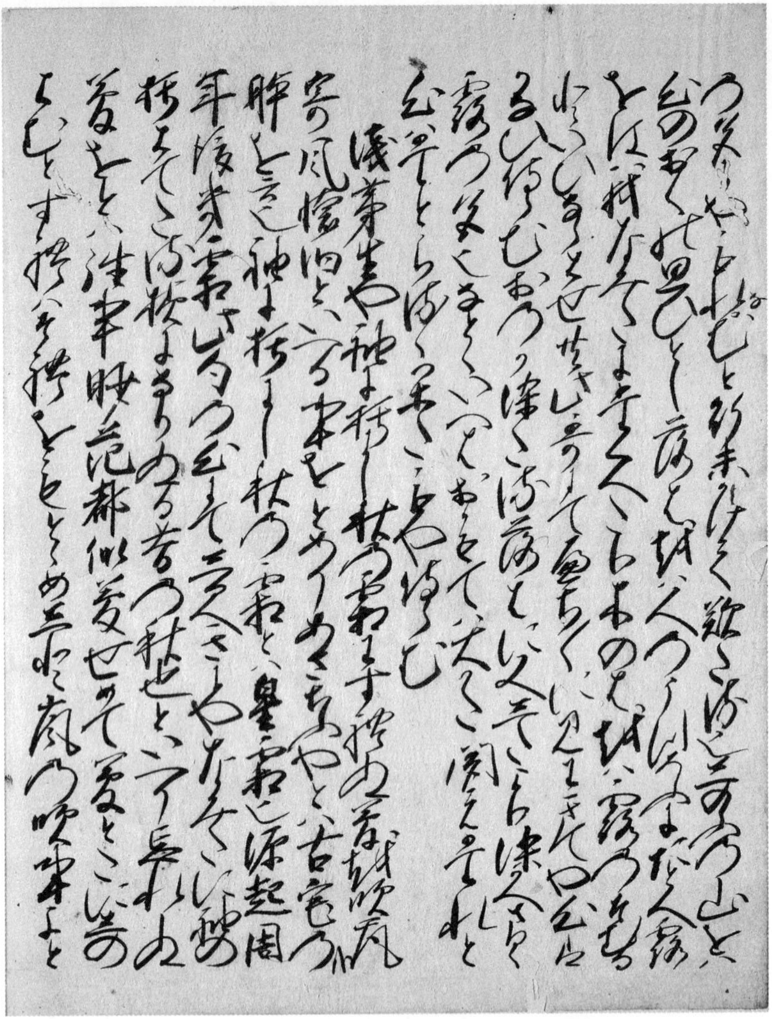

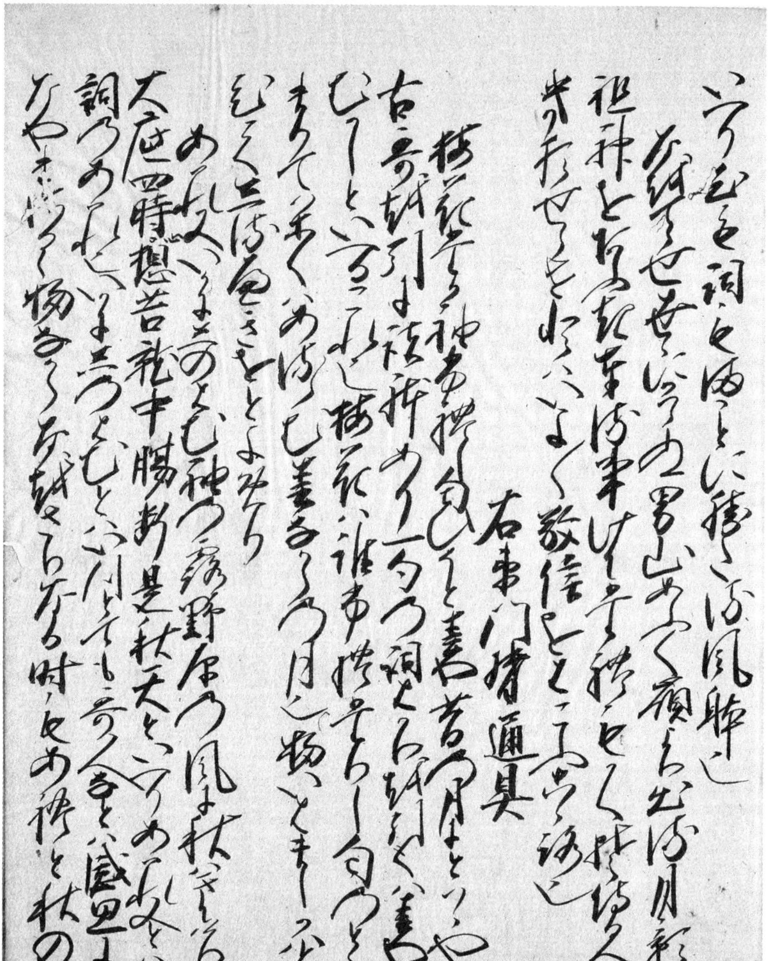

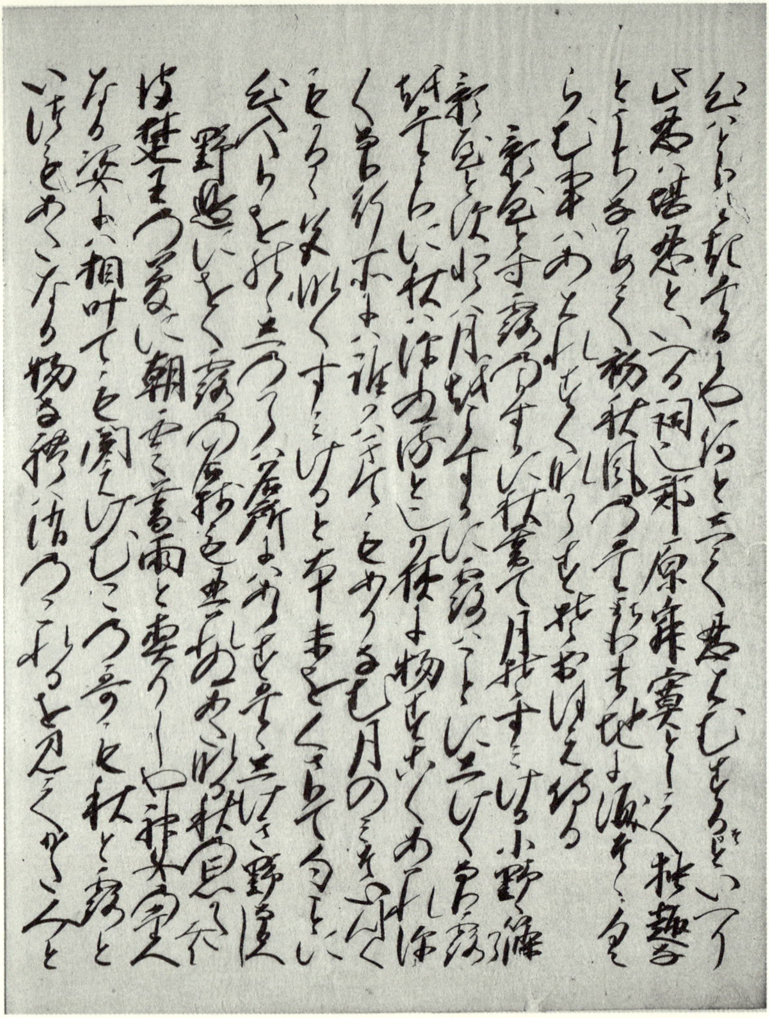

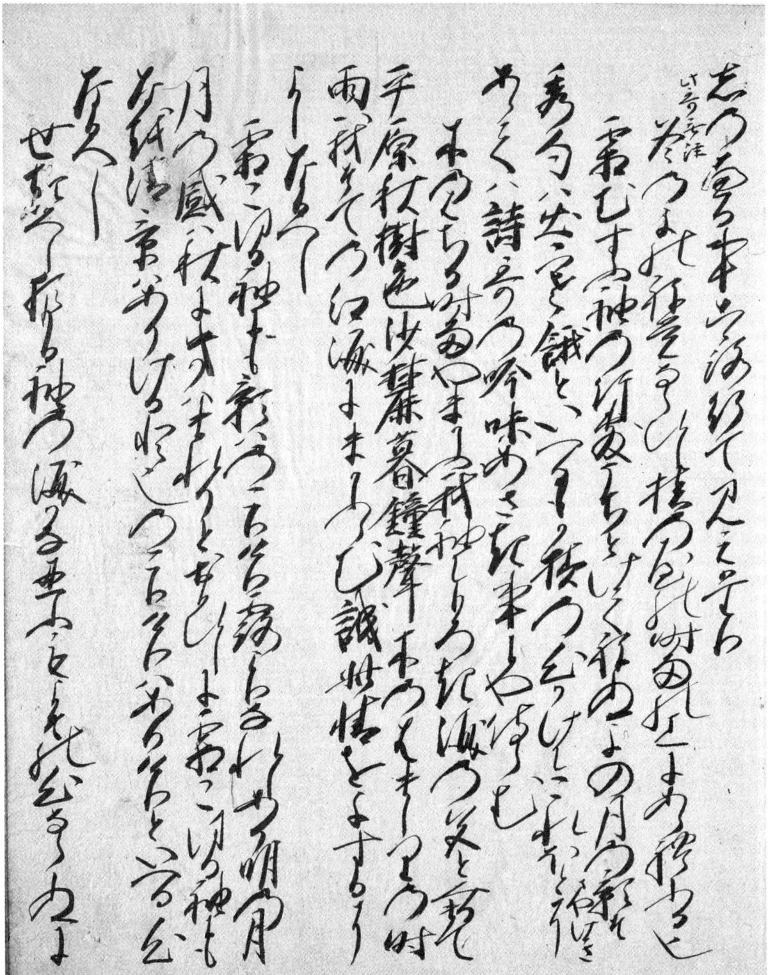

思そは涙といへるに悲しみのそこは惜といへるとは涙のか
ら涙色紅ならやをれたるに言ふにも紅涙其なるに紅色
なるにの程なりけるといふ悲しみのそこは惜とやいふ侍らむ
今ここんと事ことに言はれしそて紅は此涙あり明月
まつ惜しむ時ら紅惜しむ事はそこあとなれ紅葉に下
来たり此涙月のころに於てそおけるも哀れとて
花をと一すする眸也

釋行

昔せし草の庵花ちる夜の雨に涙添ふ人拄山耕云
蘭省花時錦帳下　廬山雨夜草庵中といふ詩句
餘習ありと備へく今の言のとしむりと悲しい涙紀に
なく我好む丈夫なり楽天の紀は短文の締する前よ
めてまさ山郷のまは高道の堪能としてく上下の親
紀となる身にしとなれく行の述懐の時も其の中の惜しも

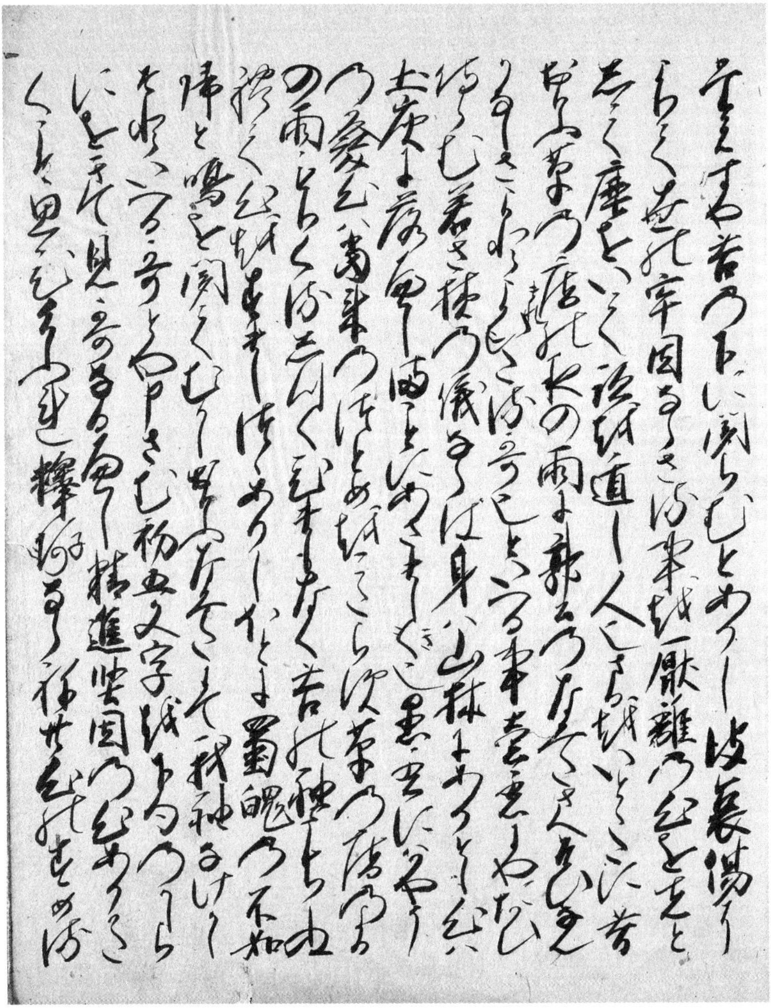

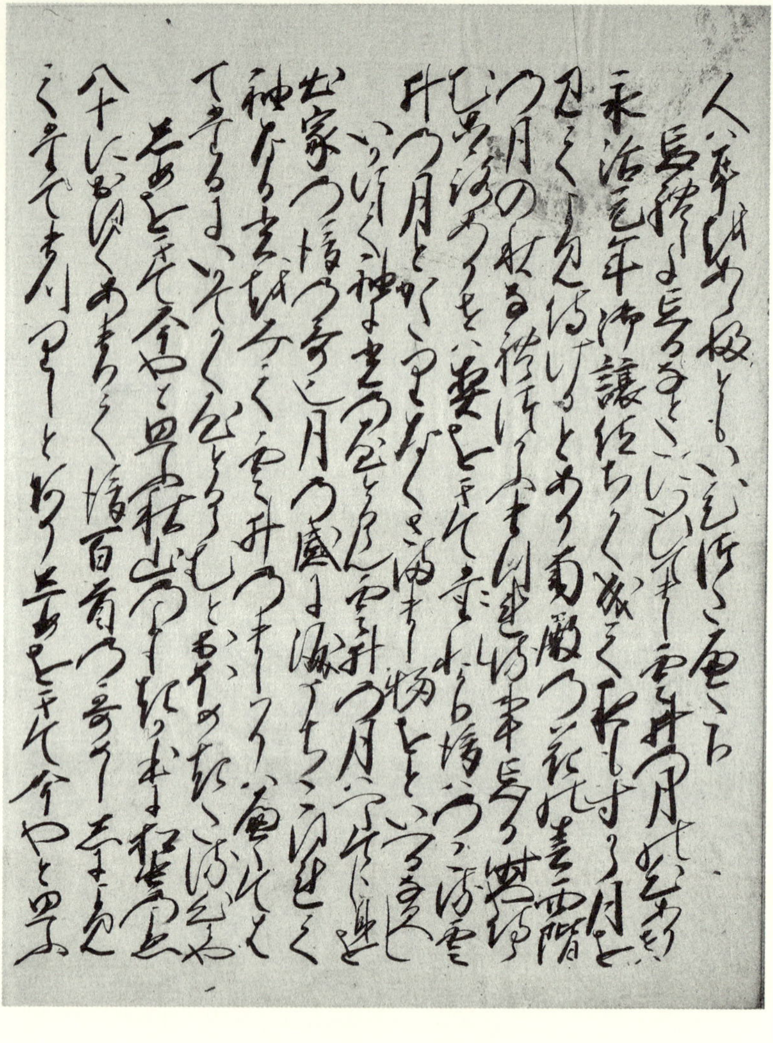

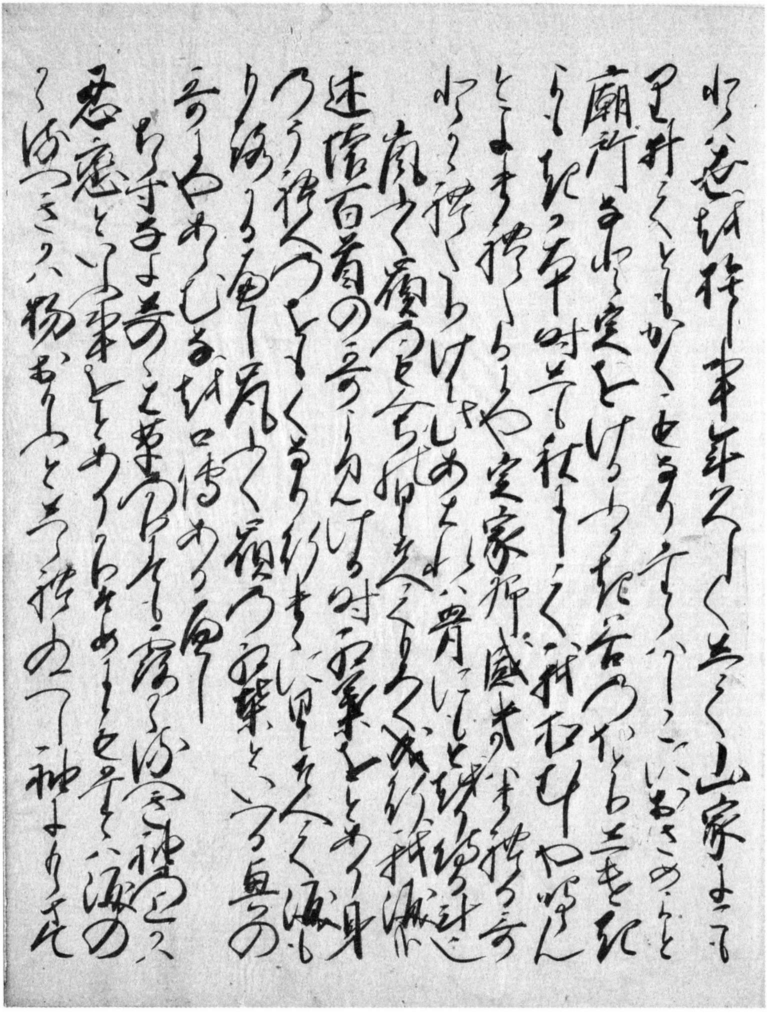

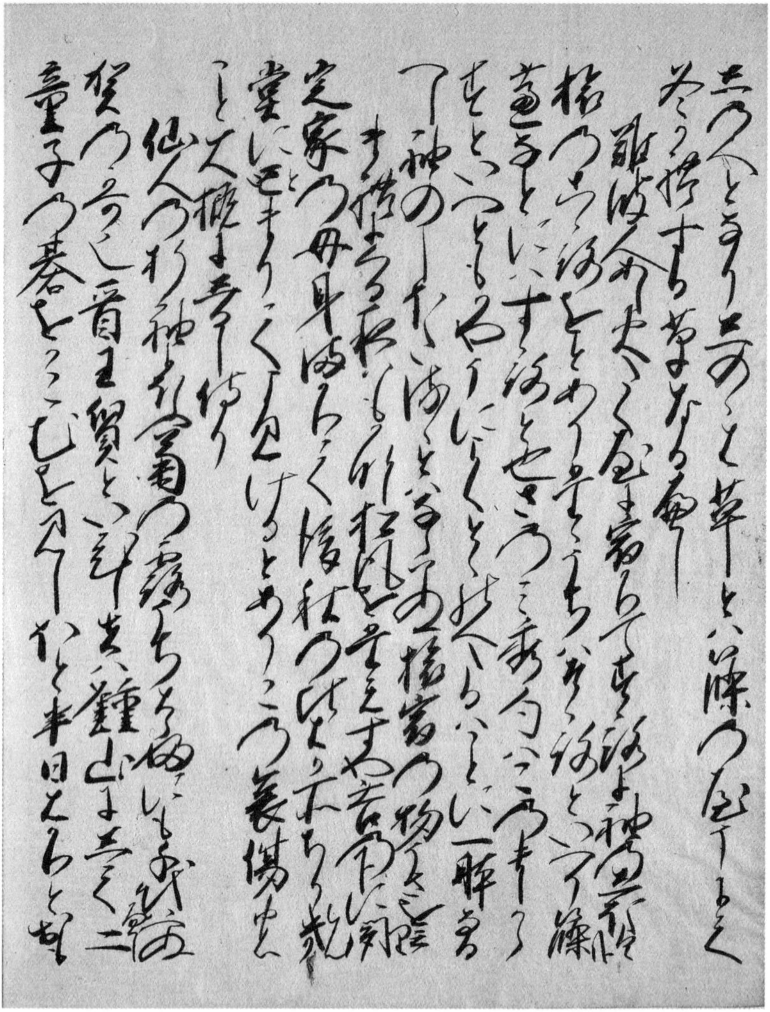

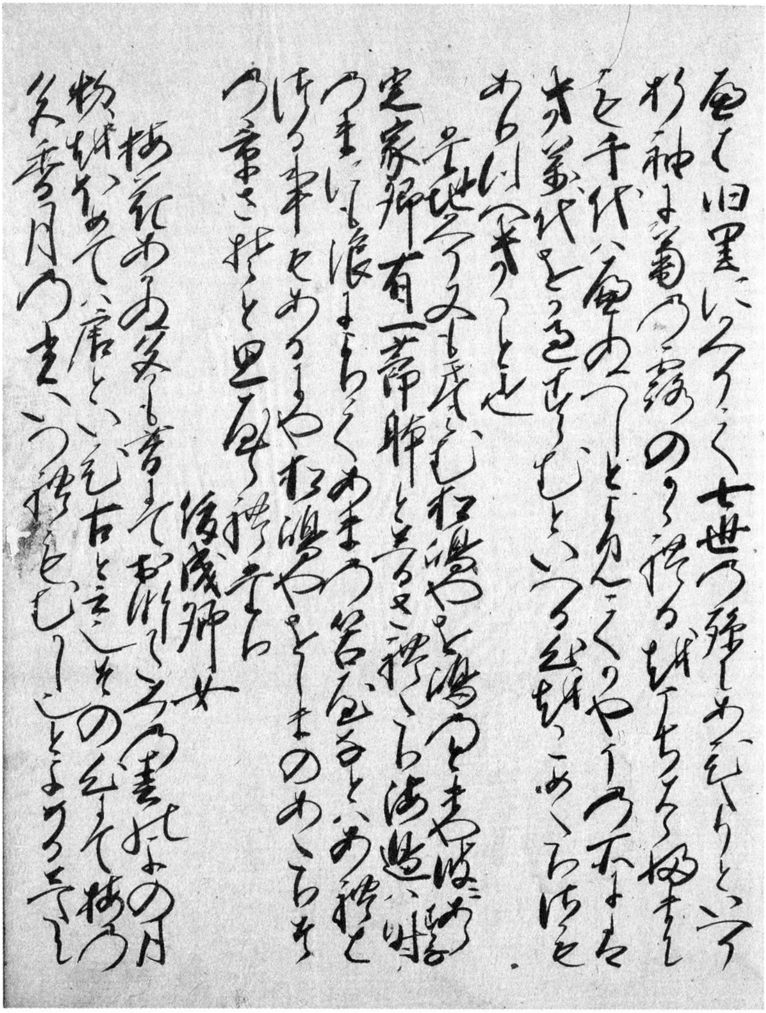

何事ぞうほのうつろふ行と身のいたつらにふく
歎くさまなにもにすへうへをいふおほく思
つけてはゆみなき色

西行つねに月ををしみけるほとに神になる
を甚だと云題に業平朝臣五原の君文の雨
の日いかに雨と三句まて月やあらぬの書ふむ
三の君ぞと云るハをしむの身にしくハなし
月ハつくつくまてるをあらなくよりあへる事
や／＼なる新月ハ七とき京ま七京かいきをや
していかんすしねハうそなくよりてかくなれ
くれおしけいなし木にやむ五十五有うも
立合一書ひて稼年かき／＼
めかくひろうすそうしろまくく鴨そく床の山嵐
武説暑捨うれとハあきくさく成う山嵐よ

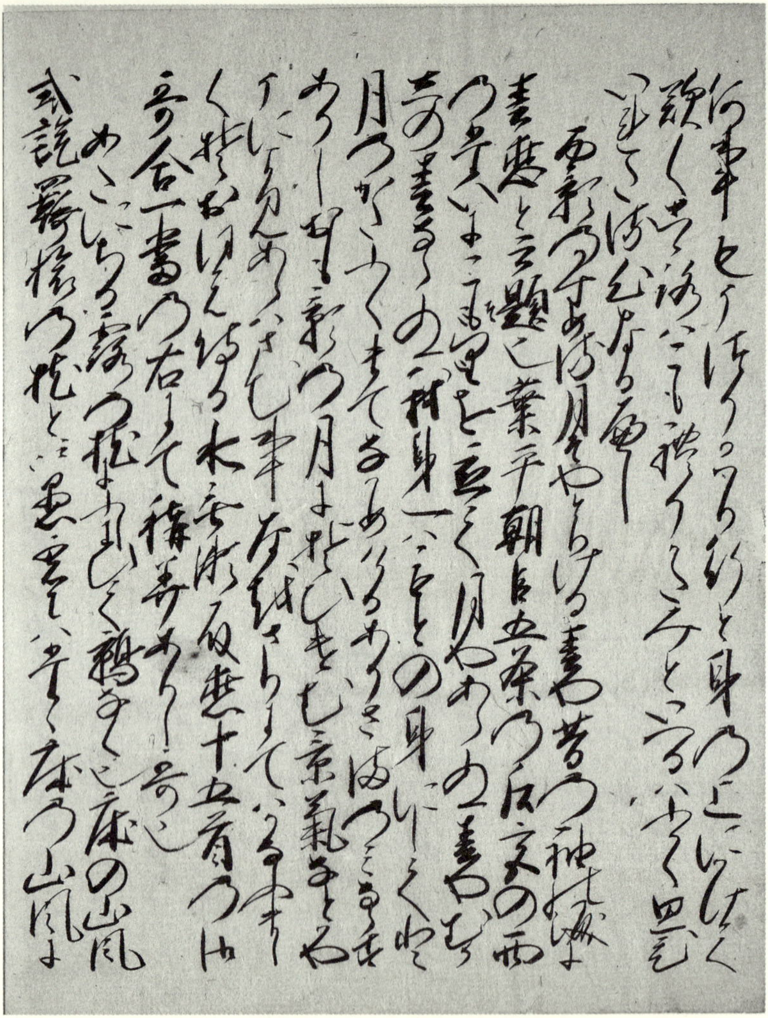

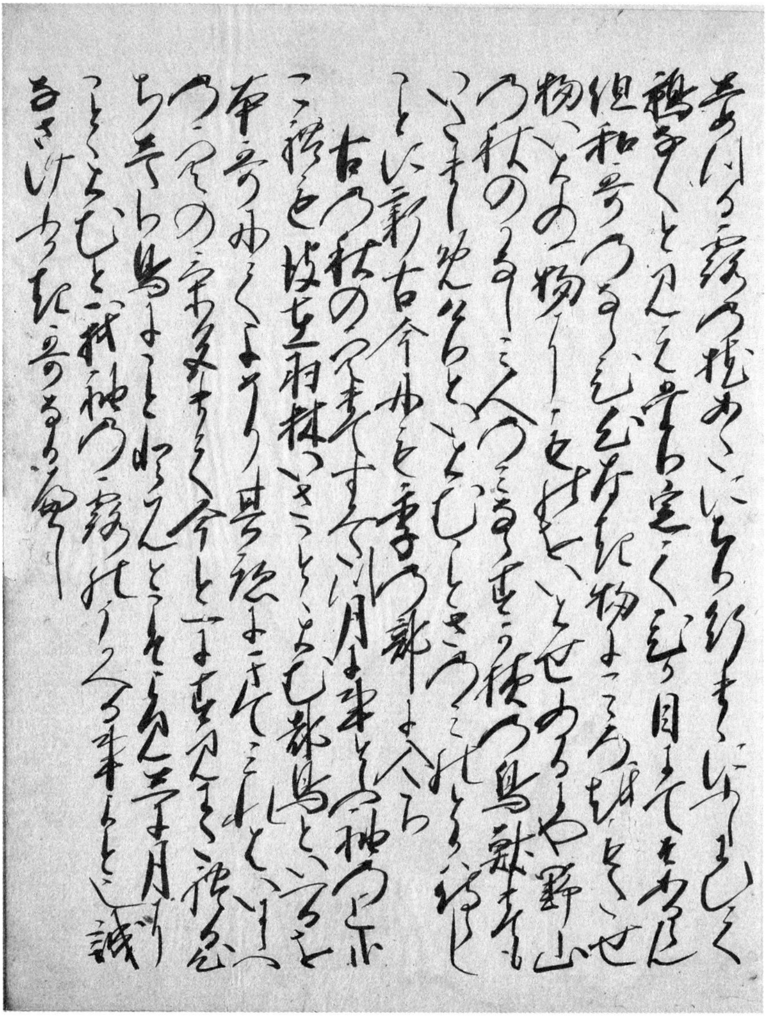

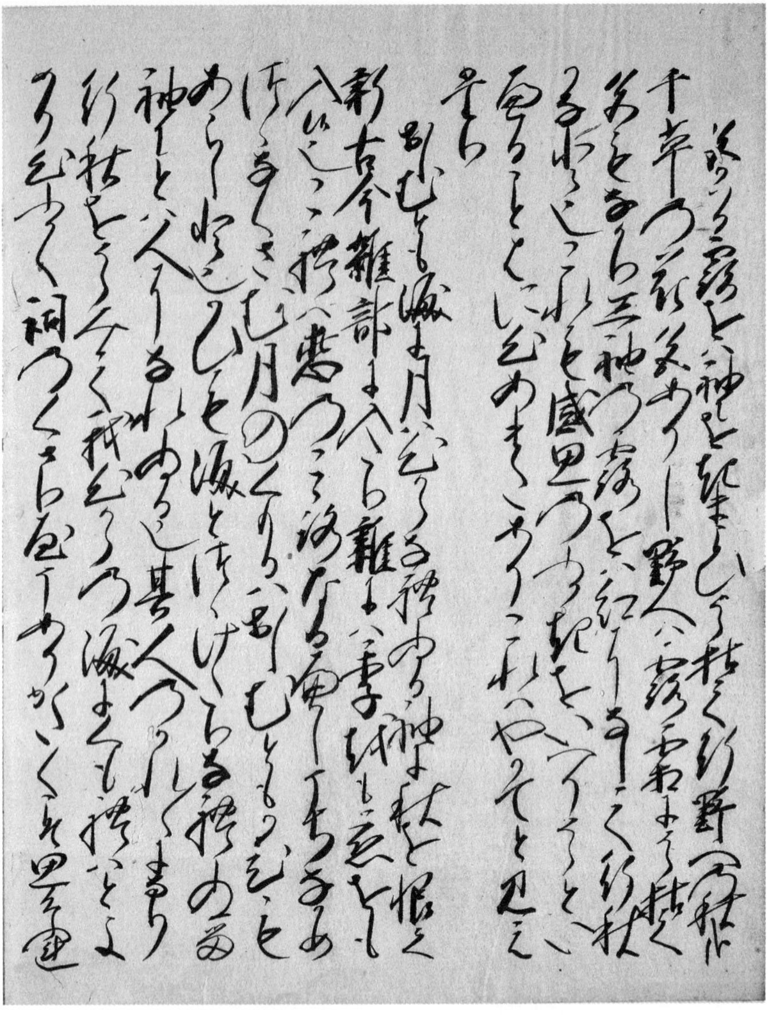

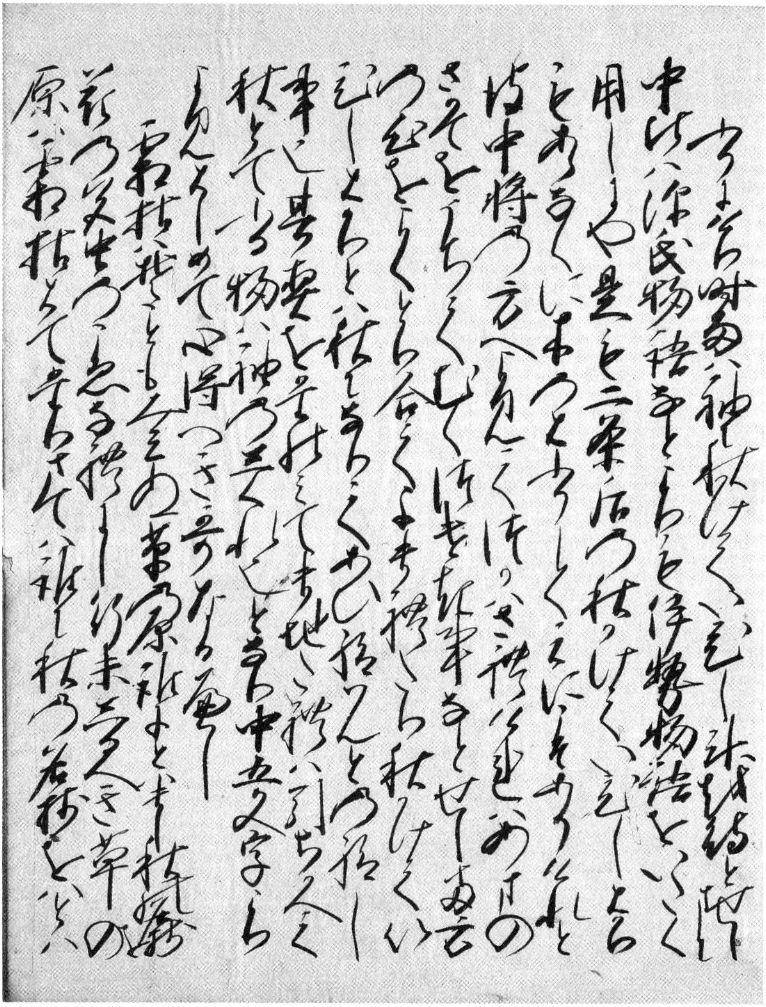

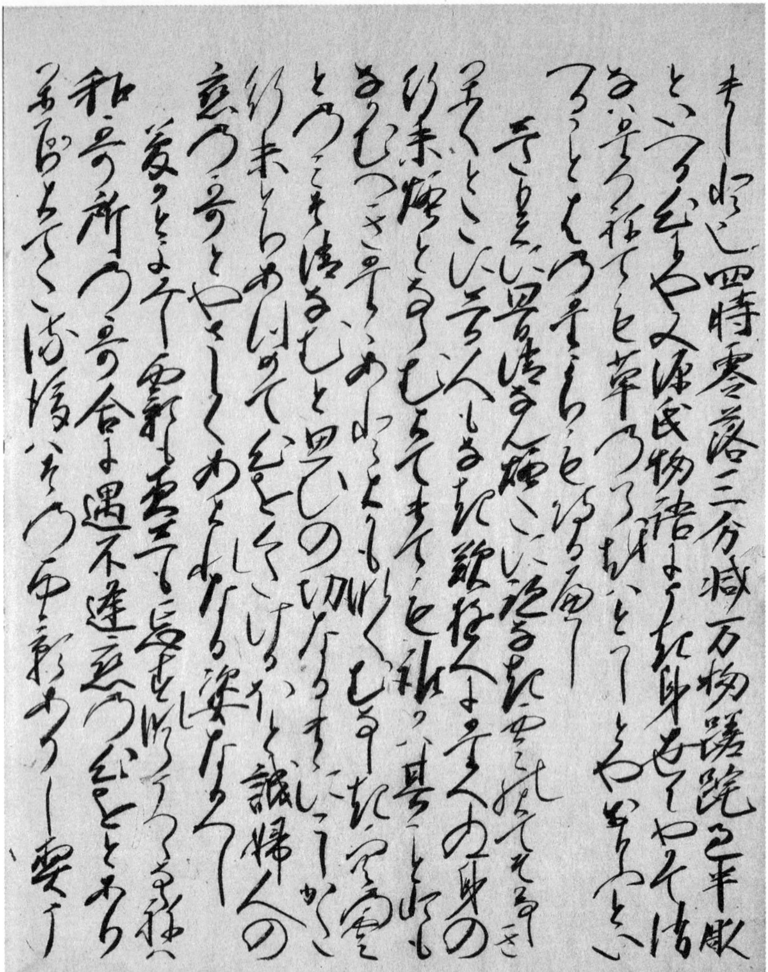

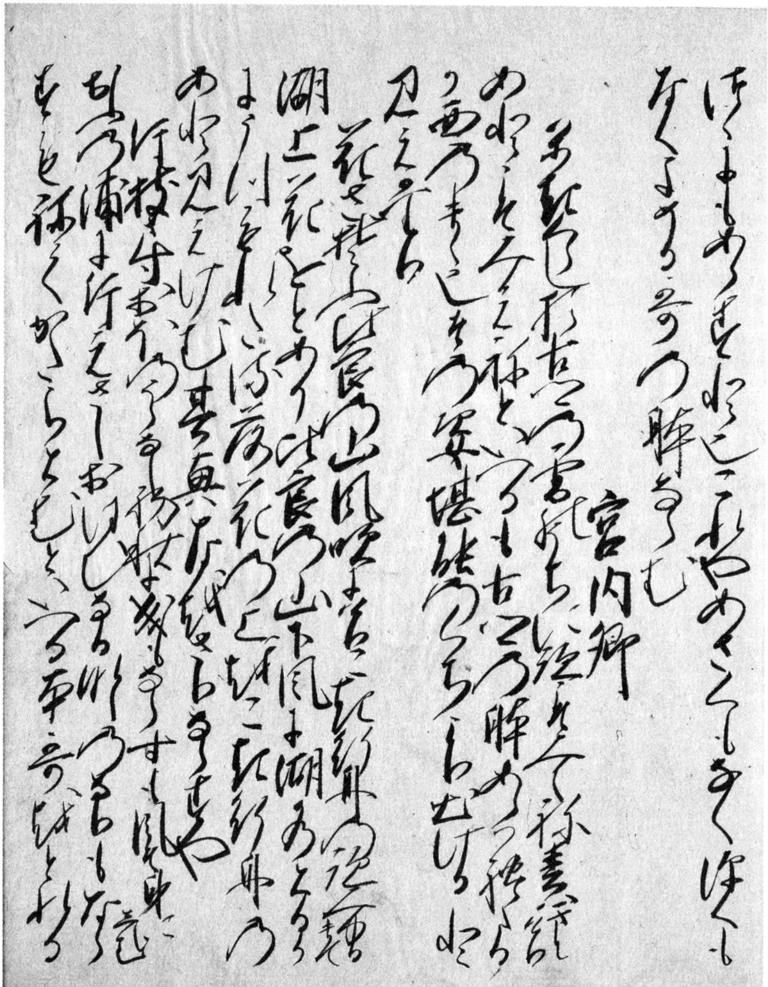

自讃歌注　（二一一オ）

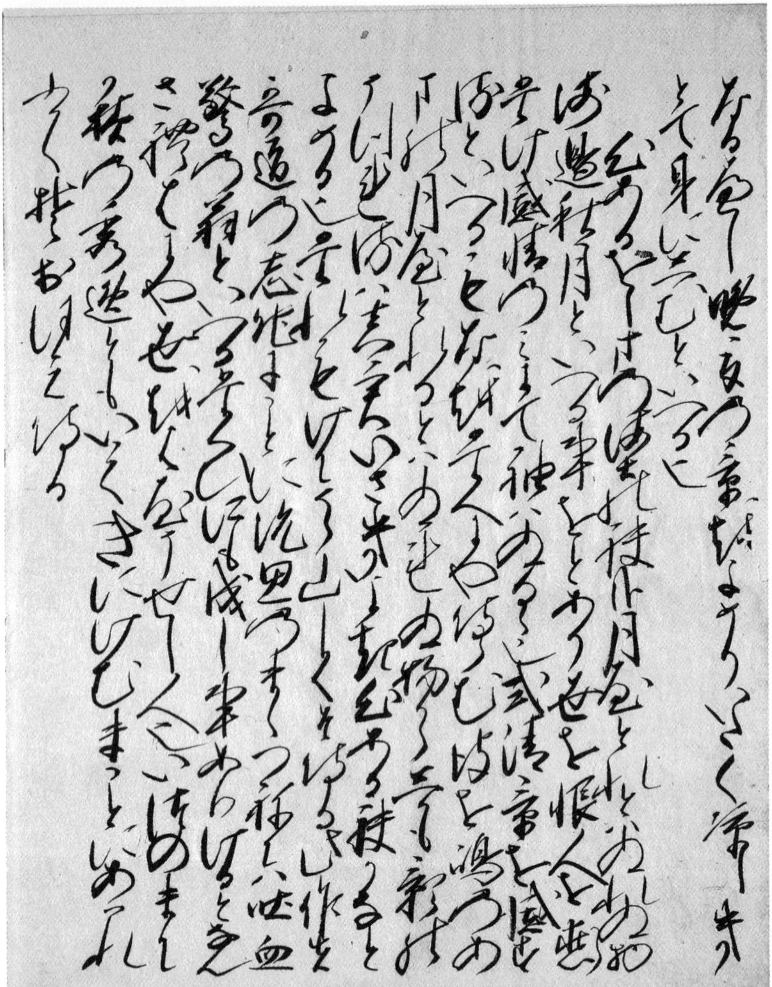

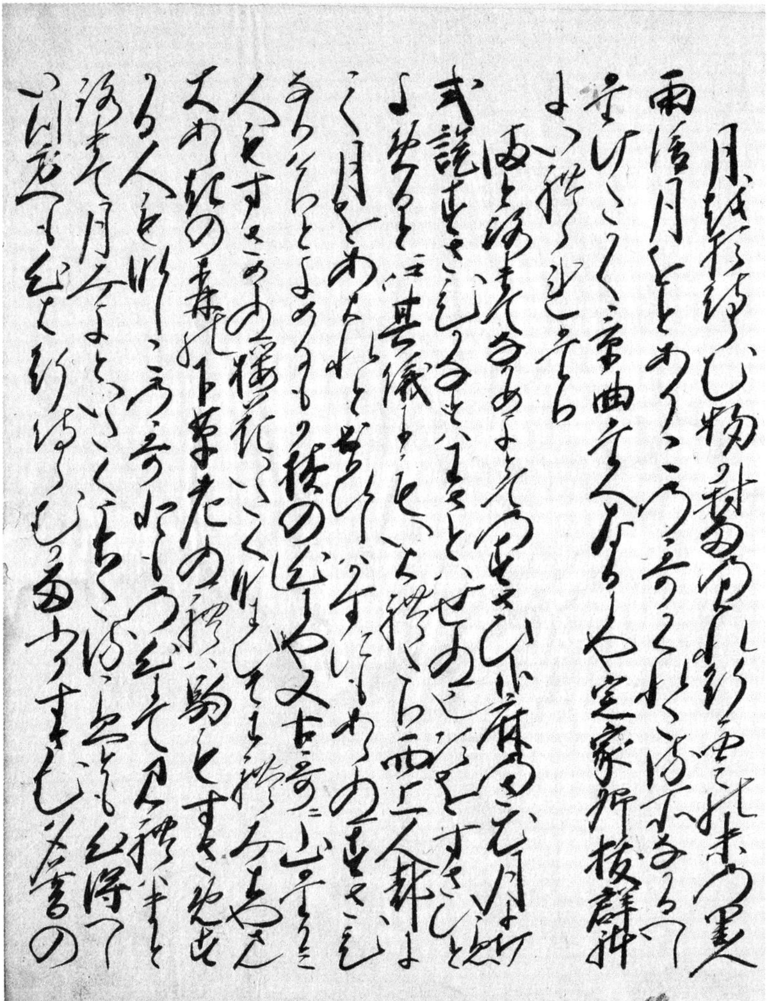

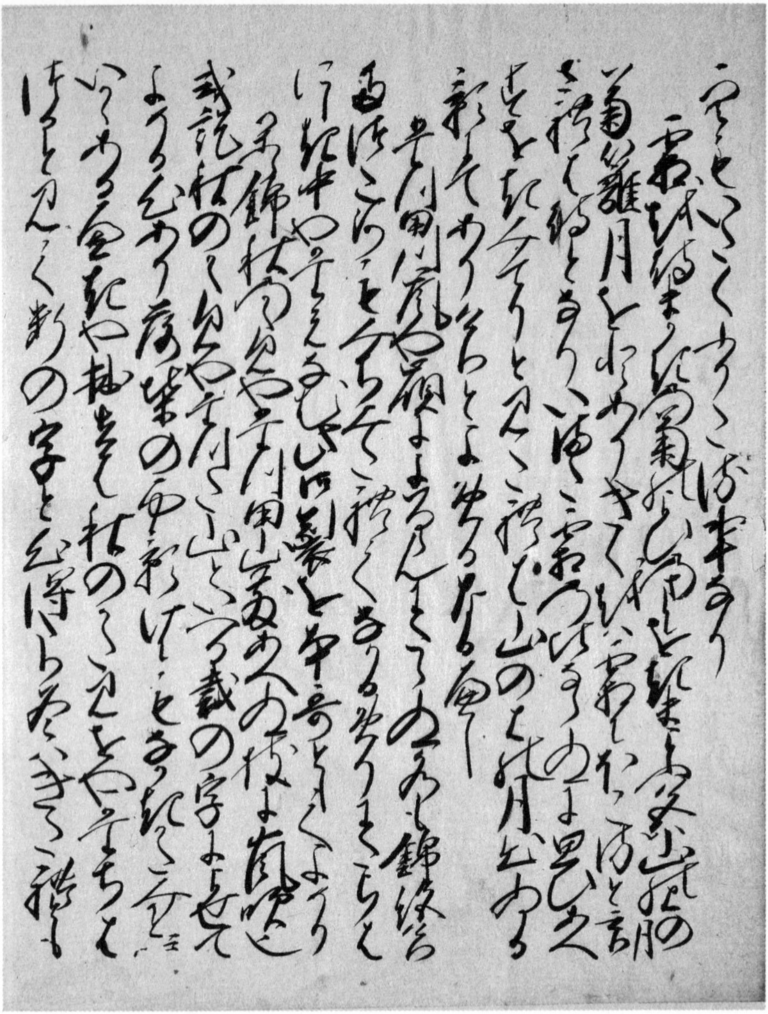

自讃歌注（一二二ウ）

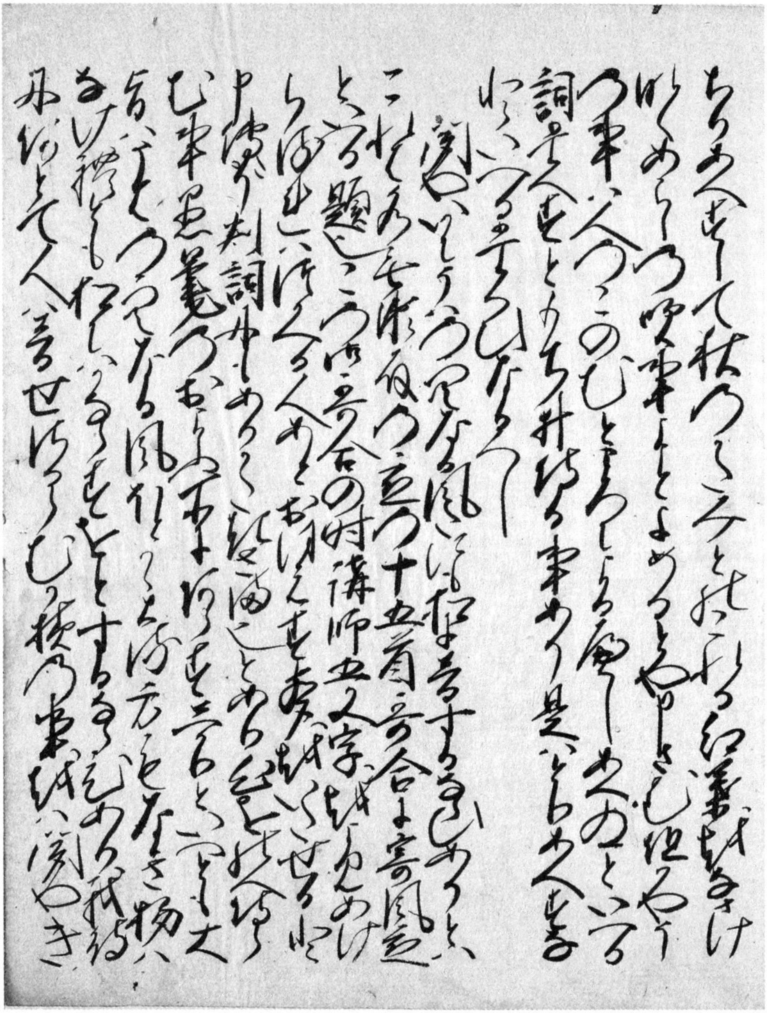

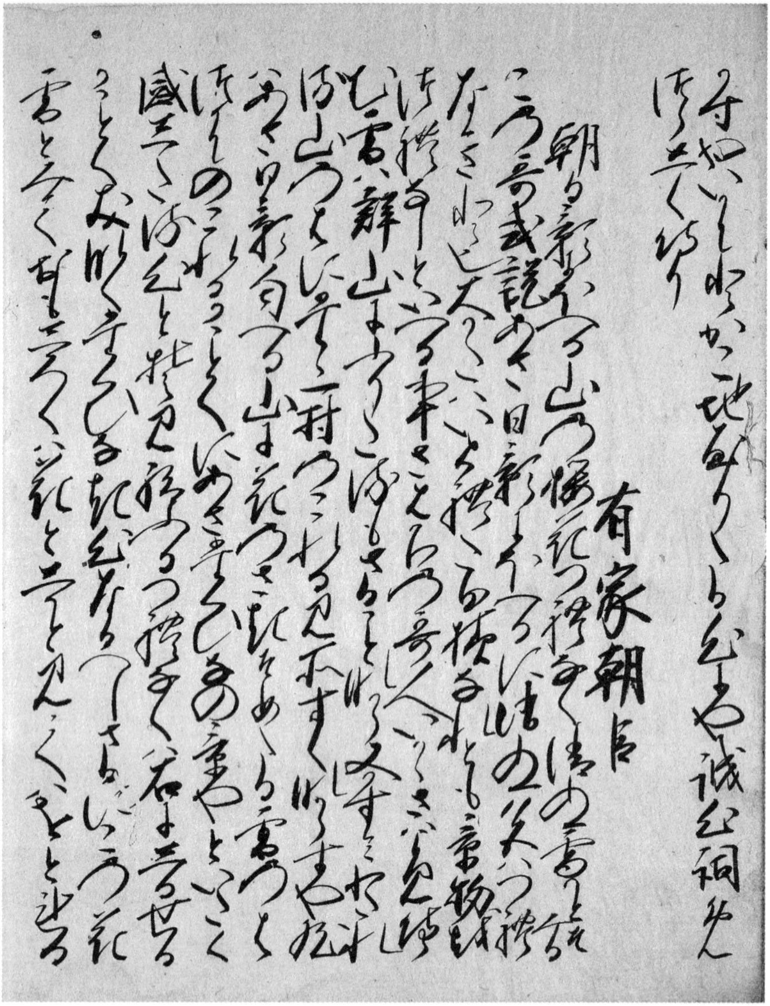
有家朝臣

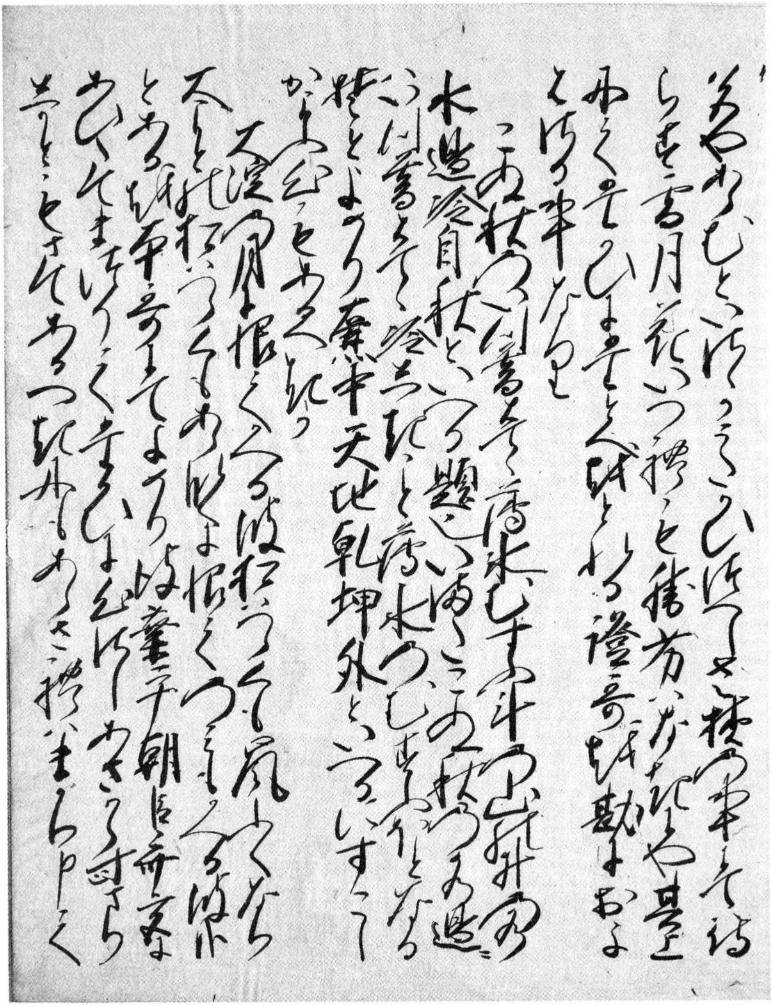

自讃歌注（二一四オ）

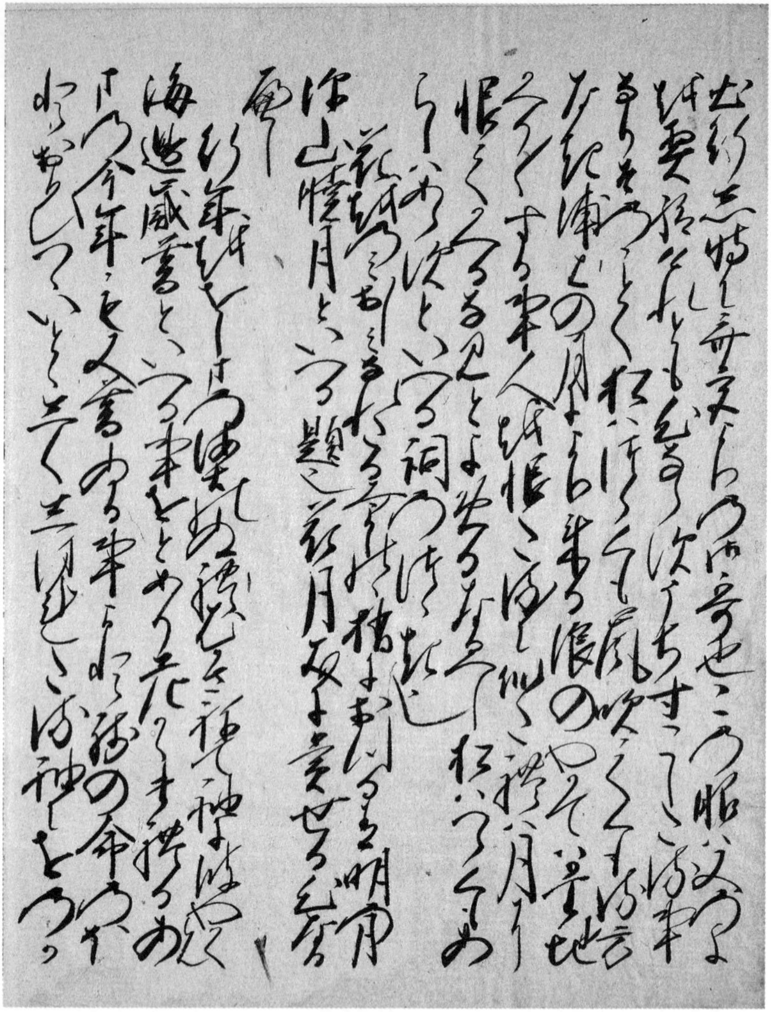

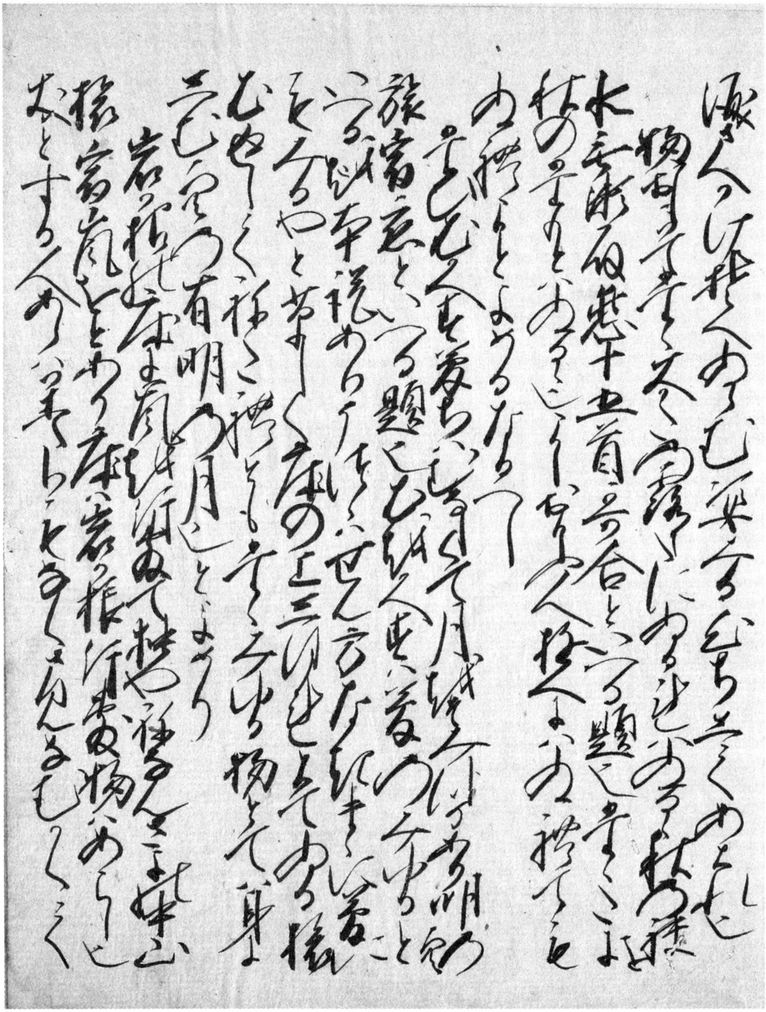

自讃歌注（二一五オ）

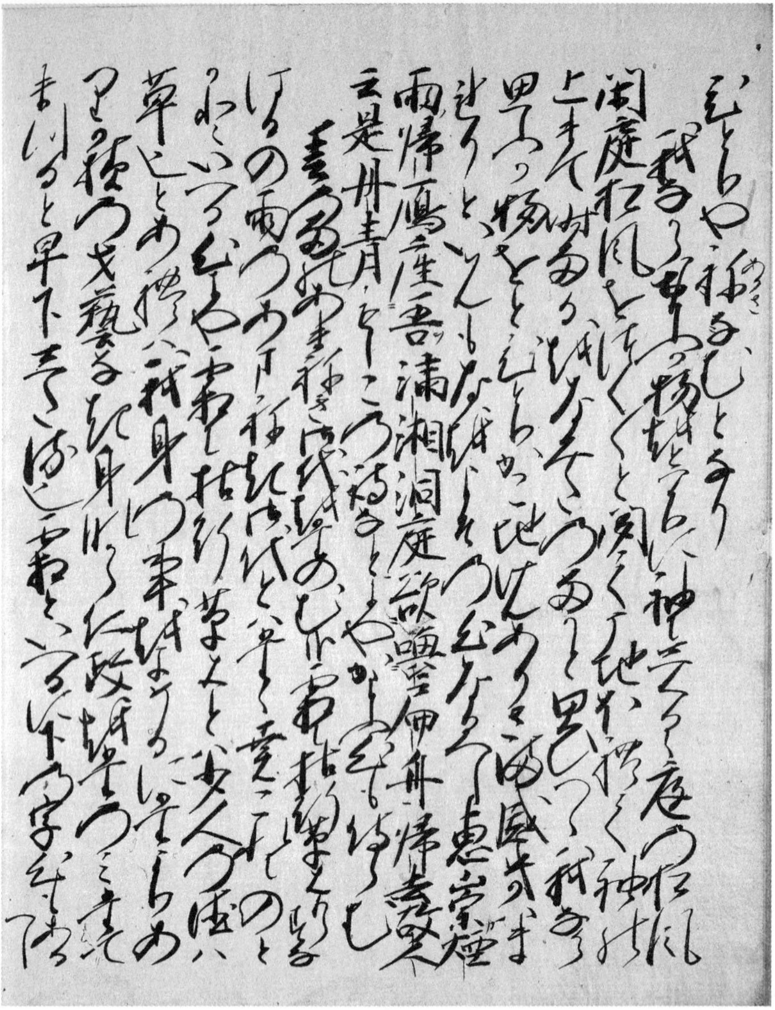

自讃歌注（二五ウ）

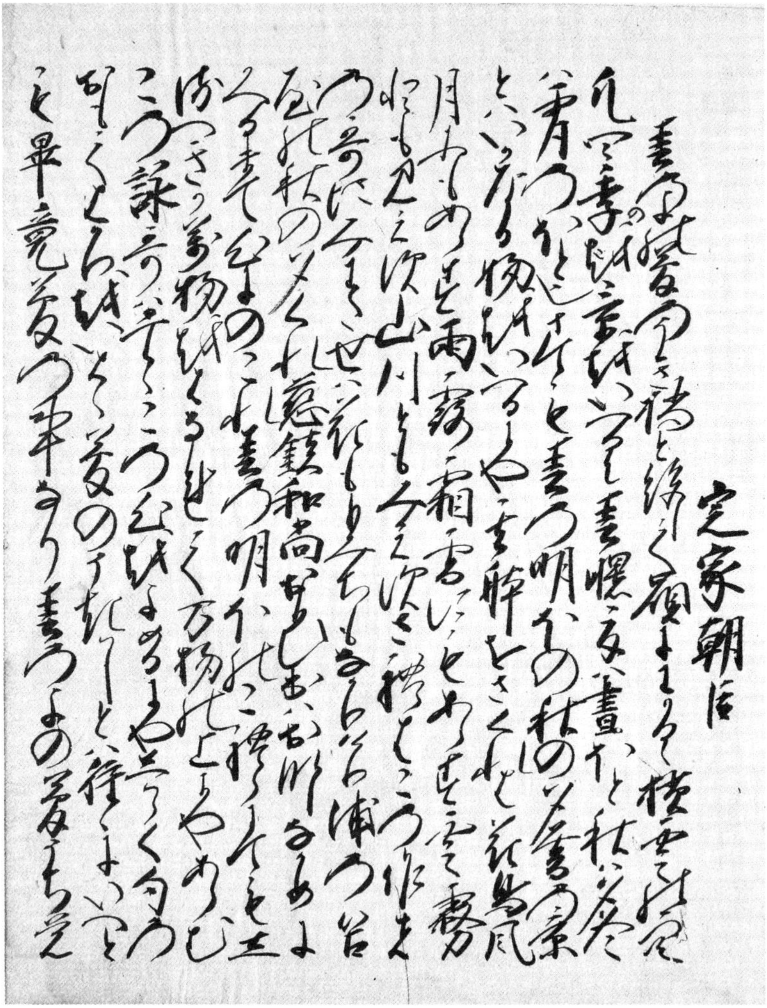

幸搖らも腰まてうつ横暮うくらと
なつてさ郎の髄腦秀逸の中に秀逸にて
つ逮れ藝事に注うらやほし
釣とてて神も今は侍うすたれうく書獻書
雲橫蓁嶺家何在雪擁藍開馬不前と
うてさ云ふ雲のうつくうて西のくひき
とく流づよ家もちにうての挨うとざる
左とし峯もか似くよく挽っと神もち
何在とし峯もと携うの野とも山もうり
えう〳〵とをほとうとへりんかとその
うらむる仁じり仁よむつ〳〵とい
ね〳〵拒けと儀遣のみれいよりうきか
うらうちなものうはあるゝ也そのうくし我

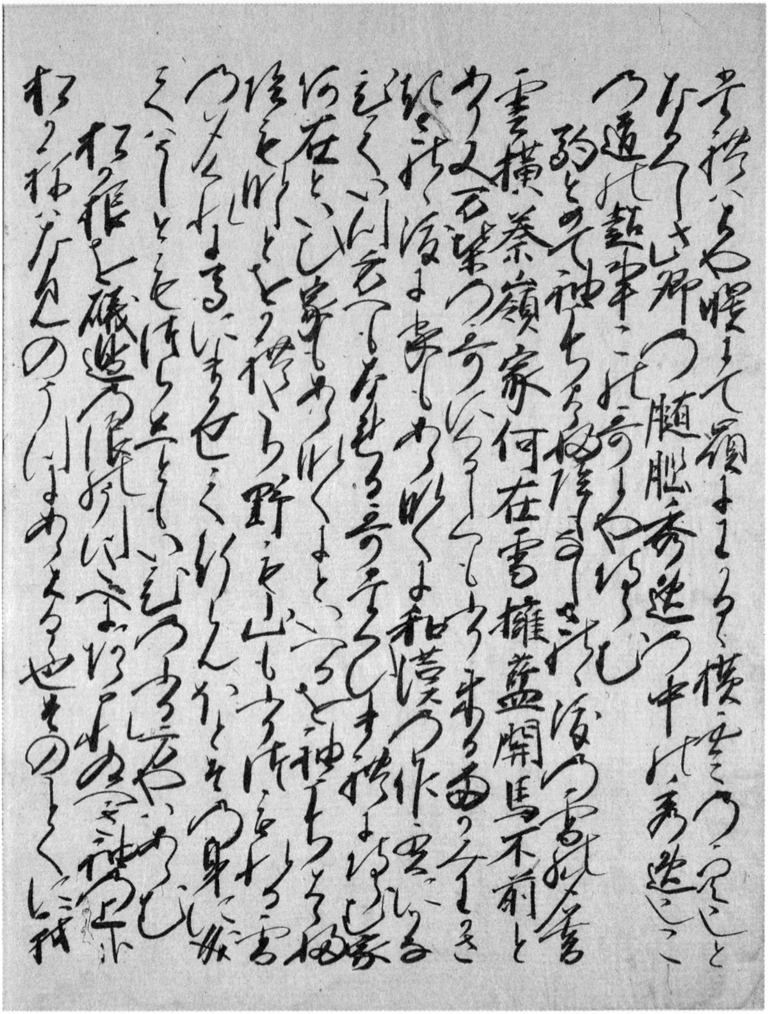

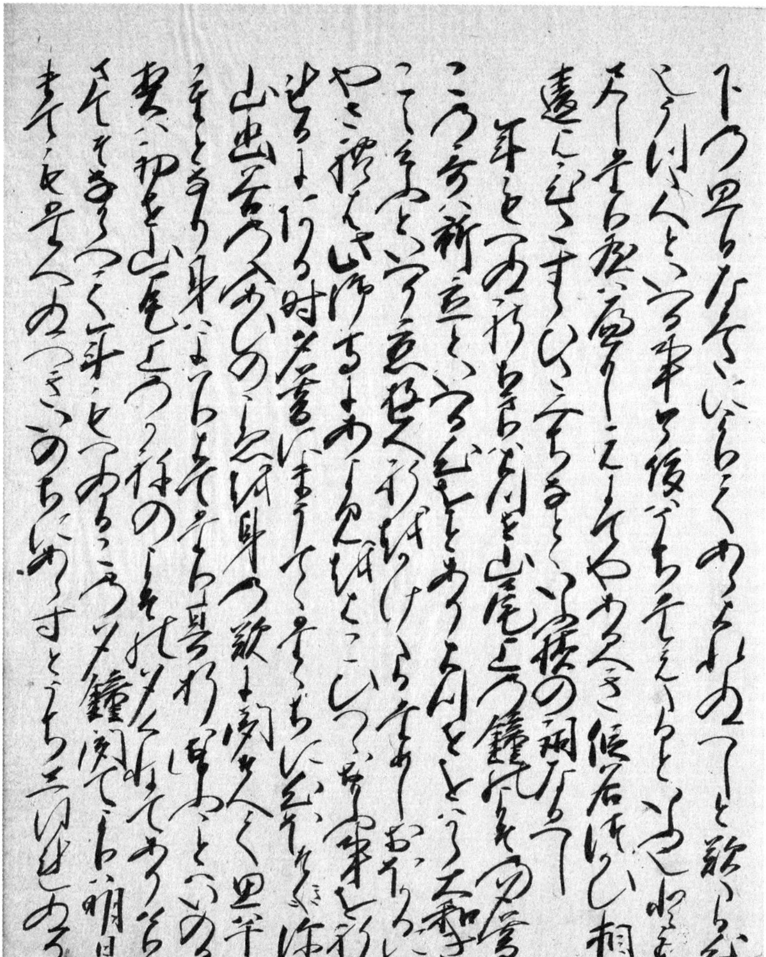

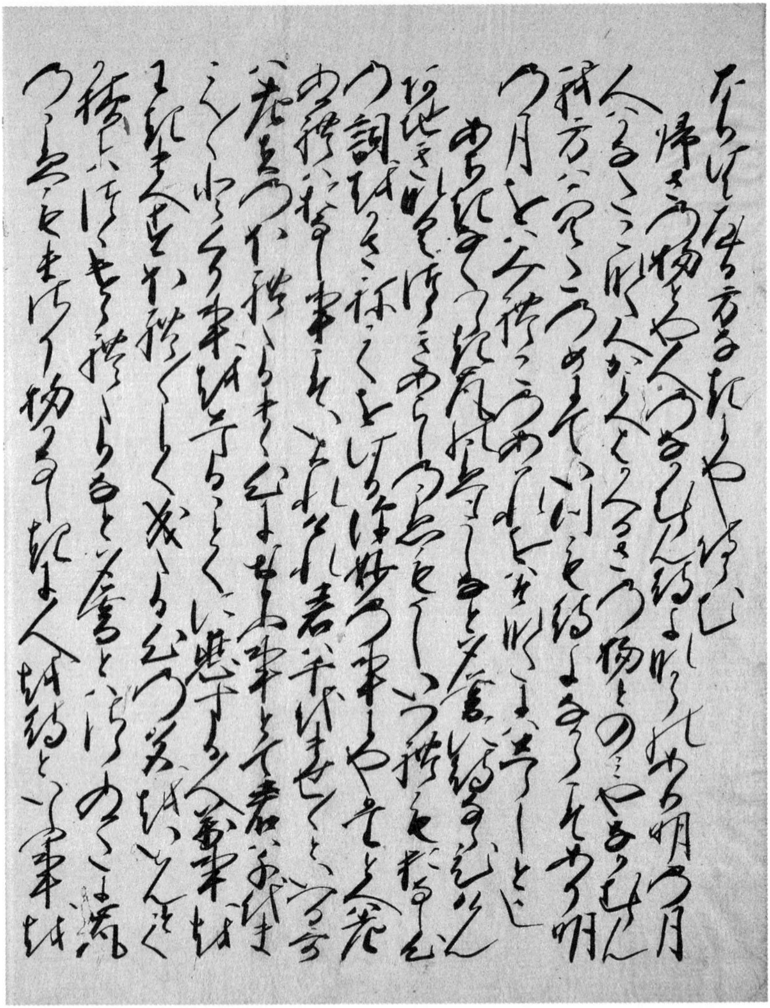

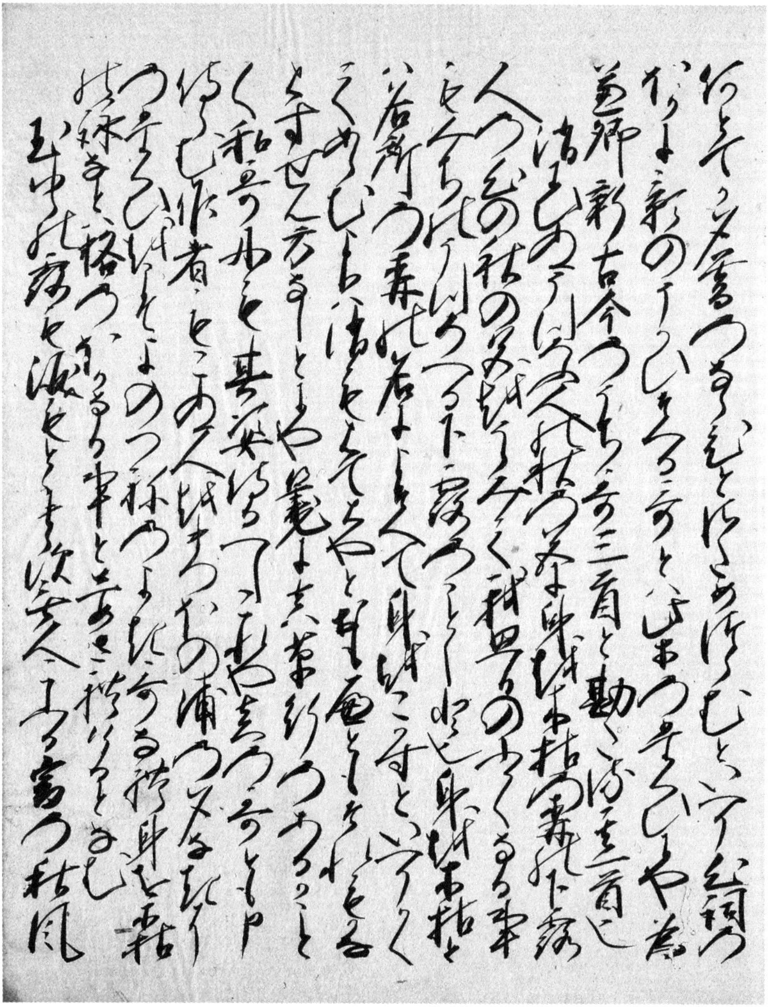

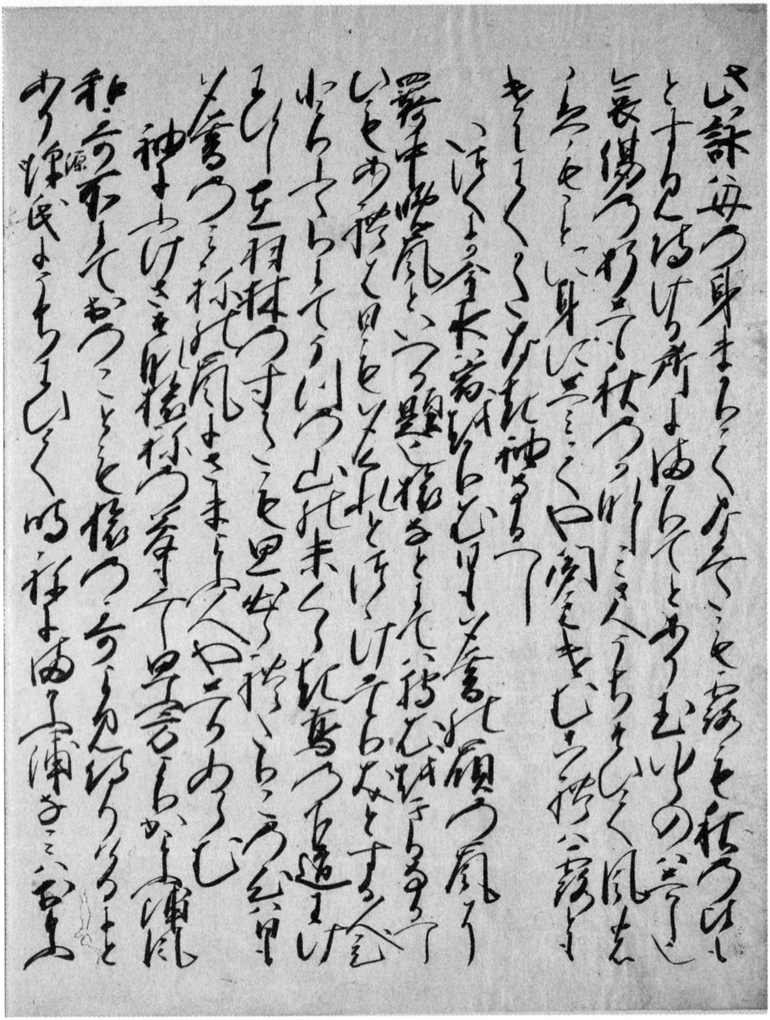

なきさ風やさむしといへる哥の心なるへし 此人後
此人長風之驚聲於汀といへる詩のことはをとりて猶
この人も詠せし終夜の恋しかるへきを哀
なんとも思ふこゝろかふかく哀も神もうけるとも せ
めての心に浦風はさむしと思へるやう
はしさ哉といへる詞にしてはなしとよめる哥なる心

家隆朝臣

桜花夢かうつゝかしら雲のたえてつねなき峯の春風

この哥は世中は夢かうつゝかうつゝとも夢ともしらす
ありてなけれはとよめる心を桜にうつして風にちりて跡なき峯の
白雲のたえてつねなき桜花春の心をいへるなり首尾相応の哥なり
花の盛にさくら合てみんとしける桜花は夢かうつゝかの哥を
もとにてよめりけるなり夢かうつゝかしら雲を
雲のつゝくはたえてつねなき花の心なり

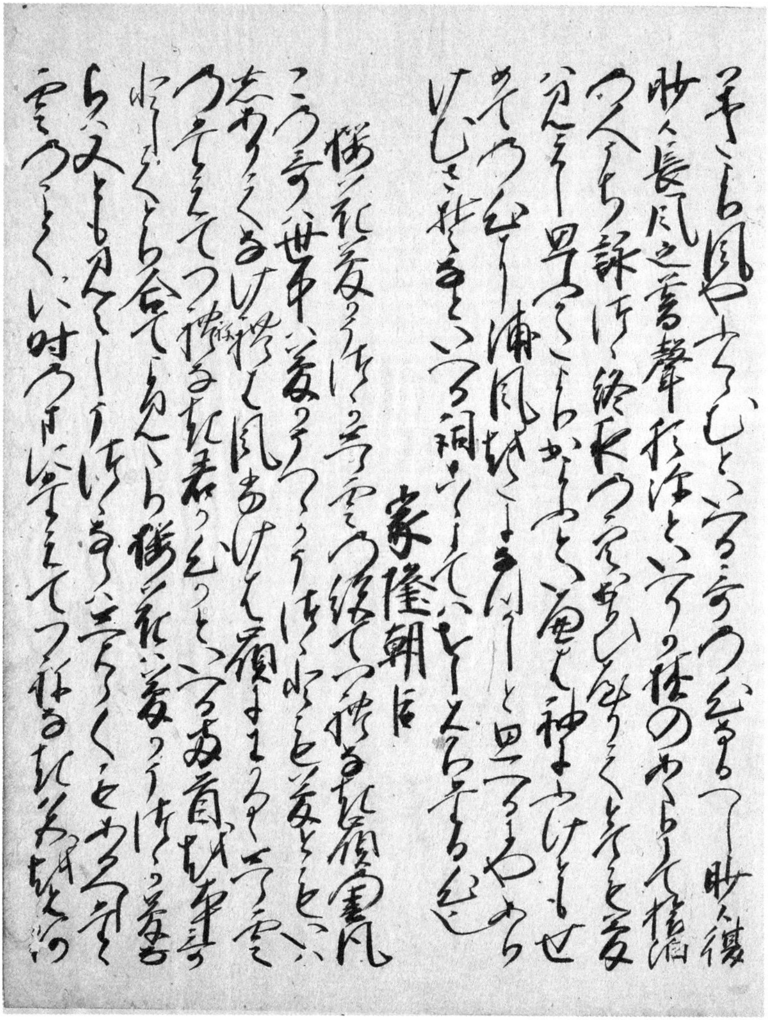

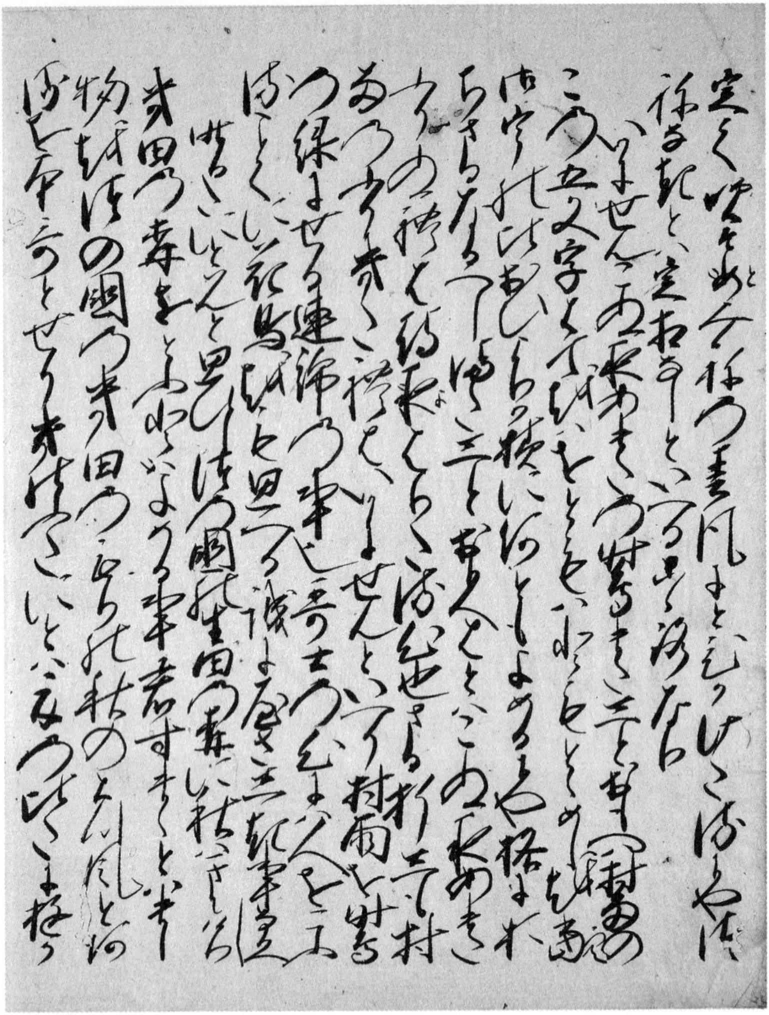

まづくやうに新第の家はそめ侍らむとそ
あらしといふうなり
そもきは早もといく翁の月民枝の明る以寄
こうをかてをくにに玉楼金殿の南の门をえけ
そらそひく待る帝早朝のみえるたら
しに月えつめけくこゝものふひと被らめ
めうらくまさう色月えを畫K三ひせをを
卜書つむすもしく明ることなくそもてる
いてを云ころ来と平らくそくき怒と人
聞の月日なめて用きく待ろめきたり
とく得金にしや武説るにしを月中く今暗
つきにこへあえるぐりく月すきをけこに
は月言しや待をてきたく今き來おけろる
らる又明方月えるゝまくすてうといふ来

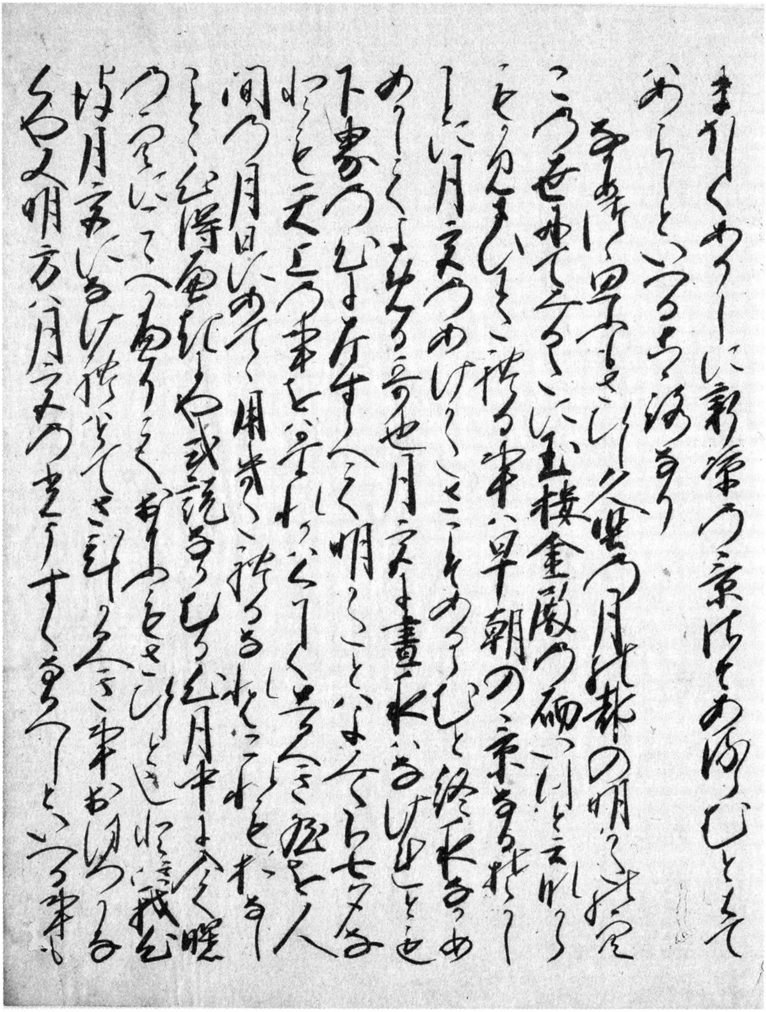

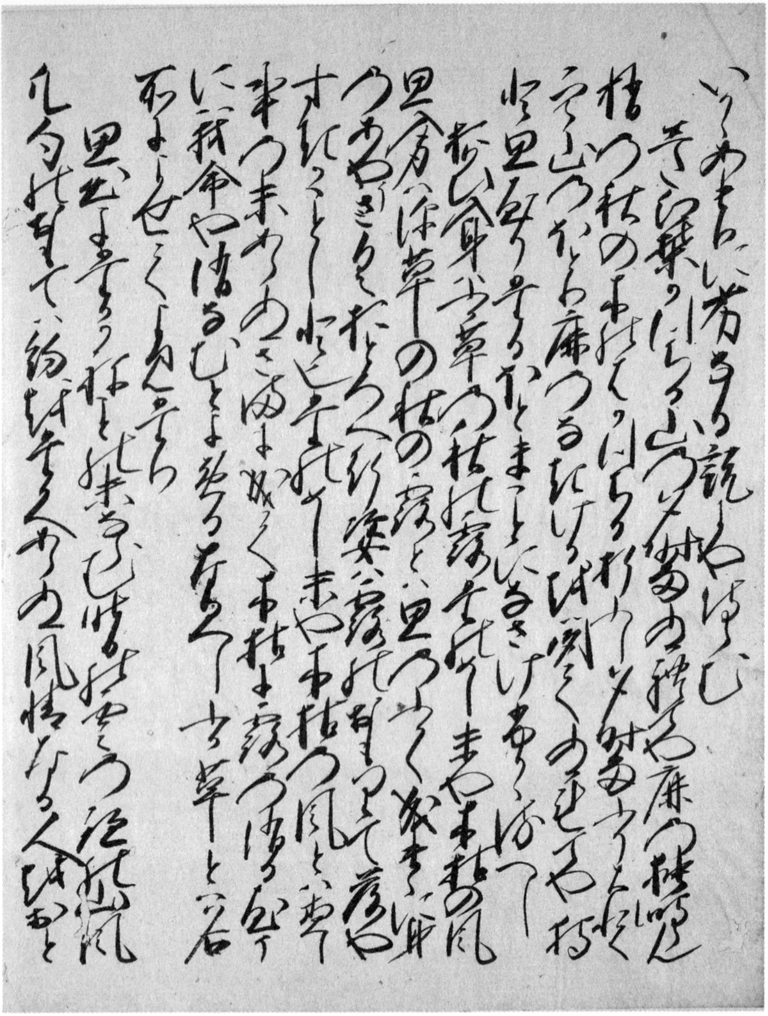

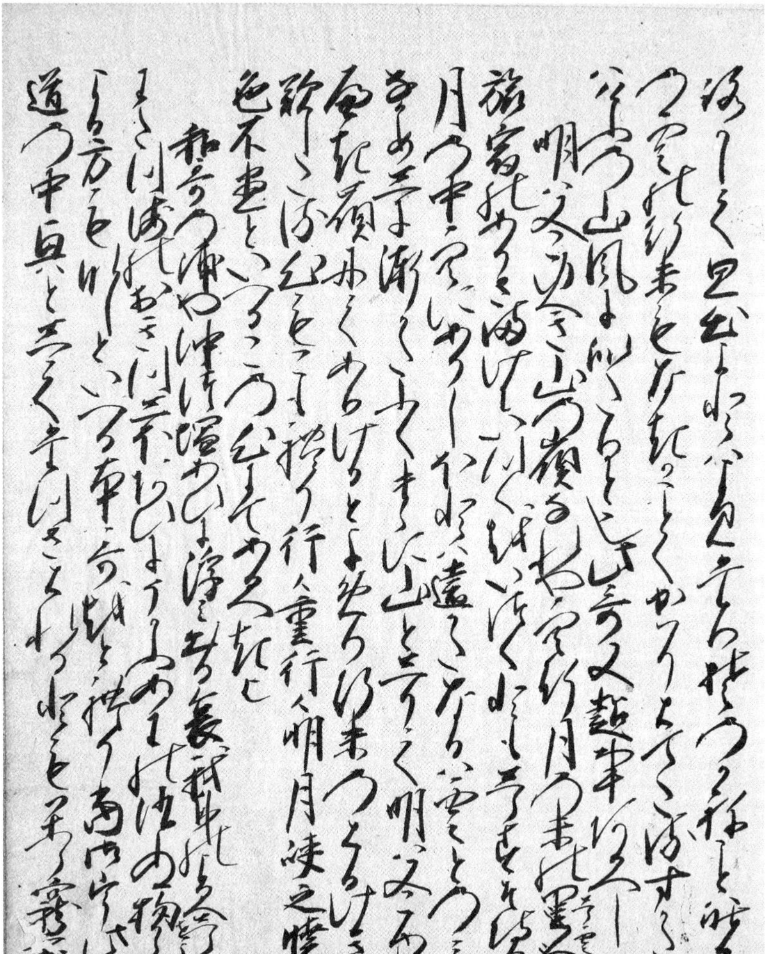

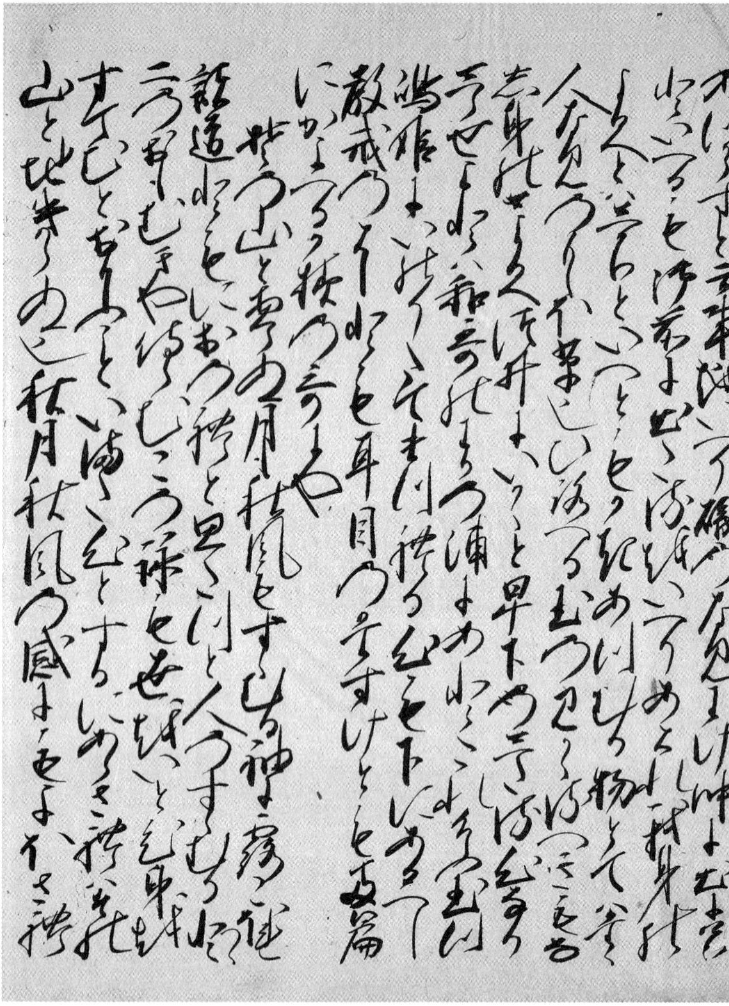

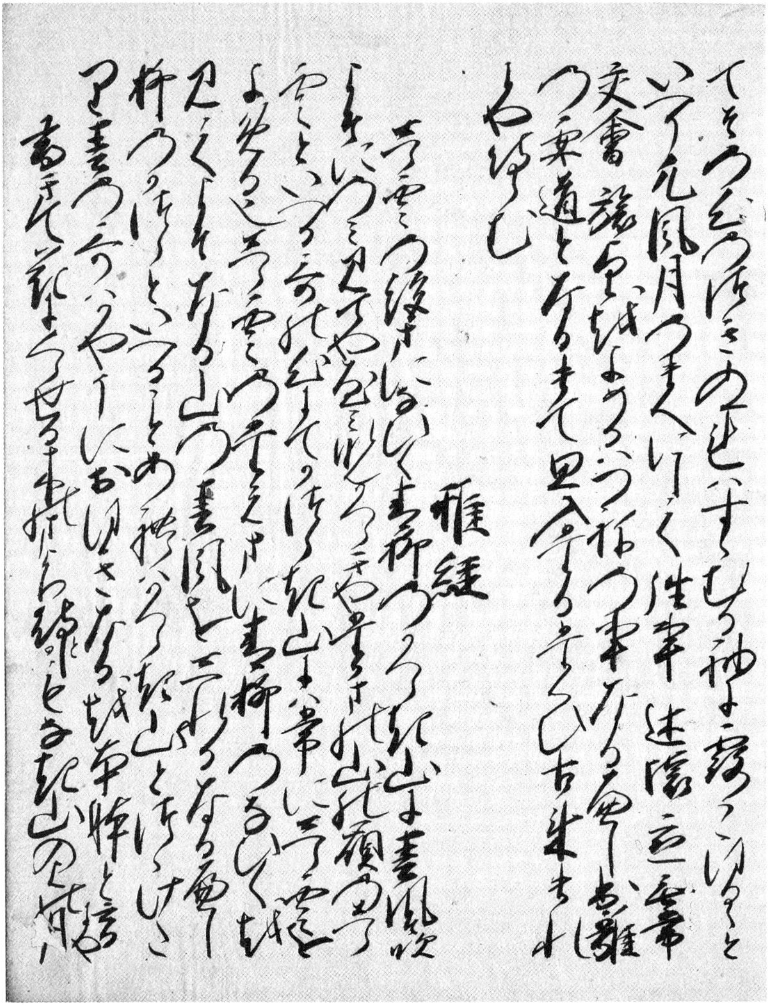

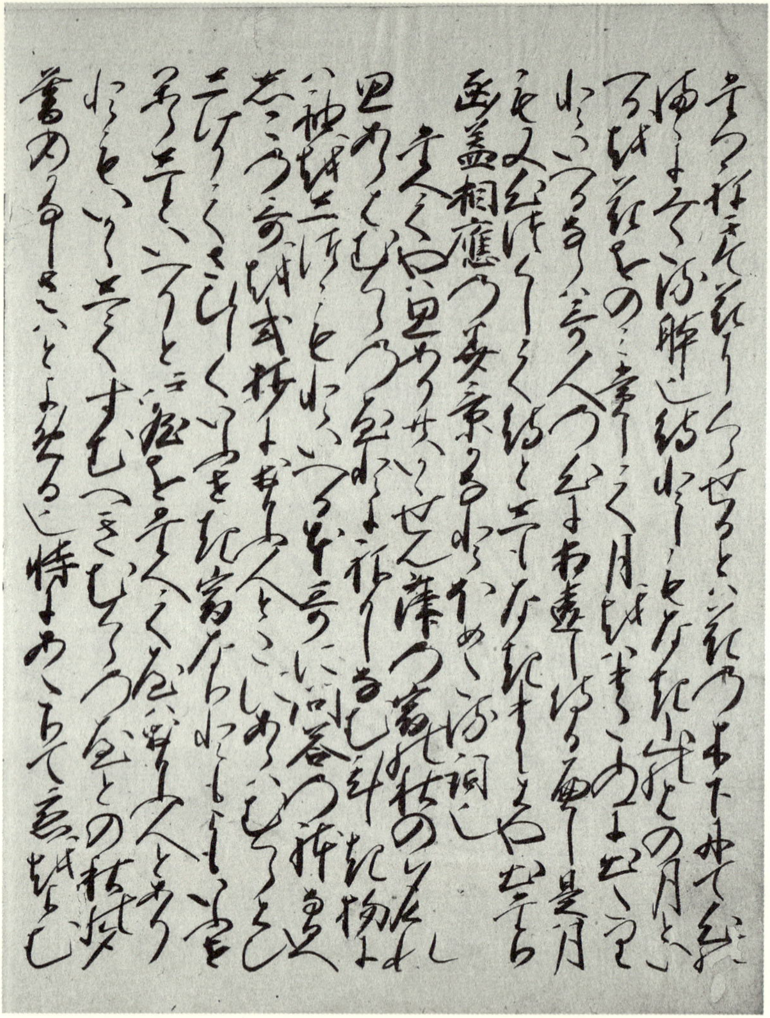

[illegible]にいつしくまさに拂るつきぬけとこゝろも枯[illegible]
[illegible]にはまた秋よりことくそ[illegible]ぬけとよめる事作
者の了簡たる歟
又此の條ニは[illegible]緑の三けりめなとるの月の神風も[illegible]
[illegible]とはくこそは[illegible]緑れ三けりめなとる[illegible]
[illegible]とは下略の詞也くこそは[illegible]緑れ三けり[illegible]
[illegible]月夕けれ又なとらるとし神の世にもなれよとは
なれた[illegible]神のめくまれるこそは[illegible]よめるも
[illegible]やといふたりる歟 日月恩徳者勝三世諸
佛浄不浄無撰恒放清光といふを[illegible]
[illegible]雲は嵐のなき[illegible]ぬれ[illegible]山
[illegible]雲は一村のあらし嵐の[illegible]
さそはれつらんと也又さそはれ[illegible]山とつゝら
秋の夕暮[illegible]やさしく[illegible]月は桂より末枯のつき

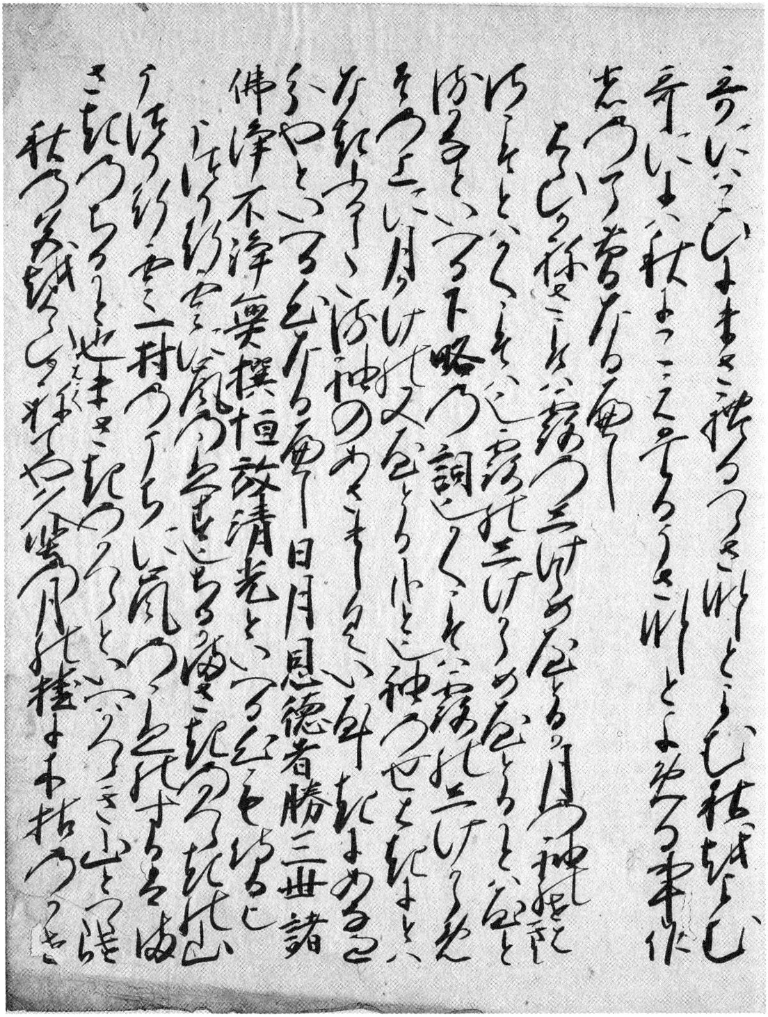

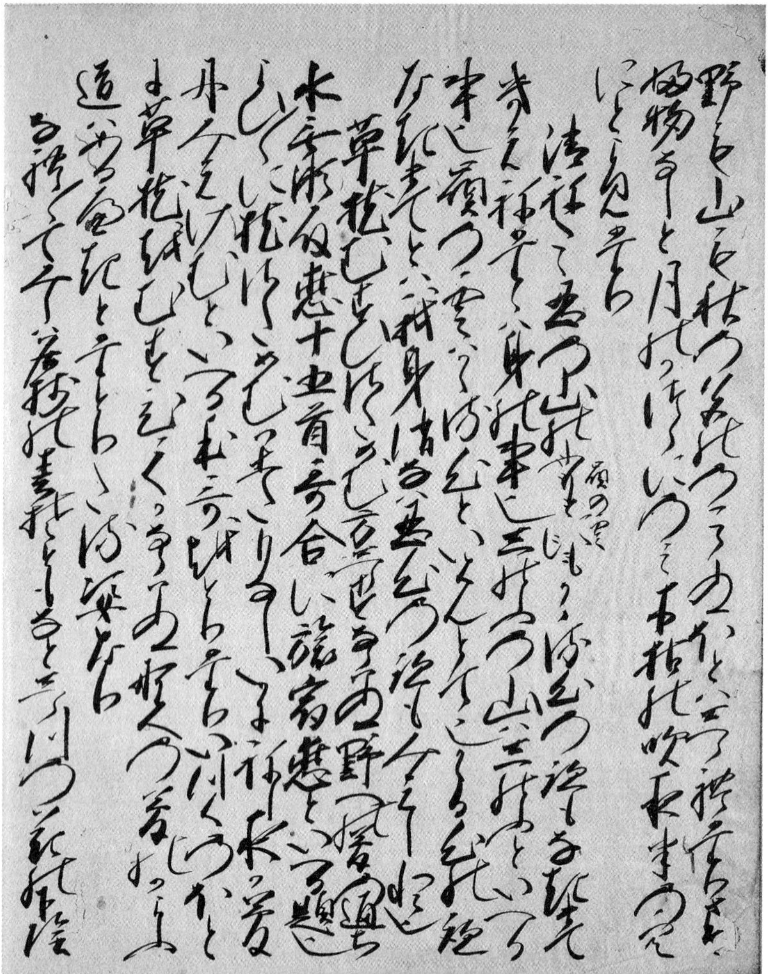

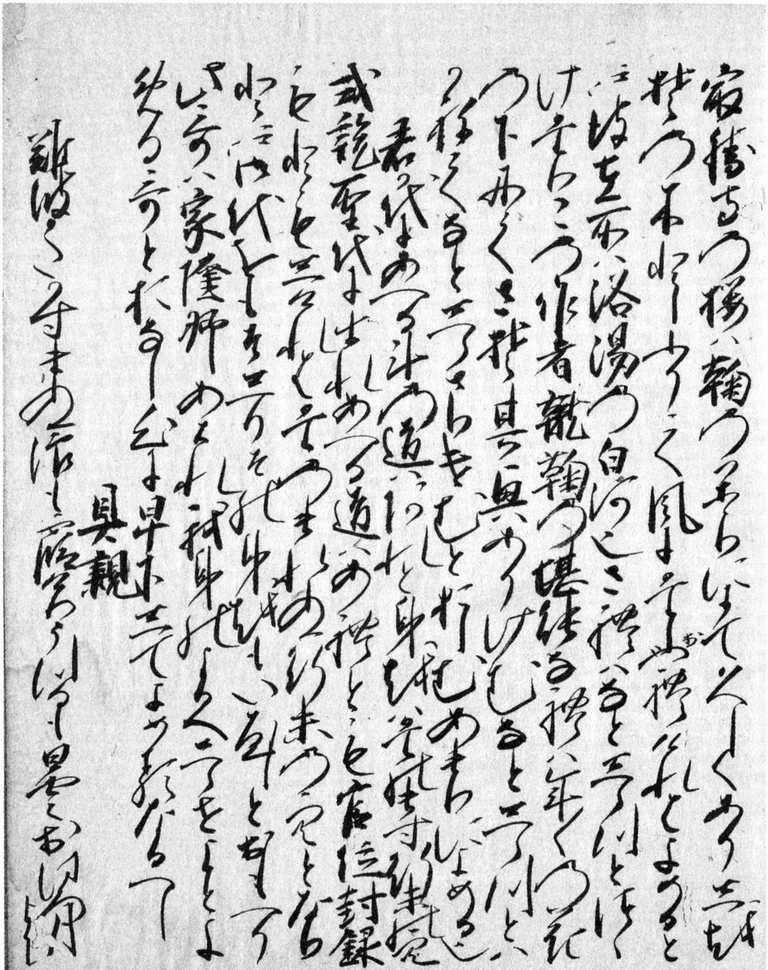

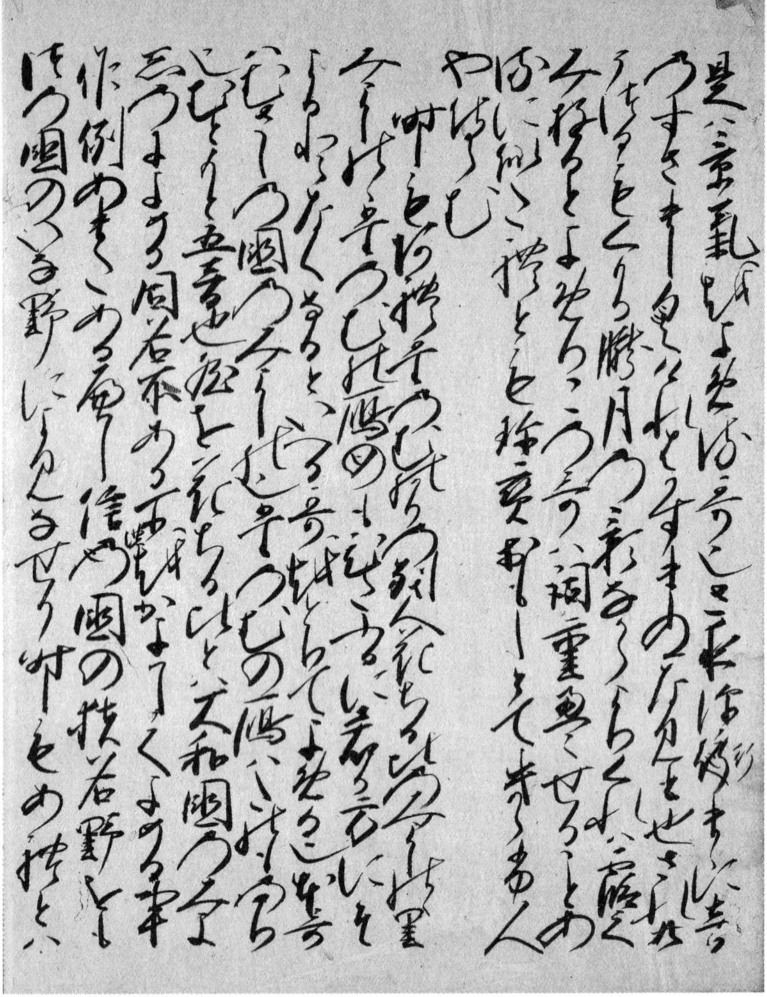

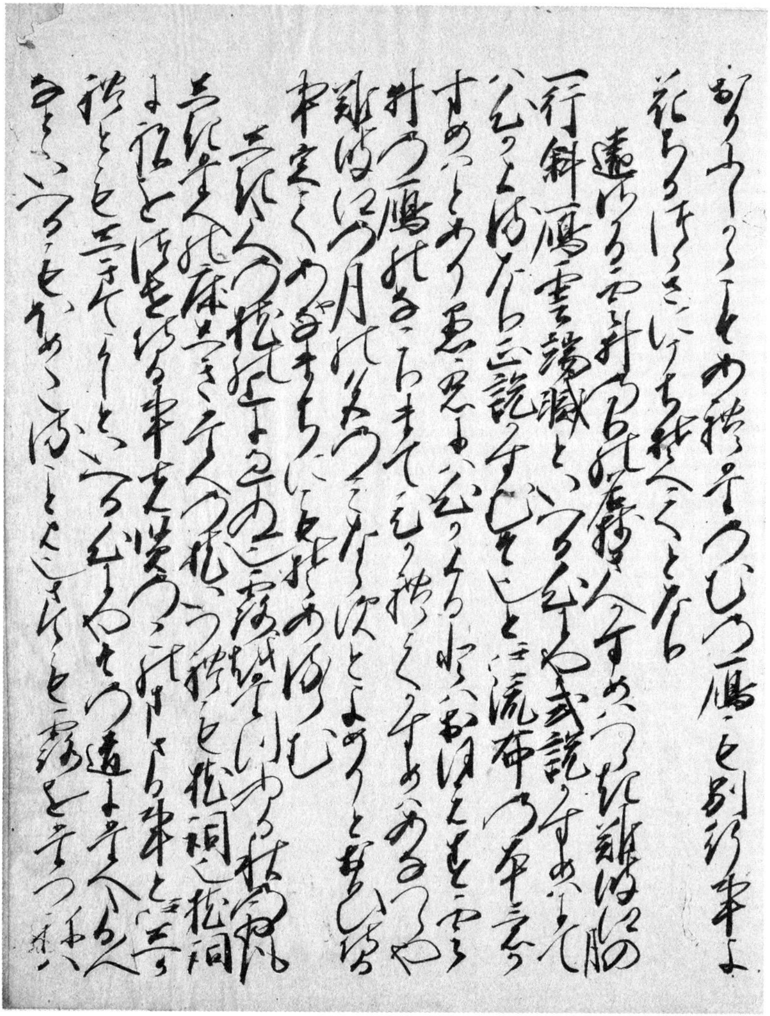

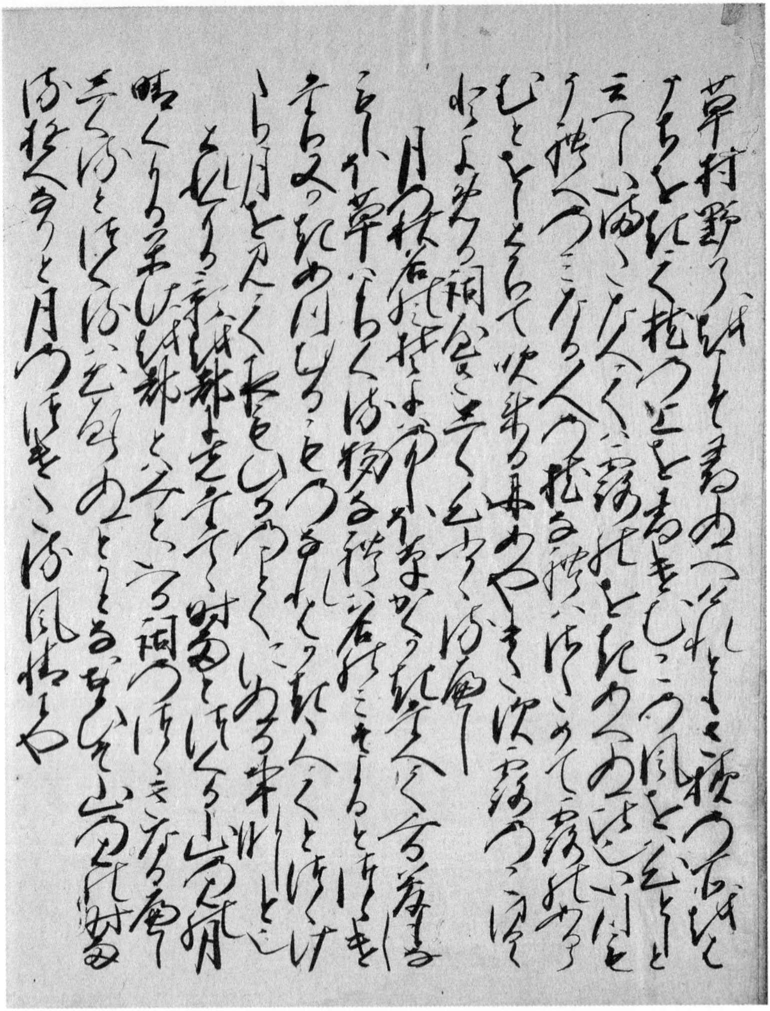

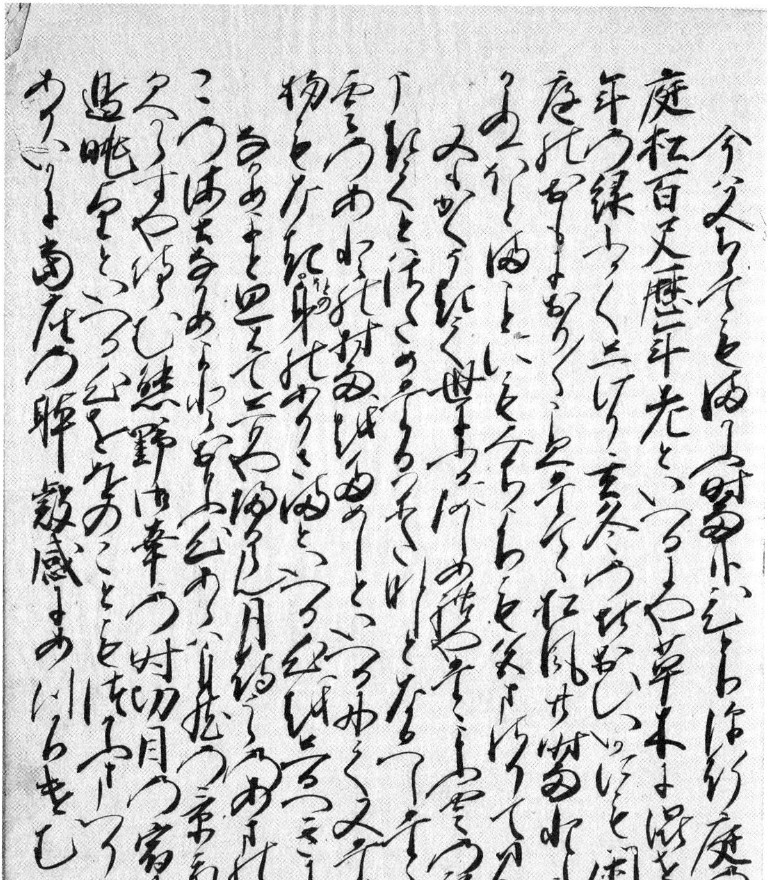

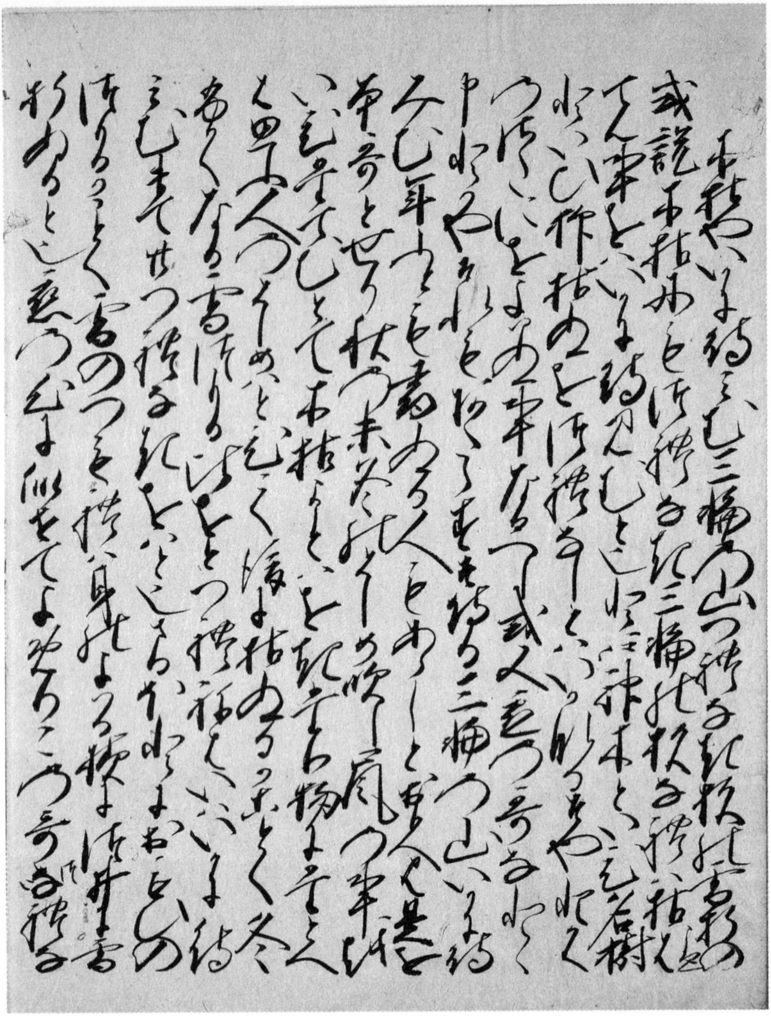

き枝とはかきこくるかれよ枝のつ様なる出来と
幽将く雪に打枯たむしと結句とやとよかりと
又をわ本枯よいよ結ぶこむ三編の山の様なき
と切く枝つ雪打つと合るつき作言と様也、
思をてうくわうへきやこれつる事を云ふると切
こくなよ事はをたにつもなまけさ様ハまた形くき
来かとおけるなり

寂蓮法師

海ハよてその上は鶏打まのおけるにれ月よなれも時なれは枕
式部丈婦の一鳴しいはてはこと離別と云様も一様
こくありきをはつ様く鳴るつきこし離別の事
なやはてくおかはみなく知りこうこ云物語れいとくに
そつひれりをちまよるおけるの月来つの時よりの多る
味とはいふとをいまくわ人云ふ定家御つ様のけく

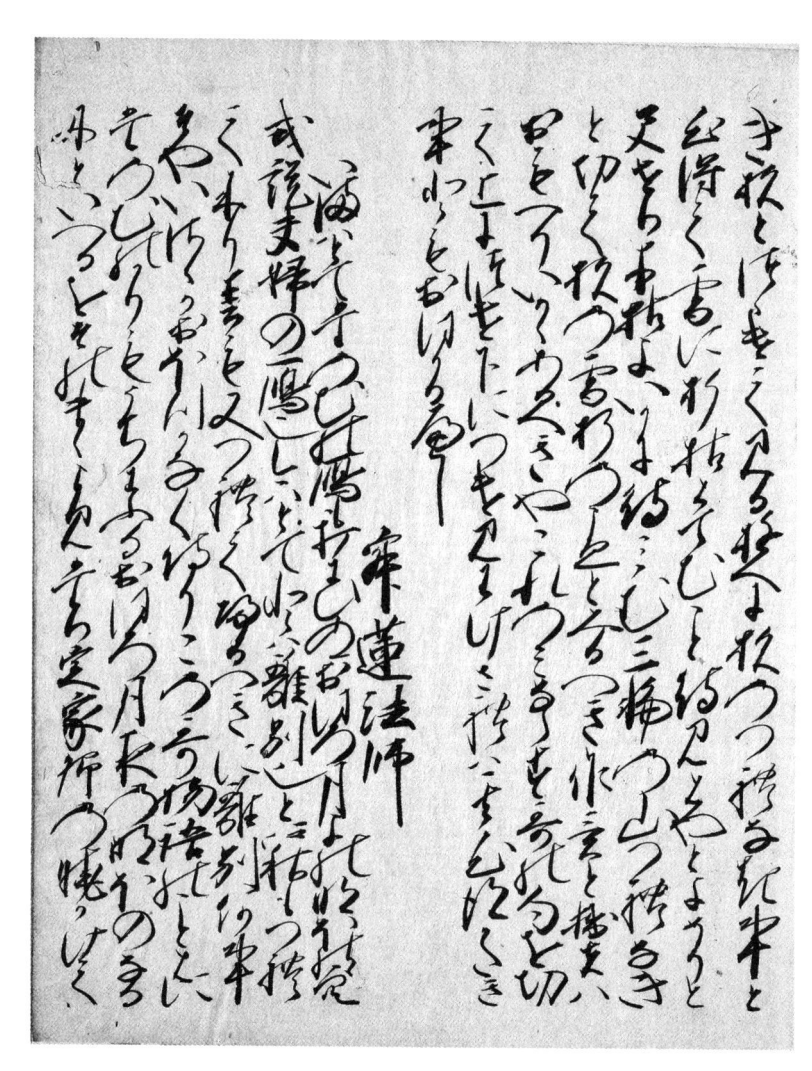

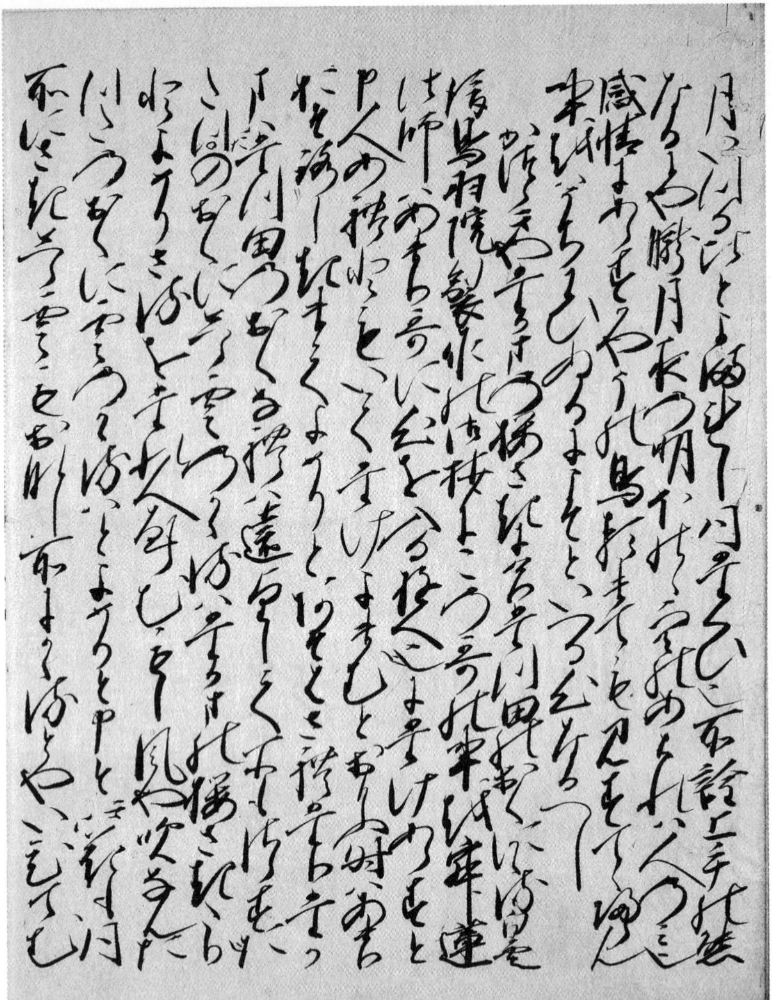

荻と云は見てくれといふ眼路よりおこりて其を
勅判の詞となせるつき第二
惣じて神にも寄やうにしたる秋風なけれども其の猶
争く秋風の吹きこしけるとのくとくしく寄ものよ猶花
めるしかるに寄花の語に惣おほよ其しめ寄
むといふ秋風なけれて惣思ひて花神事のとて
とれめるよ猶けし杖の盛にあさつてくらとおほしとあ
法西上人の寄よとしなくく猶作おもしめ人よ
さん也とほく法杖のえいは風とはらにとこうえなる
座し惣といへるく字二あり掛とも病よとのくに掛め
二句とへ云く法は杖ゆゑとうせし掛するにこそ流
まてな作也得かるて
封南の寄ともこしの掛のまに書すもなれば林の
八代集定家卿俊頼朝臣とあるに掛けらう校字

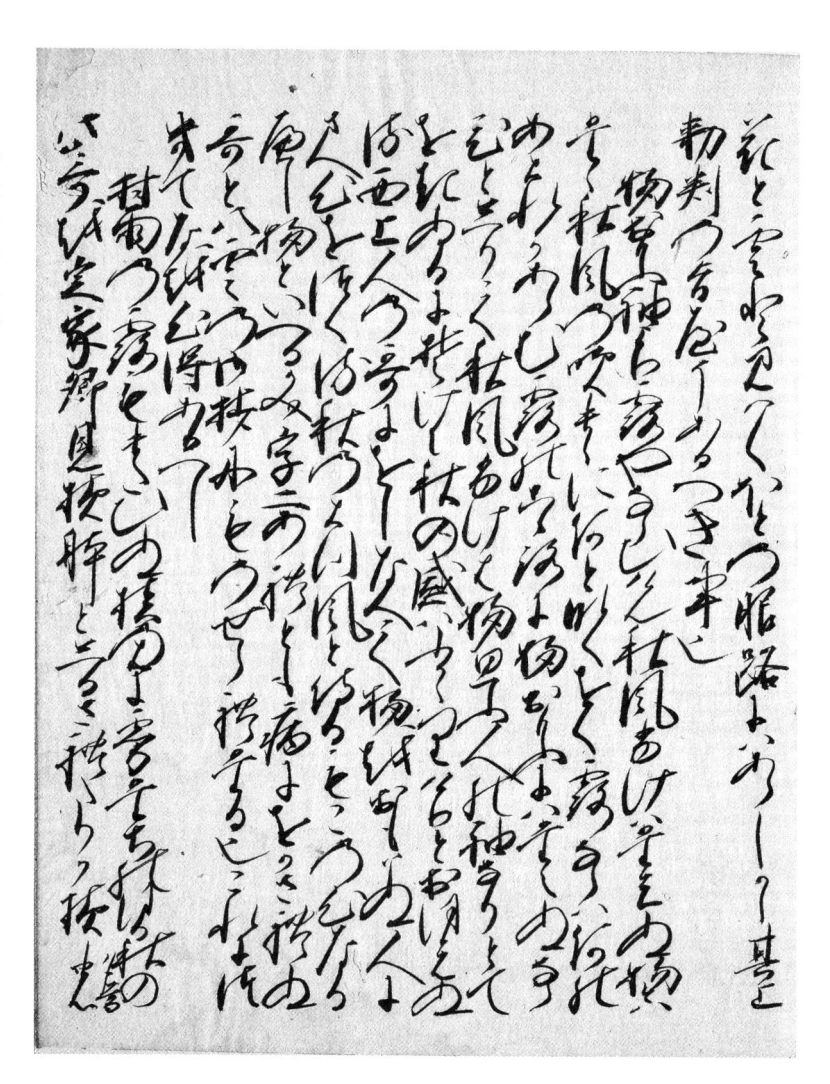

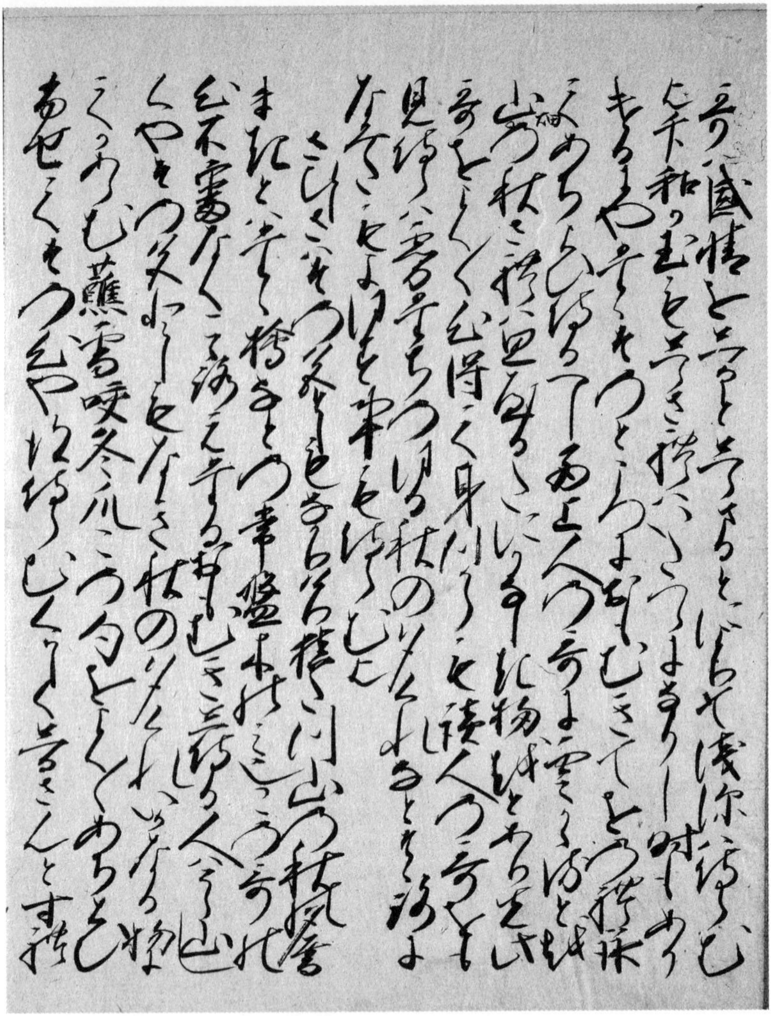

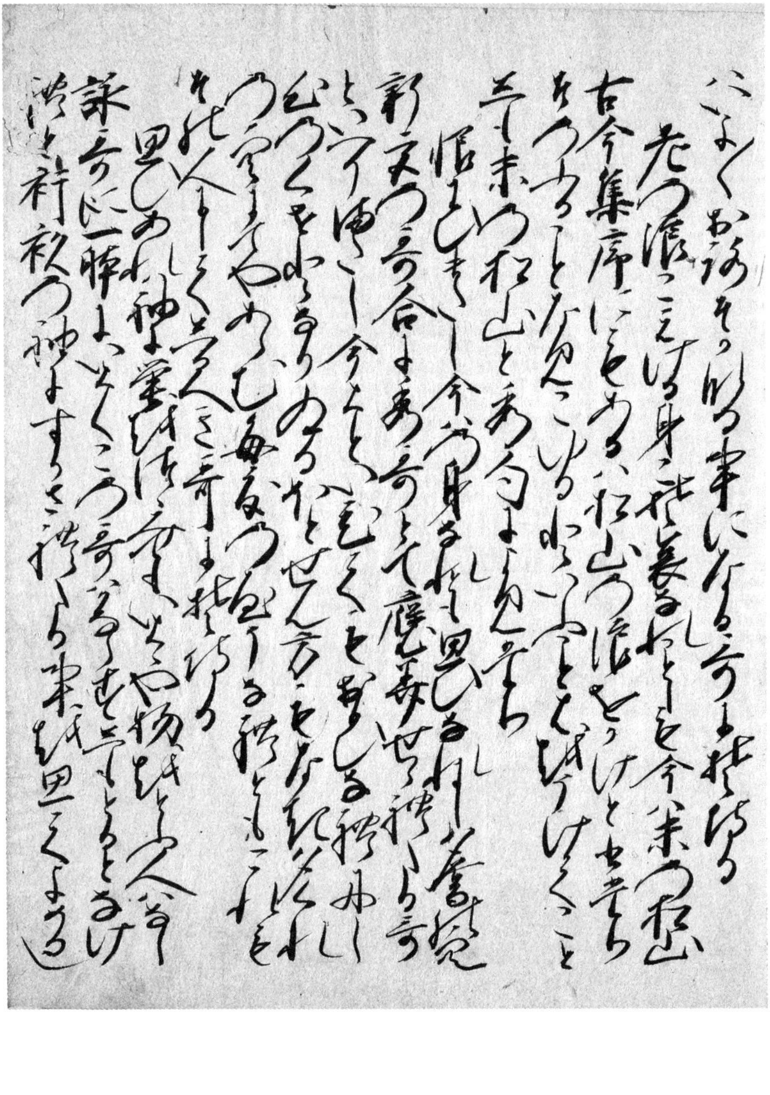

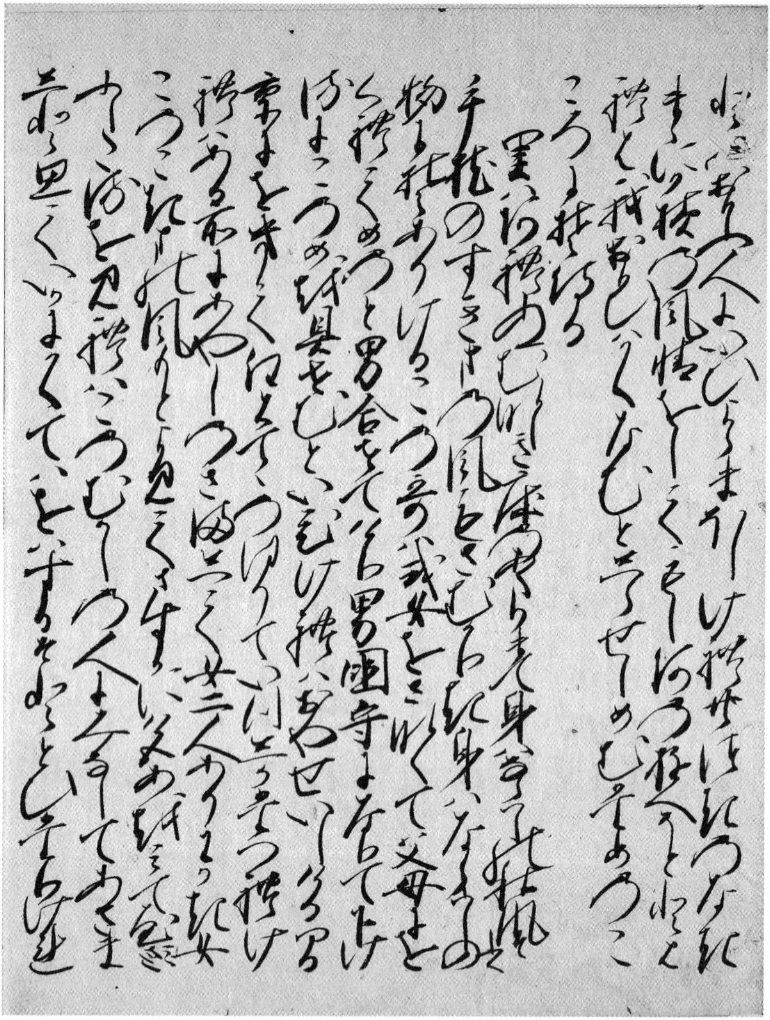

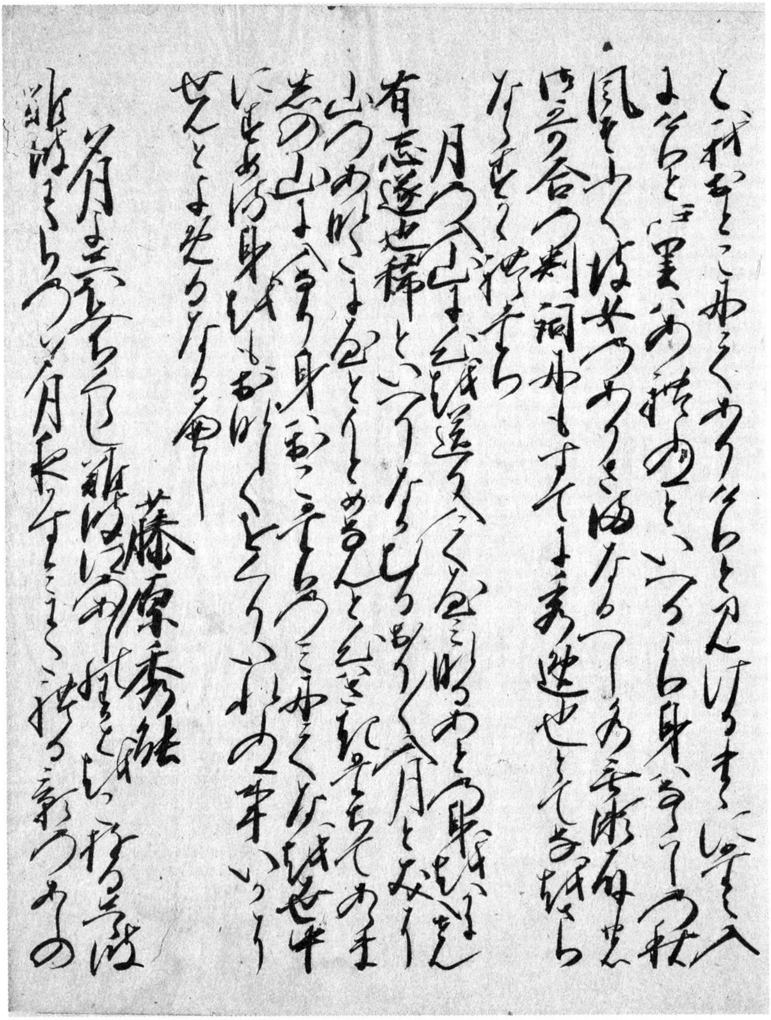

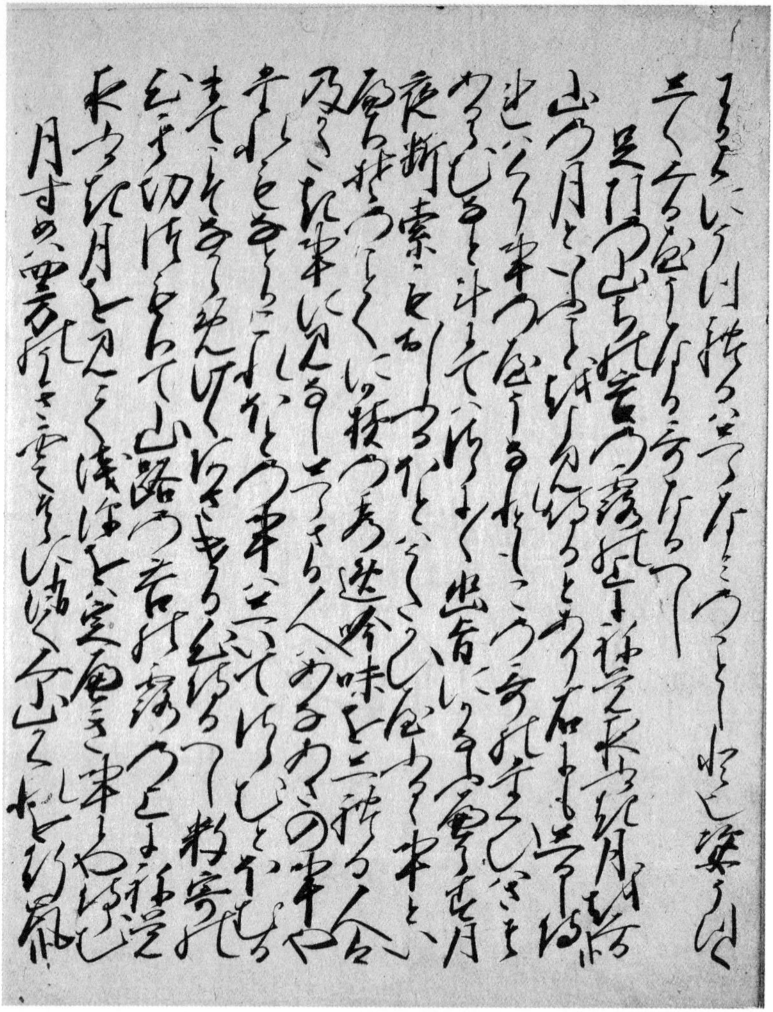

月すミ雲はらくゝ空に吹わたるも見えて寂わりなと
はるかに深き山より嵐と云岩ほの音に出てゆむる
わくといふ祠に入侍て筆の末にかきつけし
山家の風すさましき[illegible]書は果して[illegible]
この坊その時きこゆ悠然にあるもの感してかく[illegible]
花に樹下石上にすむ人も花落葉にも愛着
せしむ事なしといへとも詩歌の餘習すて難き
本性の心には[illegible]とそゆかしくよめり[illegible]
はるかす意にもかなはさりしかと[illegible]
ゆかしく思ひてゆるといひつゝむなしく世の
或説にてはかなき[illegible]人の音によそへる
心ハそのこゝろもなくすて[illegible]と思ふ我身にと
ゆりこえて心得へきにや
下葉[illegible]道にも秋風[illegible]

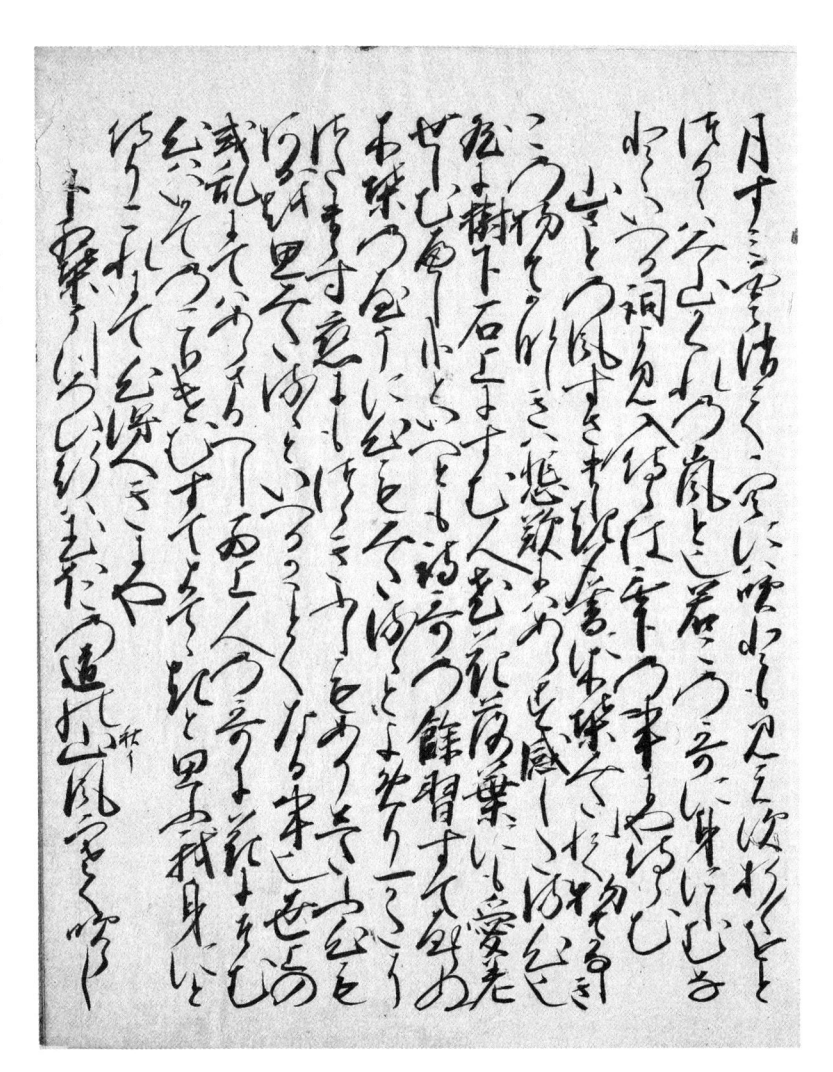

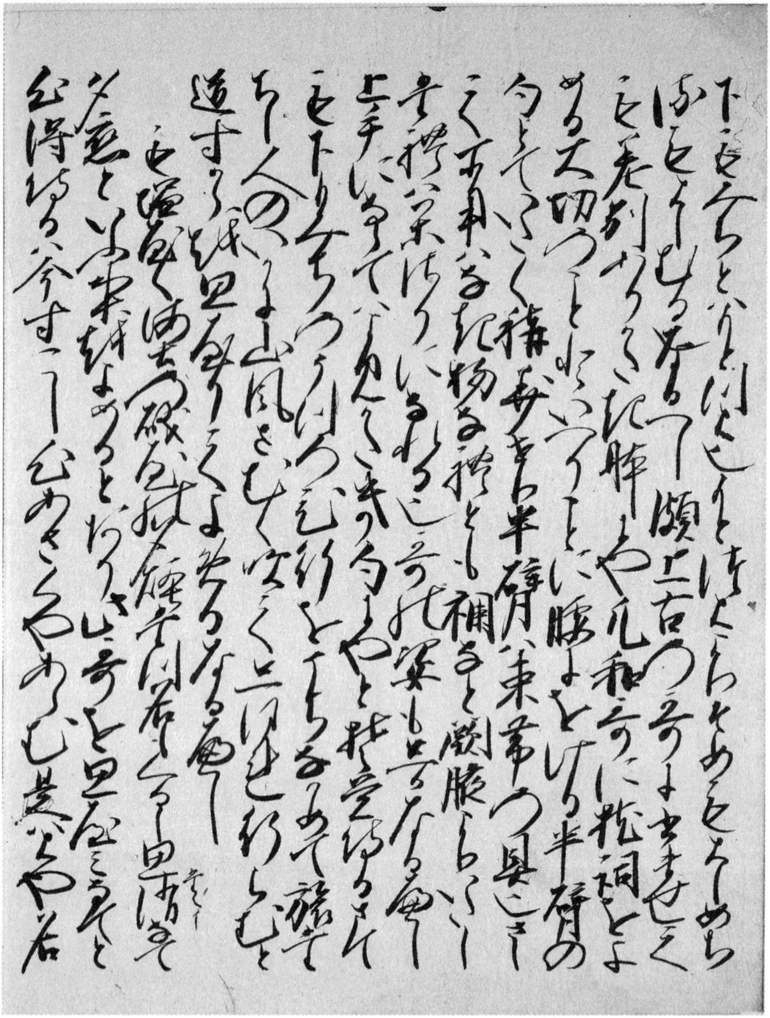

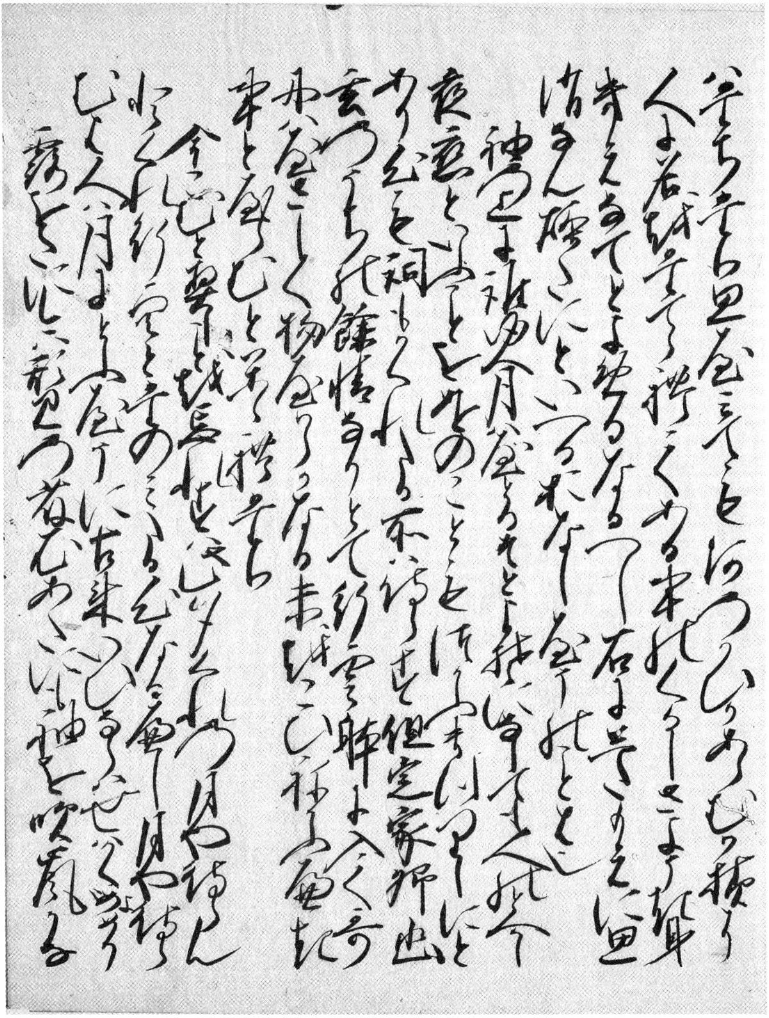

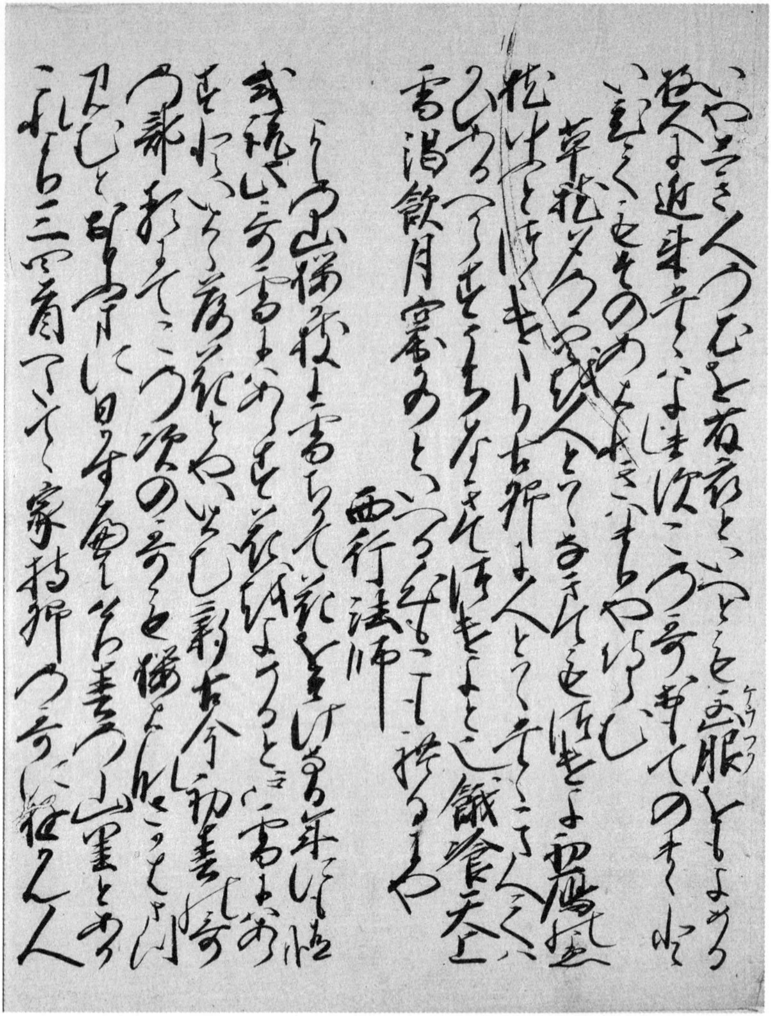

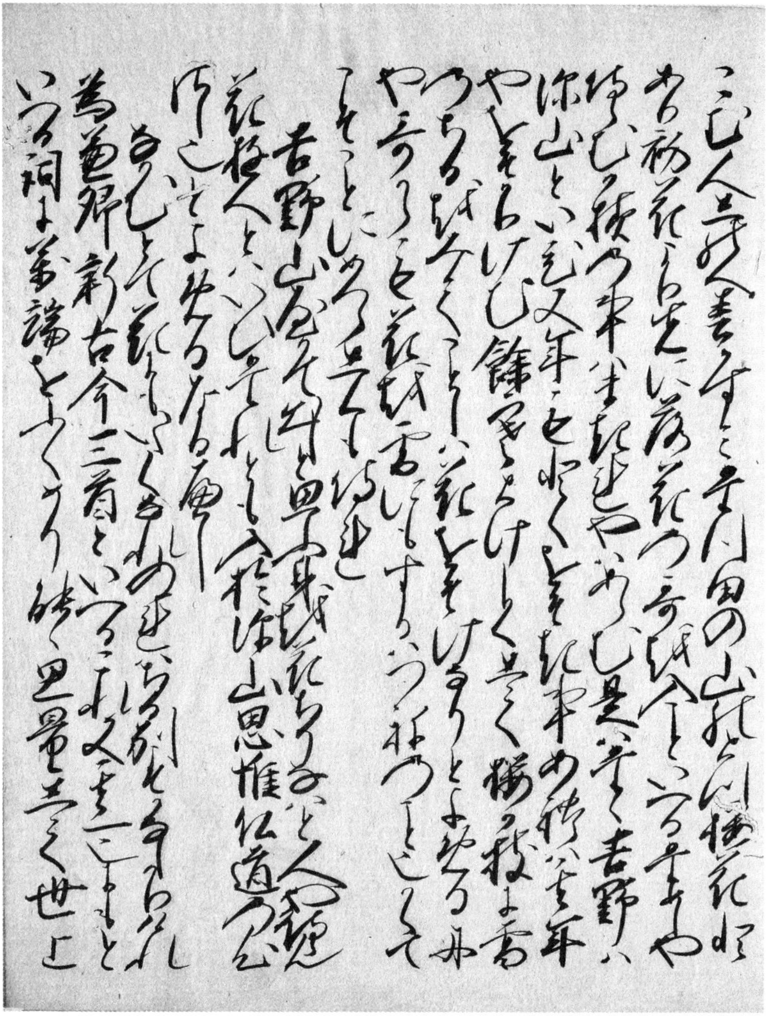

の秋花ともまかす様もなつかしき所にしれ
なれし草木の露にしほれ秋風もなく嵯峨野の原
是は世俗によみならはせるしくさにいつもつねに
ことわりの心也此哥の作者よく嵯峨野を
歴覧せしもやなれたのくわうの小萩に露を
なりみん風を待えし君にもそれまさるよみよ
も風涼しくさそふ野なる原しかれぬと年つ
く懐旧しくは草とつ露のこほるる京
亂の今しほとよめり秋風さそふわといふ
みしにもよろこひやこのころは中に居てこと
けの露のこかれんと嵯峨野の原を也
月見しと変とて古のへや今の衣袖のあはれ
人のやとにいふよ我たての思ひするにはあはれなる
今夜鄜州月閨中唯独看といふからの歌の

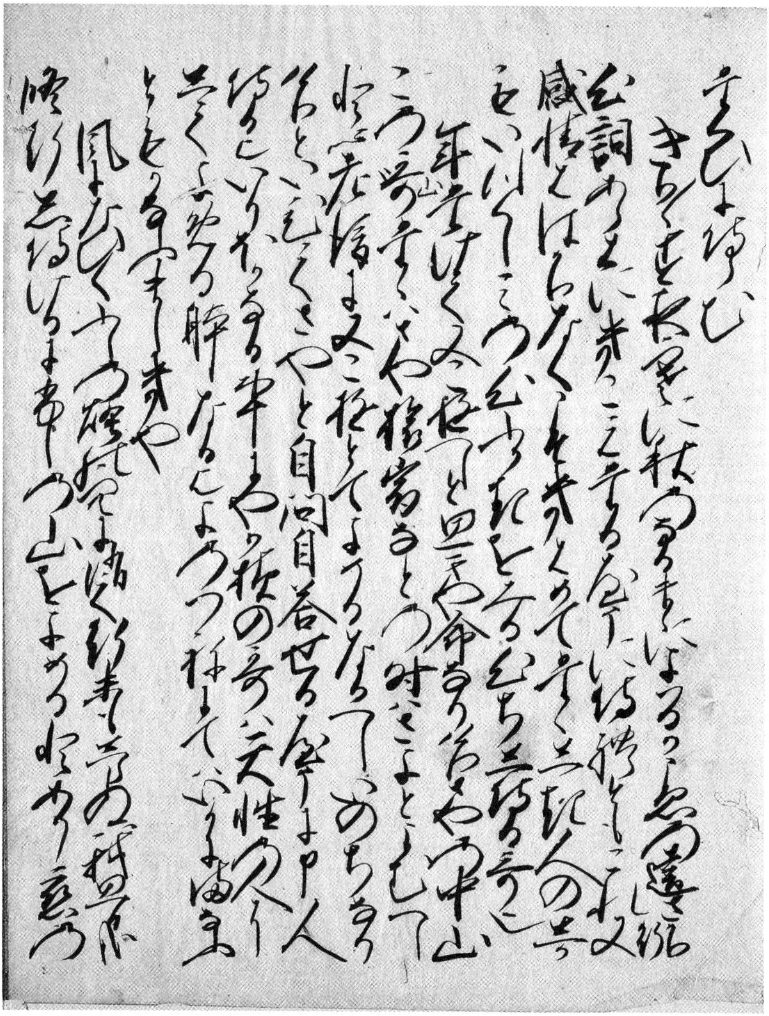

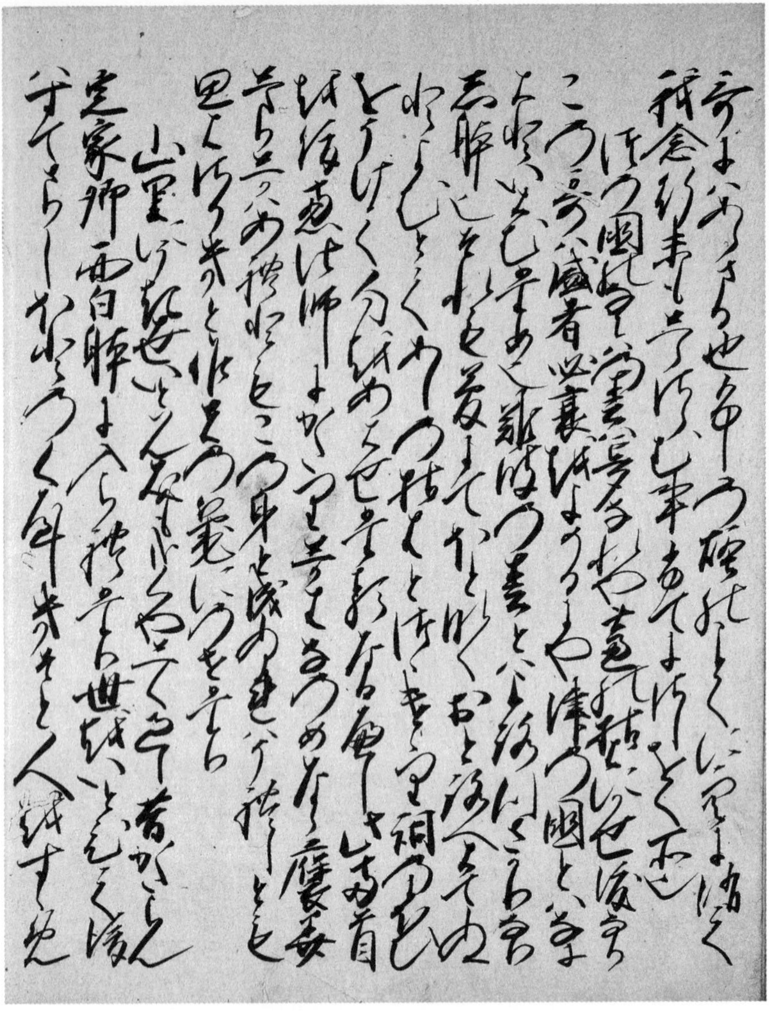
今はあさき世の中の[illegible]
観念行者も[illegible]
[illegible]
[illegible]盛者必衰[illegible]
[illegible]
[illegible]
[illegible]
[illegible]
[illegible]法師[illegible]
[illegible]
[illegible]
山里にうき世いとはん友もかなくやしく昔[illegible]かたらん
定家卿西行[illegible]世[illegible]
[illegible]

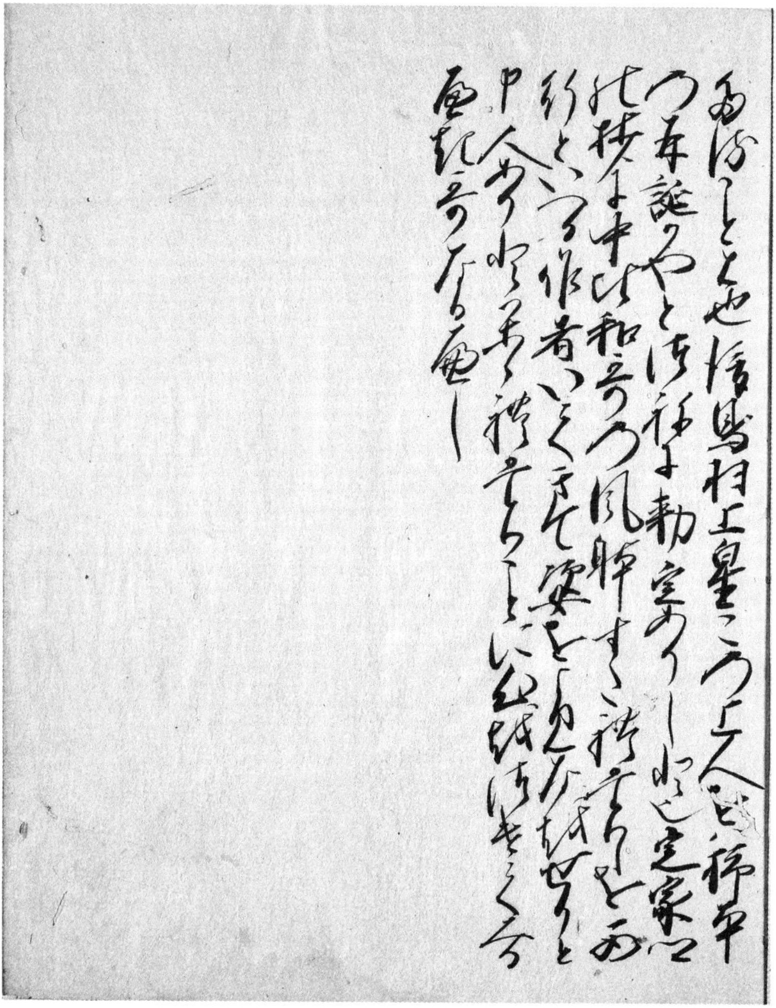

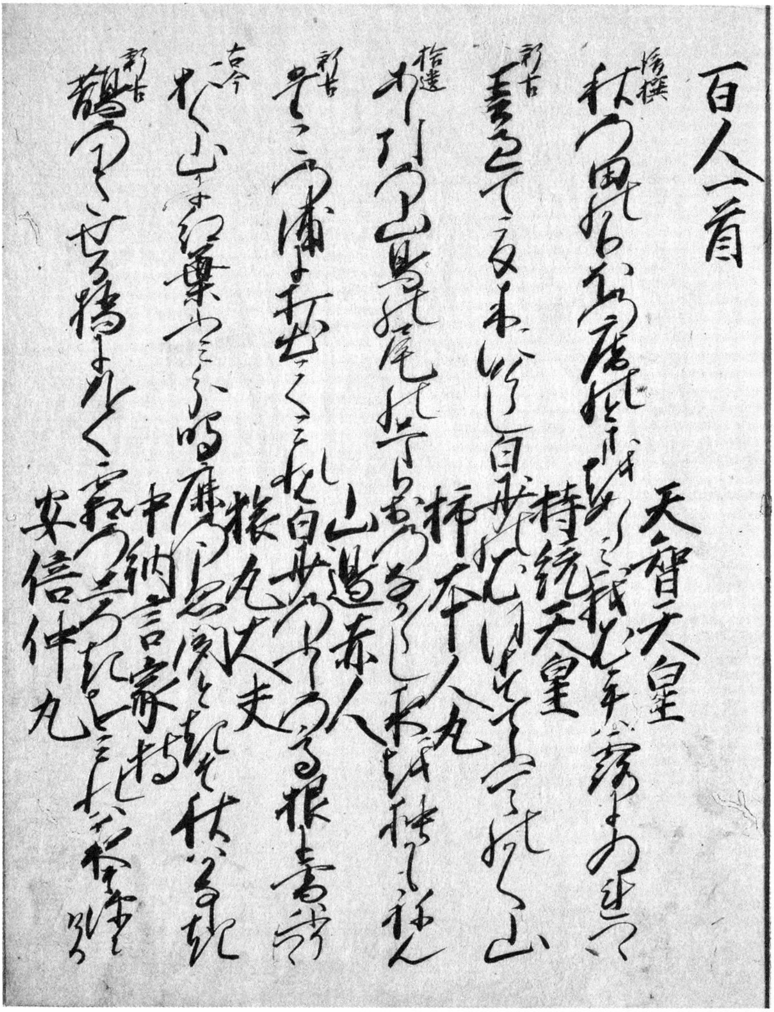

百人一首

後撰 秋の田のかりほの庵のとまをあらみわか衣手は露にぬれつゝ 天智天皇

新古 春過て夏来にけらし白妙の衣ほすてふあまのかく山 持統天皇

拾遺 あしひきの山鳥の尾のしたり尾のなかなかし夜をひとりかもねん 柿本人丸

新古 田子の浦にうち出てみれは白妙のふしのたかねに雪はふりつゝ 山辺赤人

古今 おく山に紅葉ふみわけ鳴鹿の声きく時そ秋はかなしき 猿丸大夫

新古 鵲のわたせる橋にをく霜のしろきを見れは夜そふけにける 中納言家持

安倍仲丸

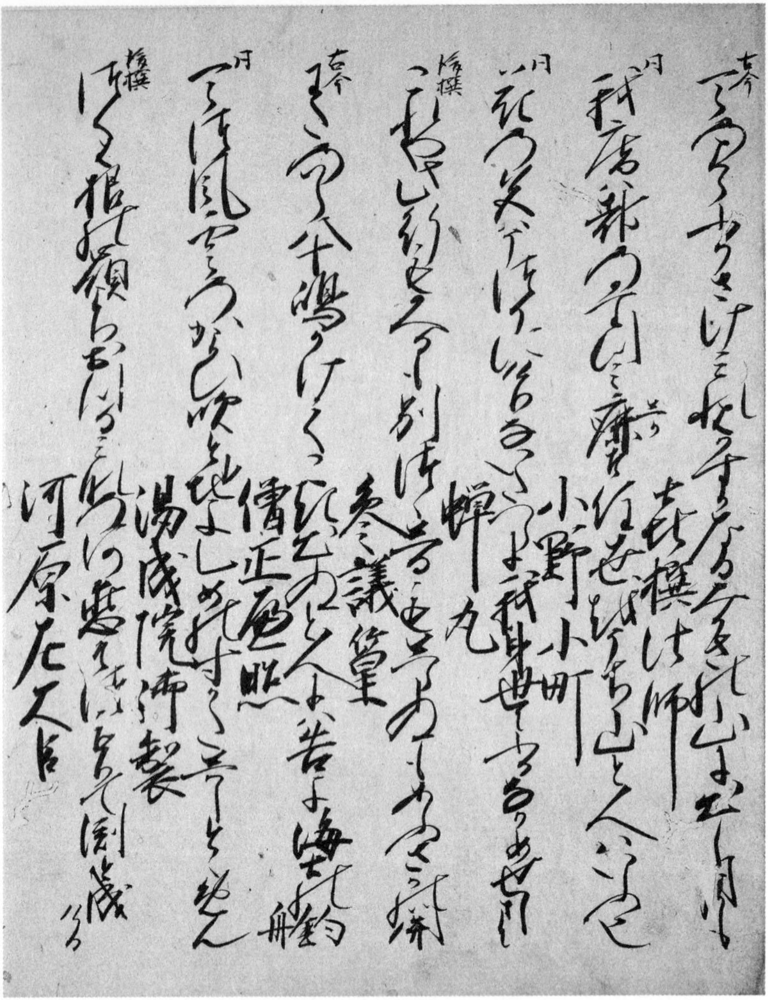
天のはらふりさけみれは春日なる三笠の山にいてし月かも

わか庵はみやこのたつみしかそすむ世をうち山と人はいふなり
喜撰法師

花の色はうつりにけりないたつらに我身世にふるなかめせしまに
小野小町

これやこの行もかへるも別ては知るもしらぬもあふさかの関
蝉丸

わたのはら八十嶋かけてこき出ぬと人にはつけよ海士の釣舟
参議篁

天つ風雲のかよひちふきとちよをとめのすかたしはしとゝめん
僧正遍照

つくはねの峰よりおつるみなの川こひそつもりて渕となりぬる
陽成院御製

みちのくのしのふもちすりたれ故にみたれそめにし我ならなくに
河原左大臣

古今
みちのくのしのふもちすり誰ゆへにみたれそめにし我ならなくに

光孝天皇

月
君かため春の野に出て若菜つむわか衣手に雪はふりつゝ

中納言行平

月
立別いなはの山の峯におふるまつとしきかは今かへりこむ

在原業平朝臣

月
ちはやふる神代もきかす竜田川からくれなゐに水くゝるとは

藤原敏行朝臣

月
住の江の岸による浪よるさへや夢のかよひち人めよくらん

伊勢

新古
難波かた短き芦のふしの間もあはて此世をすくしてよとや

元良親王

後撰
わひぬれは今はたおなし難波なる身をつくしてもあはんとそ思

素性法師

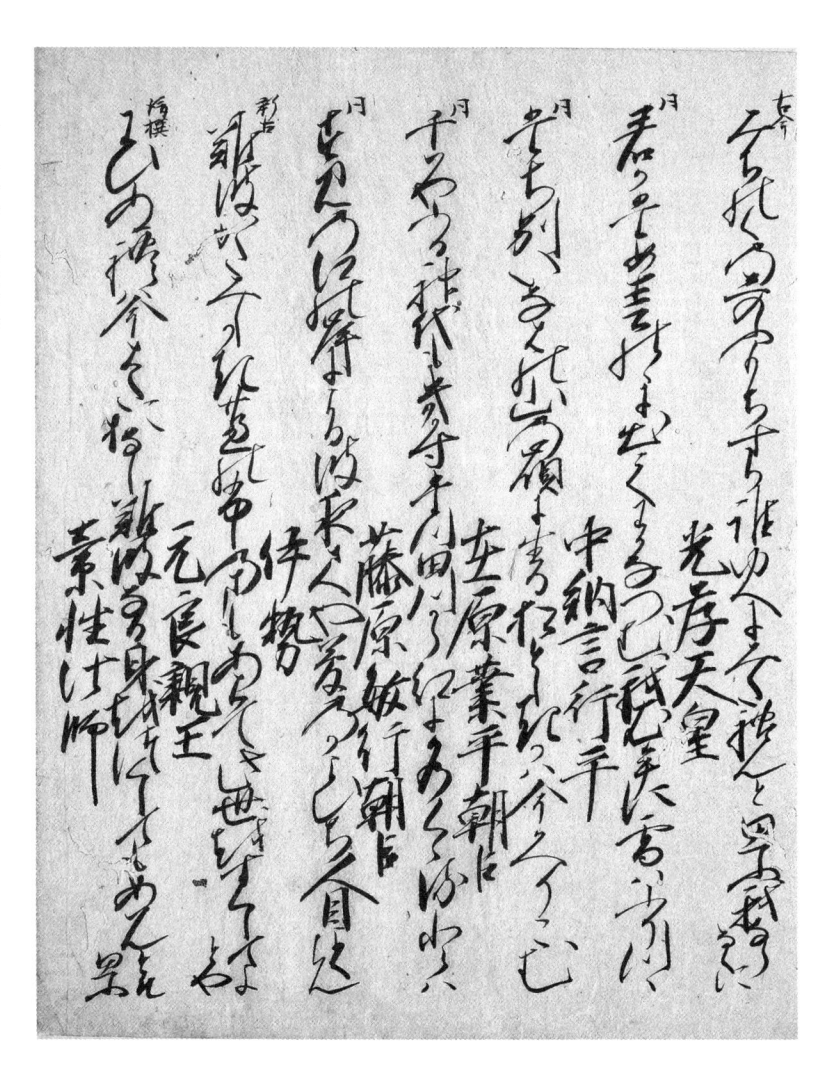

今こむといひしはかりに長月の有明の月を待出つるかな
吹からに秋の草木のしほるれはむへ山風をあらしといふらん
文屋康秀
月見れはちゝに物こそかなしけれ我身ひとつの秋にはあらねと
大江千里
このたひはぬさもとりあへす手向山紅葉の錦神のまにまに
菅家
名にしおはゝ相坂山のさねかつら人にしられてくるよしもかな
三条左大臣
小倉山峰の紅葉ゝ心あらは今ひとたひのみゆきまたなん
貞信公
みかの原わきてなかるゝ泉川いつみきとてか恋しかるらん
中納言兼輔
山里は冬そさひしさまさりける人めも草もかれぬと思へは
源宗于朝臣

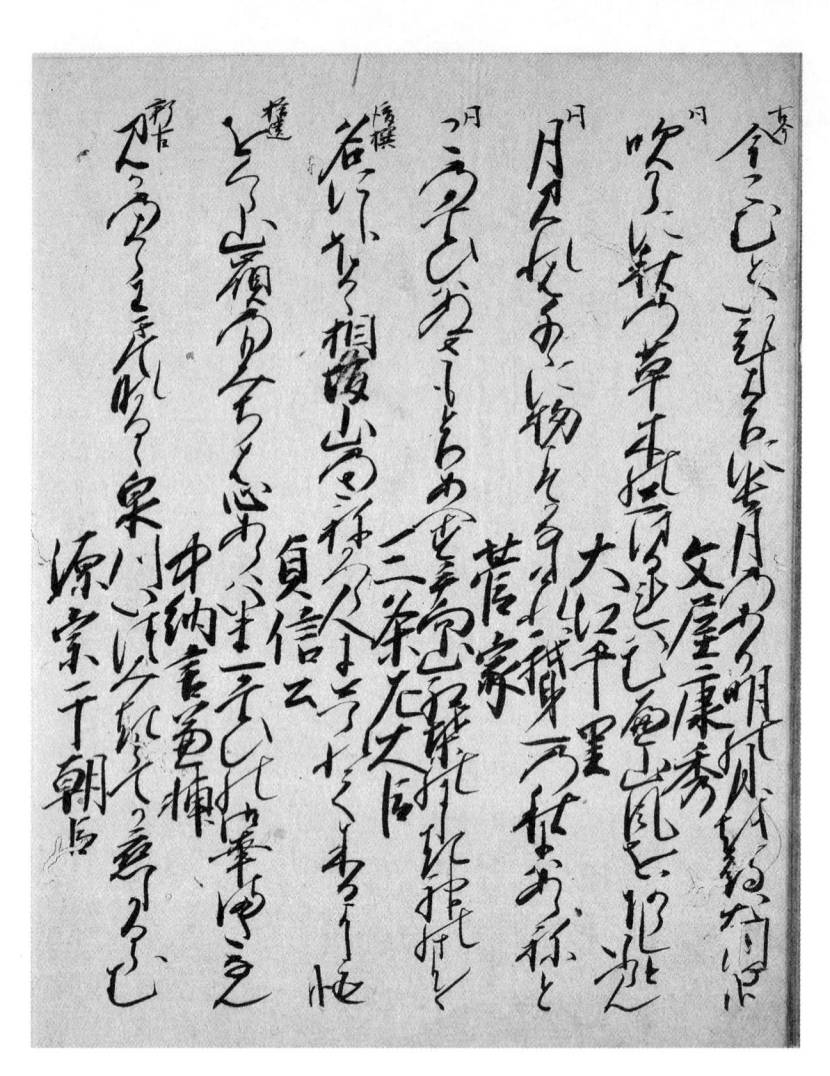

古今
山さとハ冬そさひしさまさりける人めも草もかれぬとおもへハ

凡河内躬恒
心あてにおらはやおらむ初霜のおきまとはせる白菊の花

壬生忠岑
有明のつれなく見えし別より暁はかりうき物はなし

坂上是則
朝ほらけ有明の月と見るまてによしのゝさとにふれる白雪

春道列樹
山川に風のかけたるしからみはなかれもあへぬ紅葉なりけり

紀友則
久かたのひかりのとけき春の日にしつ心なく花のちるらん

藤原興風
たれをかもしる人にせん高砂の松もむかしの友ならなくに

紀貫之

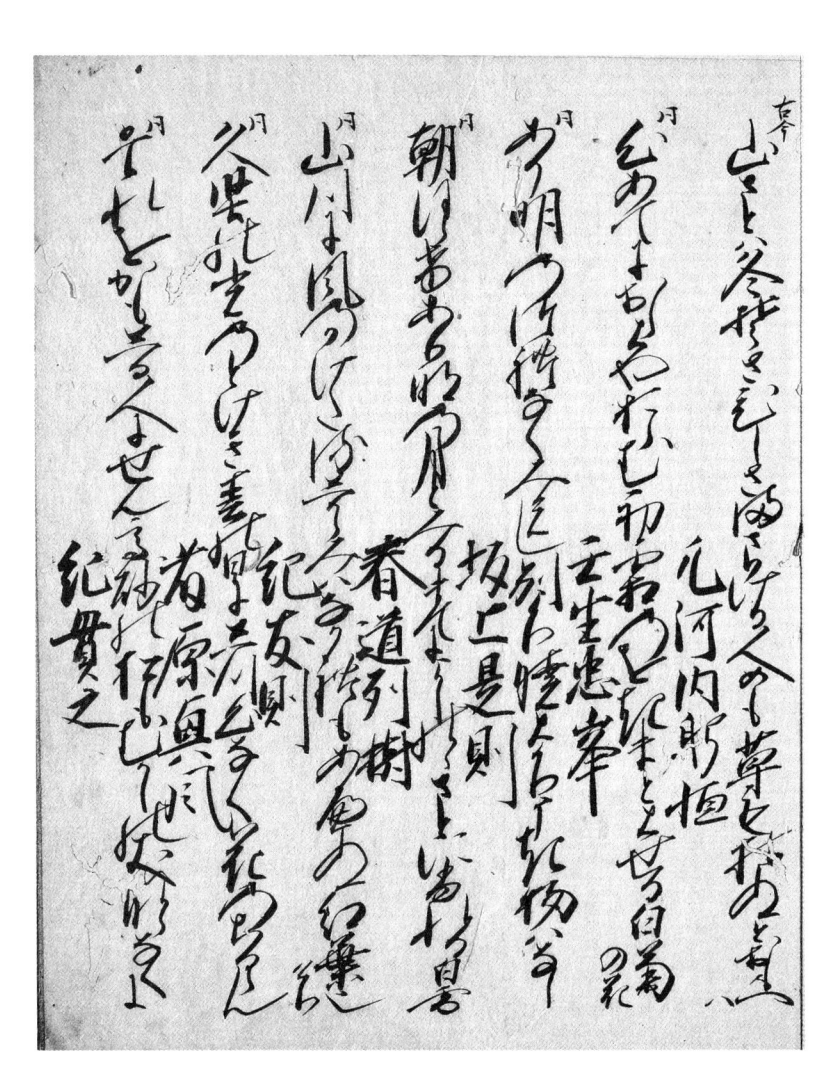

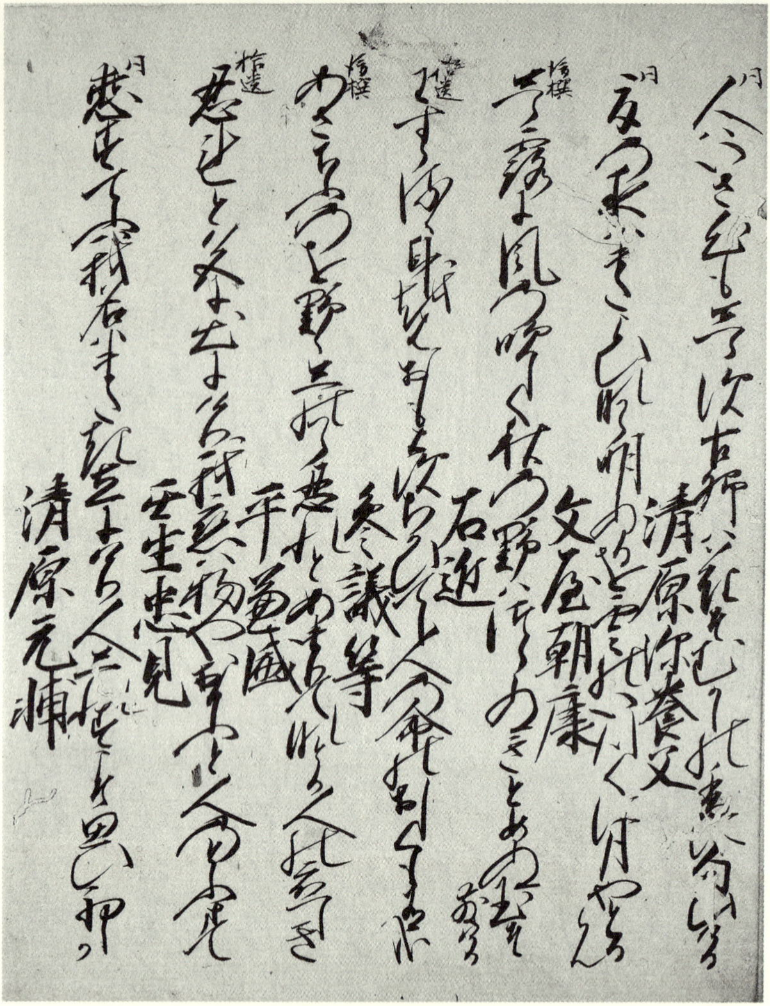
人はいさ心もしらす故郷は花そむかしの香ににほひける
夏の夜はまたよひなから明ぬるを雲のいつこに月やとるらん
清原深養父
白露に風の吹しく秋の野はつらぬきとめぬ玉そちりける
文屋朝康
わすらるゝ身をは思はすちかひてし人の命のおしくも有かな
右近
あさちふのをのゝしの原しのふれとあまりてなとか人のこひしき
参議等
忍ふれと色に出にけり我恋は物や思ふと人のとふまて
平兼盛
恋すてふ我名はまたき立にけり人しれすこそ思ひそめしか
壬生忠見
契りきなかたみに袖をしほりつゝすゑの松山浪こさしとは
清原元輔

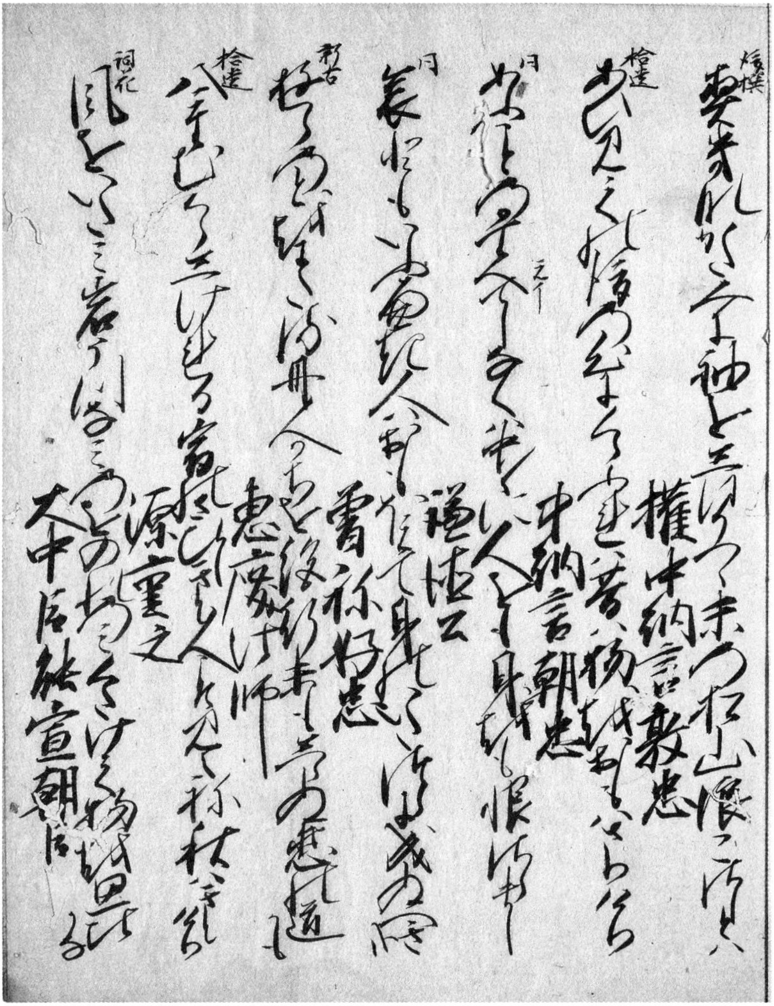
後拾遺　契りきなかたミに袖をしほりつゝ末の松山浪こさしとハ
拾遺　あひみての後の心にくらふれハ昔ハ物もおもハさりけり
権中納言敦忠
同　あふ事のたえてしなくハ中〳〵に人をも身をも恨さらまし
中納言朝忠
同　哀ともいふへき人ハおもほえて身のいたつらに成ぬへきかな
謙徳公
新古　由良のとをわたる舟人かちをたえ行衛もしらぬ恋の道かな
曽祢好忠
拾遺　八重むくらしけれる宿のさひしきに人こそ見えね秋ハきにけり
恵慶法師
詞花　風をいたミ岩うつ浪のおのれのミくたけて物を思ふ比かな
源重之
大中臣能宣朝臣

月
くもゐにまがふおきつ白浪
　　　　法性寺入道前関白太政大臣

後拾
君がため惜しからざりし命さへ
ながくもがなとおもひけるかな
　　　　　藤原義孝

月
かくとだにえやはいぶきのさしも草
さしも知らじな燃ゆる思ひを
　　　　藤原實方朝臣

月
明けぬれば暮るゝものとは知りながら
なほうらめしき朝ぼらけかな
　　　　藤原道信朝臣

拾遺
歎きつゝひとりぬる夜のあくる間は
いかに久しきものとかはしる
　　　　右近大将道綱母

新古
いまはたゞ思ひ絶えなんとばかりを
人づてならでいふよしもがな
　　　　儀同三司母

拾遺
瀧の音は絶えて久しく成りぬれど
名こそ流れてなほ聞えけれ
　　　　大納言公任

あらざらんこの世のほかの思ひ出に
いまひとたびの逢ふこともがな
　　　　和泉式部

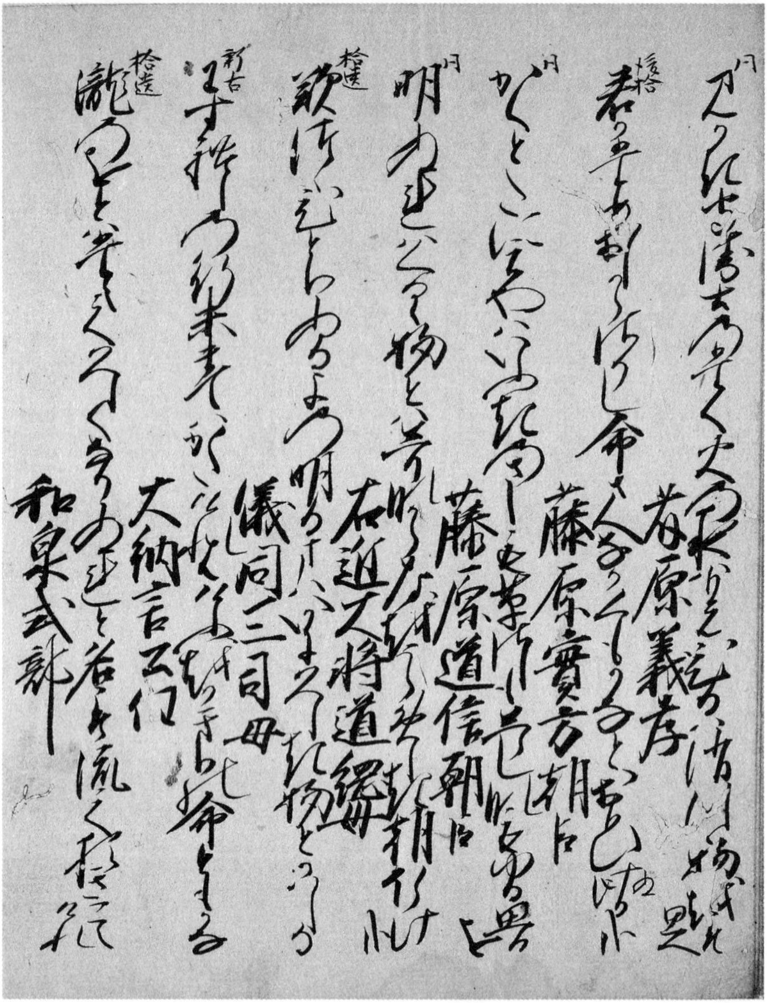

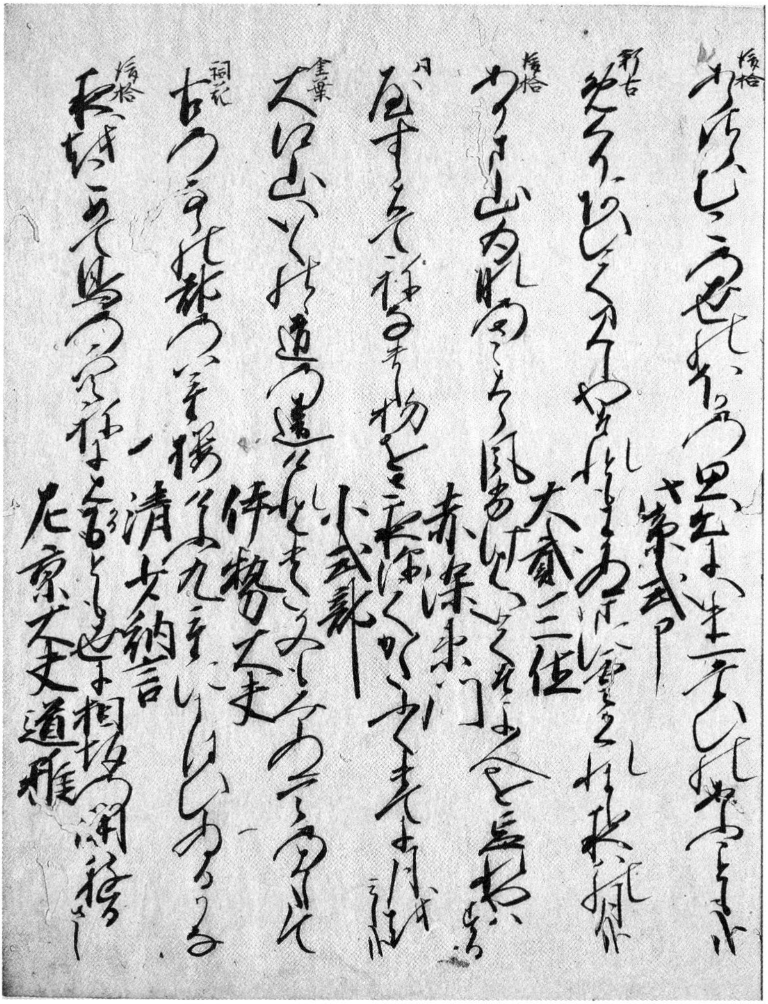
後拾　あらさらむこの世のほかの思出にいまひとたひのあふこともかな
紫式部
新古　めくりあひてみしやそれともわかぬまにくもかくれにし夜はの月かな
大貳三位
後拾　ありま山ゐなのさゝ原風ふけはいてそよ人をわすれやはする
赤染衛門
同　やすらはてねなましものをさよふけてかたふくまての月をみしかな
小式部
金葉　大江山いくのゝ道の遠けれはまたふみもみすあまのはしたて
伊勢大輔
詞花　いにしへのならの都の八重桜けふ九重ににほひぬるかな
清少納言
後拾　夜をこめて鳥のそらねははかるともよに相坂の関はゆるさし
左京大夫道雅

今こむといひしはかりに長月の有明の月をまちいてつるかな
権中納言定頼
うきけはかり浪こすらむ末の松山
相模
恨みわひほさぬ袖たにある物をこひにくちなむ名こそおしけれ
儀同三司母
わすれしのゆくすゑまてはかたけれはけふをかきりの命ともかな
周防内侍
山さくら花よりほかにしる人もなし
三条院御製
こころにもあらてうきよになからへは恋しかるへき夜半の月かな
能因法師
嵐吹三むろの山のもみち葉はたつ田の川のにしきなりけり
良暹法師

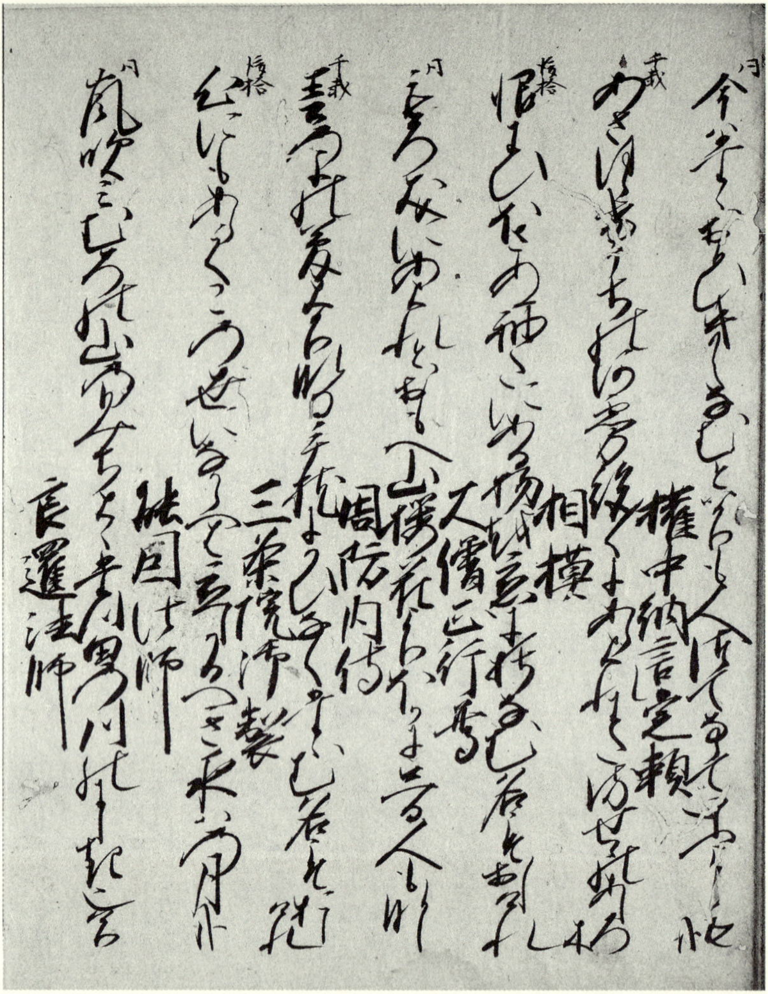

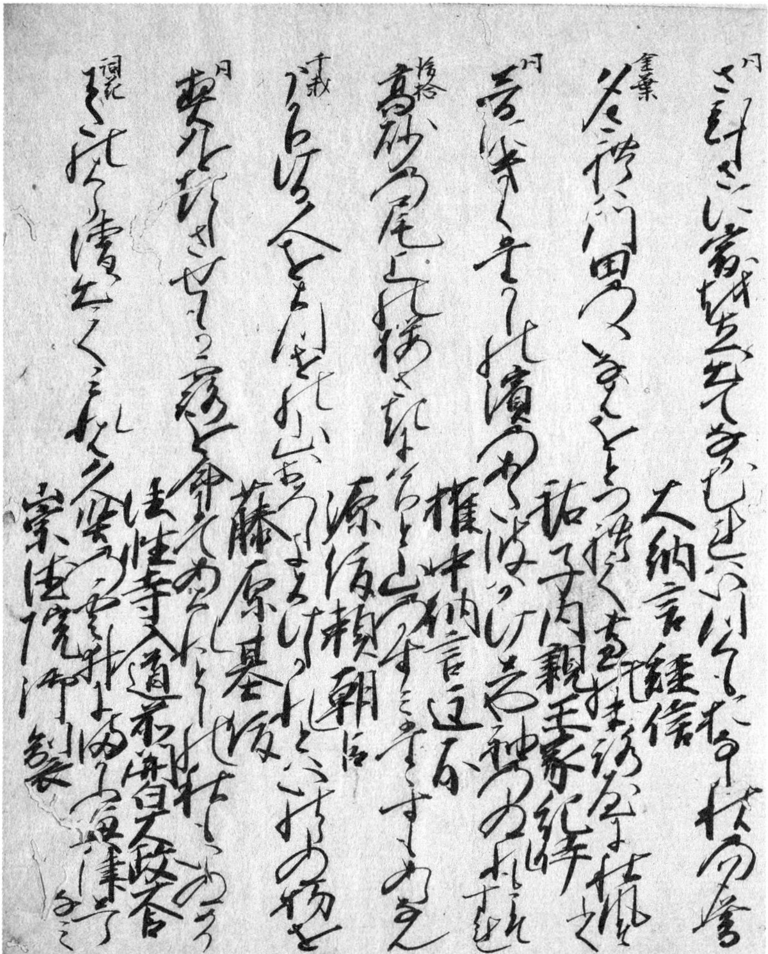

同 さひしさに宿をたち出てなかむれはいつくもおなし秋の夕暮

金葉 夕されは門田のいなはをとつれて芦のまろやに秋風そ吹　大納言経信

同 音にきく高しの浜のあた波はかけしや袖のぬれもこそすれ　祐子内親王家紀伊

後拾 高砂の尾上の桜さきにけりと山のかすみたゝすもあらなん　権中納言匡房

千載 うかりける人をはつせの山おろしよはけしかれといのらぬ物を　源俊頼朝臣

同 契おきしさせもか露を命にてあはれ今年の秋もいぬめり　藤原基俊

詞花 わたの原こき出て見れは久かたの雲井にまかふ沖津白浪　法性寺入道前関白太政大臣

同 せをはやみ岩にせかるゝ滝川のわれても末にあはむとそ思ふ　崇徳院御製

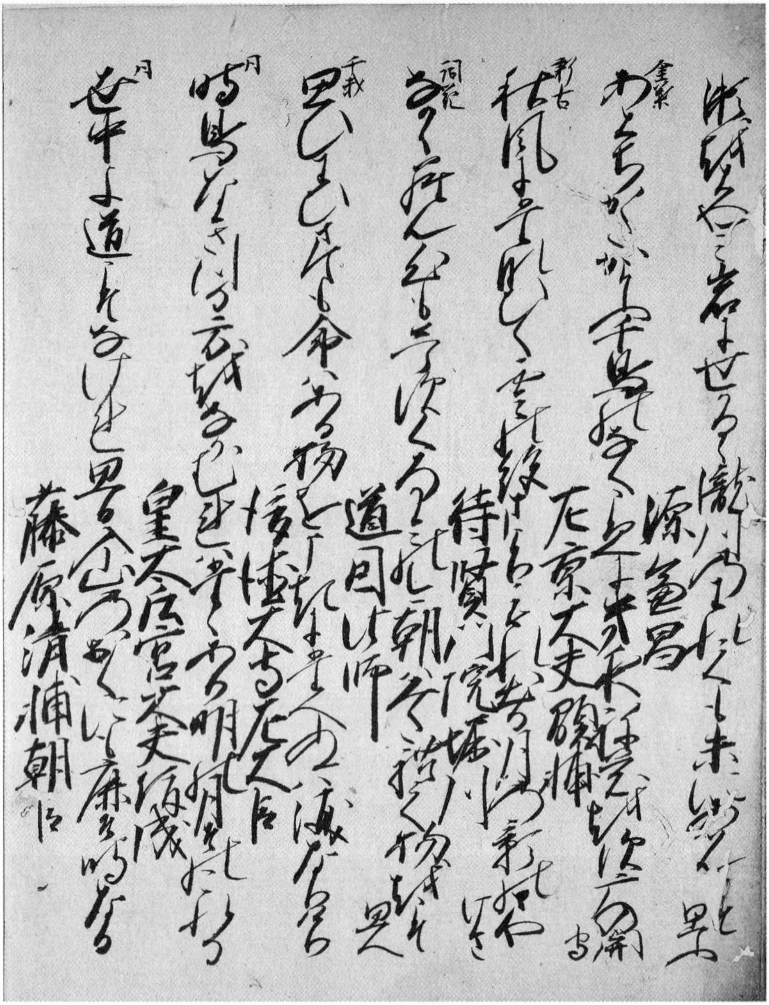
瀬をはやミ岩にせかるゝ瀧川のわれても末にあはむとそ思ふ
源兼昌
金葉 あはちしまかよふ千鳥のなくこゑにいくよねさめぬすまの関守
左京大夫顕輔
新古 秋風にたなひく雲のたえまよりもれいつる月のかけのさやけさ
待賢門院堀河
同記 なかゝらむ心もしらす黒かミのみたれて今朝は物をこそ思へ
道因法師
千載 思ひわひさても命ハある物をうきにたへぬは涙なりけり
皇太后宮大夫俊成
月 時鳥なきつる方をなかむれはたゝ有明の月そのこれる
月 世中よ道こそなけれ思ひ入山の奥にも鹿そなくなる
藤原清輔朝臣

新古 なからへはまたこのころやしのはれむうしとみし世そ今は恋しき

俊恵法師

千載 夜もすから物思ふころは明やらてねやのひまさへつれなかりけり

西行法師

同 なけゝとて月やは物を思はするかこちかほなる我涙かな

寂蓮法師

新古 むら雨の露もまたひぬまきの葉に霧たちのほる秋の夕くれ

皇嘉門院別当

千載 難波江のあしのかりねの一よゆへみをつくしてや恋わたるへき

式子内親王

新古 玉のをよたえなはたえねなからへはしのふることのよはりもそする

殷富門院大輔

千載 みせはやなをしまのあまの袖たにもぬれにそぬれし色はかはらす

後京極摂政前太政大臣

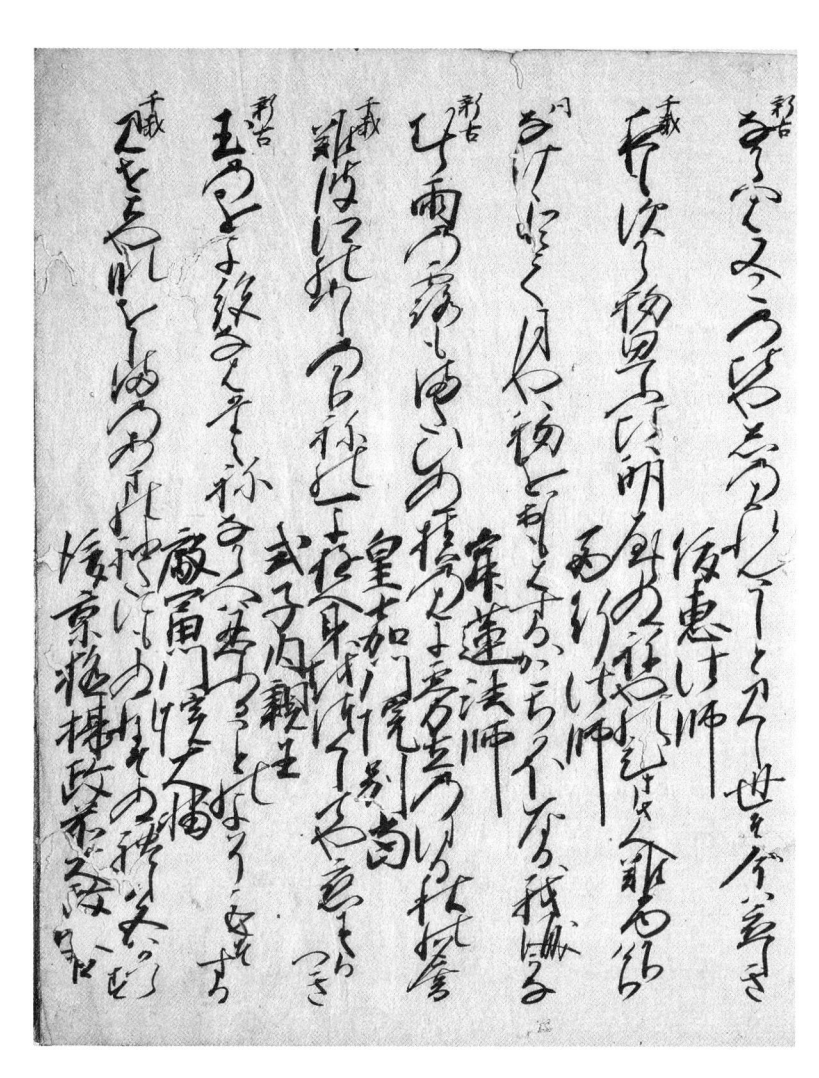

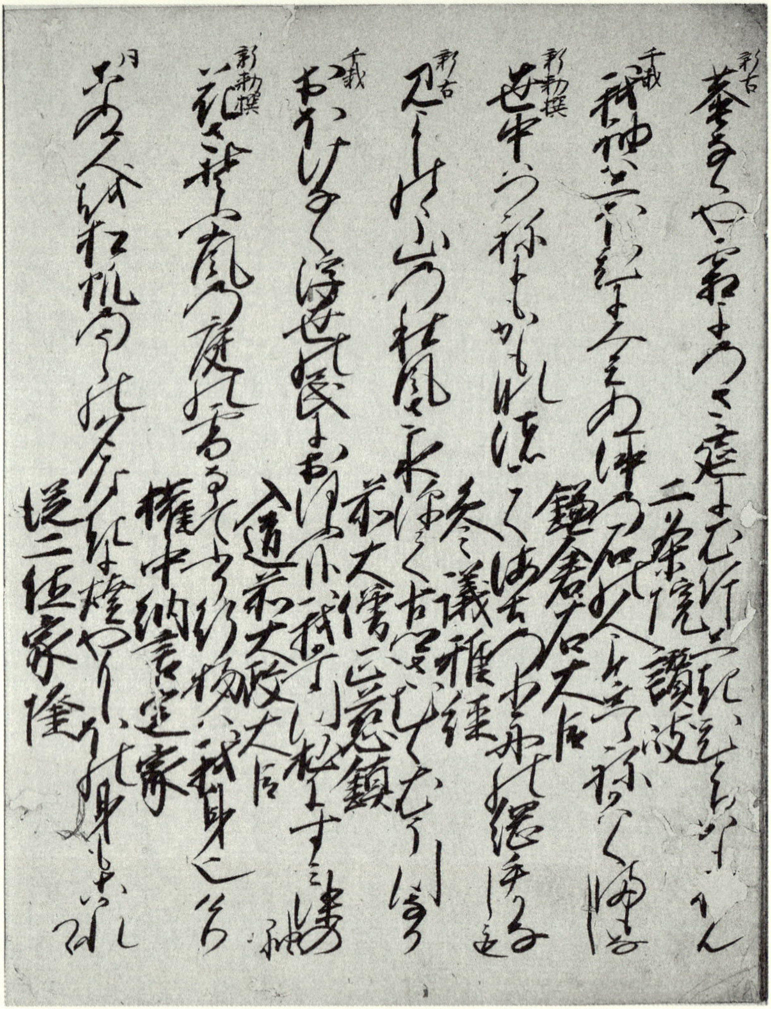

新古　蟋蟀なくや霜よのさむしろに衣かたしきひとりかもねん
二条院讃岐
千載　我袖は塩ひにみえぬ沖の石の人こそしらねかはくまもなし
鎌倉右大臣
新勅撰　世中はつねにもかもななきさこくあまのをふねのつなてかなしも
参議雅経
新古　みよし野ゝ山の秋風さよふけてふるさとさむく衣うつなり
前大僧正慈鎮
千載　おほけなくうき世の民におほふかな我たつ杣にすみそめの袖
入道前太政大臣
新勅撰　花さそふ嵐の庭の雪ならてふりゆく物は我身なりけり
権中納言定家
月　こぬ人をまつほの浦の夕なきにやくやもしほの身もこかれつゝ
従二位家隆

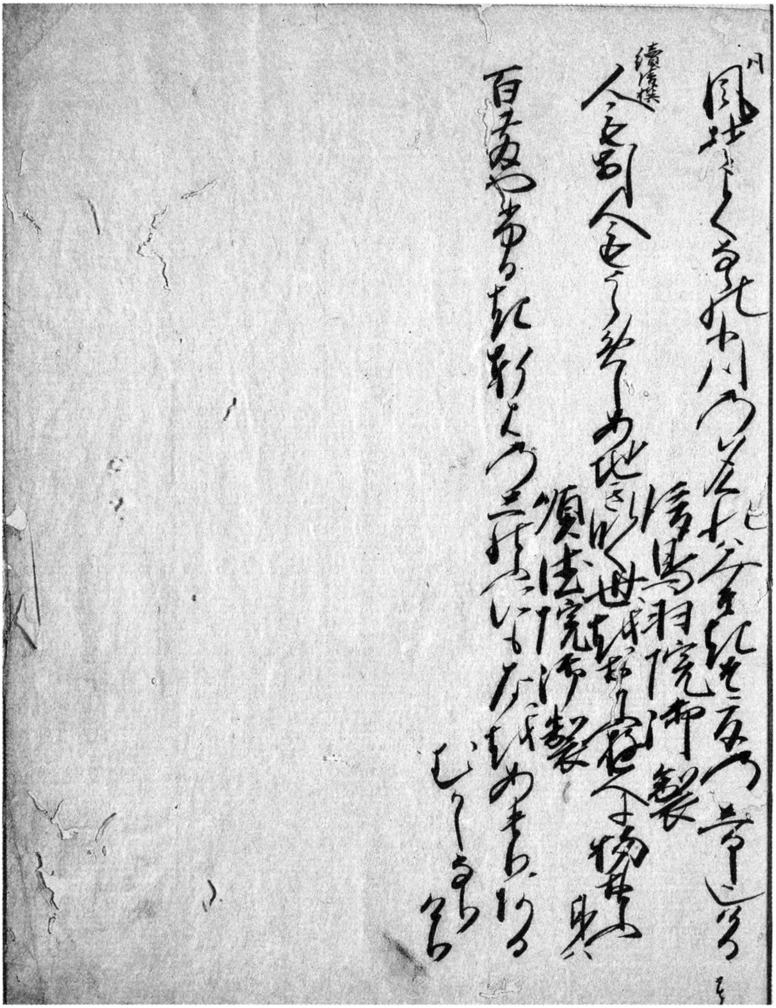
風そよくならの小川の夕くれはみそきそ夏のしるしなりける
続後撰
人もをし人もうらめしあちきなく世をおもふゆへに物おもふ身は
後鳥羽院御製
順徳院御製
百敷やふるき軒はのしのふにもなをあまりあるむかしなりけり

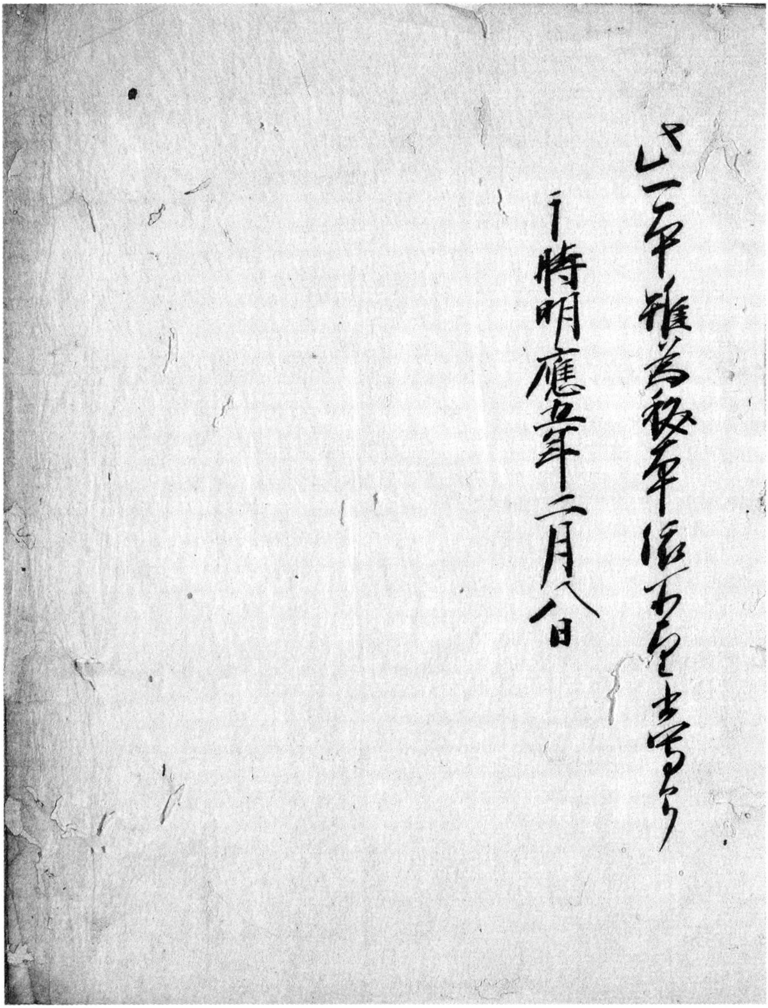

此一冊雖為秘本依所望書写之訖
于時明應五年二月八日

九代抄

九代抄　表表紙

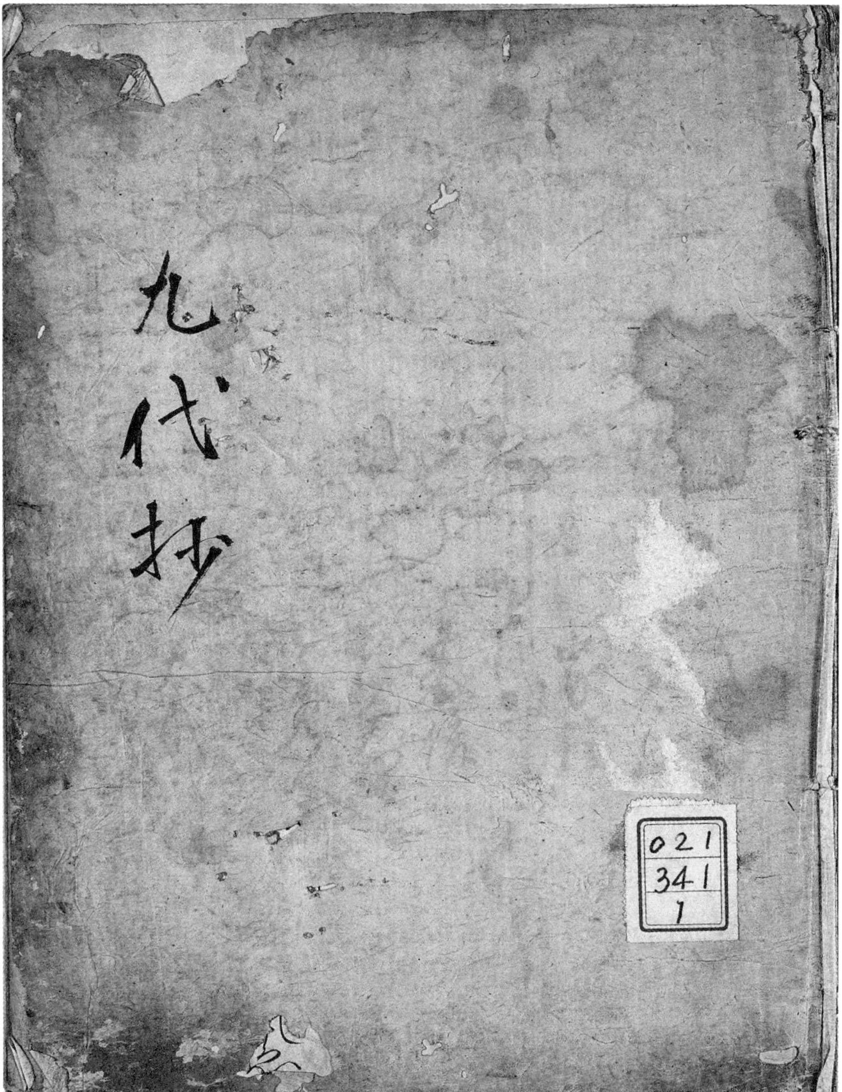

花なる桜やことし山の春しかはりける嵐よりけるこゝろしら雲
式子内親王
西の宿の尾上の桜さきぬれはよそにはいくへの雲ね
家隆
今日見れは雲も桜にうつもれてかすみかねたるみよしのゝ山
基俊
山さくら袖よりけりやかへりても花の色つくまてそぬれける
読人しらす
春ことに心をしむる花のえにたかなほさりの袖かふれつる
大弐三位
誰とみか花のさかりは尋ねこし歌の外なるけさやはすら

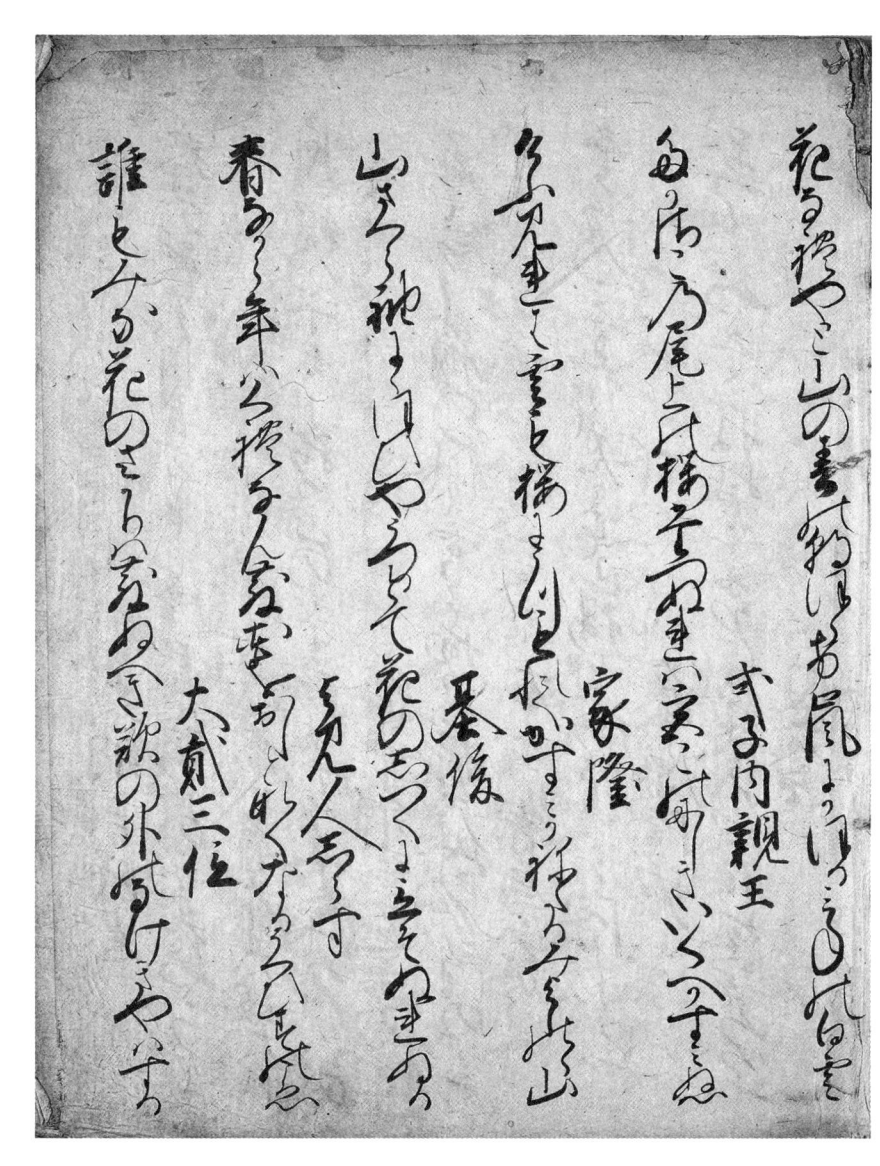

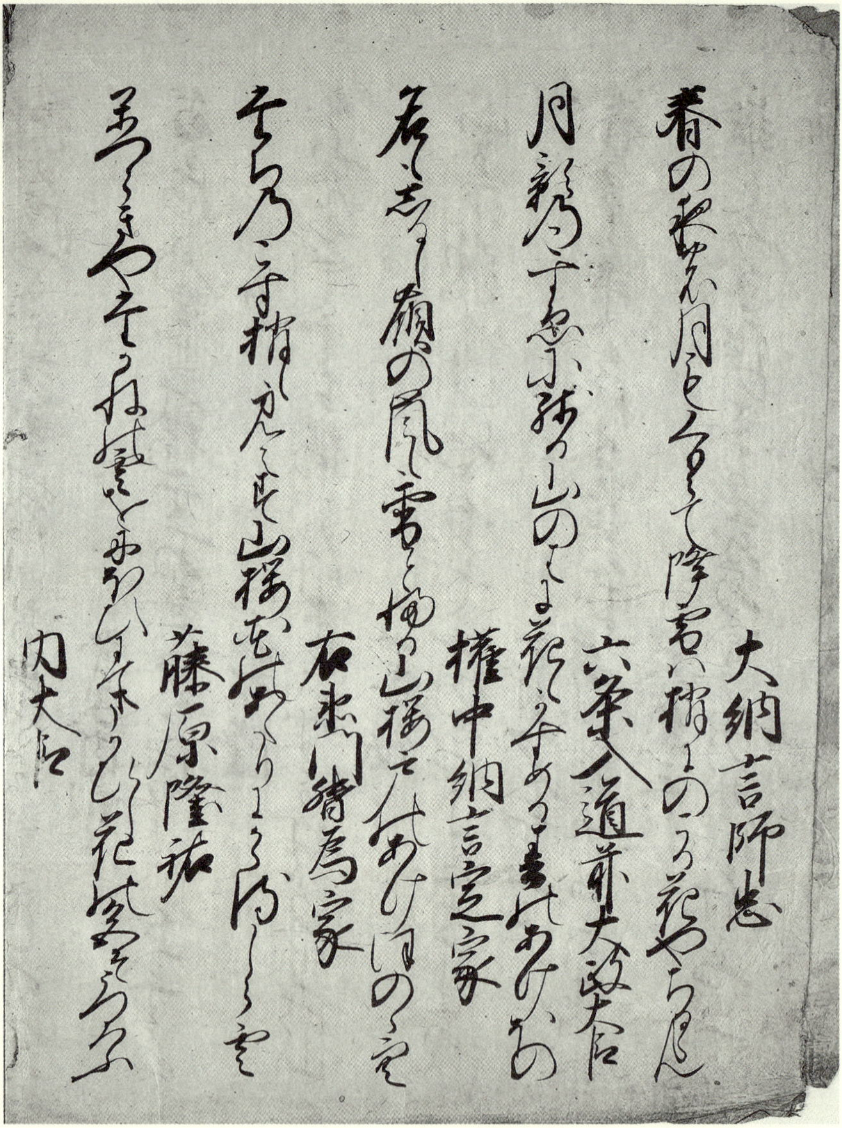
大納言師忠

六条入道前太政大臣

権中納言定家

右衛門督為家

藤原隆祐

内大臣

久堅の天乃岩との昔よりあまてる神のすしきかり

柿本人麿

青柳のかれいつゝみすくなかなすれは風そふく鶯の声

前大納言為家

明ぬるか山のさくら秋ね衣のかりのなこりのをちのしら雲

参議為氏

をとめこかかさしのさくら咲にけり袖ふる山よりおろす雲

前中納言定家

桜さく花のはるの吉野山風そふくつれの志ら雲

藤原隆祐朝臣

谷の花はよそめにみえし白雲のなかめしもはなのつゆきえし

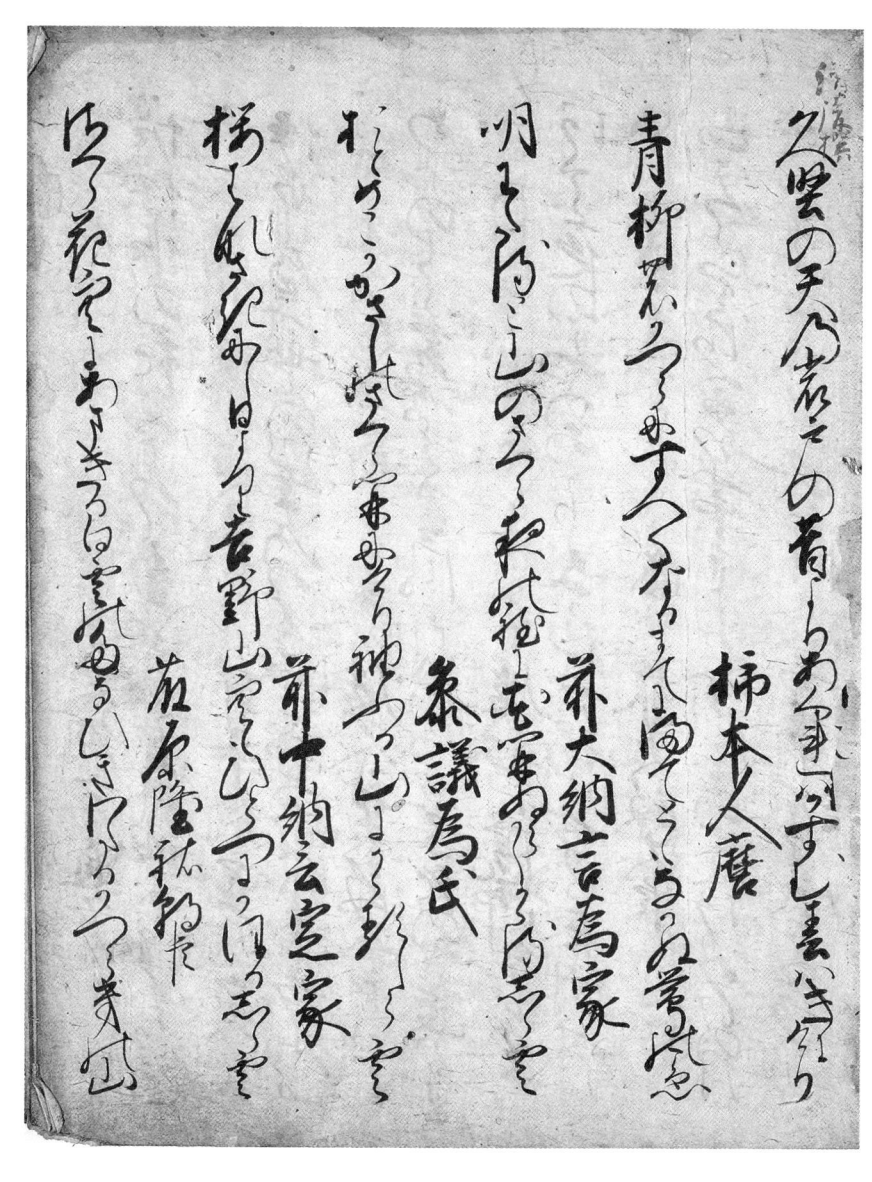

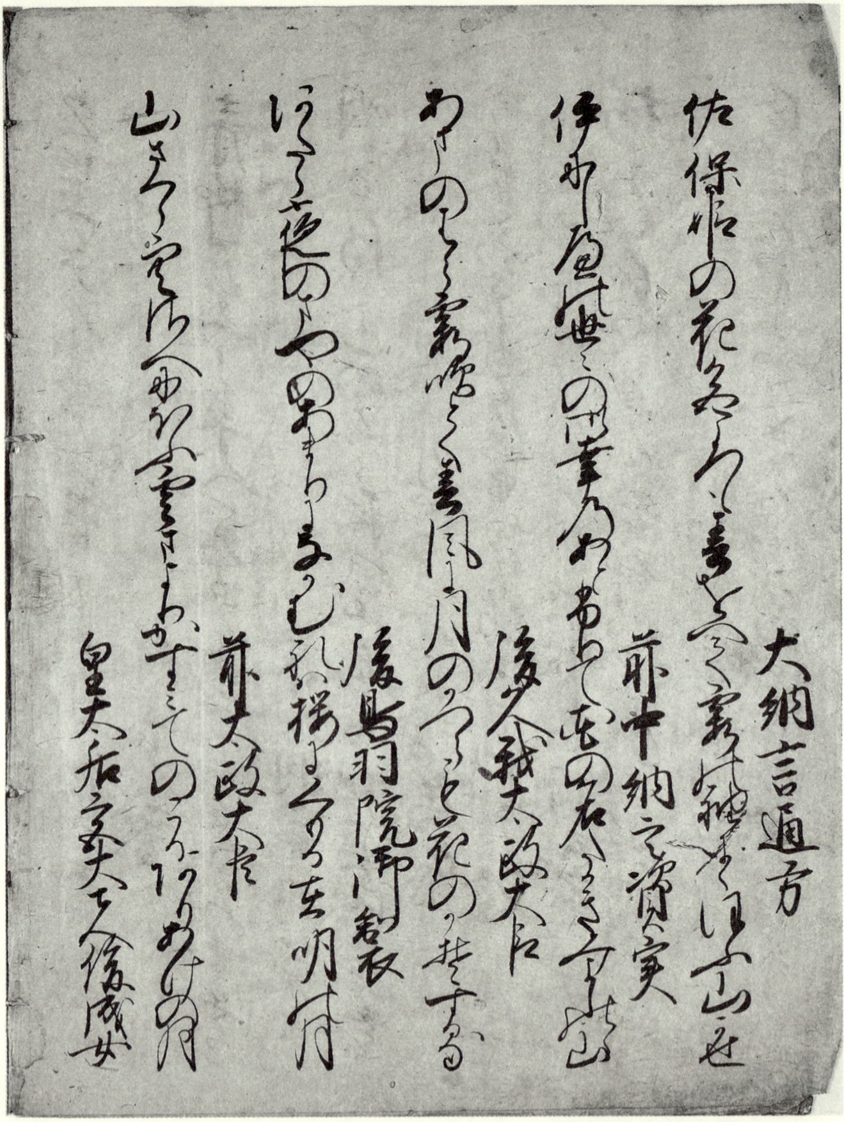
大納言通方
前中納言資実
後京極摂政太政大臣
後鳥羽院御製
前太政大臣
皇太后宮大夫俊成女

さけはちる花のうき世と思ふにも猶うとまれぬ山さくらかな

為家

わくらはにたつねし花の幾としか春をへたてて芳野山桜

定家

名取川春の日数はあらはれて花にそしつむ瀬々乃埋木

入道前太政大臣

帰にも雲の通路とまるらて春風に志のの花そ盛なりける

順徳院御製

花鳥の外にも春のありかほにかすみてかかる山のはの月

定家

数々の花によせてそ思川絶の流かは志くらきあ流て

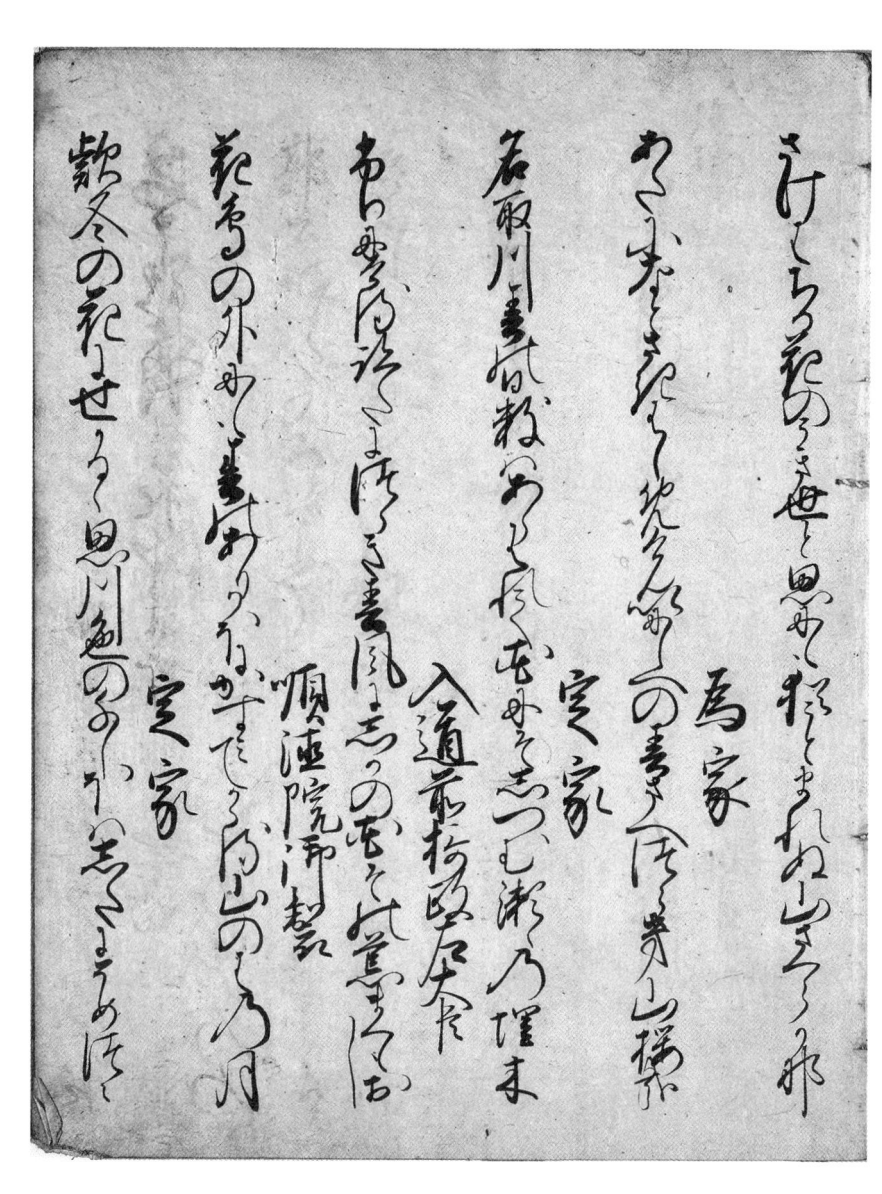

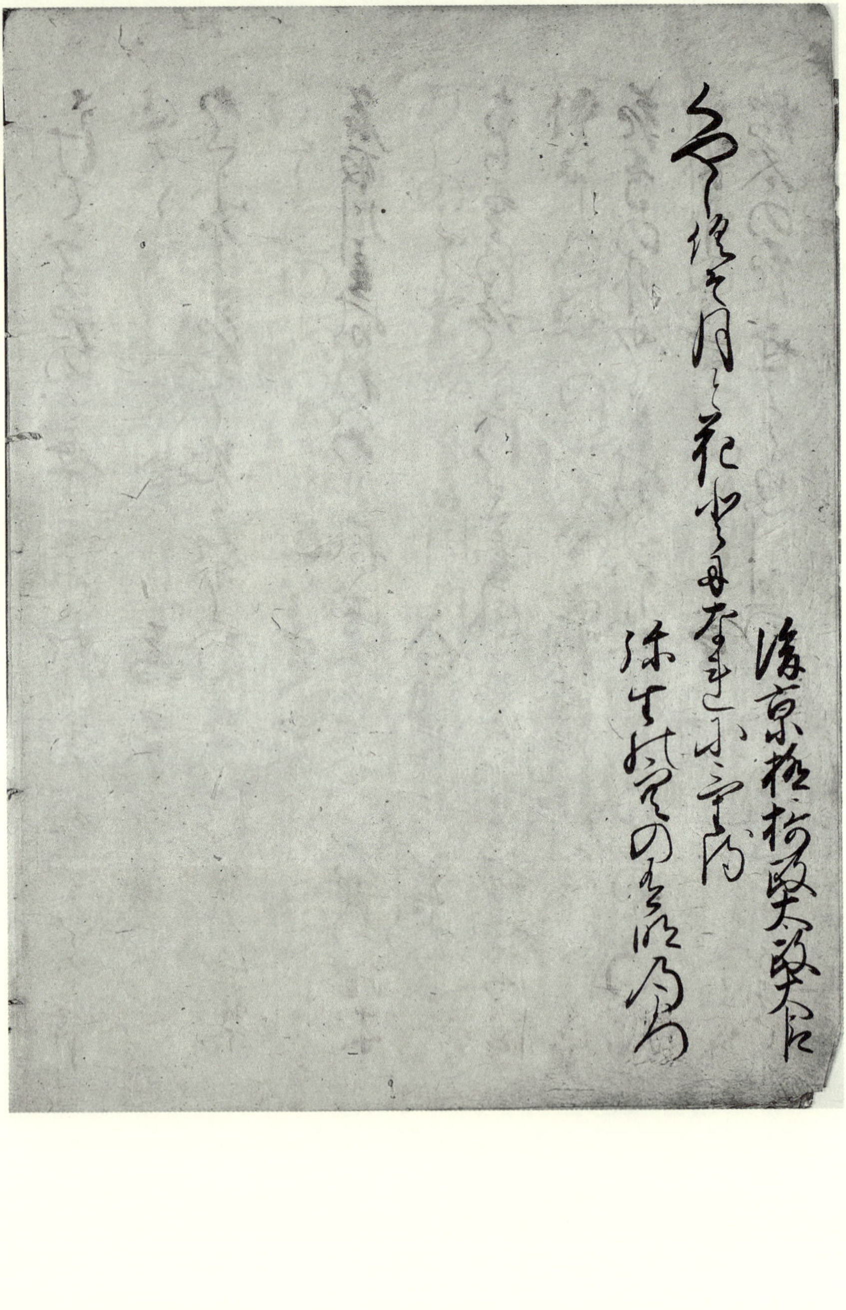
後京極摂政太政大臣

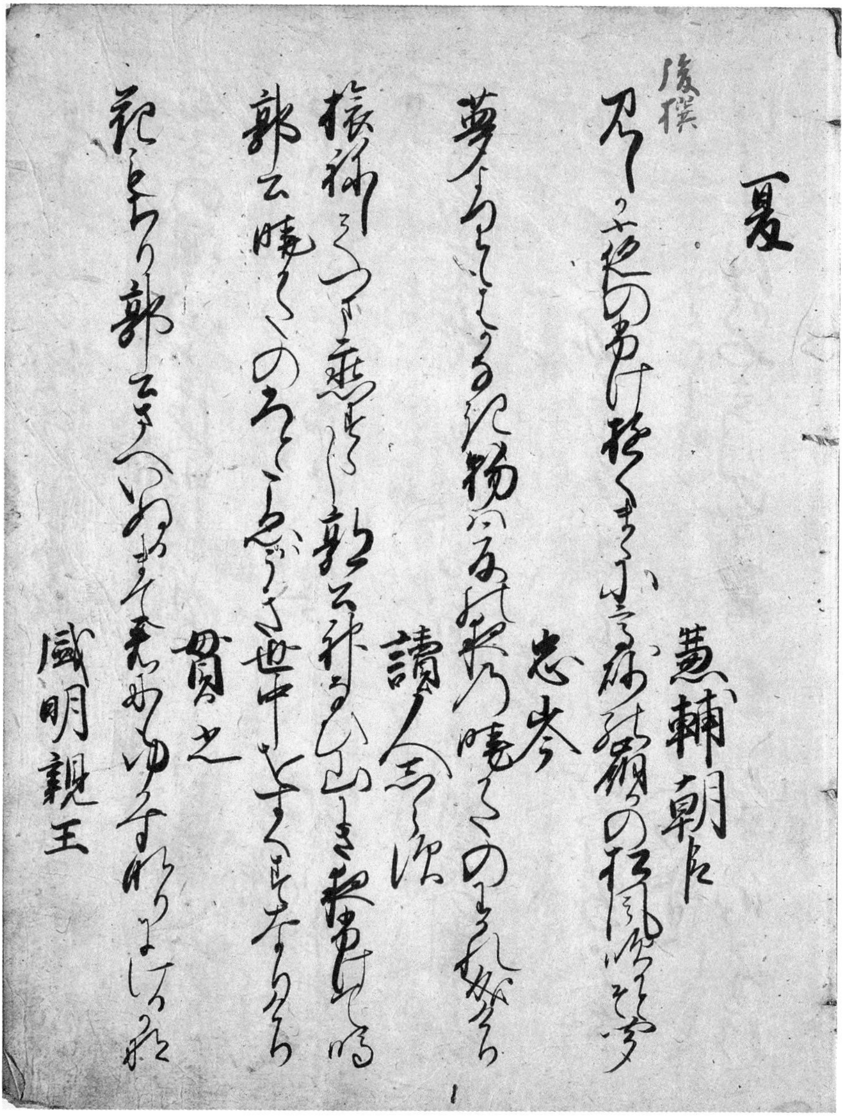
夏

後撰

みしか夜の更行まゝに高砂の峯の松風吹かとそきく　兼輔朝臣

夢よりもはかなき物は夏の夜の暁かたの別なりけり　忠岑

折はへて[illegible]郭公[illegible]　読人しらす

郭公暁かたのひとこゑはうき世中をすくすなりけり　貫之

花もちり郭公さへいぬるなは[illegible]　式明親王

拾遺

花ちるといとひしものを夏衣たつやおそきと風を待かな

人麿

田子の浦のそこさへにほふ藤なみをかさして行かん見ぬ人のため

よみ人しらす

卯花のさける墻はみちのくの籬の嶋の浪かとそ見る

能宣

きのふまでよそに思ひし菖蒲草けふわか宿のつまとみるかな

躬恒

郭公をちかへりなけうなゐこかうちたれ髪のさ月雨のそら

よみ人しらす

ほとゝきすなくやさ月のみしか夜もひとりしぬれはあかしかねつも

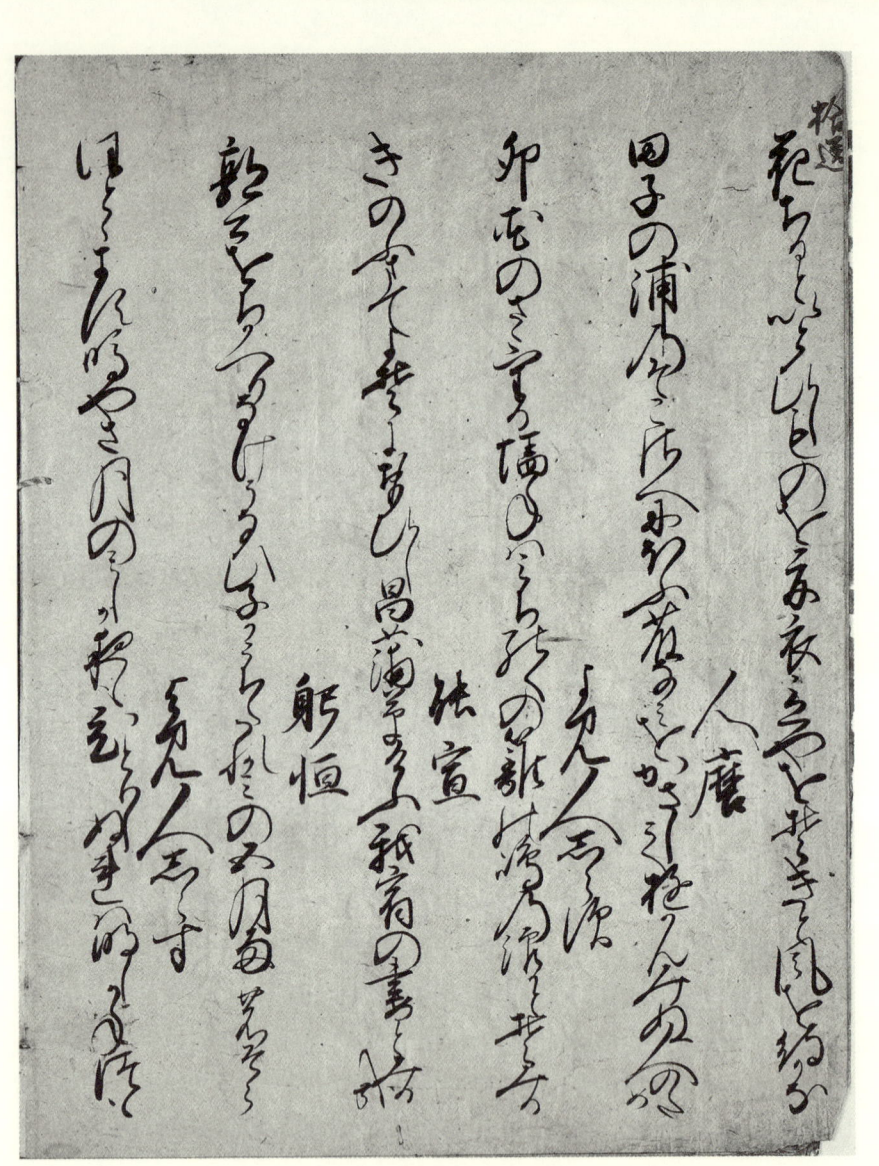

後拾

和泉式部

桜色にそめし衣をぬきかへて山ほとゝきすけふよりそまつ

能因

我宿のこすゑの夏に成しより伊駒の山も見えすなりゆく

相模

見わたせは波のしからみかけてけり卯花さける玉川の里

能因

夜たにあけはたつねてきかむ郭公信太の杜のかたになくなり

宇治前太政大臣

ありあけの月 [illegible]

能因

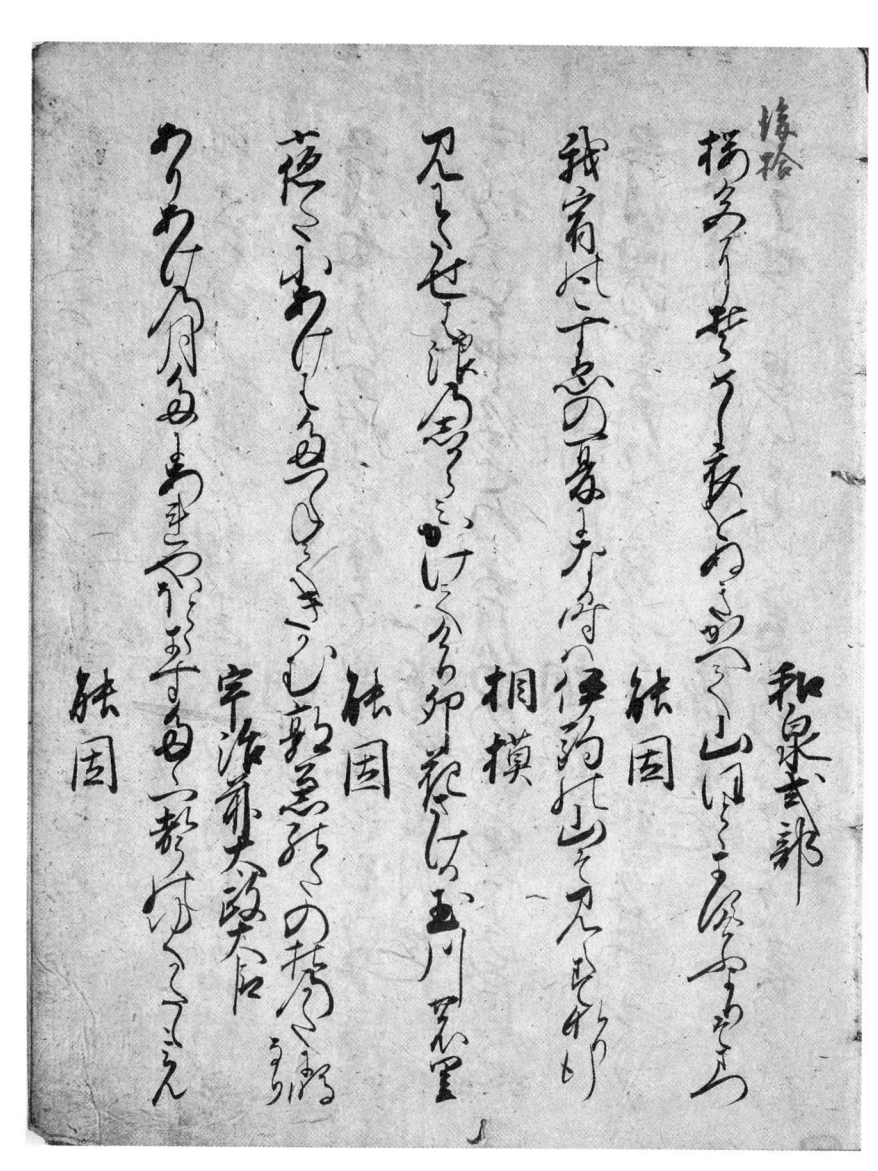

郭公きるぬしのきてあやまさ物と
			小弁
程なきやへうこんて手物思有きりぬきそら
			相模
五月るきしのときに草ちりせきてたのき
			橘俊綱朝臣
はれきと中ろせれ五月雨の新はやうの澪標
			相模
五月雨のそらくもりつるあやうせつくせん
			源重之
とうせく思いてもくしきさんてきちすて衣かる

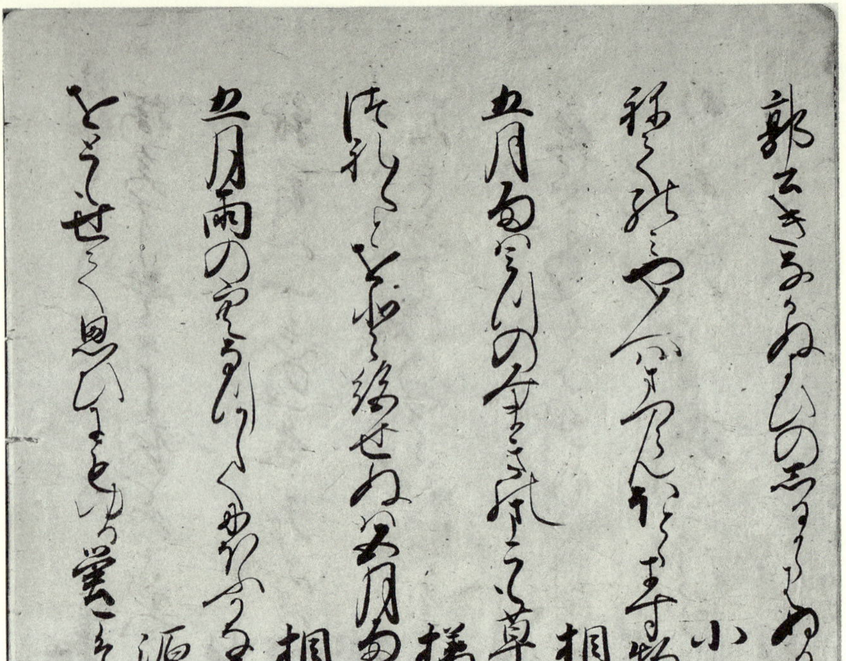

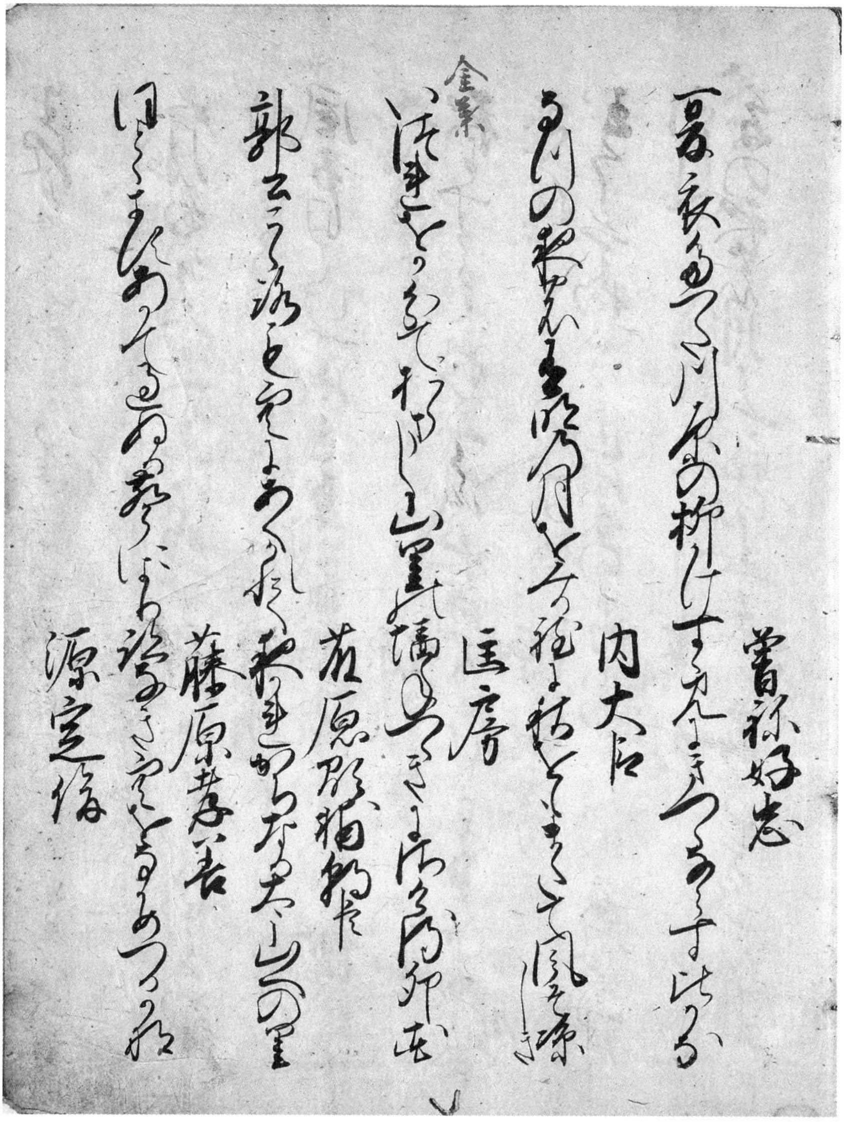
曾禰好忠
内大臣
金葉
匡房
藤原孝善
源定信

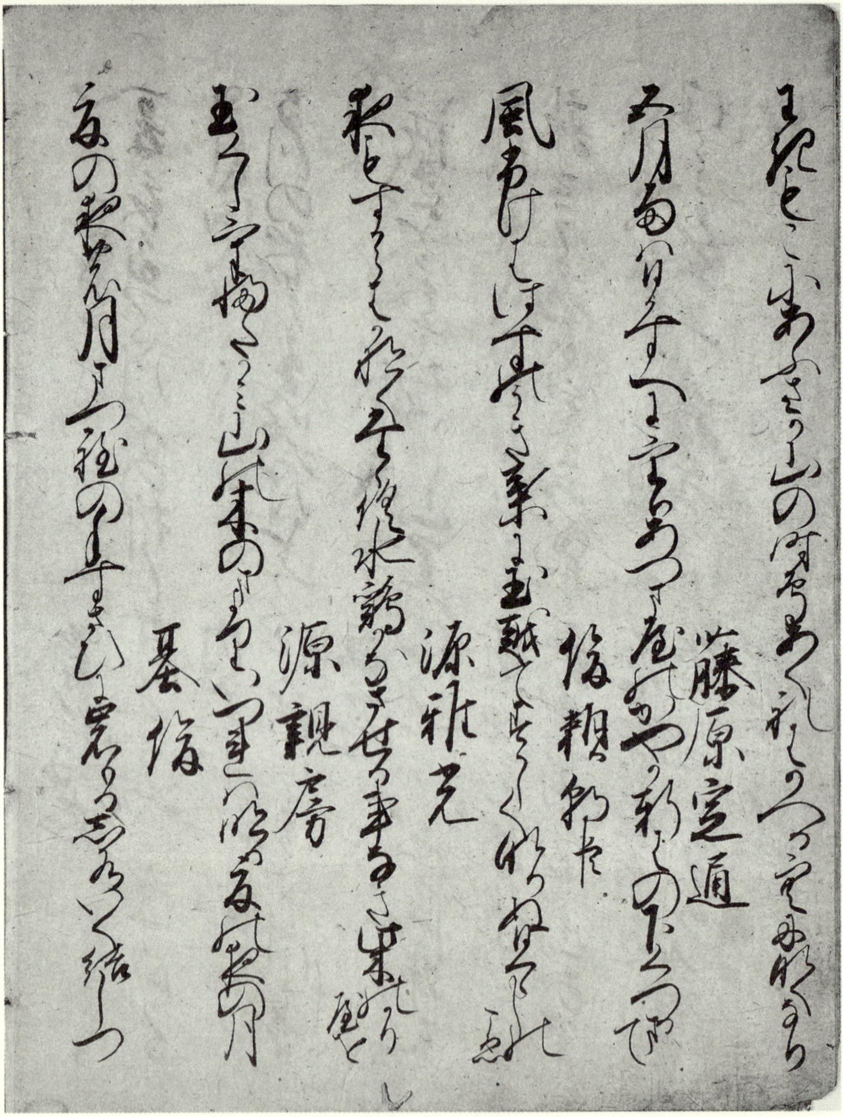

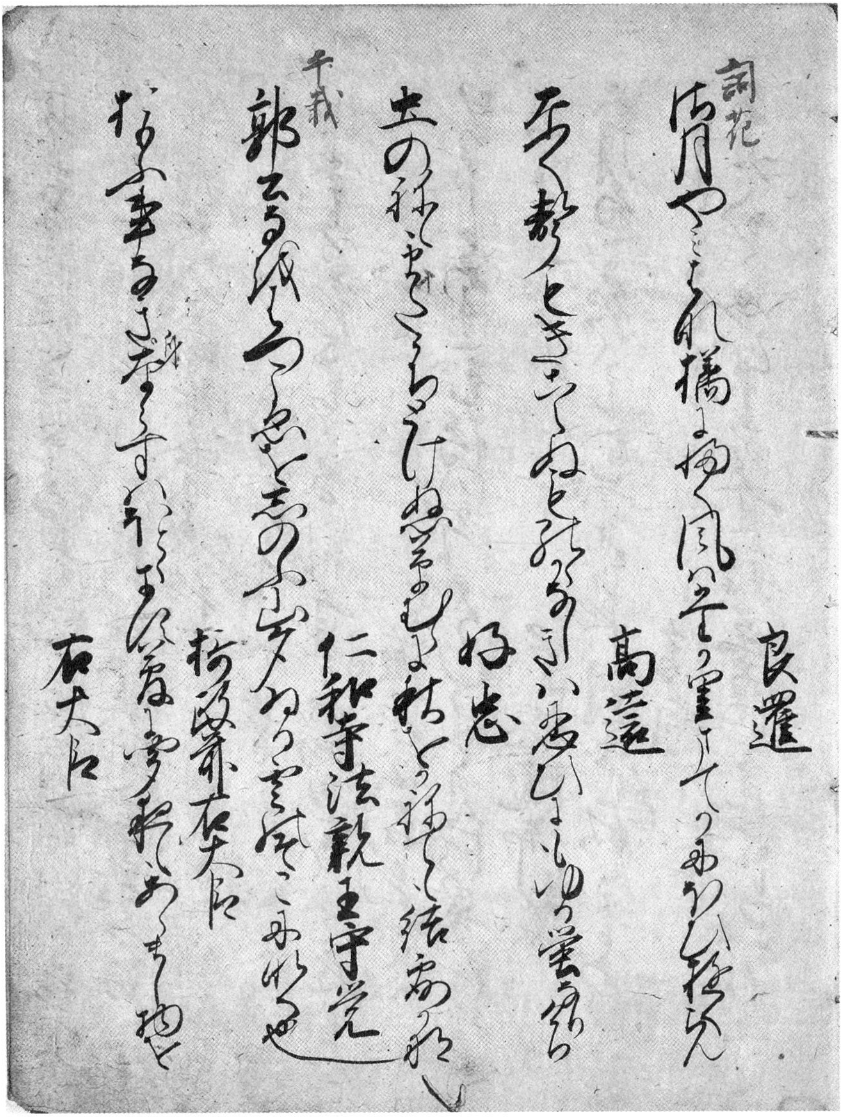
詞花
五月やみ花橘に吹く風はたか里まてかにほひ行らん　　良暹
[illegible]　　高遠
[illegible]　　好忠
千載
郭公[illegible]　　仁和寺法親王守覚
[illegible]　　摂政前右大臣
[illegible]　　右大臣

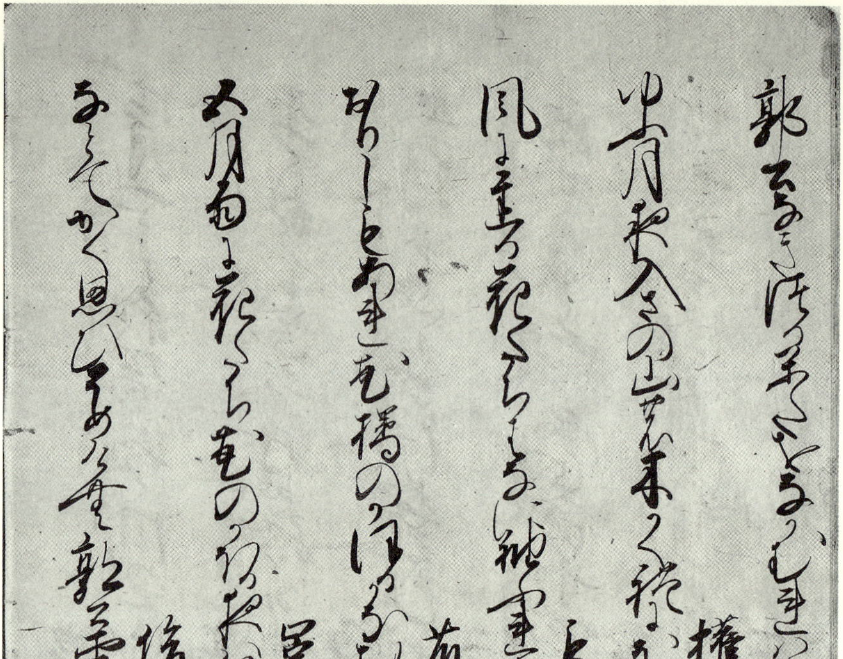
権大納言宗家
崇徳院御製
俊頼

運房
ごもりする宮木のもとは雲霧に思ひしらするけしき秋そうきさ
大蔵卿行宗
照射する火串の松も消えなくに外山の雲の明けわたるらん
修範
あらしふきてさかりは山桜雲のかゝるを忘れて世に思ふよ
顕昭法師
はれ思ひもよしらすする夜寝ぬ後の月ともなりにけるかな
藤原敦仲
小萩原まだ花さかぬ宮城野の鹿やこよひの月に鳴くらん
前参議教長

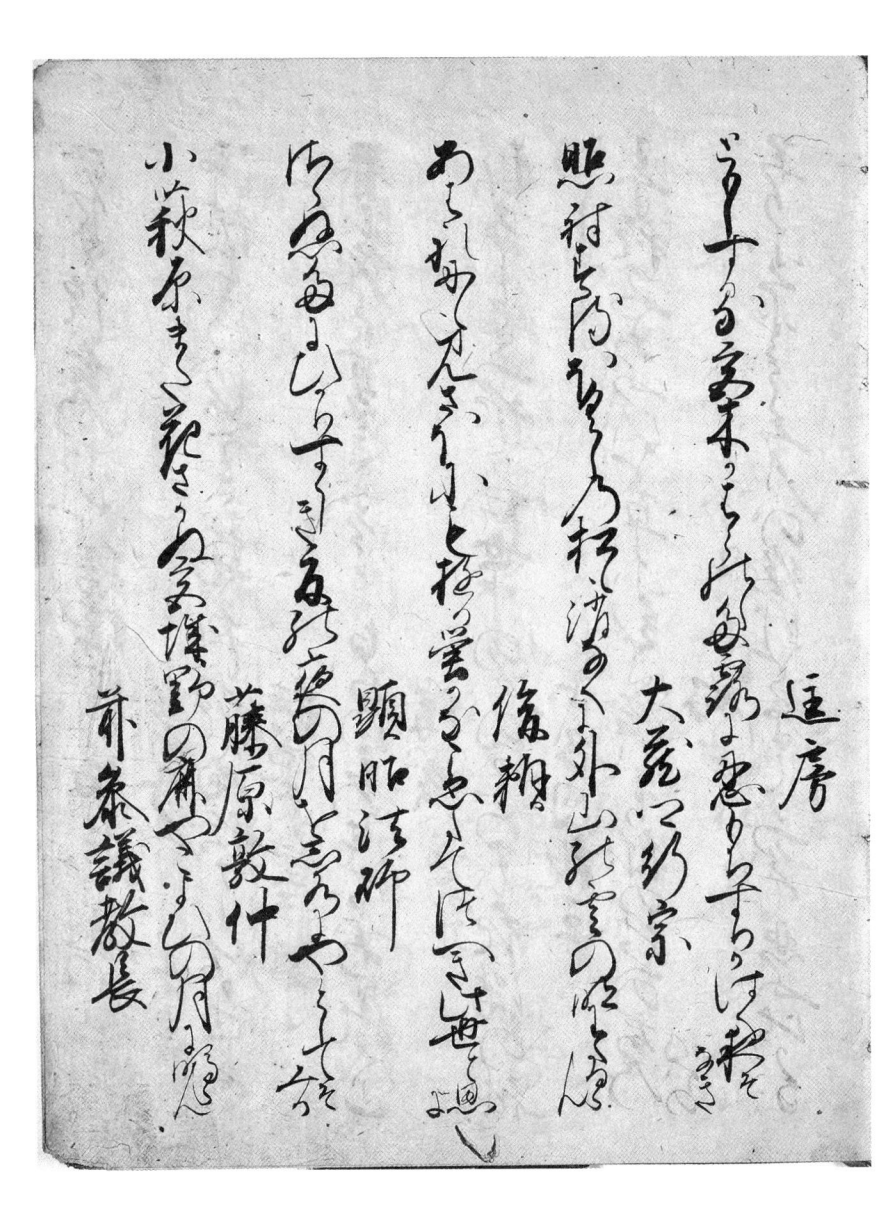

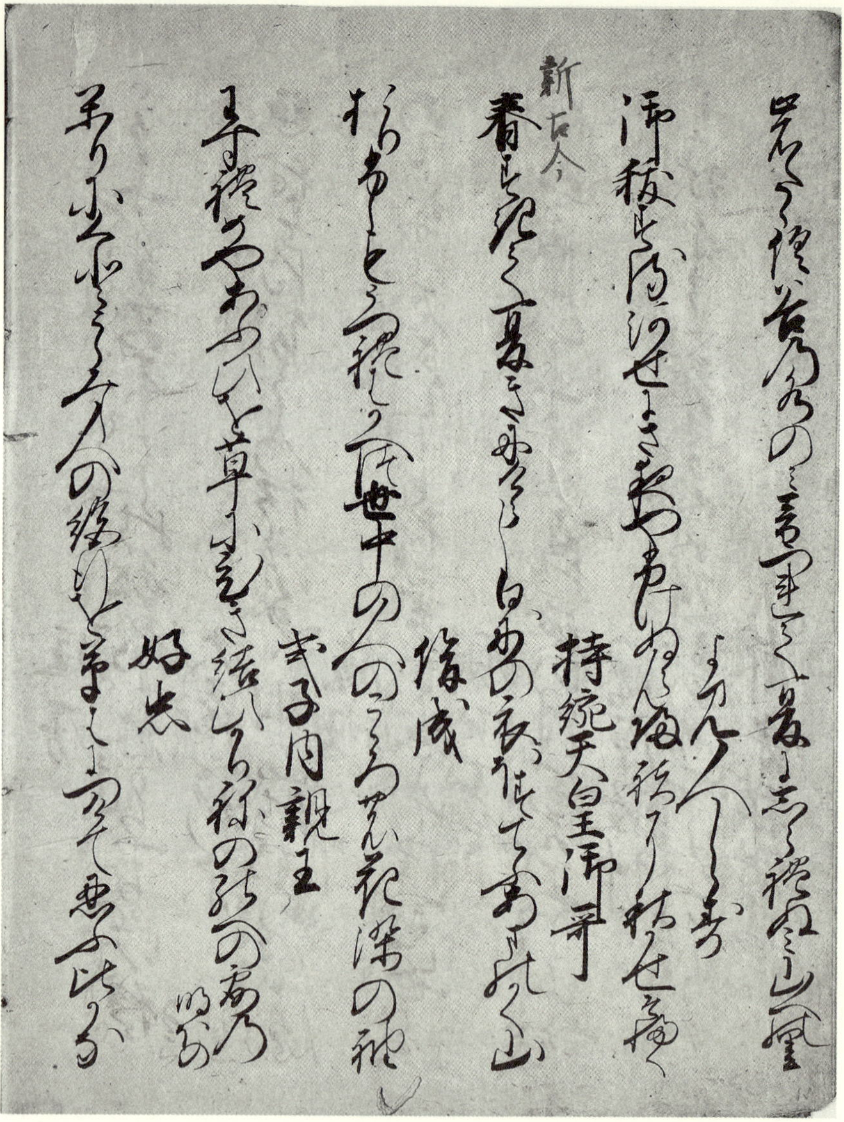
持統天皇御哥
新古今
春すきて夏きにけらし白妙の衣ほすてふあまのかく山
式子内親王
好忠

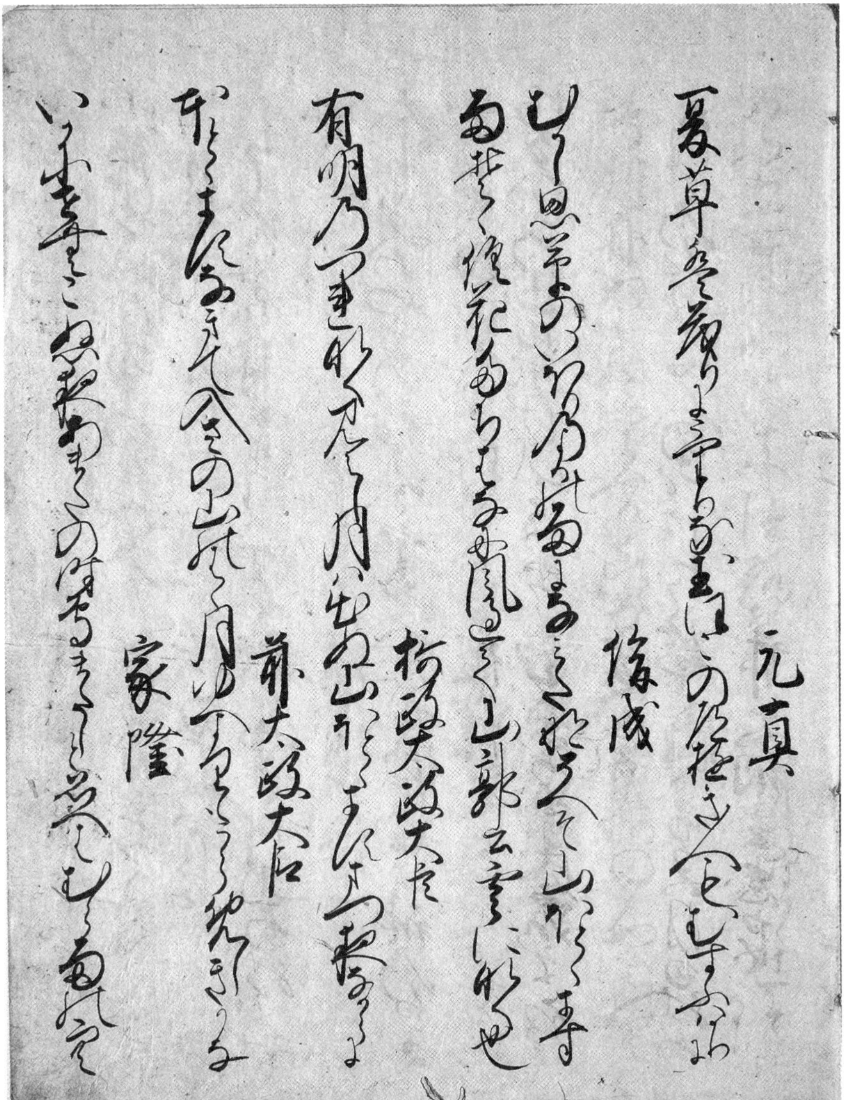

夏草はしけりにけりなたまほこの道行人もむすふはかりに
元真
俊成
むかし思草のいほりのよるの雨に涙なそへそ山郭公
雨そゝく花たちはなに風過て山郭公雲になくなり
摂政太政大臣
有明のつれなくみえし月は出ぬ山郭公まつよなからに
前太政大臣
ほとゝきす[illegible]今この山の端の月に[illegible]
家隆
いかにせんこぬよあまたの郭公またしとおもへはむら雨の空

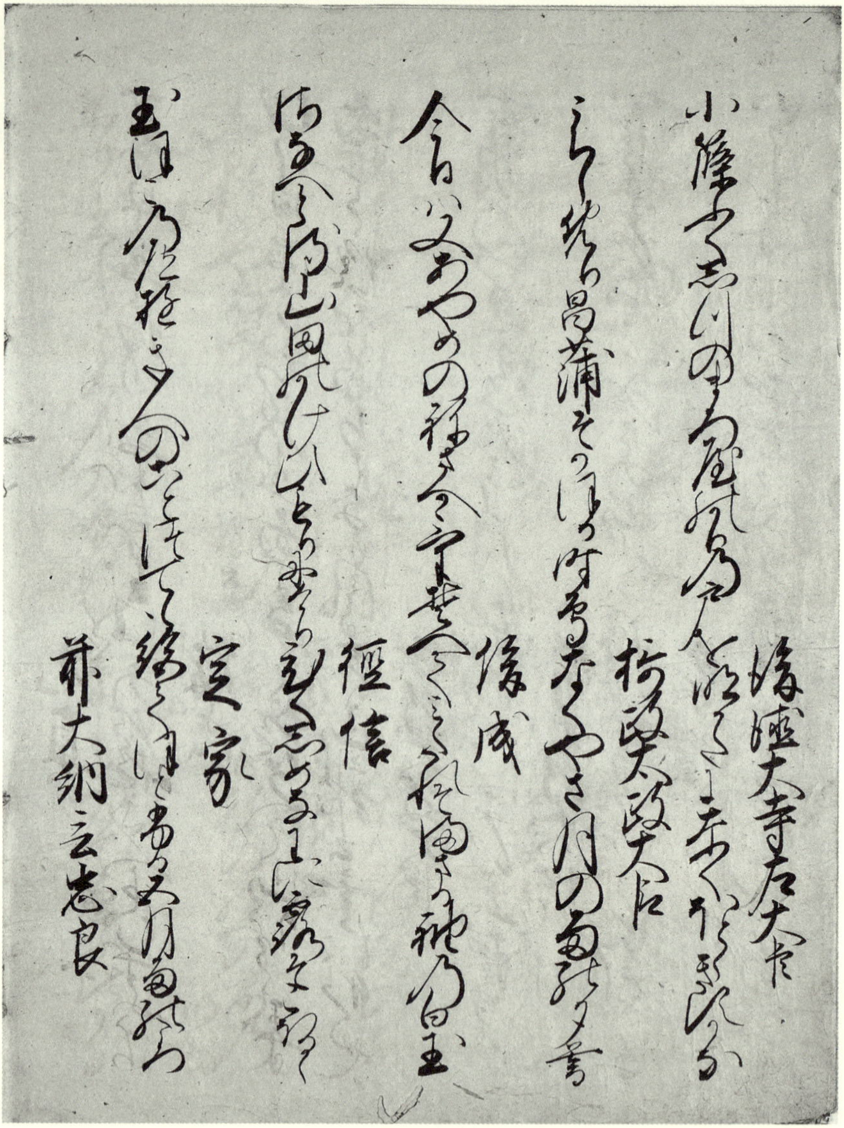
摂政太政大臣
うちしめり菖蒲そかほる時鳥なくやさ月の雨の夕暮
俊成
今日は又あやめのねさへかけそへてみたれそまさる袖の白玉
経信
定家
玉ほこの道行人のことつても絶てほとふる五月雨の空
前大納言忠良

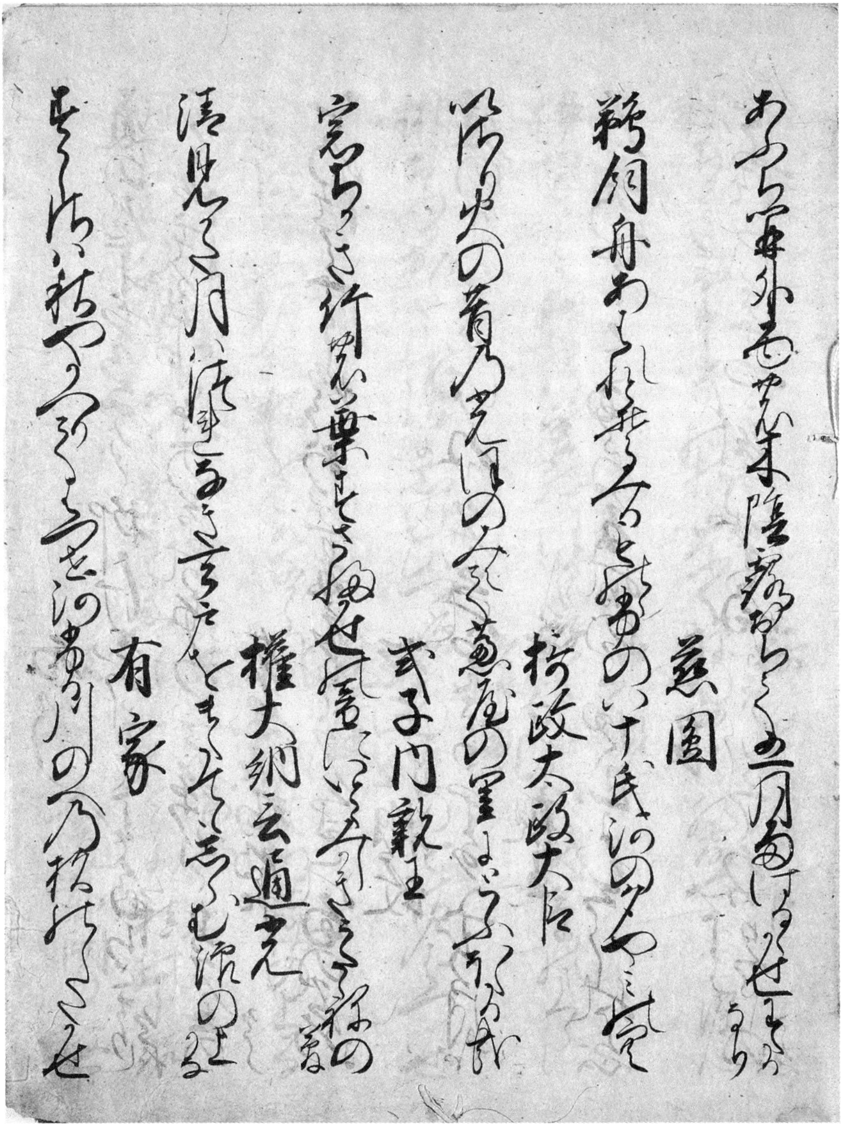
慈圓
摂政太政大臣
式子内親王
権大納言通光
有家

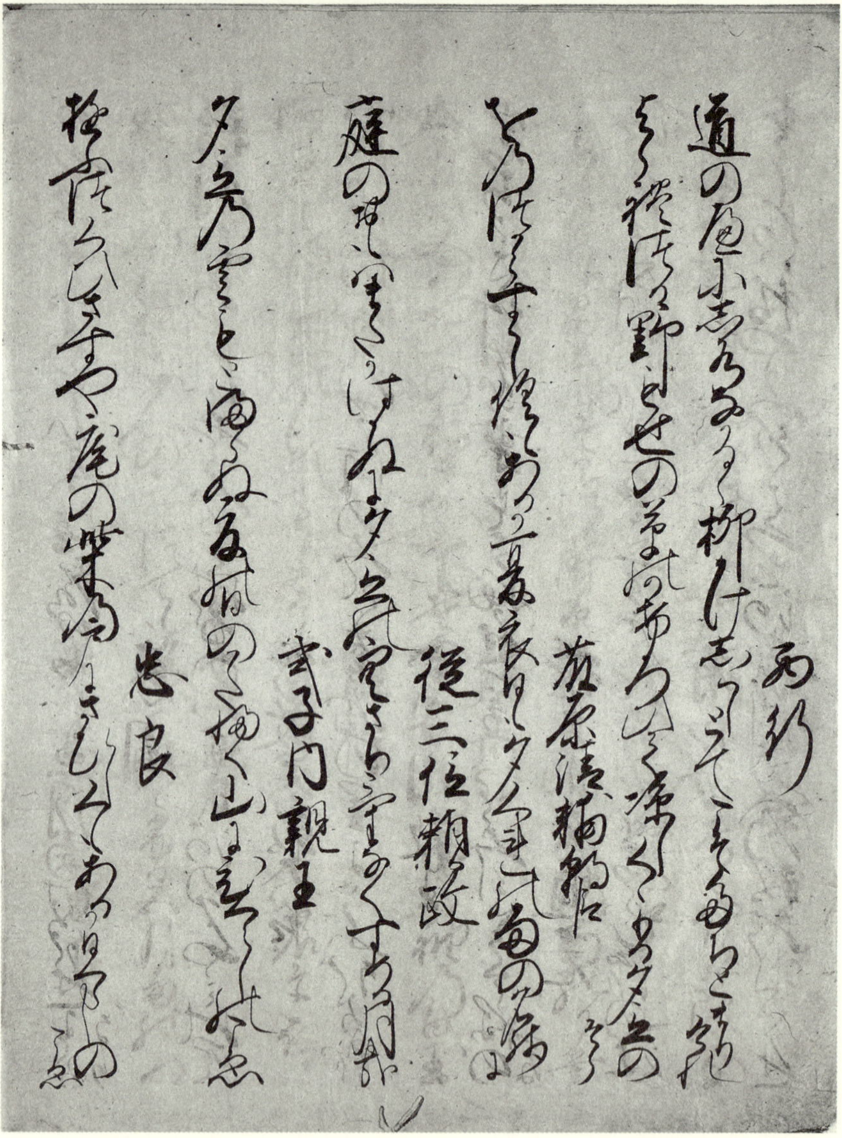
西行
藤原清輔朝臣
従二位頼政
式子内親王
忠良

摂政太政大臣

秋ちかきけしきの杜になく蝉のなみたの露や下葉染らん

忠見

いつくとの秋のけしきはかはらねとまつ志らぬ草葉に風そこゝし

俊恵

嵐ふく山陰に志のひつゝ鳴ものとなりつせ

慈圓

霧晴る夕日の秋をさそひこめて風はさそひて荻の上葉

太上天皇

やま里の嶺のあま雲とたえして夕すゝしき槇の下露

法性寺入道前関白太政大臣

新勅撰

郭公なきやつる月のよるへ一斜きてそ有明の空

康資王母

をりてみん花橘の匂ひをもたれ元より我うつしけん

俳経

竹きくやくらきを花ちりぬかんり山下かな

條御

志らつゆの玉江のあしかせなひくなる秋風ちらす捨くるゝ

道助

明めるしきとくる月影さてそすき蛍のこ哀

必頼法師

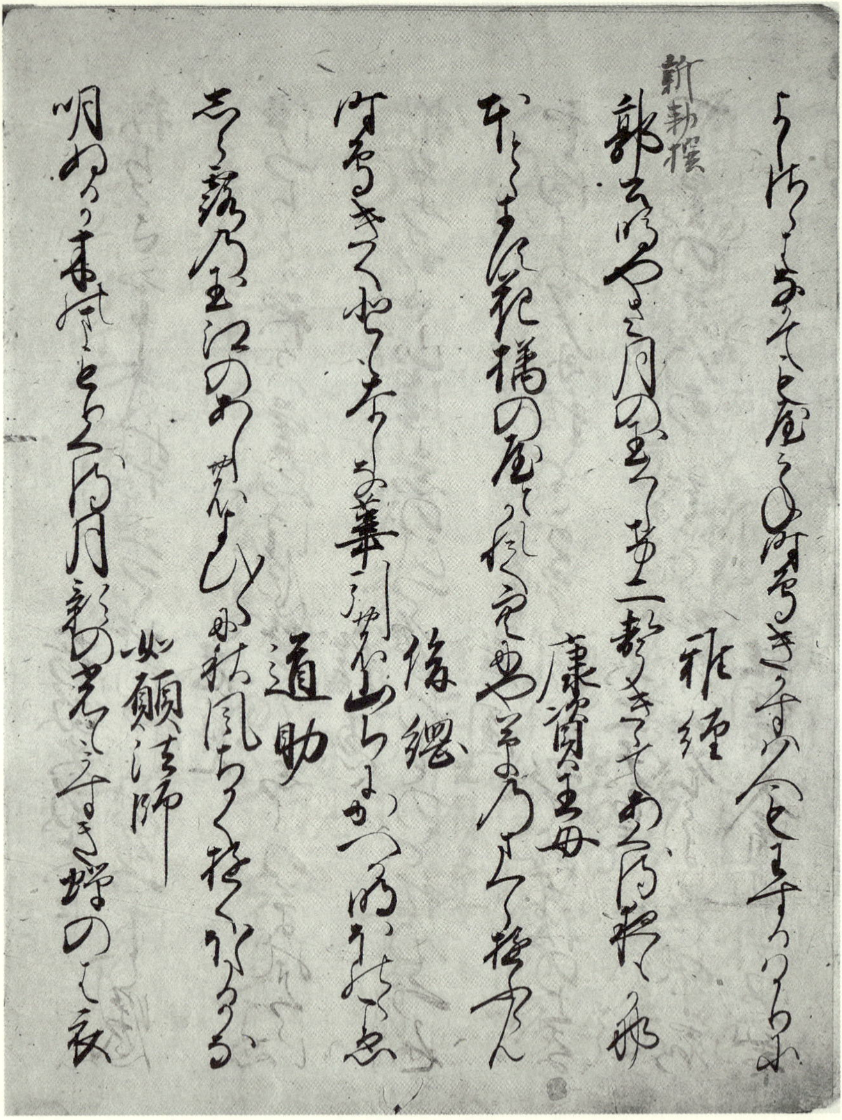

藤原實方朝臣

葉とてまたこゝ山のあやさも明てもあはて忘

家隆

風そよくならの小川の夕暮はみそきそ夏のしるしなりける

土御門院御製

續後拾遺

神な月くるゝ雨この里にはるゝともしの山に雲そかゝれる

順徳院御製

嶺の松入日すゝしき山かけのすそのゝ小田にさるへき也

後京極攝政

かゝさゝきの雲のかけ橋やまさくらの梢山の月

西行

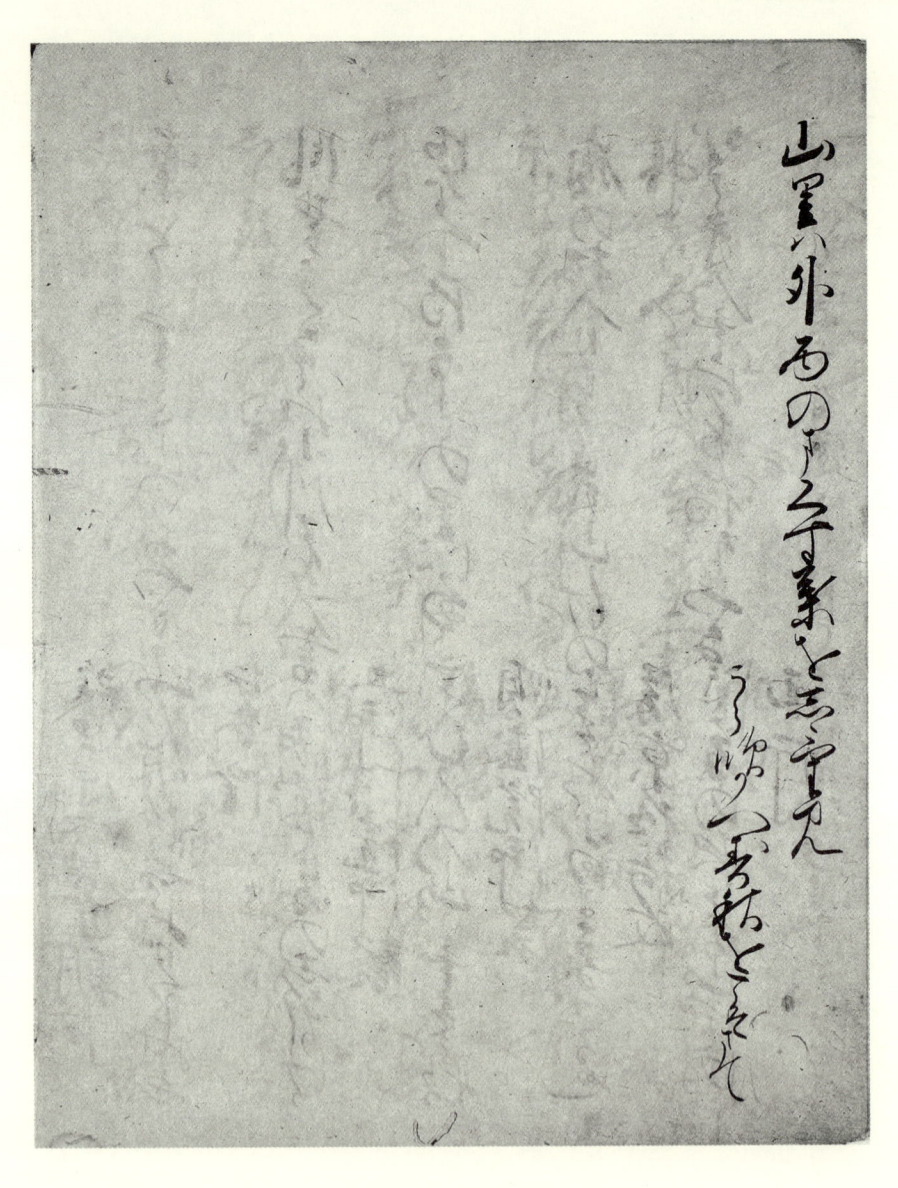

秋

讀人しらす

後撰

[illegible]君は[illegible]て荻風の[illegible]我身なりけり

業平朝臣

ゆく蛍雲の上まていぬへくは秋風吹とかりにつけこせ

よみ人しらす

秋風の草葉そよきて吹なへにほのかにしつるひくらしの声

山里のものさひしさは萩の葉のなひくことにそ思ひやらるゝ

天智天皇御製

秋の田のかりほの庵の苫をあらみわか衣手は露にぬれつゝ

文屋朝康

白露の嵐吹やく秋の野のうらむきぬれぬ玉そちりぬる
　　　　　　　　　　　　　　よみ人志らす
秋の野人くさのうへをてらすより明との神もときめく
　　　　　　　　　　　　　　在原棟梁
それをうき草にをりしれ松かせのふきてそ関しらめぬ
　　　　　　　　　　　　　　貫之
秋乃野にまねくすゝき過きてにしひの立ややとり
　　　　　　　　　　　　　　よみ人志らす
秋はけふわく鹿合にそ祇有みるもうちき居るそすく
　　　　　　　　　　　　　　右近
　　　　　　　　　　　　　　季縄女
そらはあきそくもましき小物たつとうき来にてあつる

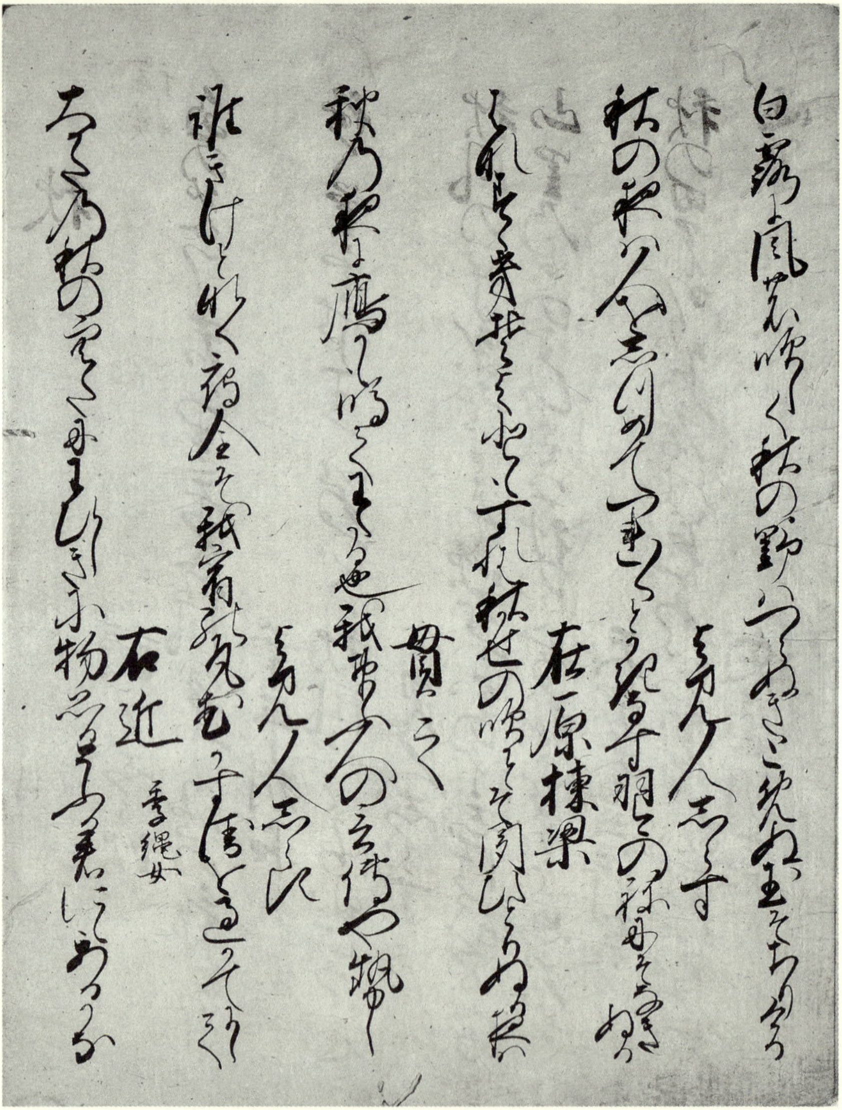

拾遺

夏衣またひとへなるうたゝねに心してふけ秋のはつ風　安法法師

八重葎しけれる宿のさひしきに人こそ見えね秋はきにけり　恵慶法師

秋立ていくかもあらねはこのねぬる朝けの風は袂すゝしも　安貴王

君こすはたれにみせまし我宿の垣ねにさける撫子の花　大貳高遠

あふ坂の関の岩かとふみならし山たちいつるきりはらの駒　貫之

舎さのの開せん清めよ影んてく人やけりかもり月の夜
伊勢
ふりつゝん事だすもすと秋とあきのえたちの夢る
遍昭
秋山そのもの夢と見付かゝゝしもいきそれき
右衛門督公任
あさまくみ嵐そん山のきっくれ筆の穂きすて経
画蔵
蒼き抱くれのえん書見の散りもかしの霰なもね
大江佐經
後拾遺
ゝく志く露きるるま七夕の袂の我あつれあつれのと衣

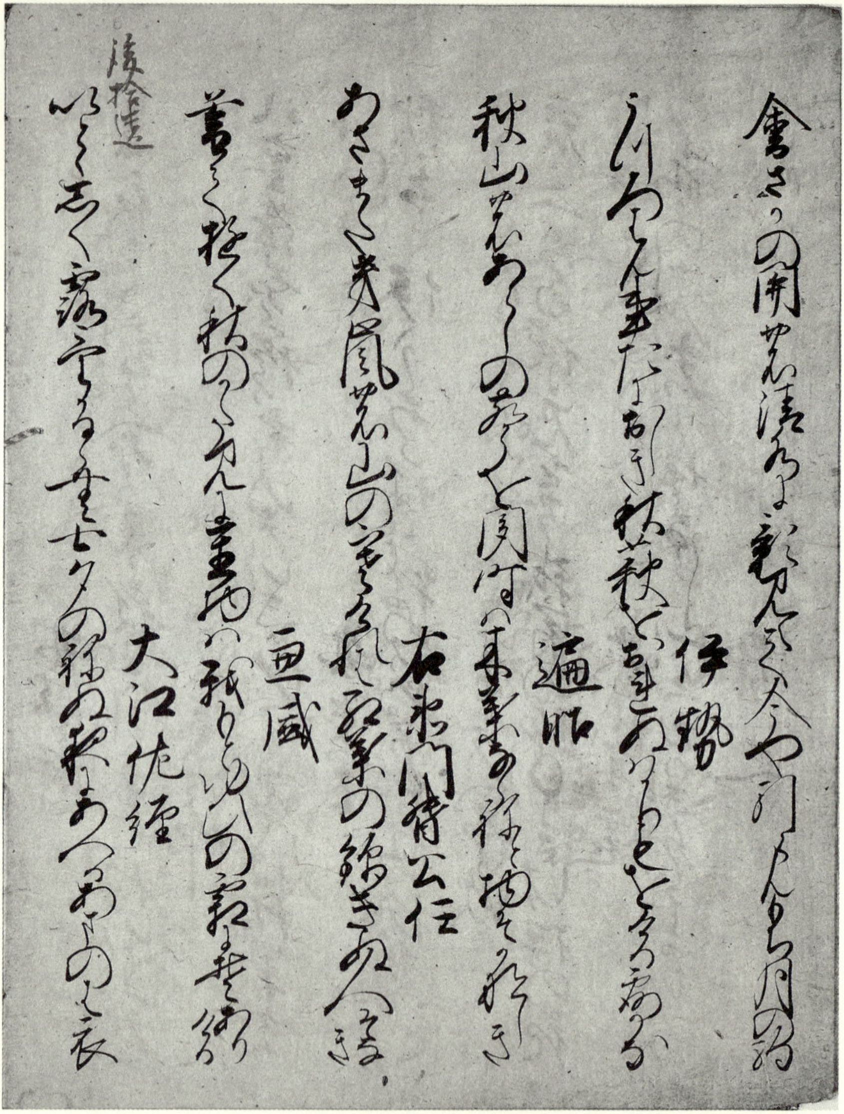

堀川右大臣
七夕の雲の衣をひきかさねかへさてぬるやこよひなるらん
藤原長能
いつとても月見ぬ秋はなきものをわきてこよひのめつらしきかな
範永
すむ人もなき山里の秋の夜は月の光もさひしかりけり
素意法師
よそ人とゝもにみるまし山里はひとりてみすし秋の夜の月
藤原国行
白妙の衣の袖を霜かとてはらへは月のひかりなりけり
堀河右大臣

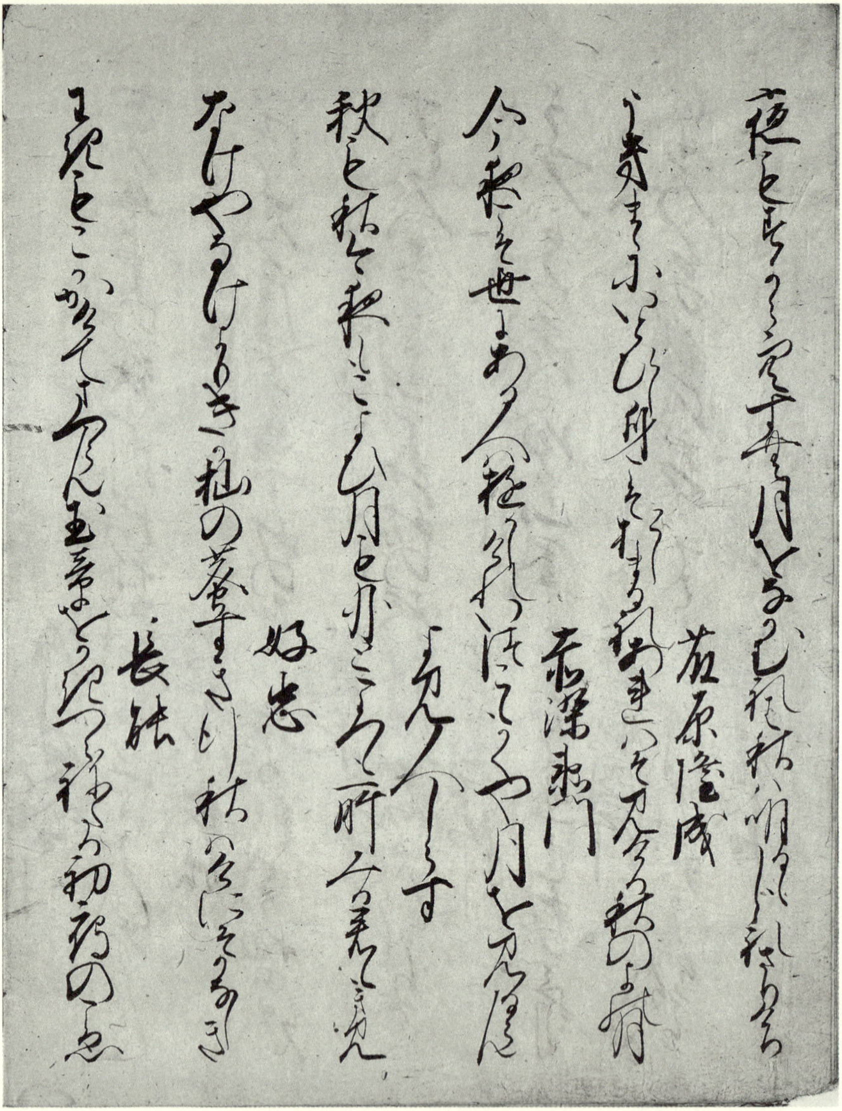

伊勢大輔

さ夜ふかく旅の空にてなく雁はをのかは風やよさむなるらん

穀覚法師

ふもとにも鹿の音ちかくきこゆなり[illegible]秋の[illegible]

藤原家経朝臣

鹿の音そねさめのとこにかよふなる[illegible]やふけぬらん

和泉式部

[illegible]

中納言女王

[illegible]物を[illegible]

源時綱

[illegible]物[illegible]

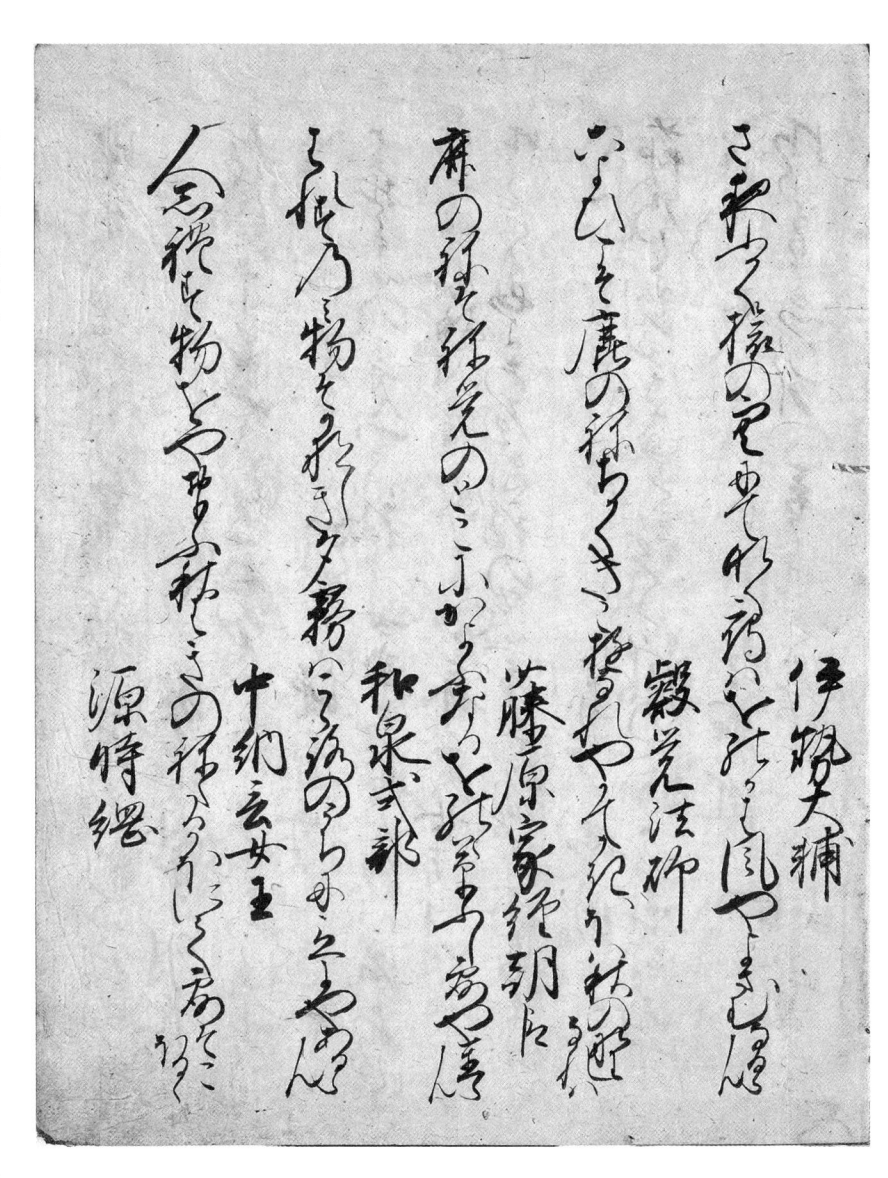

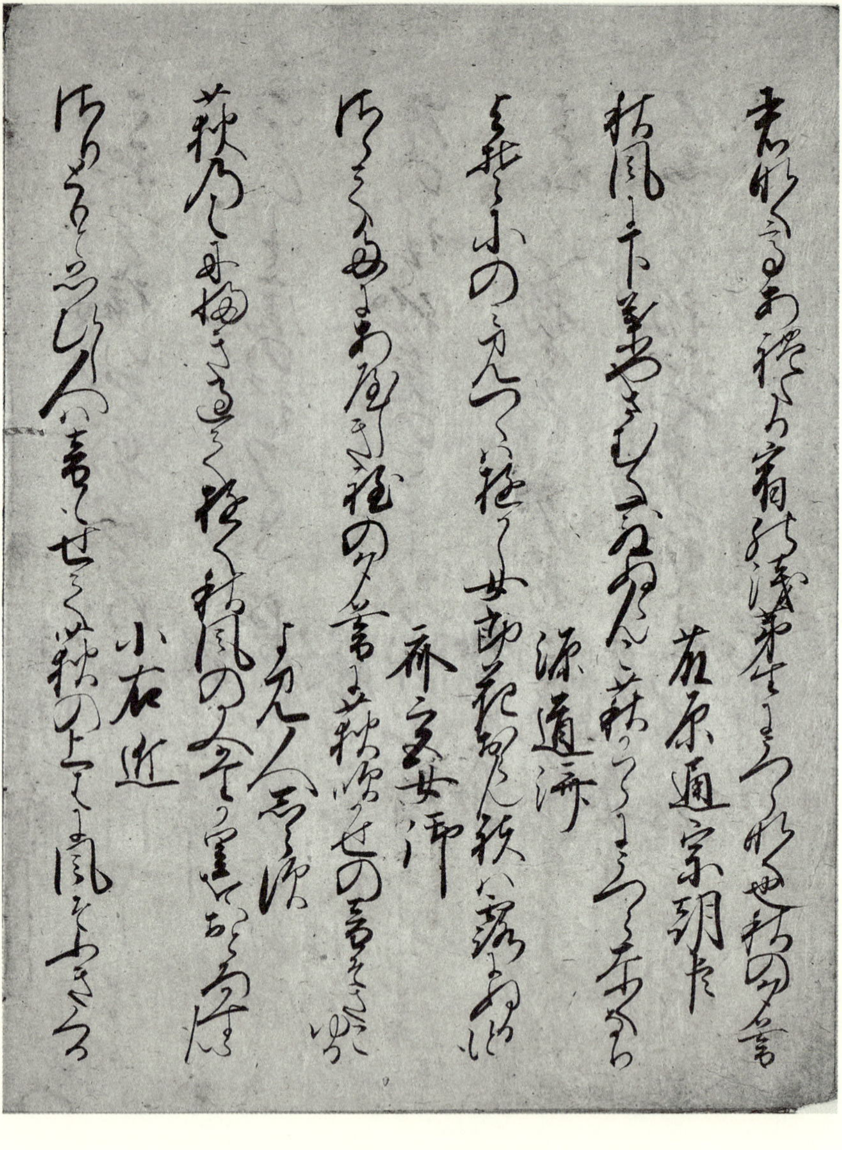

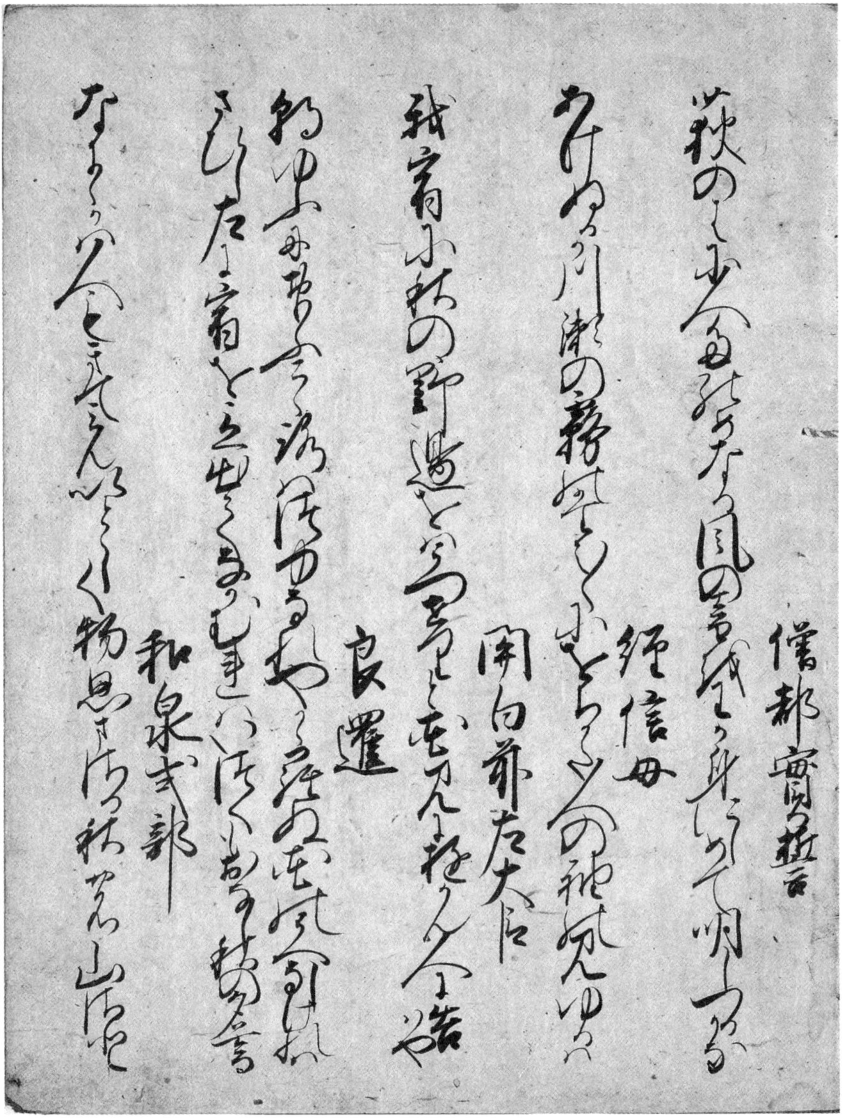

藤原重房朝臣

ふる秋よ秋やあけぬらん衣川あ野ゝくま雨さ地

東院中務

月はさしもくまなき風の音さへ今そ身にしむ秋ハの秋き

大宮越前

山里の志川乃松橋ともあらしこそ梅こそ末梢を

道濟

尋ねきて紅葉はよそに山里に秋さへ今日はちらさぬ

大貳三位

浦ちかみ色こそわかの霜ならめ花よりさかん白菊の花

菅原義忠朝臣

紫にやしほそめたる菊の花うつろふはなとたれかいひけむ
良暹
しら菊のうつろひゆくそあはれなるかくしつゝこそ人もかれしか
清原元輔
紅葉ちるころなりけりな山里のことそともなく袖のぬるゝは
御製
紅葉ゝの色にまかせてあたなれは末はさへあやなく月の影そ見ゆらむ
能因法師
あらし吹三室の山の紅葉ゝは龍田の川のにしきなりけり
大輔
秋の田は山田かりほの庵にも稲妻の光さこそとまりけれ

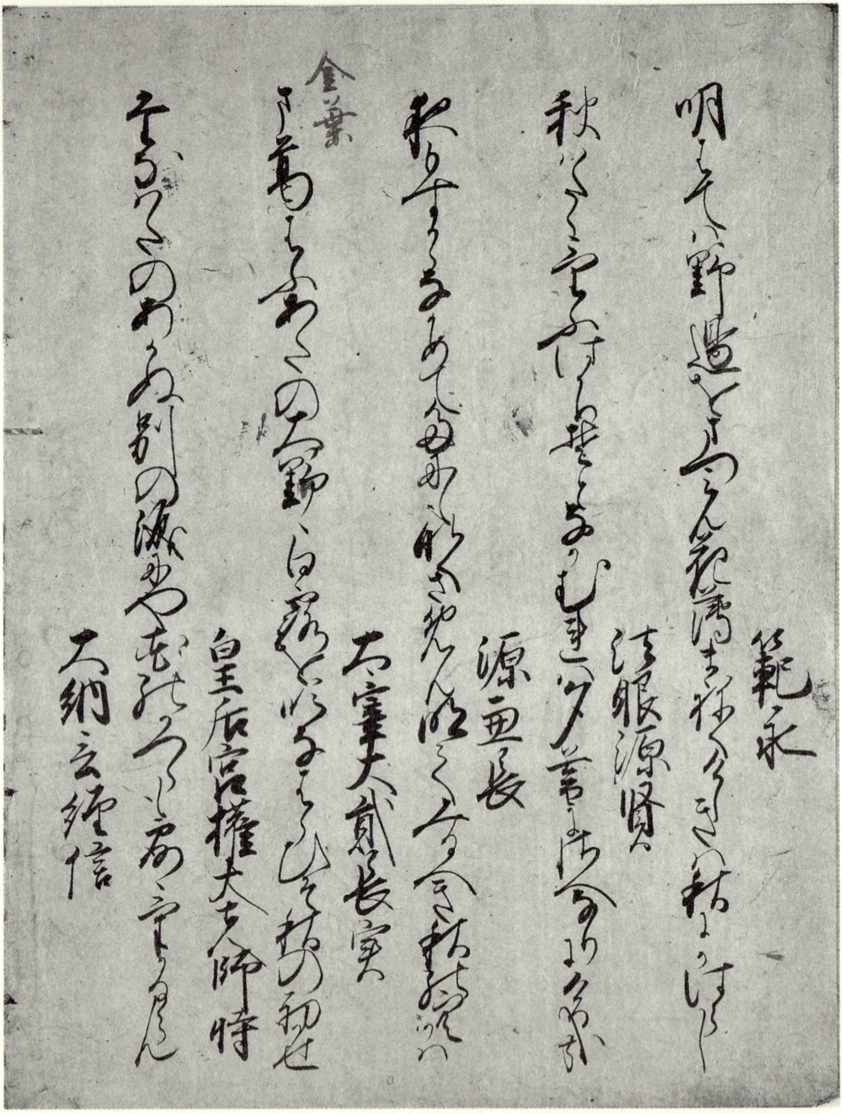
範永
法眼源賢
源兼長
金葉
大宰大貮長實
皇后宮権大夫師時
大納言經信

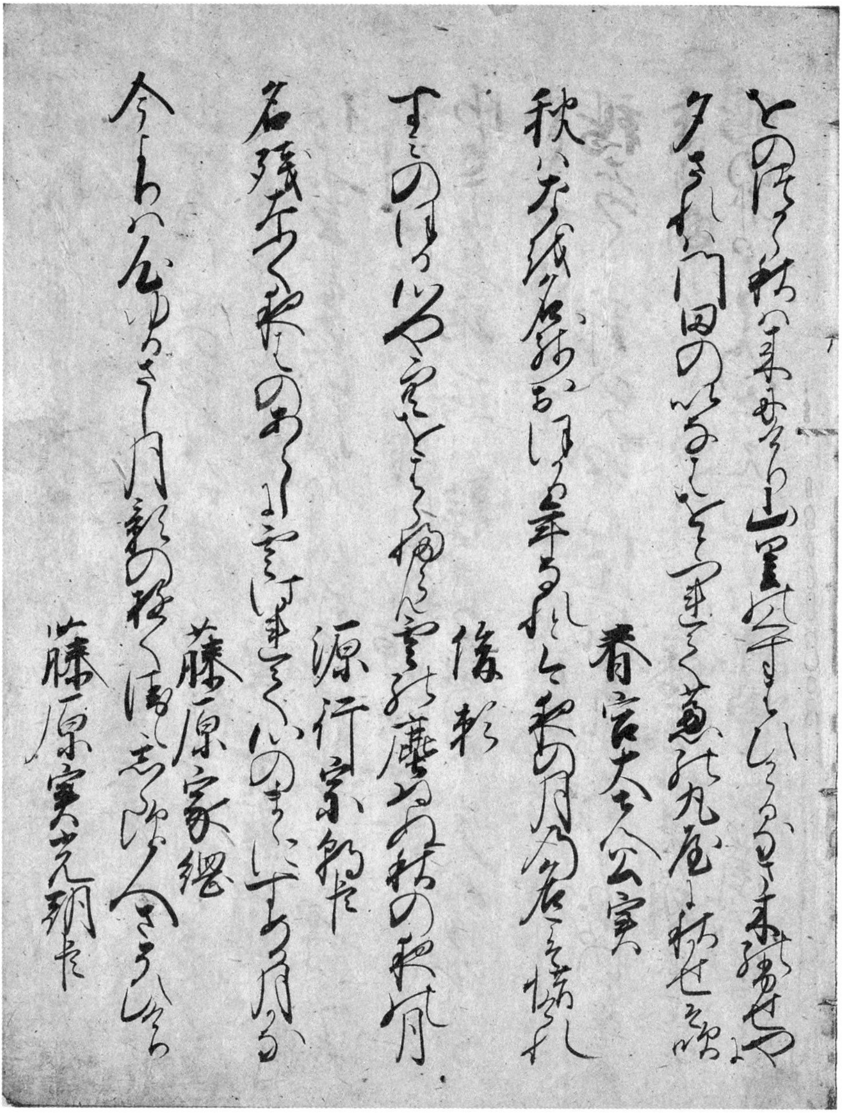

との[illegible]秋は来ぬらむ山里に[illegible]

夕されは門田のいなはおとつれて葦のまろやに秋風そ吹

春宮大夫公実

秋はなほ[illegible]月[illegible]

俊頼

[illegible]嵐の秋の秋風

源行宗朝臣

名残なく夜半のあらしに雲はれて心のまゝにすめる月かな

藤原家経

今よりは心ゆるさし月影のゆくへもしらす人さそひけり

藤原実光朝臣

月影のさすにまかせてゆく舟はあかしの浦やとまりなるらん

中納言顕隆

山里の門田の稲のほのぼのとあくるもしらず月をみるかな

皇后宮右衛門佐

[illegible]の月ゆへ月影あはれ[illegible]の秋の思

源雅光

何と[illegible]鹿の音に[illegible]

俊頼

鶉なく真野の入江のはま風に尾花なみよる秋の夕暮

藤原仲実朝臣

鴨の井の[illegible]の物[illegible]

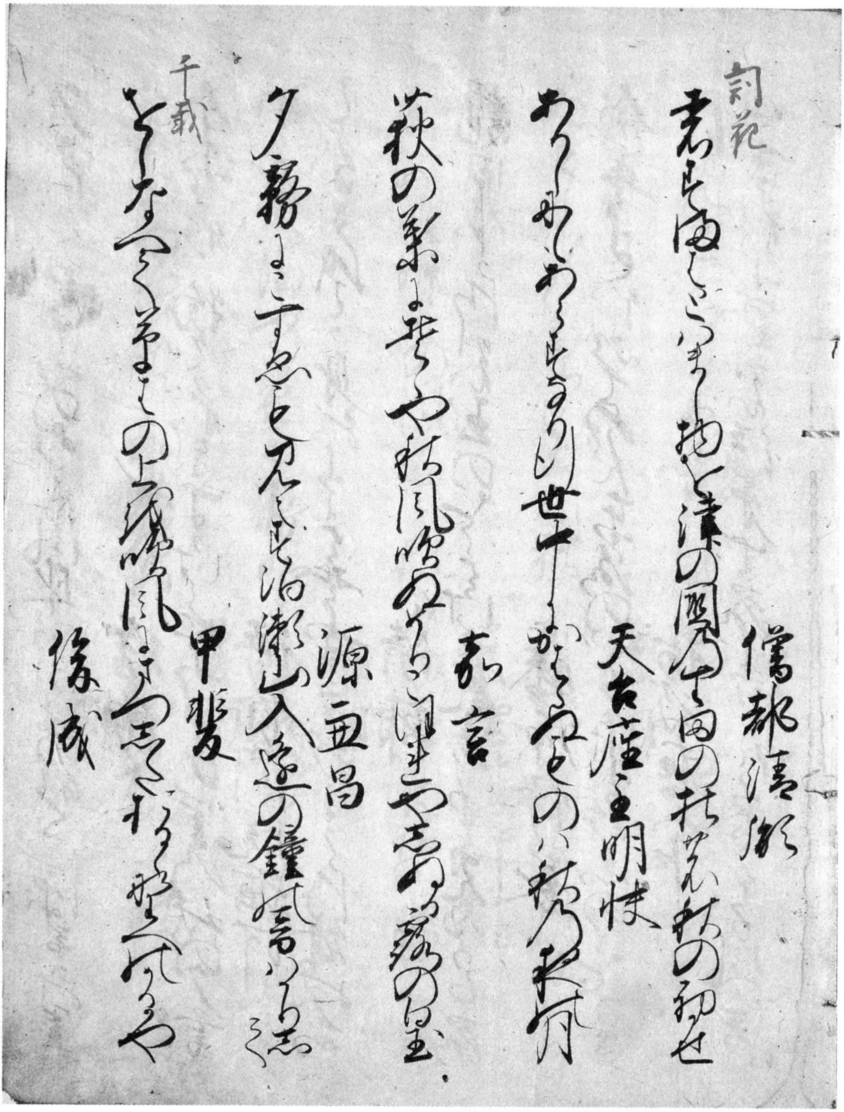

詞花

僧都清胤

君すまはとはましものを津の国のいくたの杜の秋の初風

天台座主明快

ありしにもあらすなりゆく世中にかはらぬものは秋の月

納言

萩の葉にそよや秋風吹ぬなりこほれやしぬる露の白玉

源兼昌

夕霧にこすゑもみえすはつせ山入逢の鐘の音はかりして

千載

甲斐

とをなへて草葉の上に残る風[illegible]

俊成

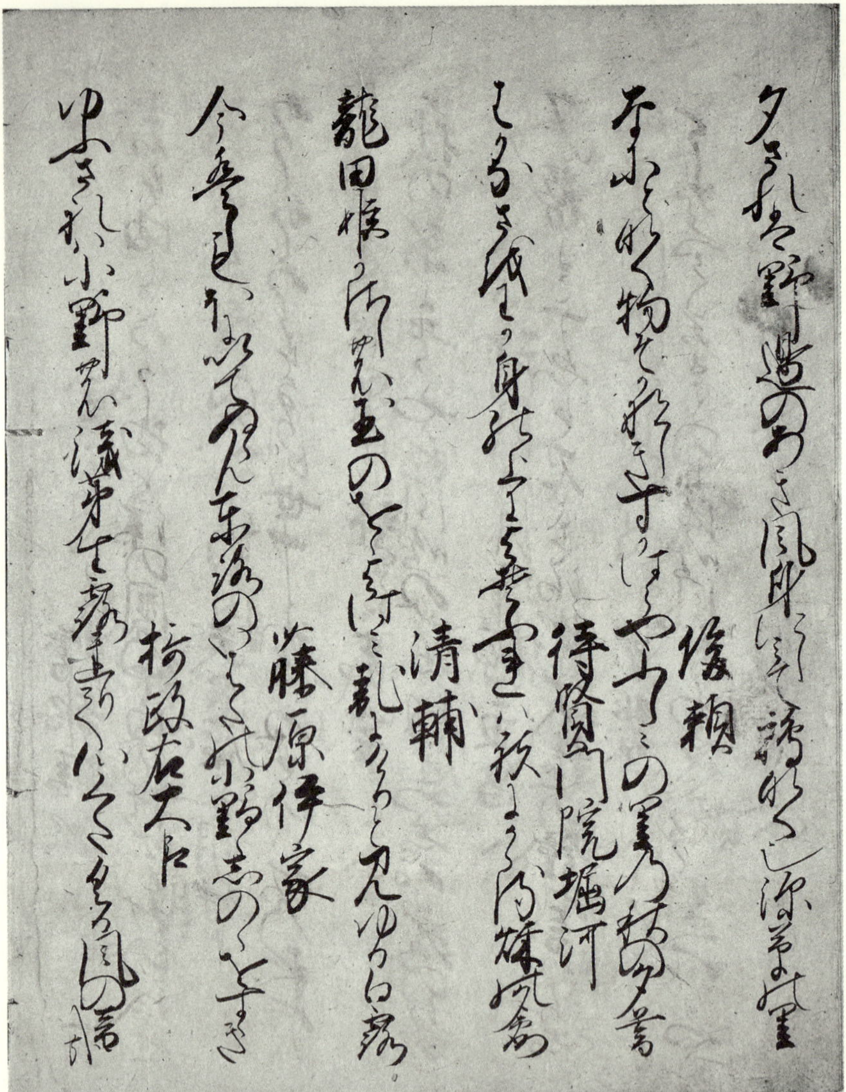

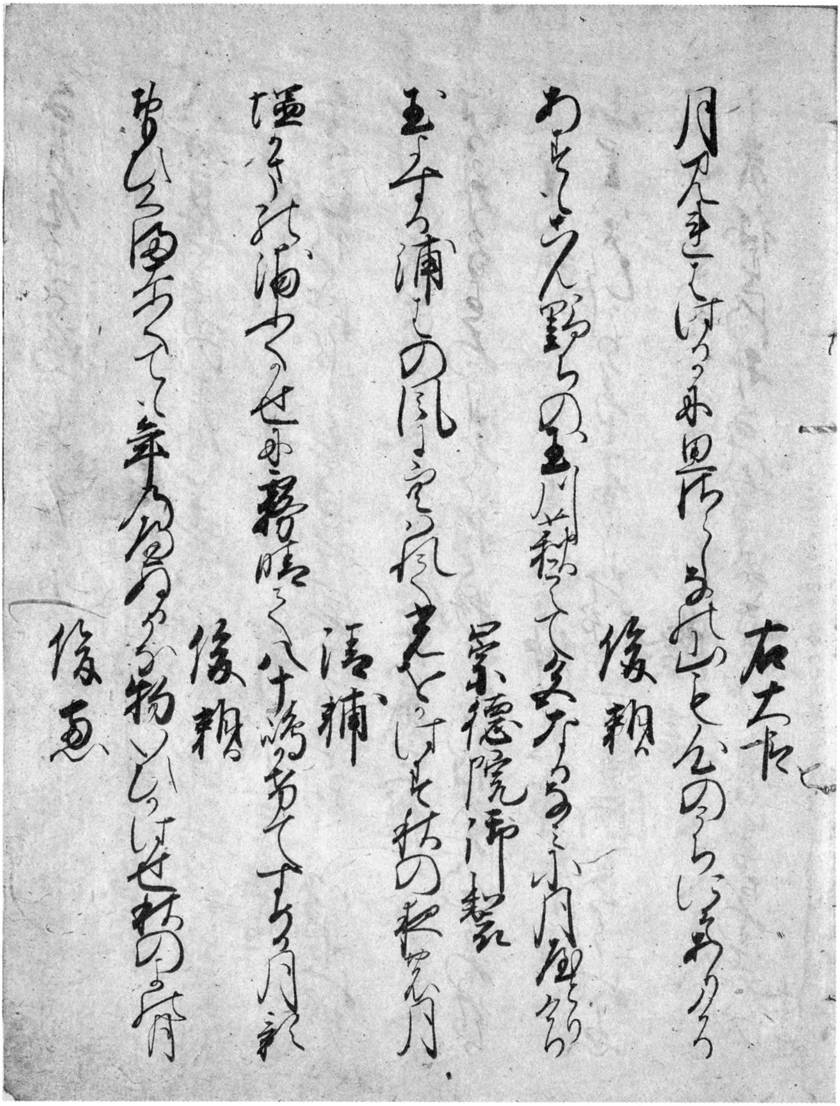

右大臣
[illegible]
俊頼
あすもこむ野路の玉川萩こえて色なる浪に月やとりけり
崇徳院御製
玉よする浦わの風に空晴てひかりをかはす秋の夜の月
清輔
塩かまの浦ふく風に霧晴て八十嶋かけてすめる月影
俊頼
[illegible]
俊恵

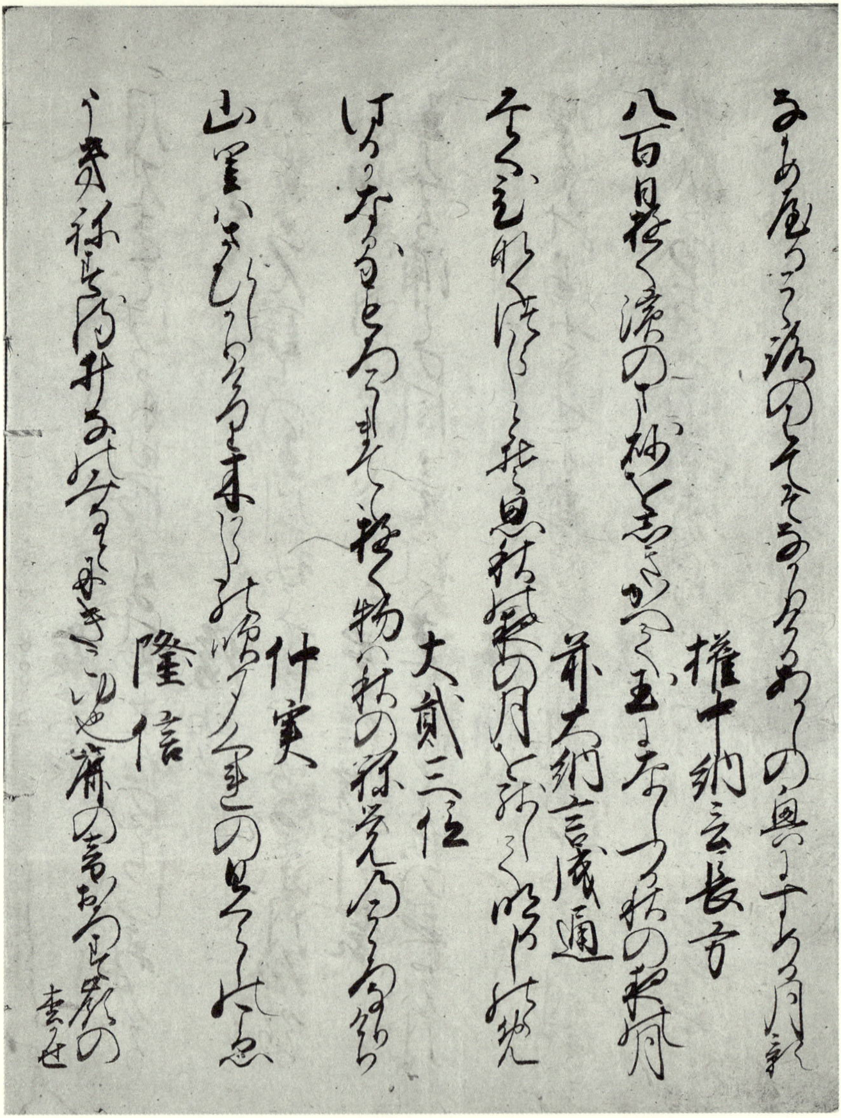

權中納言長方

前大納言成通

大貳三位

仕實

隆信

俊恵
夜とこそおもひの音に漕出れ舟はまとゝる浦の秋風
法印慈円
山里の暁かたの鹿の音は夜半のあはれのかきりなりけり
長覚法師
いつはりの霧苫のまよふ袖のつき悲しあまとふ草の[illegible]
俊頼
あけぬとて野辺より山に入鹿の跡ふきおくるはきのした風
家隆
新古今
昨日たにとはんと思し津国のいく田の杜に秋は来にけり
秀能

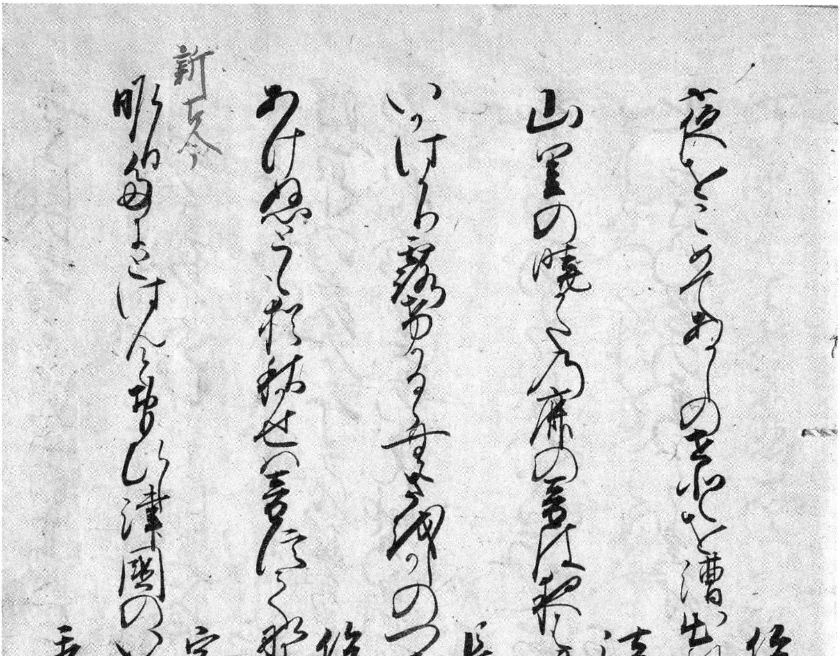

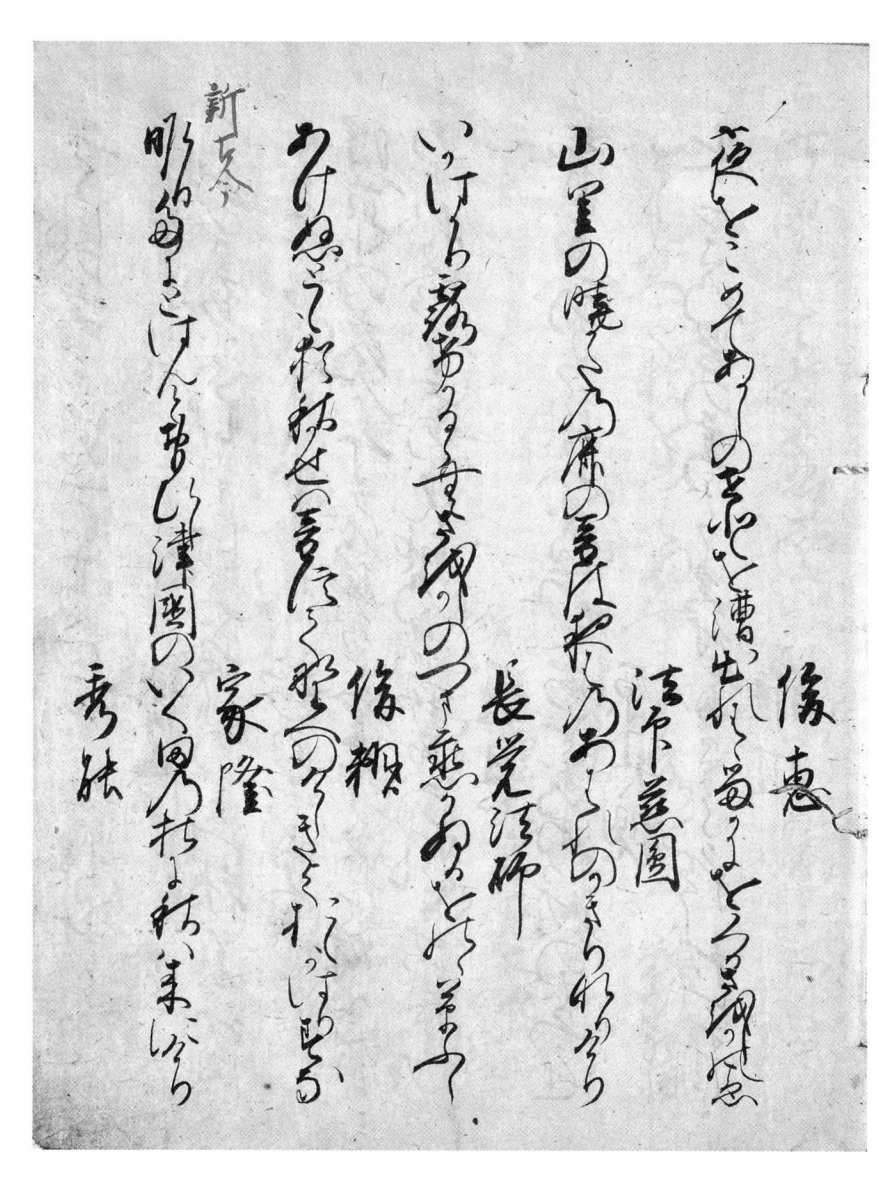

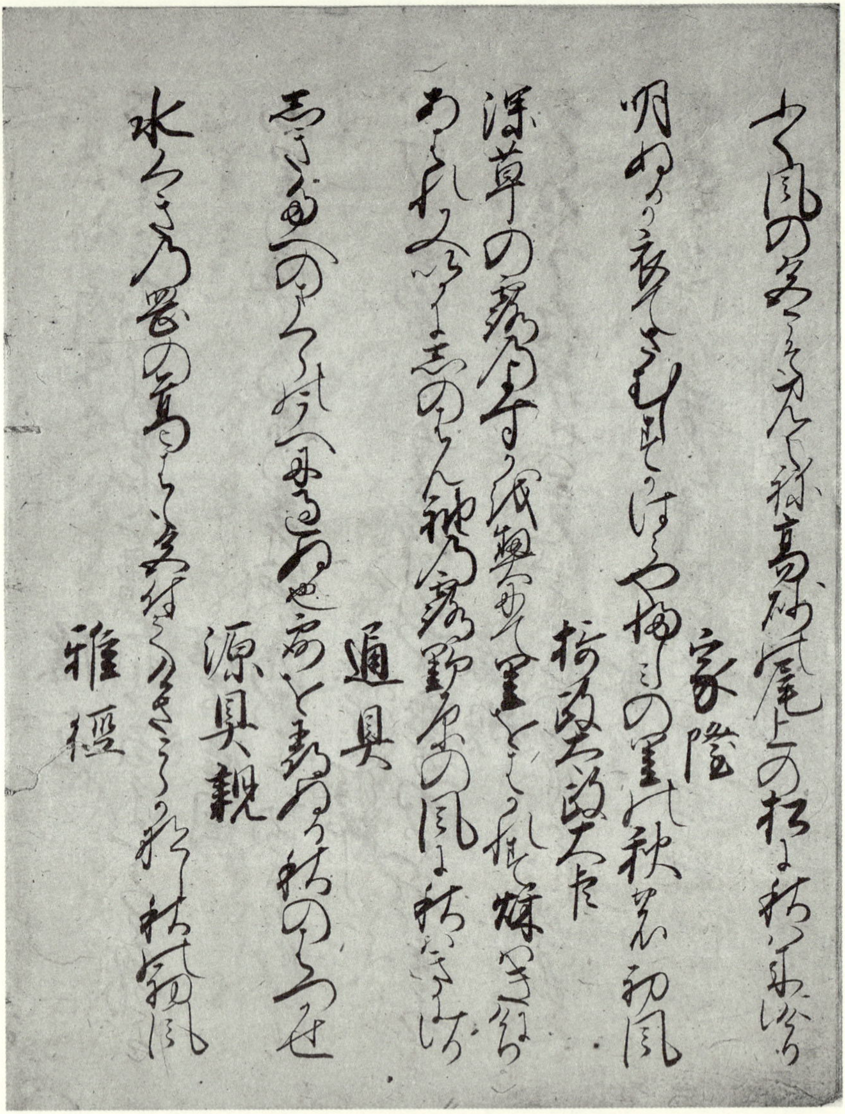

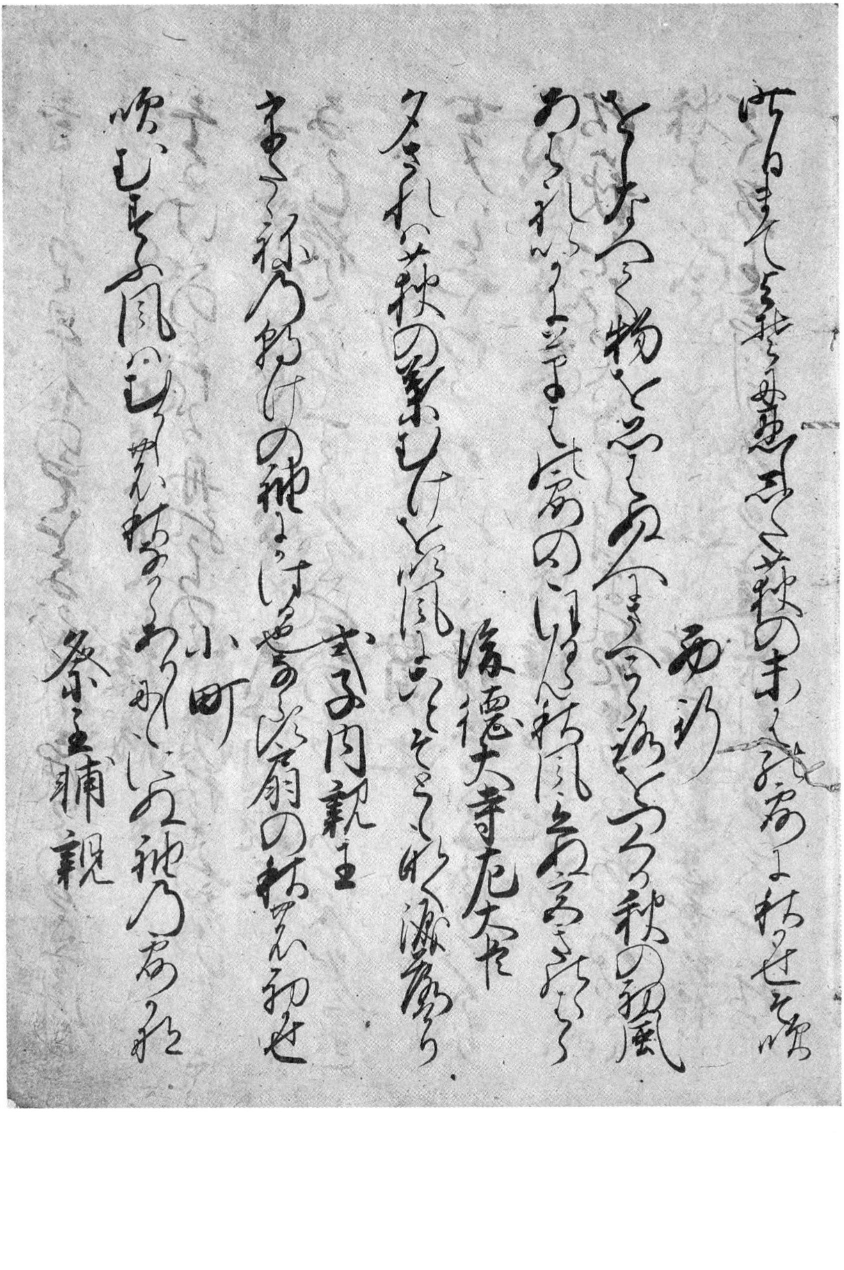

[illegible]

をしなへて物をおもはぬ人にさへ心をつくる秋の初風

西行

あはれいかに草葉の露のこほるらむ秋風たちぬ宮城野の原

夕されは荻の葉むけを吹風にことそともなく涙おちけり

後徳大寺左大臣

うたゝねの朝けの袖にかはるなりならす扇の秋の初風

式子内親王

吹むすふ風はむかしの秋なからありしにもにぬ袖の露かな

小町

祭主輔親

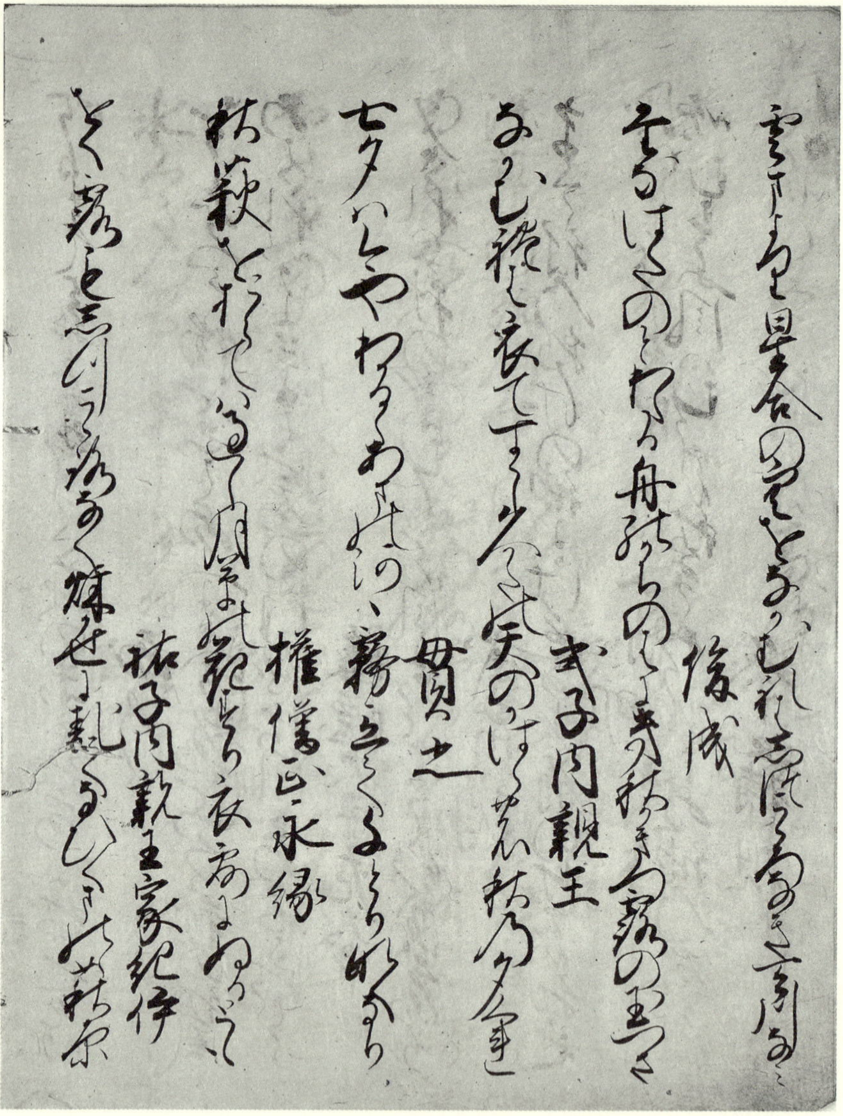

人麿

秋はきの咲ちる野辺の夕露にぬれつゝきませ夜はふけぬとも

中納言家持

さ鹿の朝たつ野辺の秋萩に玉とみるまてをける白露

右近中将良平

夕されは玉ちる野への女郎花まくらさためぬ秋の世の露

清輔

うす霧の籬の花の朝しめり秋は夕とたれかいひけん

俊成

伊とかくや袖はしをれし野辺に出て昔も秋の花は見しかと

経信

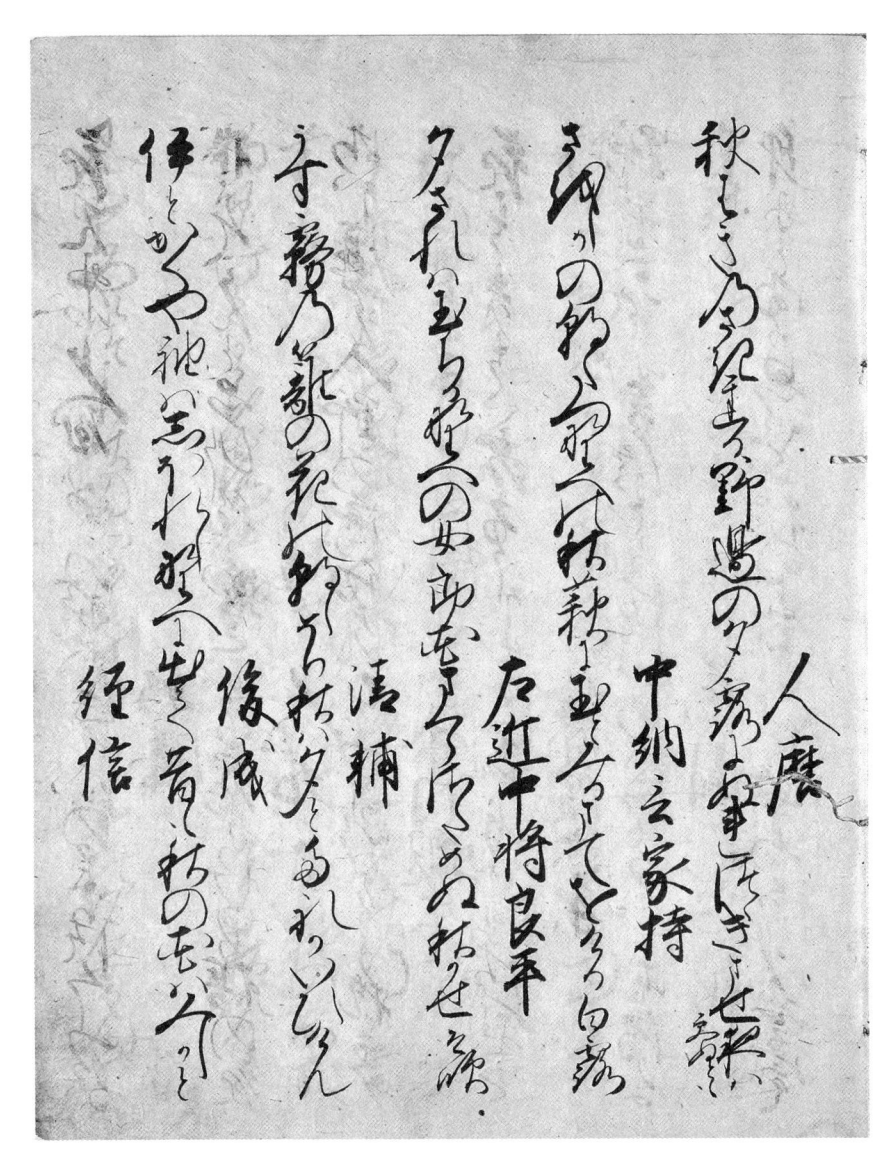

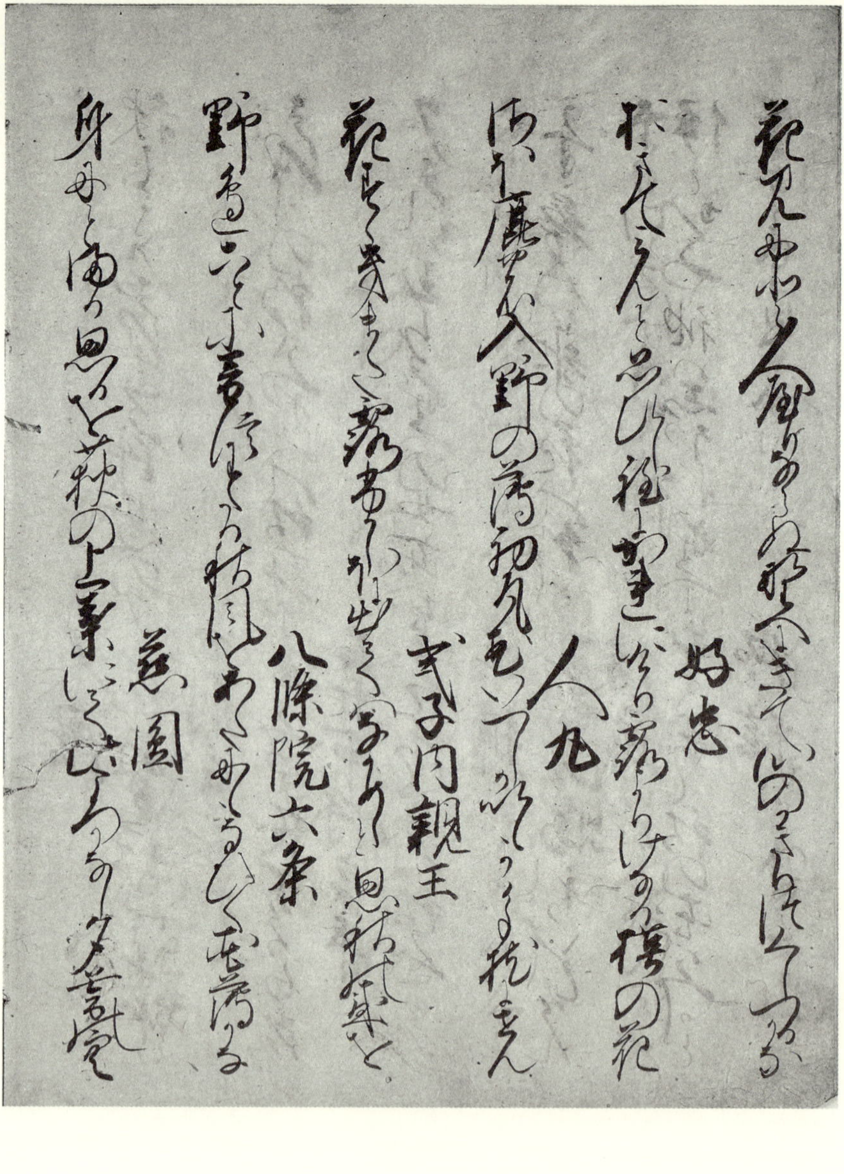
好忠
人丸
式子内親王
八條院六条
慈圓

大蔵卿行宗

身の程をおもひつゝくる夕暮の荻のうは葉に風わたる也

源重之女

秋はたゝ物をこそおもへ露かゝる荻のうへふく風につけても

摂政太政大臣

荻の葉にふけは嵐の秋なるを待ける夜はのさをしかの声

をしなへて思ひし事のかすかすになを色まさる秋の夕暮

暮かゝるむなしき空の秋をみておほえすたまる袖の露かな

物思はてかゝる露やは袖にをくなかめてけりな秋の夕暮

慈円

み山ちやいつより秋の色ならむ見さりし雲の夕暮の空

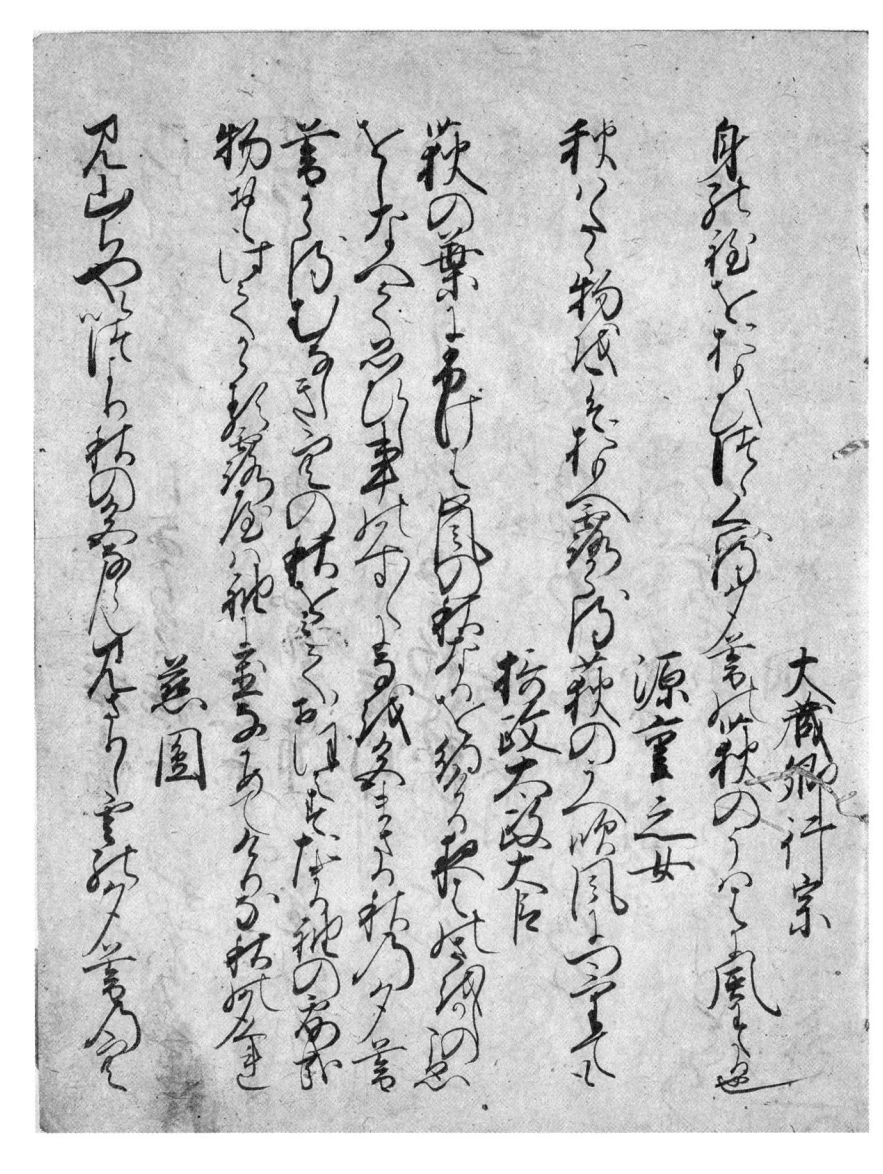

寂蓮
さひしさハ其色としもなかりけり槙たつ山の秋の夕暮

定家
見わたせハ花も紅葉もなかりけり浦のとま屋の秋の夕暮

宮内卿
おもふ事さしてそれとハなき物を秋の夕を心にそとふ

鴨長明
秋風のいたりいたらぬ袖ハあらしたゝわれからの露の夕暮

式子内親王
それなから昔にもあらぬ秋風にいとゝなかめをしつのをた巻

相模

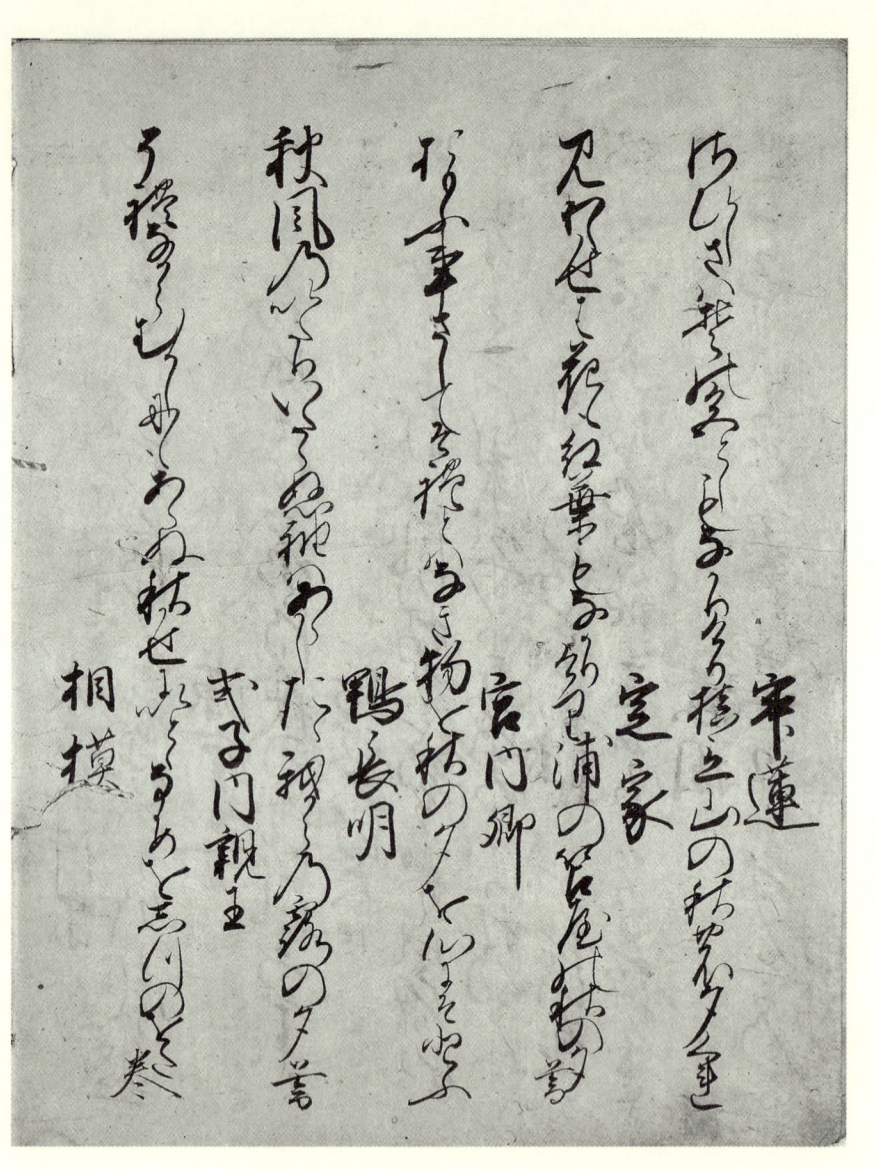

暁の露は涙もとゝまらて恨むる風の声そ残れる

基俊

高圓の野路の篠原末さはきそや木からし今日吹ぬなり

通具

ふか草の里の月影さひしさもすみこしまゝの野への秋風

俊成女

おほかたの秋のねさめの露けくはまたたか袖に有明の月

家隆

有明の月まつ宿の袖の上に人たのめなるよひの稲妻

有家

風わたる浅茅か末の露にたにやとりもはてぬよひのいな

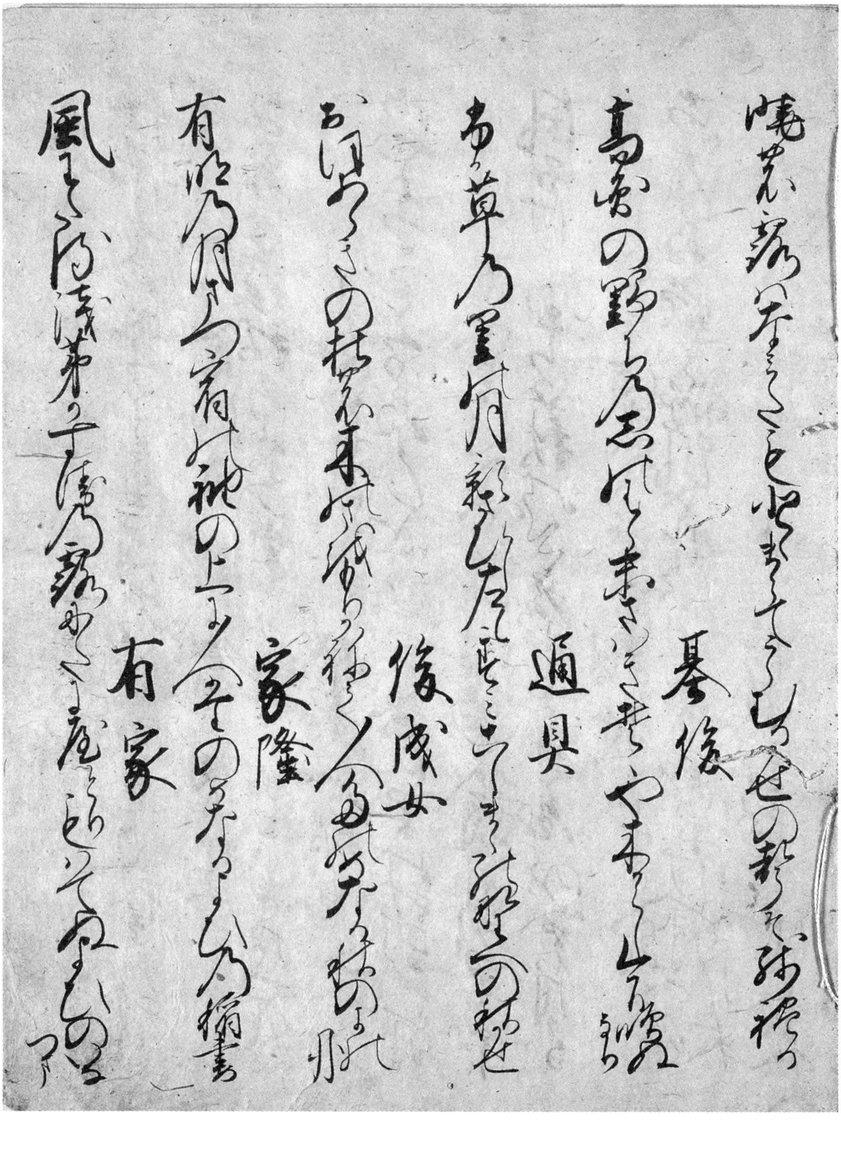

いつまてか涙くもらて月ハ見し秋待えても秋そ恋しき
慈圓
なかめわひぬ秋よりほかの宿もかな野にも山にも月やすむらん
式子内親王
あやなくもくもらぬよひをいとふかなしのふの里の秋の夜の月
橘為仲朝臣
風ふけは玉ちる萩のした露にはかなくやとる野への月かな
法性寺入道前関白太政大臣
こよひ誰すゝふく風を身にしめて吉野のたけの月を見るらん
頼政
摂政太政大臣

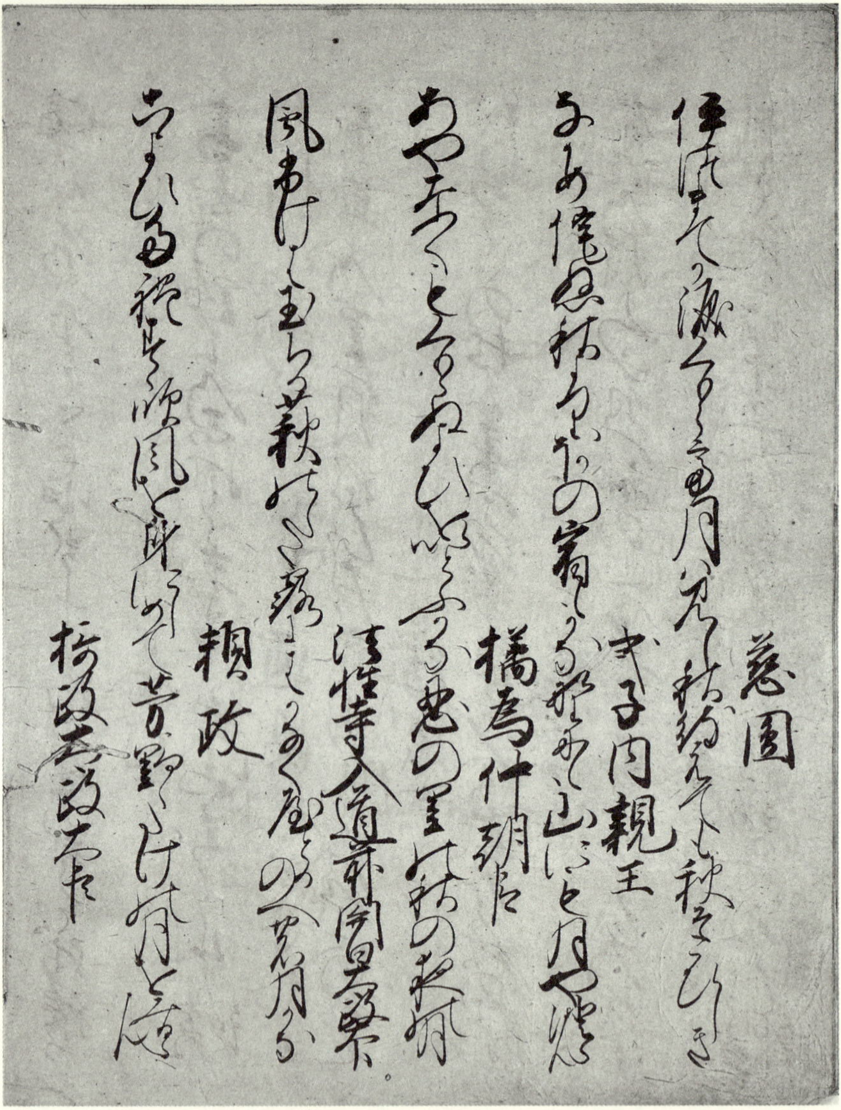

故郷のもとあらの小萩さきしより夜な〳〵庭の月そうつろふ
[illegible]人はおとせて外山の月に松風そ吹
ふかゝらぬとやまの庵の寝覚たにさそな木の間の月はさひしき

家隆

なかめつゝ思ふもさひし久かたの月の都のあけかたの空

寂蓮

月は猶もらぬ木の間も住吉の松をつくして秋風そ吹

藤原秀能

葦引の山路の苔の露の上にねさめ夜ふかき月を見るかな

宮内卿

心あるをしまのあまの袂かな月やとれとはぬれぬ物から

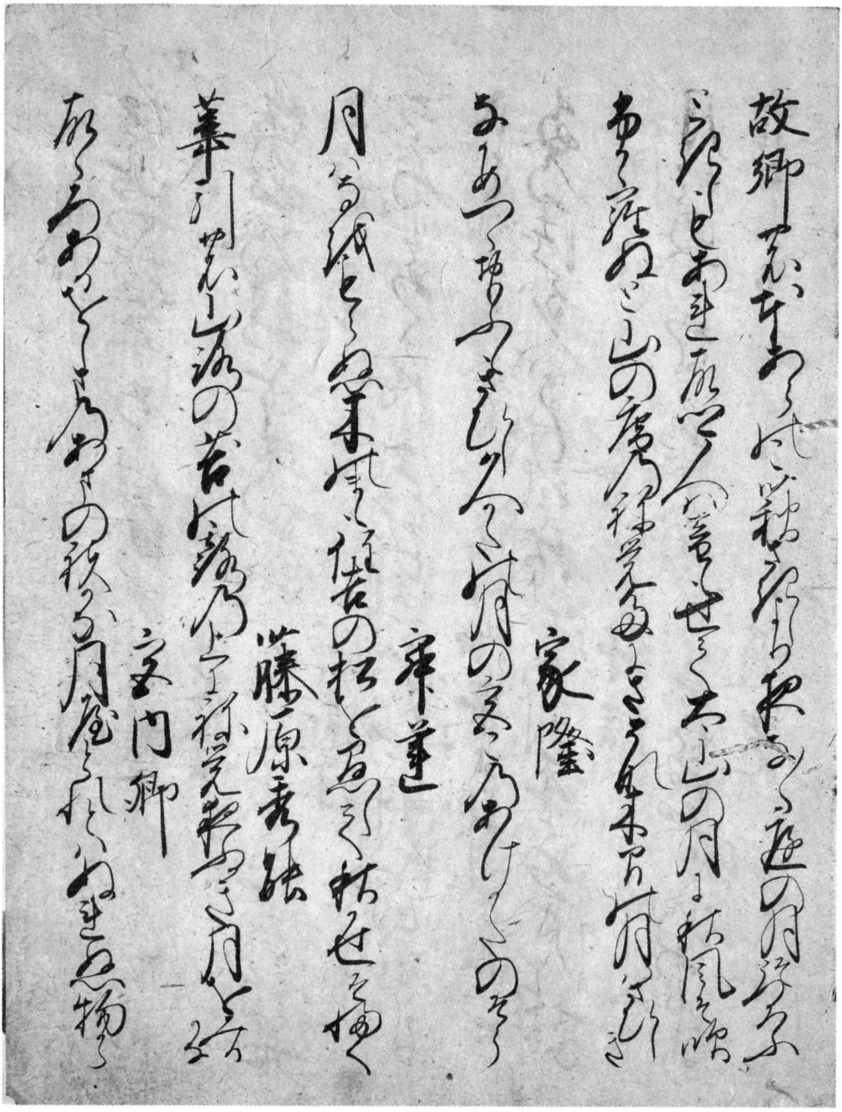

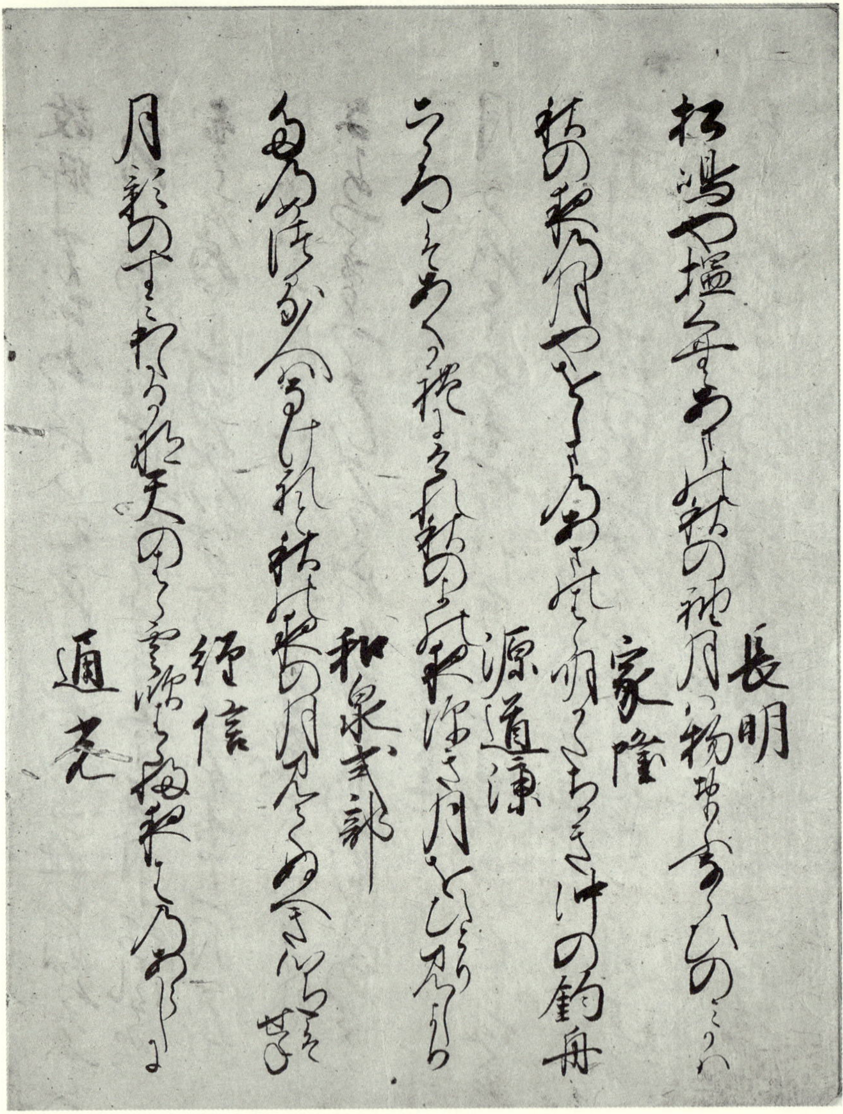

長明
松嶋や塩くむあまの秋の袖月は物おもふならひのみかは

家隆
秋の夜の月やをしまのあまのはら明かたちかき沖の釣舟

源道済
こゝろこそあくかれにけれ秋の夜のよふかき月をひとり見しより

和泉式部
たのめたる人はなけれと秋の夜は月見てぬへき心ちこそせね

経信
月影のすみわたるかな天の原雲ふきはらふよはの嵐に

通光

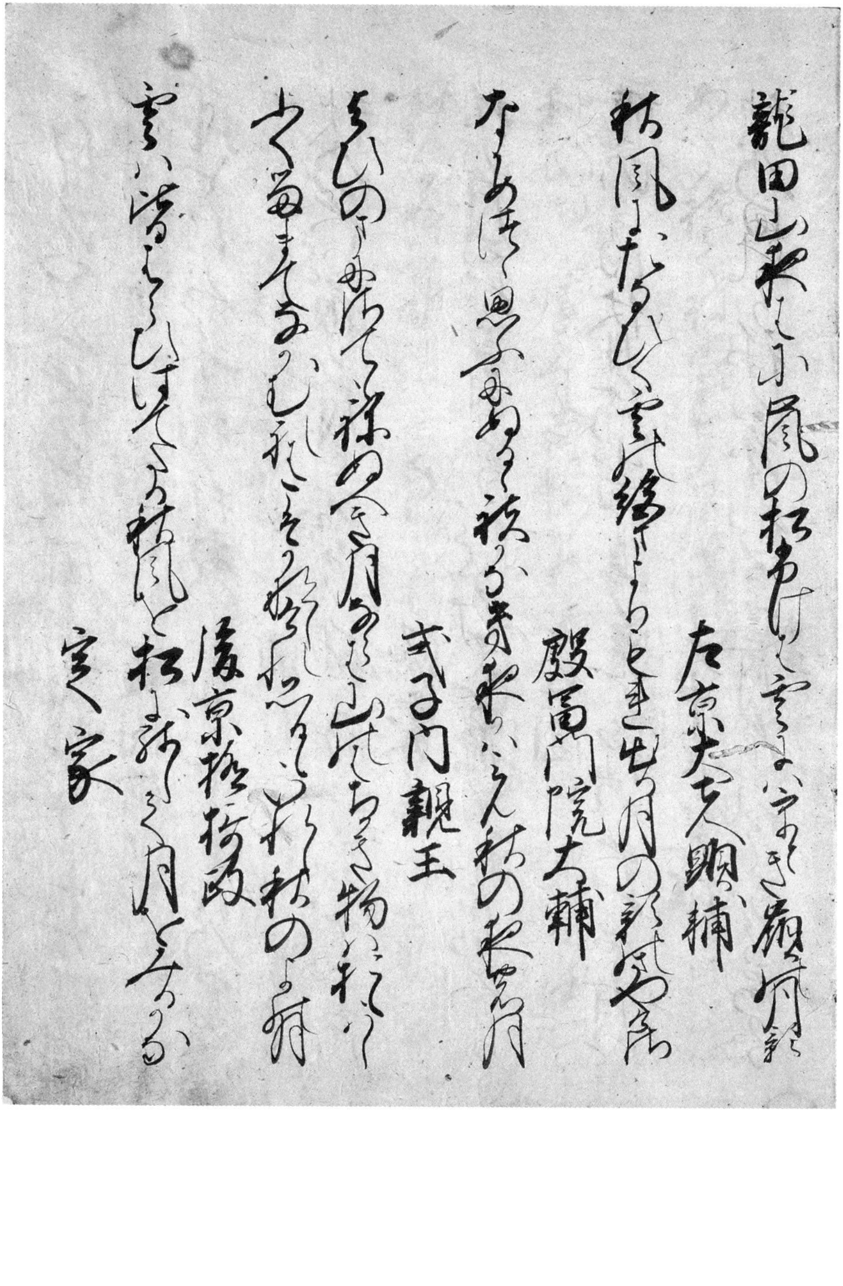
龍田山よはに嵐の松吹けは雲にはうときみねの月影
左京大夫顕輔
秋風にたなひく雲の絶間よりもれいつる月の影のさやけさ
殷富門院大輔
式子内親王
よひのまにさてもねぬへき月ならは山のはちかき物はおもはし
ふくるまてなかむれはこそかなしけれおもひもいれし秋のよの月
後京極摂政
雲はみなはらひはてたる秋風を松にのこして月をみるかな
定家

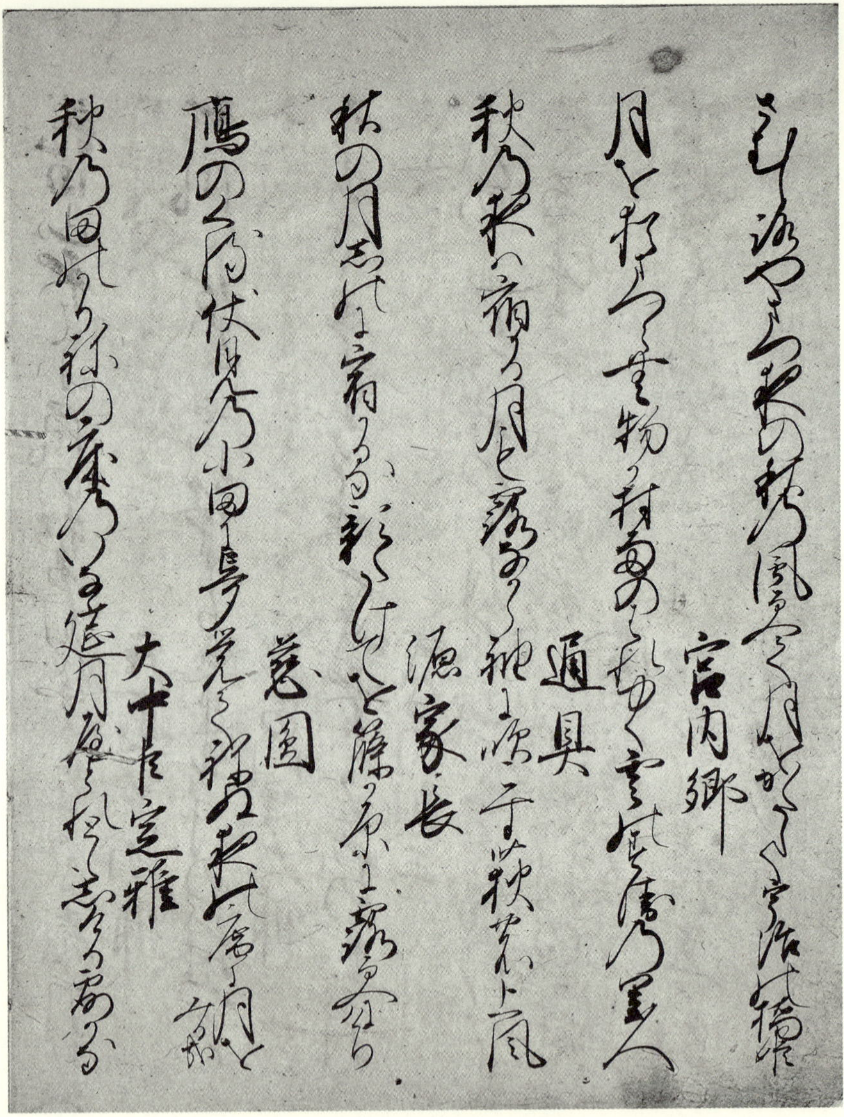
さむしろやまつよの秋の風ふけて月をかたしく宇治の橋姫
宮内卿
月をなほまつらむ物か村雨のはれゆく雲の末の里人
通具
秋の夜は宿かる月も露ながら袖に吹こす荻の上風
源家長
秋の月しのに宿かるかげたけて小笹が原に露ふけにけり
慈円
鴫のふす伏見の小田に夢覚て[illegible]
大中臣定雅
秋の田にいほさすしづのとまをあらみ月とともにやもりあかすらむ

俊成女
あくかれてねぬ夜の塵のつもるまて月にはらはぬ床のさむしろ
顕輔
秋の田に庵さす志つの苫をあらみ月とともにやもりあかさん
式子内親王
秋の色ハ籬にうとく成ゆけと手枕なるゝ閨の月かけ
太上天皇
秋の露や袂にいたく結ふらん長き夜あかすやとる月かな
雅経
はらひかねさこそハ露のしけからめやとるか月の袖のせはきに
家隆

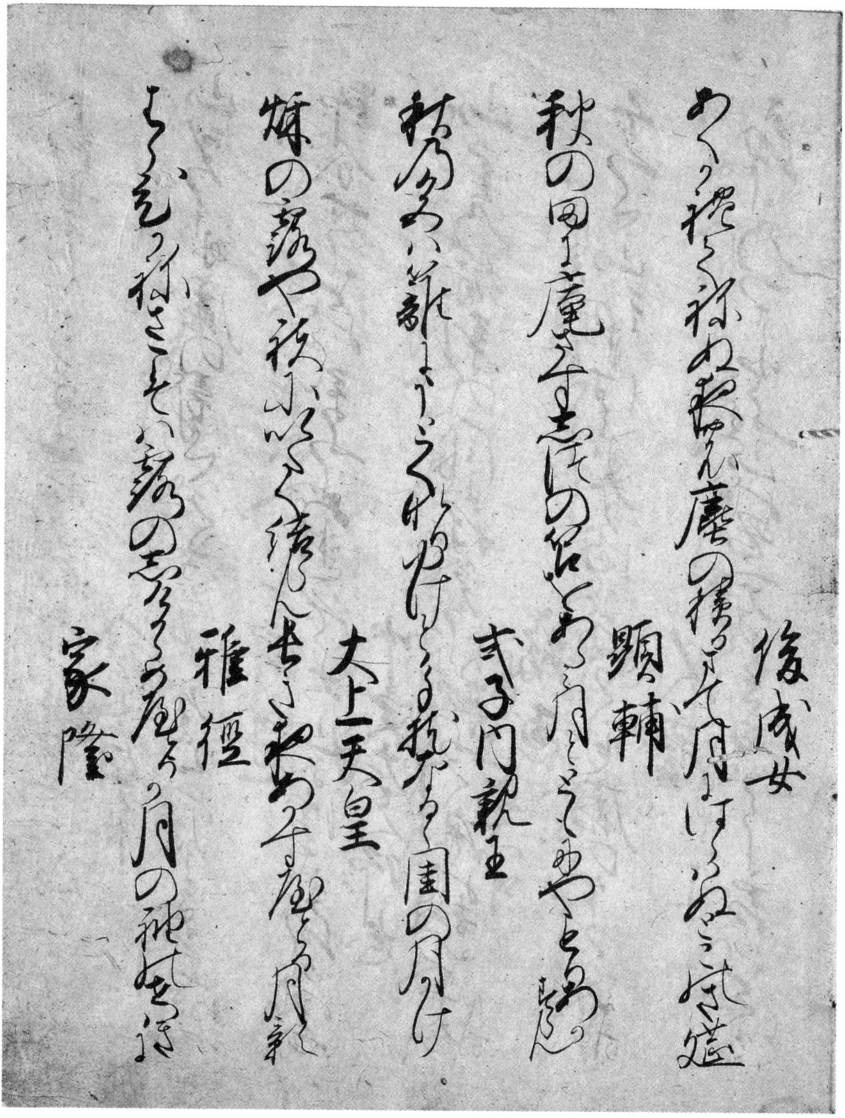

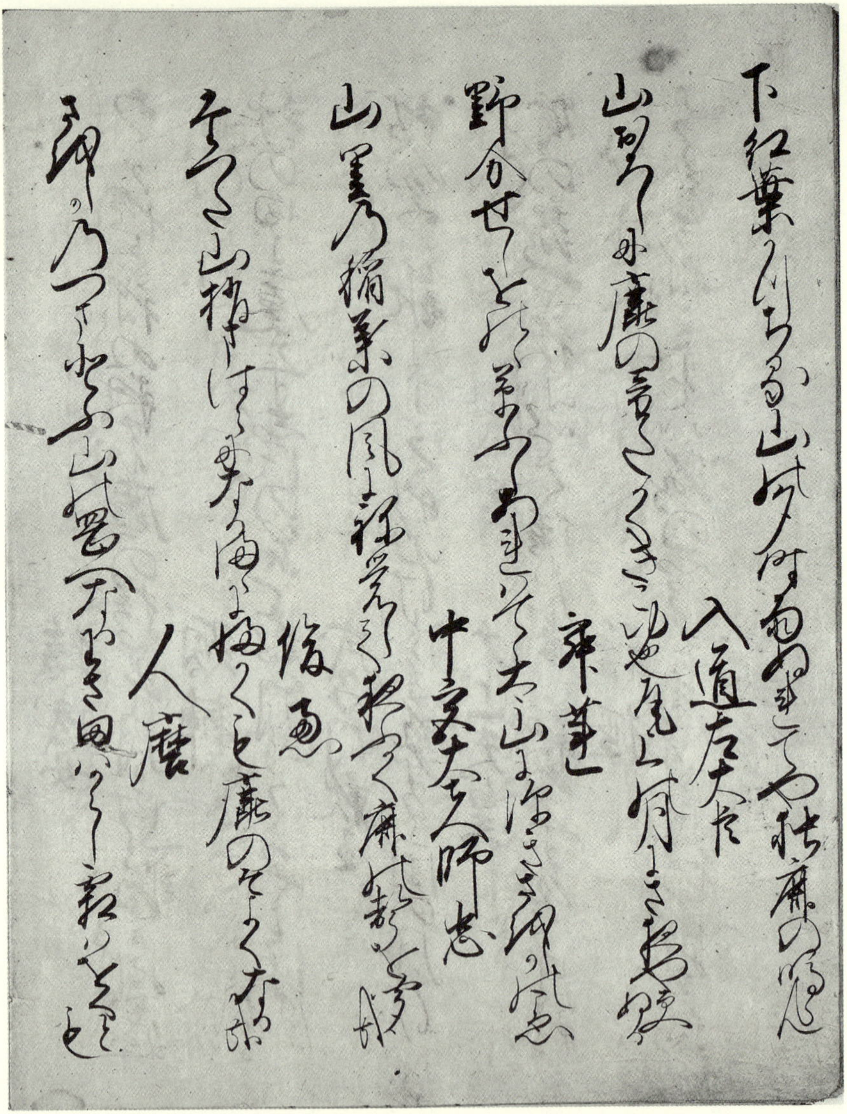

下紅葉かつちる山の夕しくれぬれてや鹿のひとり鳴らん

入道右大臣

山おろしに鹿の音たかくきこゆ也尾上の月にさ夜や更ぬる

寂蓮

野分せし小野の草ふしあれはてゝみ山にふかきさを鹿の声

中務大輔師忠

山里の稲葉の風に寝覚してよふかく鹿の声をきくかな

俊恵

たつた山梢まはらになるまゝにふかくも鹿のそよくなるかな

人麿

さを鹿のつまとふ山の岡辺なるわさ田はからし霜はをくとも

寂蓮

物思ふ袖より露やならひけむ秋風吹けはたへぬものとは

慈円

衣うつ音は枕にすかはらやふしみの夢をいく夜残しつ

摂政太政大臣

里はあれて月やあらぬと恨みても誰浅茅生に衣うつらん。

定家

秋とたに忘れんと思ふ月影をさもあやにくにうつ衣哉

雅経

みよしのゝ山の秋風さ夜ふけてふるさと寒く衣うつなり

式子内親王

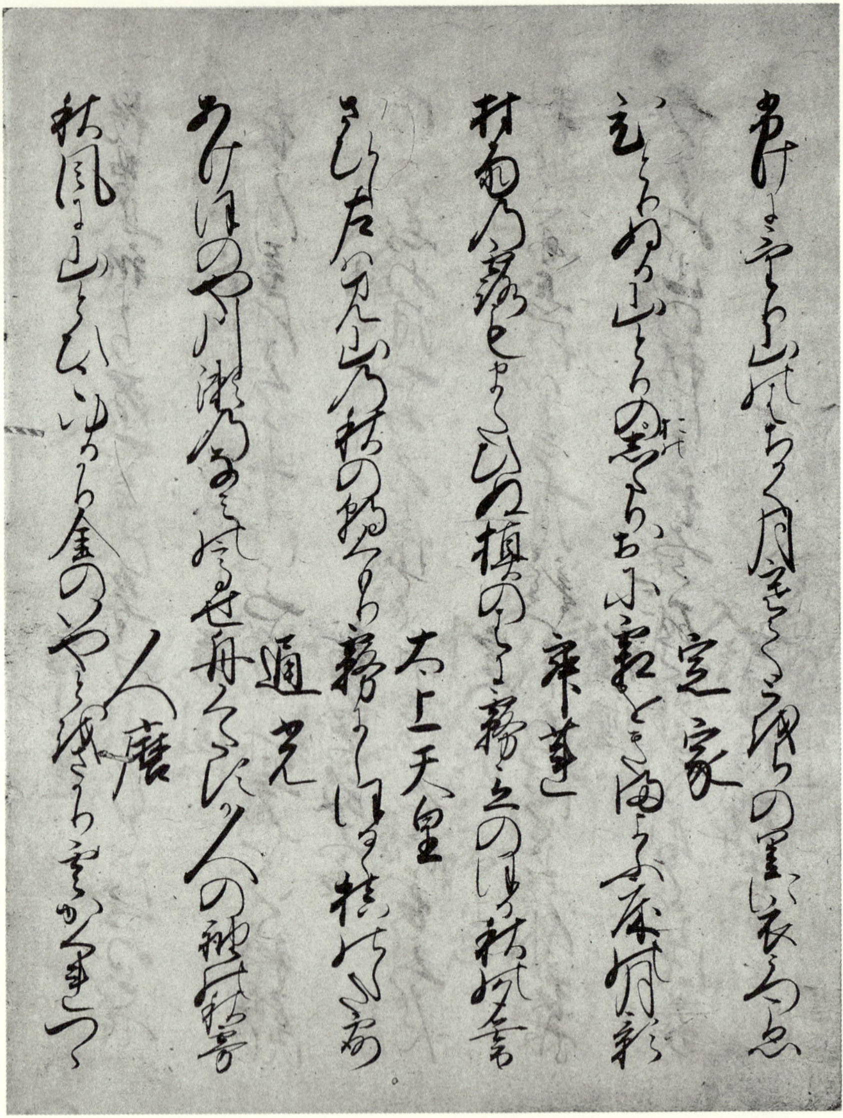

権中納言定頼
今よりは又咲花もなき物をいたくなおきそ菊の上の露

大江嘉言
ね覚する袖さへさむく秋の夜のあらしふくなり松むしの声

慈円
秋をへてあはれも露もふか草の里とふ物はうつらなりけり

通光
入日さす麓の尾花うちなひきたか秋風にうつらなくらん

俊成女
あたにちる露の枕にふしわひてうつらなくなりとこの山風

とふ人もあらしふきそふ秋はきて木葉に埋む宿の道しは

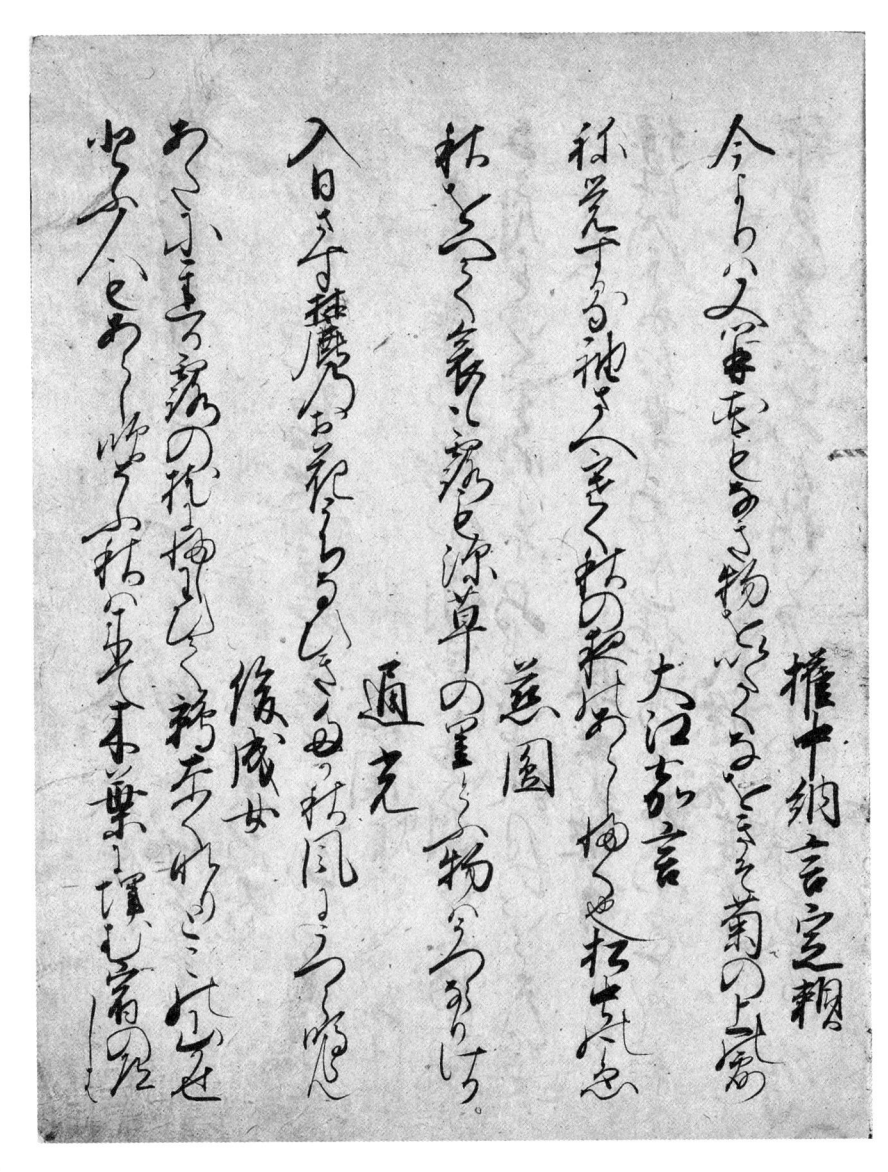

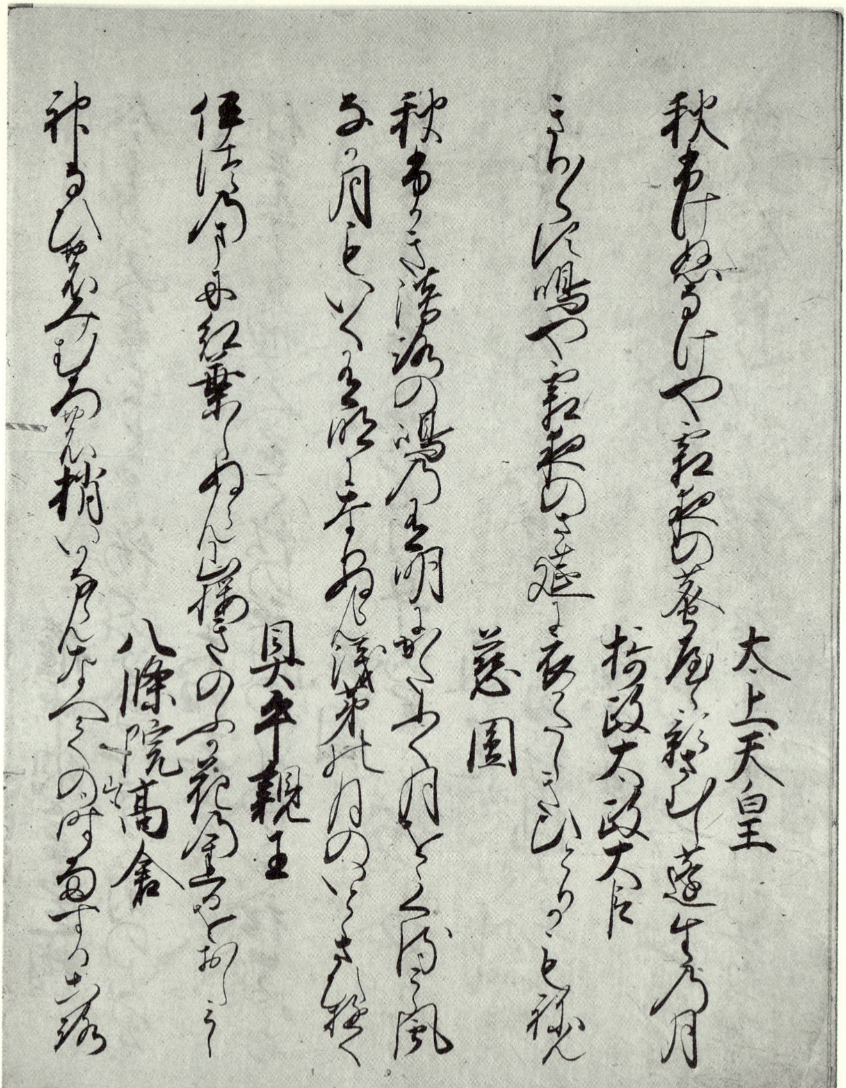
[illegible]
太上天皇
[illegible]
摂政太政大臣
慈圓
[illegible]
[illegible]
具平親王
[illegible]
八條院高倉
[illegible]

藤原輔尹朝臣
[illegible]紅葉はあらしの山の[illegible]

摂政太政大臣
柞原しつくも色やかはるらむ杜の下草秋ふけにけり

俊頼
ふるさとはちるもみち葉にうつもれて軒のしのふに秋風そ吹

式子内親王
桐の葉もふみわけかたく成にけりかならす人をまつとなけれと

家隆
露しくれもる山陰のした紅葉ぬるともをらん秋のかたみに

西行法師

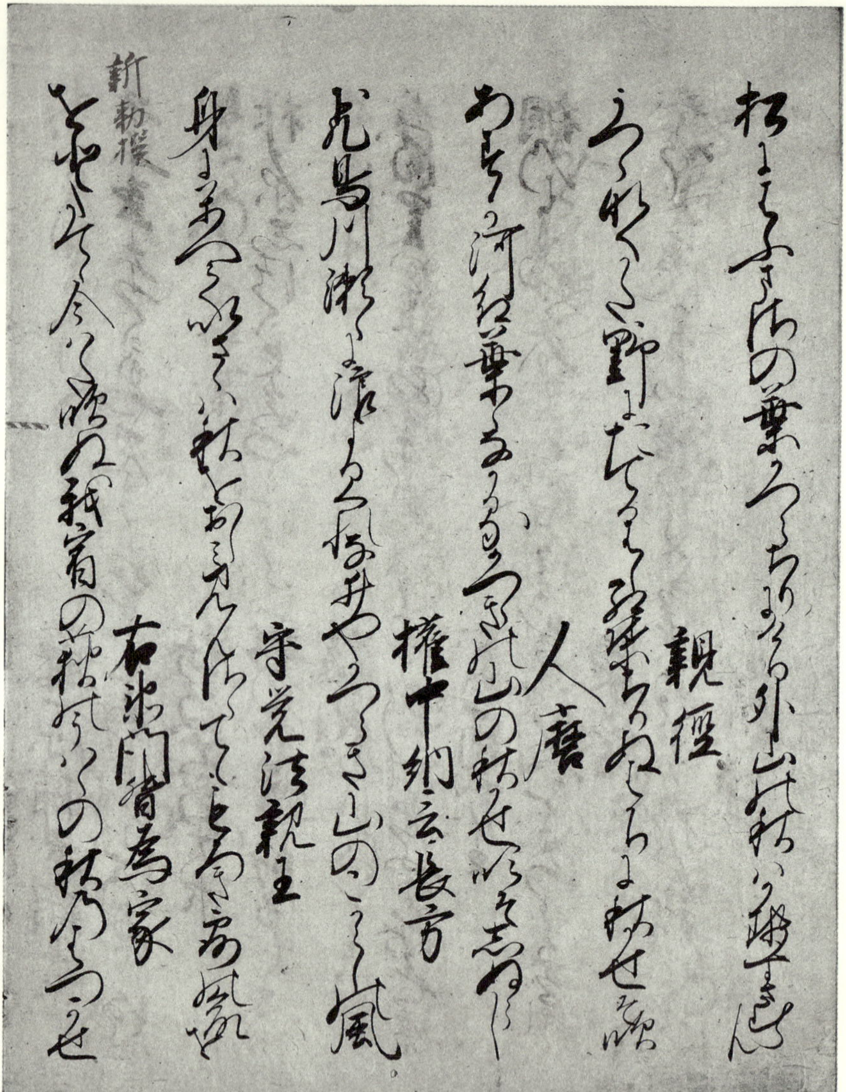
親経
人麿
権中納言長方
守覚法親王
新勅撰
右衛門督為家

藤原信実朝臣

よる浪の[illegible]の浦[illegible]

土御門内大臣

秋[illegible]

家隆

草の上に露[illegible]

式子内親王

[illegible]物[illegible]山風[illegible]

摂政

いさよひの[illegible]秋の[illegible]

入道前太政大臣

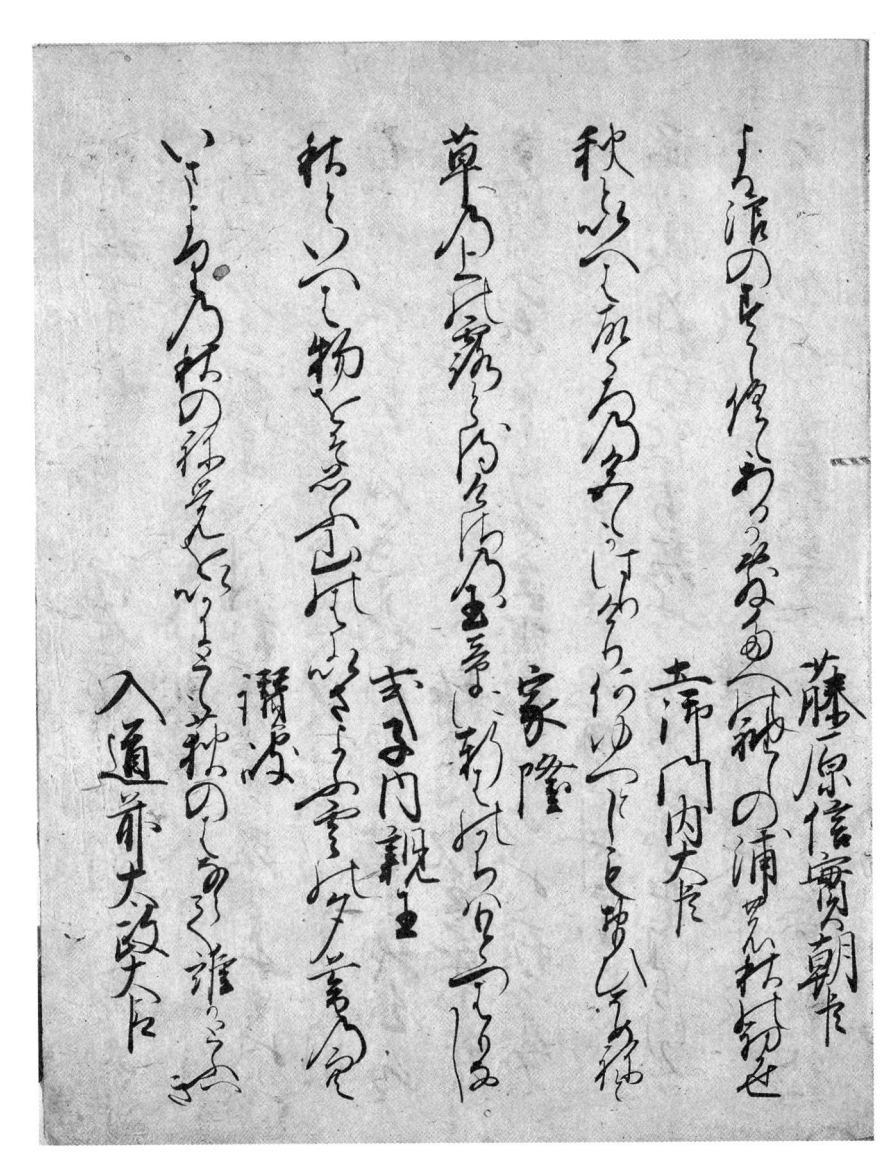

萩の葉に梅き晴るゝ枯野の露をはらふ夕久堅の
必衡
もとの山れ玉き月影を涼第の家より出しむ忠
白露に社の花咲きせくを重るき我公御
祐子門親王家小弁
声のの茅の参ゆ々きき其謀野、もいれい萩安ふて
大蔵卿行宗
ふり衣萩の花ちり袴つゝよろ/\き耄けらる
鎌倉右大臣
ね秋のとの夕露そうつかくるとるあ嫁くさ筑

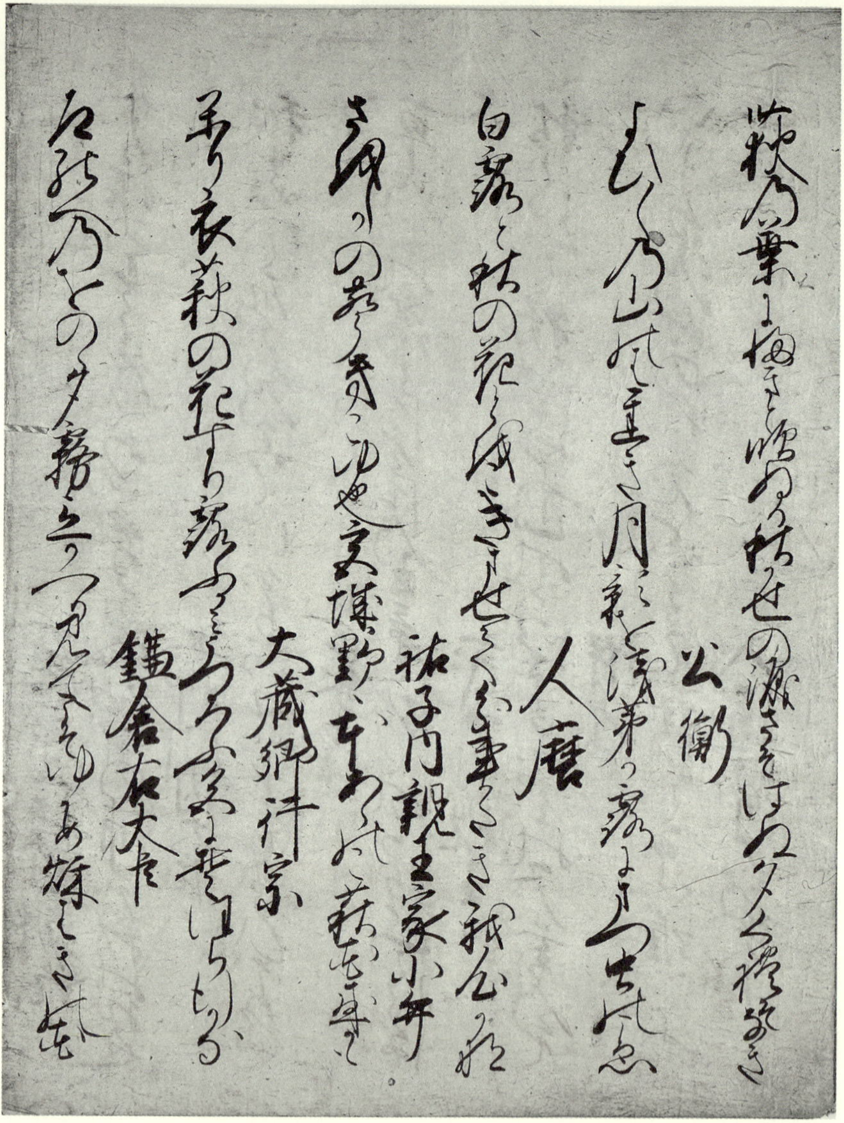

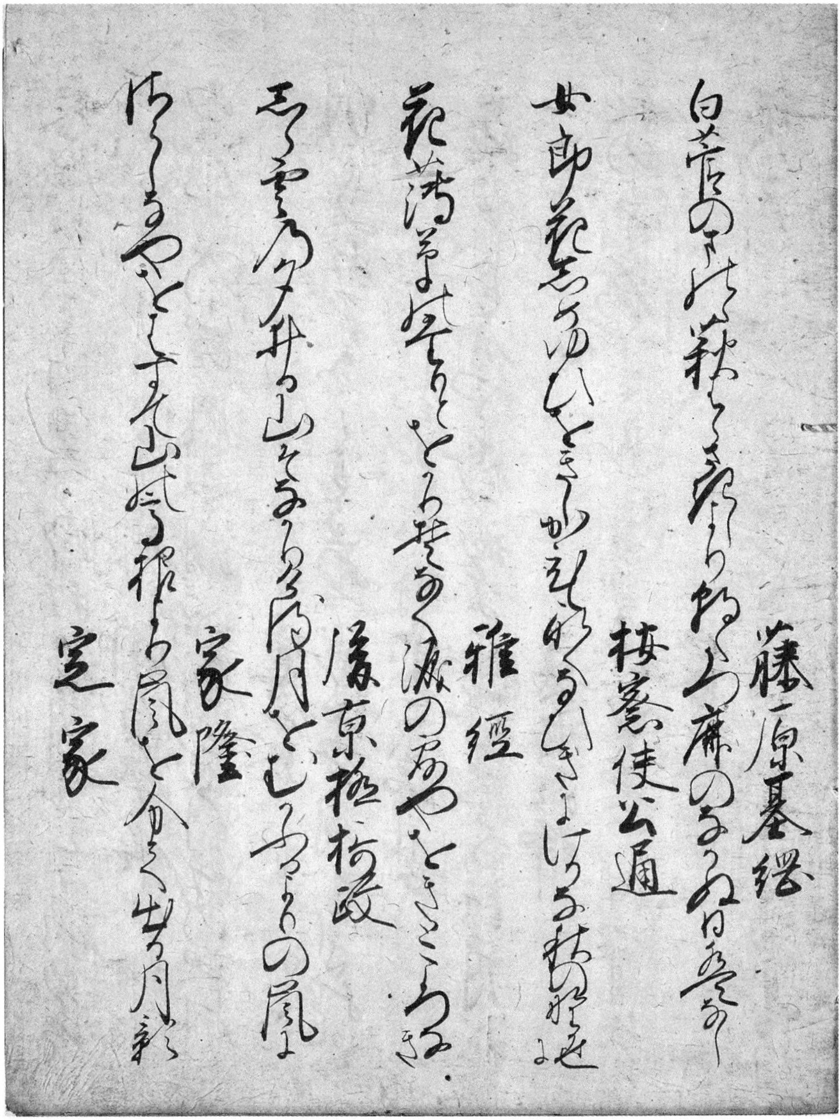
藤原基經
按察使公通
雅經
後京極摂政
家隆
定家

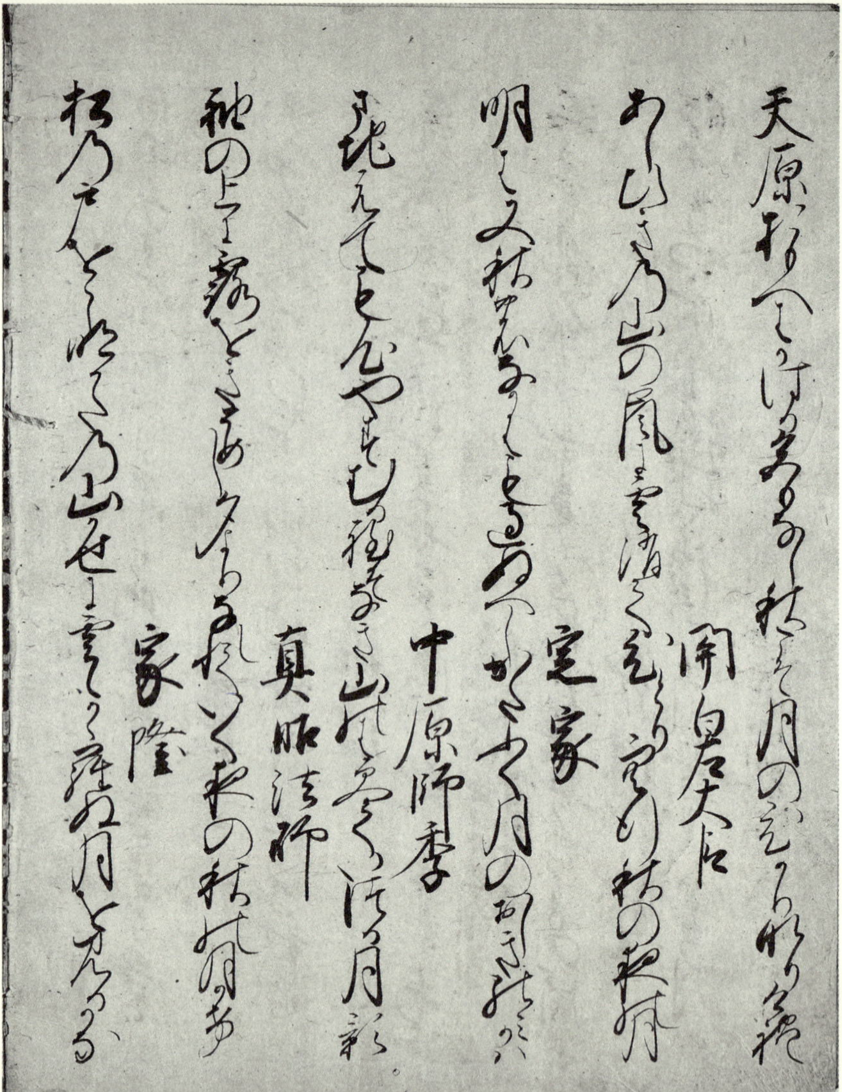
天原おもへはかはる色もなし秋こそ月のひかりなりけれ
関白右大臣
あしひきの山の嵐に雲[illegible]秋の[illegible]
定家
明[illegible]月の[illegible]
中原師季
[illegible]山風に[illegible]月[illegible]
真昭法師
秋の[illegible]秋の[illegible]
家隆
松の[illegible]山[illegible]月[illegible]

次六帖にあさのまこ衣乃衣ほしや…風の月にそ…
権大納言宗通
志川のお村田にハ…あきさくあそ…
慈円
秋たつと山の煙にたくへてや霧のそふ山風ぞ
とうけや冬ふかき霧にたちまよふ山の秋霧
正三位知家
煙るよるまつあれてもとの人霧にむさし野のうへ
しら人ころも
秋乃秋のあけてる月にしも…白露と玉…
選子内親王家宰相

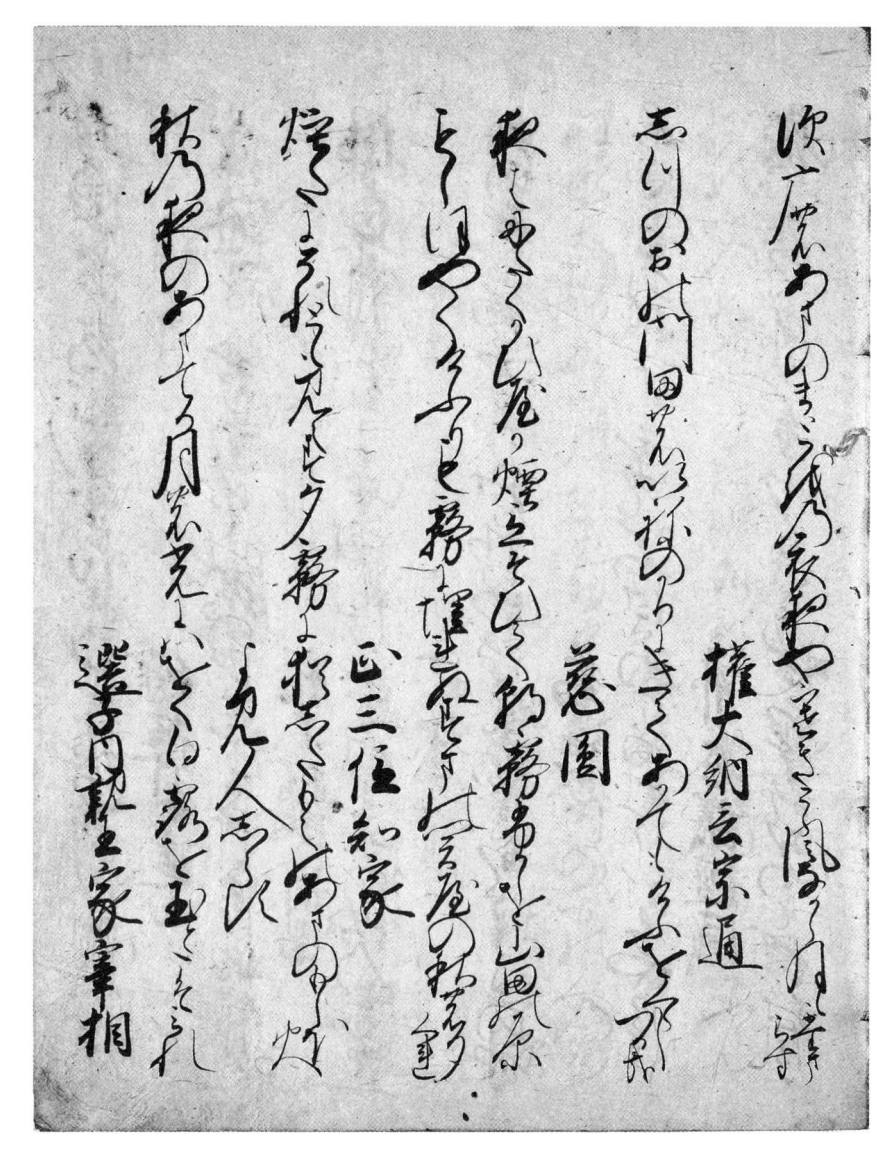

秋の葉やえ露とをきまさり月よしと敬つりいでその月
　　　　　　　　　侍従具定母
いまの世とや林の下風秋の月とを肝るる神垣の方
　　　　　　　　　権大僧都有果
風さむく月いさよふ神ならし四方柱まつの林の葉あらし
　　　　　　　　　　　　六条
杜の葉物ぶかつて月所あらはれぬ露きえてうつろくの神
　　　　　　　　　為家
千々里の杖末筆以尽あよ風に打にや祈
　　　　　　　　　前参議経戒
願上立廉の言らくきっ遊やな菜徐冩も来嵐

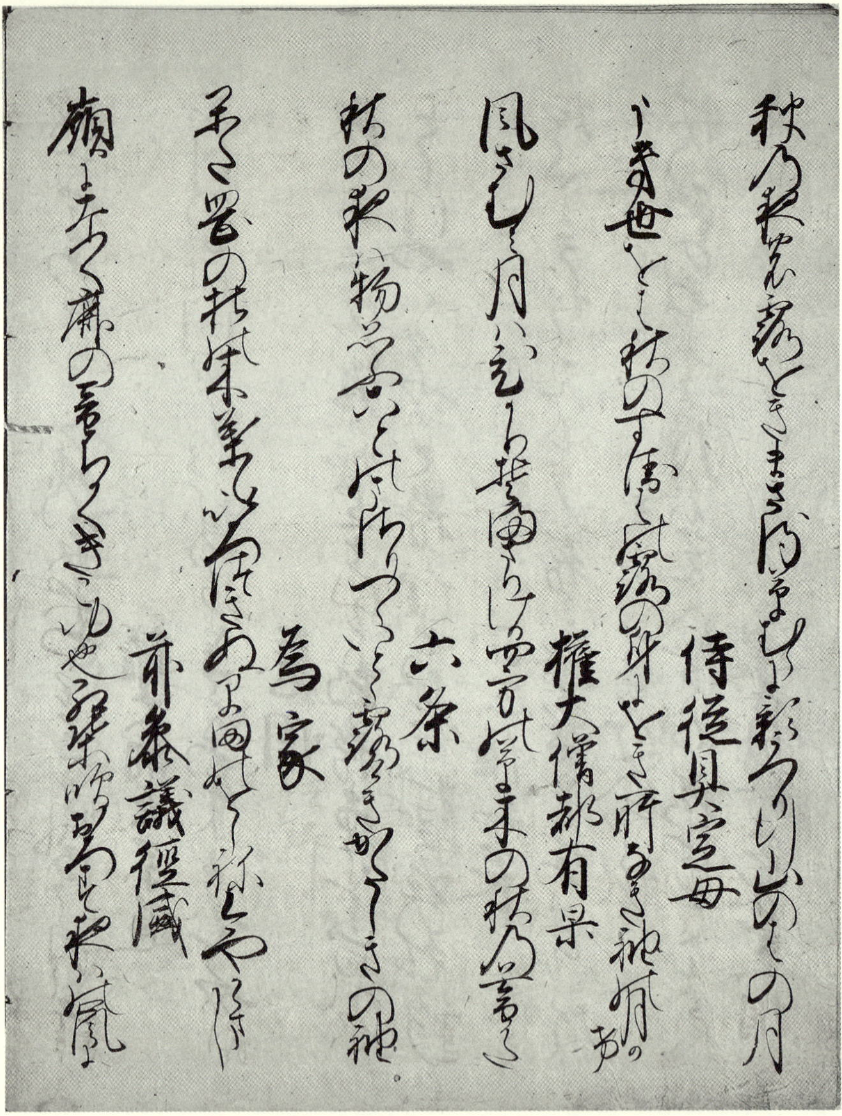

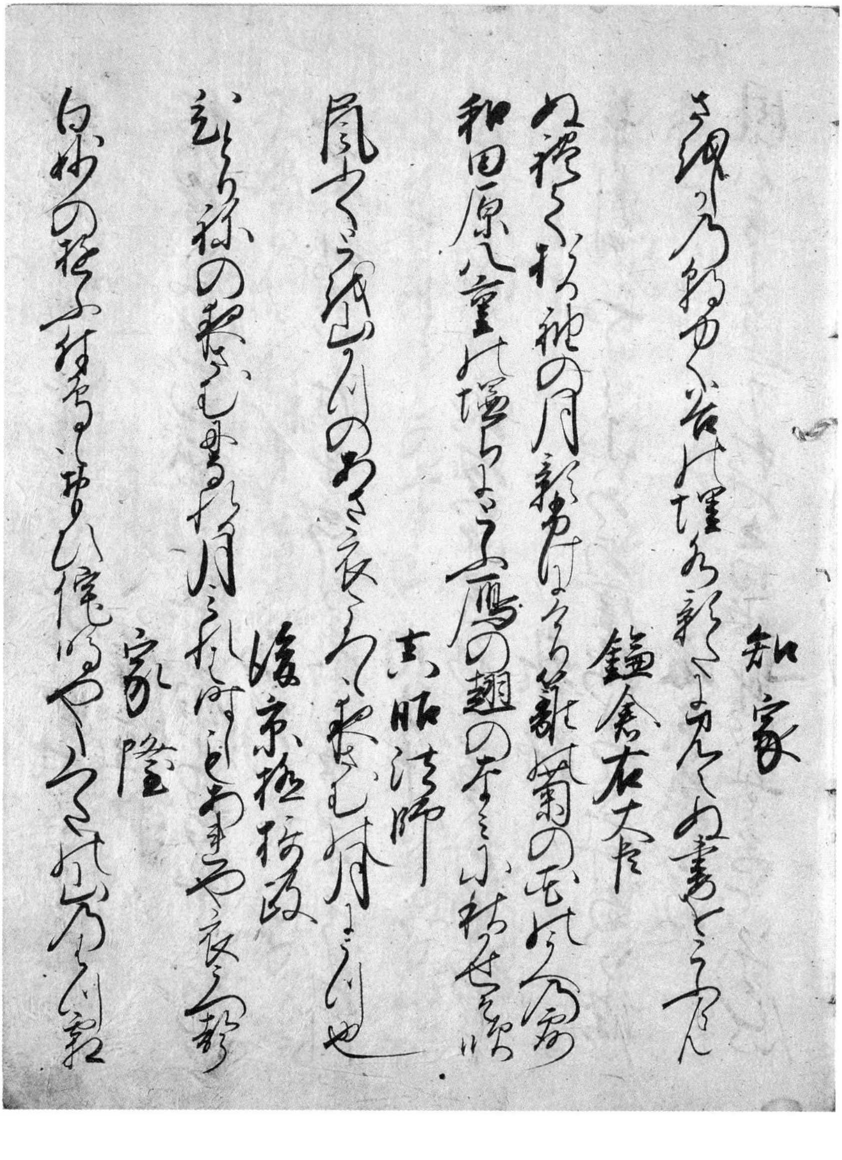

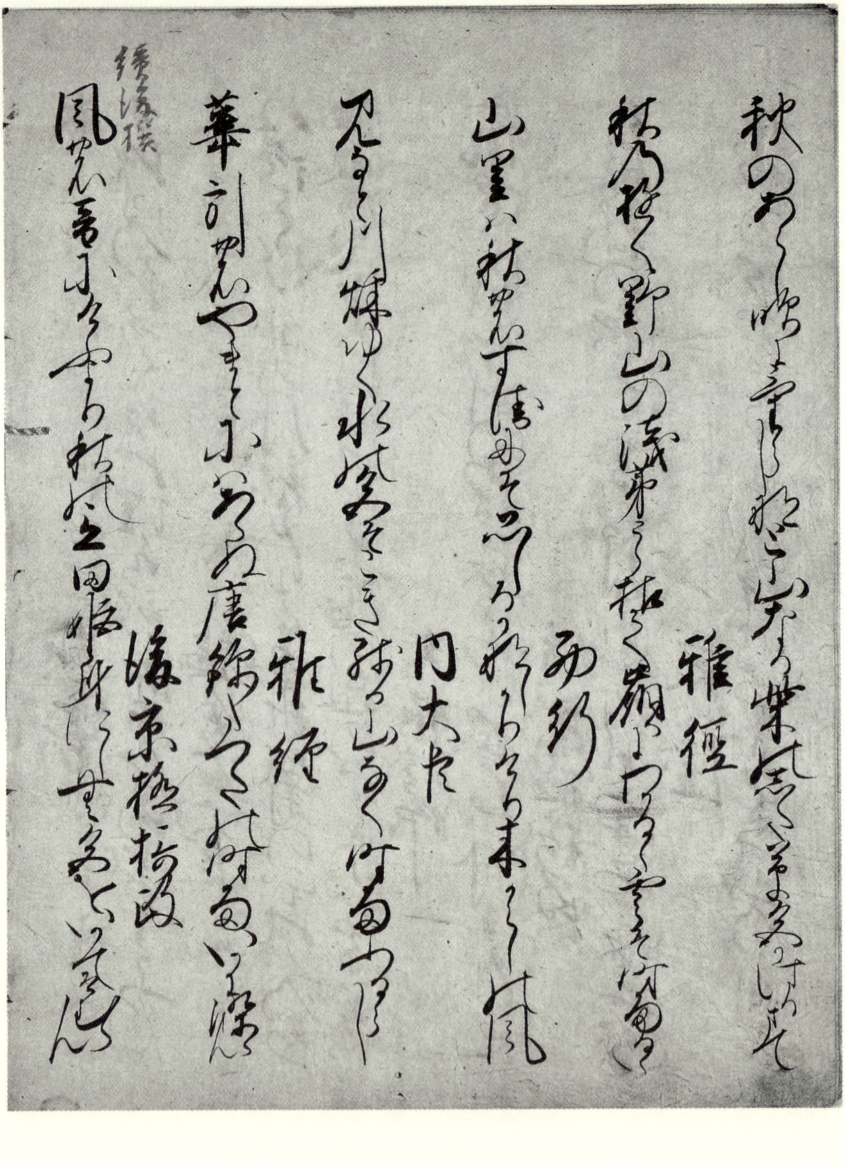

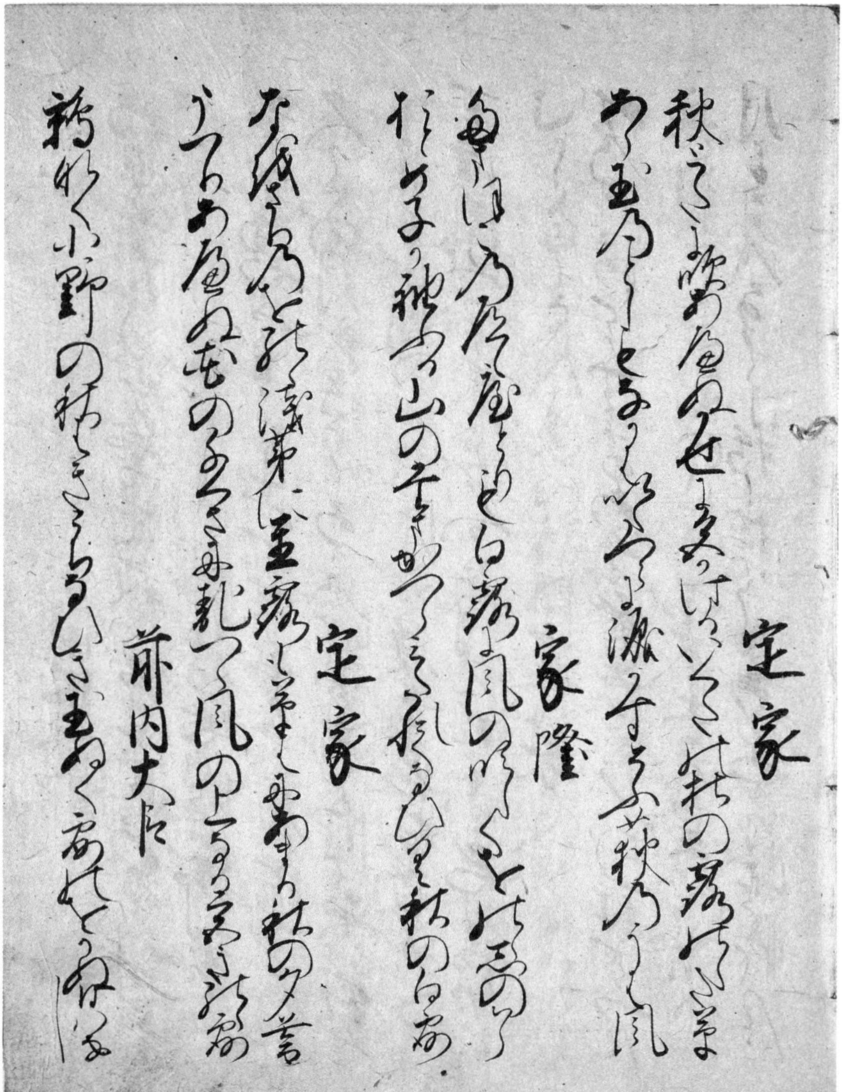

定家
秋とたに吹あへぬ風に色かはるいくたの杜の露の下草
家隆
[illegible]
定家
[illegible]
前内大臣
[illegible]

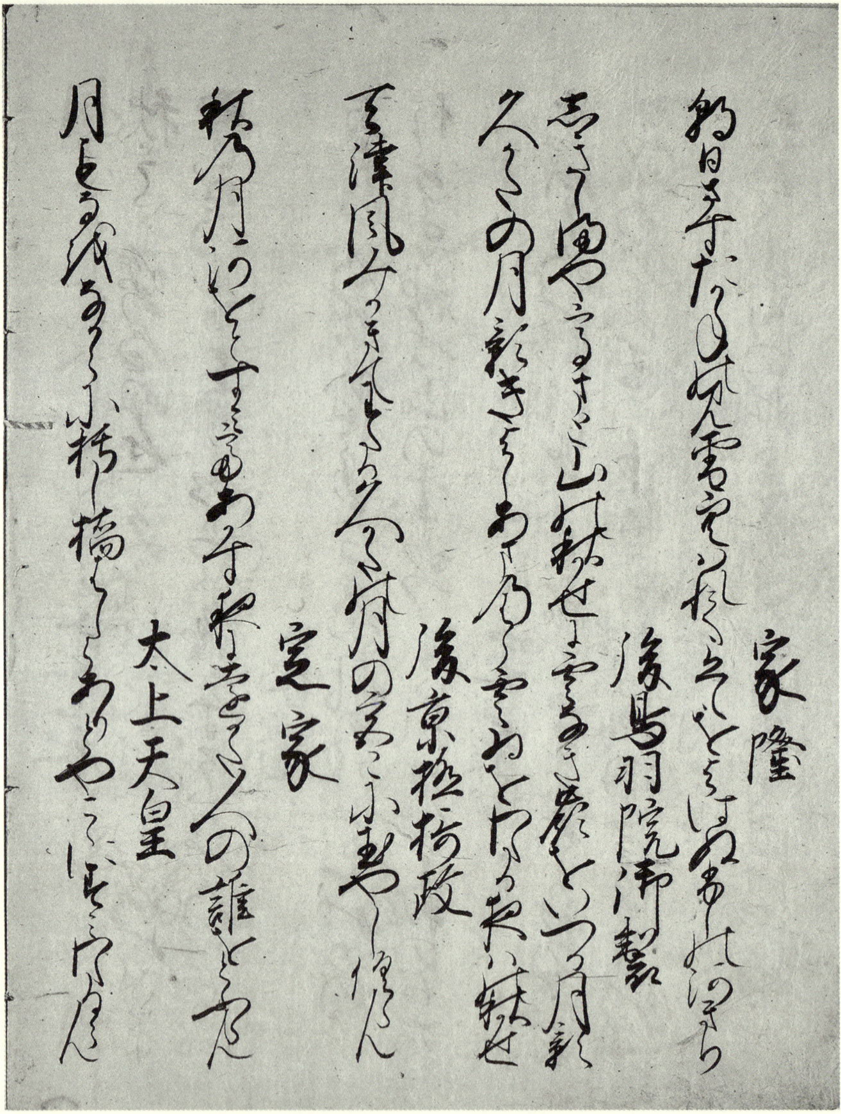
家隆
後鳥羽院御製
後京極摂政
定家
太上天皇

権大納言実雄

奥はせの峰上の深山の白雲に打さえのこる秋の月

定家

むしのねもよるは紙の枕の月志賀浦波のくれぬらそ

後鳥羽院御製

雲井ふく鴈の羽風に月さえてこほれる里に衣うつ也

順徳院御製

小倉山ふもとの里の夕霧に宿こそ見えね衣うつ也

権律師公猷

松風やあれ行峰の尾の夕暮に塩せきまさる衣うつらん

定家

山を此紅葉のみつるをれて高て守角陰いかんから
殷富門院大輔

そひもくしきにつのおく精風そそ淋しゃ此本月
定家

伊ら世んきろゆ来れを高う房山
経も物心て長月記定

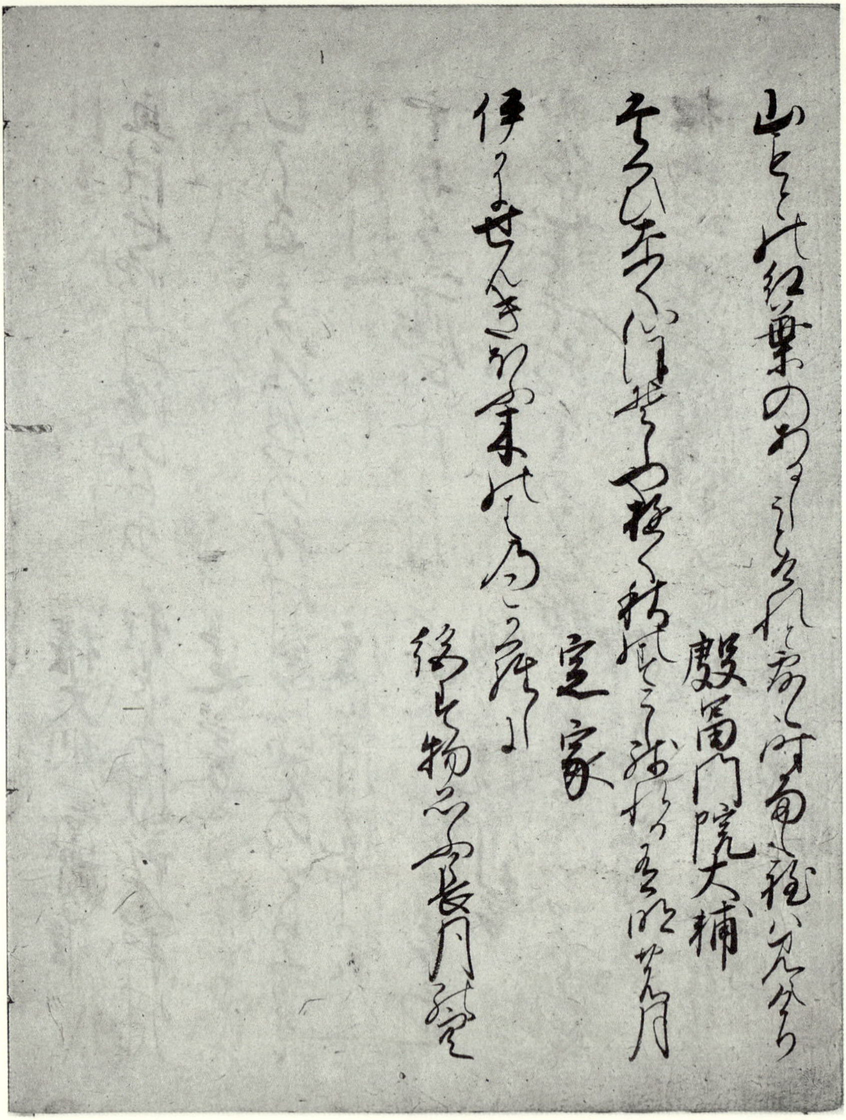

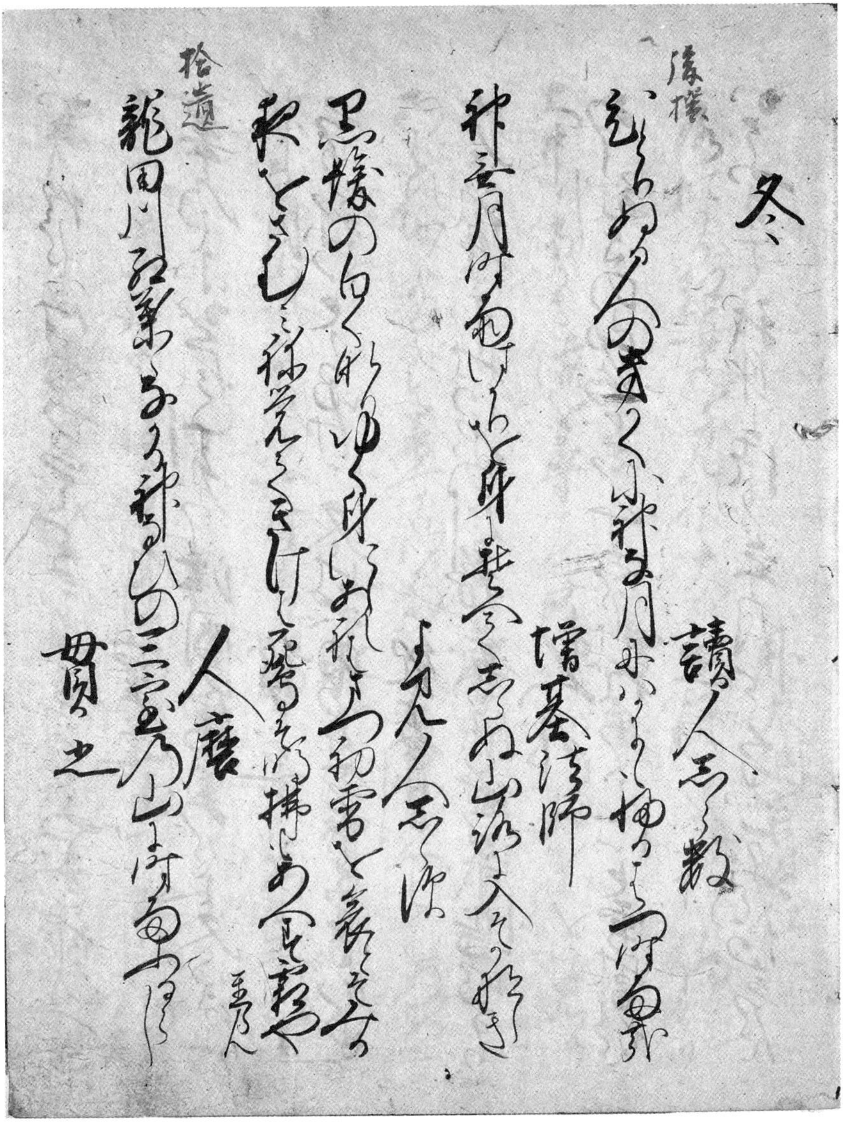
冬
後撰
読人志らず
増基法師
よみ人志らず
拾遺
龍田川紅葉ながる神なびの三室の山に時雨ふるらし
人麿
貫之

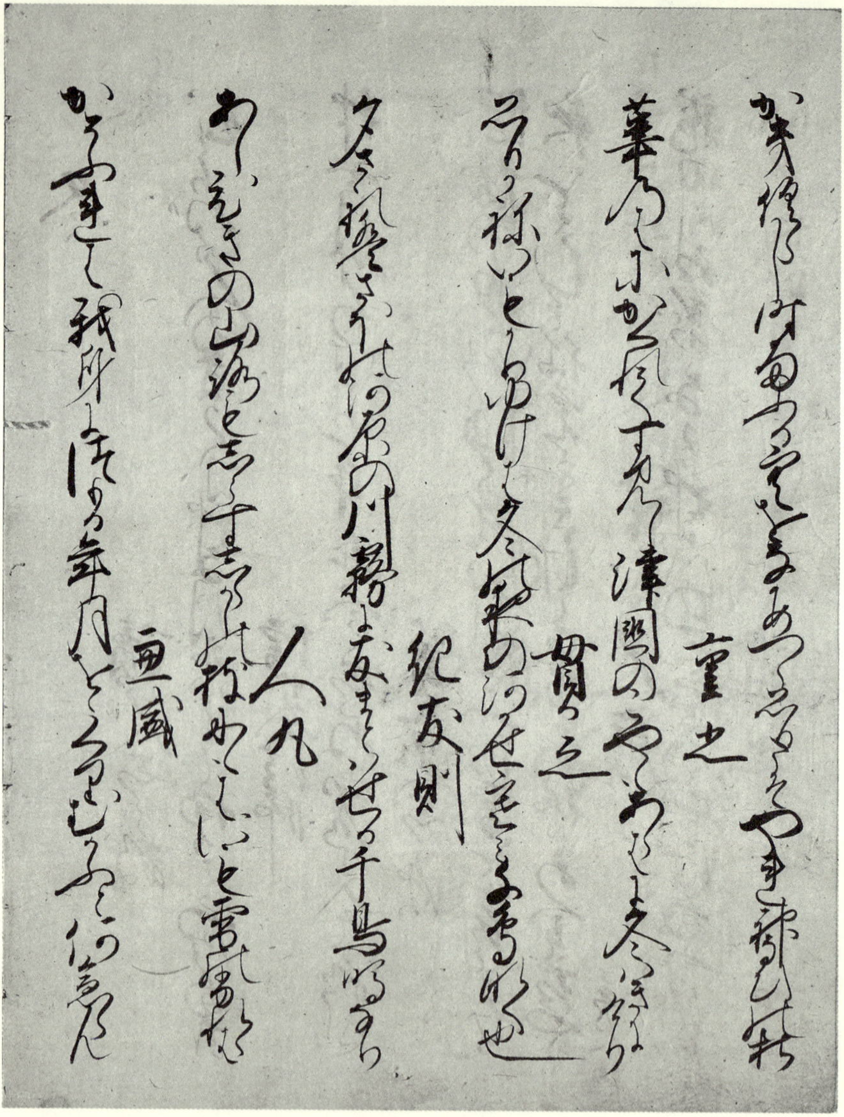

前大納言公任

落はつる紅葉をみれは大井川ゐせきに秋もとまる也けり

御製

大井川ふるき流を尋きて嵐の山の紅葉をそみる

藤原兼房朝臣

おとは山紅葉ちるらし逢坂の関の小川に錦おりかく

永縁法師

秋の月かくるゝわれも十廣に紅葉くもらん太山の里

源頼實

木の葉ちる宿は聞わく事そなき時雨する夜も時雨せぬ夜も

能因

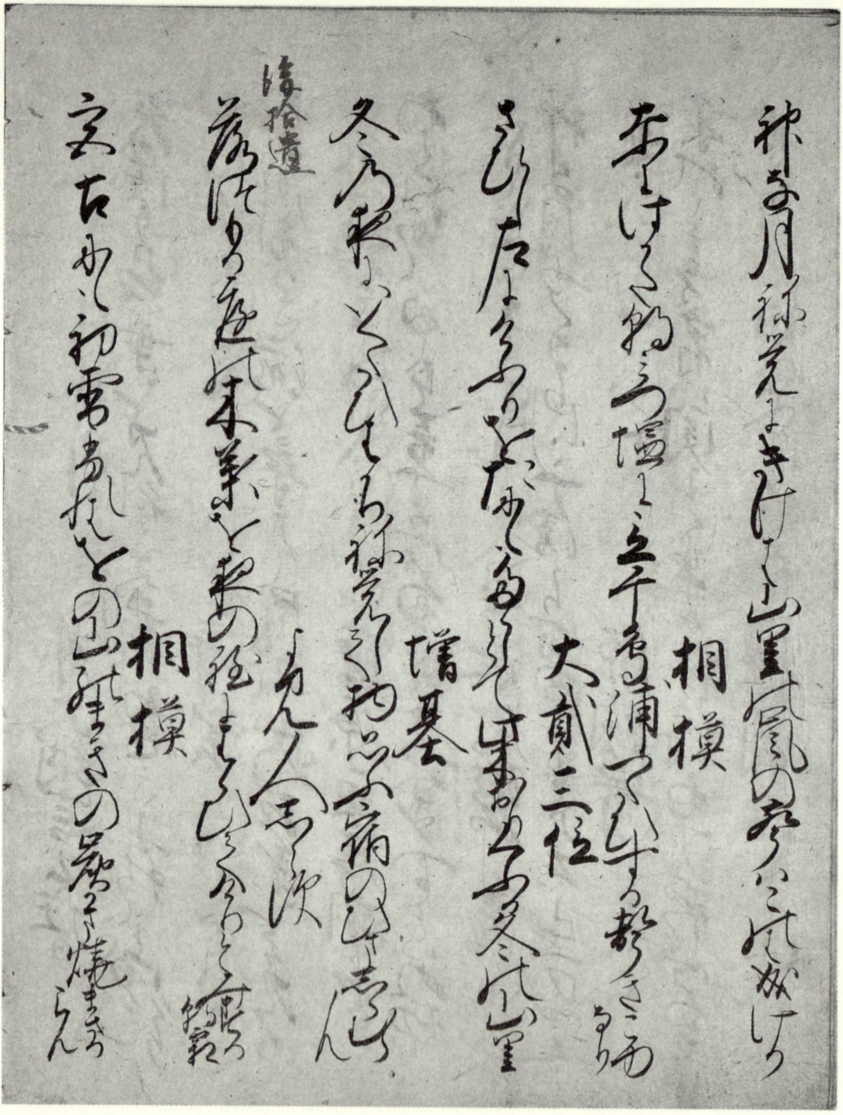
相模

大貳三位

讃岐

後拾遺

相模

能因

紅葉ゆへ心のうちにしめゆひし山のたかねは雪ふりにけり

津守国基

ひとめのみ草かれては末秋に降つむ霜とともにきえなむ

快覚法師

さよふくるまゝに汀やこほるらん遠ざかりゆく志賀の浦浪

権大納言長家

鷗こそ秋の稲葉に宿りけれやの池水は氷りける

経信

金葉
み室山紅葉ちるらし旅人の菅の小笠に錦おりかく

亜昌

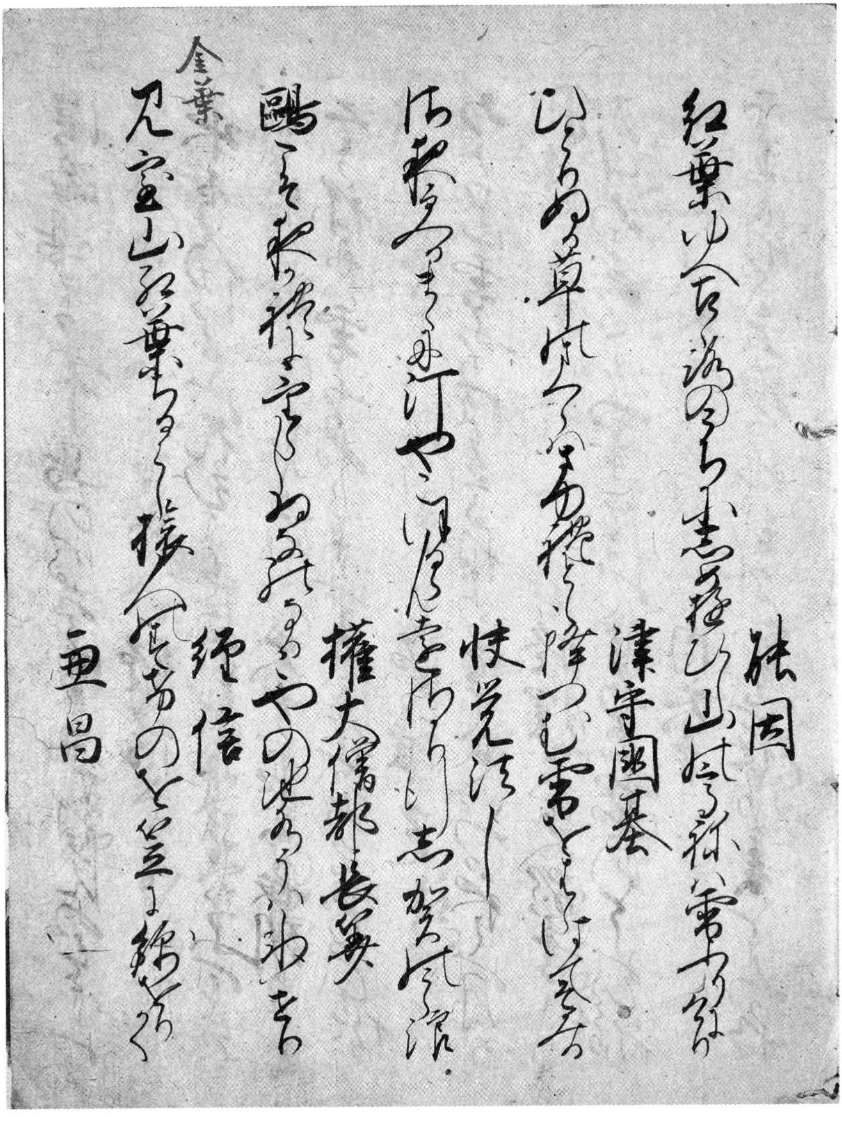

淡路嶋かよふ千鳥のなく声にいく夜ねさめぬすまの関守　兼昌

経信

水鳥のつらゝの枕ひまもなしむへさえけらしとふの菅こも

大中臣公長朝臣

冬の[illegible]

源雅光

あらち山雪[illegible]

修理大夫顕季

さ[illegible]やま藤[illegible]

内大臣

なよ[illegible]

楸おふる川邊の
　　　　　　　曽祢好忠

詞花
風ふけはならの枯葉のそよそよといひあはせつゝいつちちるらん
　　　　　　　惟宗隆頼

千載
たのもしの月よりも鐘の音そあかつきかけて數やまさらん
　　　　　　　蓮房

秋くれて誰の關路をこえつらんけふの末葉よりうつろひにけり
　　　　　　　馬内侍
　　　　　　　攝政前右大臣

秋秋の夜やうきよにまちしかひもなく有明の月
　　　　　　　道因法師

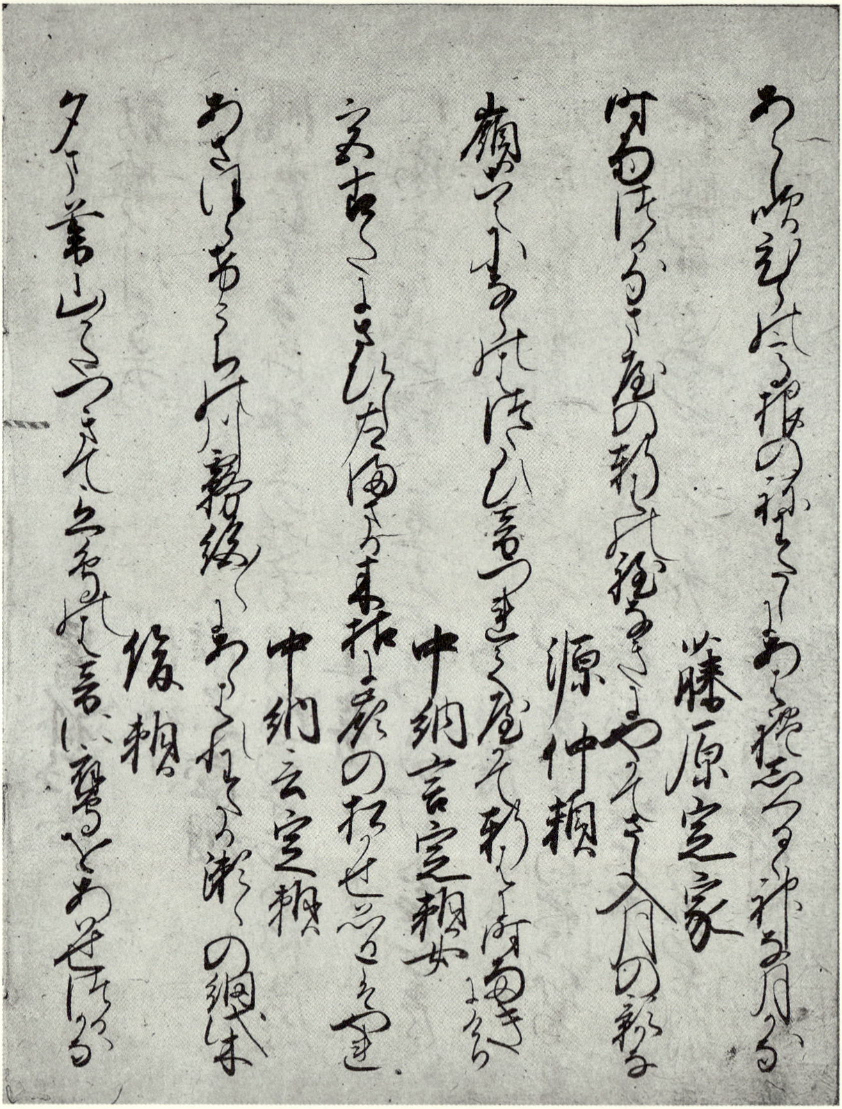

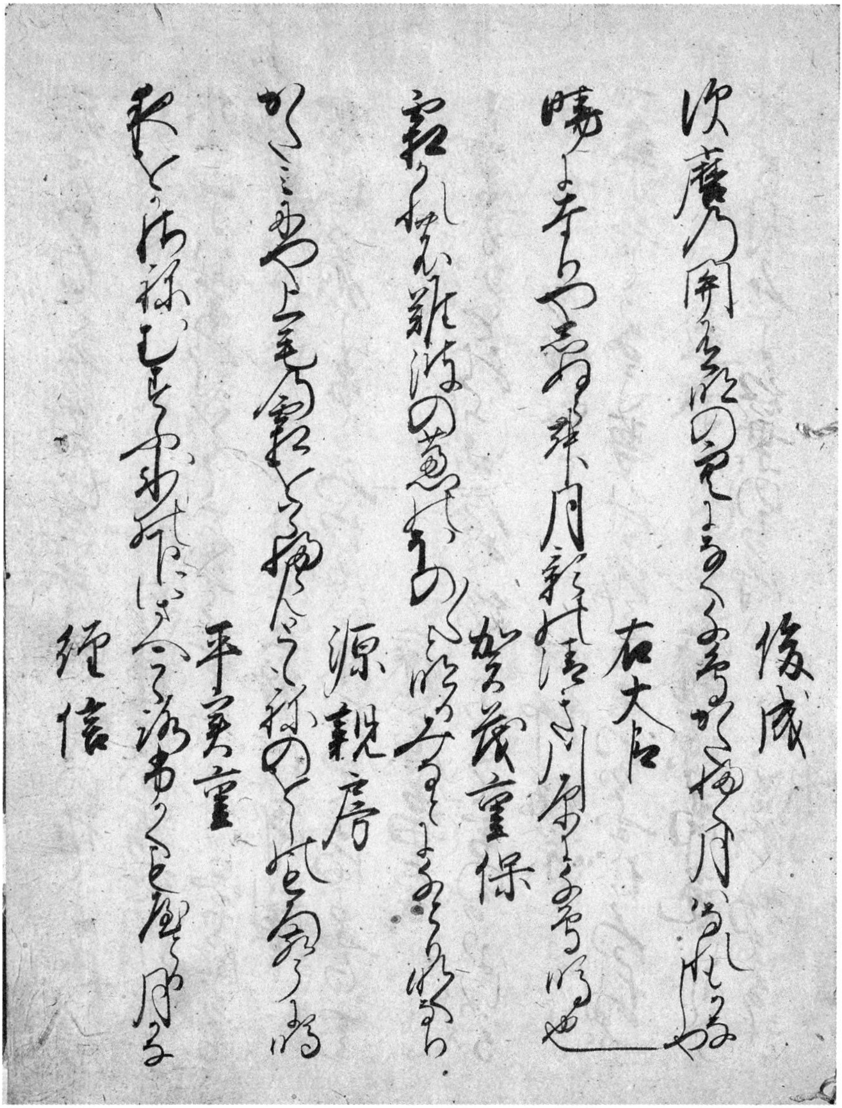

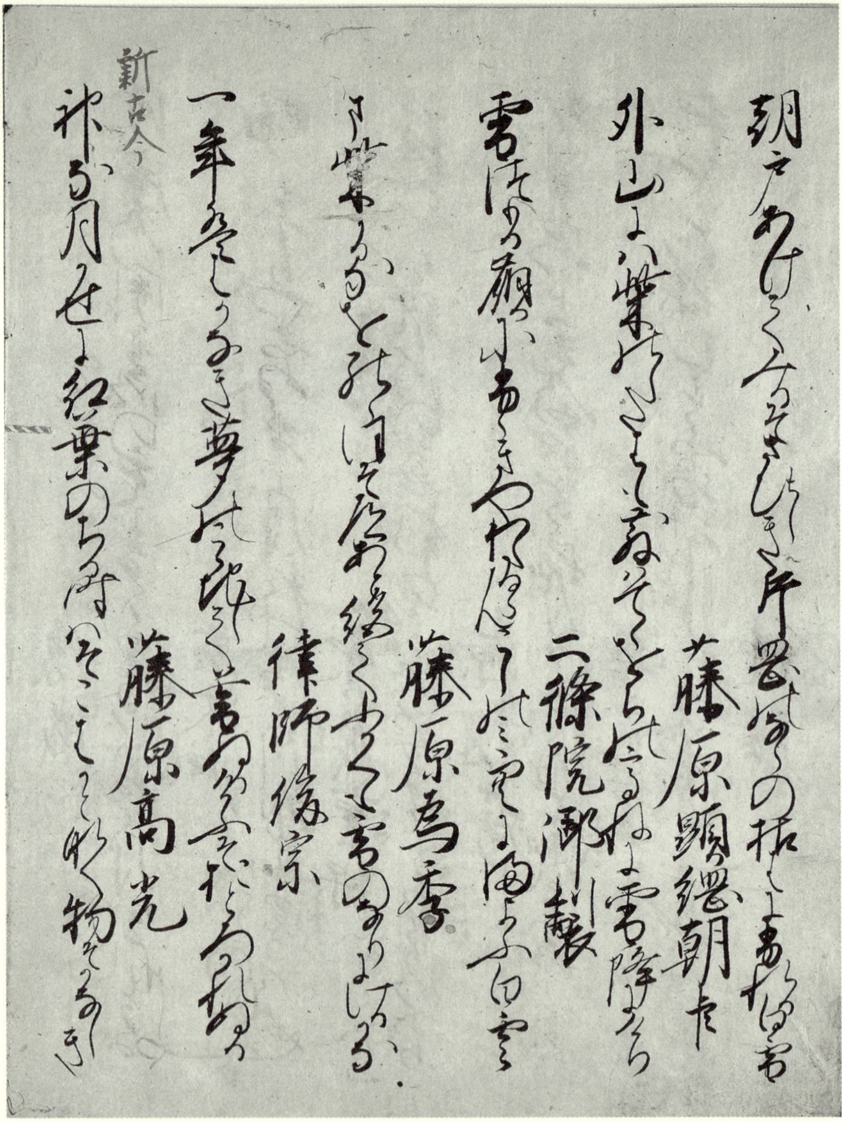

朝戸あけてみるそさひしき片岡のならの枯葉にふれる白雪

藤原顕綱朝臣

外山には柴の[illegible]

二條院讃岐

雪[illegible]

藤原為季

[illegible]

律師[illegible]宗

一年[illegible]

藤原高光

新古今

神な月風に紅葉のちる時はそこはかとなく物そかなしき

俊頼朝臣

日くるれは逢人もなきまさきちる峯の嵐の音はかりして

慈圓

木葉ちる宿にかたしく袖の色をありともしらて行嵐かな

雅經

うつりゆく雲に嵐の声すなりちるかまさきのかつらきの山

秀能

山里の風すさましき夕くれに木葉みたれて物そかなしき

宮内卿

唐錦秋のかたみやたつた山ちりあへぬ枝に嵐吹也

西行

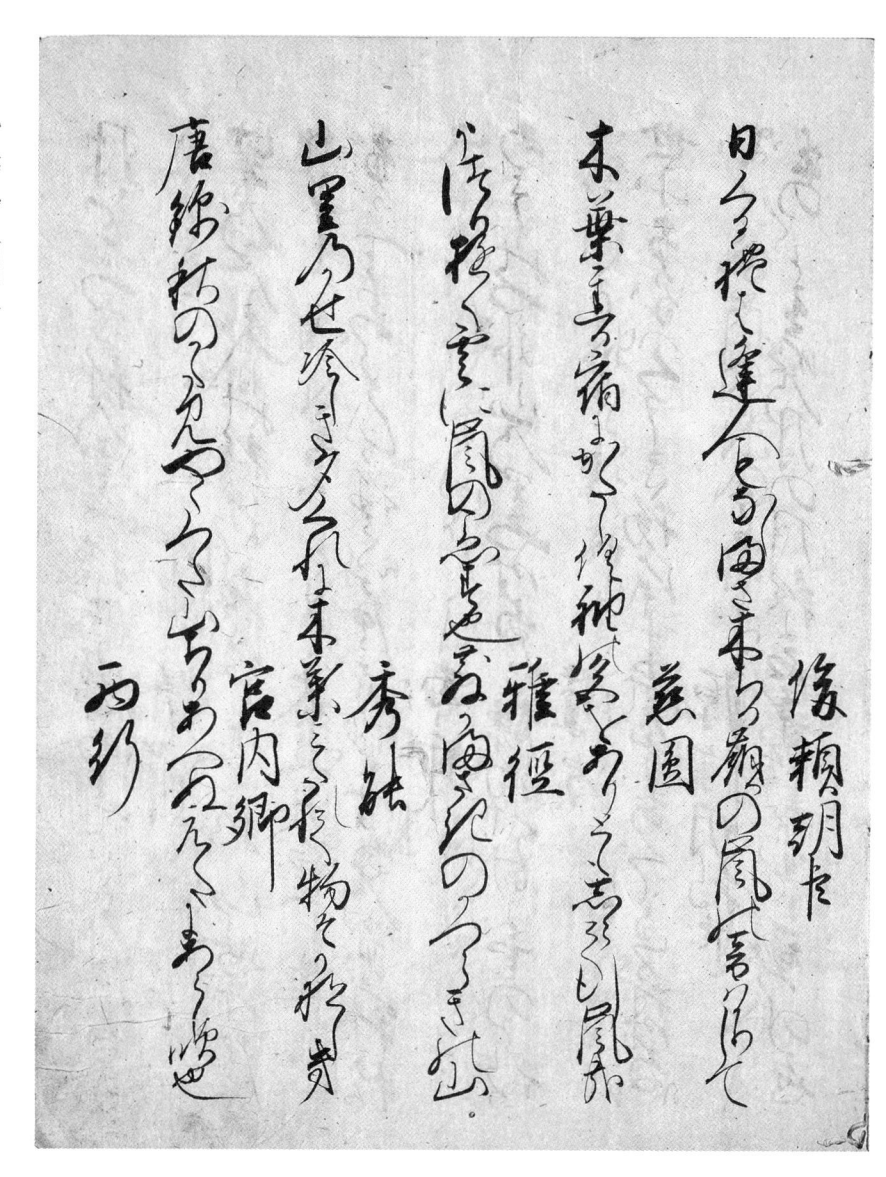

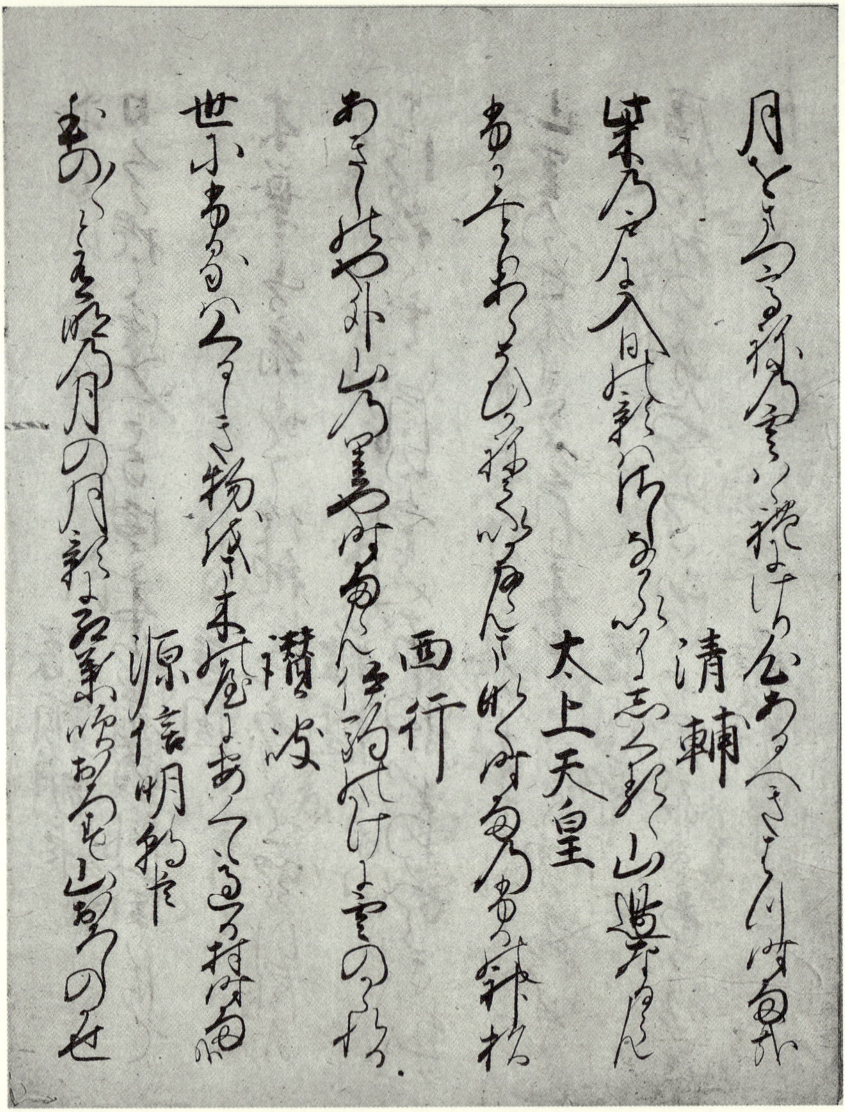

九代抄（四四ウ）

宜秋門院丹後
吹はらふ嵐の後の高根より木葉くもらて月やいつらん
通具
霜こほる袖にも影はのこりけり露よりなれし有明の月
家隆
なかめつゝ幾たひ袖にくもるらん時雨にふくる有明の月
源具親
晴くもる影を都にさきたてゝしのふとつくる山の端の月
良暹
今はとてねなまし物を時雨つる空ともみえすすめる月かな
雅経

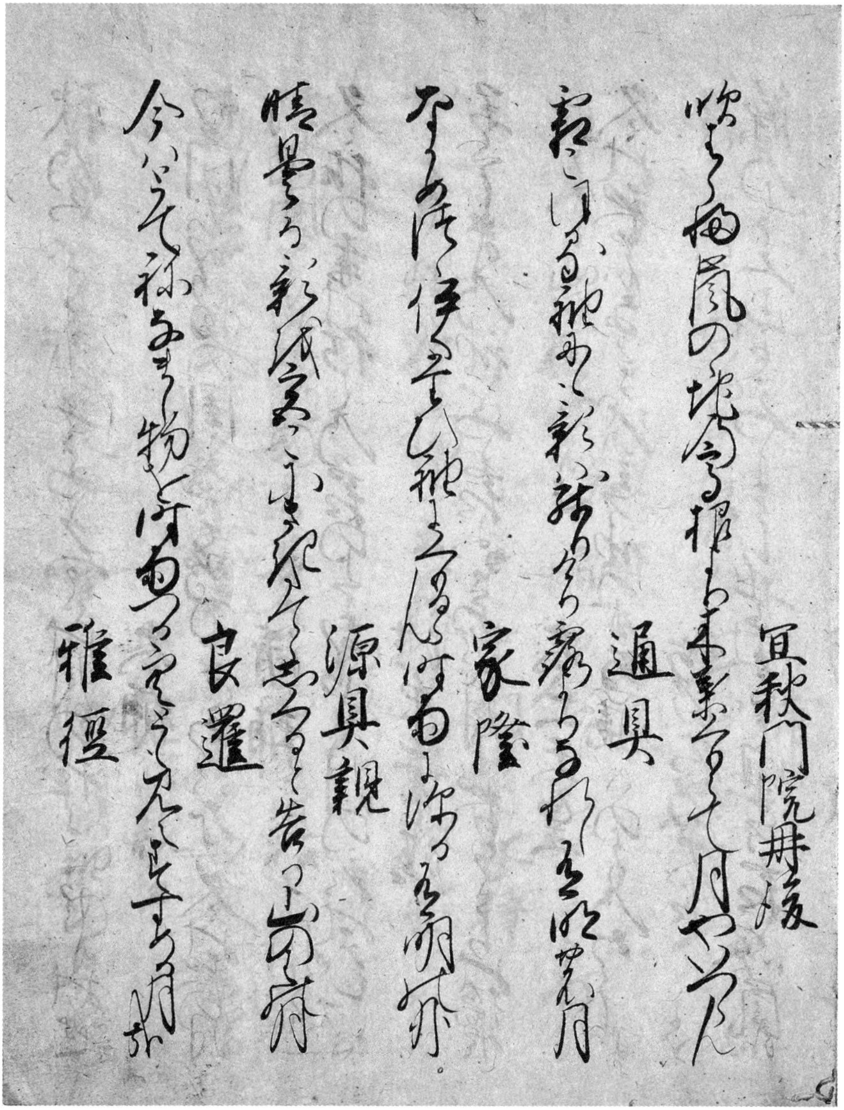

秋の色をはらひはてゝやひさかたの月の桂にこからしの風

大輔

わか門のかり田の面にふす鴫の床あらはなる冬の夜の月

清輔

冬枯の森の朽葉の霜の上におちたる月の影のさむけさ

法印幸清

かたしきの袖をや霜にかさぬらん月によかるゝうちの橋姫

太上天皇

冬の夜のなかきをおくる袖ぬれぬ暁かたのよものあらしに

摂政太政大臣

篠の葉はみ山もさやにうちそよき氷れる霜を吹嵐かな

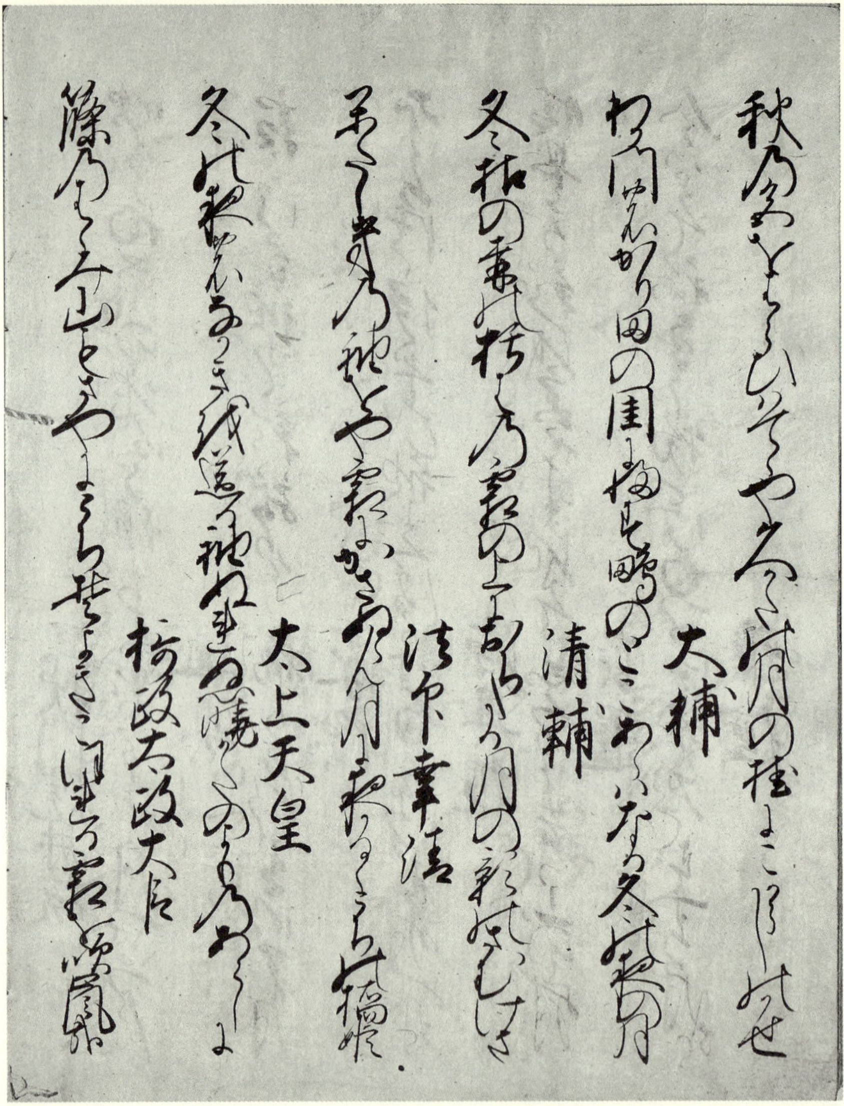

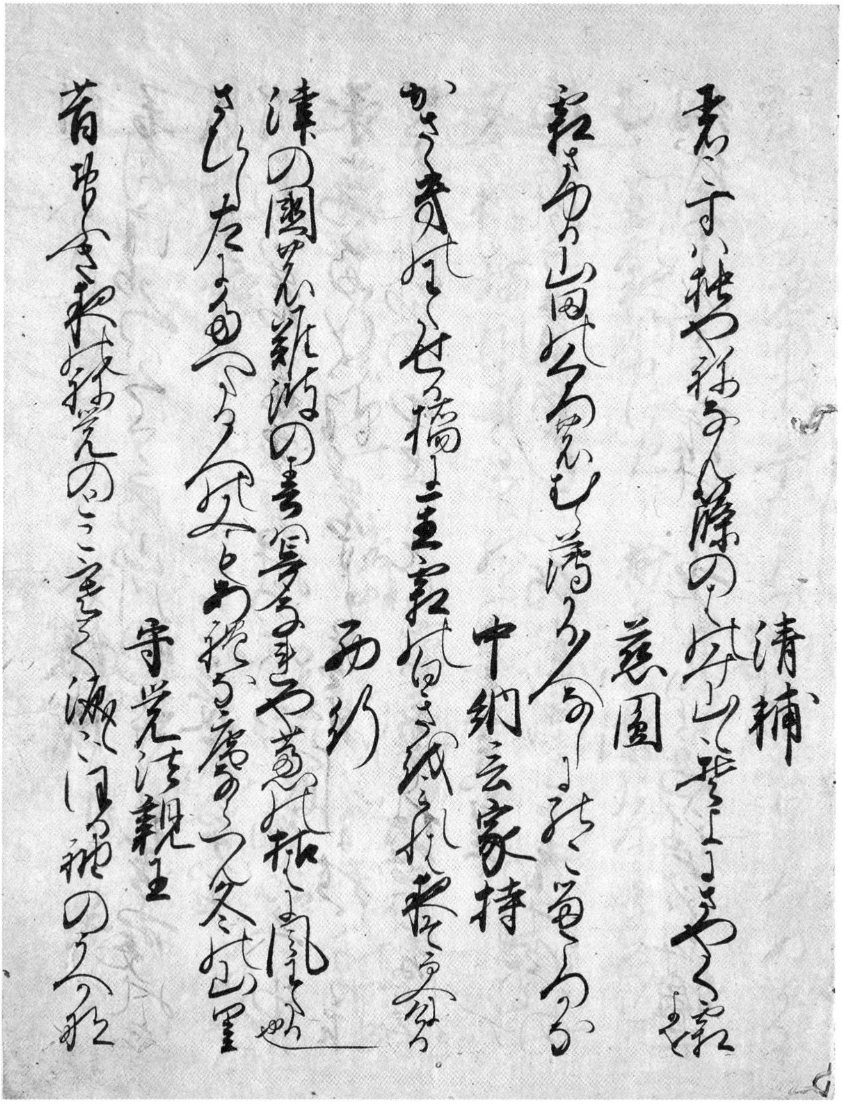

清輔

君こすハひとりやねなん篠のはのみ山もそよにさやく霜よを

慈圓

霜さゆる山田のくろのむら薄かる人なしに残る比かな

中納言家持

かさゝきのわたせる橋にをく霜のしろきをみれは夜そふけにける

西行

津の國のなにはの春ハ夢なれや蘆のかれはに風わたるなり

さひしさにたへたる人の又もあれな庵ならへん冬の山里

守覚法親王

昔思ふさ夜のねさめの床さえて涙もこほる袖のうへ哉

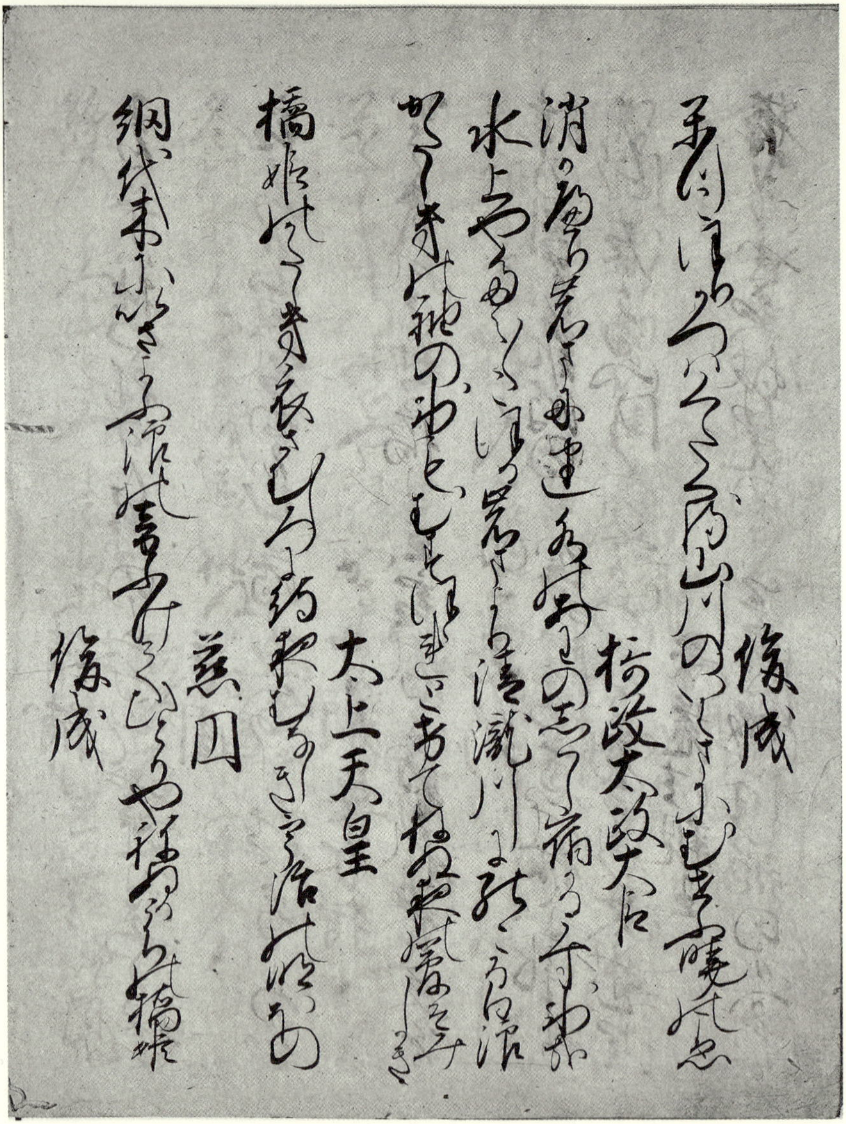

俊成
かつ氷かつはくたくる山川のいはまにむせふ暁の声
摂政太政大臣
消の[illegible]
水上やたえたえこほるいはまより清瀧川にのこる白浪
かたしきの袖のこほりもむすほゝれとけてねぬよの夢そみしかき
太上天皇
橋姫のかたしき衣さむしろにまつよむなしき宇治のあけほの
慈円
網代木にいさよふ浪のおとふけてひとりやねぬる宇治の橋姫
俊成

あさ[illegible]池のおもにすむ月のやとりて袖ぬらしつる

赤人

むは玉の夜のふけゆけは楸おふる清き川原に千鳥なく也

能因

夕されは塩風こしてみちのくの野田の玉川千鳥鳴也

貫之

し[illegible]けし浦の鳥の[illegible]物[illegible]

摂政太政大臣

月そすむ誰かはこゝにきのくにや吹上のちとりひとりなく也

通光

浦人のひもゆふくれになるみかたかへる袖よりちとりなくなり

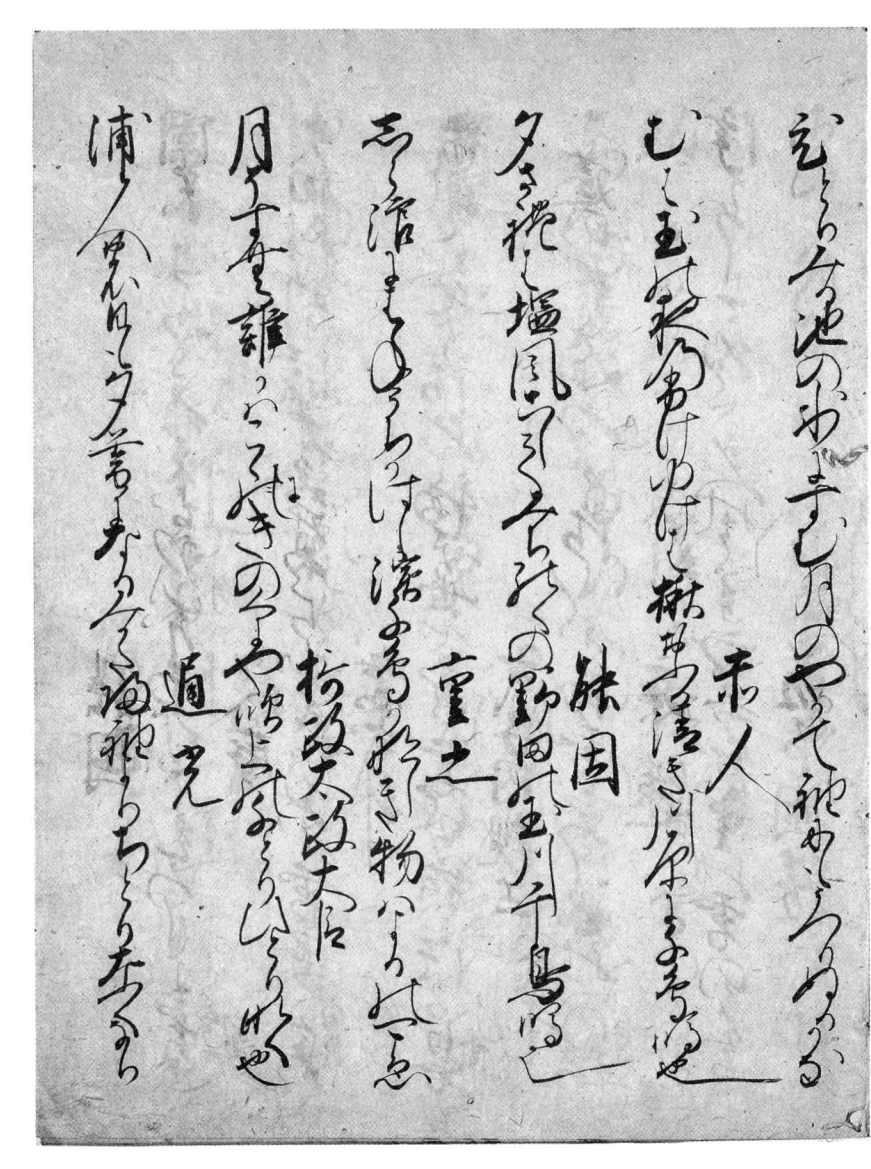

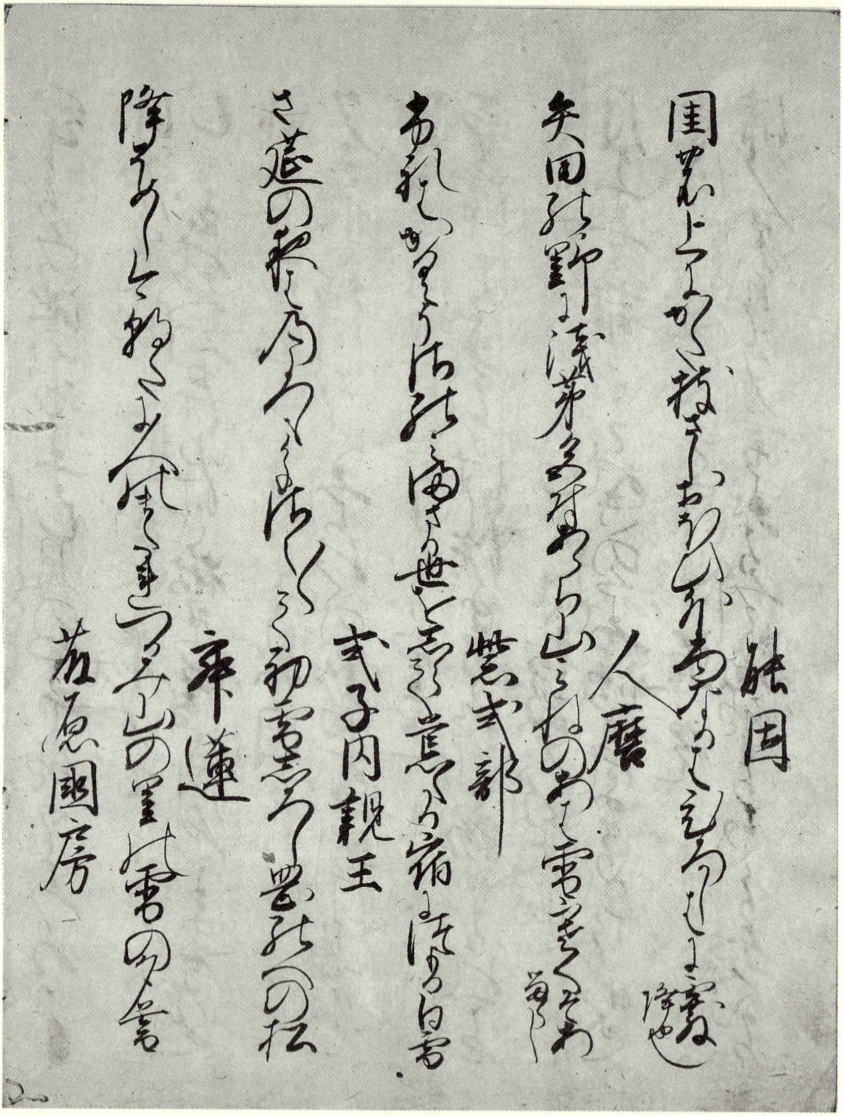

[illegible]
定家
駒とめて袖うちはらふかけもなしさのゝわたりの雪の夕暮
まつ人の麓の道やたえぬらん軒はの杉に雪おもるなり
入道前関白太政大臣
降雪にたく藻の煙かきたえてさひしくもあるか塩かまの浦
赤人
田子の浦にうち出てみれは白妙の富士の高ねに雪はふりつゝ
俊成
雪ふれは峯の真榊うつもれて月にみかける天のかく山
好忠

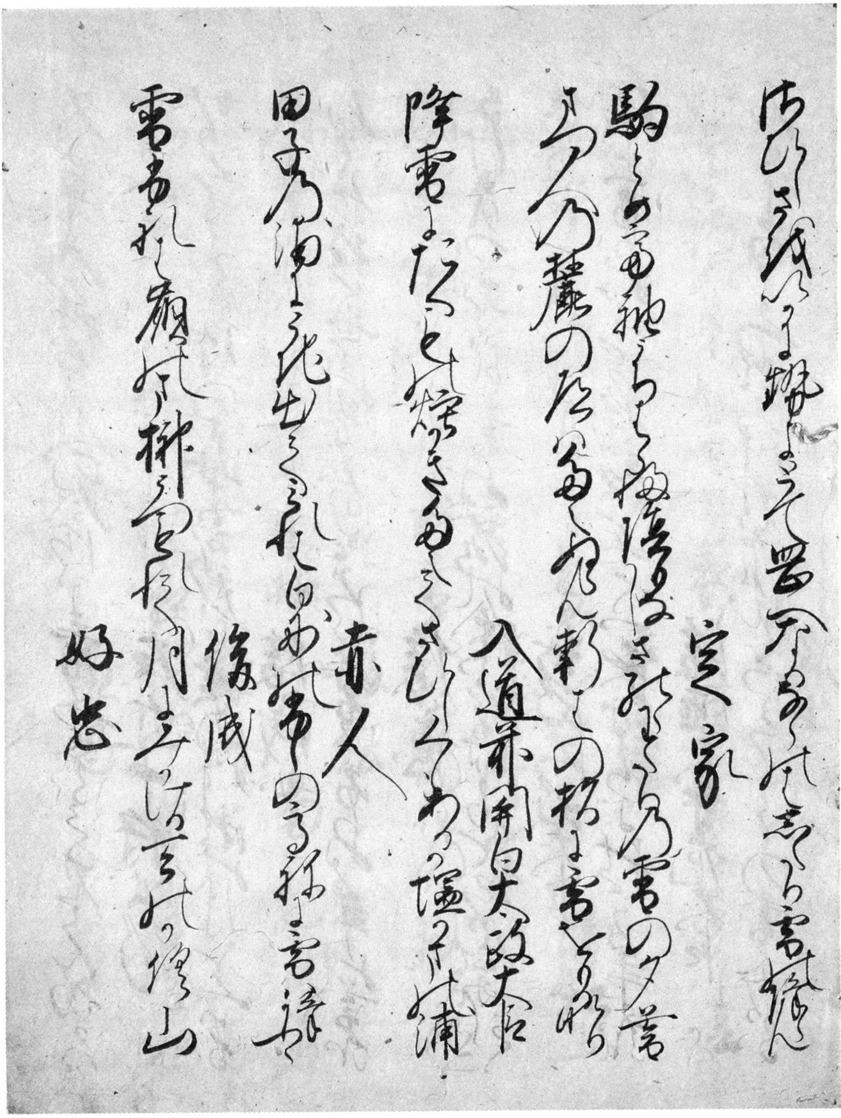

冬草のかれにし人のいまさらに雪ふみわけてみえん物かは

右近中将公衡

かりくらしかた野のま柴おりしきて淀の川瀬の月をみるかな

俊成女

へたてゆく世々の面影かきくらし雪とふりぬる年の暮哉

俊恵

なけきつゝことしも暮ぬ露の命いけるはかりを思出にして

摂政太政大臣

磯上ふるのゝ小篠霜をへて一夜はかりにのこる年哉

後徳大寺左大臣

石はしるはつ瀬の川のなみ枕はやくも年の暮にけるかな

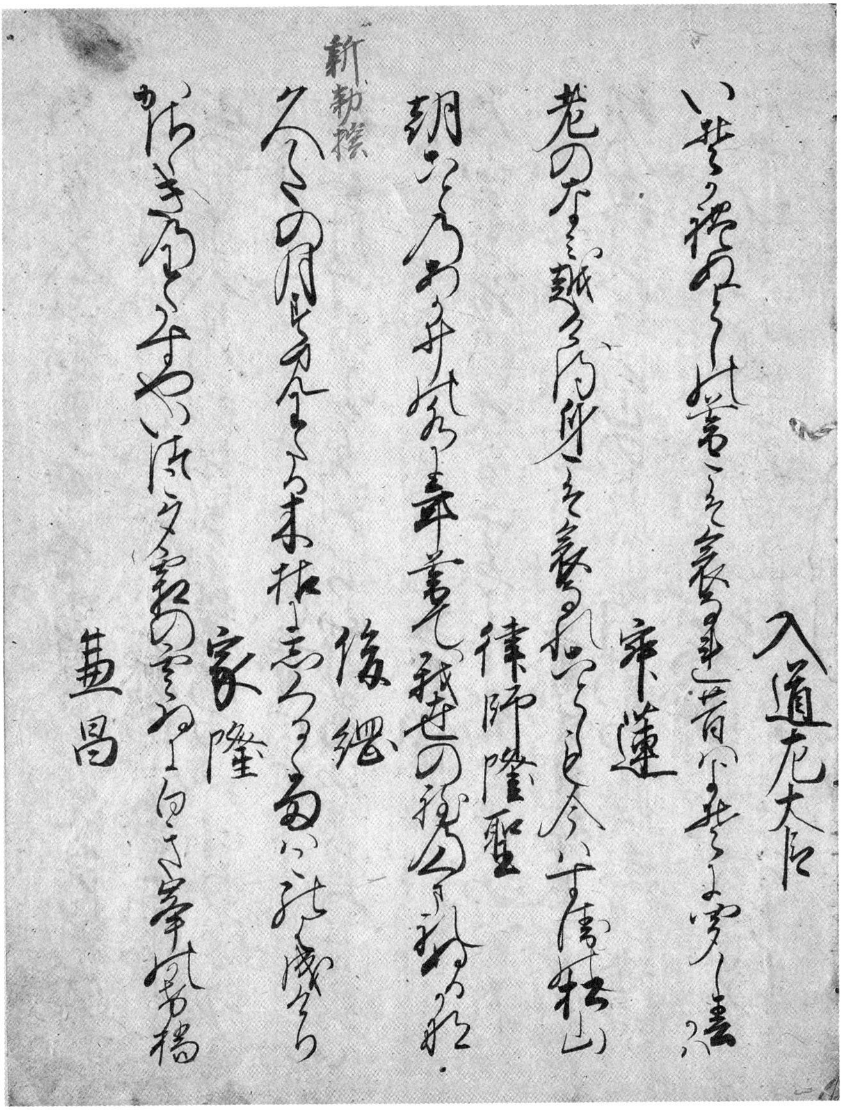
入道左大臣
寂蓮
律師隆聖
新勅撰
家隆
兼昌

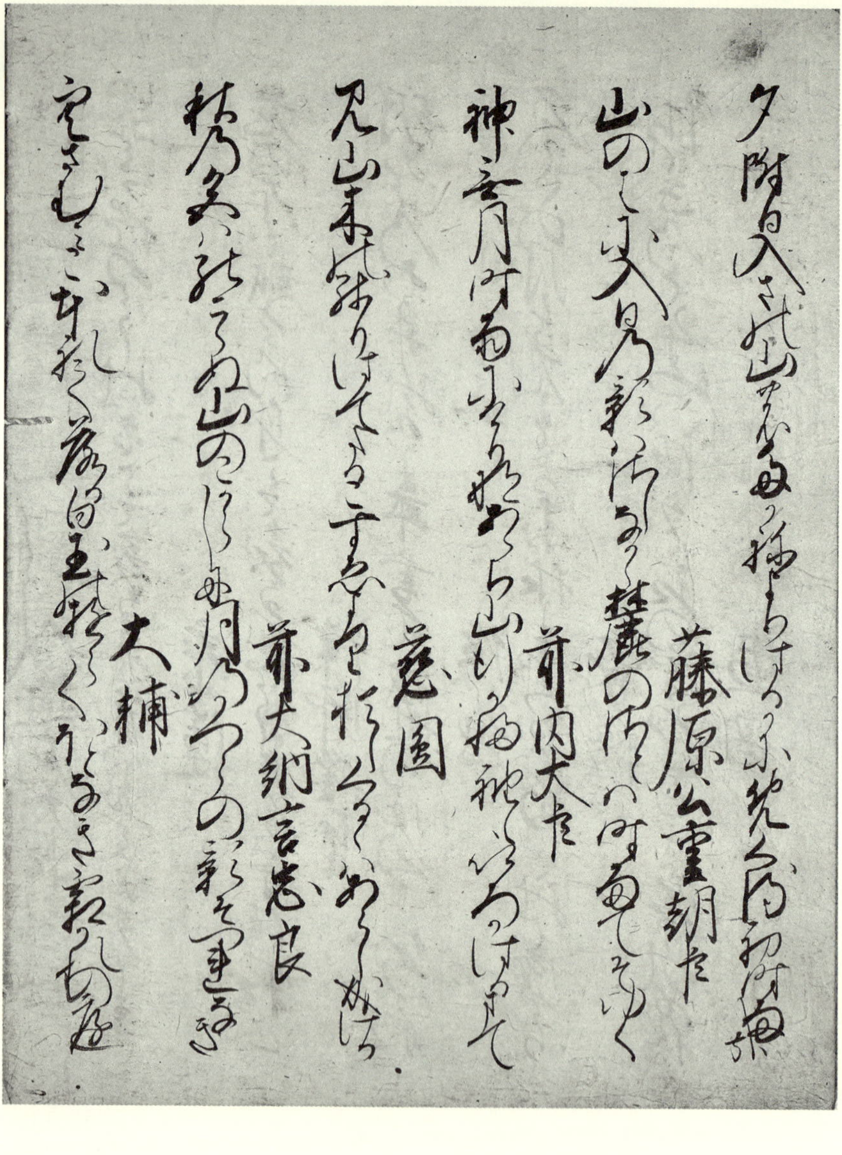

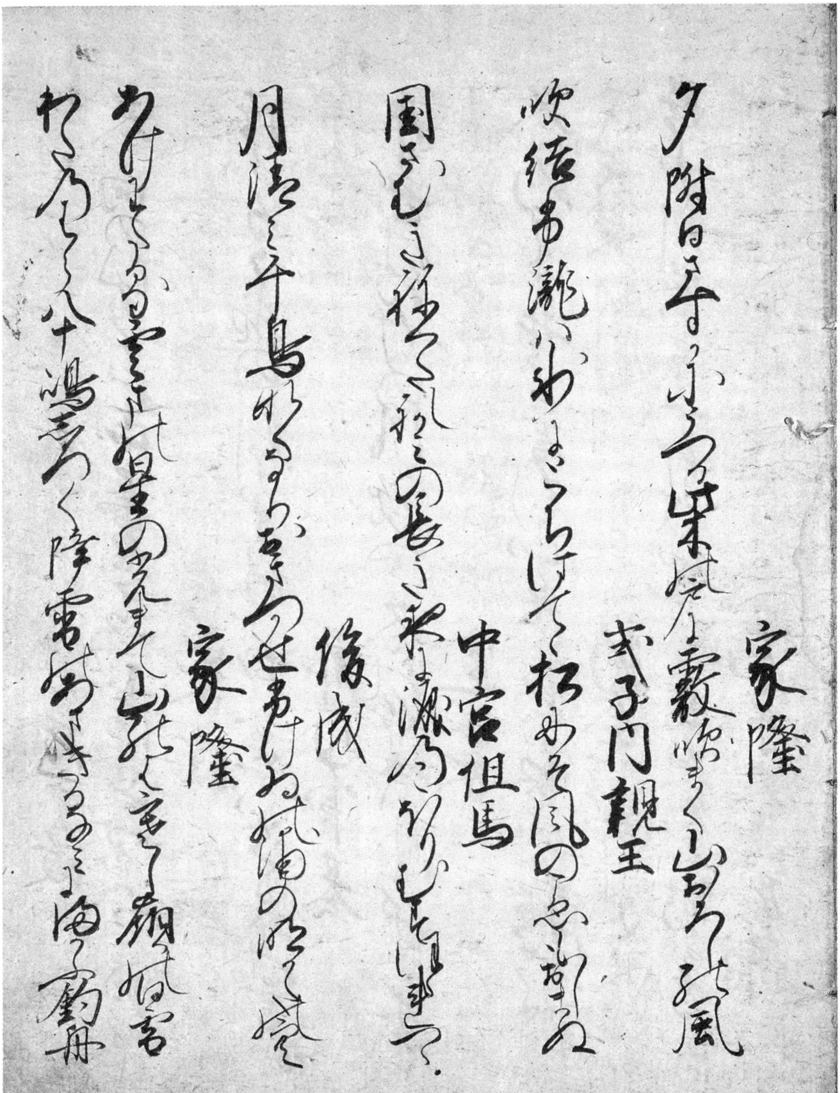
家隆
夕附日さす[illegible]霞吹まく山おろしの風
式子内親王
吹結ふ瀧はこほりにとちはてゝ松にそ風の声もおしまぬ
中宮但馬
[illegible]
俊成
月清ミ千鳥なくなりおきつ風ふけゐの浦の明かたの空
家隆
[illegible]星のひかりまて山のはさむし嶺の白雪
わたの原八十嶋しろく降雪のあまきる[illegible]にまかふ釣舟

寒き向のひをそいてと雪きらく庵つらきかな
賀茂重政

ほのほの神の別かる殷のおせといく年此春御
家隆

平野はけの嵐吹いて冬はや来る年此案
前内大臣基

冬月にまよふ事もり山ちをねるとかれけ末
定家

続歌援
紗念法師

拾ふて川見れそ二千此神はいそ丸そる年あるそる
左京大夫顕輔

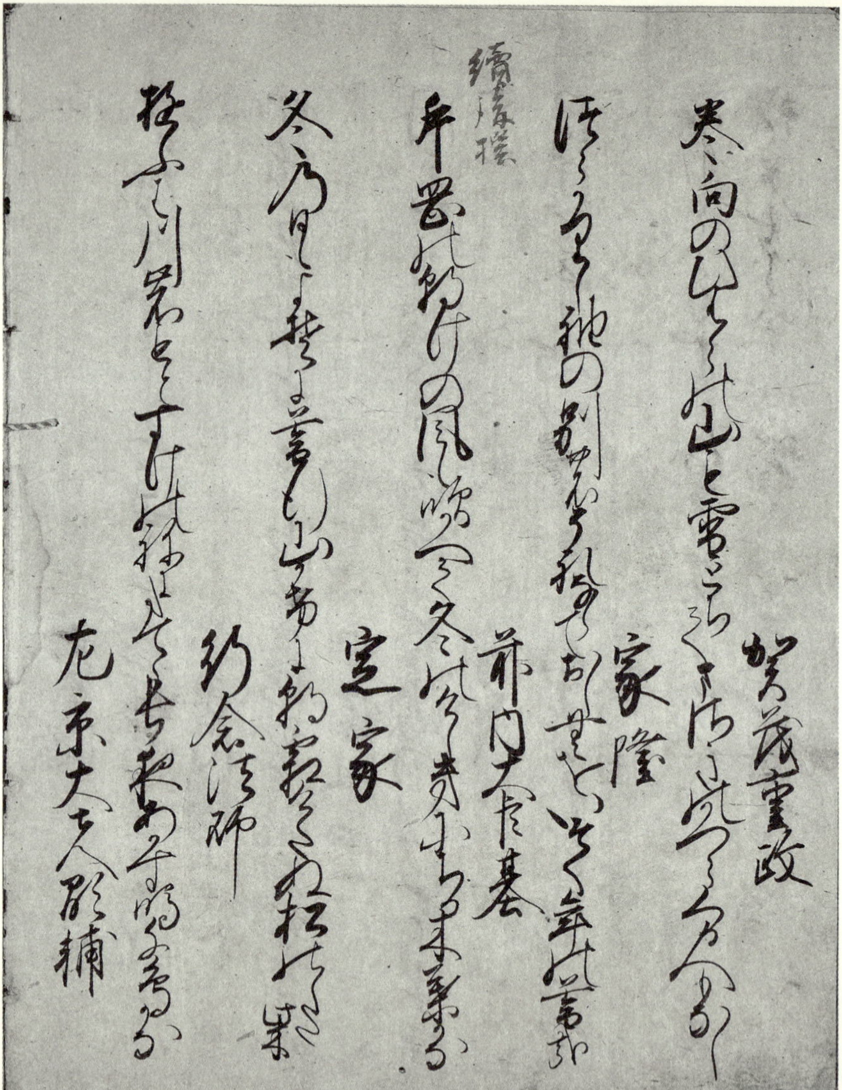

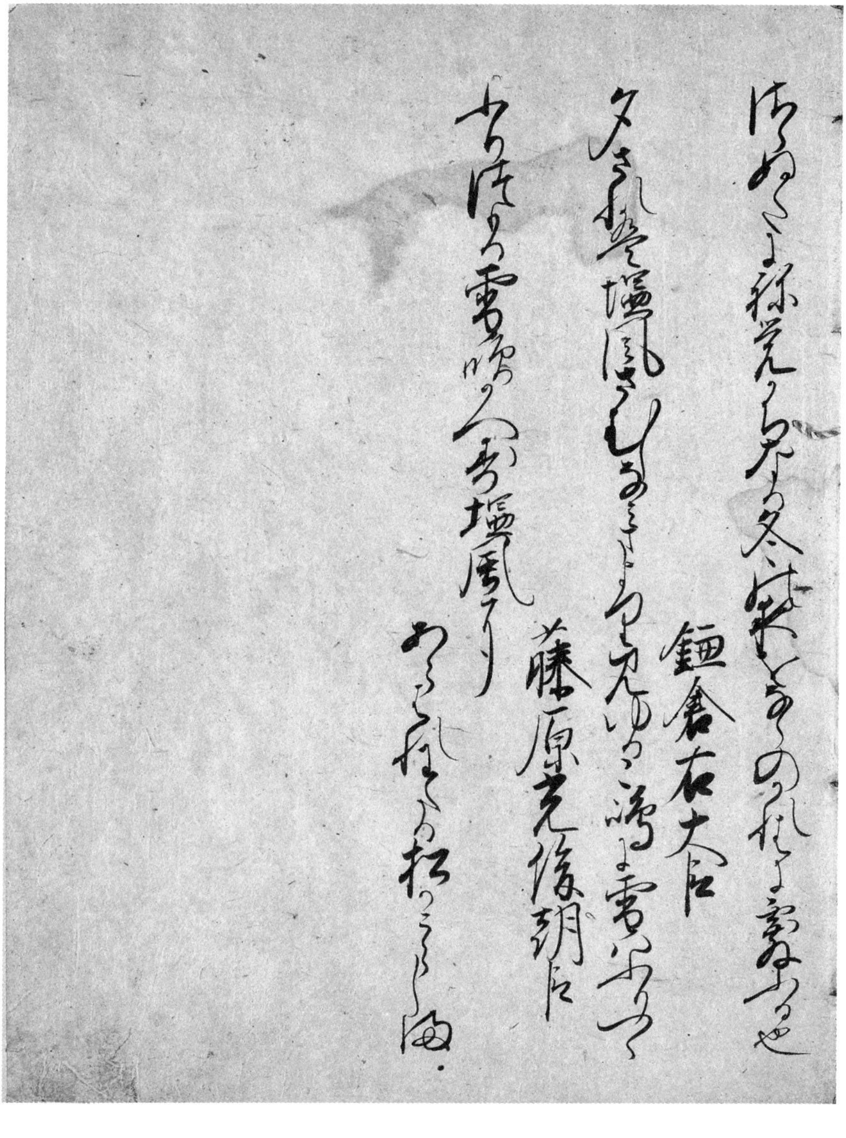
鎌倉右大臣
夕されは塩風さむしなみまより見ゆるこ島に雪はふりつゝ
藤原光俊朝臣

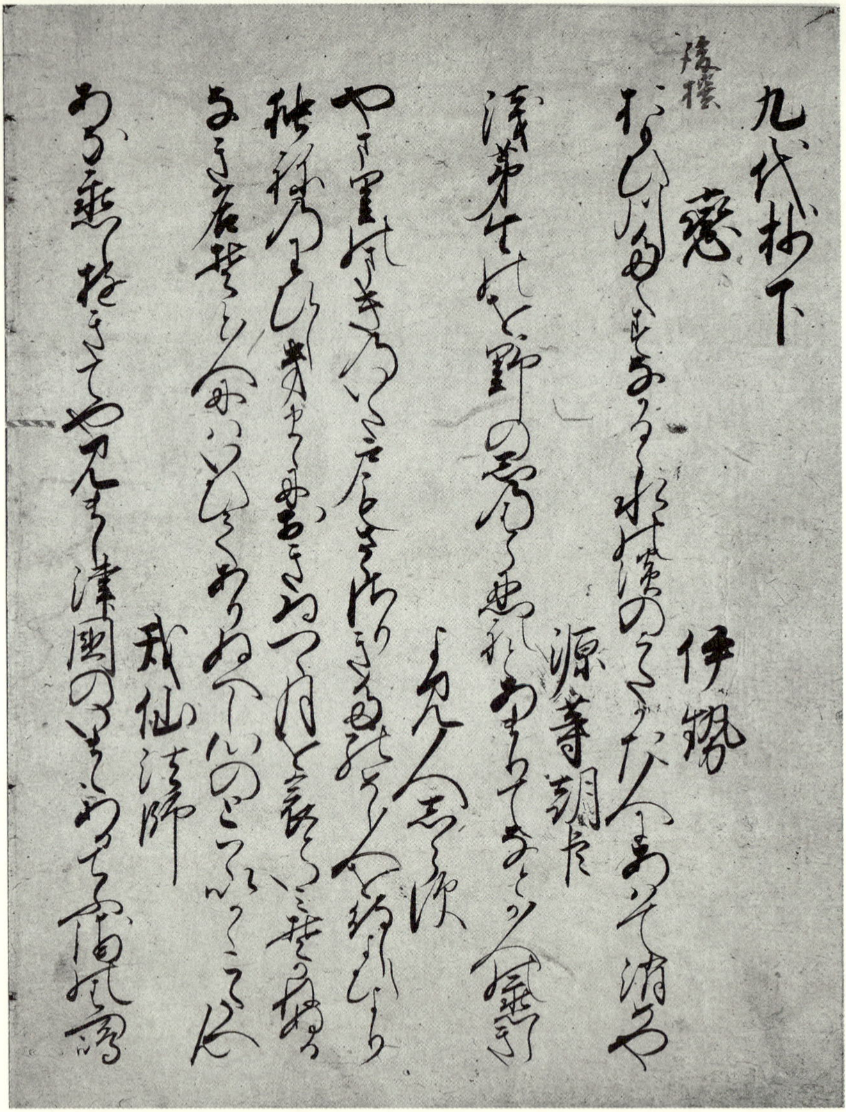
九代抄下

伊勢

源等朝臣

戒仙法師

伊勢の海に塩焼くあまの藤衣なるとはすれとあはぬ君哉
躬恒

贈太政大臣

松山に浪[illegible]こえ[illegible]事はいまはすゑ[illegible]物と
よる人ぞ知る次

ゆるかしこしのあはさ物はなかりけれ人にあふみやうらん
時めかしきのうへを心[illegible]ことしのかき[illegible]海さき[illegible]
[illegible]前のまへの人[illegible]世し[illegible]て[illegible]
[illegible]手[illegible]てハ物と[illegible]梅やなき

陽成院御製

[illegible]の嶺より[illegible]

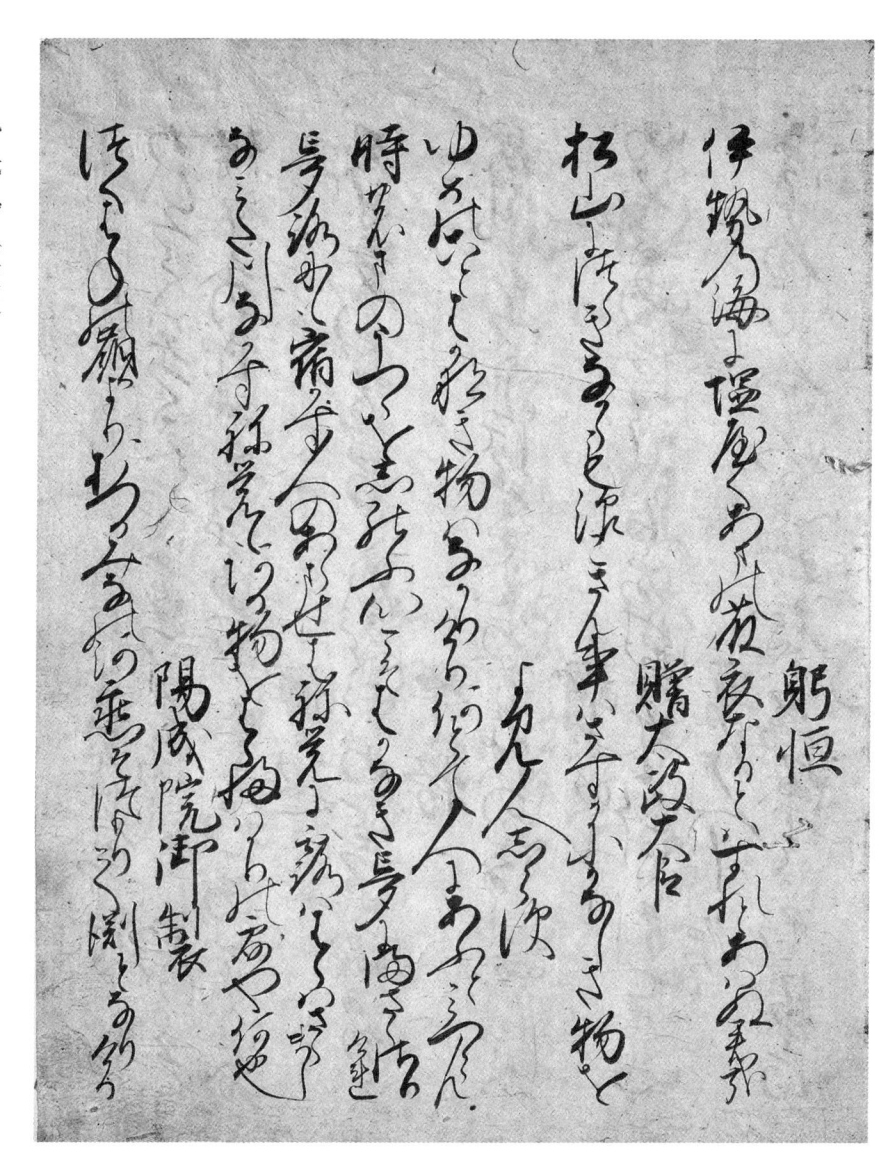

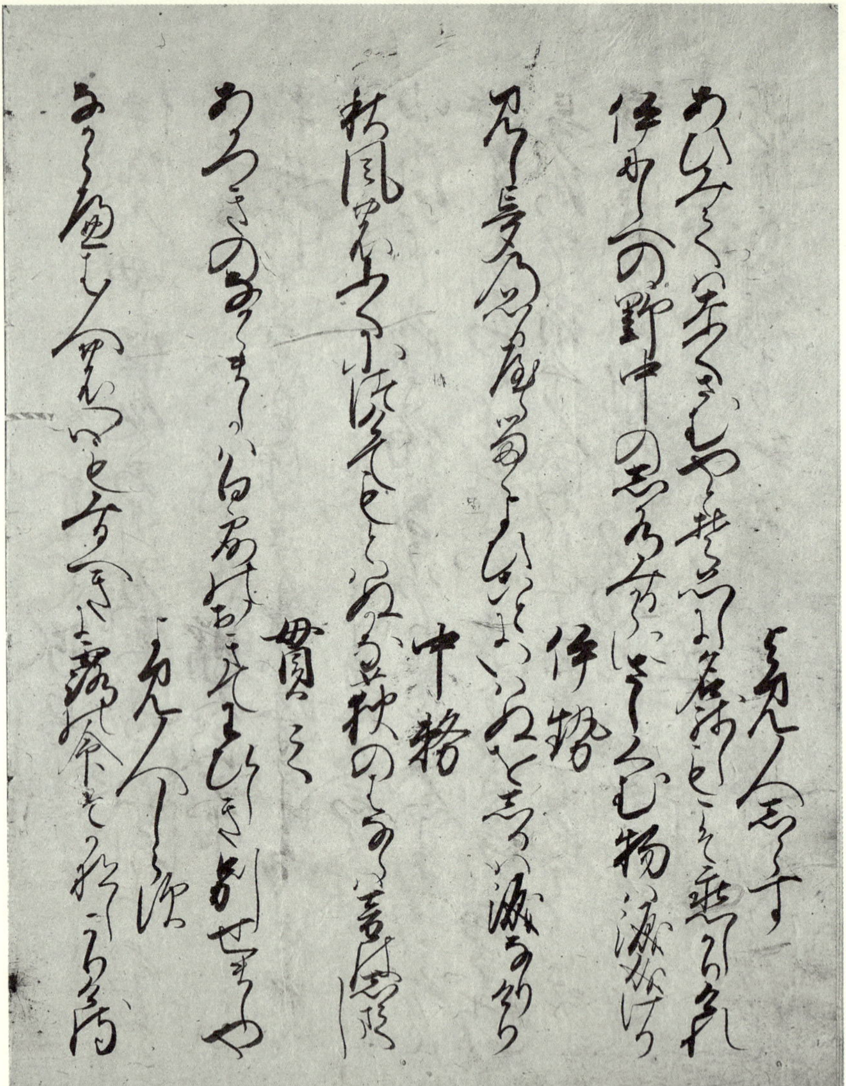

[illegible]いまそのむかしのみ多し人は言葉の心の様をしるとそ思

兼輔

秋乃野の草は冬こそのむかしなからもかくれなきぬ物を思ひける

贈太政大臣

志はしもさすかにこそ見れ物思ひにすきはてゝ歎きあかす

兼清

思ふてふ事こそうけれ呉竹の世にふる人のいかなしけれ

元良親王

侘ぬれは今はたおなし難波なる身をつくしてもあはんとそ思

兼人志てす

山の名にすみせぬ雪のふりしきて春きのこかくれて[illegible]

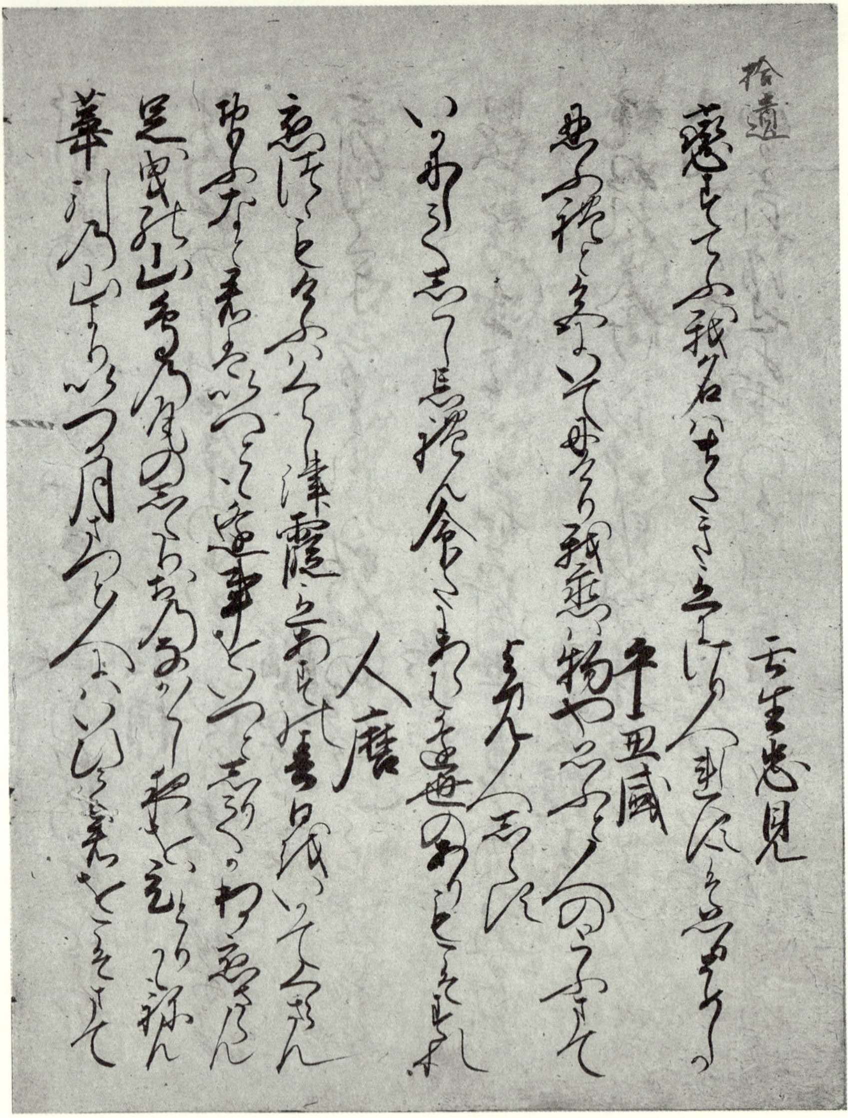
拾遺

壬生忠見

平兼盛

人麿

さねあきら

心ハ[illegible]

内侍馬

今夜君いかなる里の月をみて都に誰を思ひいつらん

順

[illegible]

よみ人しらす

思ふらん[illegible]

我せこの[illegible]

貫之

[illegible]

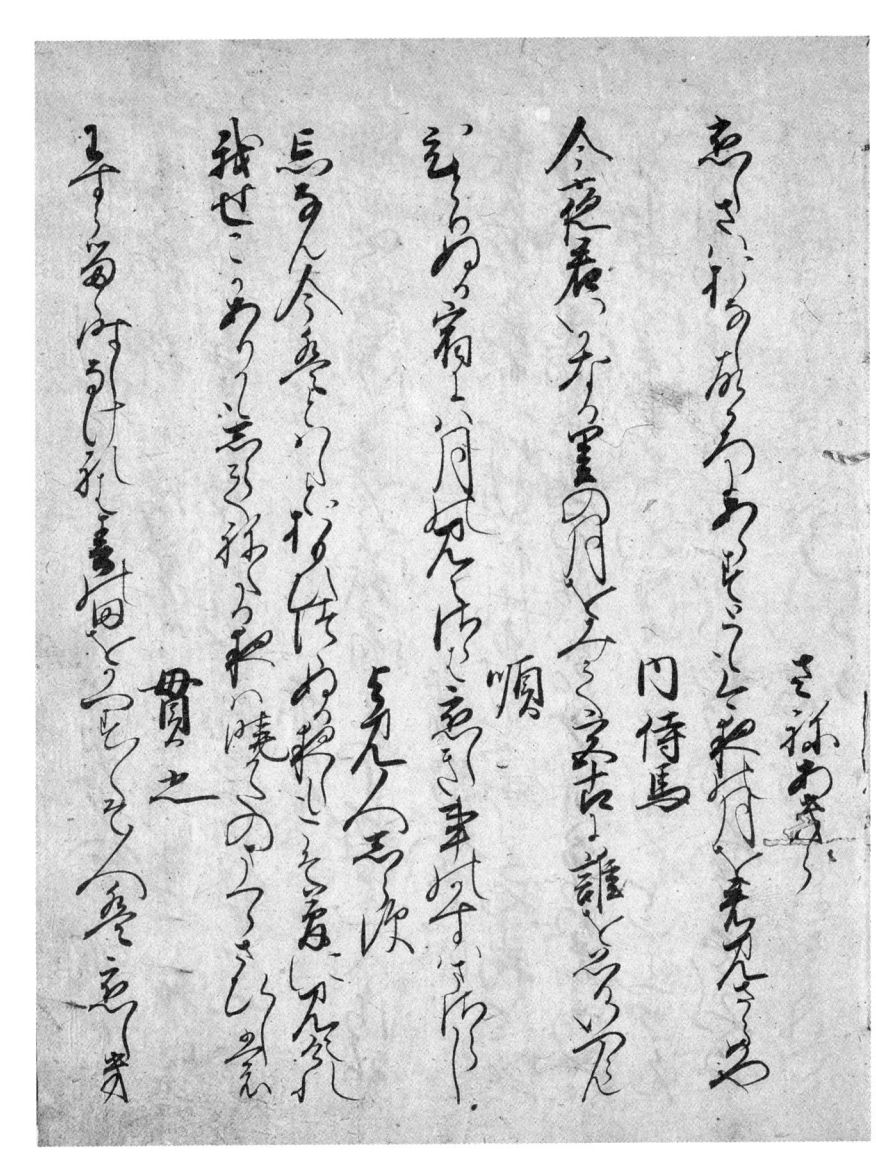

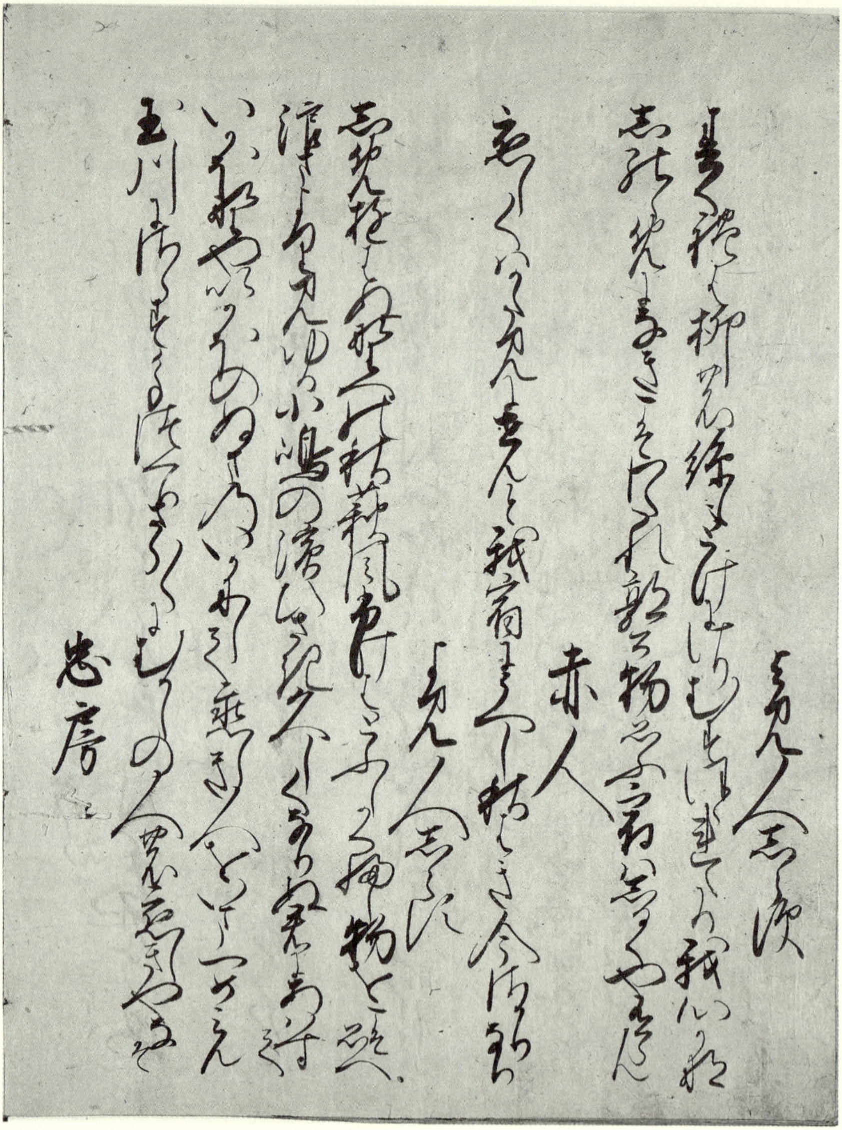

儀上古の如く意乃詞もよくたらむには謌ハ詠さるへけれ

よみ人しらず

千とせの数よりおほく我世にもおもひつくしてのこるなき

身ハ此の親のいさめもまたハ物思ふ何事にかあらむ

ありき物を思ふむなしき身ハいかにしても物のそれけり

道綱母

歎きつゝ独ぬる夜の明るまハいかに久しき物とかハしる

さるへき人志る歎

今ことし志て概きく入にくき山に意さなくそ有ける

見えこそ有りめしも人めかなしかれと書いて世をそむき

世中の人のつきことに思ふ事ハおもひ志るへし人やなるらん

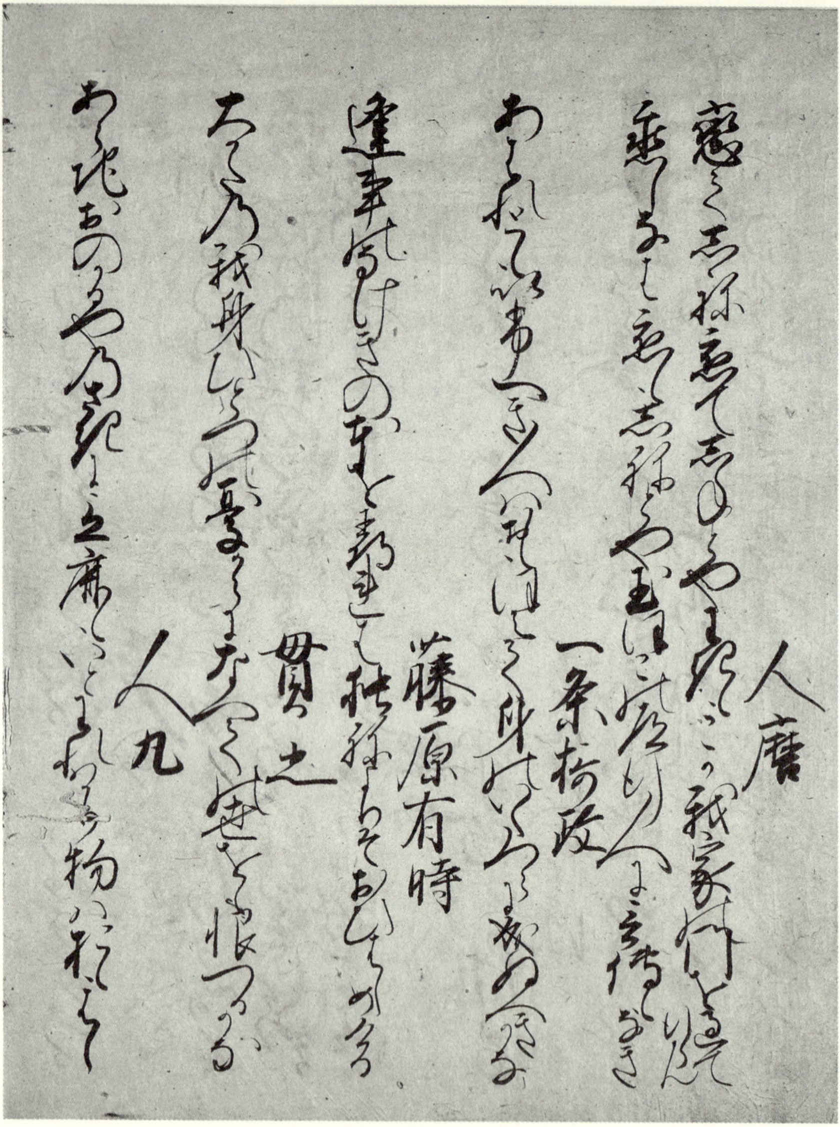
人麿
一条摂政
あはれともいふへき人はおもほえて身のいたつらになりぬへきかな
藤原有時
貫之
人九

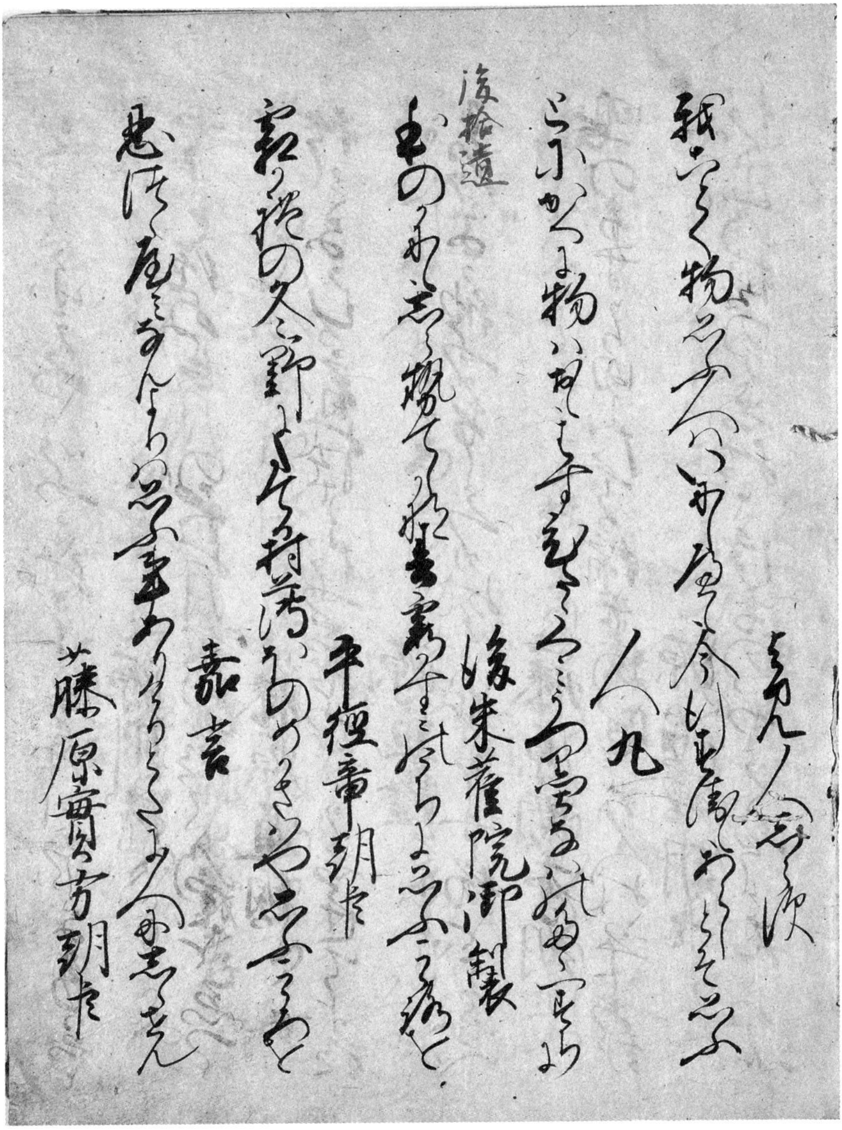
九
後拾遺
後朱雀院御製
平経章朝臣
嘉言
藤原實方朝臣

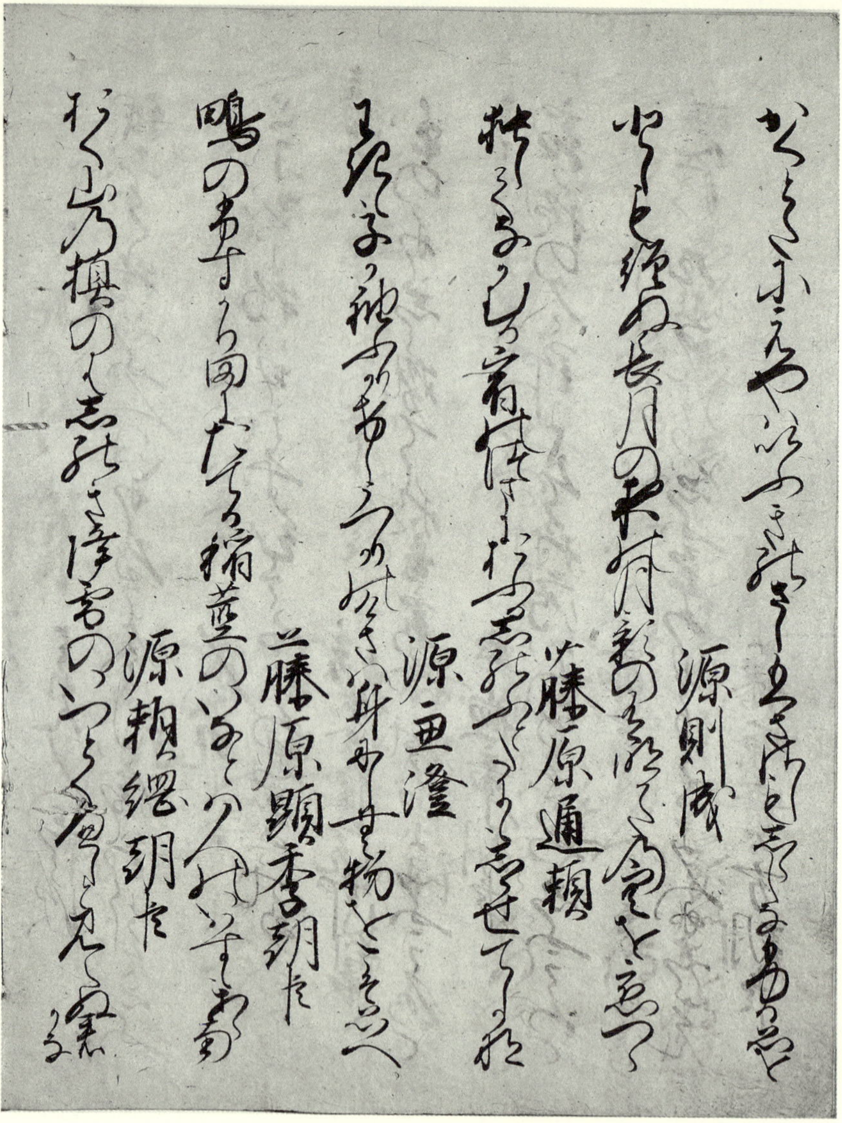

[illegible]盛

[illegible]

能因

錦木ハたてなからこそ朽にけれけふのせは布むねあはしとや

小弁

[illegible]

頼綱

[illegible]

少将藤原義孝

君かためをしからさりし命さへなかくもかなとおもひけるかな

道信

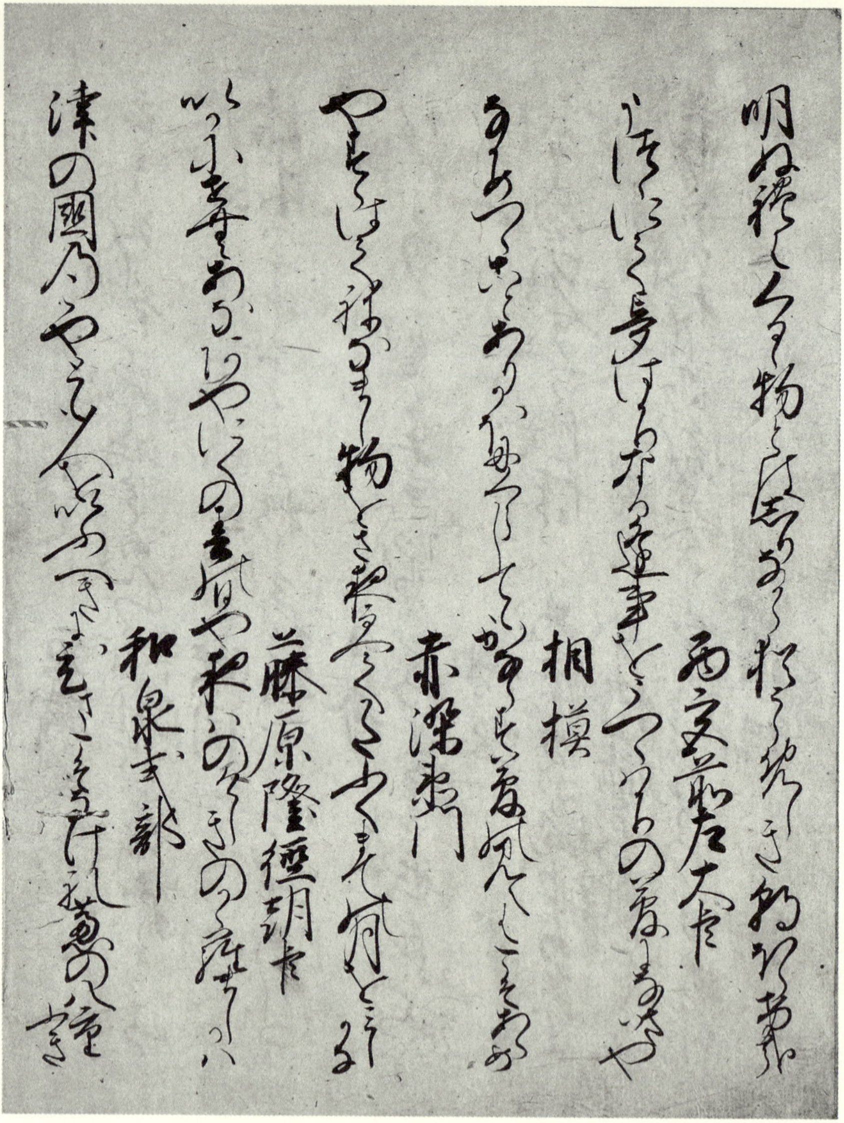

高階章行

今みえし雲のやまねに月さえてさやけかりけり

　　　　　　　　　藤原実方朝臣

浦風まひくさむしろう里もよの横雲の輝るをさ々

　　　　　　大弐三位

ありそ山ねちも藤こえ風ふきておとみん人を言やらぬ

　　　　　　絶信

東汝の平らなる野をいまさなつ月とるこゆ

　　　　　　藤原雅規

君かそ薫るさきなはよいくゑそとなるよとゐる

　　　　　　和泉式部

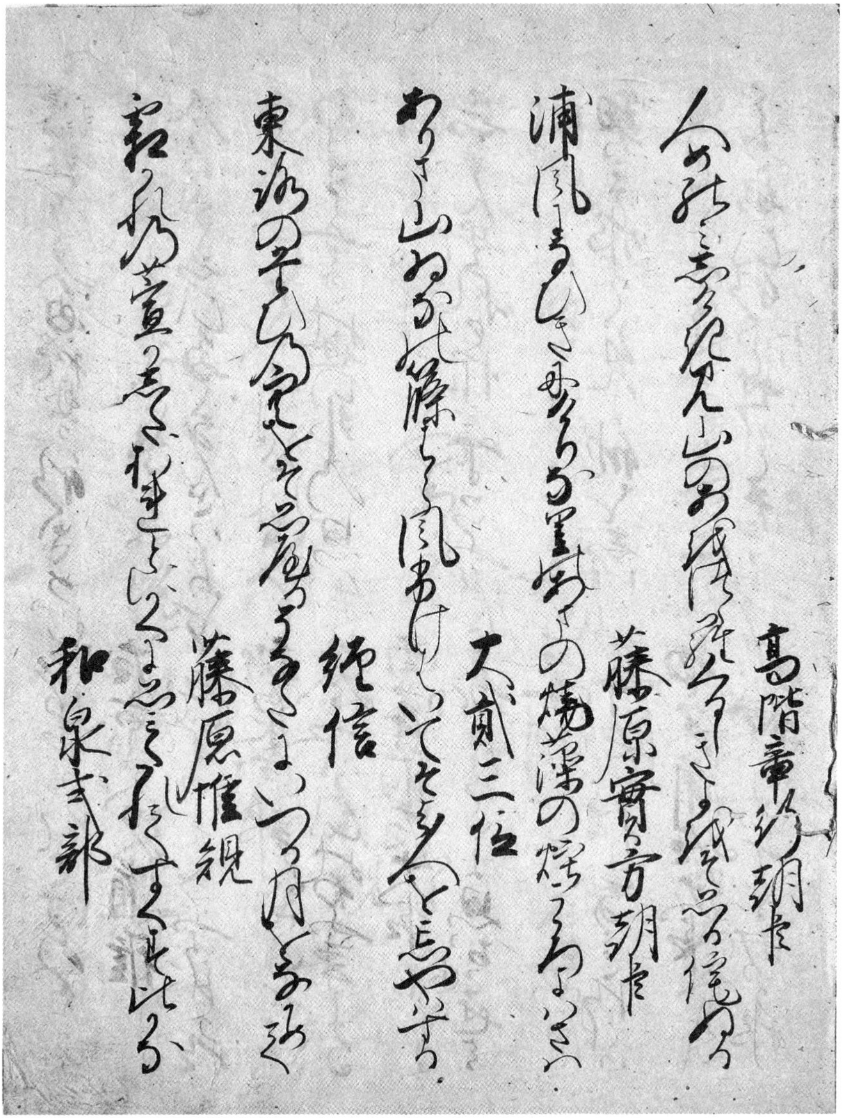

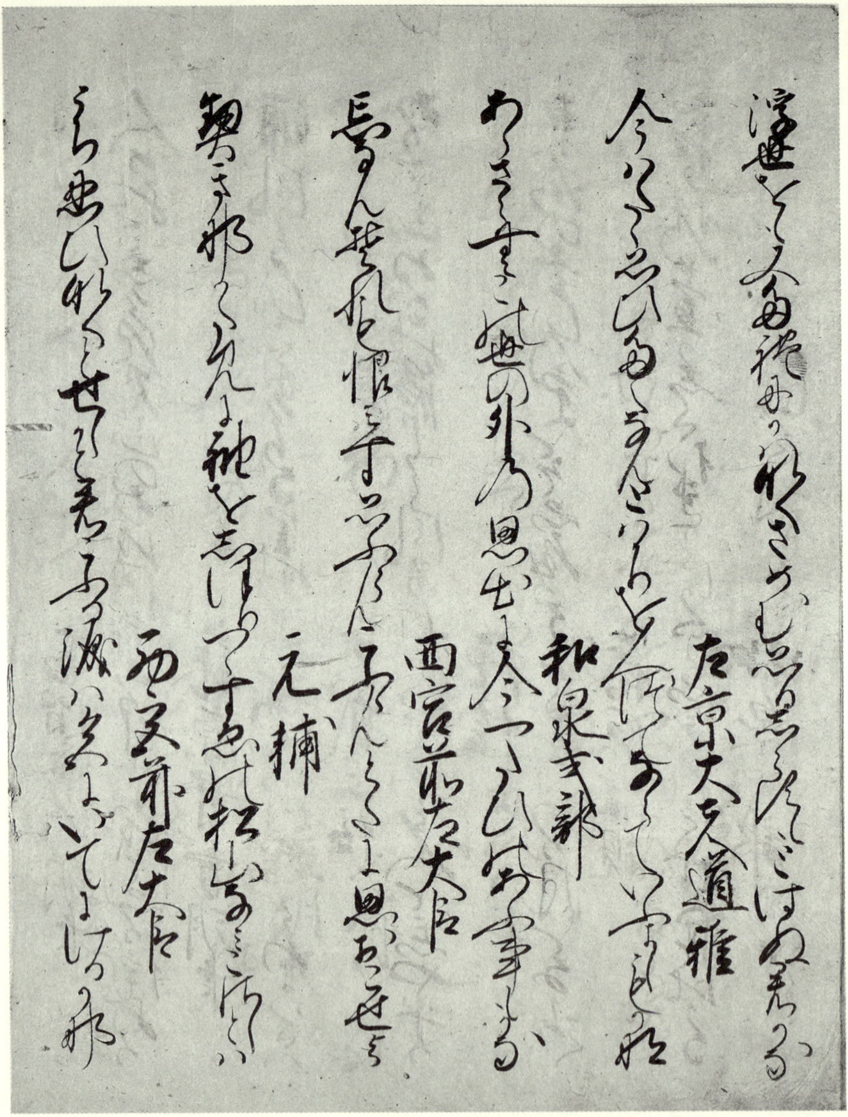

浮世と[illegible]

左京大夫道雅

今はたゝ思ひたえなむとはかりを人つてならていふよしもかな

和泉式部

あらさらむこの世の外の思出に今ひとたひのあふ事もかな

西宮前左大臣

[illegible]

元輔

契りきなかたみに袖をしほりつゝ末の松山浪こさしとは

西宮前右大臣

[illegible]

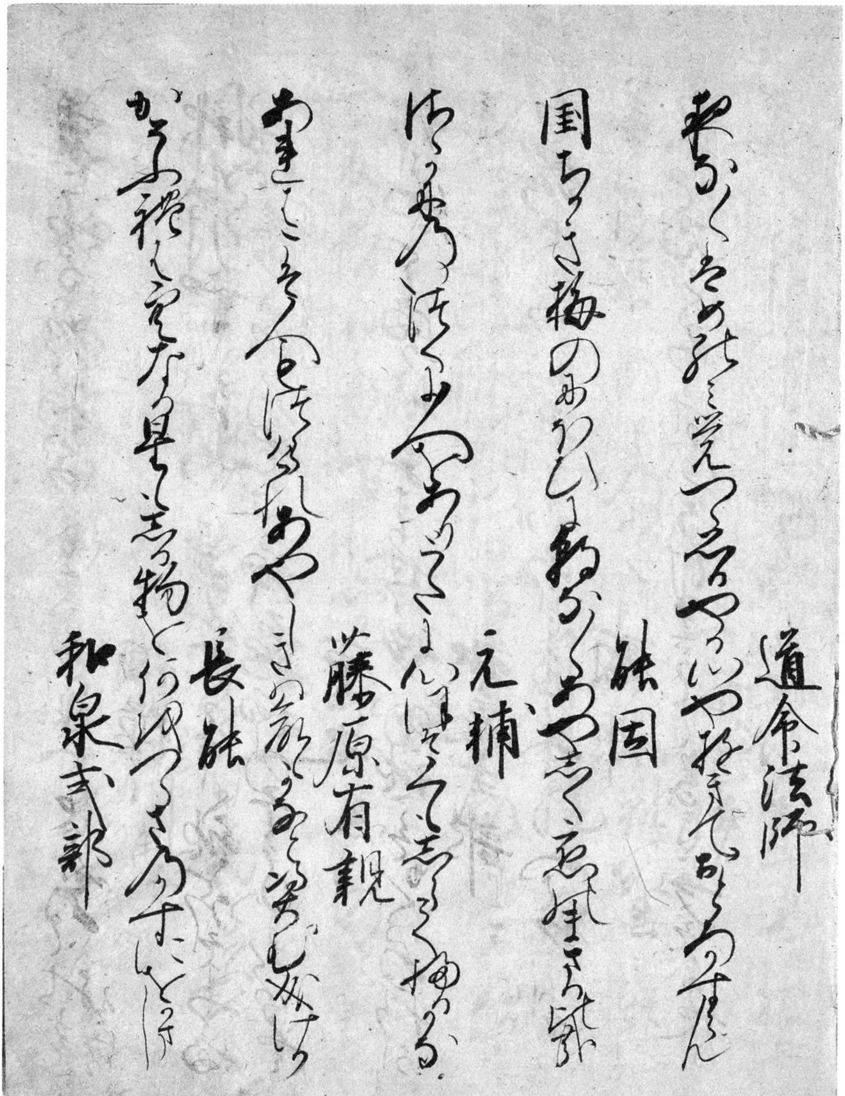

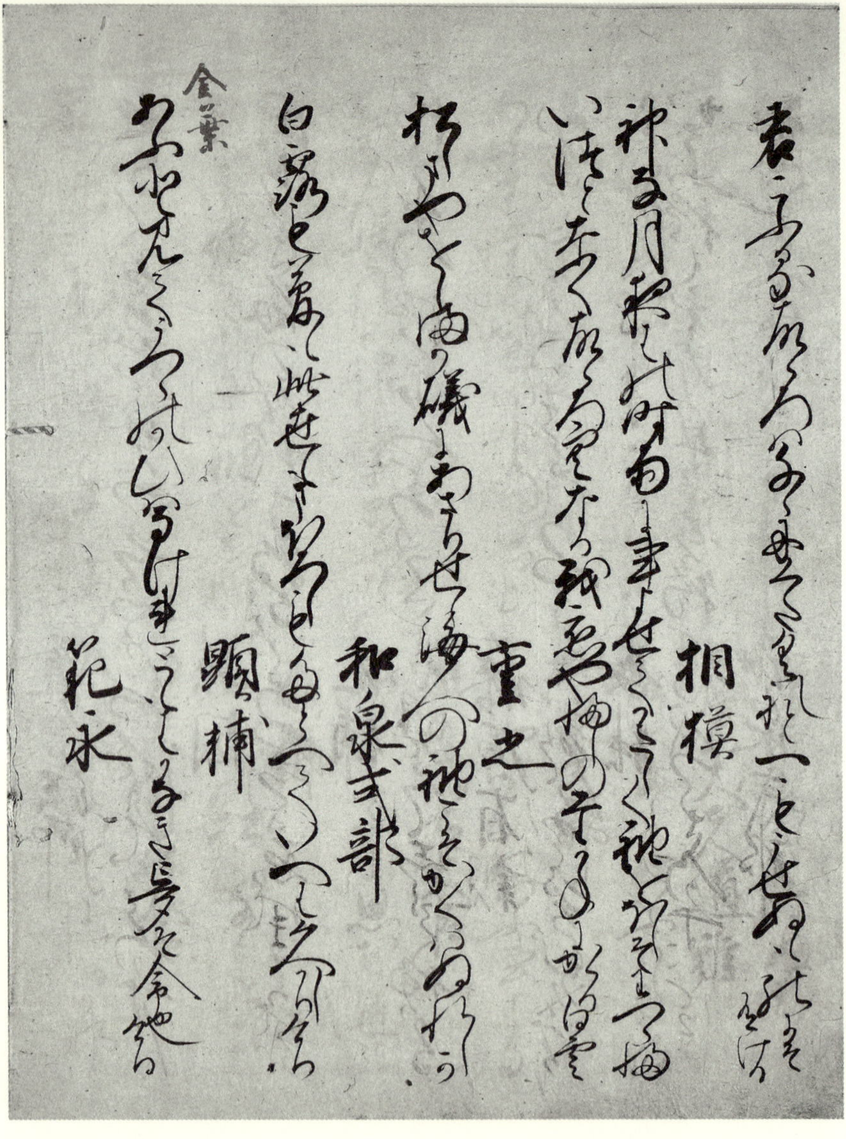
相模
重之
和泉式部
顕輔
金葉
範永

九代抄（六一オ）

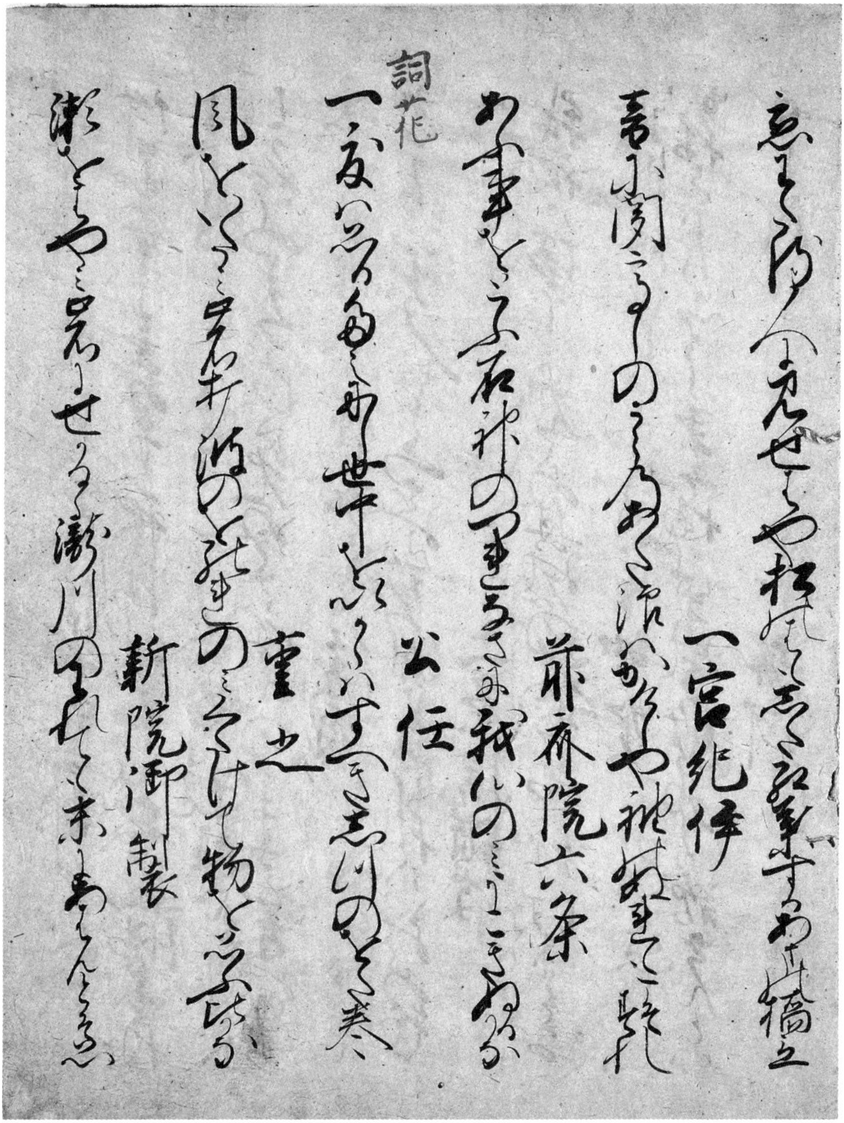

[illegible]あまの橋立

一宮紀伊

音に聞たかしのはまのあた浪はかけしや袖のぬれもこそすれ

前斎院六条

[illegible]我いのち[illegible]

詞花　公任

[illegible]世中[illegible]

重之

風をいたみ岩うつ浪のおのれのみくたけて物を思ころ哉

新院御製

瀬をはやみ岩にせかるゝ滝川のわれても末にあはむとそ思

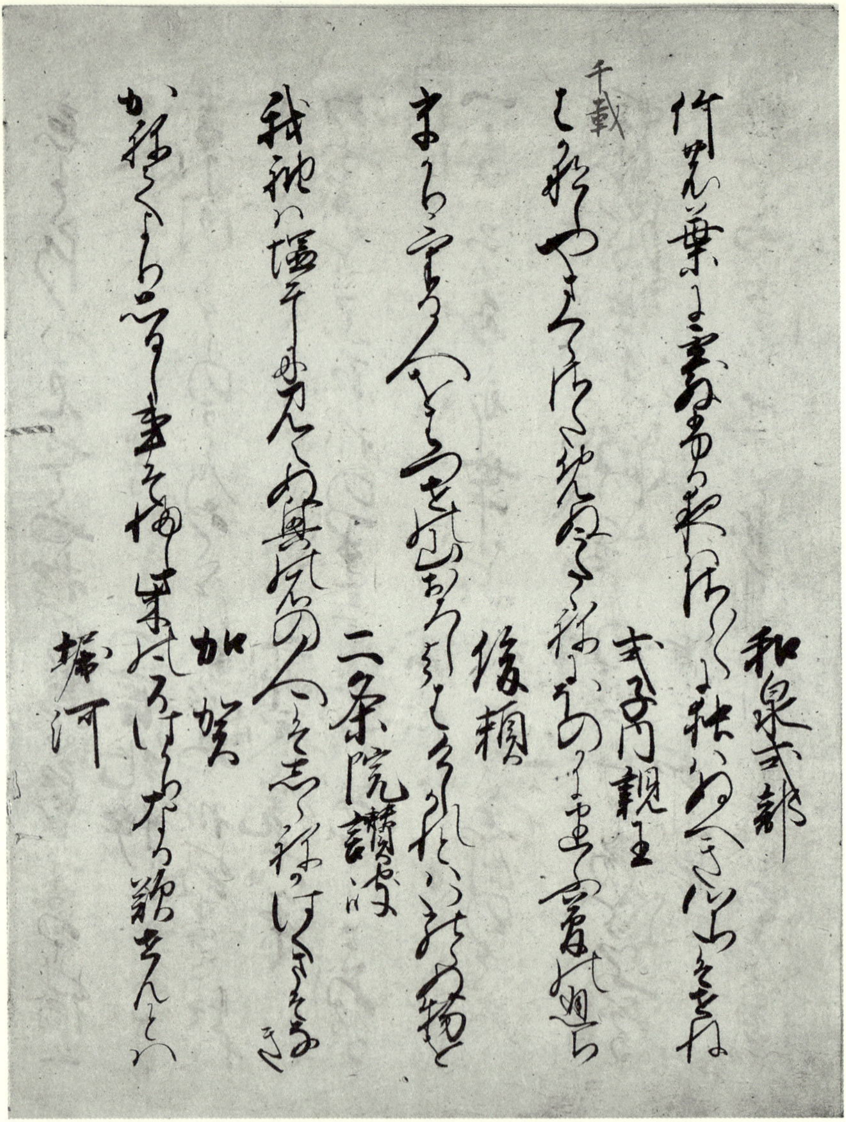
和泉式部
式子内親王
千載
俊頼
二条院讃岐
加賀
堀河

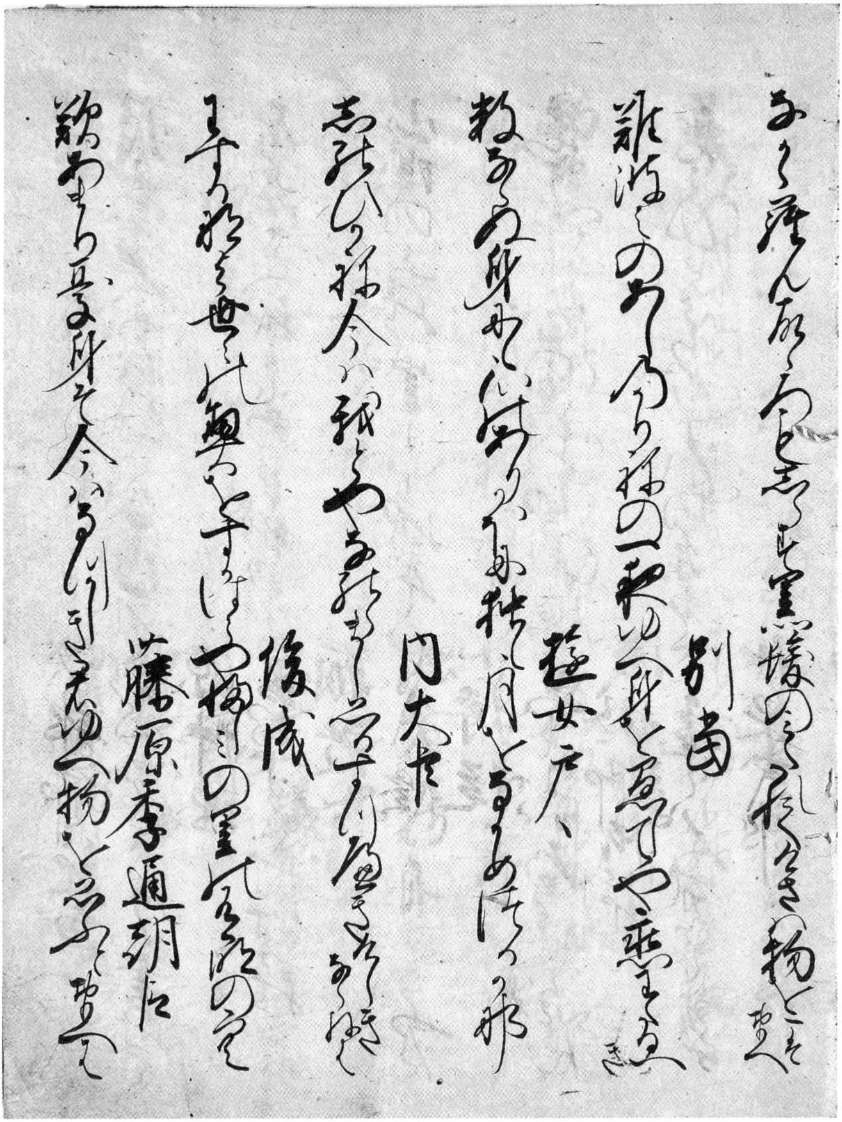

別当

内大臣

俊成

藤原季通朝臣

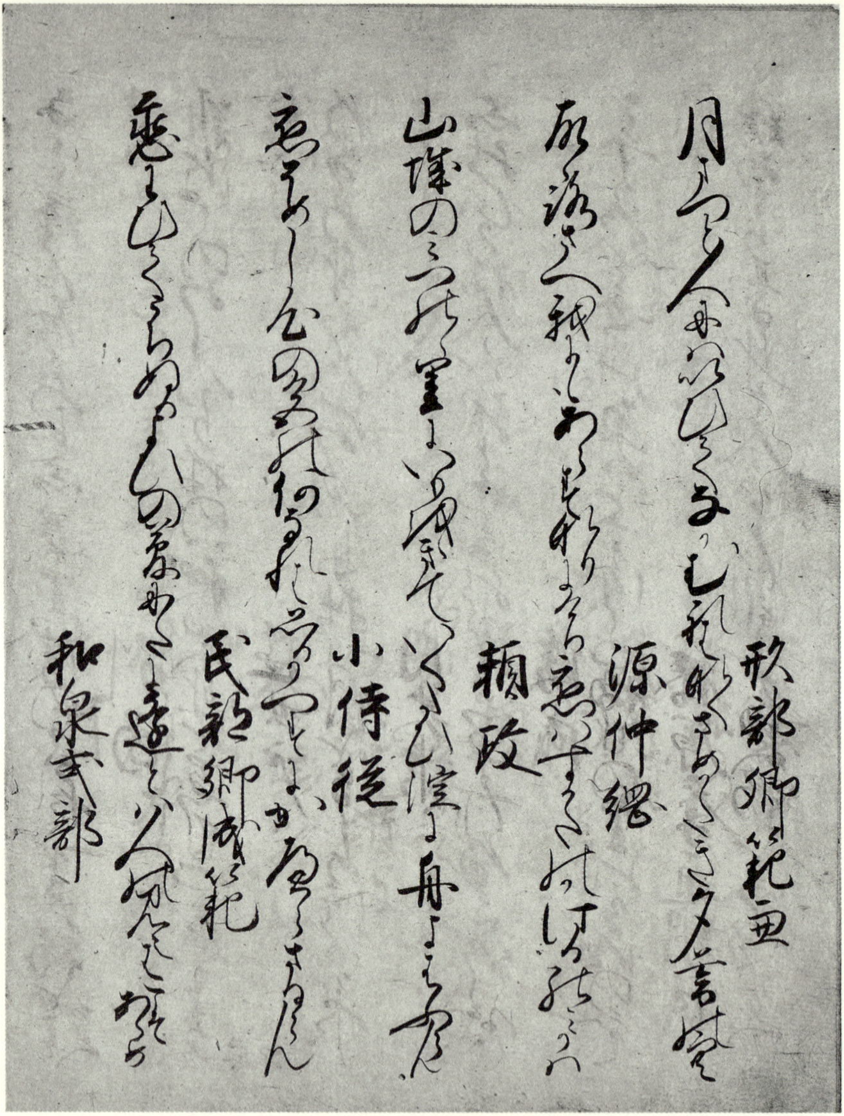
刑部卿範兼
源仲綱
頼政
小侍従
民部卿成範
和泉式部

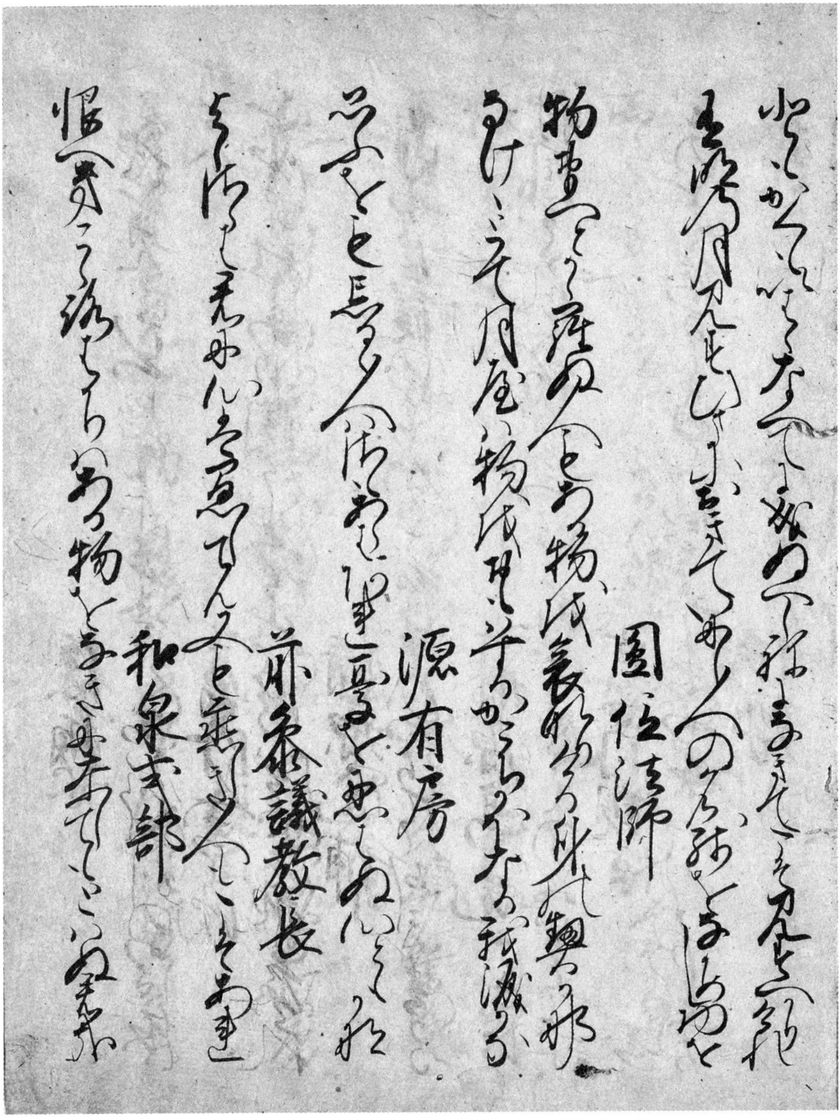
圓位法師

源有房

前参議教長

和泉式部

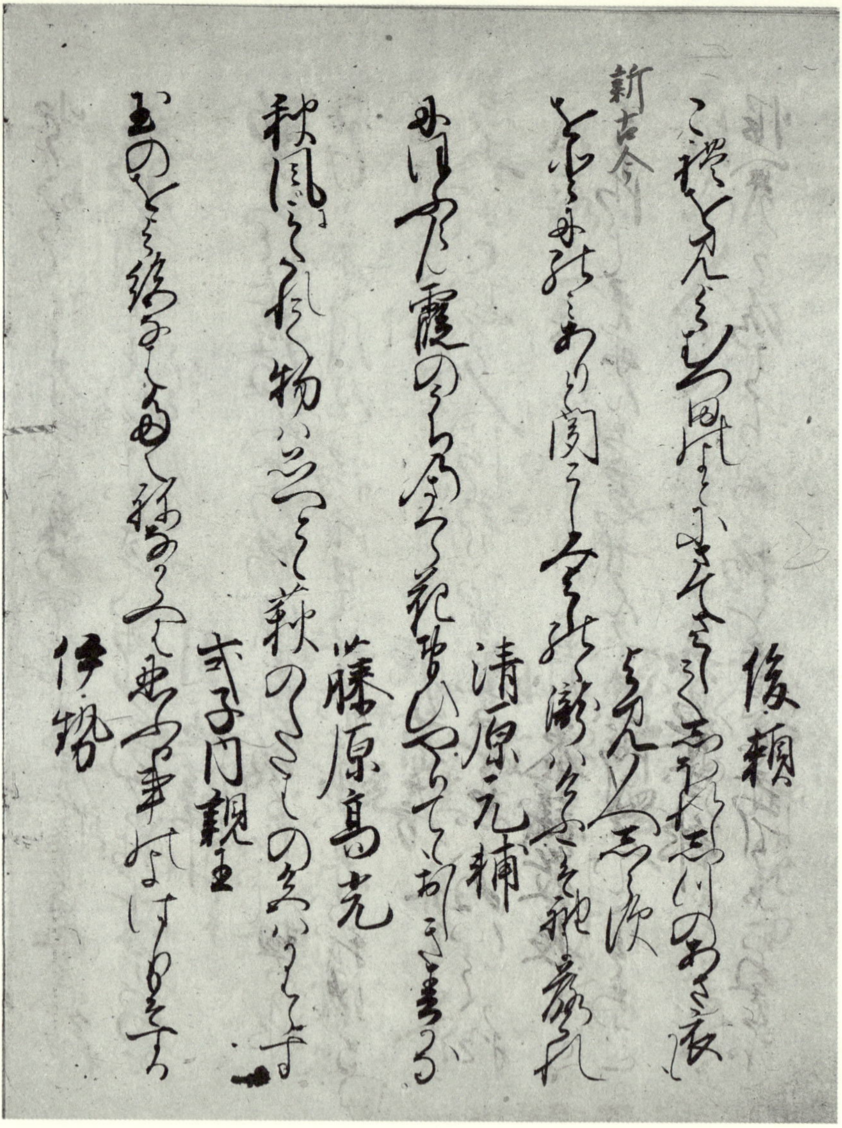

俊頼
新古今
清原元輔
藤原高光
式子内親王
伊勢

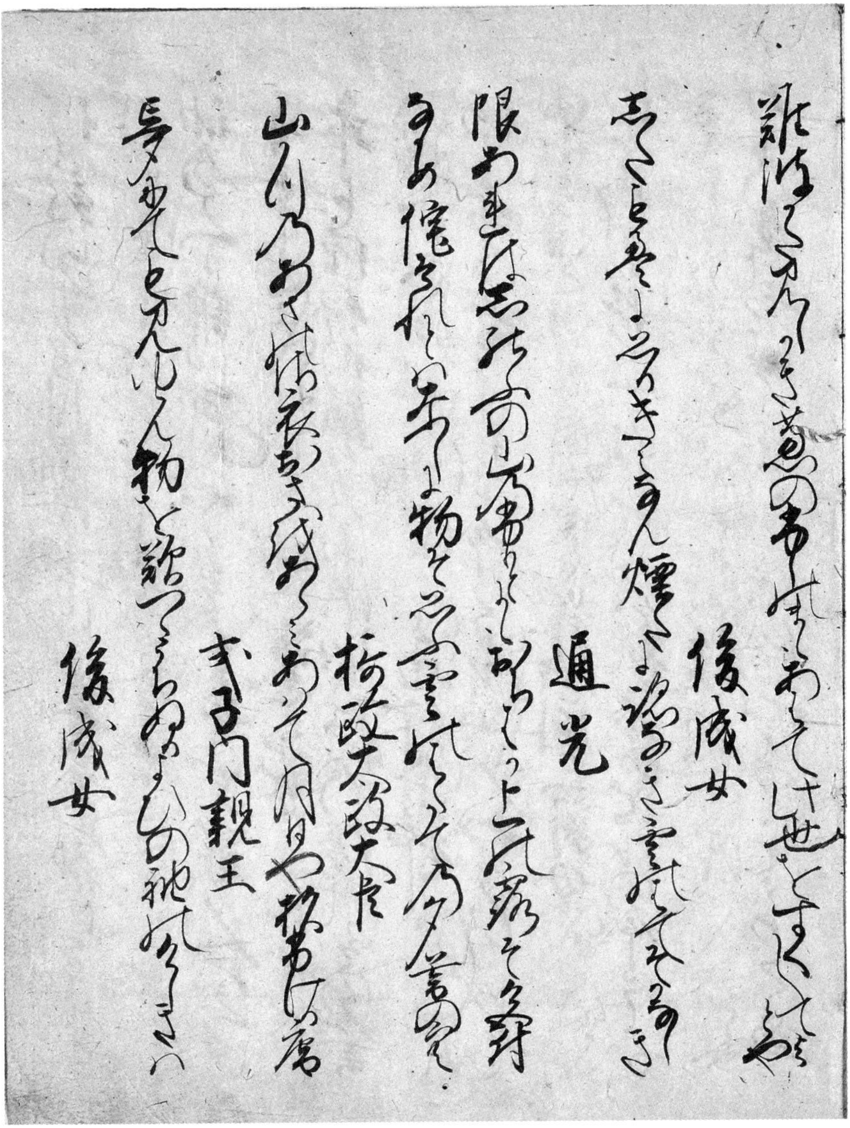

難波潟みしかき芦のふしのまもあはて此世をすくしてよとや

俊成女

下もえに思きえなん煙たにあとなき雲のはてそかなしき

通光

限あれはしのふの山のふもとにもおち葉かうへの露そ色つく

なかめ侘それとはなしに物そ思ふ雲のはたての夕暮の空

摂政太政大臣

山賤のあさのさ衣をさをあらみあはて月日や杉ふける庵

式子内親王

夢にても見ゆらん物を歎つゝうちぬるよひの袖のけしきは

俊成女

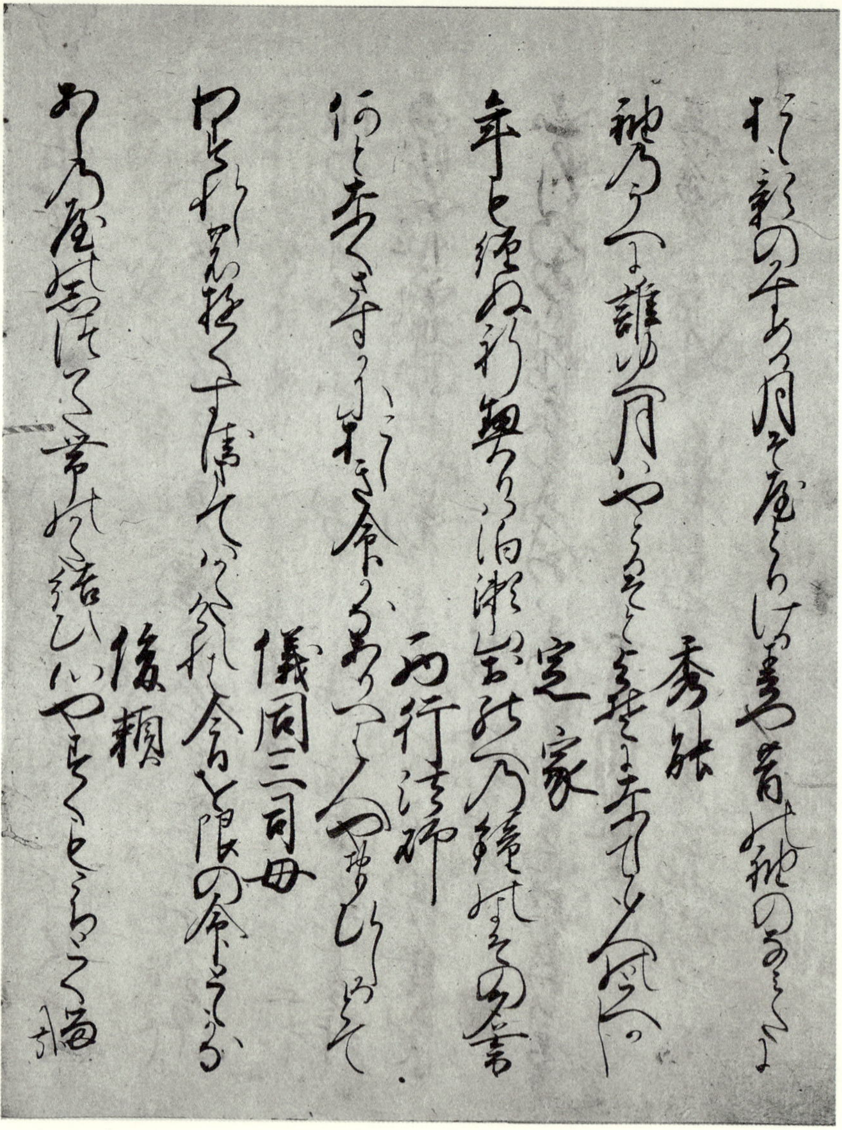

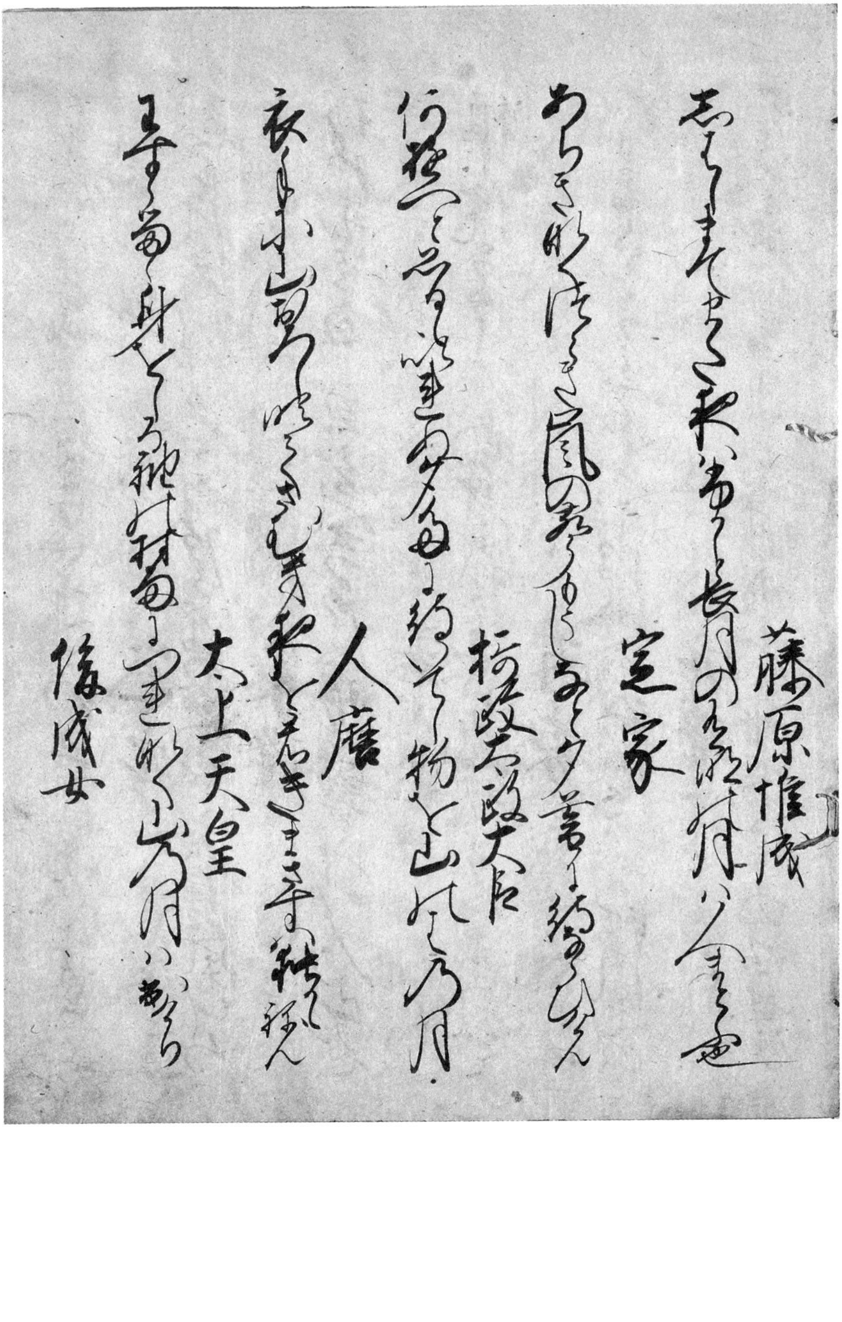
藤原雅経
定家
摂政太政大臣
人麿
太上天皇
俊成女

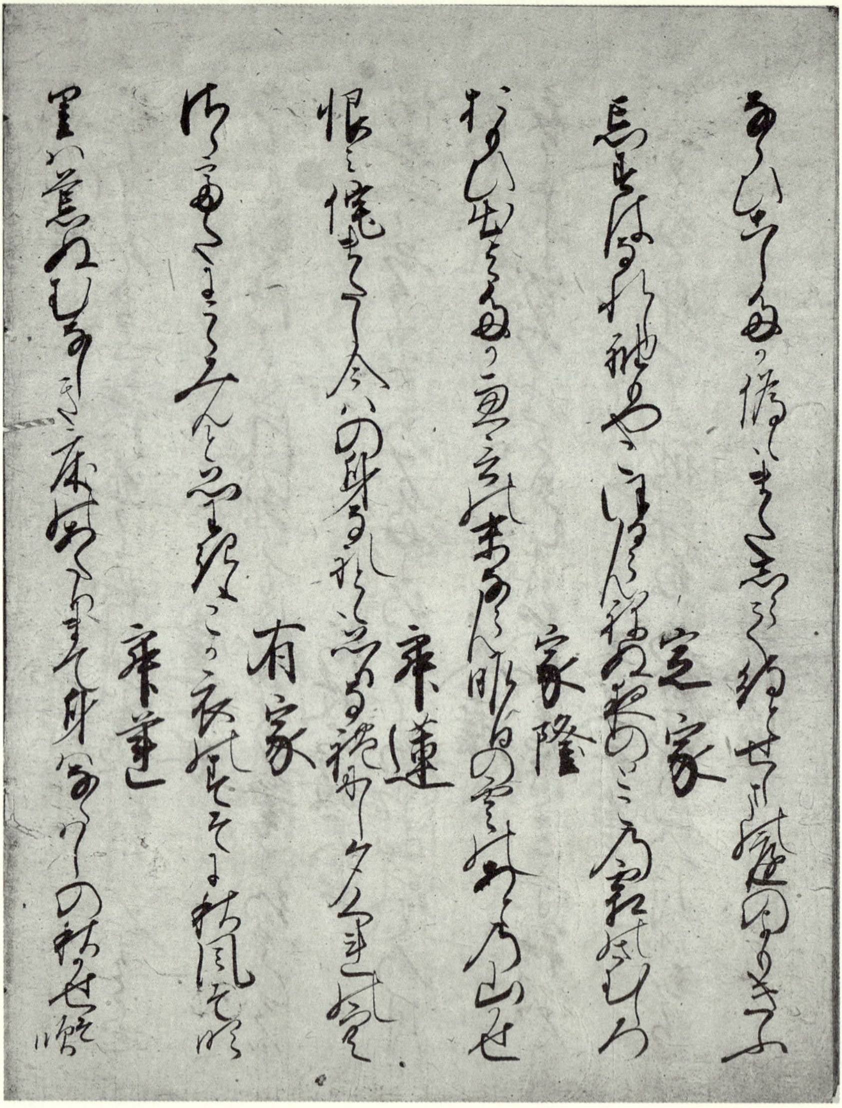
定家
家隆
寂蓮
有家
寂蓮

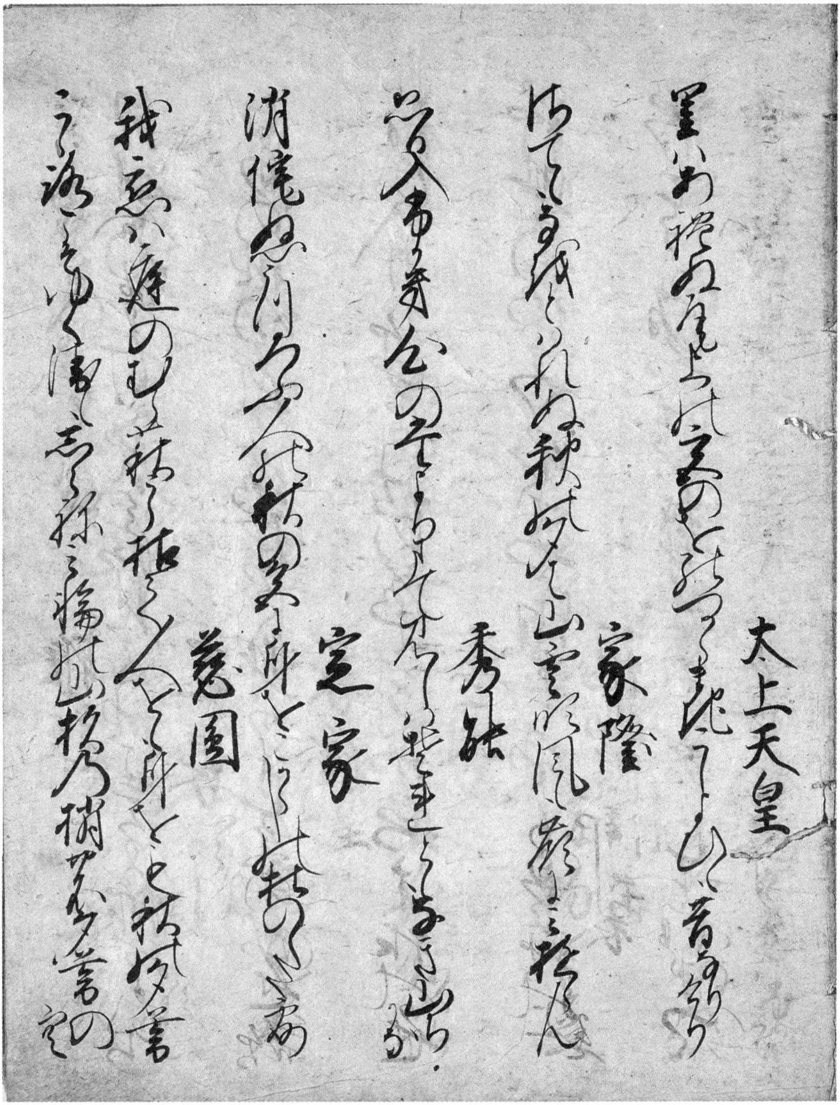
太上天皇

家隆

秀能

定家

慈圓

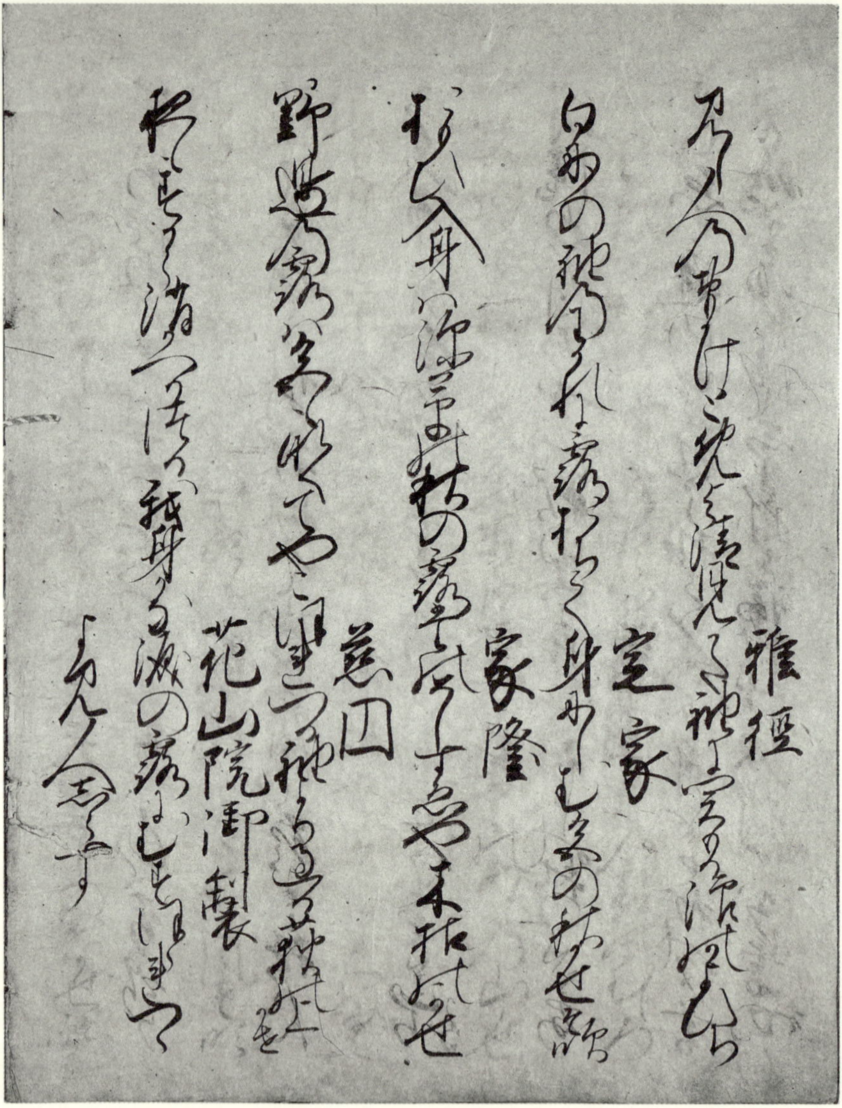

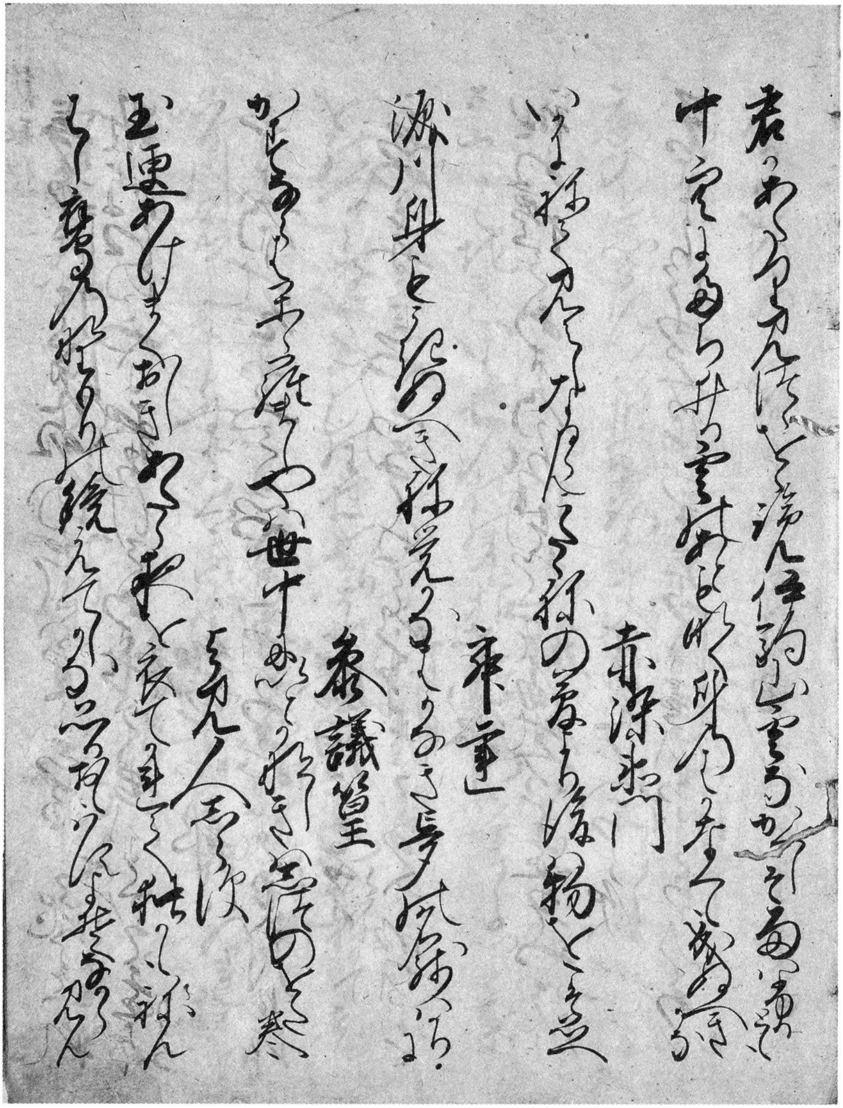
赤染衛門
参議篁

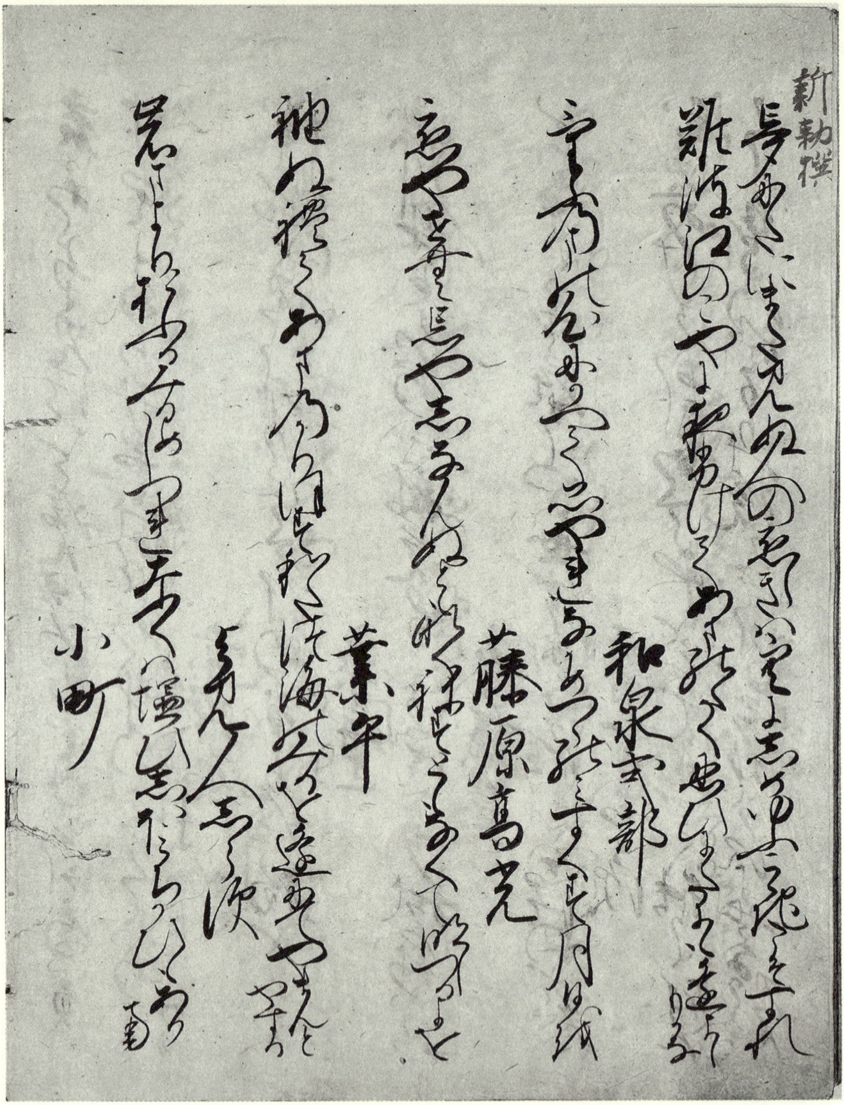
新勅撰
和泉式部
藤原高光
業平
小町

なにはかたあけは[illegible]の湊ちかよりて[illegible]

神祇伯顕仲

[illegible]の山[illegible]篠の露[illegible]てそしられぬるかな

俊成

玉つしまいそもの松の木枯[illegible]やまとことの葉

清輔

[illegible]

皇嘉門院別当

[illegible]

俊成

[illegible]卯月の[illegible]

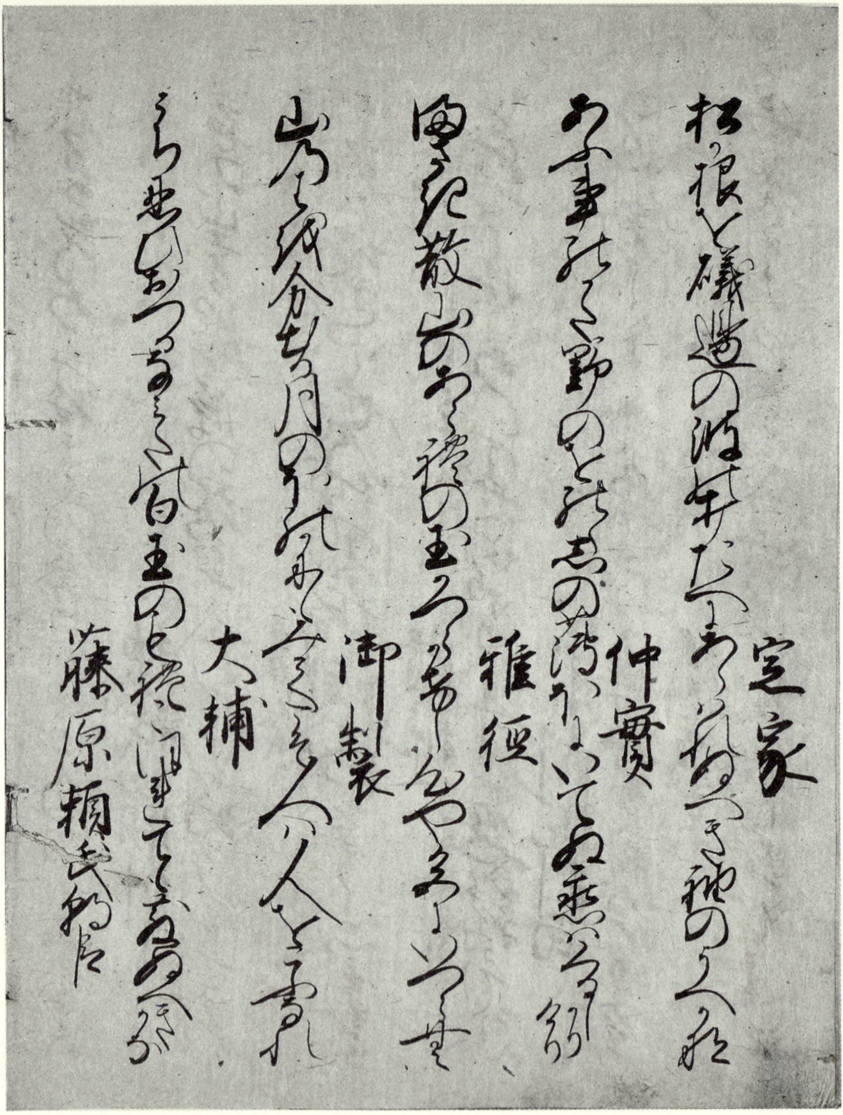
定家
仲實
雅經
御製
大輔

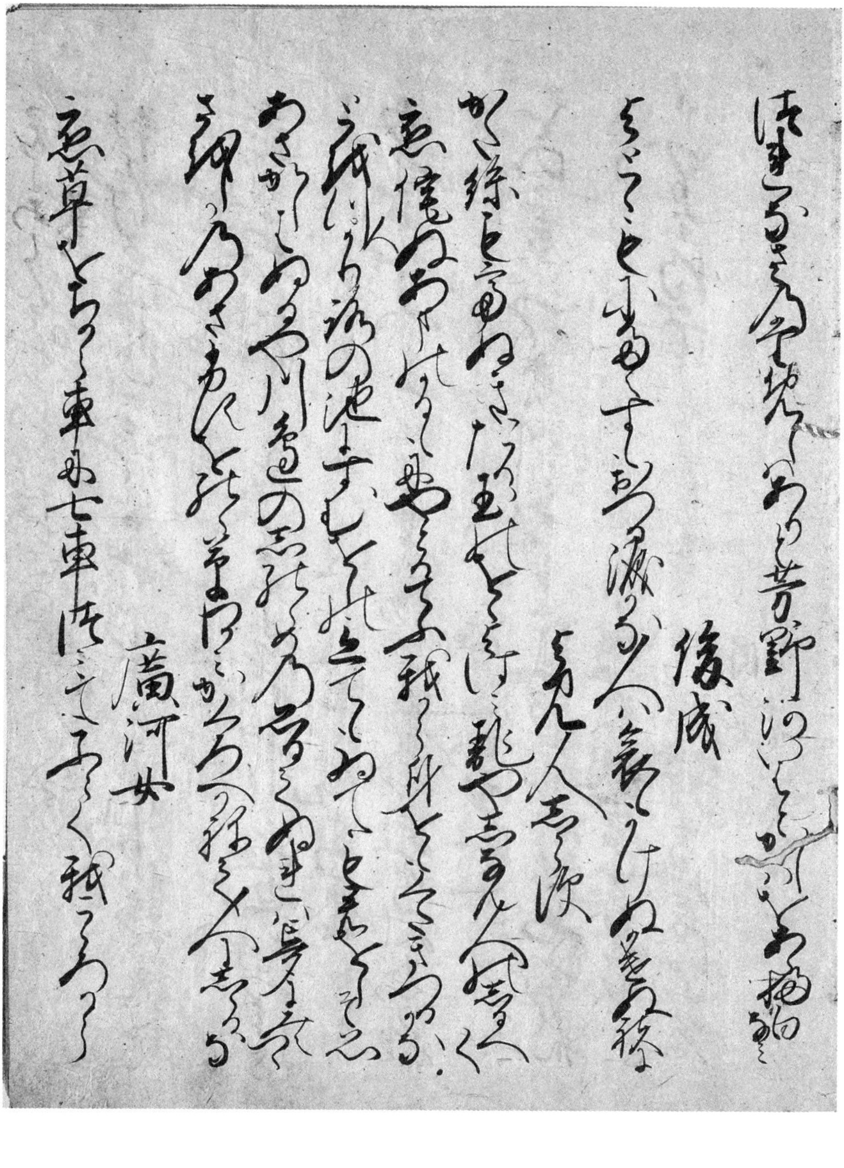

君こあらんさま成つれ*のあ
若ひそろすろ物とこそな
秋はくてしられるつゝあはれぬ末葉のちくえを　請人かく次
              ゝ
垂るゝ年のとてねこそ年ふるあはれて遂世の心つき
     定家
わ事とゝ大ふ山かても物と袁てをみちはし忘れ
     八条院高倉
との言いつて書判なゝつこうなきやはん
     中宮少将
い切々々内そふ遠事影らちゝ扵そひき言葉え
     権大納言家良
     相模

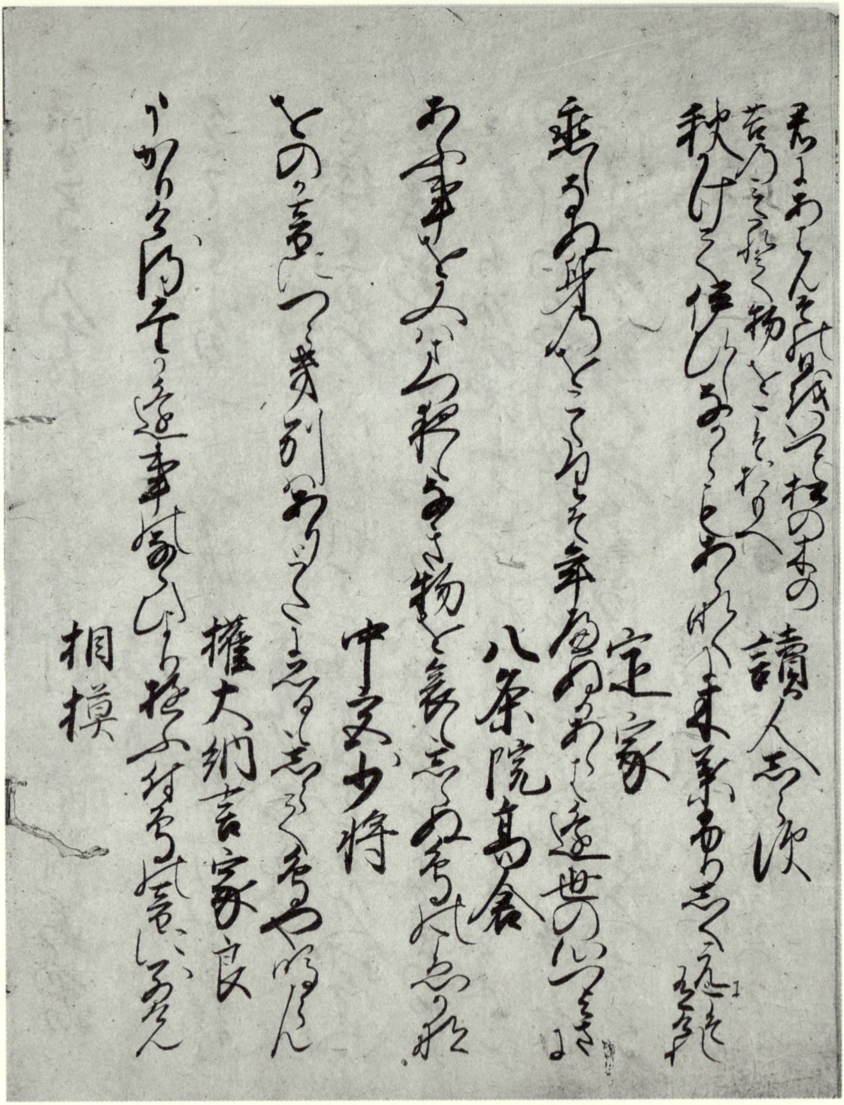

明ぬとよ半の月入ぬらん程なき空の雲に見えつゝ

讀人志らず

夜ふけぬれは千鳥志は鳴く白妙の袖の上にや月をまつらん

後京極摂政太政大臣

忘れしな難波の秋の夜半の空こと浦にすむ月はみるとも

高倉

手枕の冬の一夜もみえぬ世のたてまつる袖のうら

内大臣

まれにあふ織姫の別れは一夜ともしらぬ鹿のなくらん

左近中将基良

今はそれとまつらぬ人の影ならてたゝの空ゆくのそら

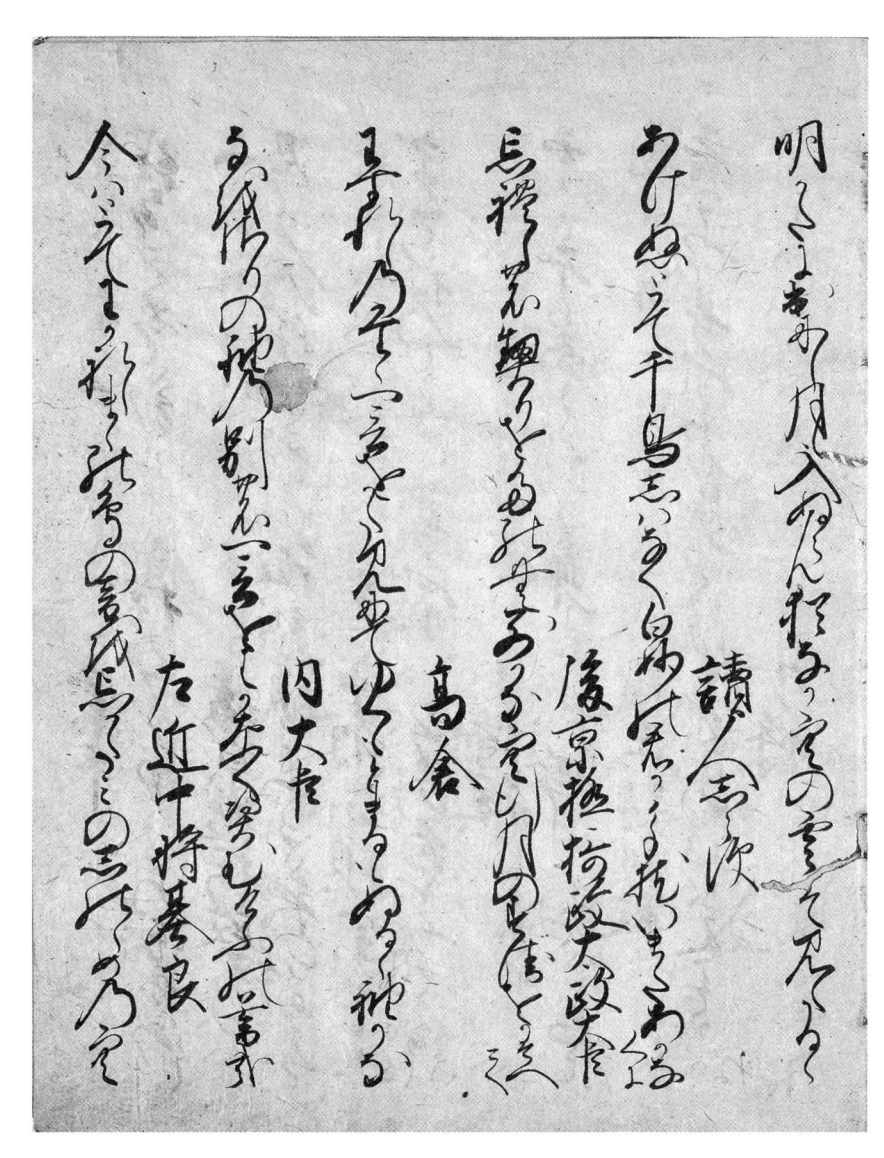

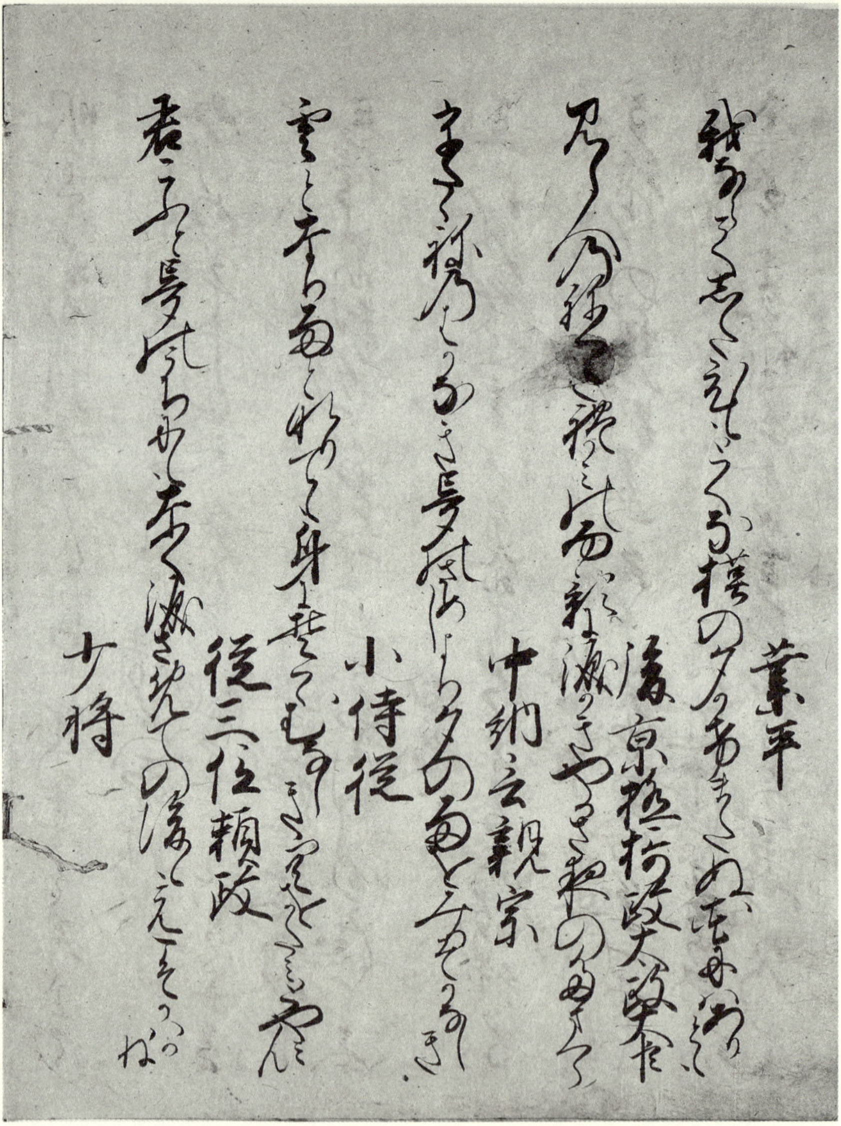

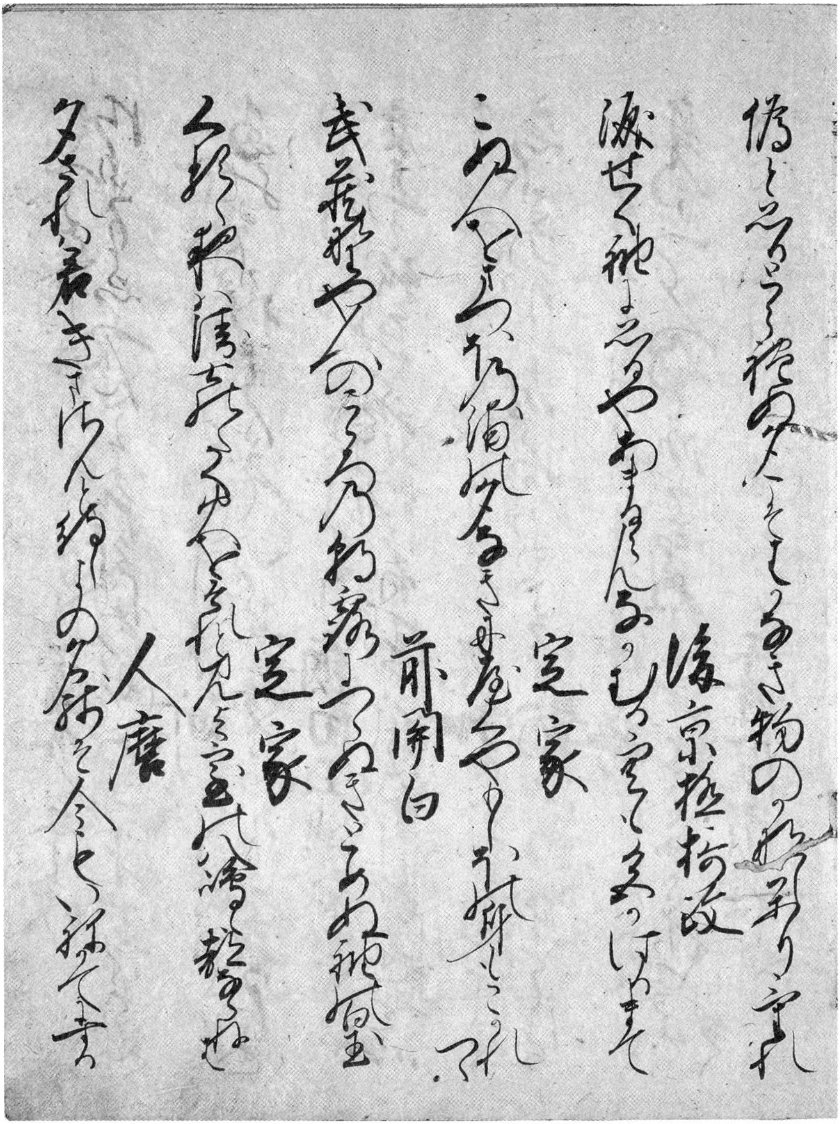

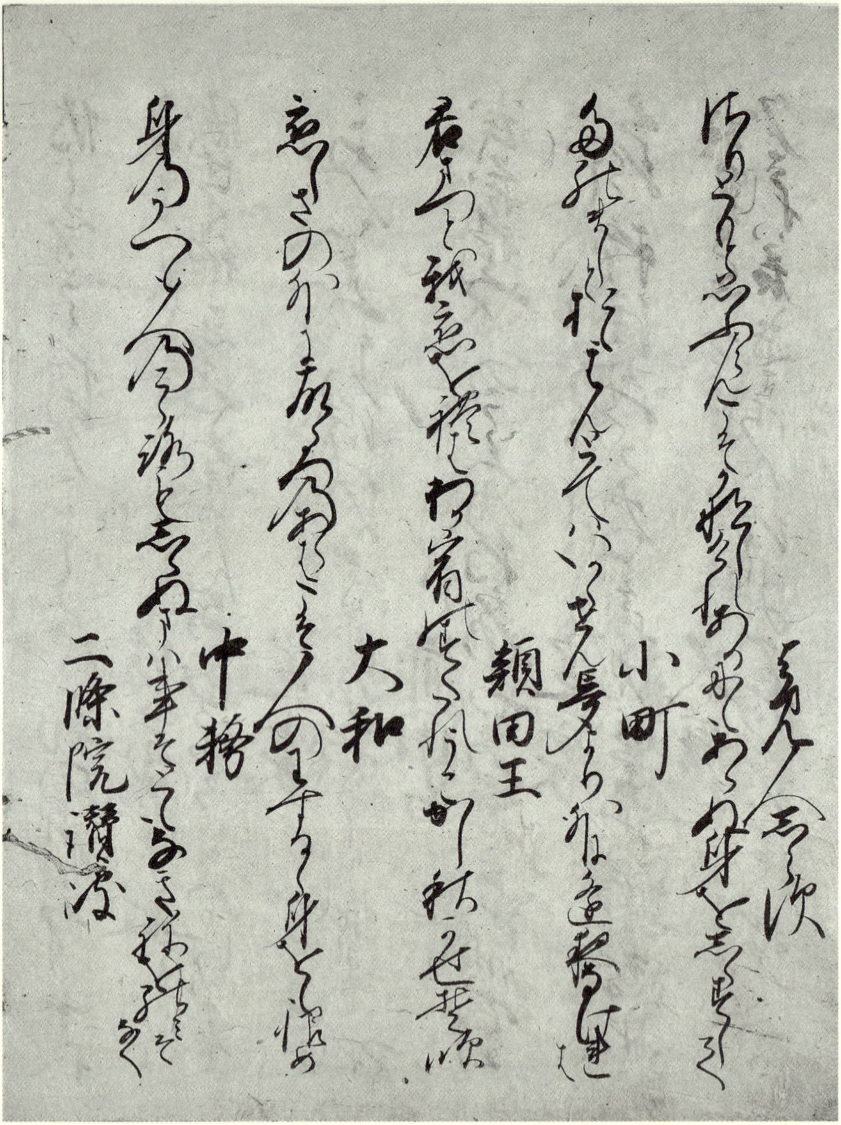
小町
額田王
大和
中務
二條院讃岐

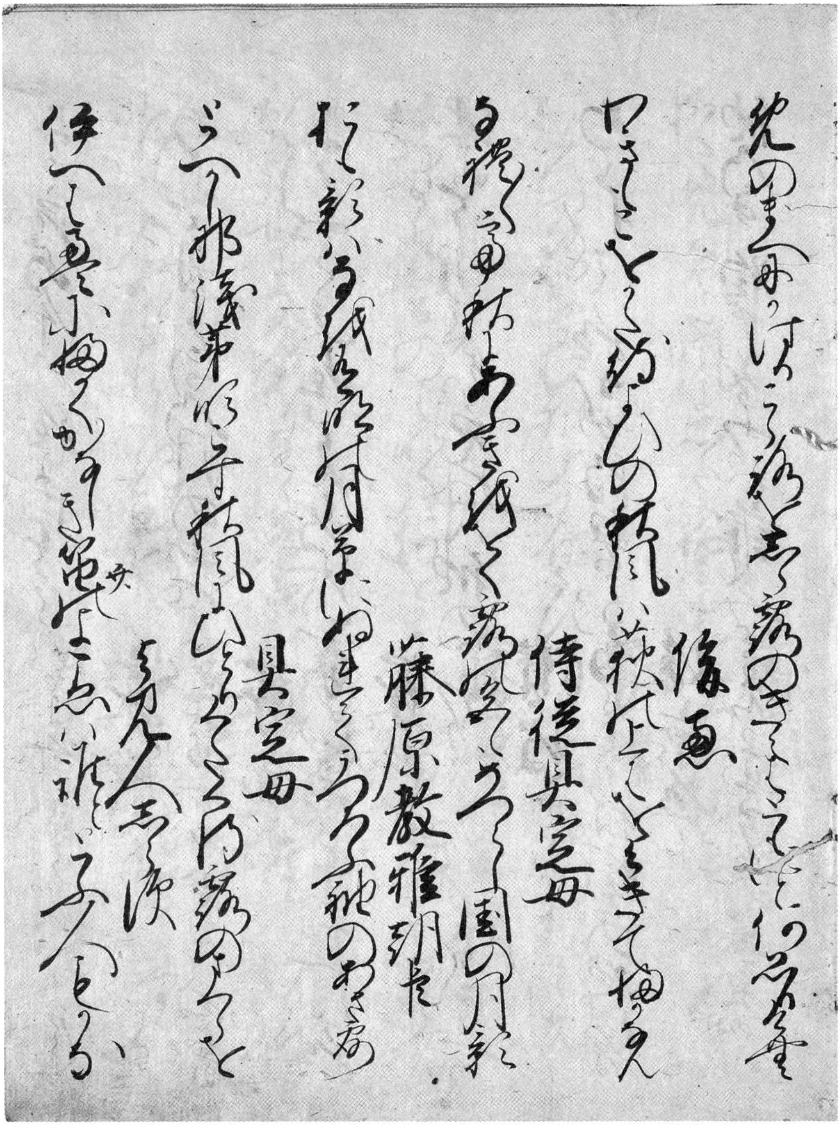

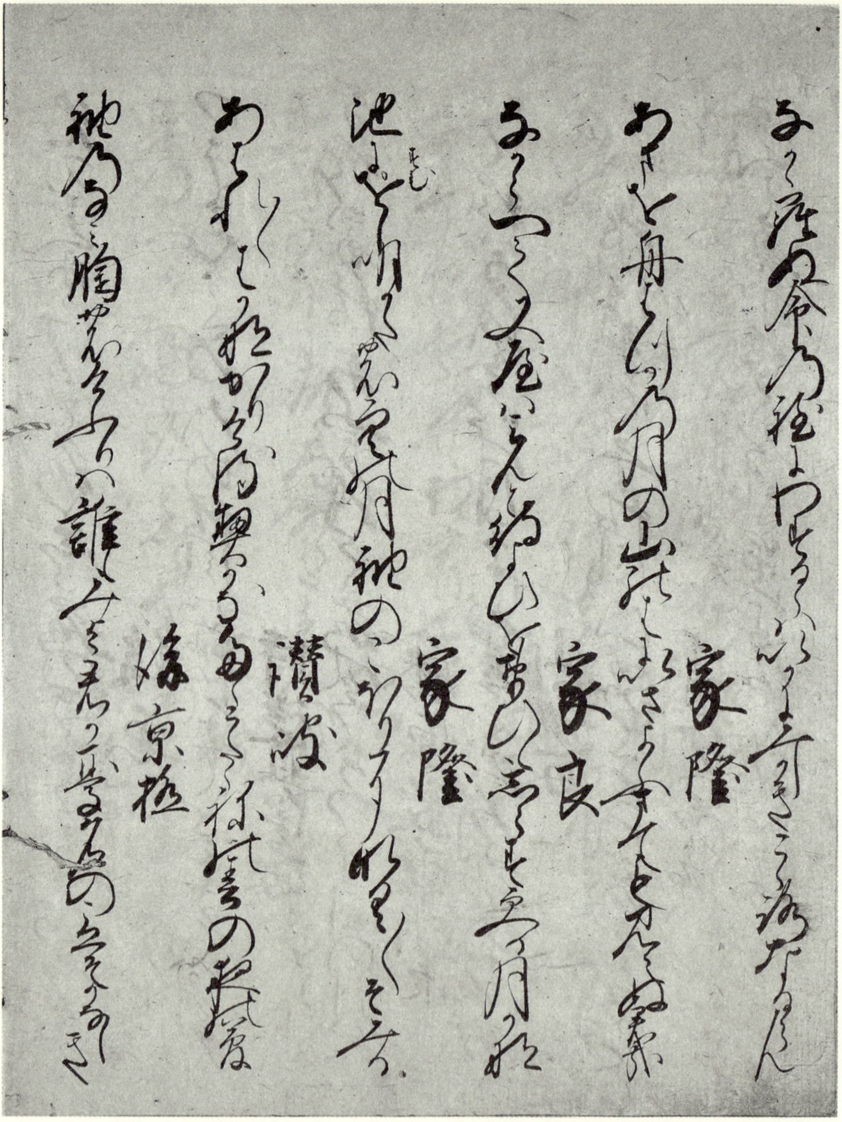

土御門内大臣
[illegible]
[illegible]
家隆
[illegible]
[illegible]
藤原[illegible]朝臣
[illegible]
[illegible]
かも[illegible]季保
[illegible]
[illegible]
定家
[illegible]
[illegible]
後京極摂

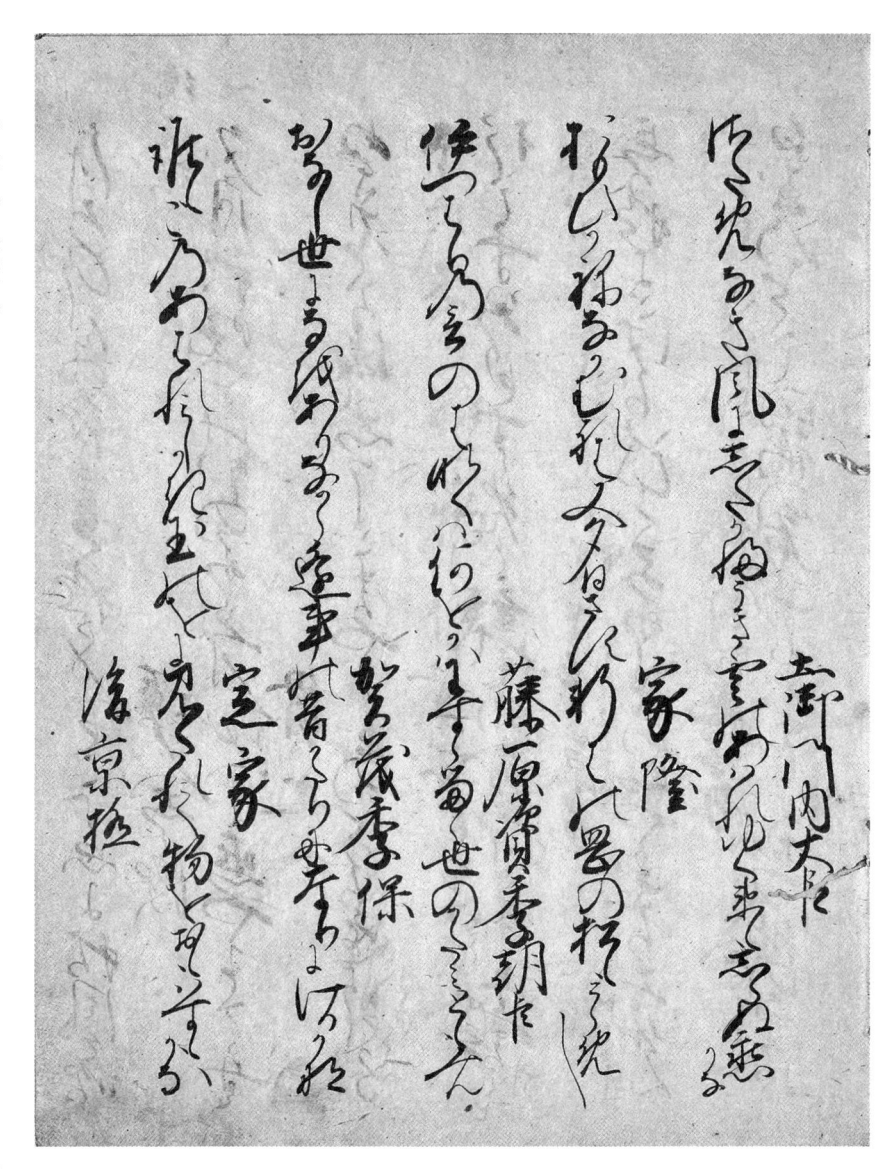

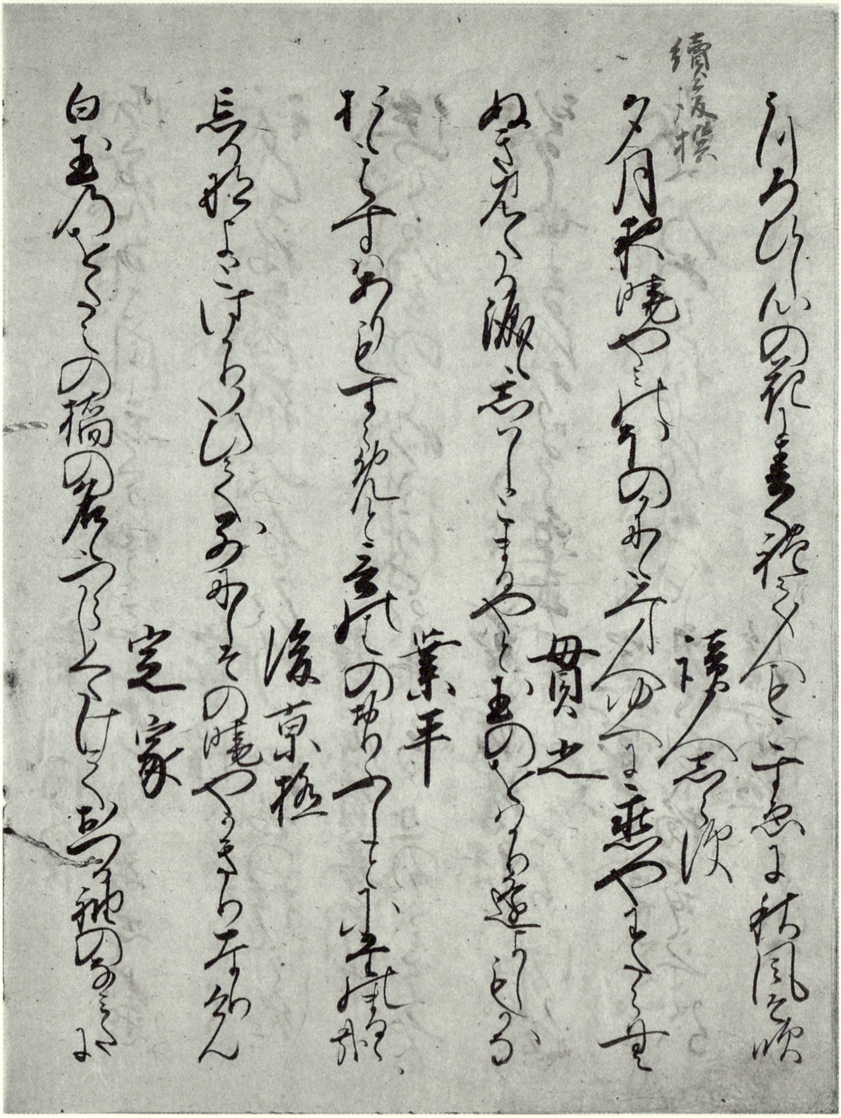
續後撰
貫之
業平
後京極
定家

家隆

紅のあさ葉の野らの露の上に我しく袖そ人なとかめそ

定家

契とき千年のちきり節ハなかりしを折て志らよその霜結

和泉式部

そらにしるくの物き物し侍らいてまくるやる

ちるもみちから

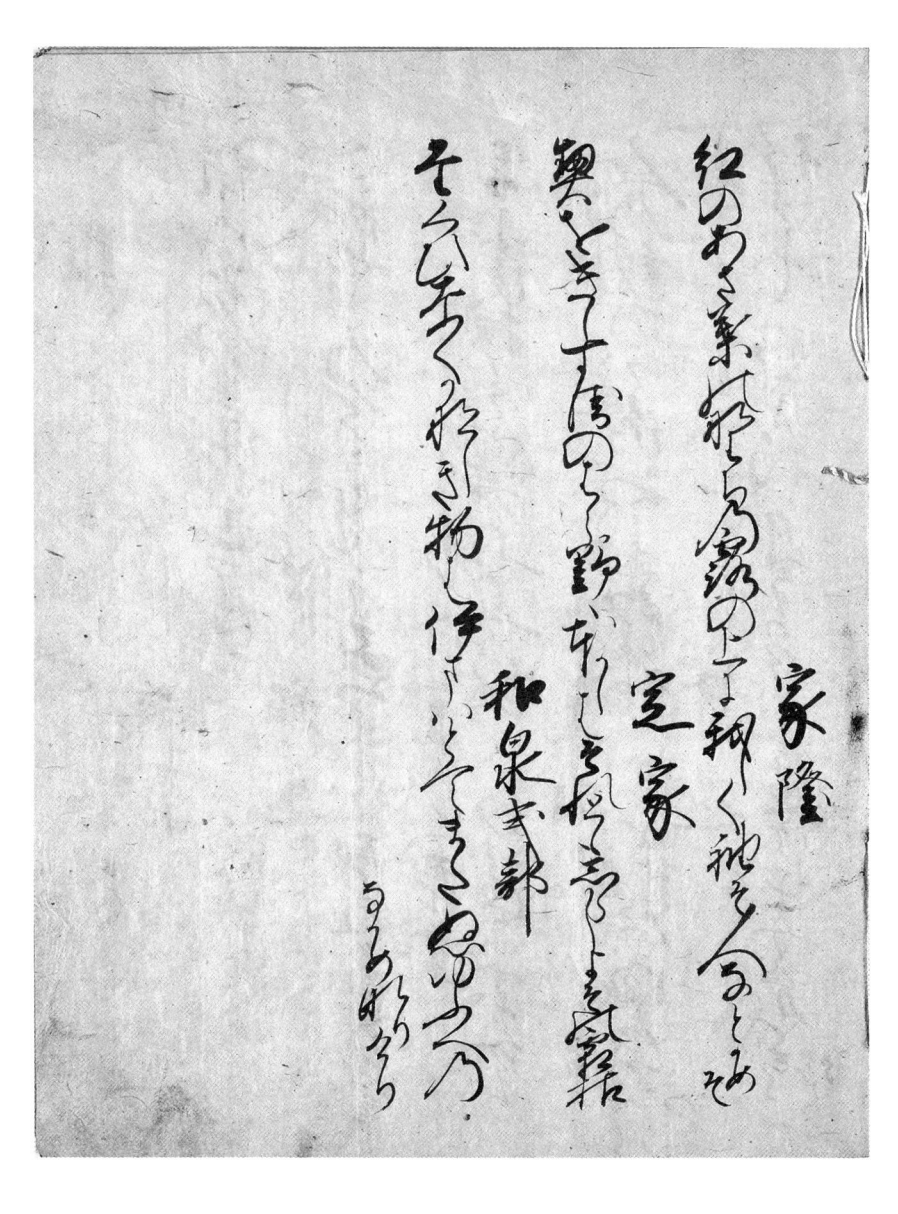

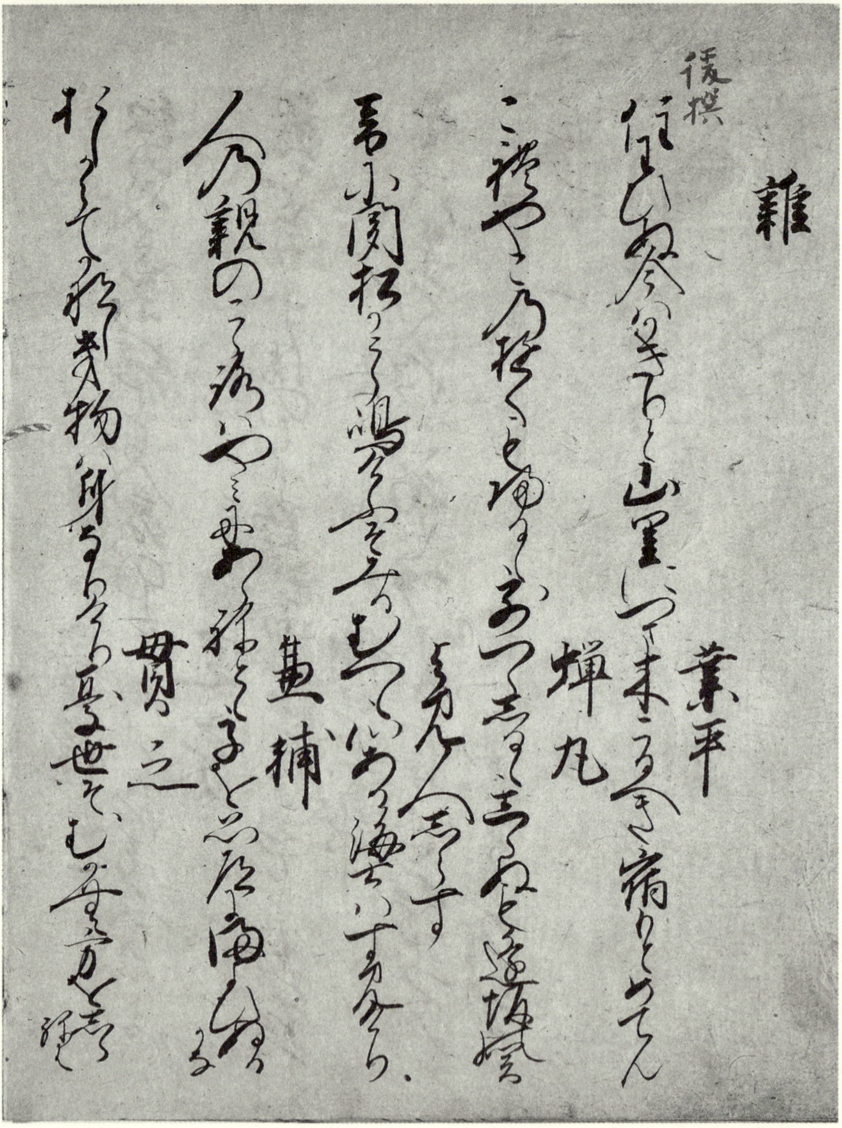

雑

業平

後撰

住わひぬ今はかきりと山里につま木こるへき宿もとめてん

蝉丸

これやこの行もかへるもわかれつゝしるもしらぬも逢坂の関

[illegible]

兼輔

人の親のこゝろはやみにあらねとも子を思ふ道にまとひぬるかな

貫之

[illegible]

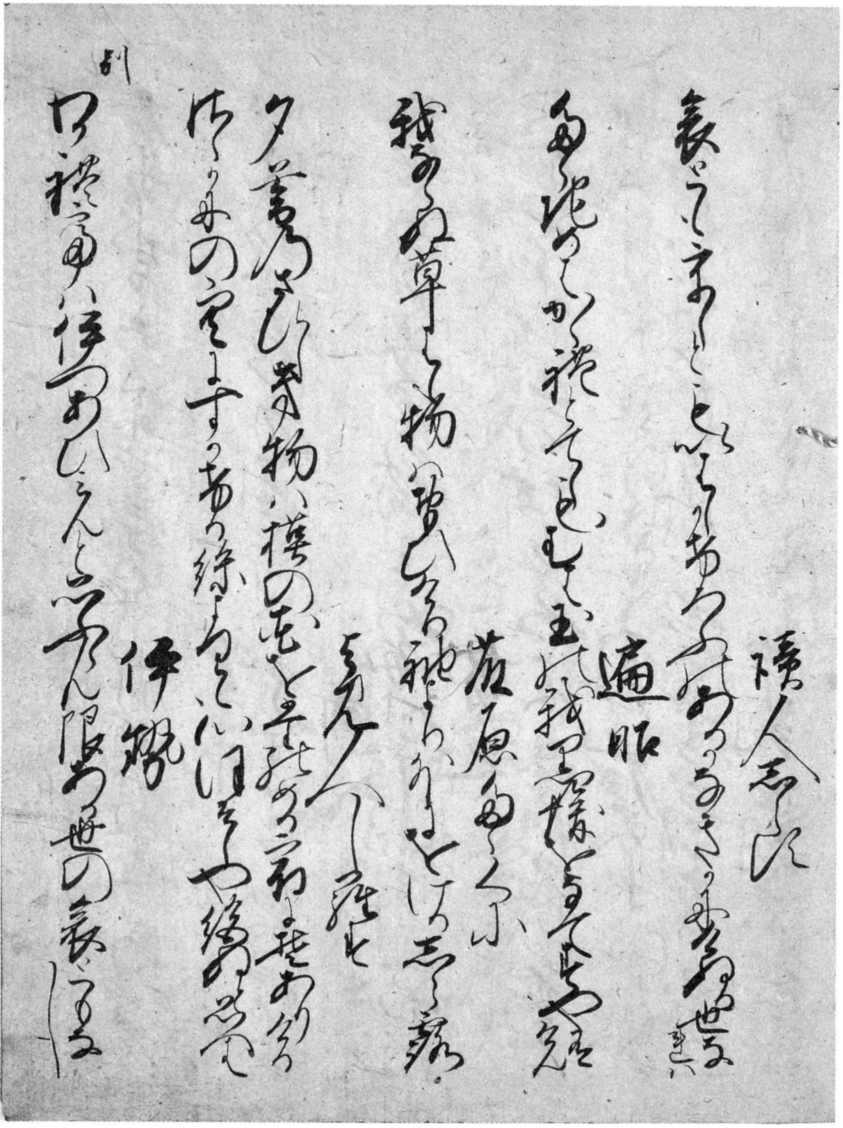

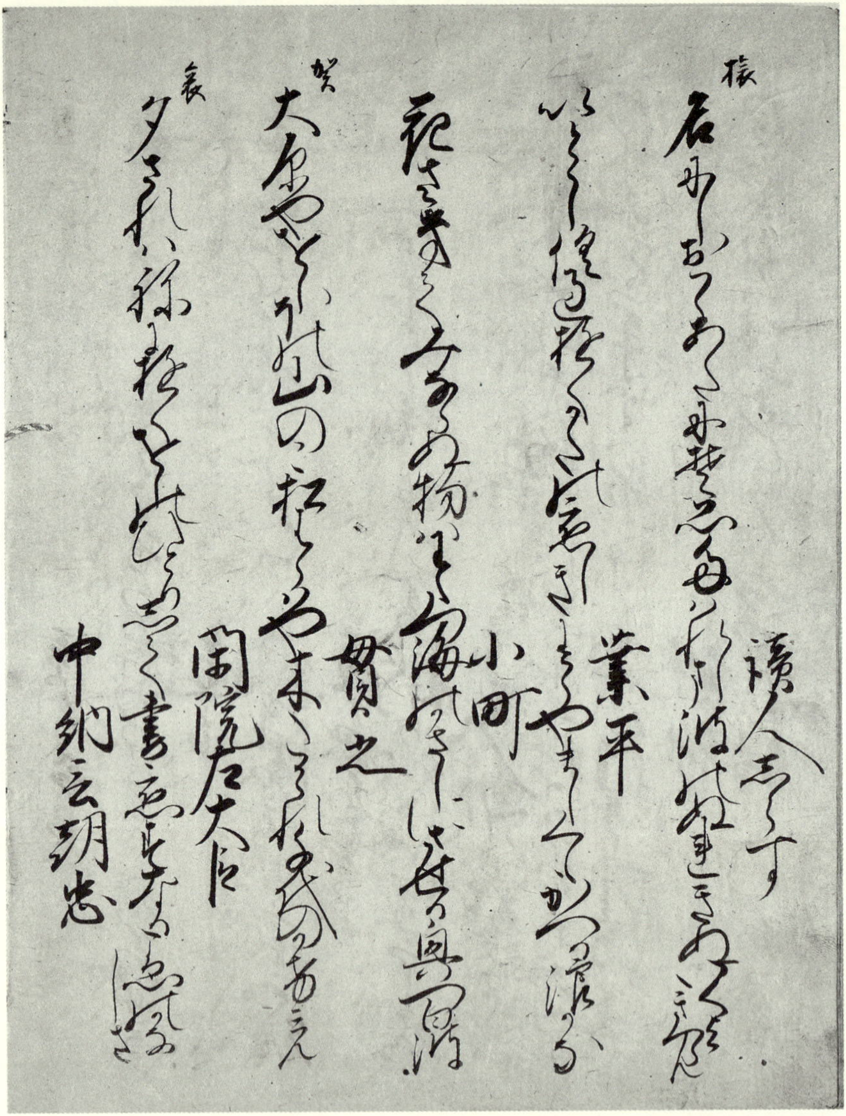
読人しらず
業平
小町
貫之
閑院右大臣
中納言朝忠

拾遺賀
万代のはしめと今日を祈をきて今行末は神そしるらん　能宣
位山みねまてつける杖なれと今万代のさかの為也
讀人不知
君の代は天羽衣稀にきてなつともつきぬ巖（盤）ならなん
別
君すむ[illegible]別路より行葛城の松風[illegible]
御乳母少納言
行すゑてかくてや別る今日の瀬とたのみ[illegible]
女蔵人三河
東路の草葉をわけむ人よりもをくるゝ袖そまつは露けき
亜盛

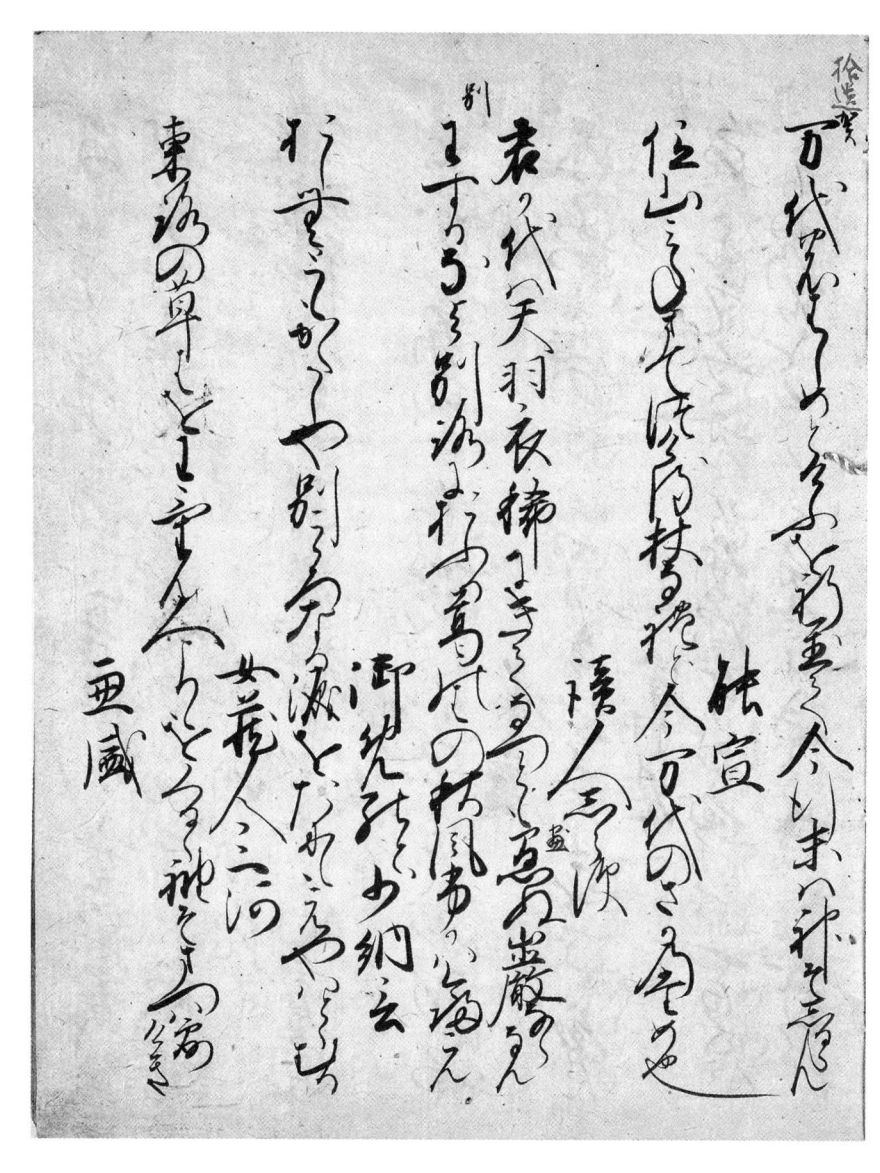

毎年あきに伴て家に二首歌よみ侍しに白河は紅葉の錦か
はなのかけの衣のやとるらし浦やすさき紅葉ちる
けのつら紀
思出てみやこ[illegible]こひしき[illegible]かきまてもありきて[illegible]
贈太政大臣
君かすむ宿のこすゑをゆく〱もかくるゝまてにかへりみしはや
人麿
天とふや鴈の使にいつしかもならの都にことつてやらん
すけかた
物名
[illegible]とをみかえんとなく源芥か梅[illegible]や[illegible]
いろねのをとくみ[illegible]かえんていきさの[illegible]にそ[illegible]

雑

中務卿具平親王

世にふれは物おもふとしもなけれとも月にいくたひなかめしつらむ

貫之

ふたつなき物と思しを水底に山のはならて出る月影

高光

かくはかりへかたく見ゆる世中にうらやましくもすめる月かな

藤原仲文

有明の月のひかりをまつほとにわか世のいたくふけにけるかな

伊勢

音羽川せきいれておとす滝つせに人の心の見えもするかな

公任

瀧の糸は絶えて久しく成ぬれと名こそ流れて猶きこえけれ

斎宮女御

琴のねに峰の松風かよふらしいつれのをよりしらへそめけん

読人しらす

年をへて[illegible]瀬の下す鏡[illegible]

橘忠幹

忘るなよほとは雲ゐになりぬとも空ゆく月のめくりあふまて

読人しらす

久方の月の桂もおるはかり家の風をもふかせてしかな

平定文

憂き世には門させりとも見えなくになとかわか身の出かてにする

うミ海道眺書

沖津浪雲ゐの岸とも見ゆみまよはさんはなかゝる

讀人しらす

空の海に雲の波たち月の舟星のはやしにこきかくるみゆ

世中はなにの時とえてかはる揃にこゝろ花かくさん

世の中はかくこそ有けれとくやいまな人とは

貫之

春林よりしくて枝しに花なき林つ時に雨ふるつるいし

よみ人志らす

勅なれハいともかしこし鶯の宿ハとゝはゝいかゝこたへん

什文

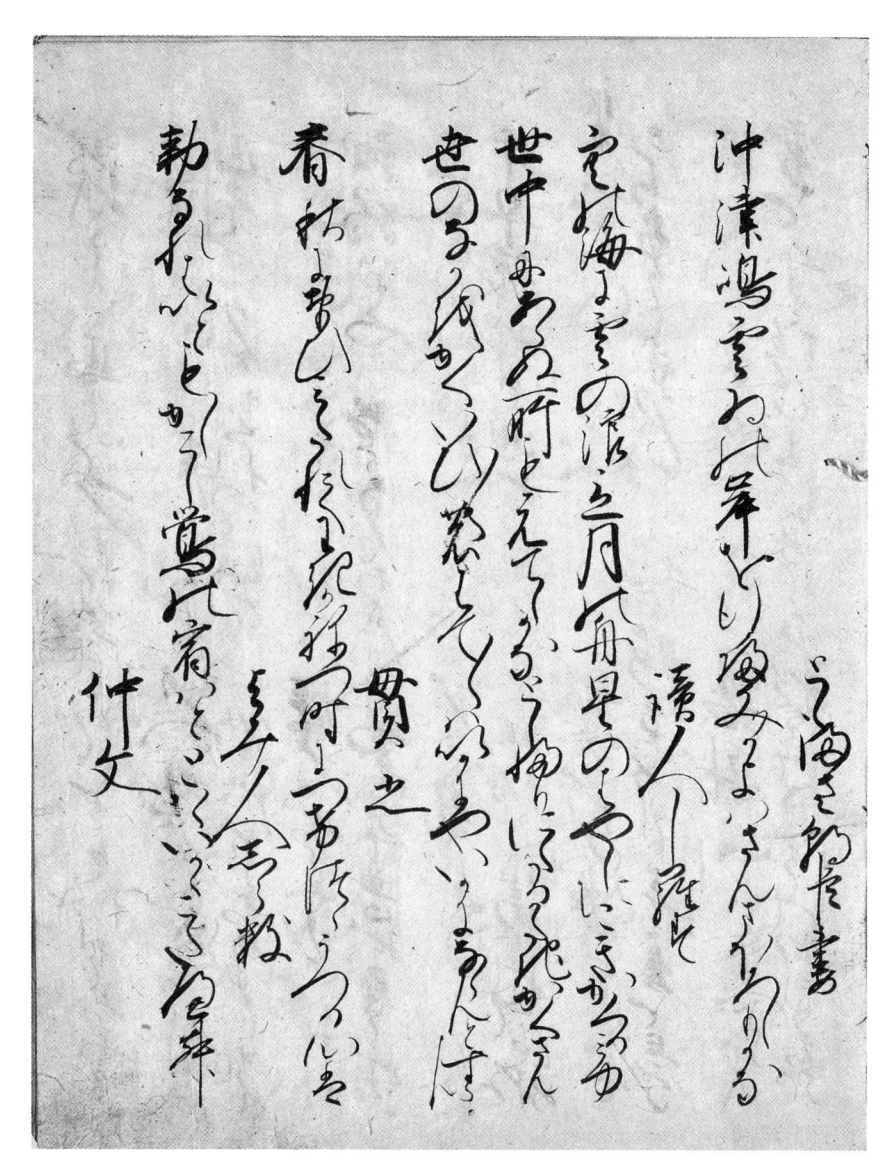

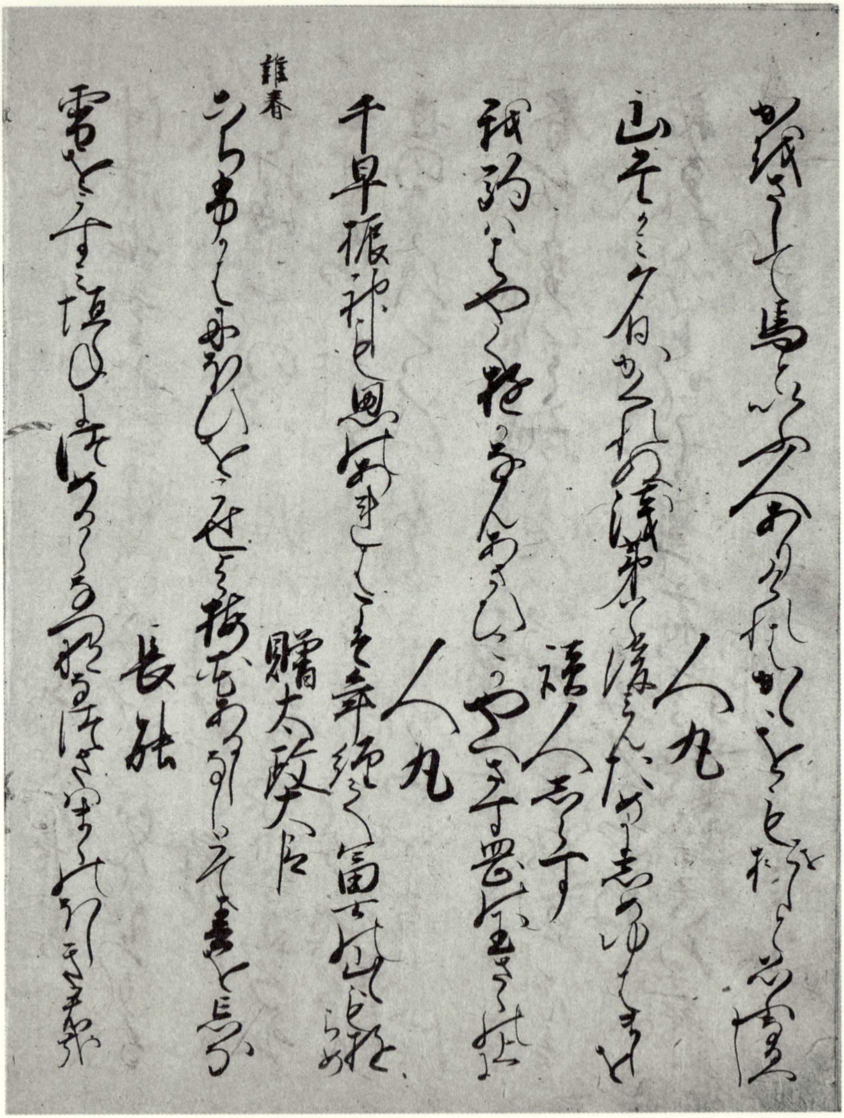

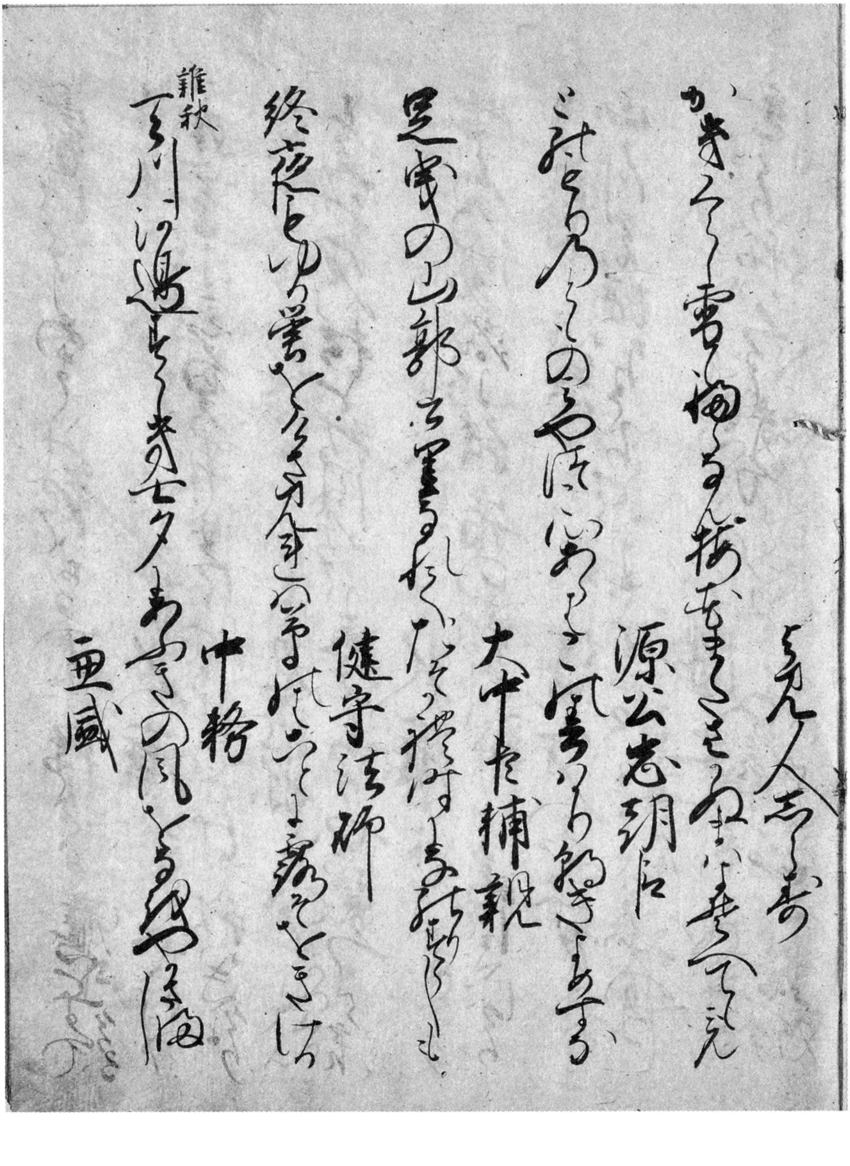

よみ人しらず

かきくらし雪[illegible]桜[illegible]

源公忠朝臣

[illegible]

大中臣輔親

足曳の山郭公里なれてたそかれ時に名のりすらしも

健守法師

終夜ともしの[illegible]

中務

雑秋

天川[illegible]七夕[illegible]の風[illegible]

[illegible]

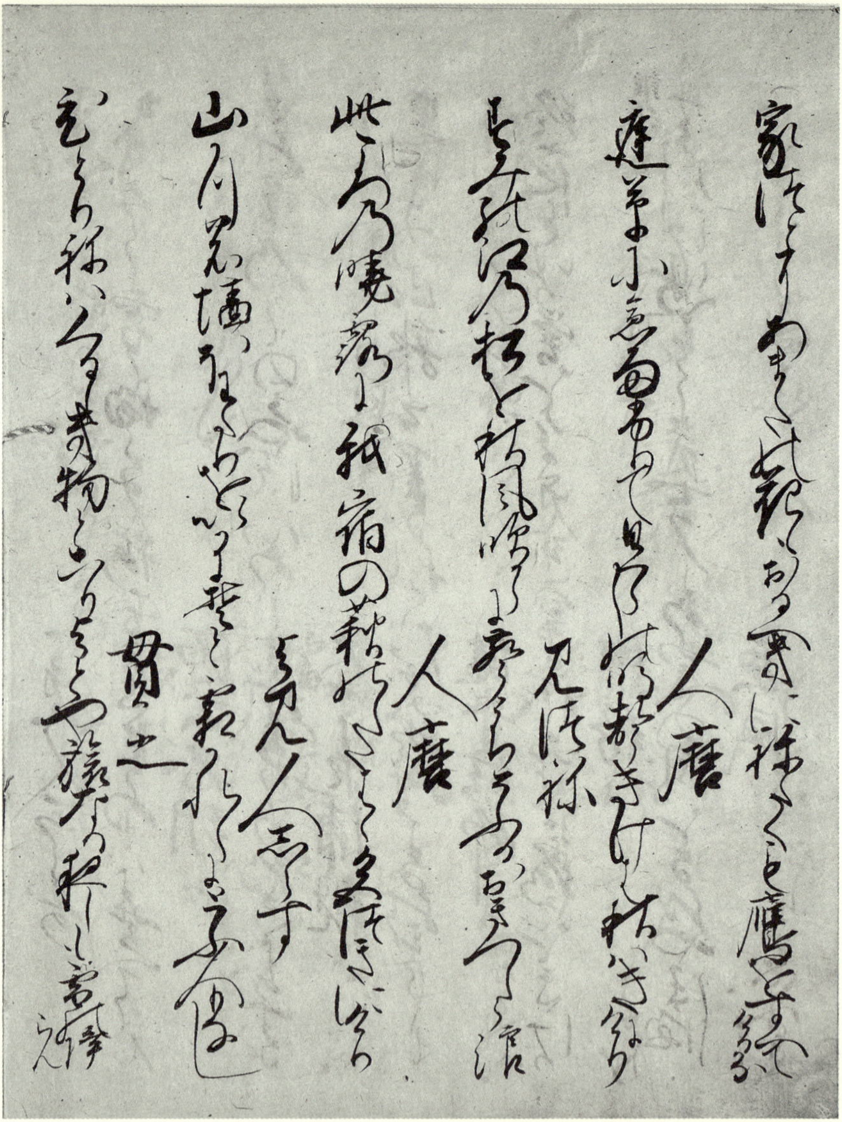

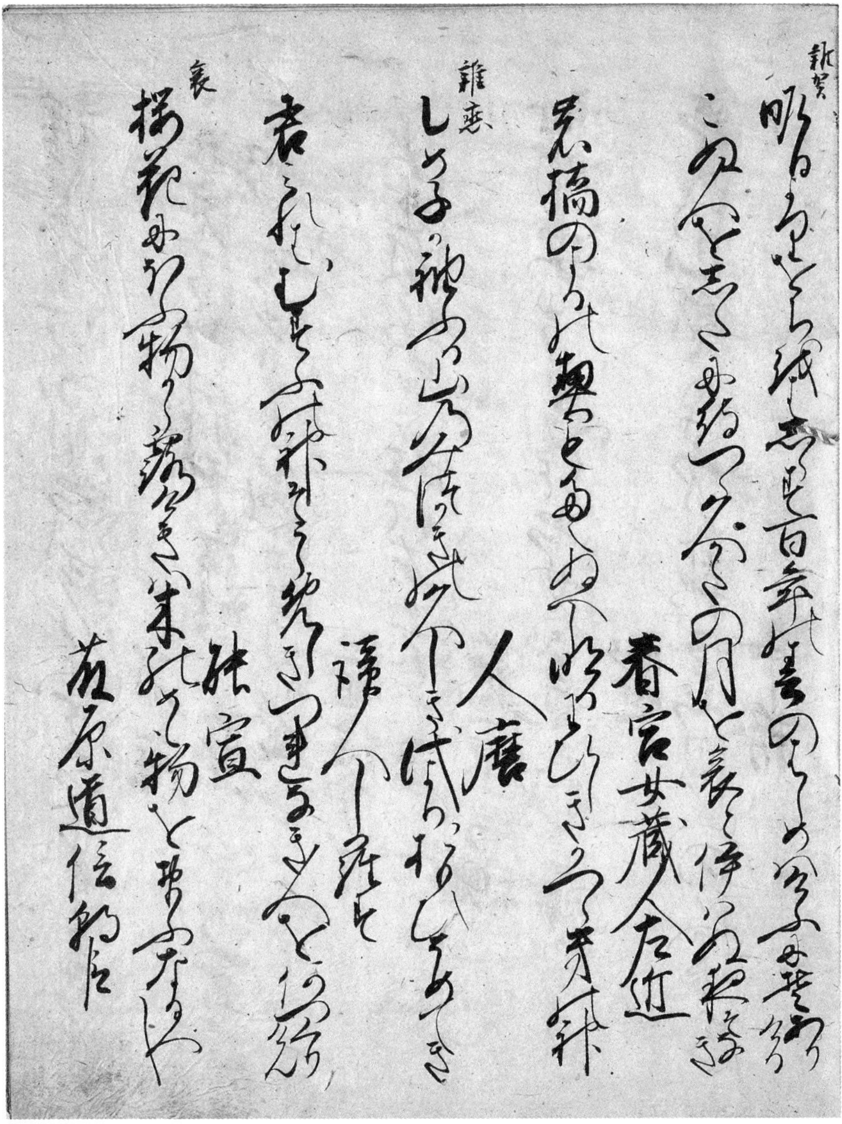
新勅賀
春宮女蔵人左近
いはゝしの夜の契もたえぬへしあくるわひしきかつらきの神
雑恋
人麿
をとめ子か袖ふる山のみつかきのひさしき世より思ひそめてき
讀人しらす
哀
能宣
藤原道信朝臣

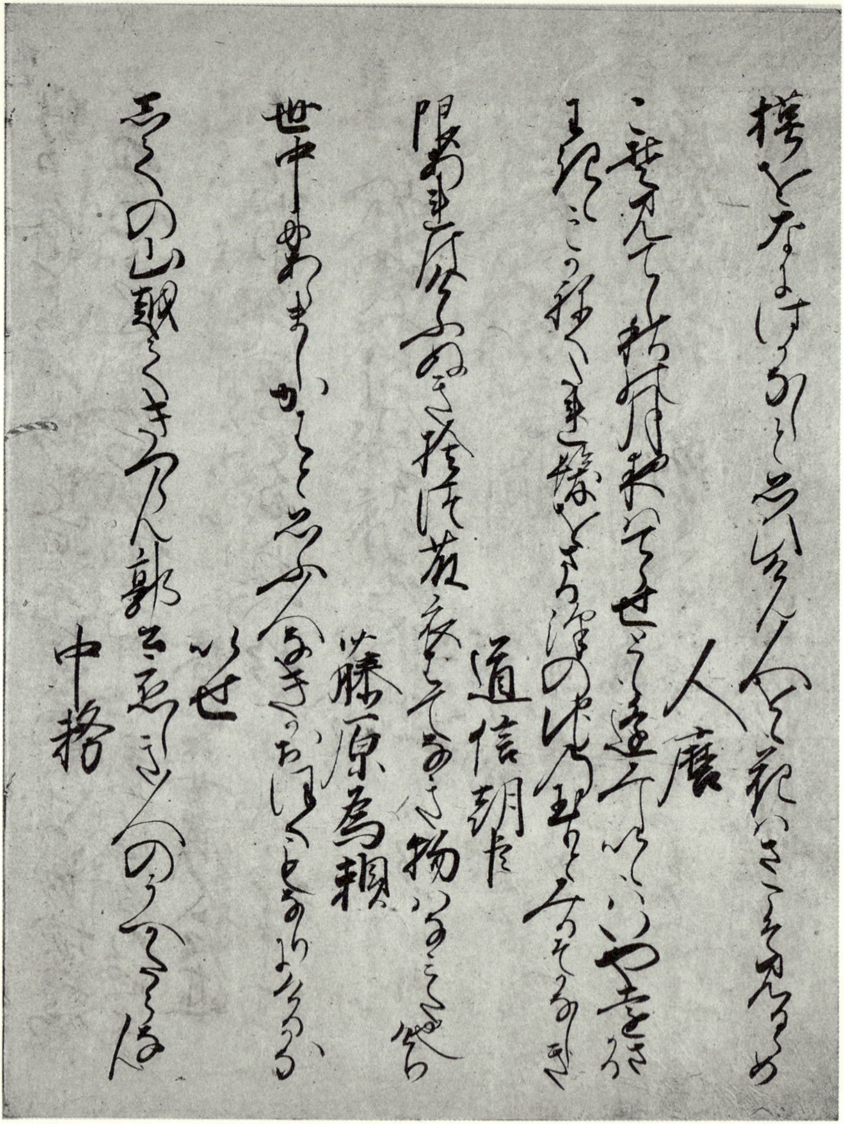

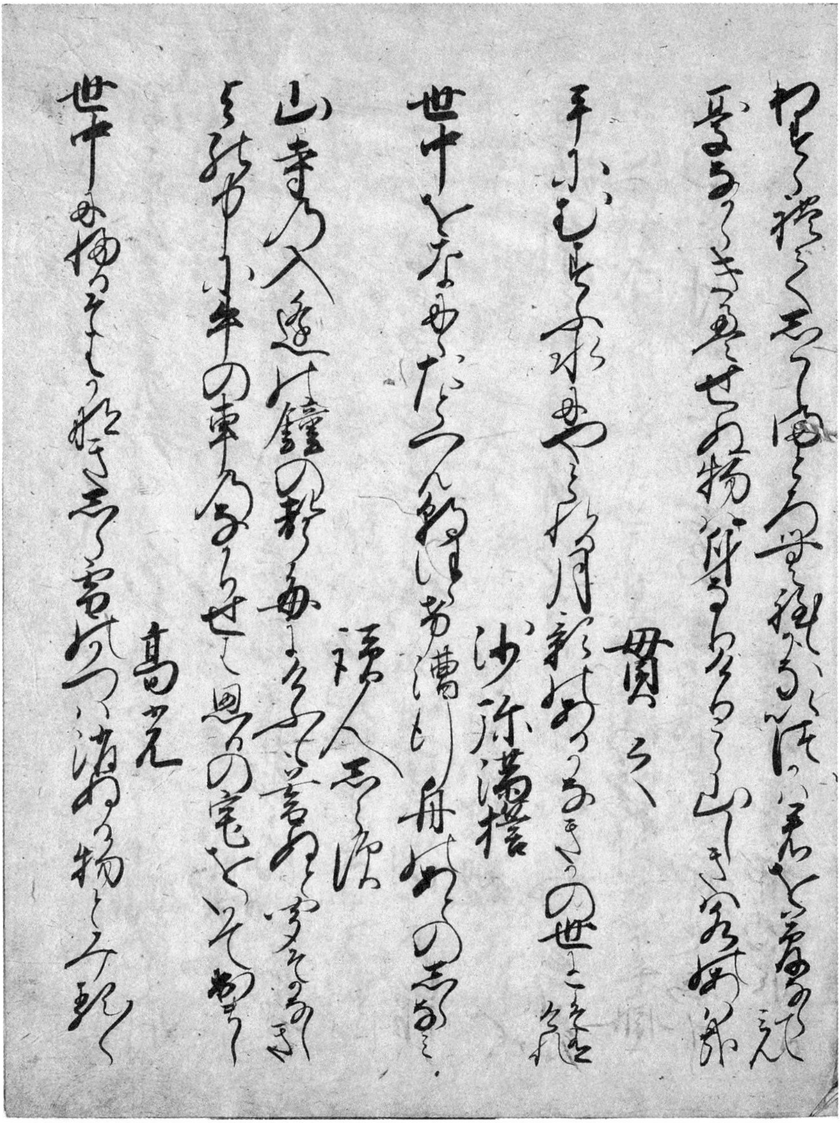

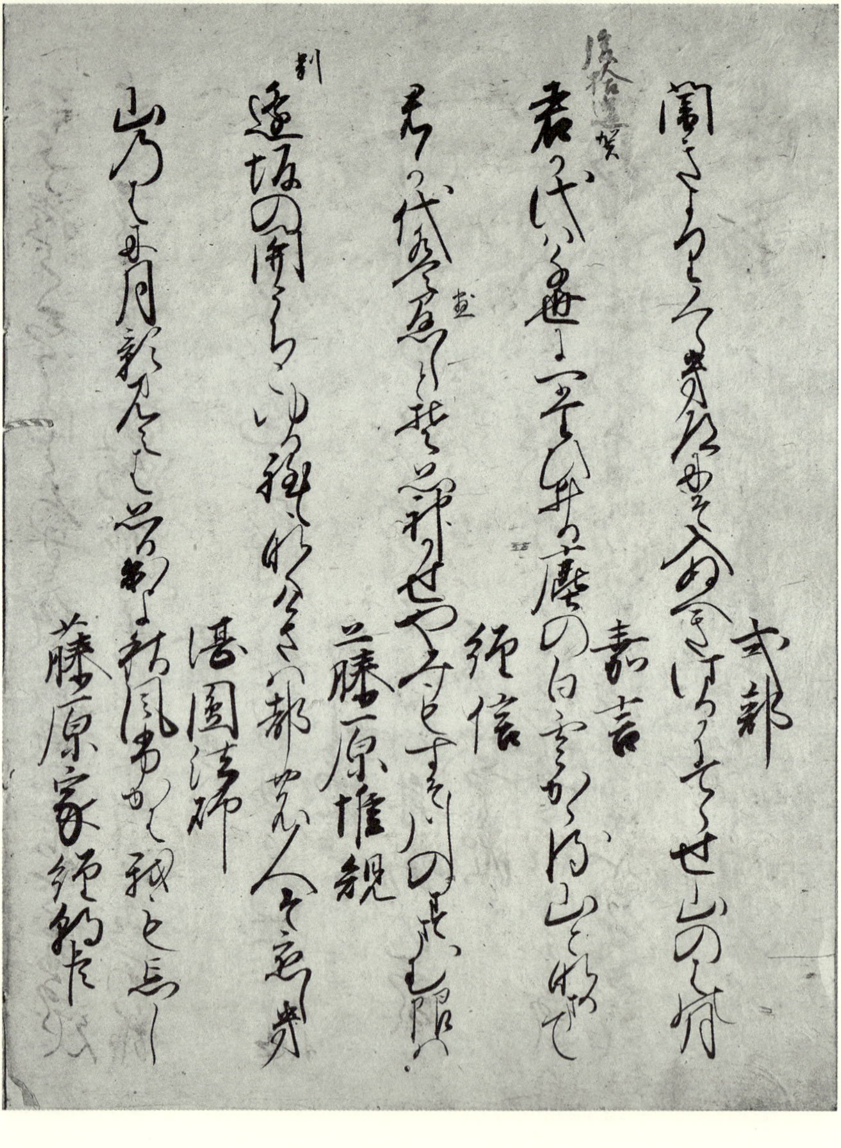
式部
後拾遺 賀
嘉言
君か代は千代に一たひゐる塵の白雲かゝる山となるまて
経信
君か代はつきしとそ思ふ神風やみもすそ川のすまむかきりは
藤原惟規
逢坂の関うちこゆるほともなくけさは都の人そ恋しき
増円法師
藤原家経朝臣

春は花秋は月みて無かはつるまても別にありてはいはかり
中納言定頼
松山の松の風吹はせともみなこゝろにて思ふ手風
藤原節信
かはりてハ誰とかえこそ見えてハしらぬ人はありや
大江正言
故郷は花のさかりに成ぬとハ雲なきをこそ告もしらね
公任
百川済の名もかけたりしたえぬれと猶流れつゝ
あか志ゑもん
いつくにも我かへて節ハくもゐのしたそ

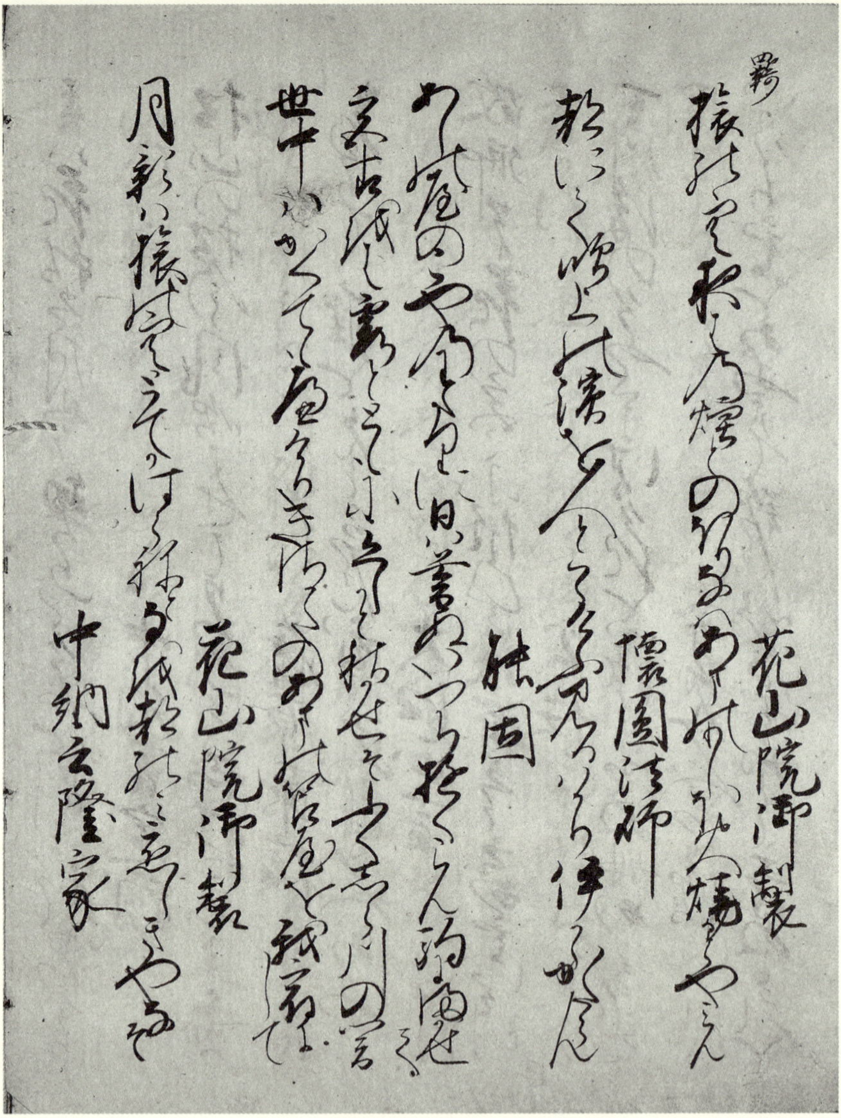
花山院御製
懐円法師
能因
花山院御製
中納言隆家

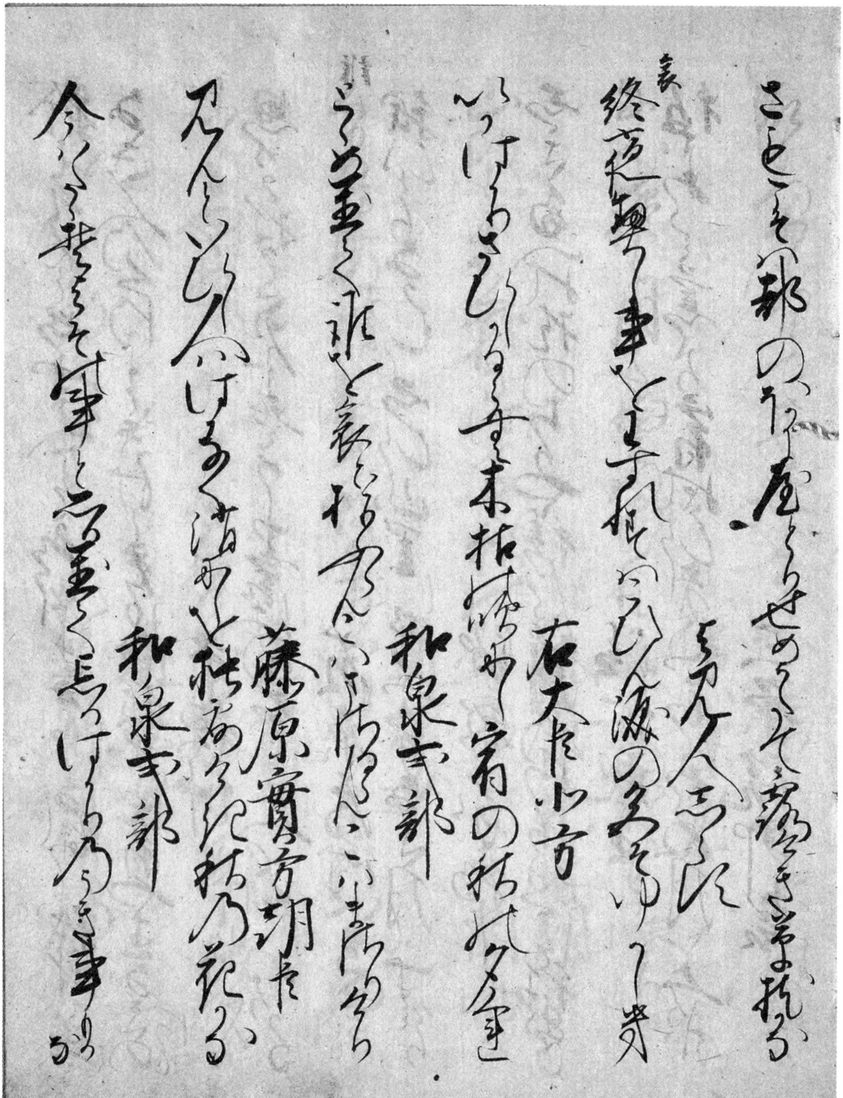

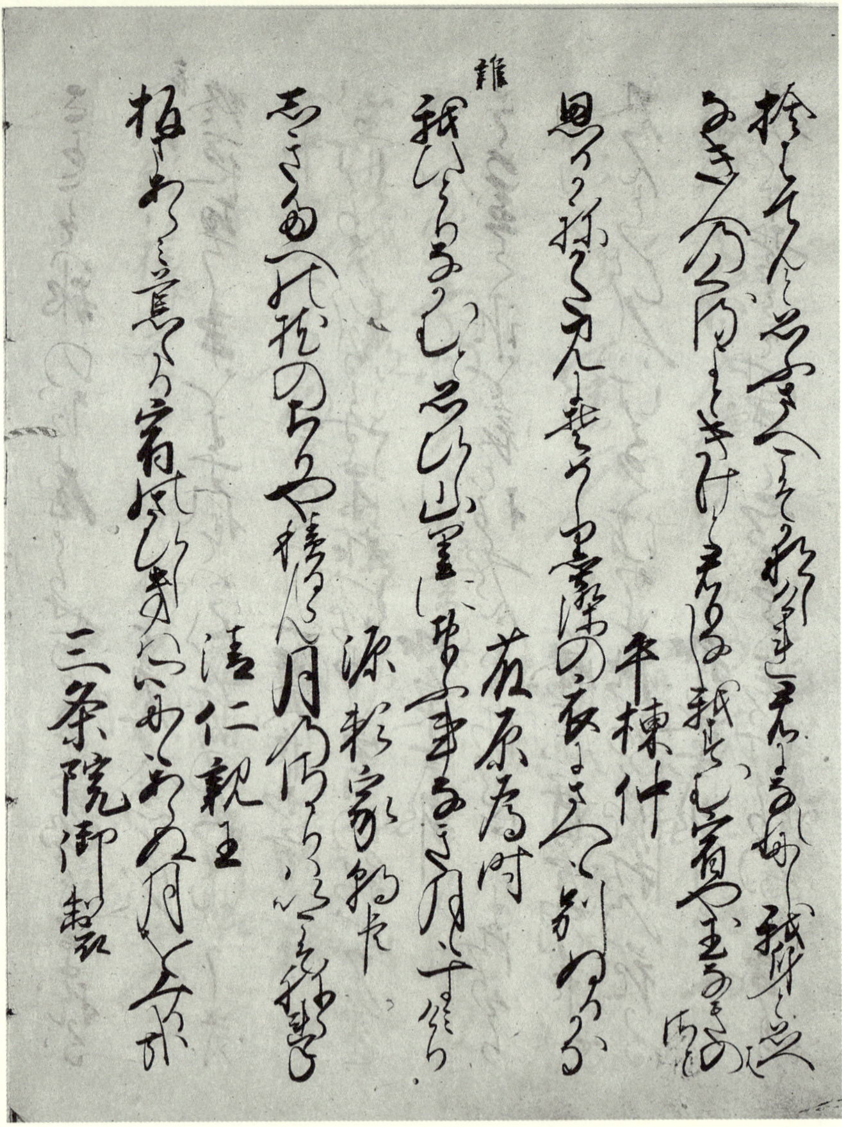
平棟仲

雑

藤原為時

源頼家朝臣

清仁親王

三条院御製

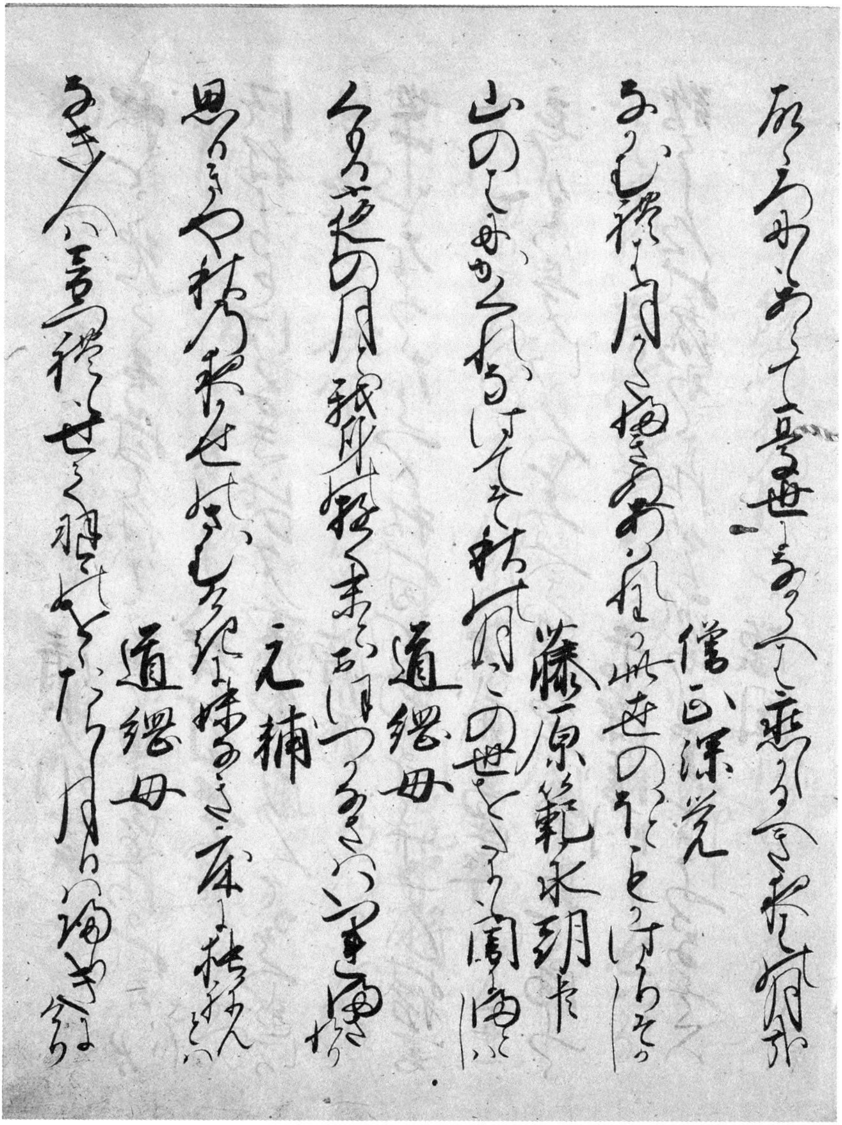
取人もなくて亭世にまつりてこひしき秋の月かな
僧正深覚
すみし秋の月を思へはなかれての世のなかにとゝめけるそのかみ
藤原範永朝臣
山のはにかくれはてけるそ秋の月この世とゝもに闇にまとはん
道綱母
くもり夜の月と我身の行末のおほつかなさはいつれまされり
元輔
思ひきや秋の夜なかしさしもたえ床に枕ならへんとは
道綱母
なき人は言つてせよとかたらへは月は海にそ

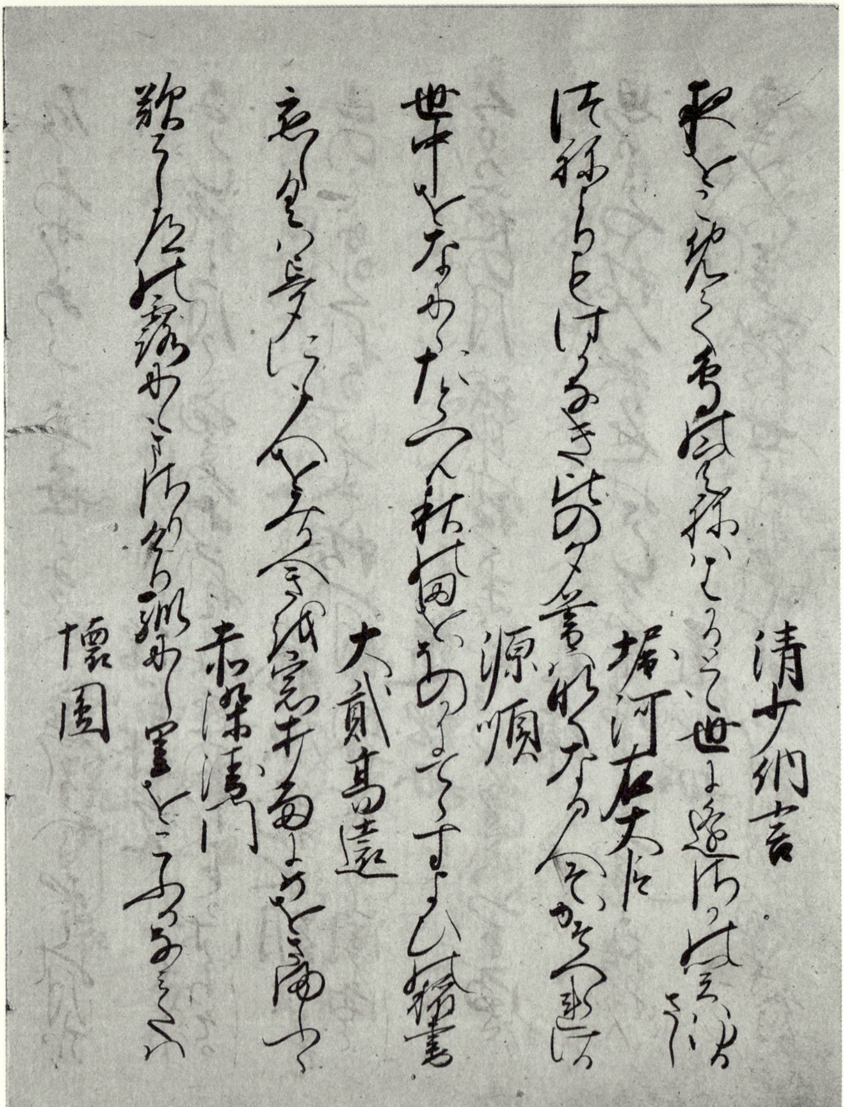
清少納言
堀河右大臣
源順
大貳高遠
赤染衛門
懐圓

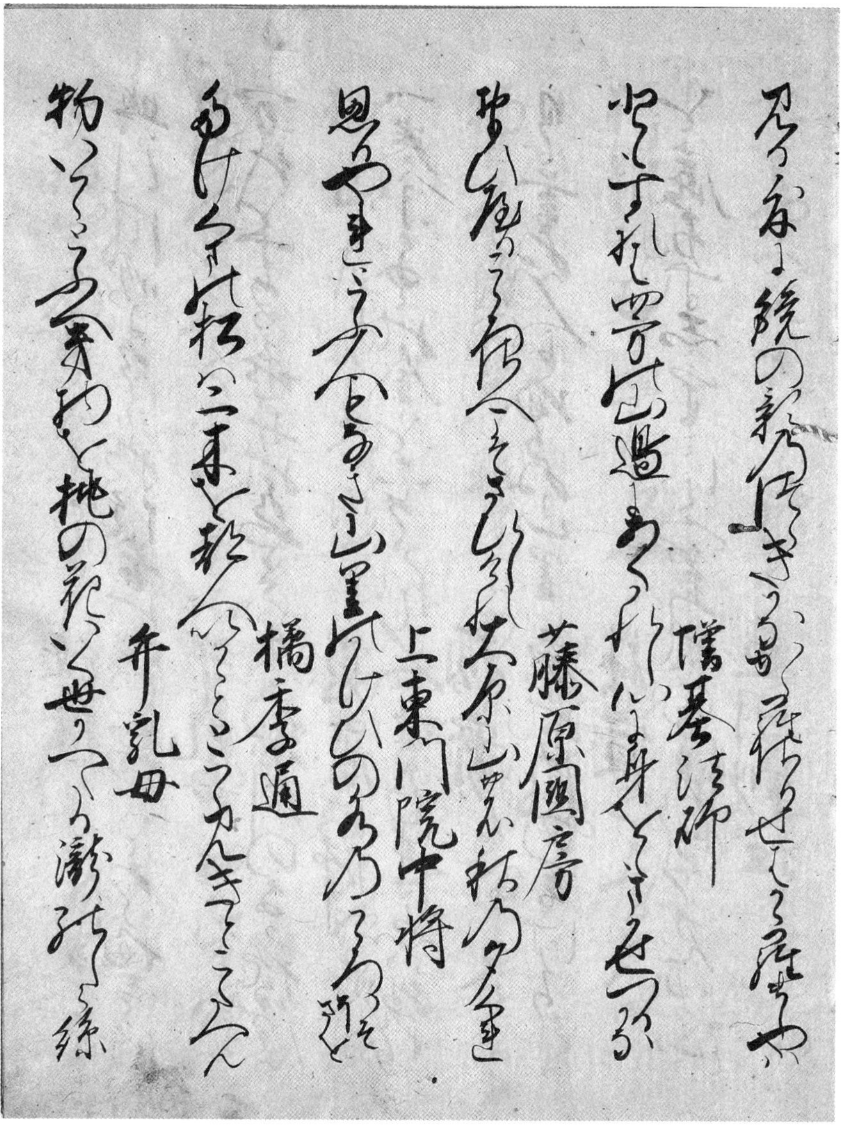

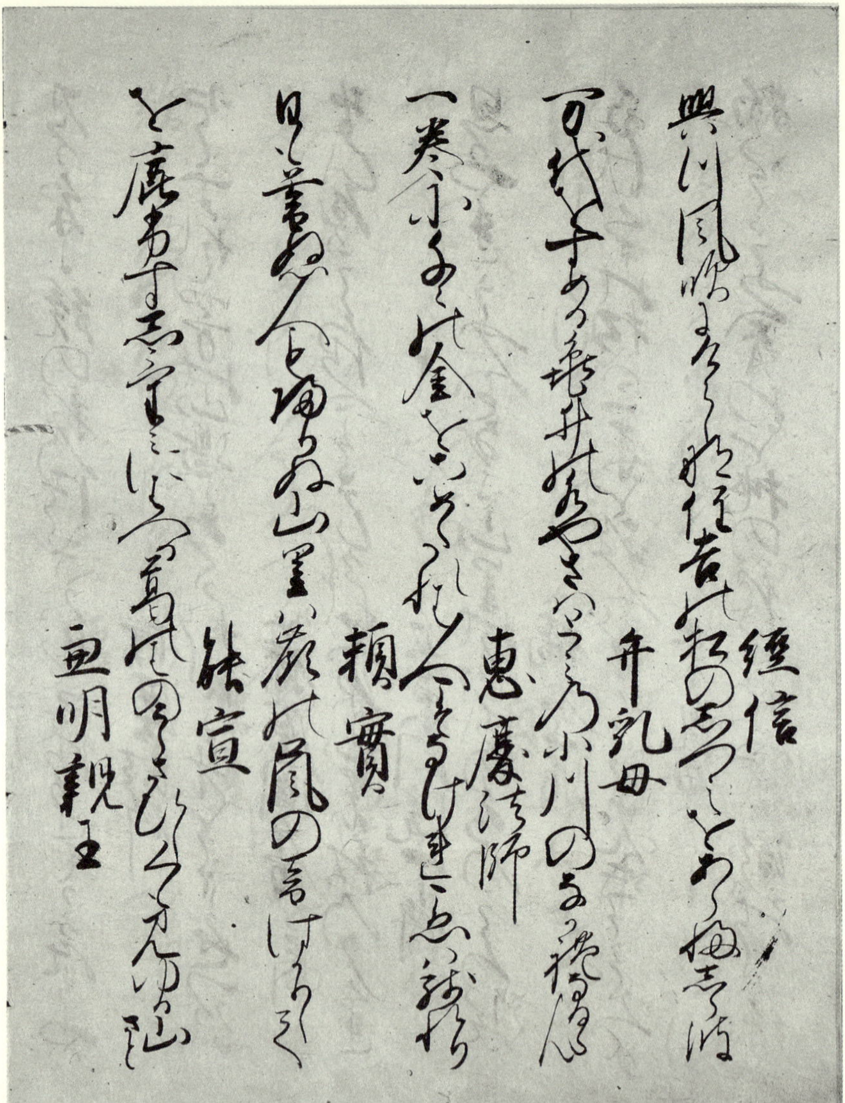

七重やの花をはし鶯をはきのえきまよきさけあ
にしらぬ花よけらすそくきつうらき
物いへハ津の葉て我身もあくれ出ぬ海と芝
和泉式部
イく山たきちるつ瀧つを生ちかりをとの枕かな
長能
自幻な見くるをと花ふひそわつ葉越
恵慶
稲荷山三方玉垣にてき我拝ふ事て神とこそ

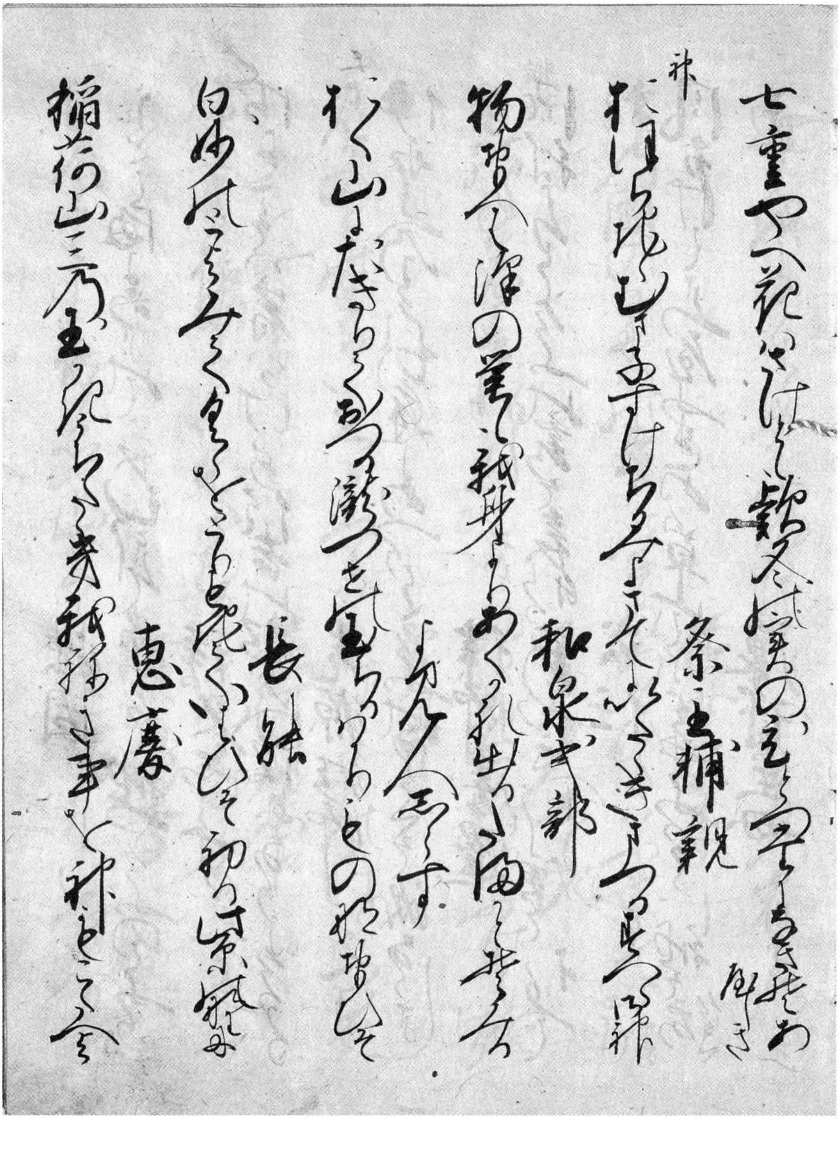

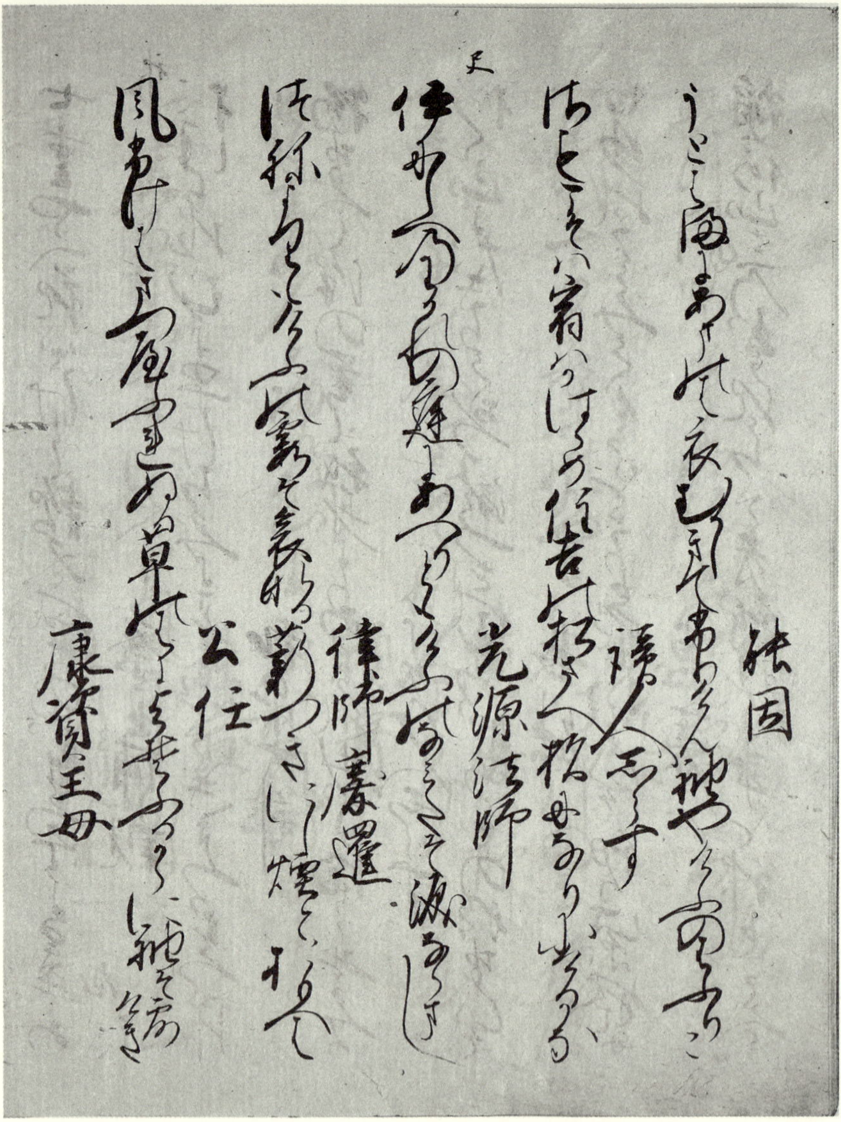

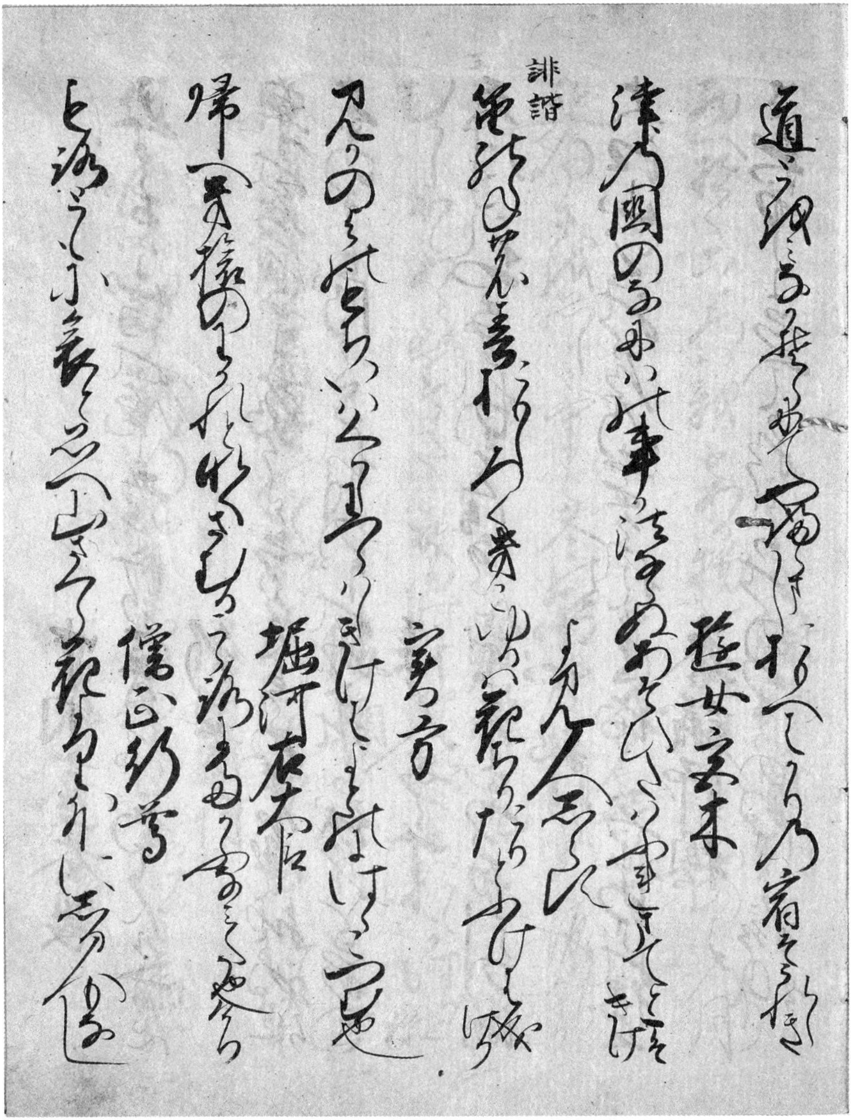
誹諧

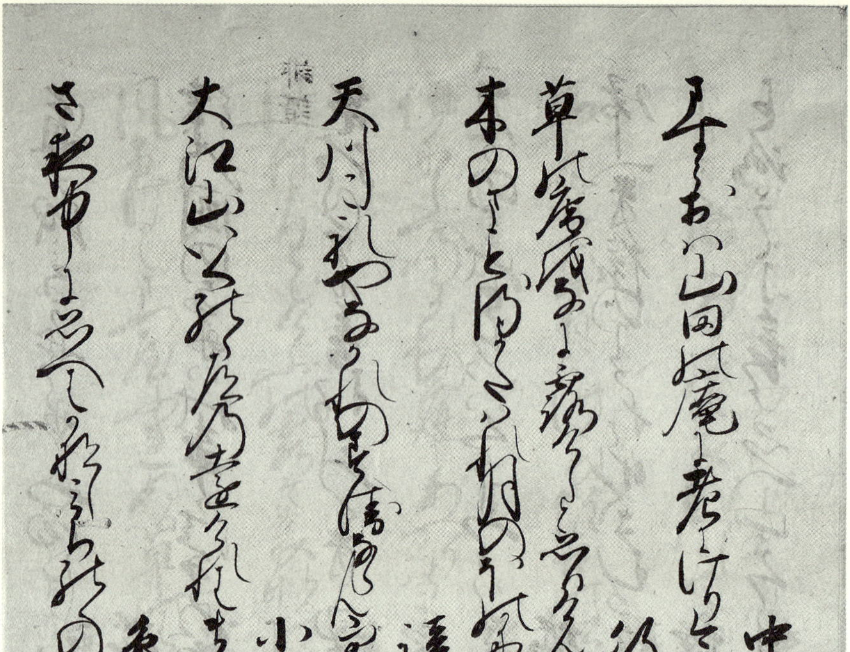
中納言基長
行尊
草の庵をなに露けしと思ひけんもらぬ岩屋も袖はぬれけり
讀人しらず
小式部
大江山いく野の道の遠けれはまたふみもみす天の橋立
参議師頼

源師賢朝臣

[illegible]は錦とみし物を秋[illegible]山の[illegible]月

ある人に申す

[illegible]

源雅光

王昭君

むかしみし[illegible]

俊頼

[illegible]かく眉[illegible]

周防内侍

[illegible]

ある人に申す[illegible]

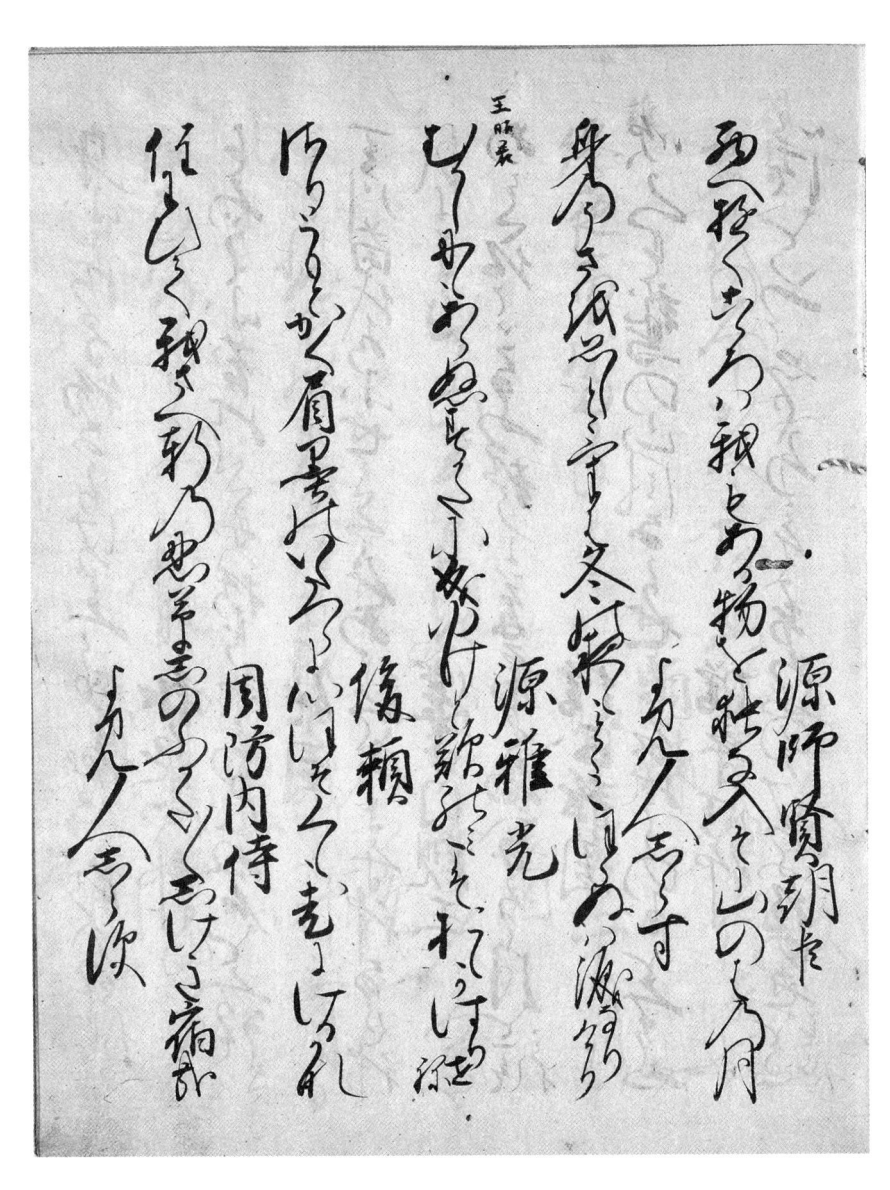

身にしむる物おもひせよとや風んてふきり
　　　　　　　　　　　和泉式部
とふ人も古きにまかせつゝれぬる名をおそ
　　　　　　　　　　　佐国
三川萬代のおせきそあつてさけす神わきき
　　　　　　　　　　　選子内親王
めつらしきことゝみ着しにゑちしきの月と井
　　　　　　　　　　　僧正静圓
吹くとそ鷲の山風おとすなり哀れ峰のつきとおもへや
　　　　　　　　　　　僧尋清師
ぬきとつてやくかすき子のひけ子鷹のきとる

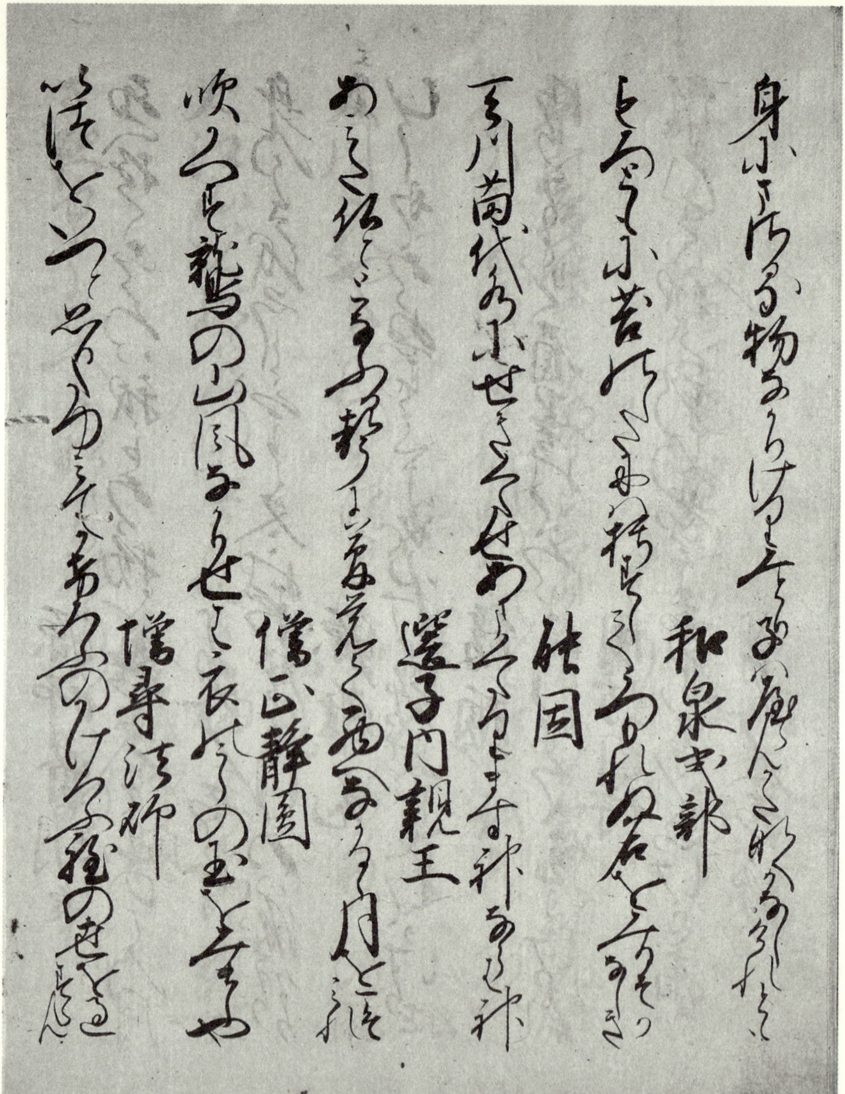

詞花賀

君か代のとかきたにや神とうちうん吉社
　　　　　　　　　　　　　　　　きん人家次

終夜富士富るよ雲はく清見つ宮よちら月し
　　　　　　　　　　　　　　　　顕輔

月よきしの事も忘はれしきを老てすきくるや
　　　　　　　　　　　　　　十原長國

ほしおかる戎やうる神と志そう神のみ前る
　　　　　　　　　　　　　　僧人気次

隆南めくらる志濡かりもなてひろけ
　　　　　道綱母
　　　　　　　　赤染衛門

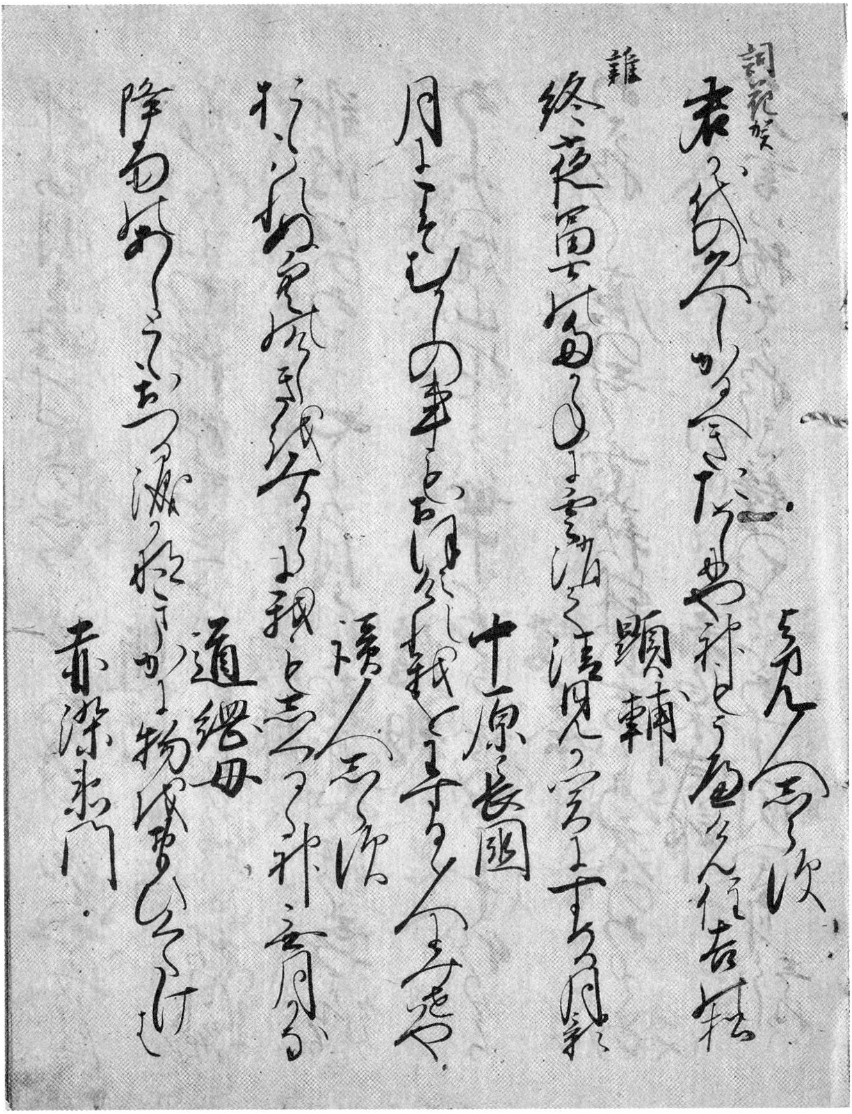

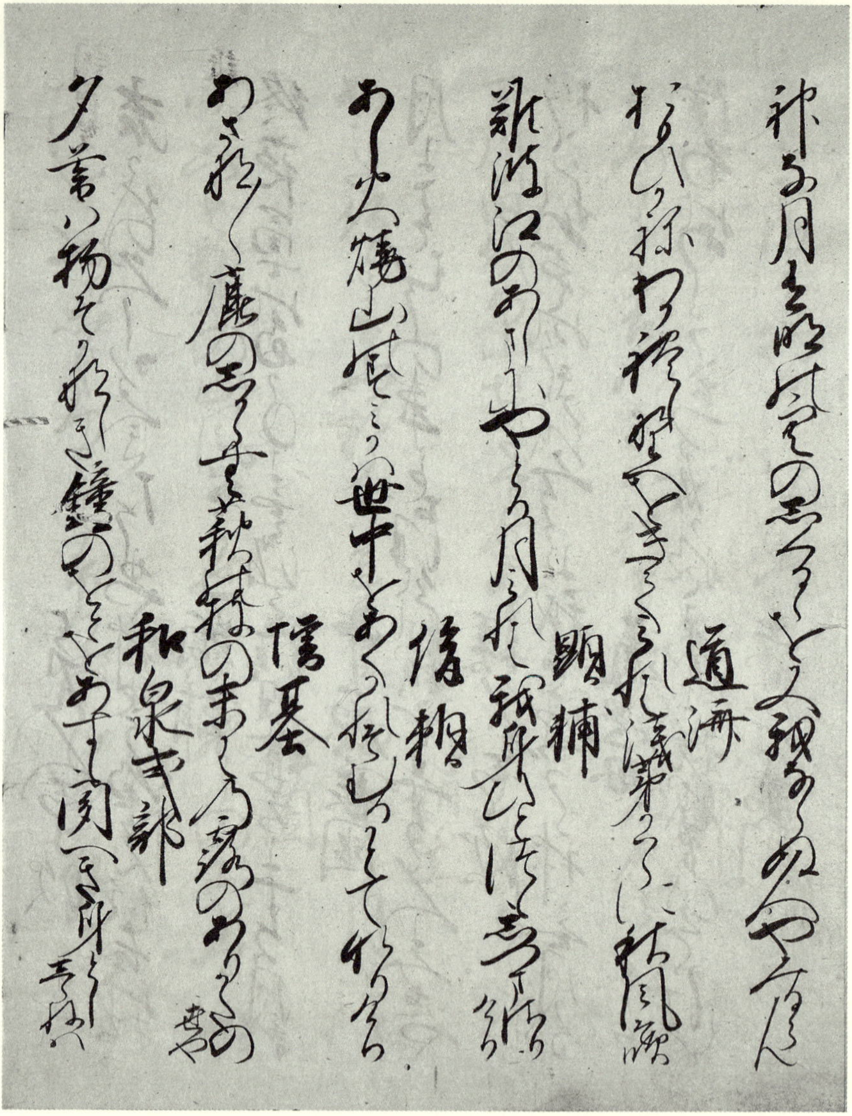
道済
顕輔
俊頼
和泉式部

法橋顕昭

皆人の昔てるをしほりしも流れてはやきつゝ山のなりけん

赤染衛門

かはらむといのる命はおしからてさてもわかれん事そかなしき

よみ人しらす

身を捨る人はまことにすつるかはすてぬ人こそすつるなりけれ

関白前太政大臣

峰しは梢にみえく覚ゆみも乱て山風よりかゝる白雲

わたの原漕出てみれは久かたの雲ゐにまかふおきつしら波

宇治前太政大臣

いさやまたはきてとてぬるかそまつらん人は教とそふ

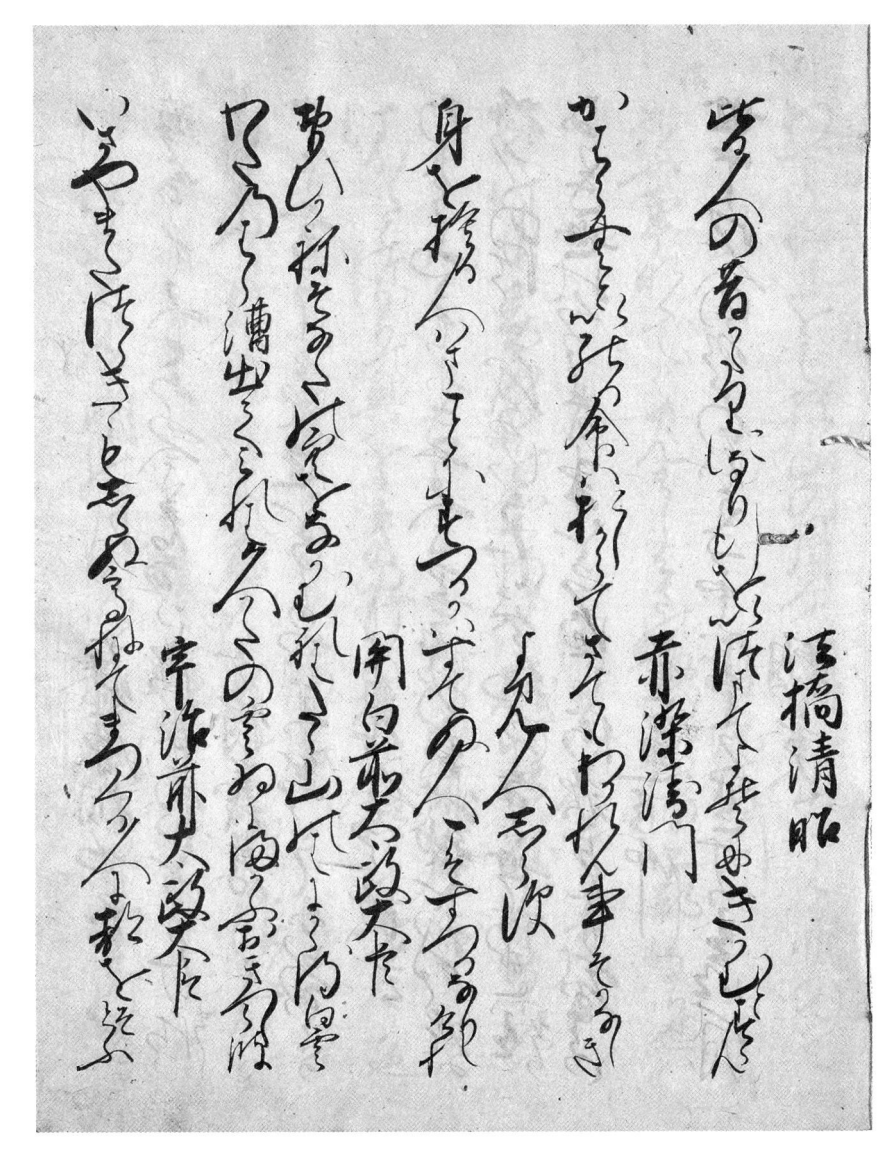

藤原相如
夢ならて又もあふへき君ならはねられぬいをもなけかさらまし
少将義孝
登蓮法師

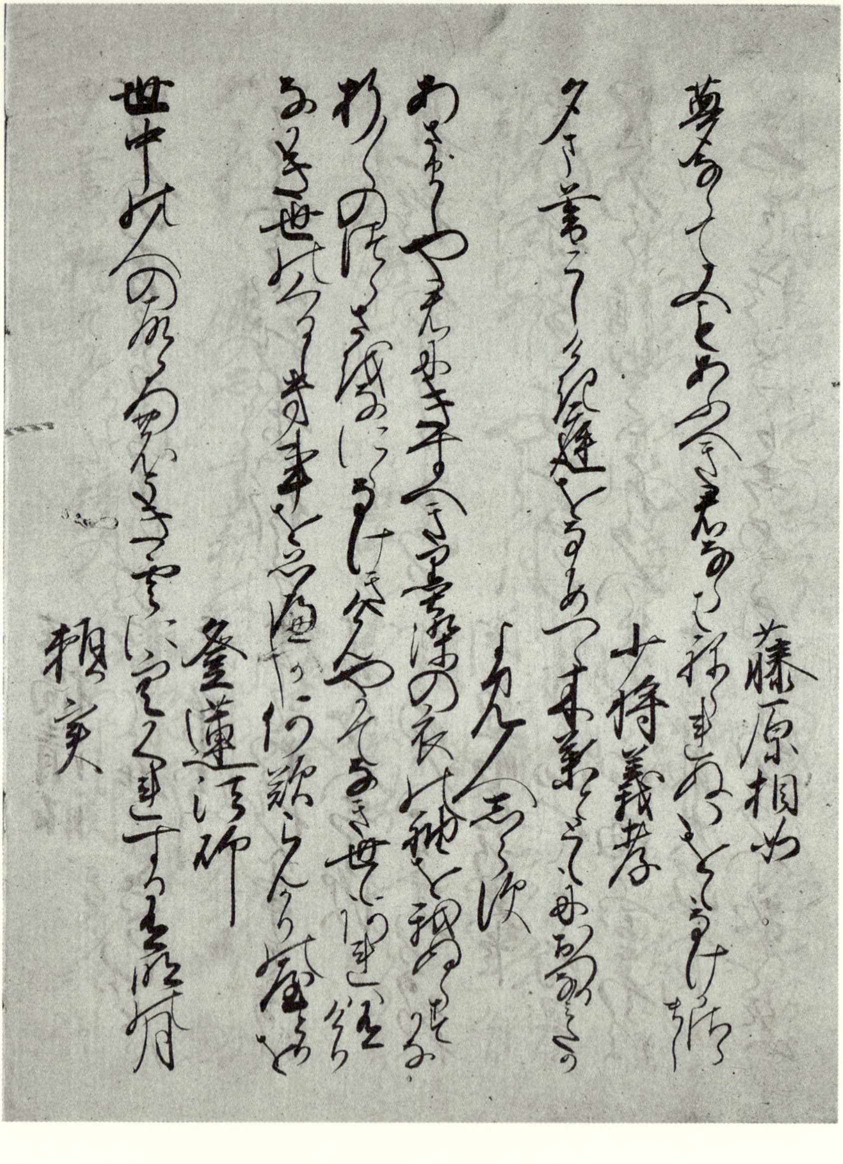

千載 別
わすれなよとしへし山の月みても契と出る有明の空
赤染衛門
旅
こふ事なくてそみましよさの海の天橋立都なりせは
こ兒へ宰相
かくはかり哀なりとは思ひきや磯の松かねくちはてぬとも
摂政前右大臣
はるかなる浦の嵐をとこ吹わけて峯の松か枝さそふ浪かな
俊成
哀なる野島か崎の庵かな露をく袖に浪もかけけり
法眼西覚
浄清もかく明の月の残るをもやさしく見つゝすむ人もなし

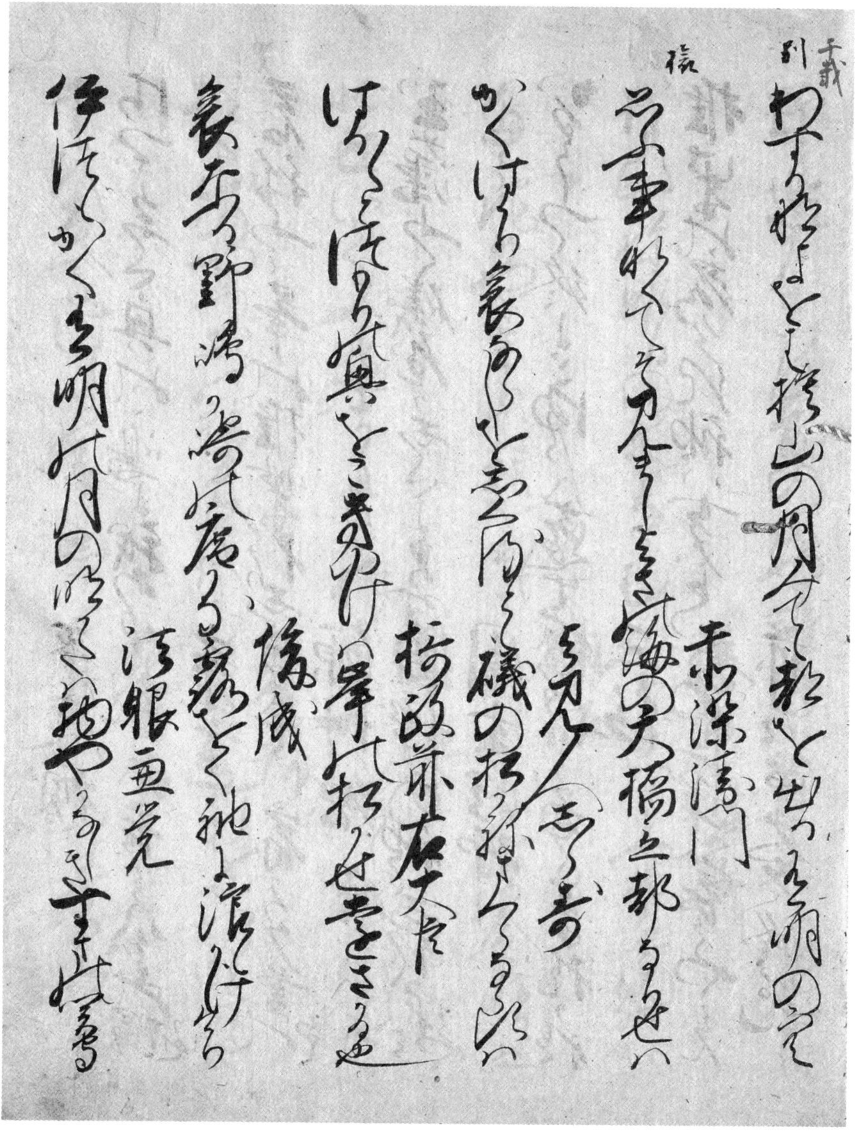

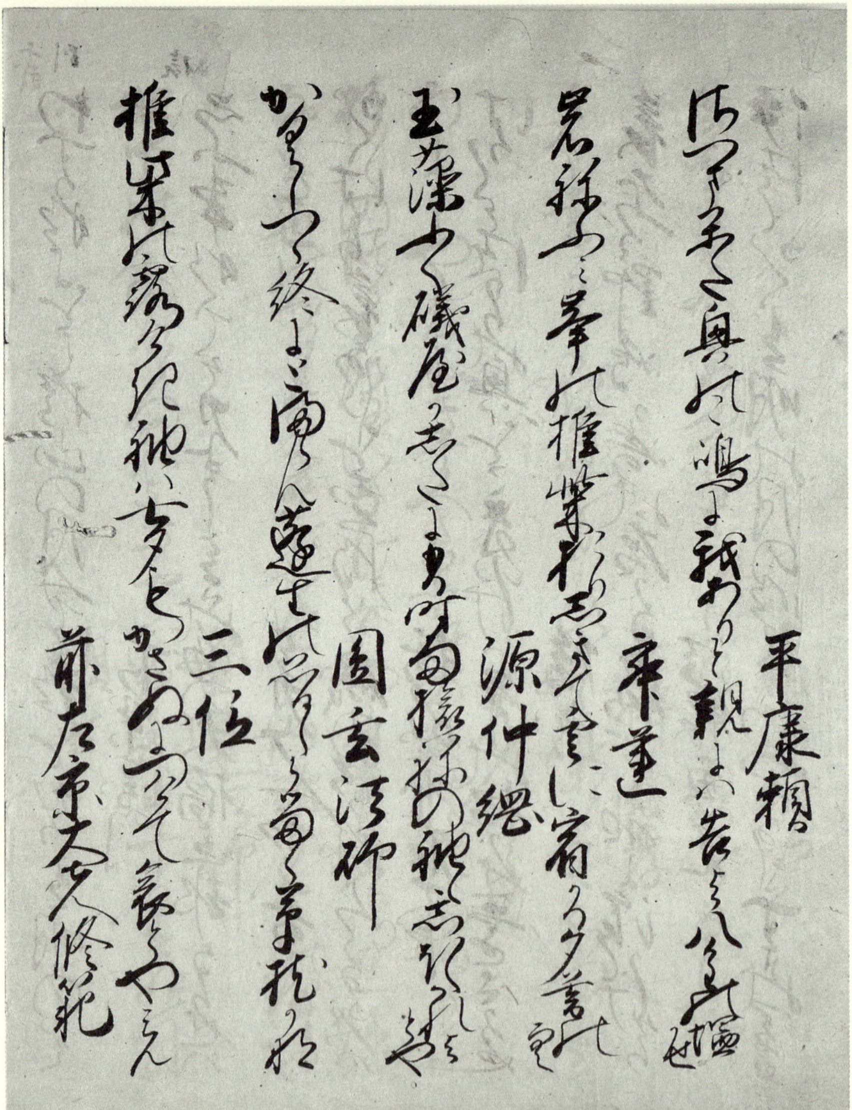

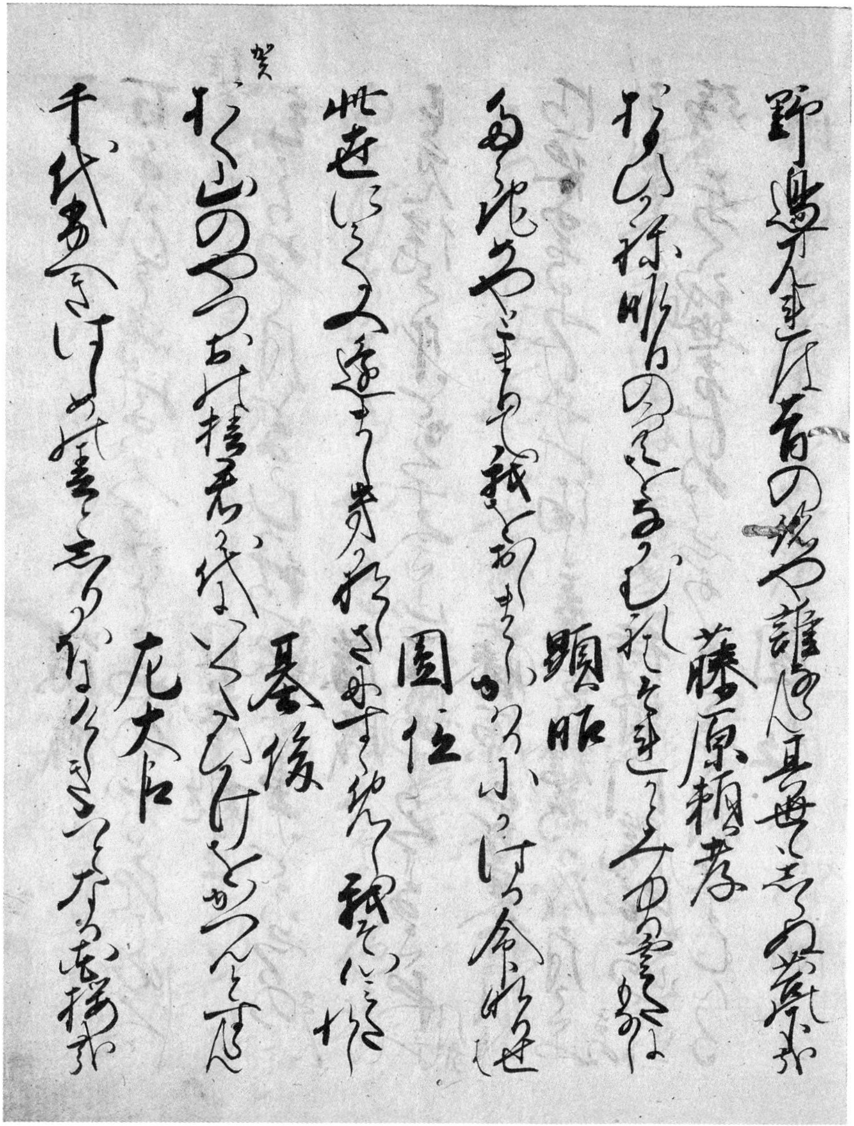

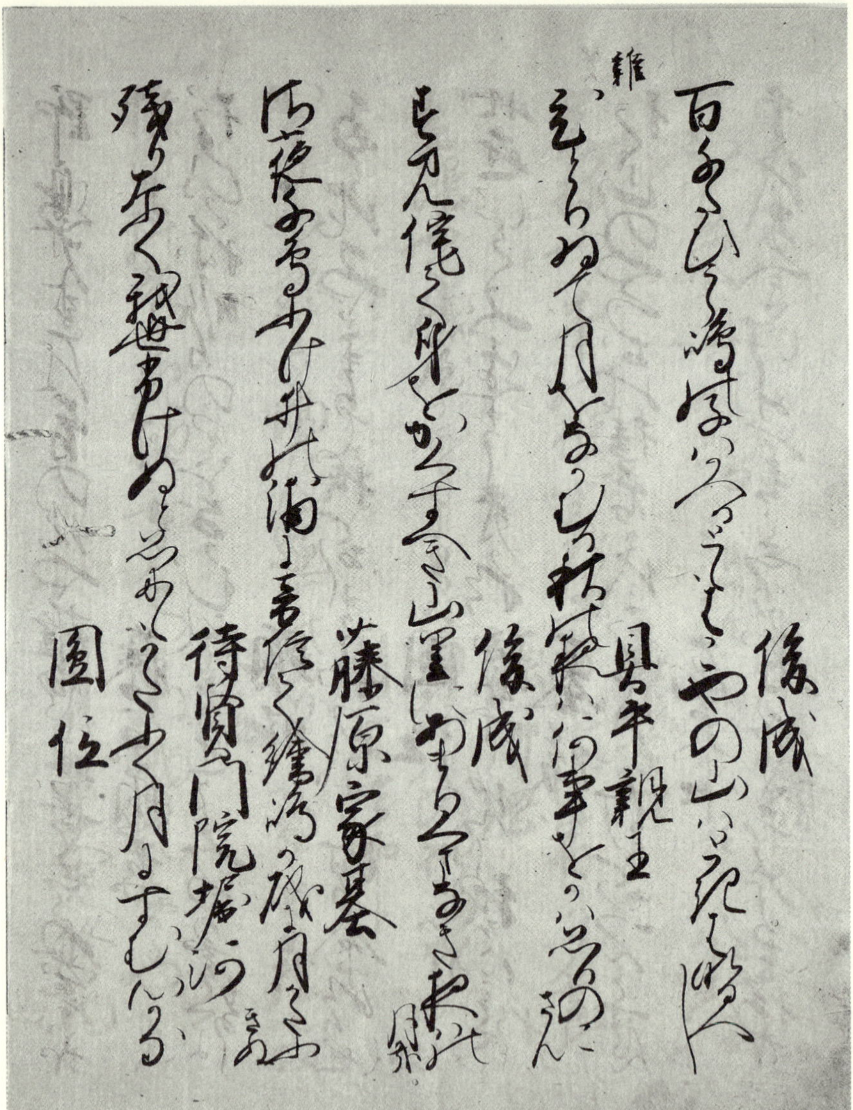

俊成

[illegible]

具平親王

雑

[illegible]

俊成

[illegible]

[illegible]

藤原家基

[illegible]

待賢門院堀河

[illegible]

圓位

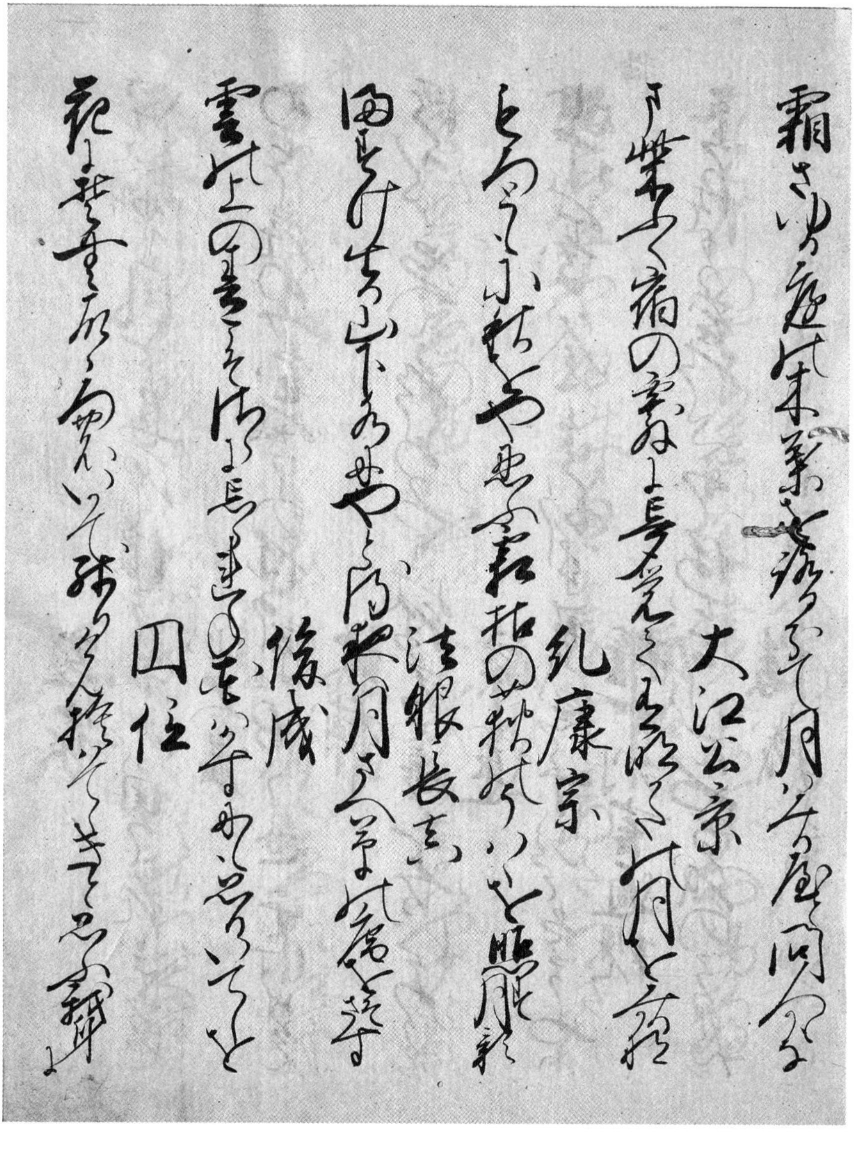

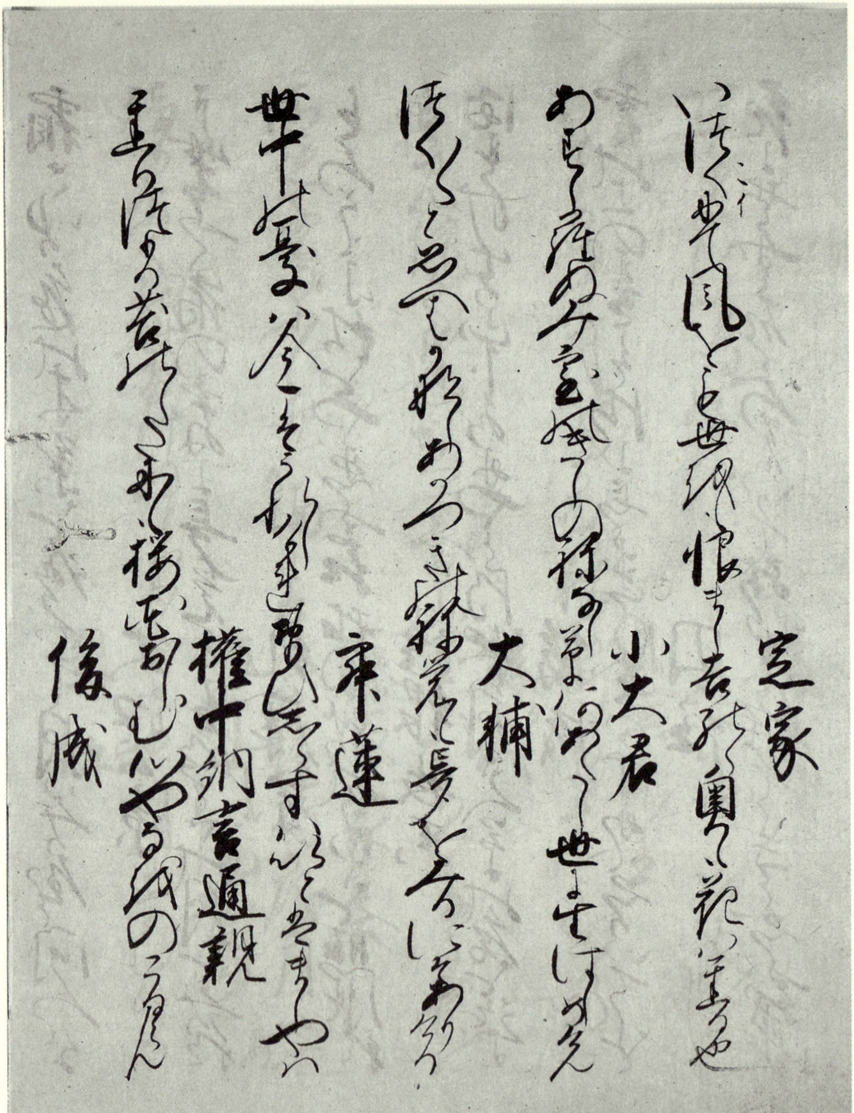

世中よ道こそなけれ思入山のおくにも鹿そ鳴なる
わか身の[illegible]年暮て[illegible]や[illegible]
顕昭

誹
梅[illegible]や風[illegible]音[illegible]
俊頼

[illegible]の風にて[illegible]身の[illegible]や夕[illegible]
左大臣

神
[illegible]松の[illegible]苗[illegible]や住江[illegible]
俊成

[illegible]川玉ちる瀬[illegible]
円位

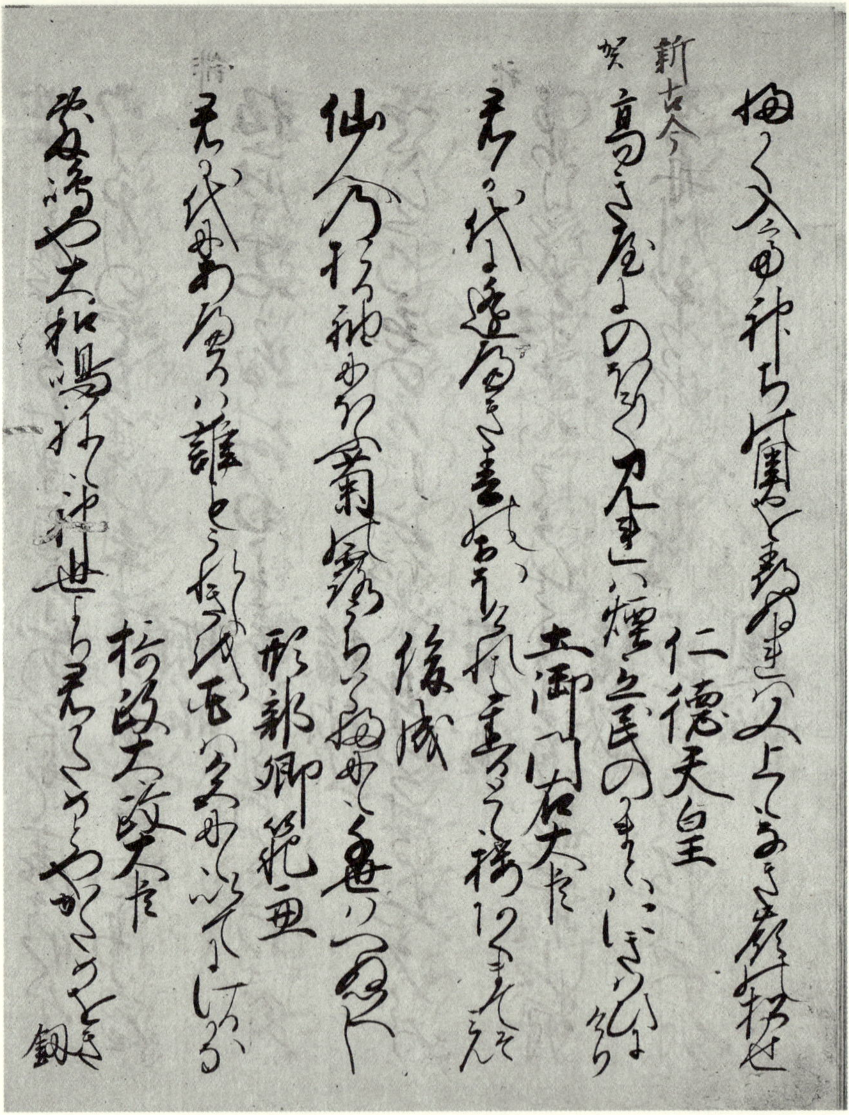
[illegible]
仁徳天皇
新古今
賀　高き屋にのぼりて見れば煙立つ民のかまどはにぎはひにけり
土御門右大臣
君が代は[illegible]
俊成
仙人の折る袖にほふ菊の露うちはらふにも千世は経ぬべし
刑部卿範兼
君の代にあふは誰もうれしきを花は色にも出でにけるかな
摂政太政大臣
しき嶋や大和嶋ねも神世より君がためとやかためおきけむ

[illegible]の[illegible]は[illegible]玉くしけ[illegible]の[illegible]日のひかり世に[illegible]

俊成

君の代は千世とはさゝしあまのとや出る月日の限なけれは

寂蓮

高砂の松もむかしになりぬへしなを行末は秋のよの月

前大納言隆房

うこきなくやかて万代そたのむへきはこやの山の峰の松陰

後徳大寺左大臣

八百日ゆく濱のまさこを君か世のかすにとらなむおきつしまもり

清輔

年經たるうちの橋守こととはんいく世になりぬ水の水上

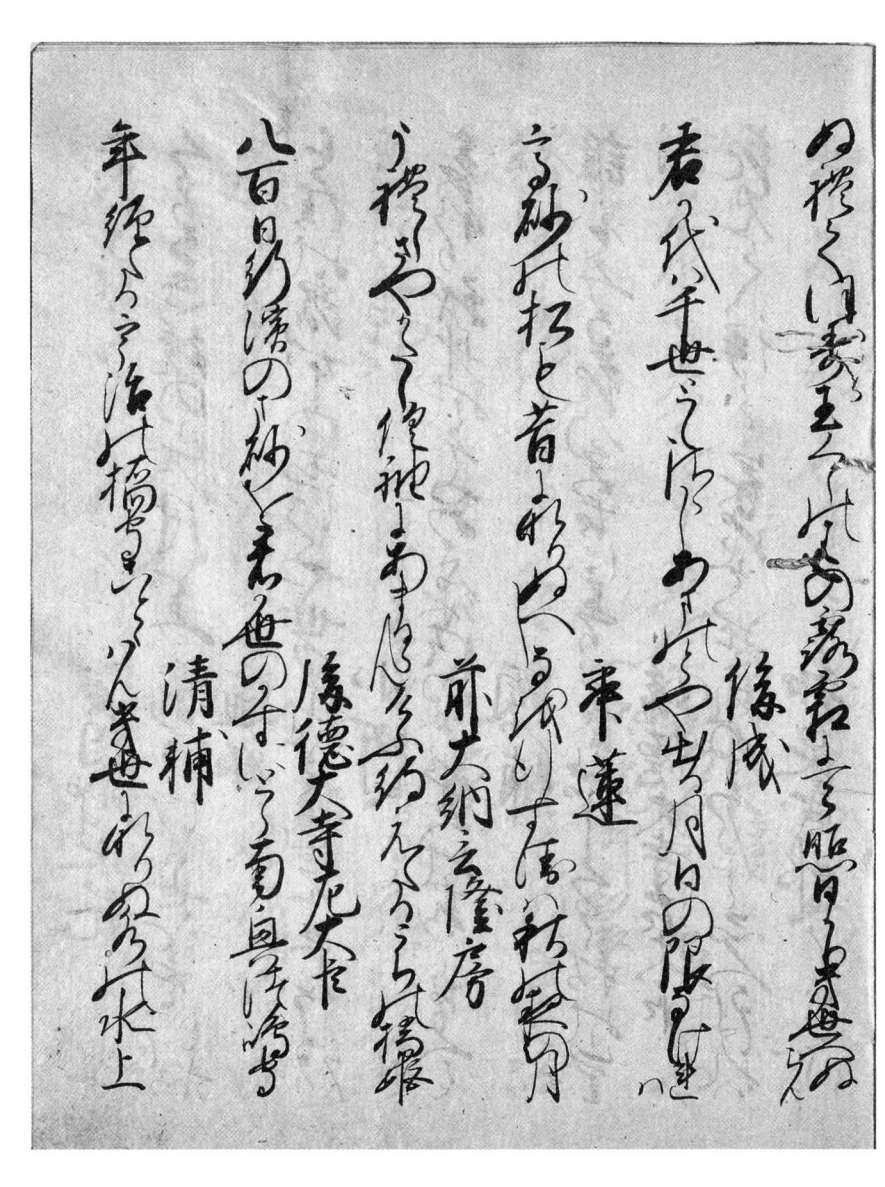

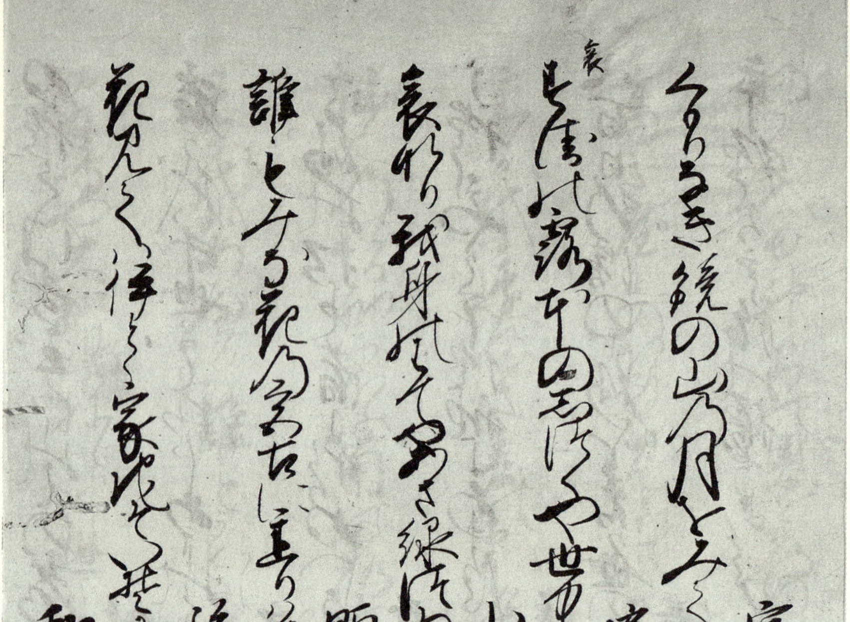

玉とみし露とおもひしもかはくまもなくてきえぬる人を何によそへん

周防内侍

浅茅原はかなくおきし草の上の露をかたみと思ひかけきや

一条院御製

秋風の露のやとりに君をおきて塵を出ぬることそかなしき

定家

玉ゆらの露も涙もとゝまらすなき人こふる宿の秋風

秀能

露をたに今はかたみの藤衣あたにも袖をふく嵐哉

西行

なき跡を誰としらねと鳥部山をの〳〵すこき塚の夕暮

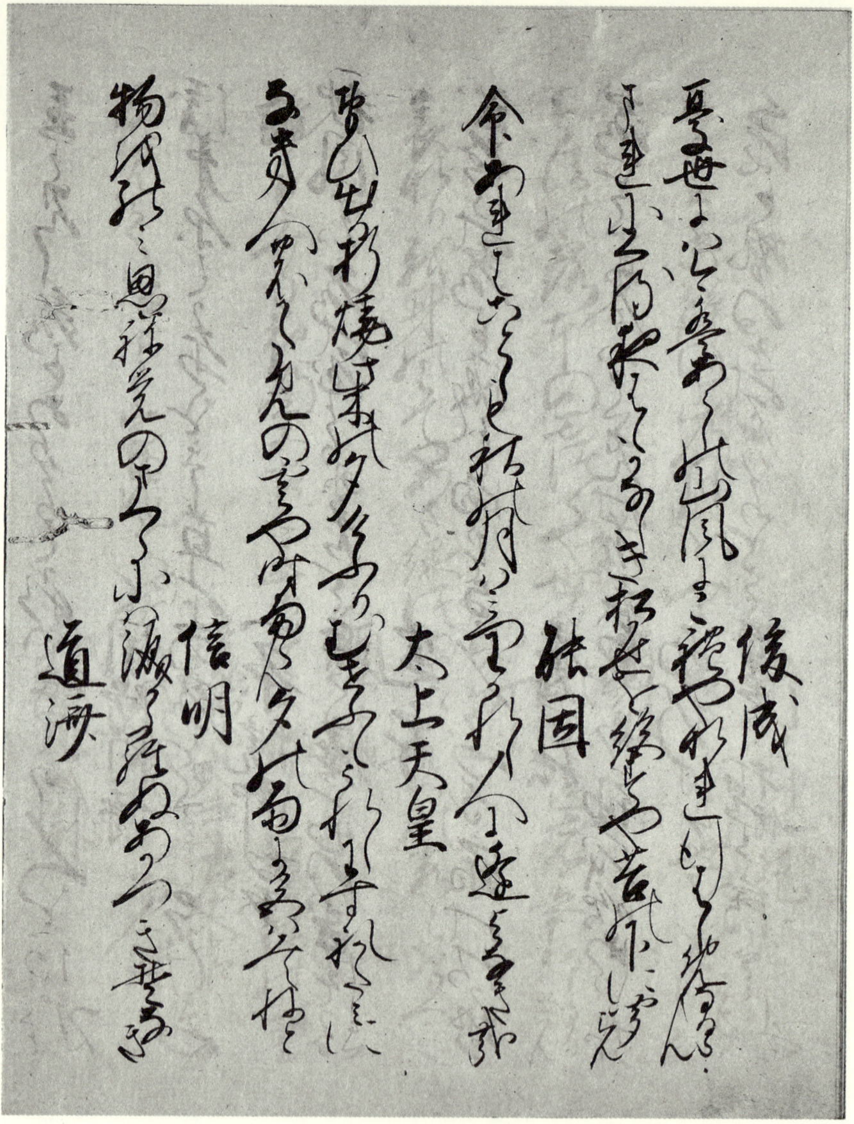

[illegible]
俊成
[illegible]
能因
[illegible]
太上天皇
[illegible]
信明
[illegible]
道済

し[illegible]西[illegible]侍りける所に世をそむきつゝける

紫式部

[illegible]世に[illegible]人の書きたる絵を見侍りて

見し人の煙となりし夕より名そむつましき塩竈の浦

摂政太政大臣

見し夢にやかてまきれぬ我身こそとはるゝけふもまつかなしけれ

西行

いつなけきいつおもふへき事なれは後の世しらて人のすくらん

慈円

我もいつそあらましかはと見し人を忍ふとすれはいとゝそひゆく

入道左大臣

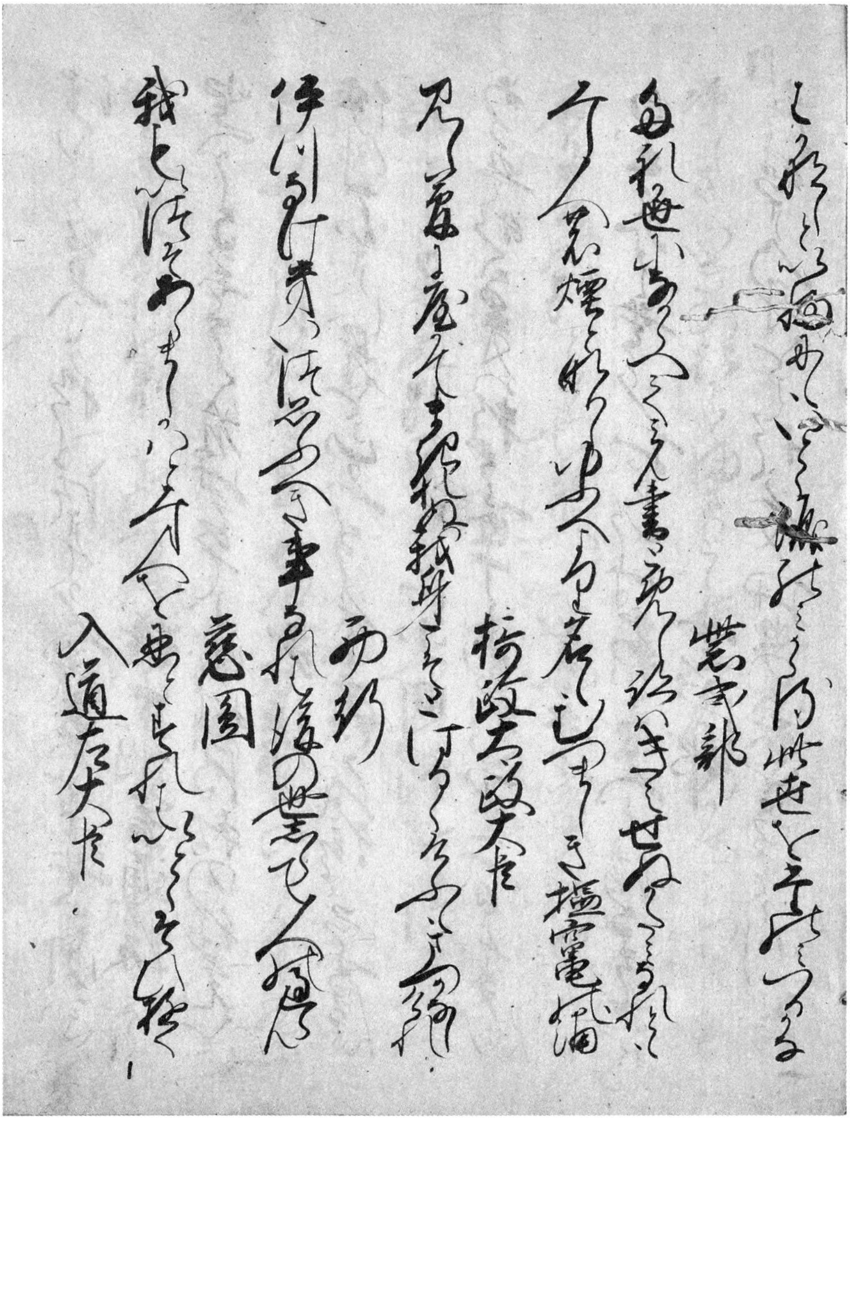

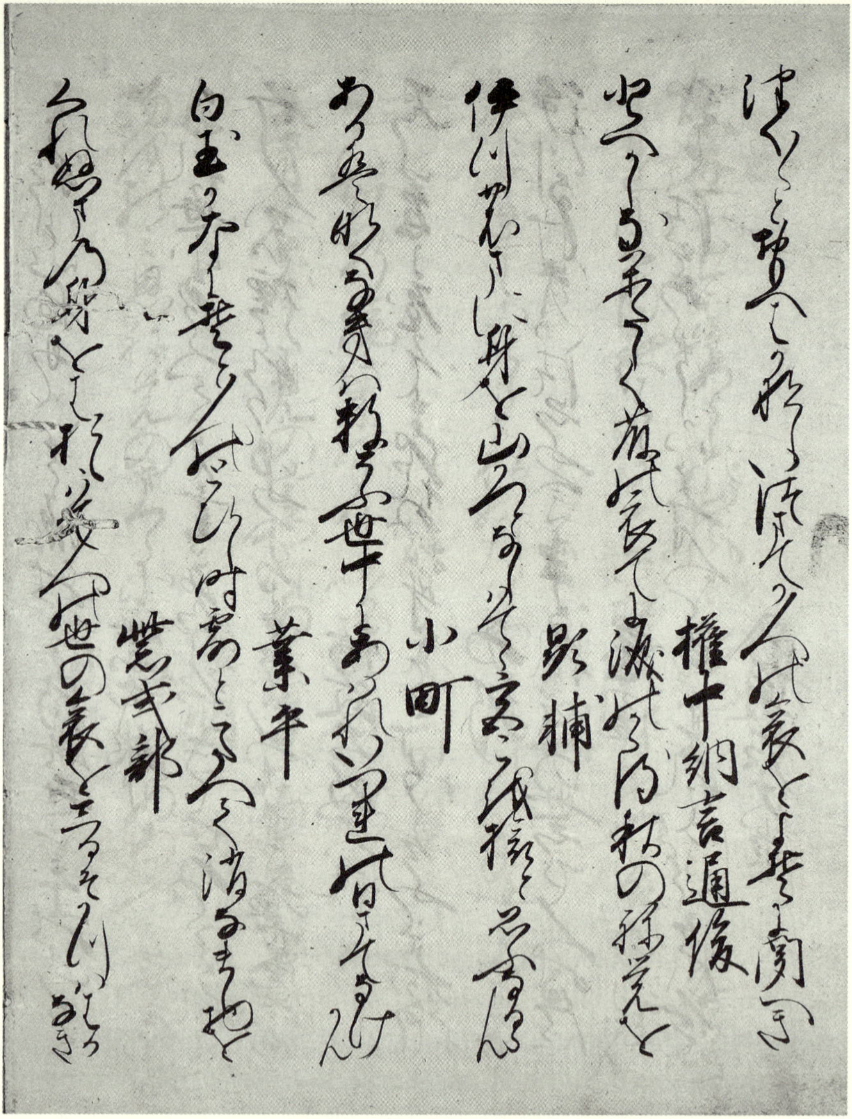
権中納言通俊
小町
業平
紫式部

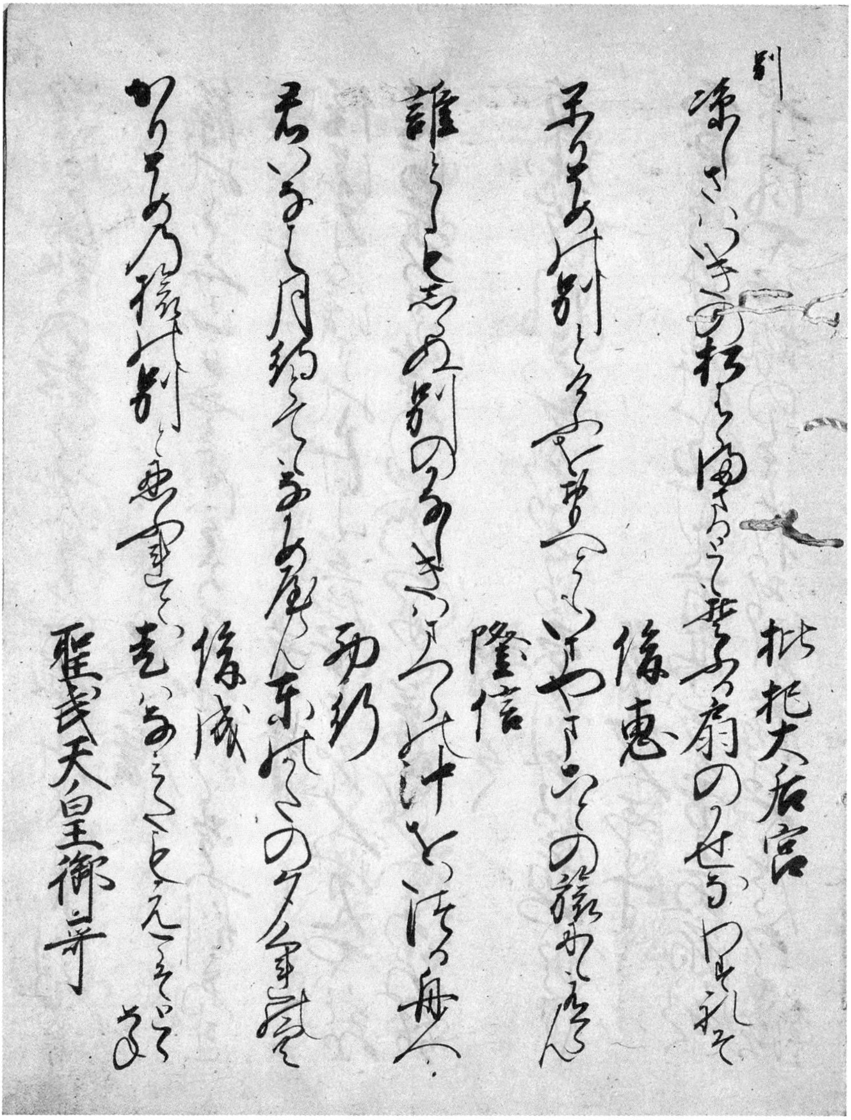
別
枇杷大后宮
隆信
聖武天皇御製

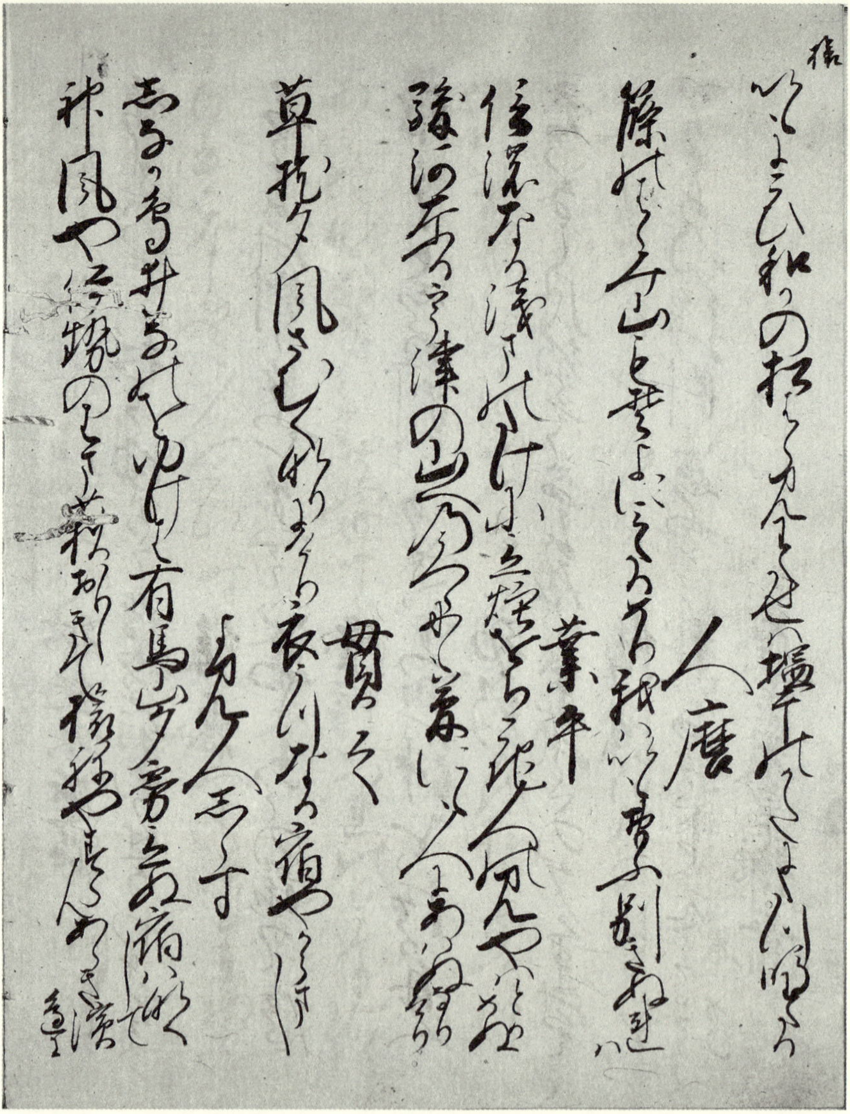

実方

舟なからこよひはかりは旅ねせんしきつの浪に夢はさむとも

左近中将隆経

蘆の葉をかりふくしつの山里に衣かたしき旅ねをそする

経信

み山路にけさや出つる旅人の笠白妙に雪つもりつゝ

修理大夫顕季

松の葉に見えしもちる志ゝ終秋ゝてく袖に霜やおきつゝ

俊成

夏かりのあしのかりねもあはれなり玉江の月のあけかたの空

あちらゝの人とききそへん秋風やと鳴白尾浦にあらん

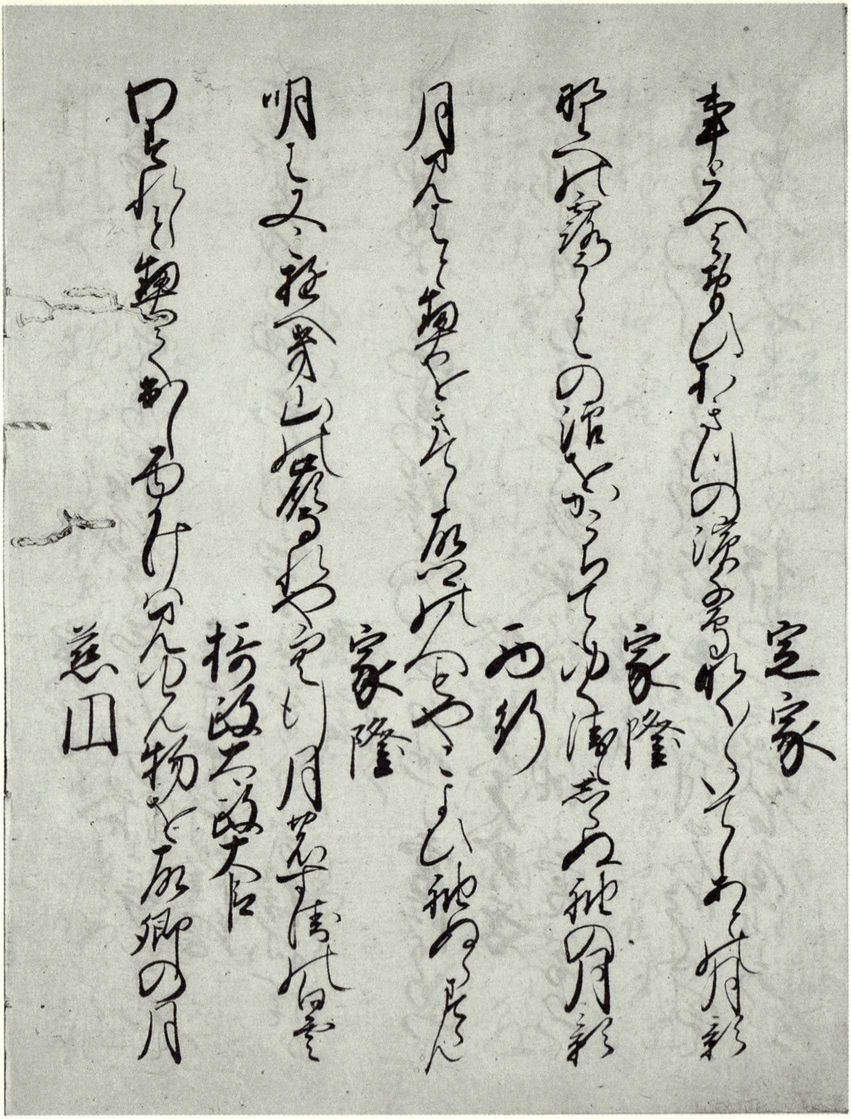

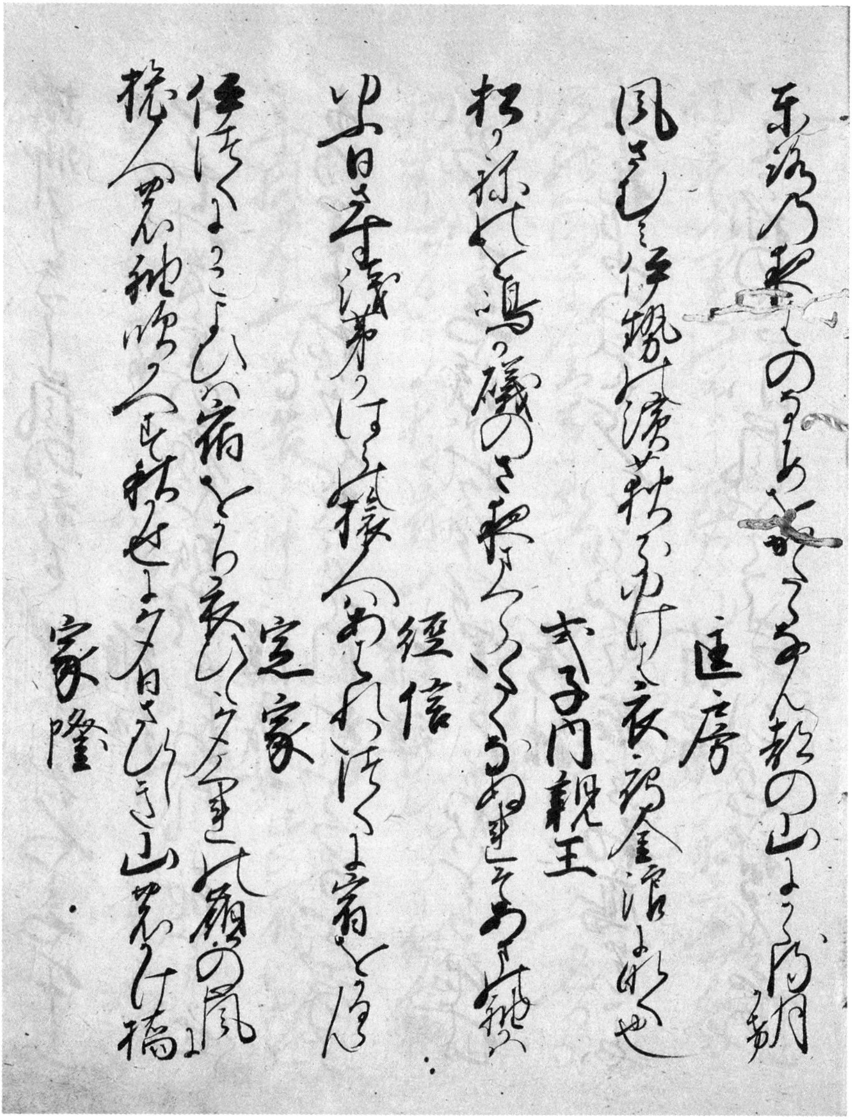
東路乃よはのなかめをかたらなむ都の山にかゝる月影
風さむみ伊勢の浜荻わけゆけは衣かりかね浪になく也
匡房
松かねのをしまか礒のさ夜まくらいたくなぬれそあまの袖かは
式子内親王
夕日さす浅茅かはらの旅人はあはれいつくに宿をかるらん
経信
いつくにかこよひは宿をかり衣日も夕暮の峯の嵐に
定家
旅人の袖ふきかへす秋風に夕日さひしき山のかけ橋
家隆

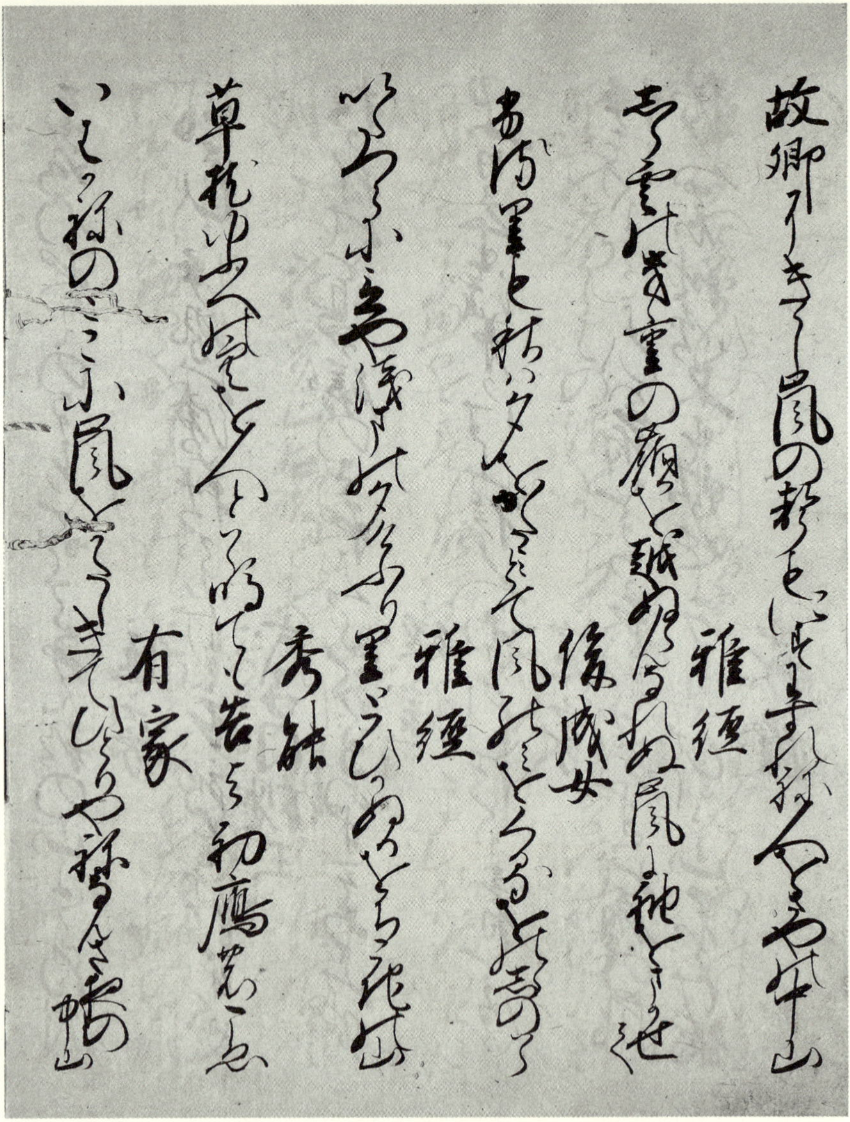

長明

枕とていつれの草に契るらん行をかきりの野への夕暮

民部卿成範

道のへの草の青葉に駒とめて猶ふるさとをかへりみるかな

禅性法師

初瀬山夕こえくれて宿とへは三輪のひはらに秋風そ吹

定家

年ふれとつもる苦そ中くもるなし山の霧の秋風

家隆

まさこ路の一秋はこの清見かた浪路よはる暁の雲

俊成

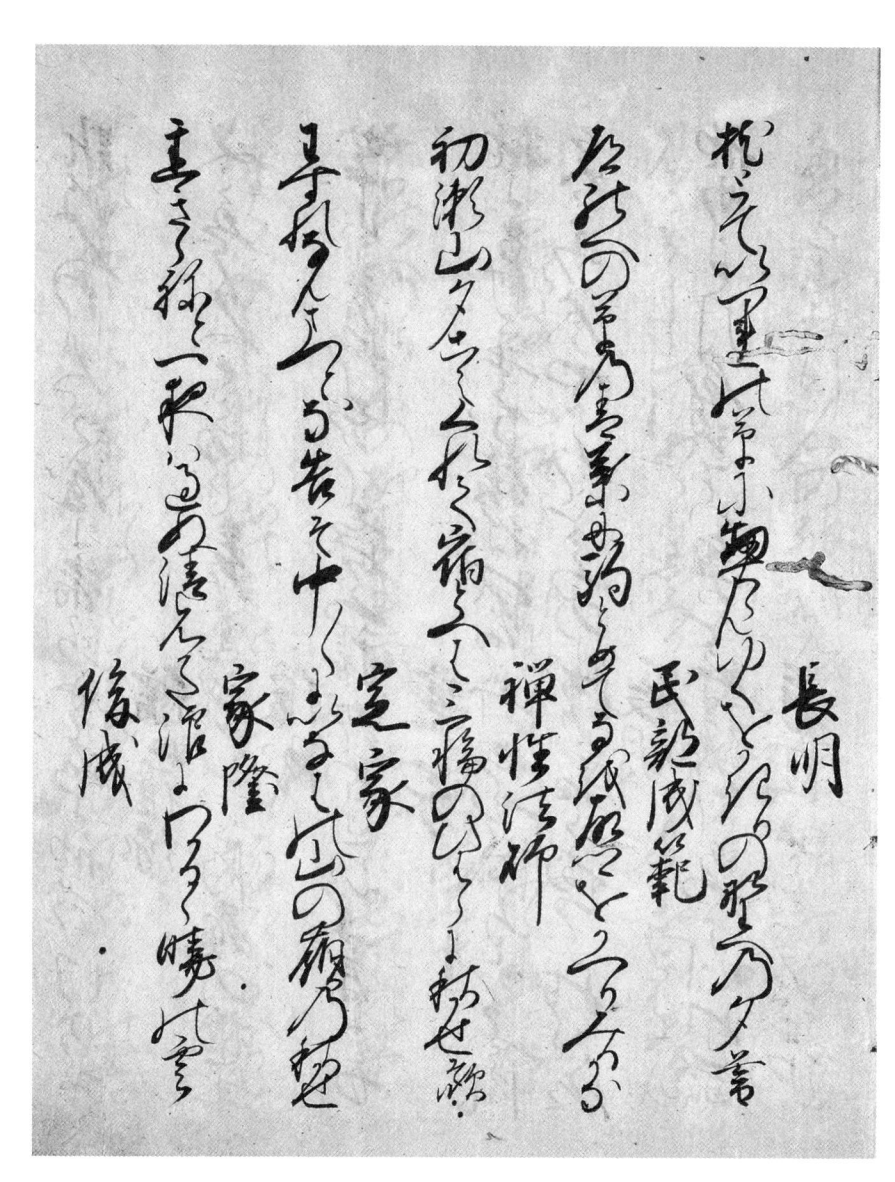

難波人あしびたく屋に宿かりてすゞろに袖のしほたるゝかな

僧正雅縁

又や見ん交野のみのゝ桜かり花の雪ちる春の曙

俊成

世中は憂ふししげし篠原や旅にしあれば妹夢にみゆ

定家

袖にふけさぞな旅ねの夢も見じ思ふ方よりかよふ浦風

[illegible]て今やころ[illegible]の[illegible]

長明

袖にしも月かゝれとは契おかす涙はしるやうつの山越

慈円

[illegible]

太上天皇

[illegible]

俊成

[illegible]

摂政太政大臣

[illegible]

俊成

[illegible]

慈円

[illegible]

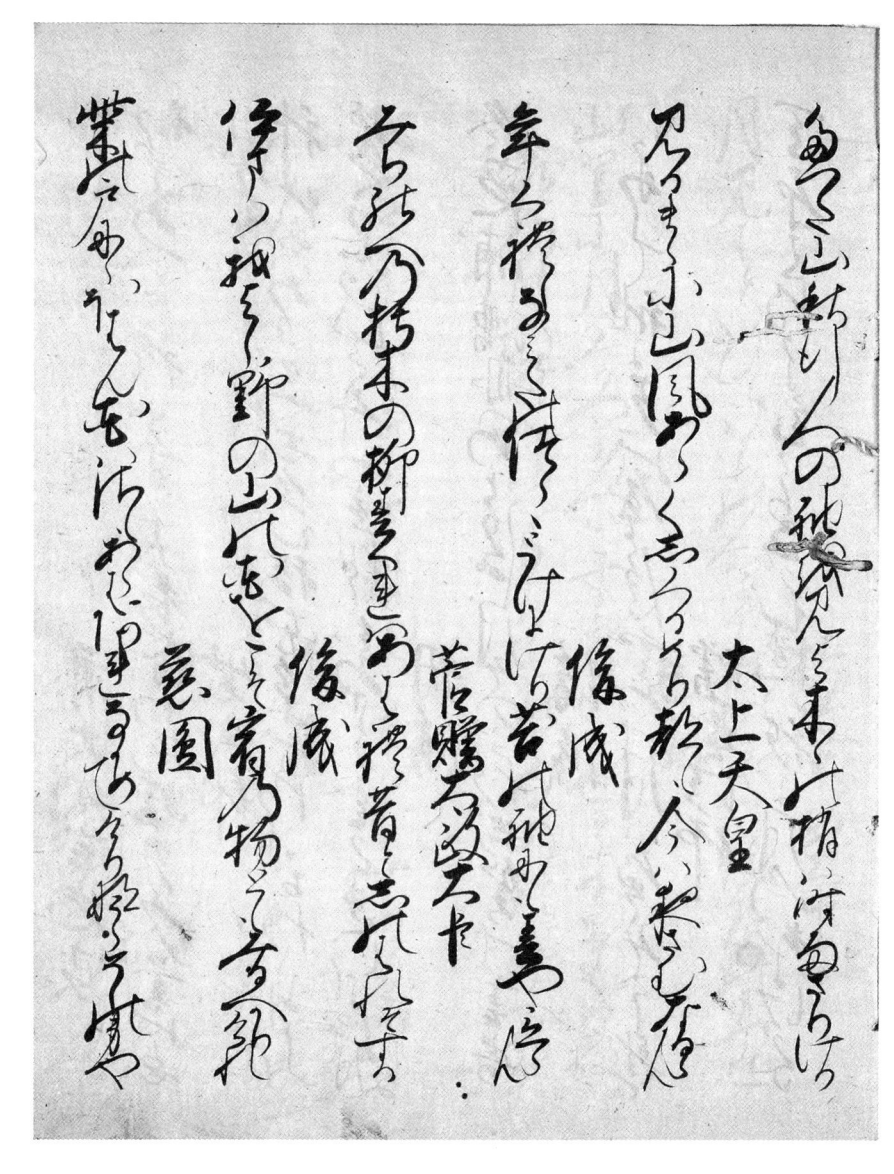

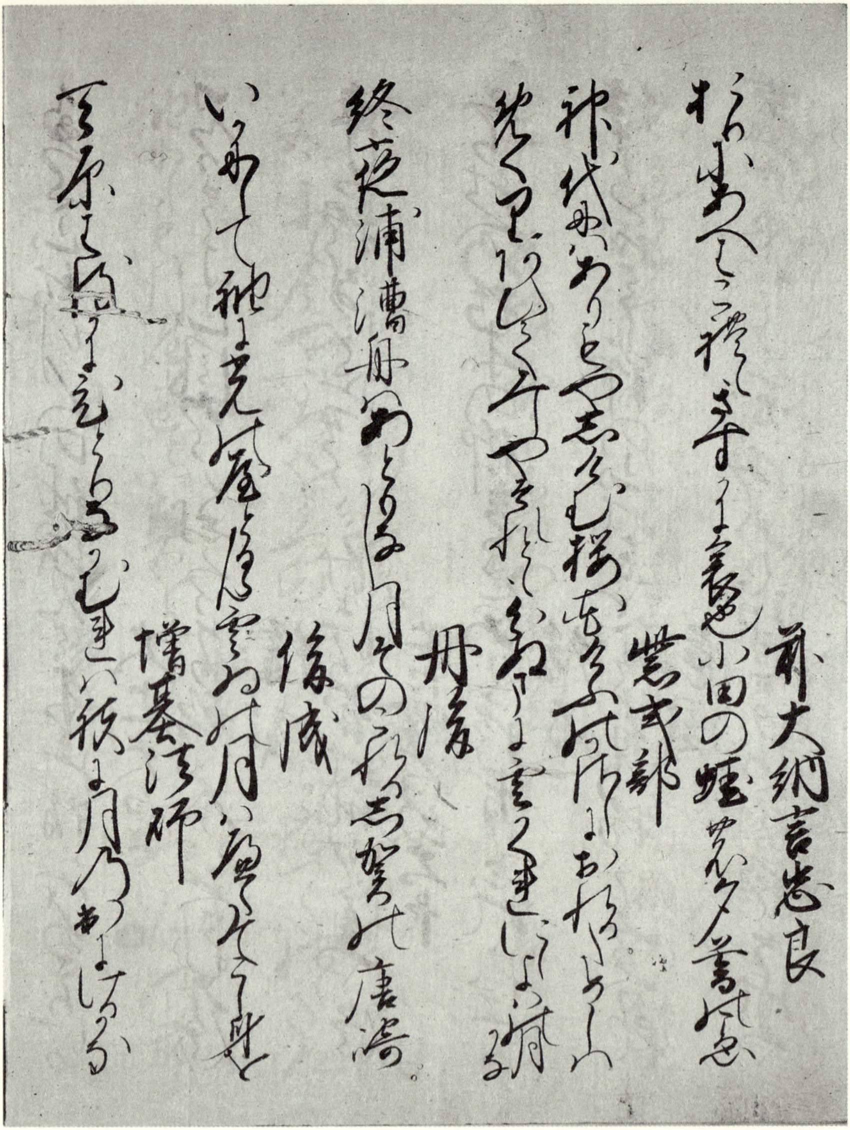
前大納言忠良
丹後
俊成

摂政太政大臣

月かけこそ[illegible]冬の夜を[illegible]松の戸たゝく庭の風かな

慈圓

山里に月はやと人はこす空ゆく風そ木葉をとふ

[illegible]乃月の影[illegible]あてそ[illegible]の[illegible]雪[illegible]

長明

秋とすゝき[illegible]月山松乃[illegible]月

秀能

月[illegible]四方の浮雲空にきえてみ山かくれをゆく嵐かな

猷圓法師

[illegible]思はぬ身の[illegible]乃[illegible]山の[illegible]秋の月影

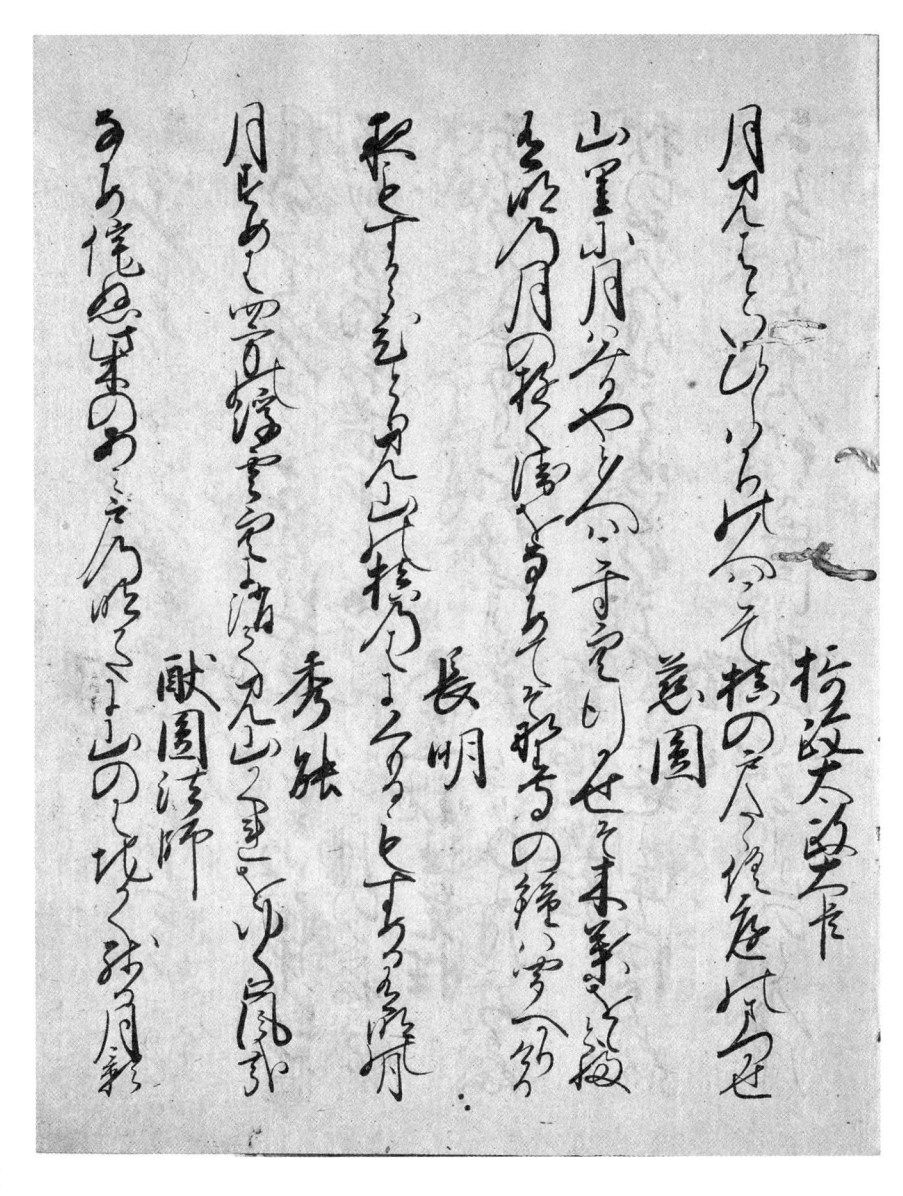

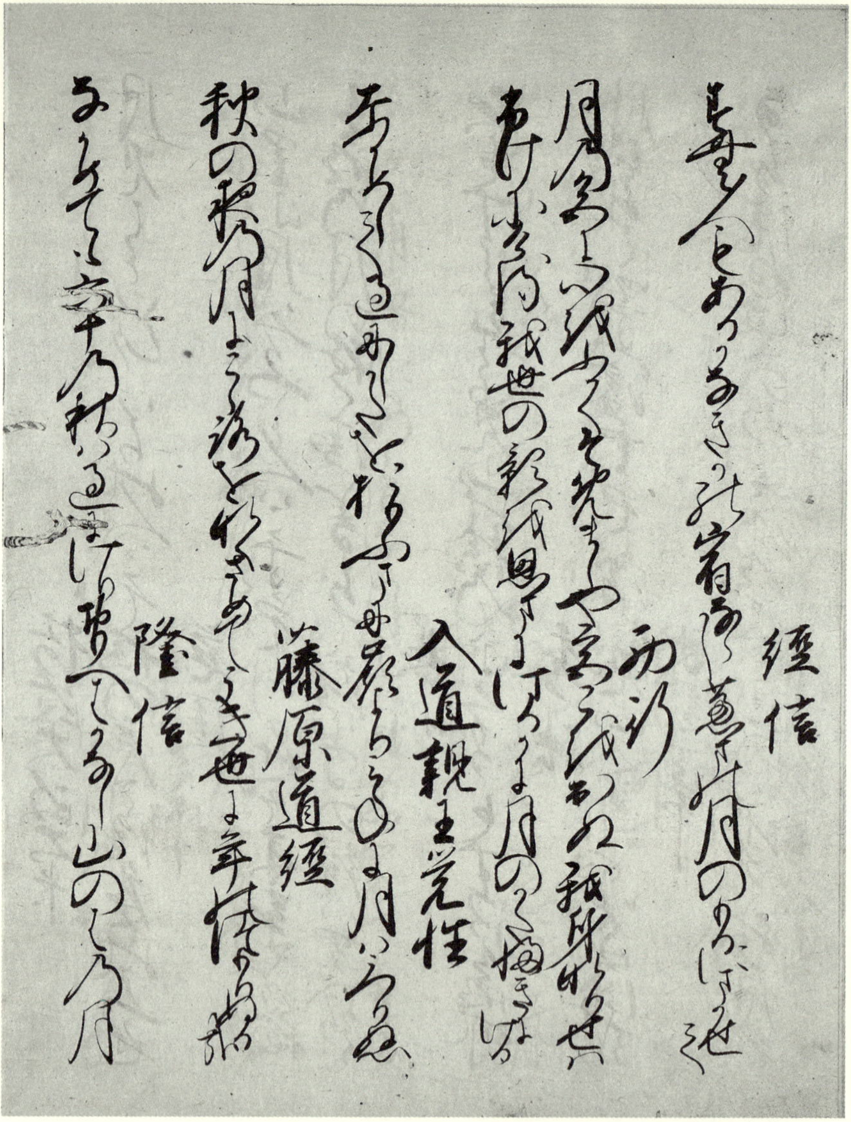

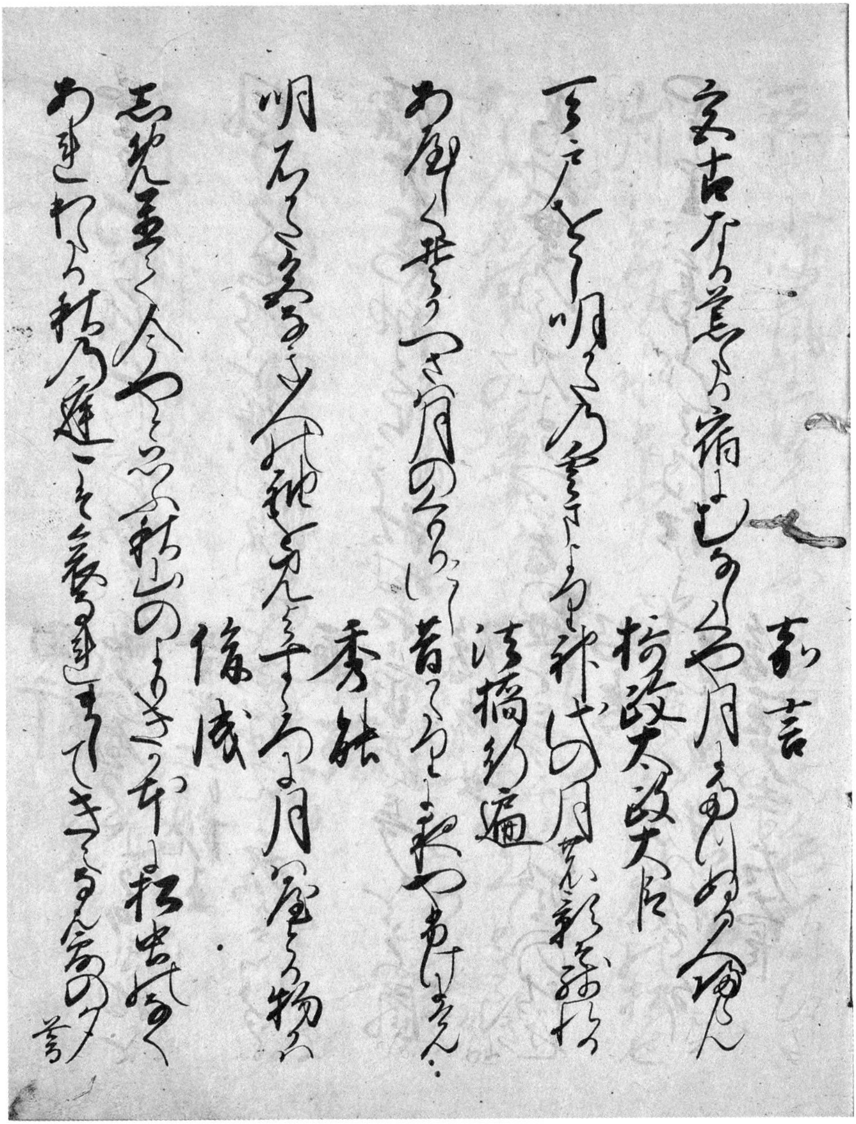

宮古なる荒たる宿に[illegible]月[illegible]

[illegible]

摂政太政大臣

天の戸をおし明かたの雲間より神代の月かけ残れる

法橋[illegible]

[illegible]月の[illegible]昔の秋やあけはてぬらん

秀能

明石かた色なき人の袖をみよすゝろに月もやとる物かは

俊成

[illegible]松虫なく

[illegible]

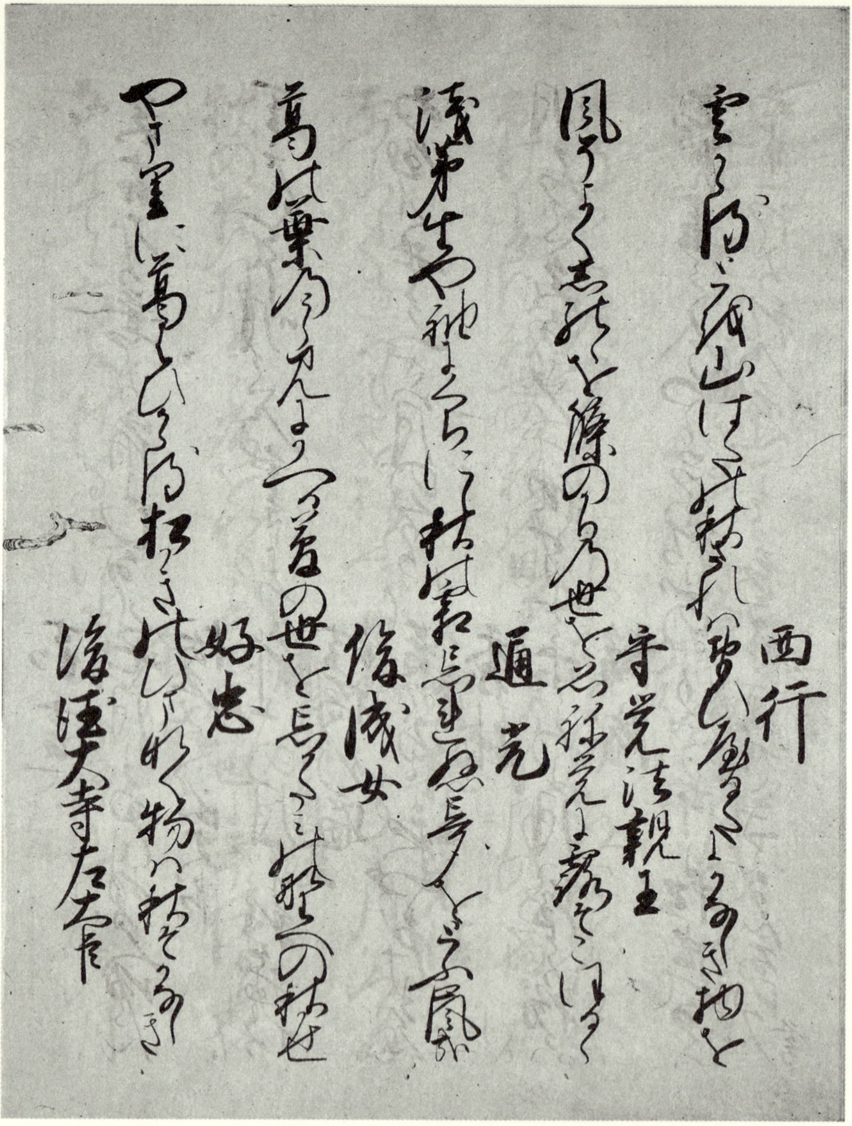

西行

雲かゝる遠山はたの秋されは思ひやるたにかなしき物を

守覚法親王

風そよくしのゝをさゝのかりの世をおもふねさめに露そこほるゝ

通光

浅茅生や袖にくちにし秋の霜わすれぬ夢をふく嵐かな

俊成女

葛の葉のうらみにかへる夢の世をわすれかたみの野への秋風

好忠

やまさとにくすはひかゝる松かきのひまなく物は秋そかなしき

後徳大寺左大臣

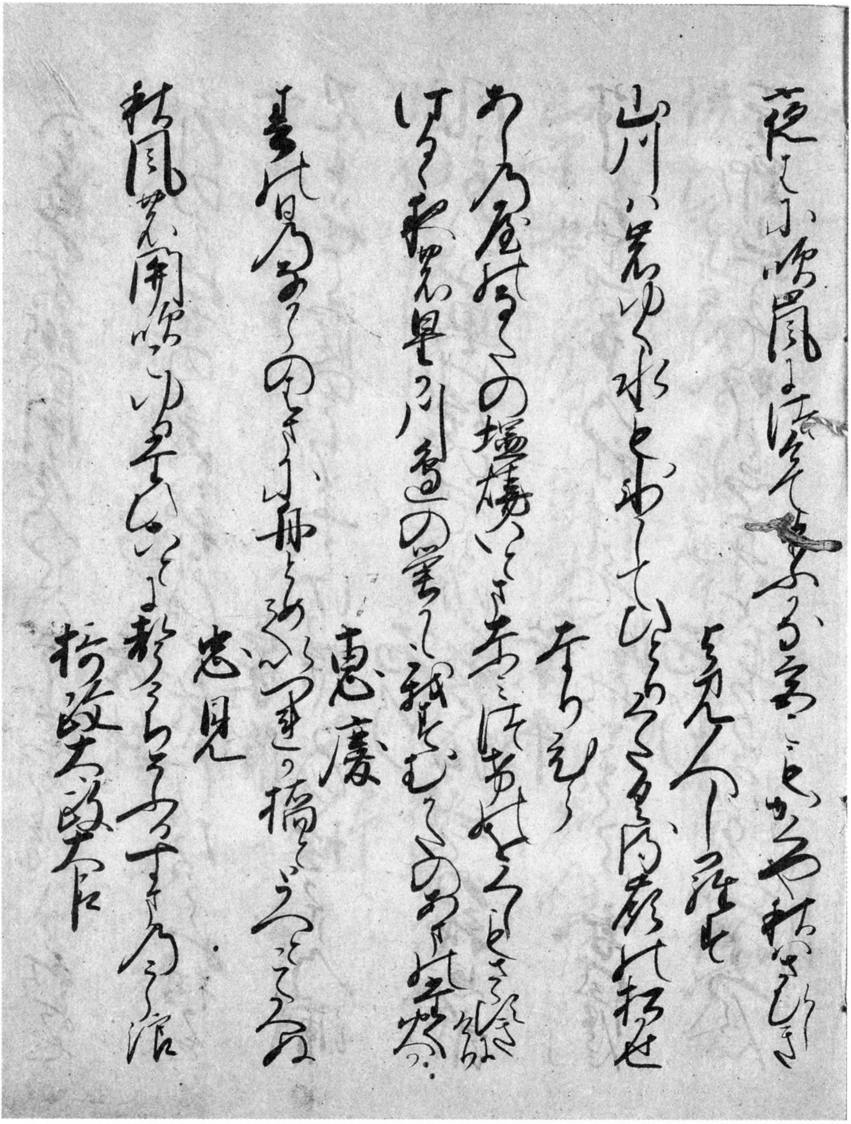

人すまぬ不破の関屋のいたひさしあれにし後はたゝ秋の風
秀能
[illegible]
家隆
見わたせは霞のうちもかすみけり煙たなひく塩かまの浦
西行
風になひく富士の煙の空に消て行ゑもしらぬ我思哉
業平
時しらぬ山は富士の嶺いつとてかかのこまたらに雪のふるらん
西行
芳野山やかて出しとおもふ身を花ちりなはと人やまつらん

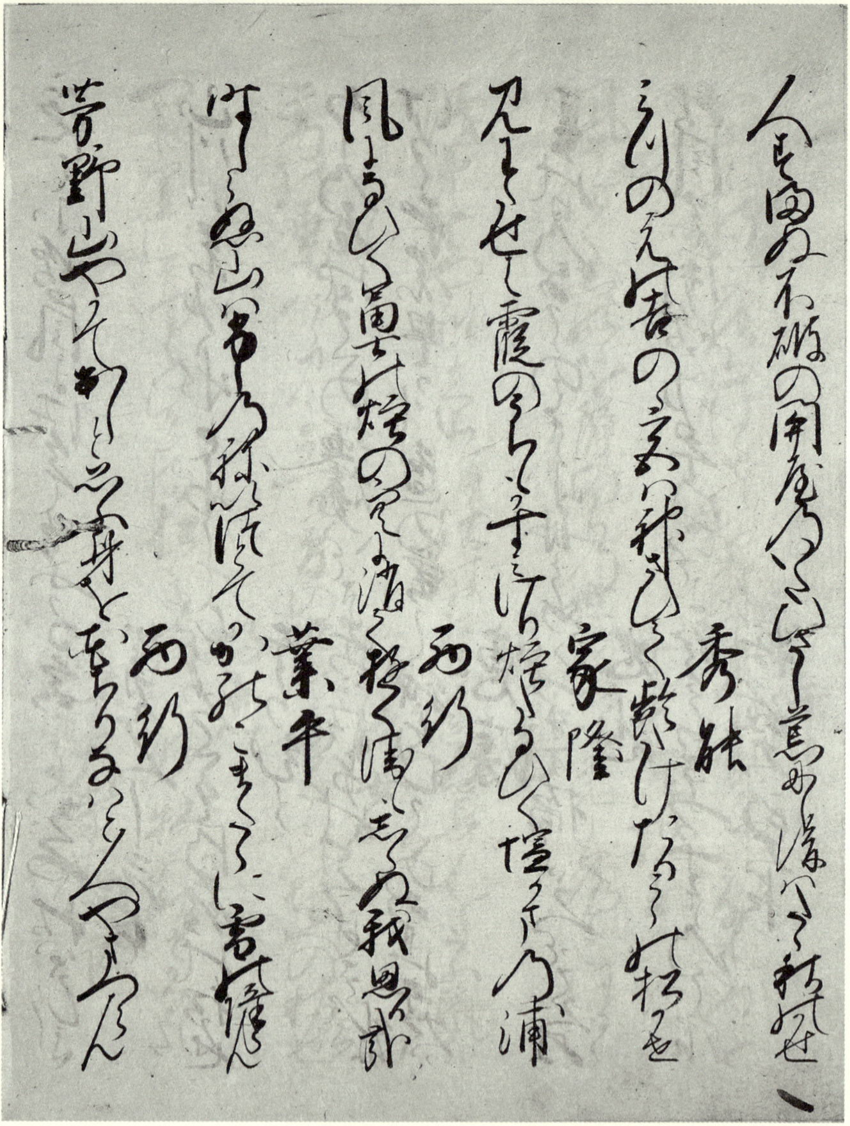

藤原家衡朝臣
住わひてうき身をつきし世をわか吉野の奥の秋風の音
丹後
山里は世のうきよりも住わひぬことの外なる峰のあらしに
家隆
瀧乃音松の風もなれぬれはうちぬる程の夢は見せけり
寂蓮法師
事しけき世をのかれにしみ山への嵐の風も心してふけ
西行
山ふかくさこそ心はかよふともすまて哀をしらん物かは
俊成

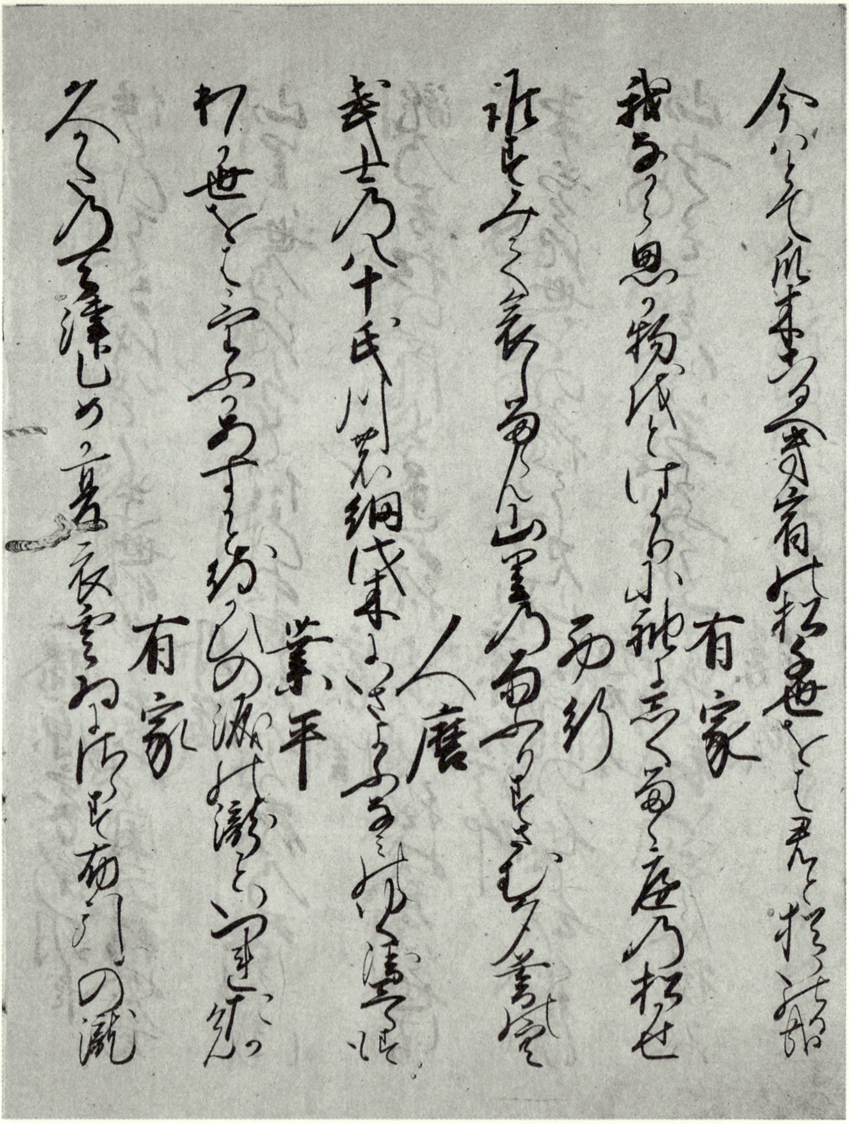
有家
人麿
業平
有家

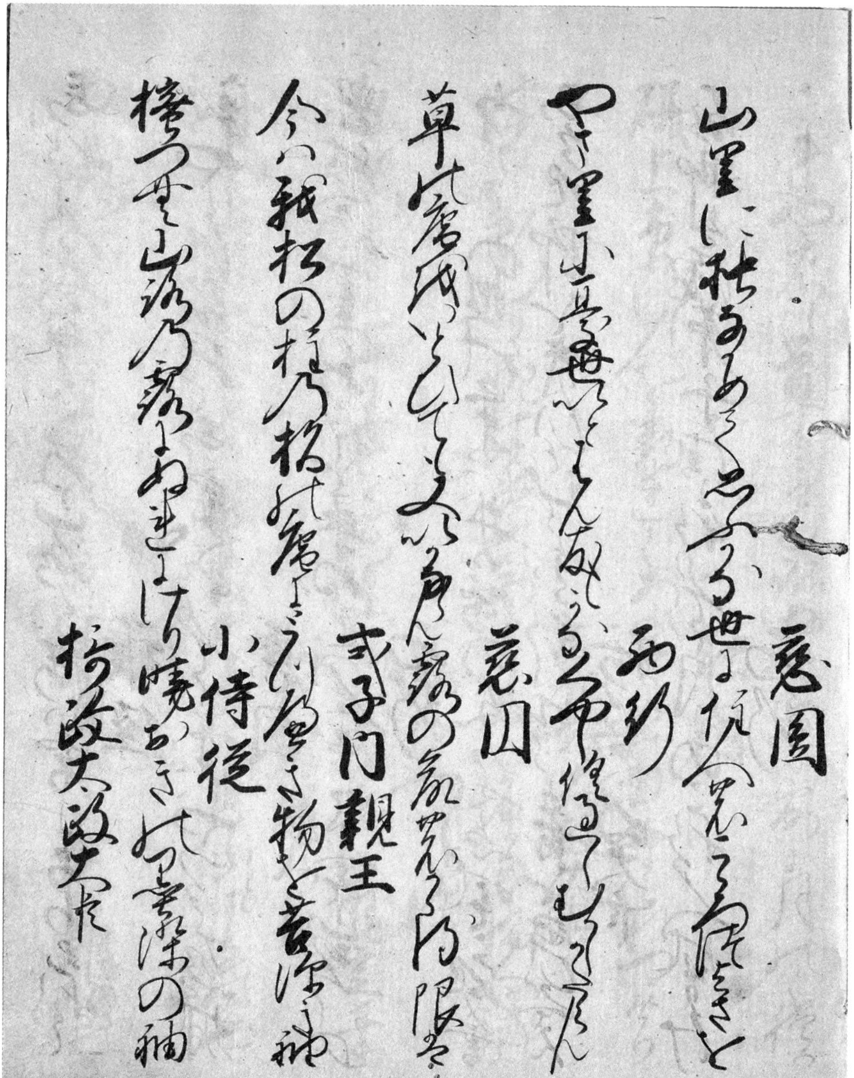

慈円
山里に独なかめておもふかな世に住人のこゝろつよさを

西行
やま里は[illegible]

慈円
草庵いとひてもまたいかゝせん露のいのちのかゝる限りは

式子内親王
今はわれ松の柱の杉の庵にとつへき物を苔ふかき袖

小侍従
樒つむ山路の露にぬれにけり暁おきの墨染の袖

摂政太政大臣

長柄乃今日よこ山の(?)桜は雪に春の乱て(?)
雅経
新やと民家の志ら草も(?)のそ草にしやつ涼風月(?)
慈円
器(?)の乃里のかさしと尋ぬまゝ(?)に人をとて今も山路の(?)を
西行
かくての湖(?)風之末に井の橋のあまに思ひ(?)ふ
志(?)吉野山と世ひとむすよ(?)わけ(?)ぬ(?)者とぞ思はん
摂政太政大臣
故郷は浅茅の末に露よわけ(?)そ月の(?)影(?)人風吹行(?)
西行

これやかの首[illegible]浪[illegible]の[illegible]月[illegible]

能因

磯上[illegible]人を[illegible]まてあまて[illegible]宿[illegible]つゝ

菩提太政大臣

津の国のなにはのことか法ならぬあそひたはふれまてとこそきけ

[illegible]

白浪のよする渚に世をすくすあまの子なれは宿もさためす

摂政太政大臣

舟のうち浪のしたにそ老にけるあまのしわさも暇なの世や

能宣

あ[illegible]鶴の[illegible]定なき世を離[illegible]

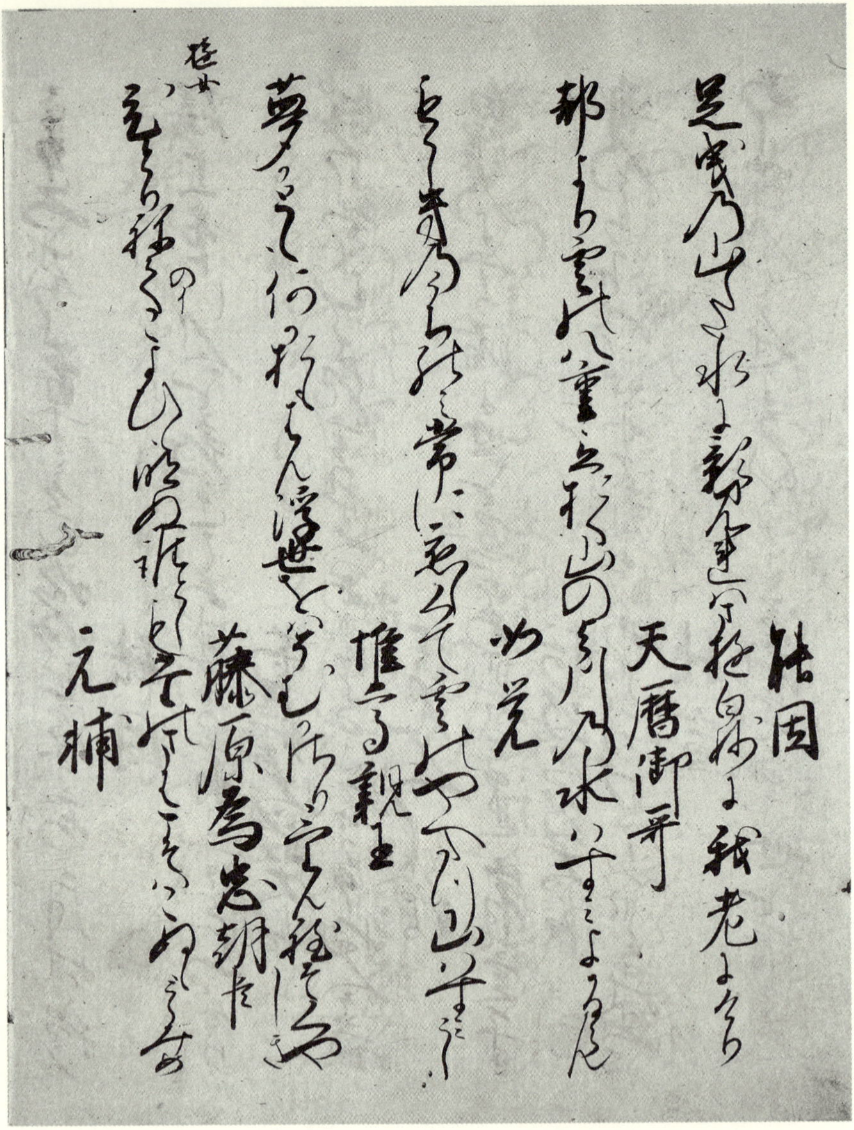

ましらはて世と[illegible]悲しき物思ふ身や[illegible]

周防内侍

かくしつゝ夕の雲となりもせは哀かけても誰か思はん

西行

年月をいかて我身に送りけむ昨日の人も今日はなき世に

[illegible]

慈円

何事と思ふ人そと人とはゝこたへぬさきに袖そぬるへき

[illegible]

山里[illegible]

家隆

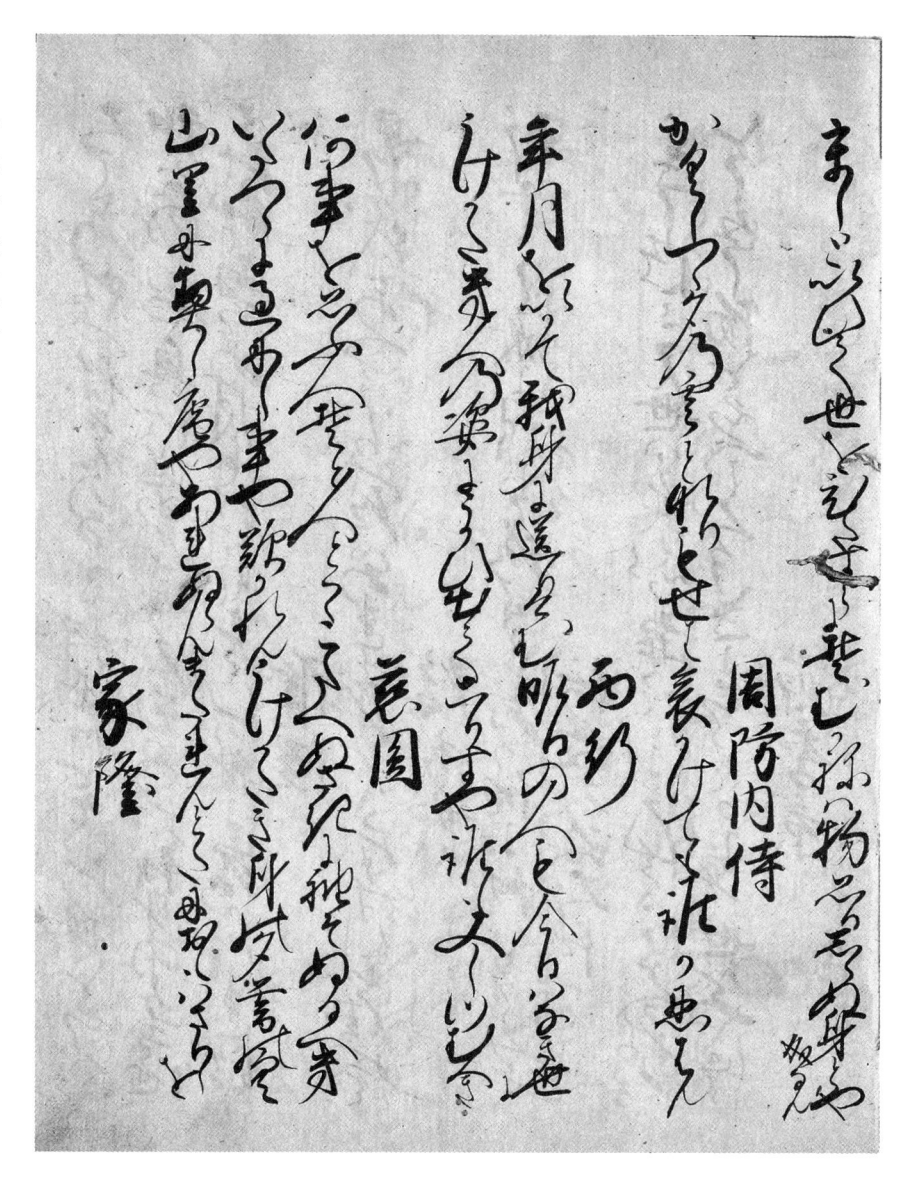

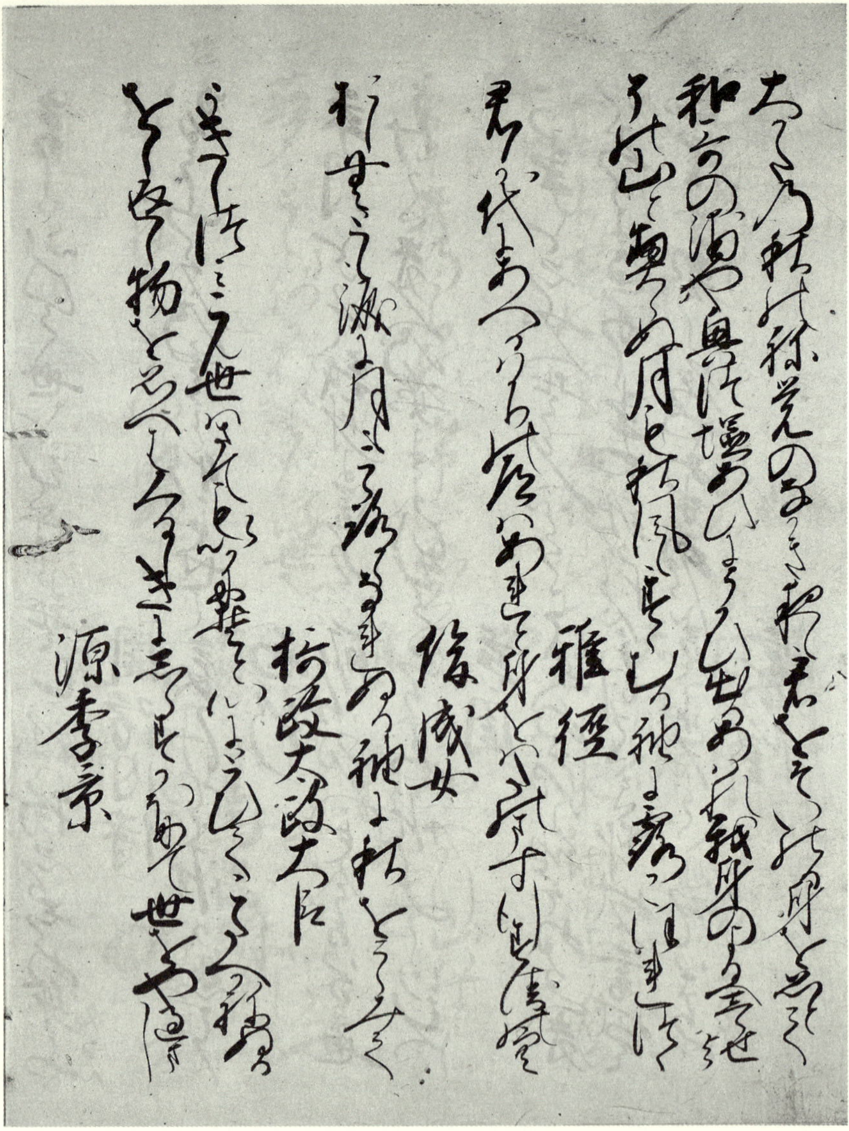

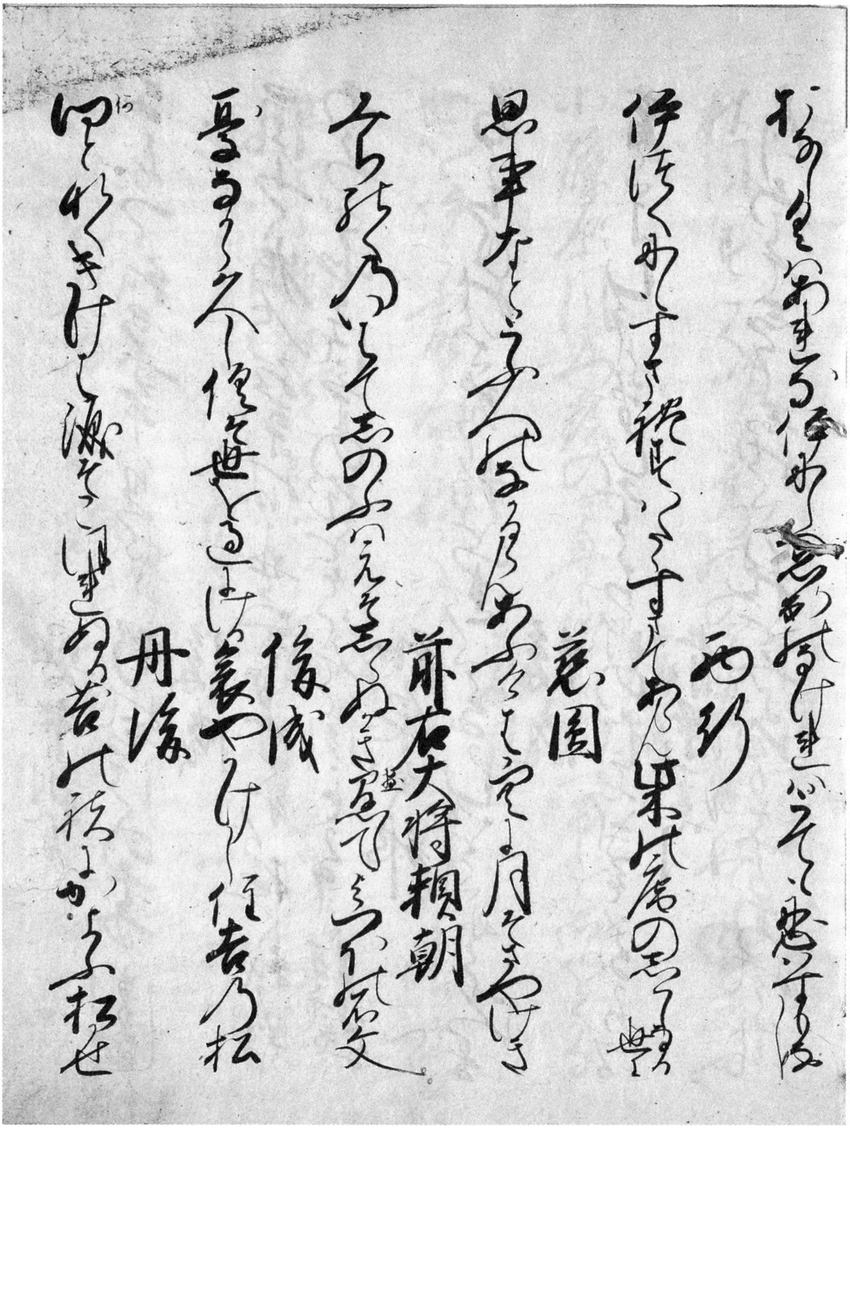
西行
前右大将頼朝
俊成
丹後

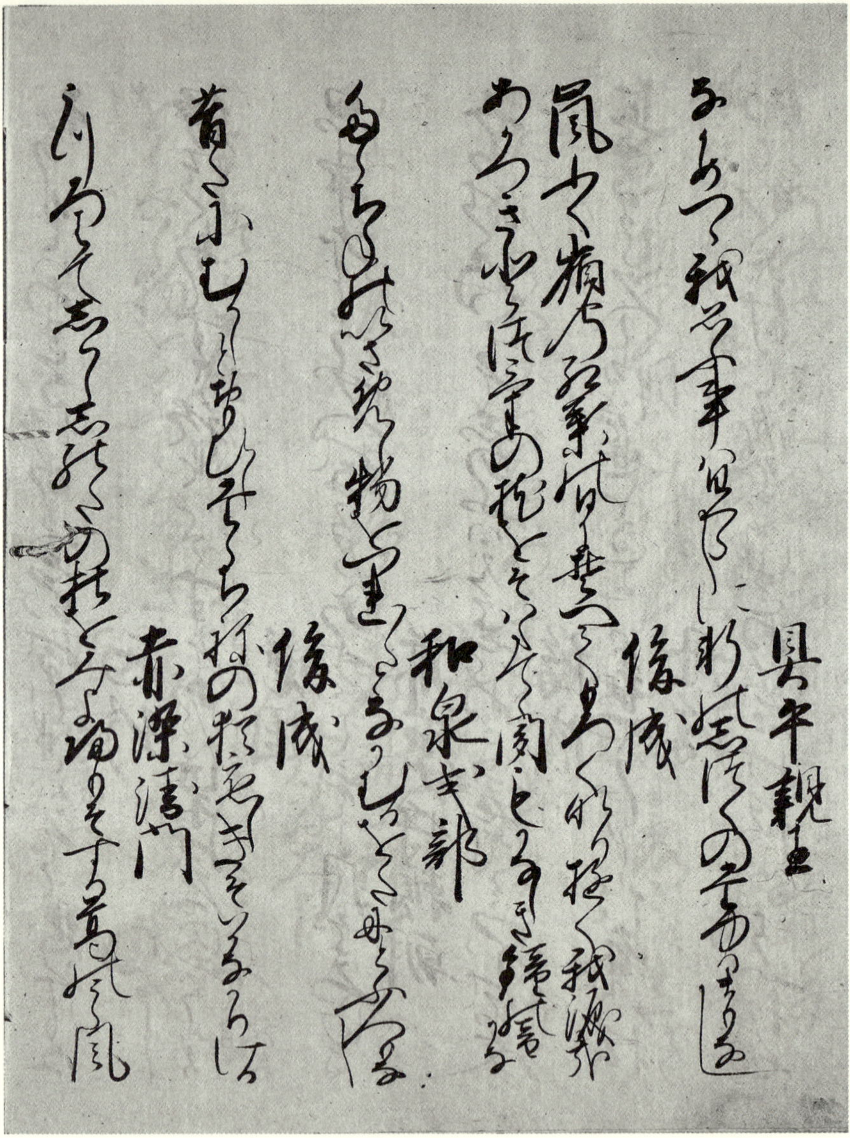
具平親王
俊成
和泉式部
俊成
赤染衛門

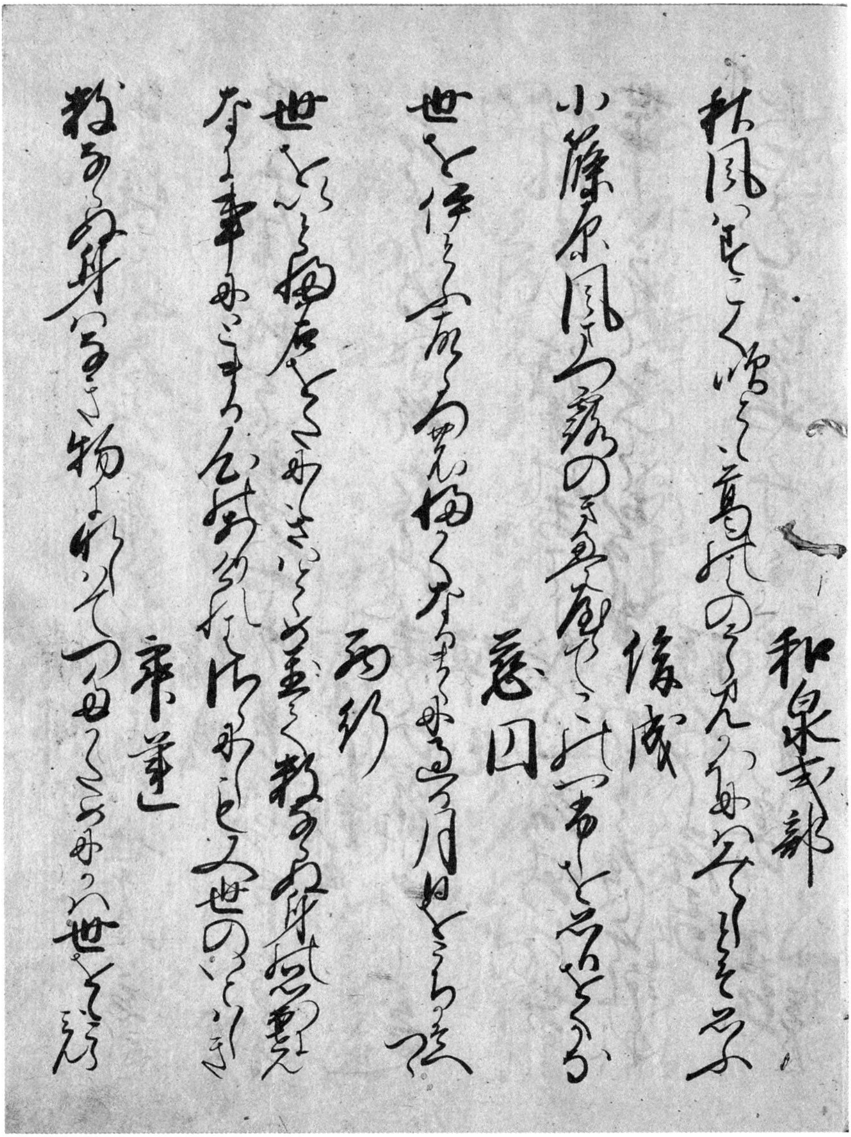

和泉式部
秋風はすこく吹とも葛のはのうらみかほにはみえしとそ思ふ
俊成
小篠原風まつ露のきえやらてこのひとふしを思ひおくかな
慈円
世をいとふ心のふかくなるまゝにすくる月日をうれしかるかな
西行
世をいとふ名をたにもさはとゝめをきて数ならぬ身の思出にせん
なき事にこまかに思ひはてゝ世のなかに
寂蓮
数ならぬ身はなき物になしはてつたかためにかは世をもうらみん

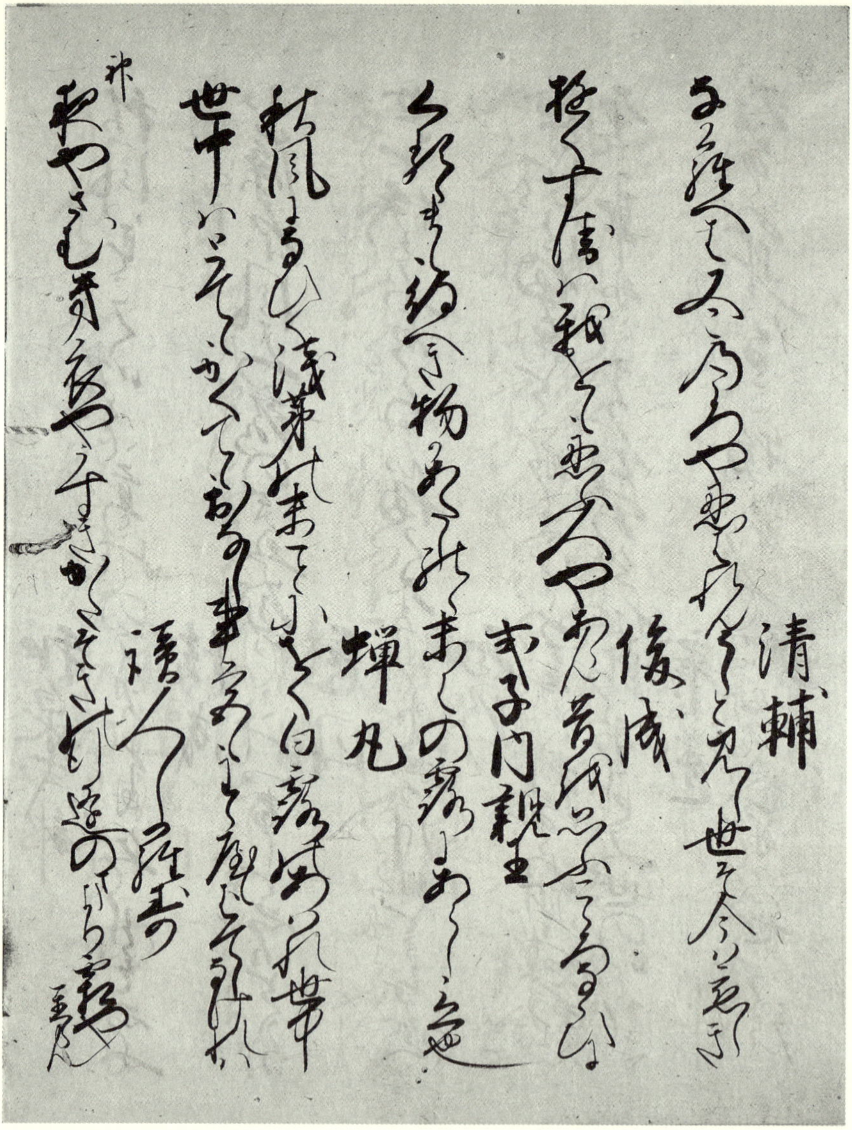

[illegible]

西行

さやかなる鷲の高根の雲ゐより影やはらくる月よみの杜

慈圓

やはらくる光にあまる影なれや五十鈴川原の秋の夜の月

[illegible]

大中臣明親

[illegible]

長明

石川やせみの小河の清けれは月もなかれをたつねてそすむ

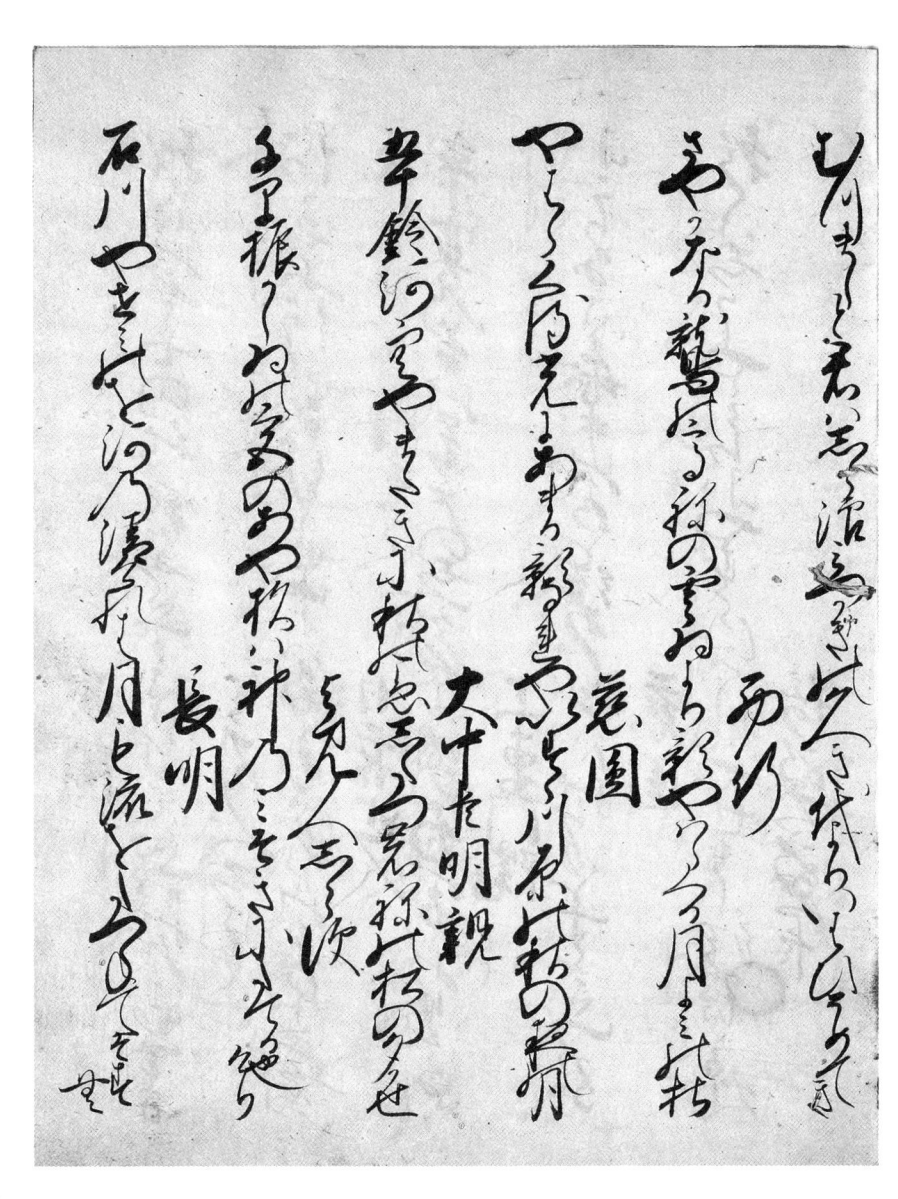

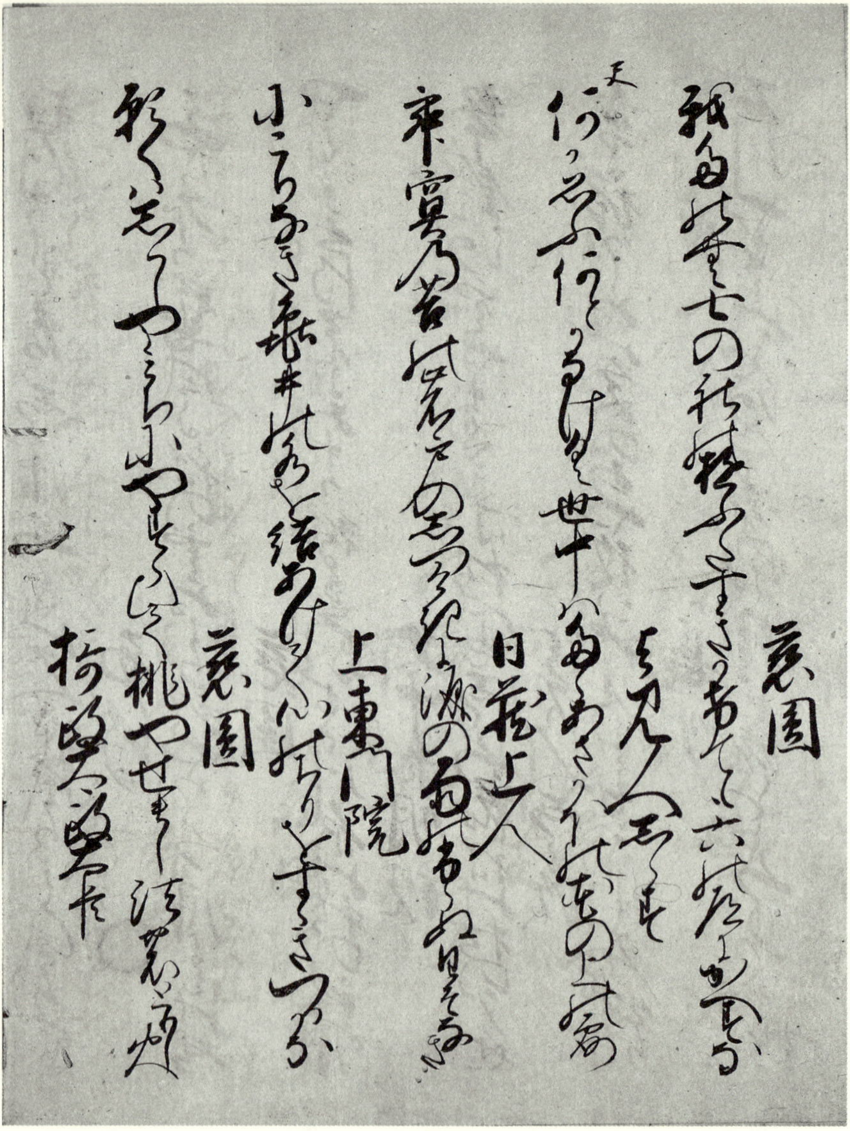

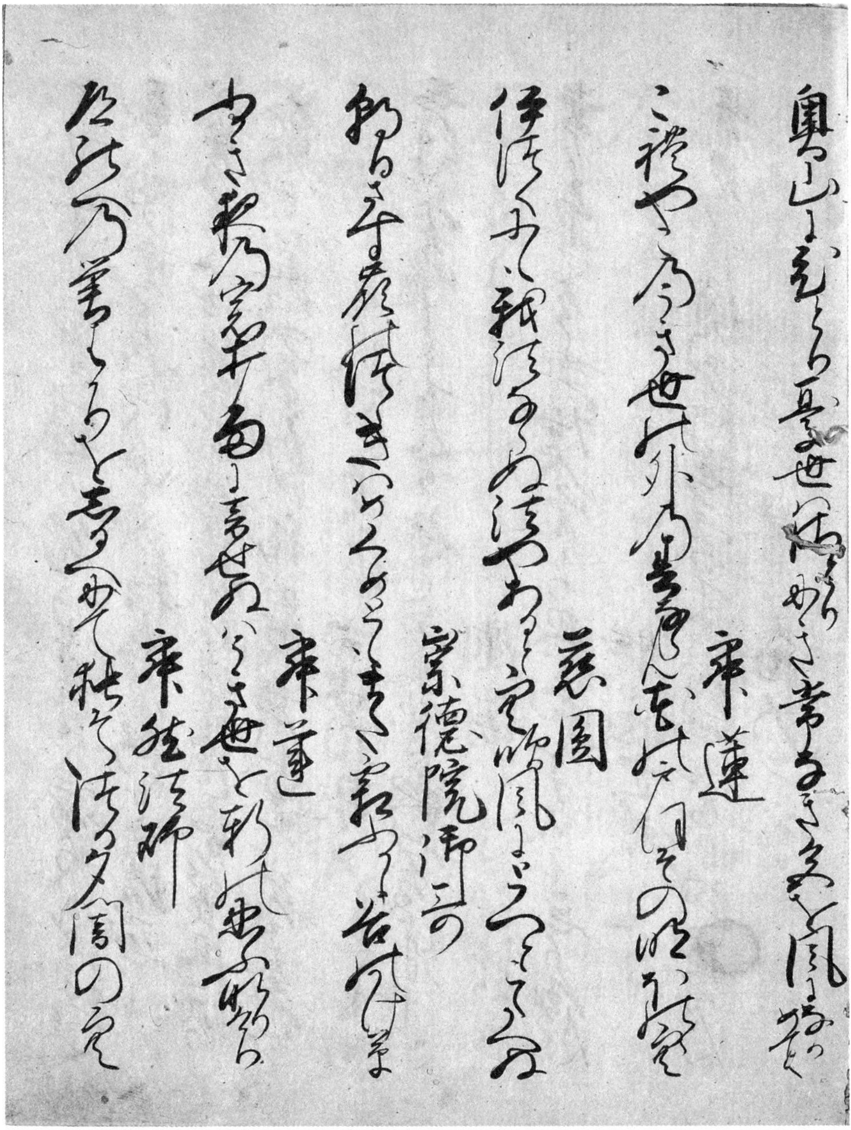
奥山にひとりうき世はさとりにき常なき色を風になかめて
寂蓮
これやこのうき世の外の春ならん花のとほその明ほのゝ空
慈圓
[illegible]
崇徳院御歌
[illegible]
寂蓮
[illegible]
寂然法師
[illegible]

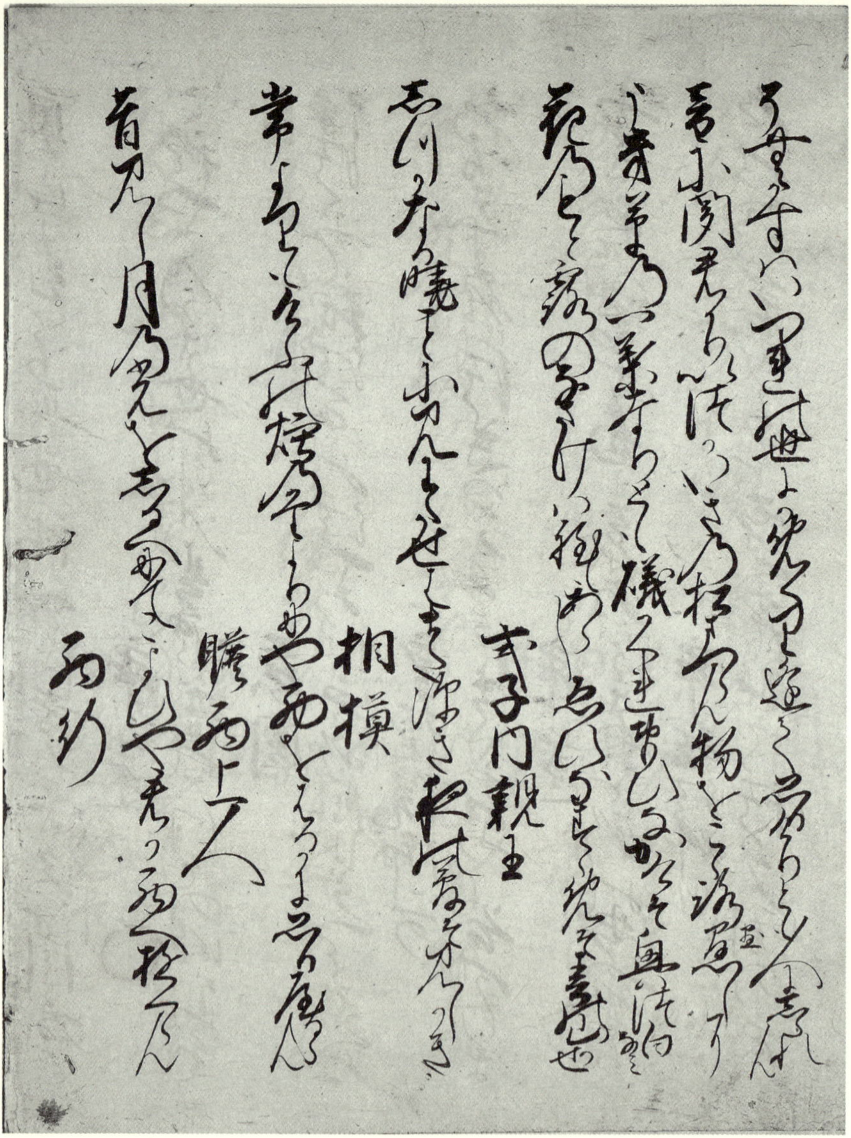

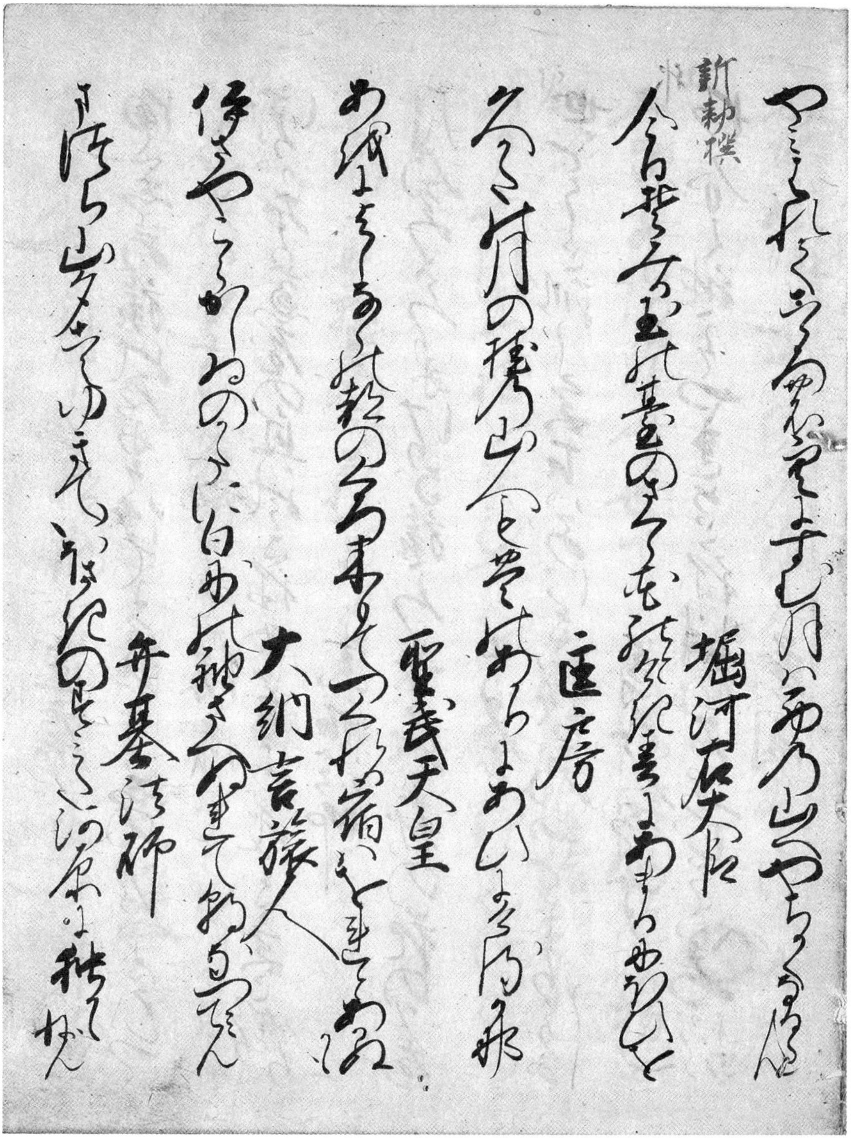
[illegible]

新勅撰

今日見れは玉の台[illegible]

堀河左大臣

冬[illegible]月の[illegible]山[illegible]

匡房

[illegible]

聖武天皇

[illegible]

大納言旅人

[illegible]白妙の袖さへ[illegible]

弁基法師

まつち山夕こえてゆきていほさきのすみた[illegible]原にひとりかもねん

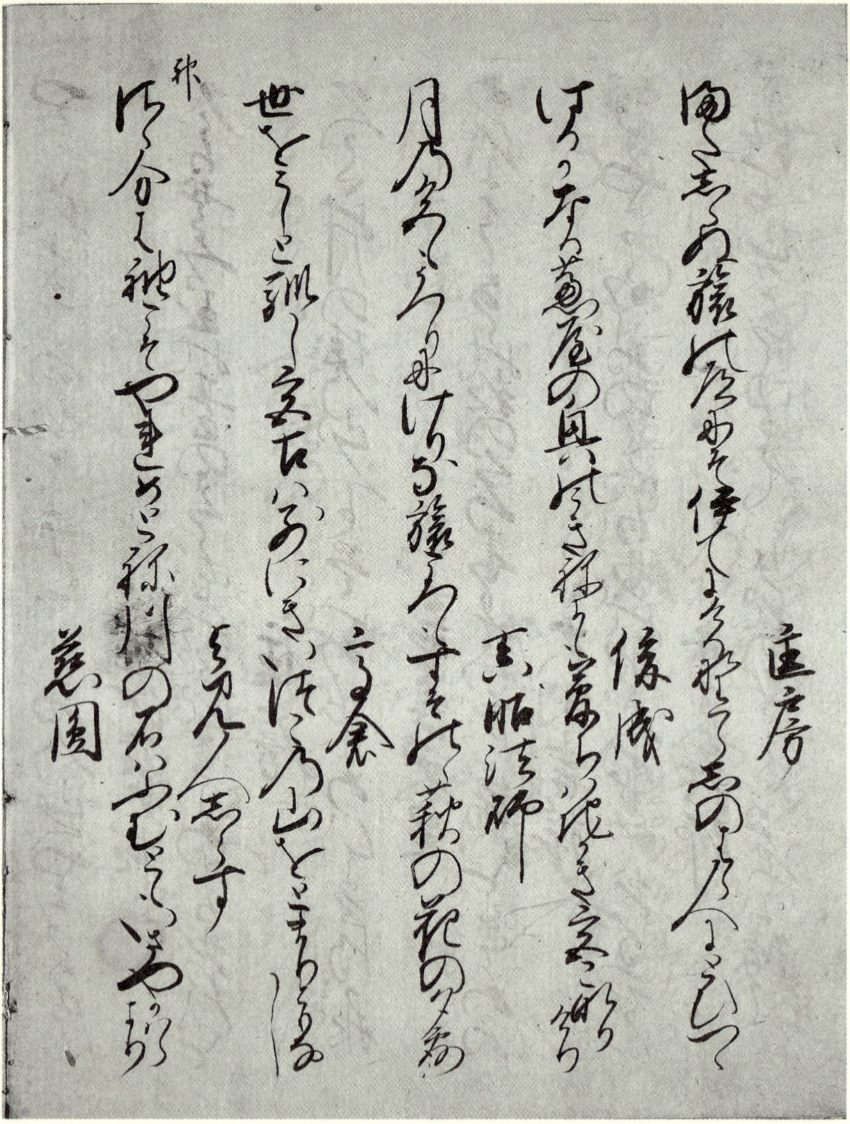

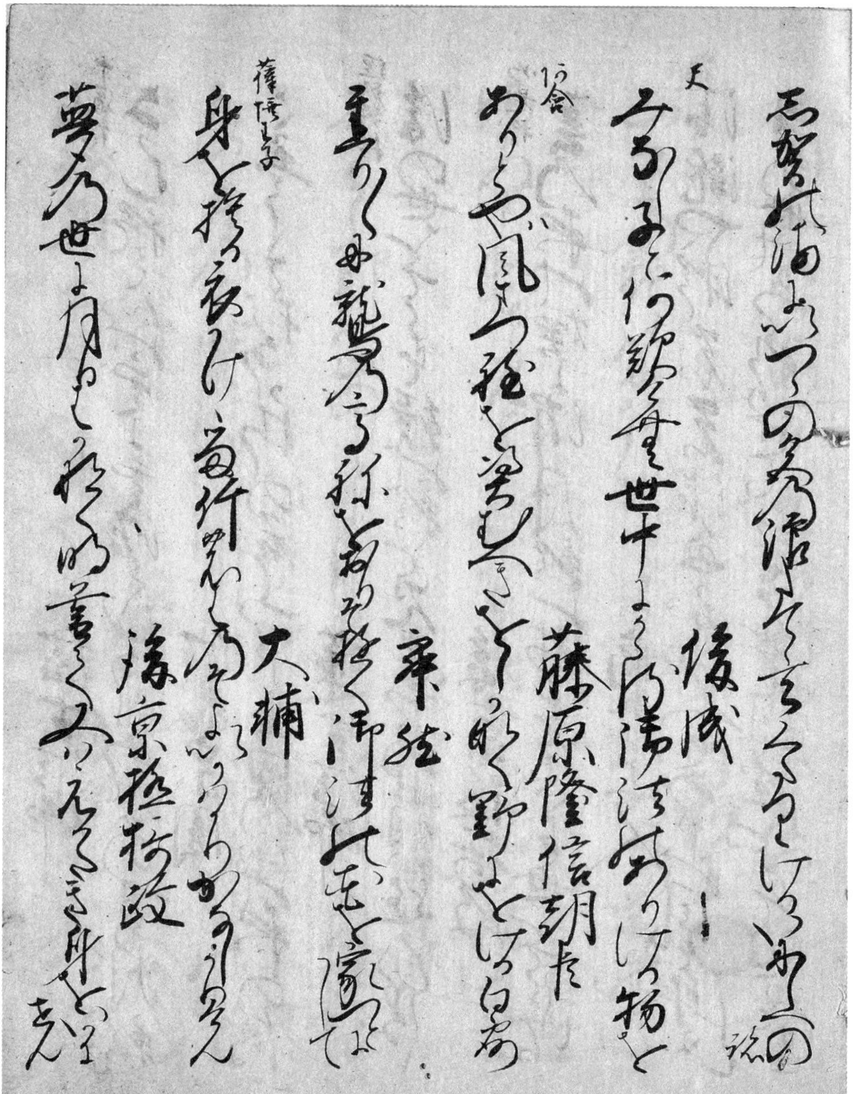

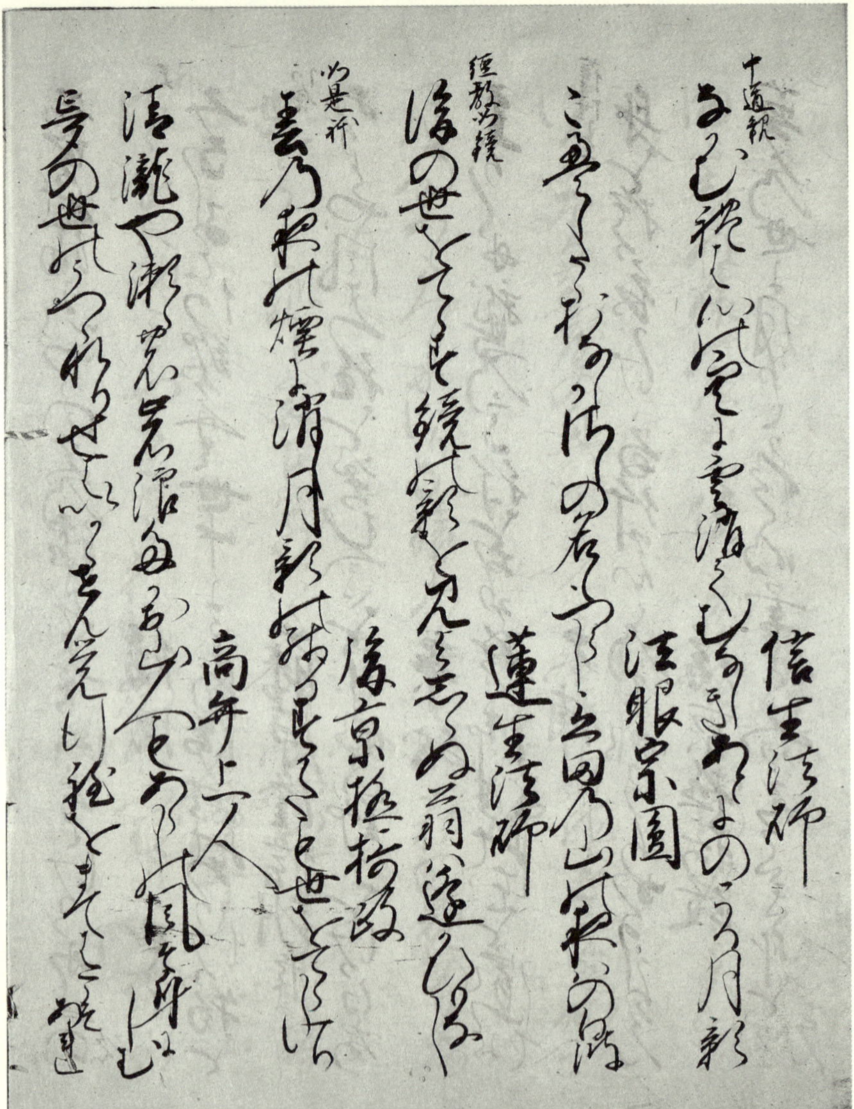
信生法師
法眼宗円
蓮生法師
後京極摂政
高弁上人

杉の下岩根の苔にこと葉深の秘は雲居やつきぬ白玉

選子内親王

雑

山里の花はみなちりぬらんいまはや沢辺の鶯の声

讃岐

河あさいは花ちりかとや見るらん山の白雪消えてすら

大納言家良

春ちる野は山のしらすし春てよ所に玉は尽き古りく

中宮少将

さくら花の下葉は煙そのまゝ小雲とゆるむ春は山里

入道前太政大臣

山桜霞の中におもひしとゝめて見ぬ世は春とつ思ふ

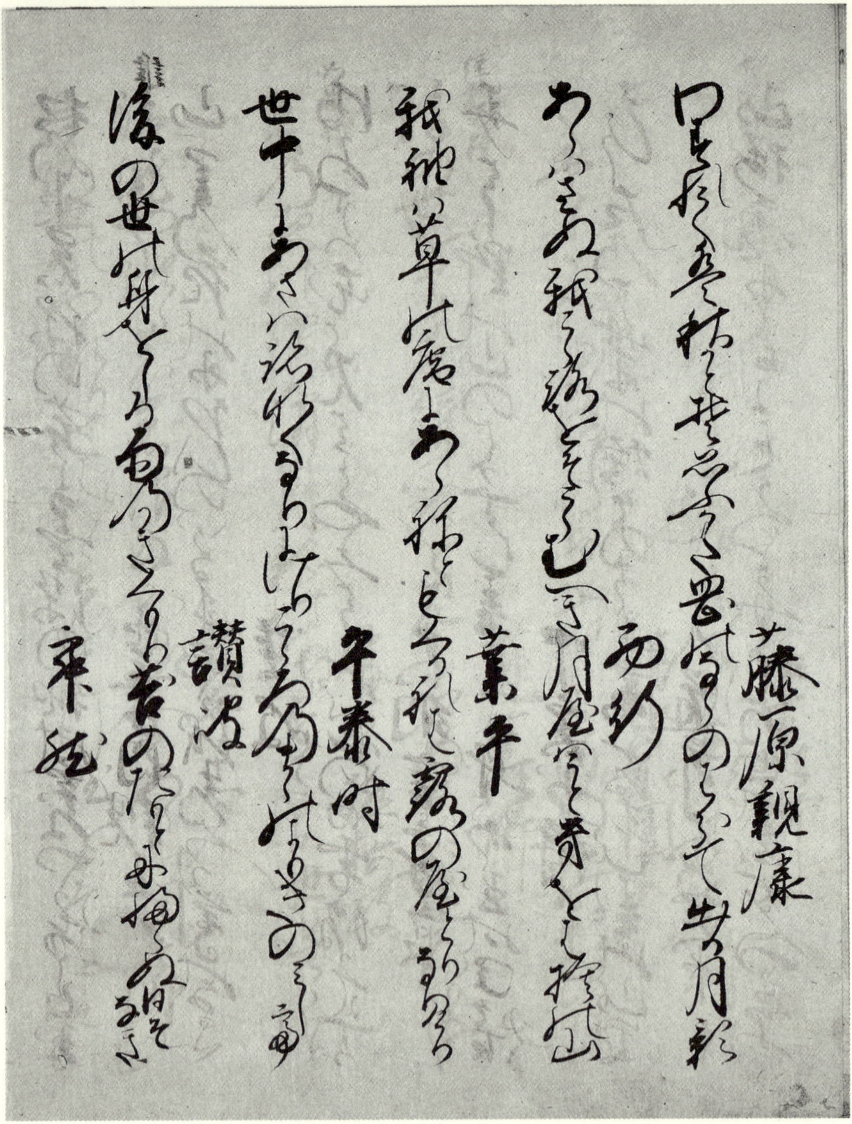
藤原親康
西行
業平
讃岐

[illegible]入相の鐘[illegible]

大納言師氏女 [illegible]

[illegible]

人麿

[illegible]吉野[illegible]山[illegible]雲[illegible]

俊恵

鳥[illegible]山[illegible]煙[illegible]

家隆

[illegible]世の[illegible]

太宰権帥公頼

[illegible]塩[illegible]

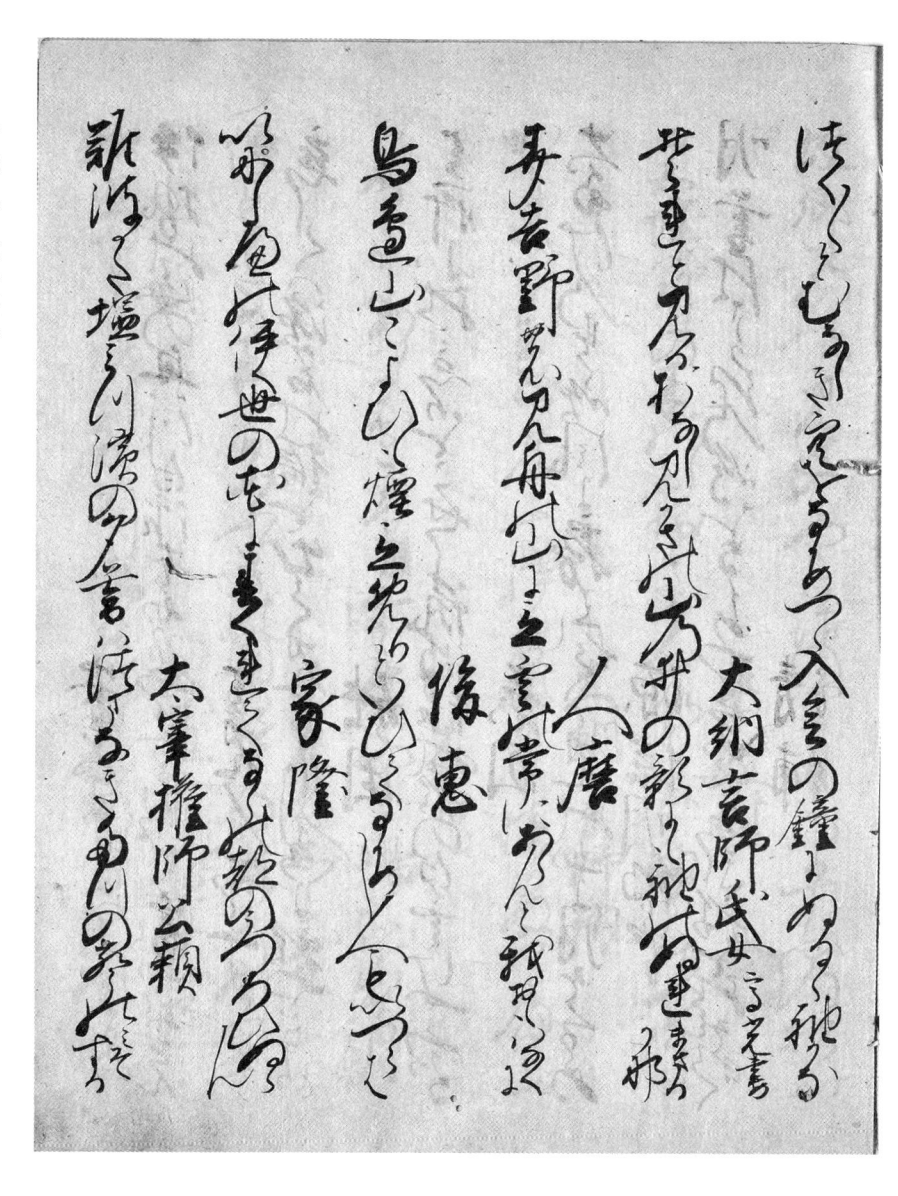

伊勢の海の具川白浪をめくりつゝよするに家つて生ん　安芸王

恋しく濱名の橋と出て見人言下りやう新や末

こゝ人こす

こゝ所小社ある人と竺て筑治根原我の名言女らふ　姓因

奈毛けぬ名峯風上務し枕これ九凡月をこもる　源信明朝臣

明董屋にあり清うをこうて嵩を家住屋すそ　清捕

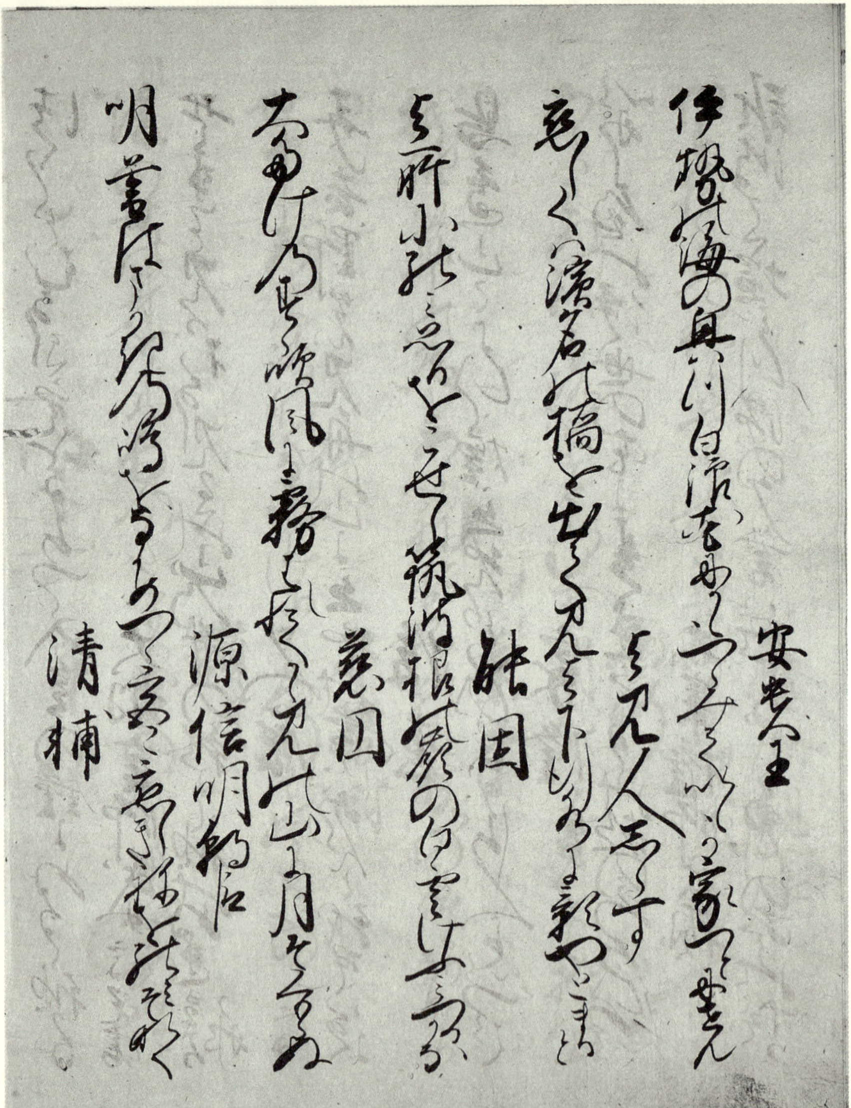

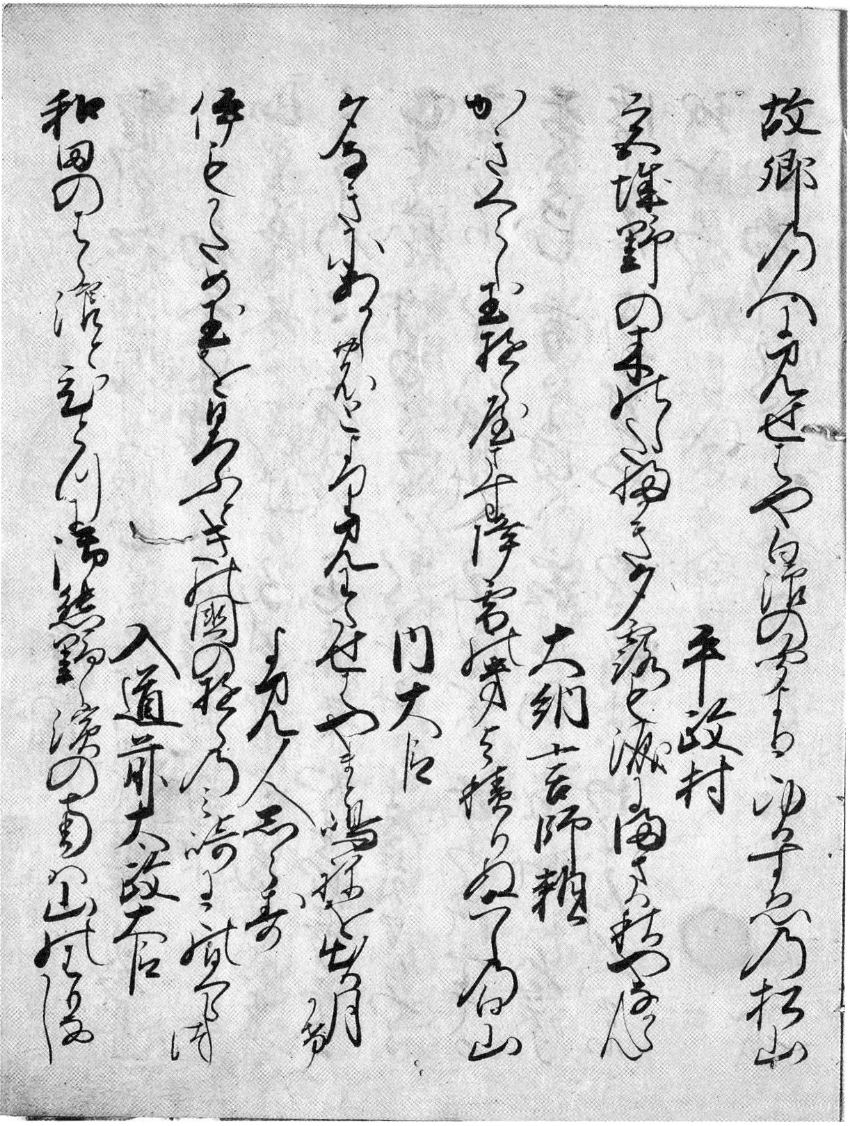

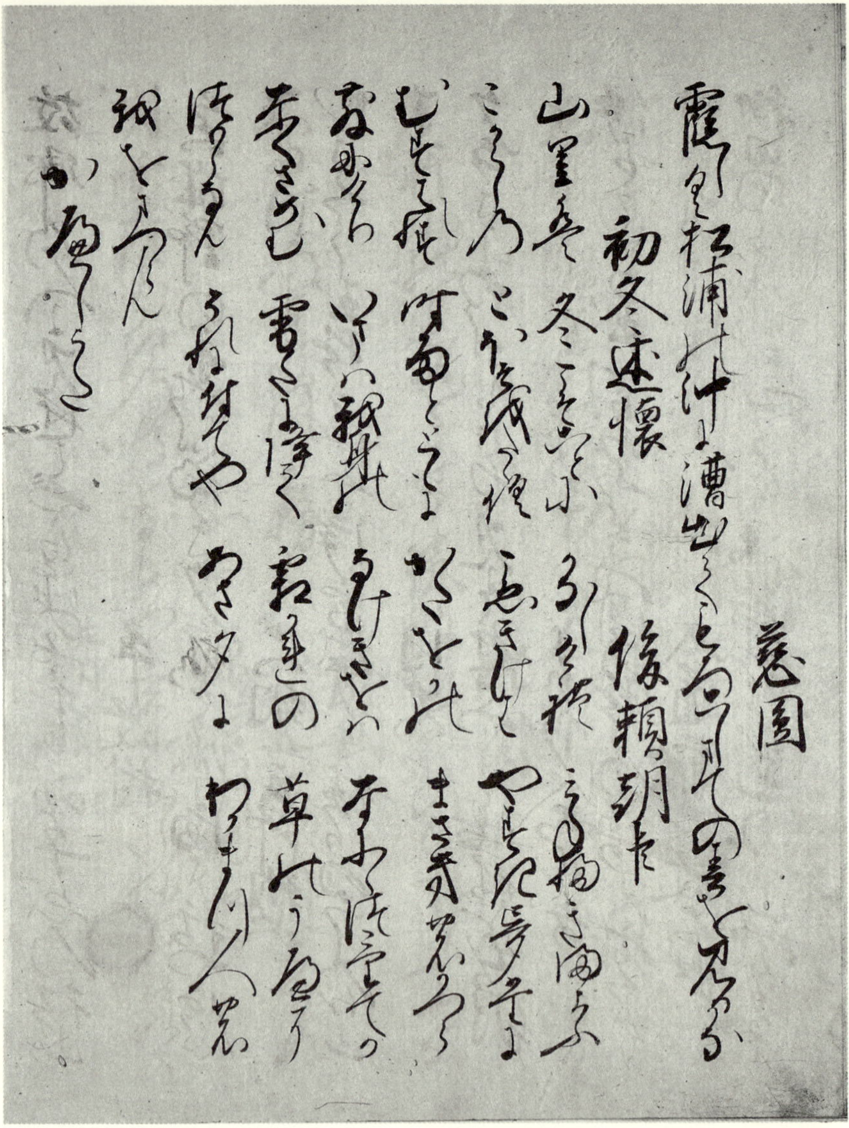

いくかへりつかへて冬は[illegible]初音ときて[illegible]
物思ふ[illegible]

源有仲

昔見しと山の里は荒にけり浅茅の庭に鶉なくなり[illegible]

前太政大臣

續後撰

あふさかは[illegible]関路[illegible]秋の[illegible]やまの君[illegible]

前大納言為家

ゆく河は代々の鏡に[illegible]

後京極摂政

伊勢の海の鶴の林に[illegible]千代の志[illegible]

為家

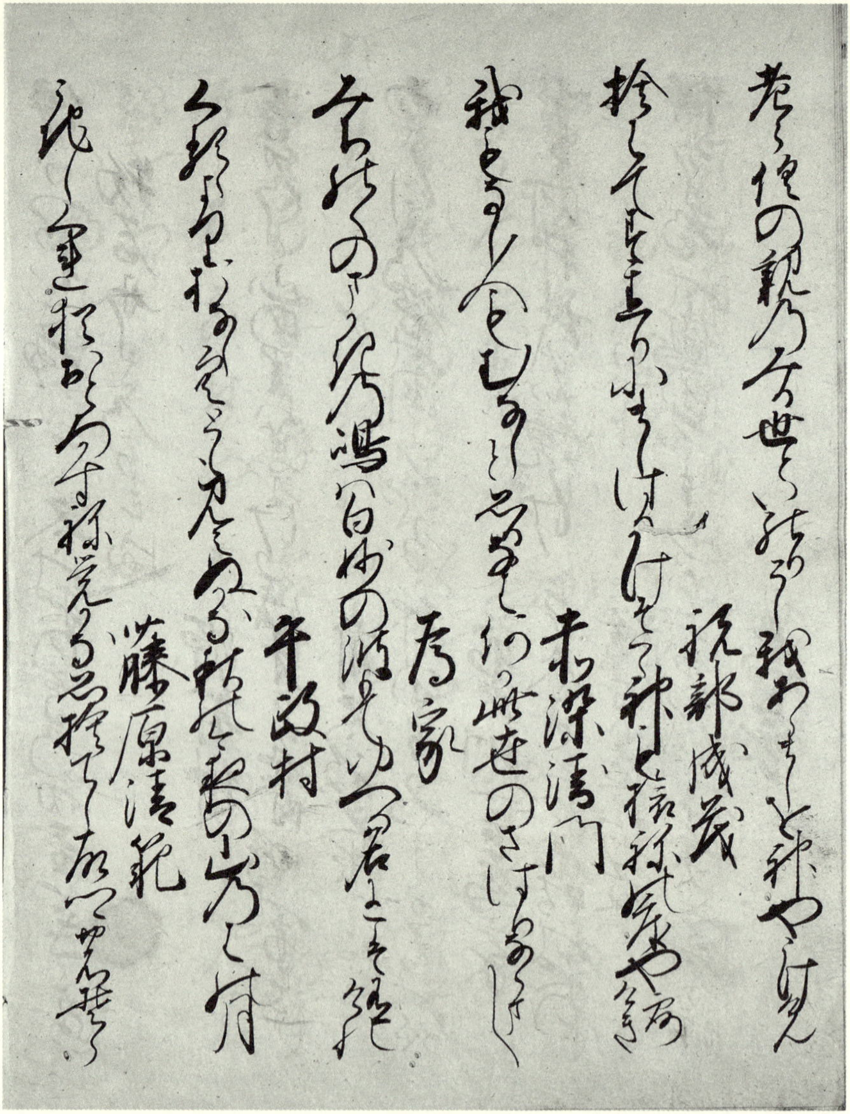

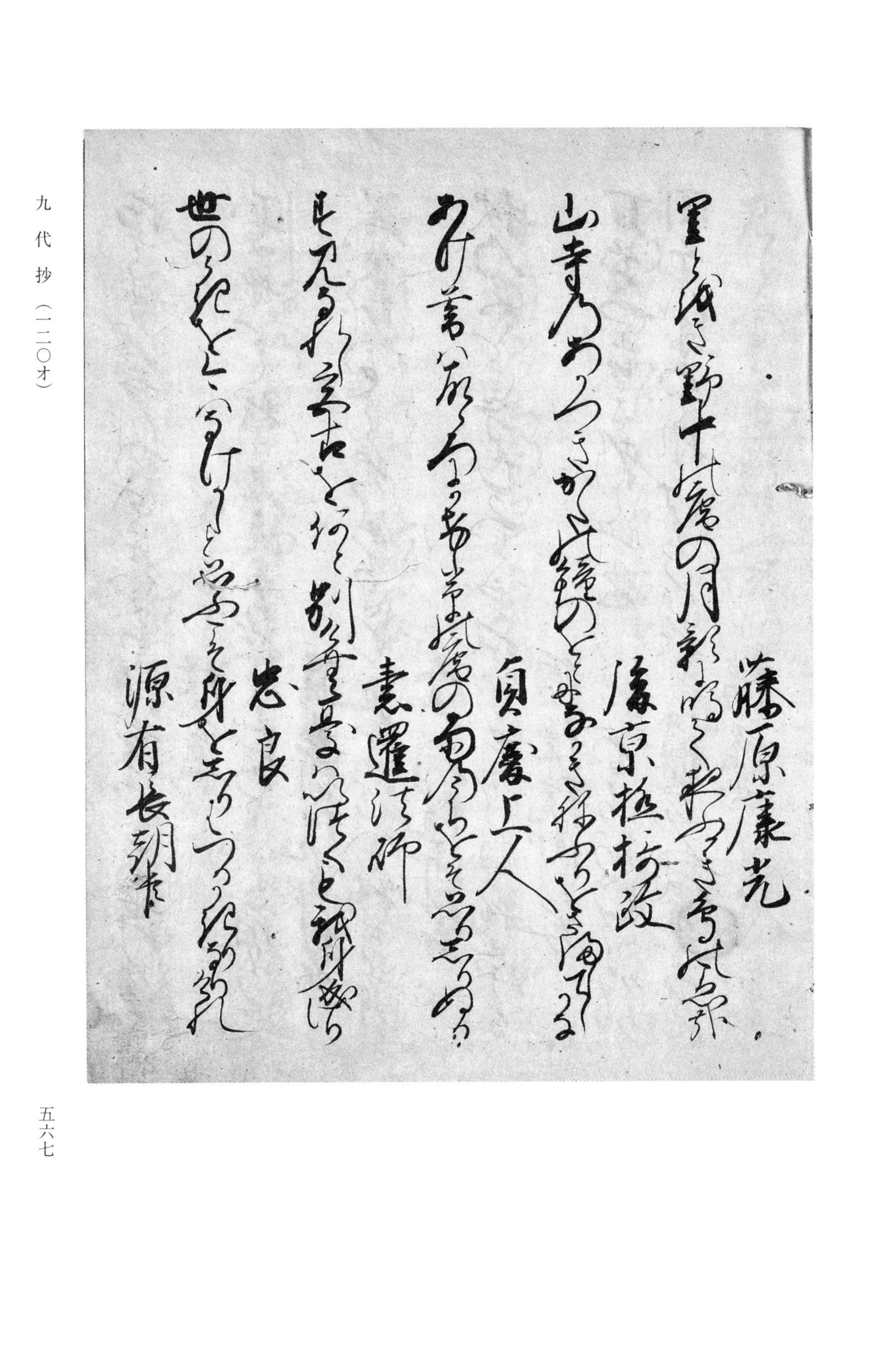

藤原康光

置霜き野中尾花の月影ハ[illegible]

後京極摂政

山寺のあかつきかたの鐘のこゑ[illegible]

寂蓮上人

ふけ行ハ[illegible]尾花の[illegible]

慶運法師

長き夜[illegible]

忠良

世の中を[illegible]

源有長朝臣

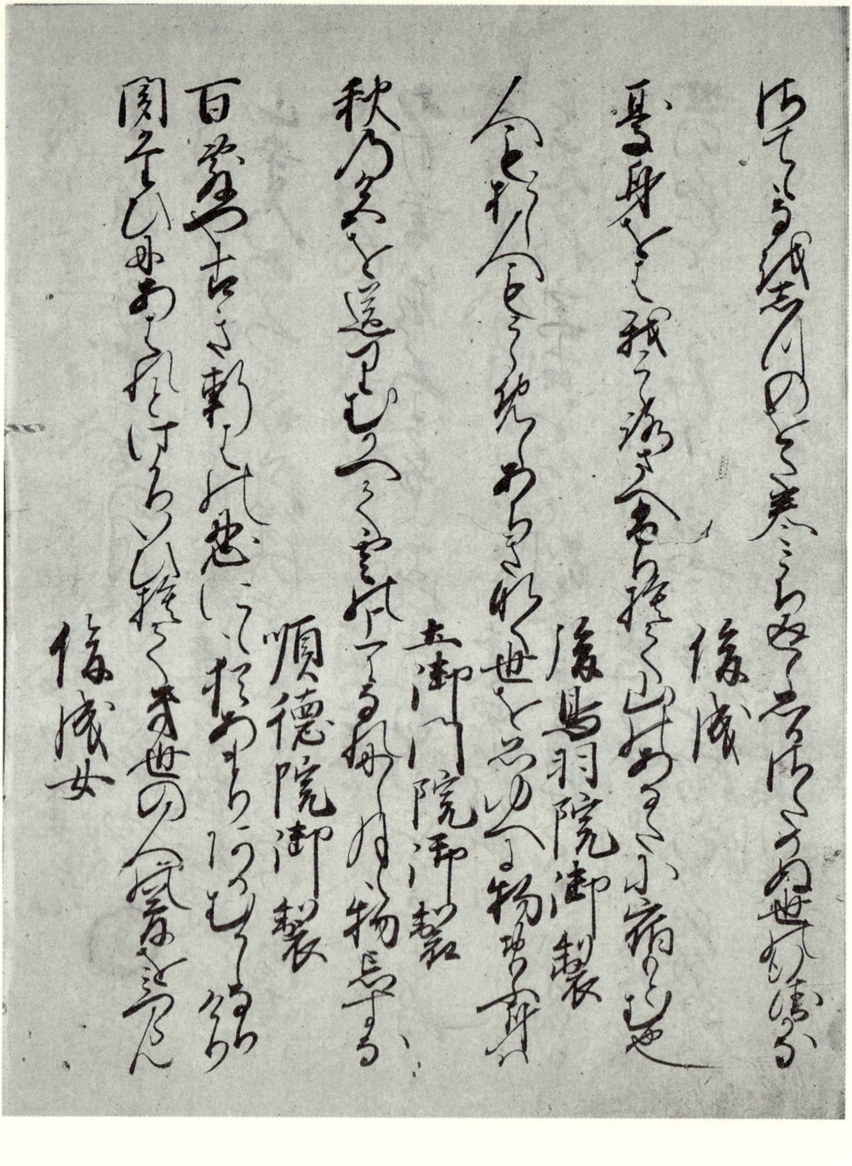

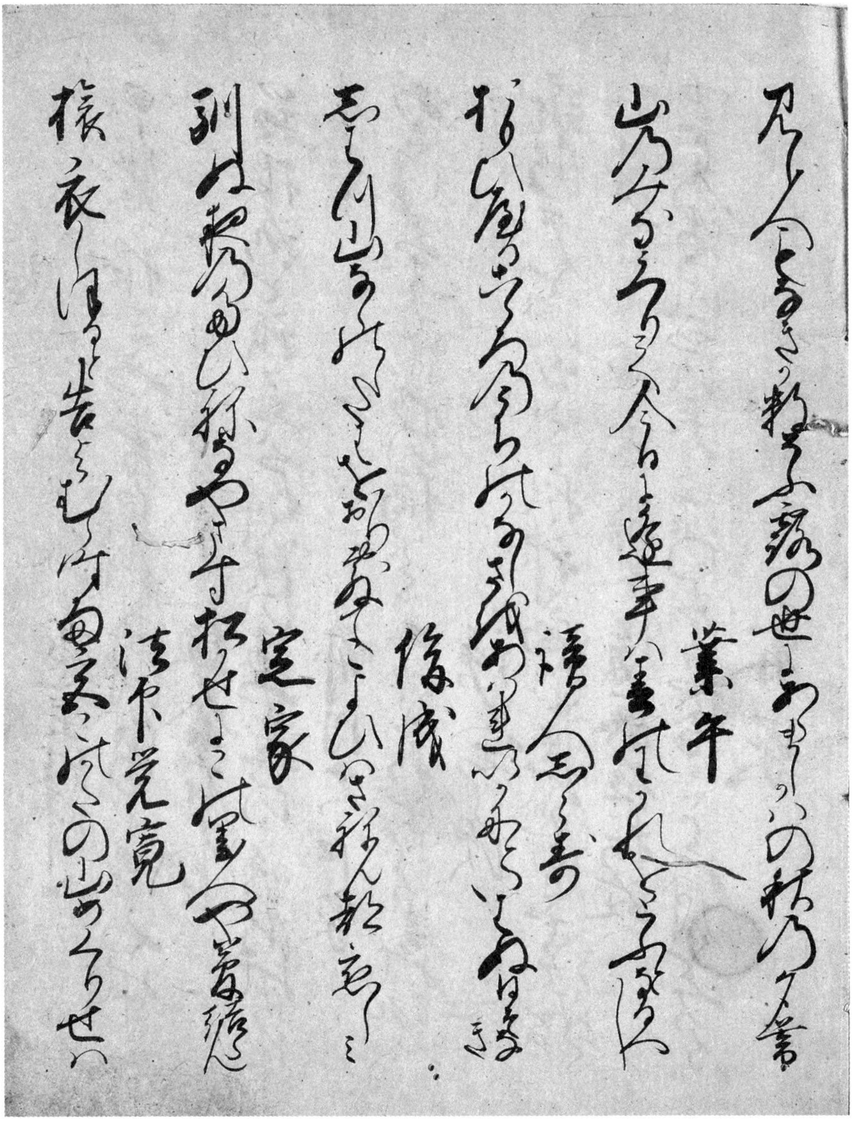

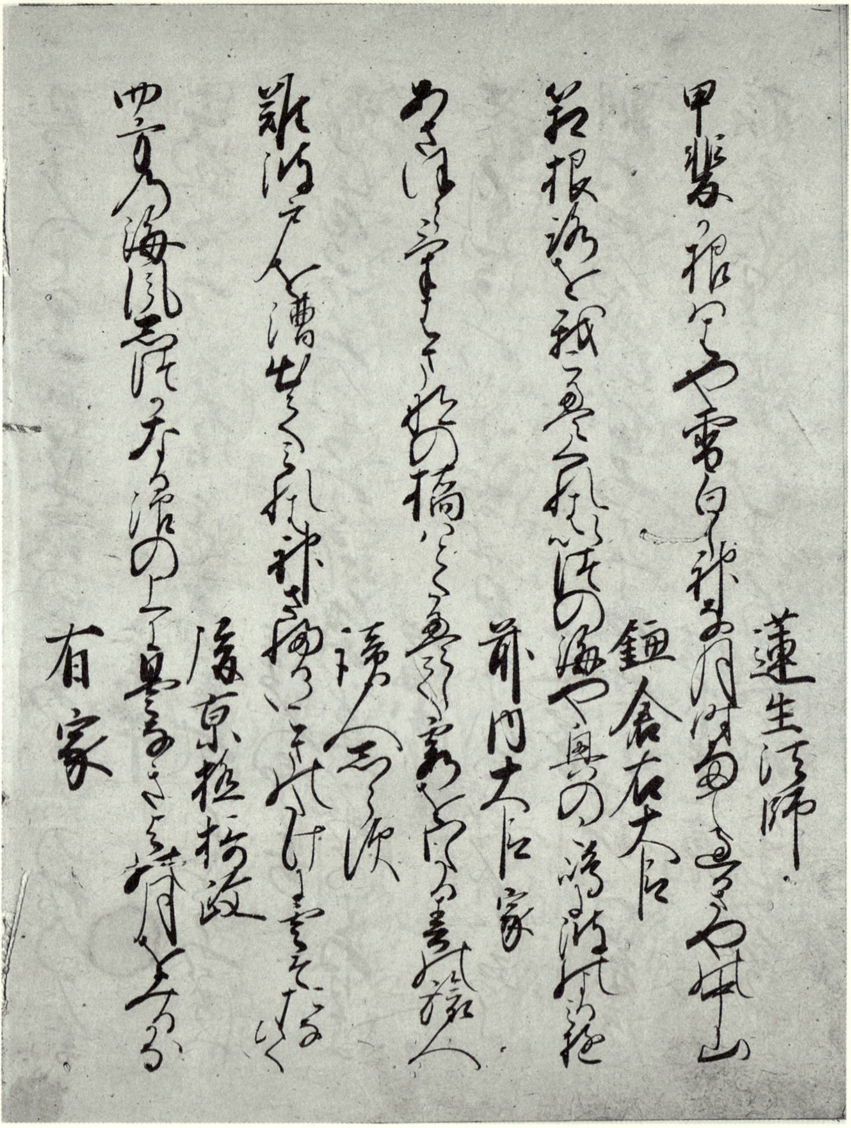
蓮生法師

鎌倉右大臣

前内大臣家

後京極摂政

有家

百年餘地の法も境よりさきめて今様まて乱れさる心　脩成

しき杖はわかみはあつまの我君乃

居とも万代のこゝろゆきたまふか

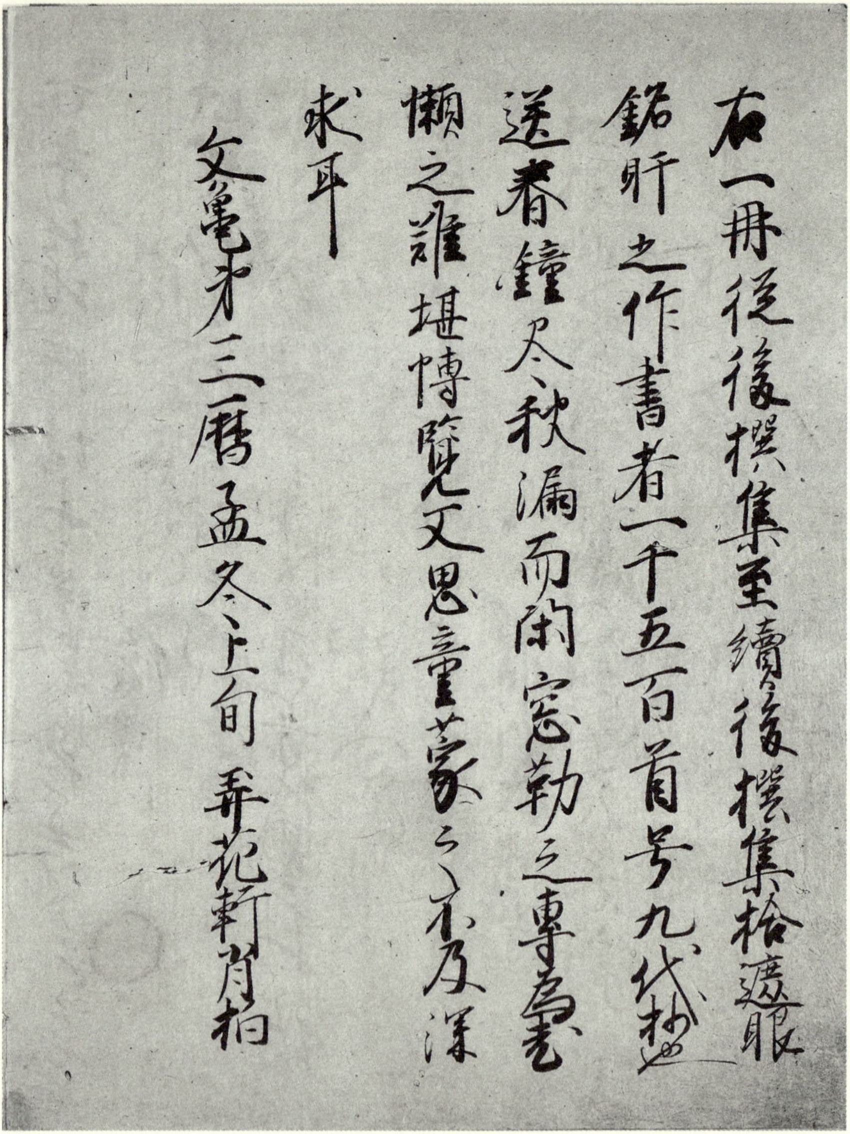
右一冊従後撰集至續後撰集拾遺眼
銘肝之作書者一千五百首号九代抄也
送春鐘尽秋漏而閑窓勤之専為老
懶之誰堪博覧又思童蒙之不及深
求耳
文亀第三暦孟冬上旬　弄花軒肖柏

九代抄　遊紙

九代抄　遊紙

九代抄　遊紙

裏表紙見返

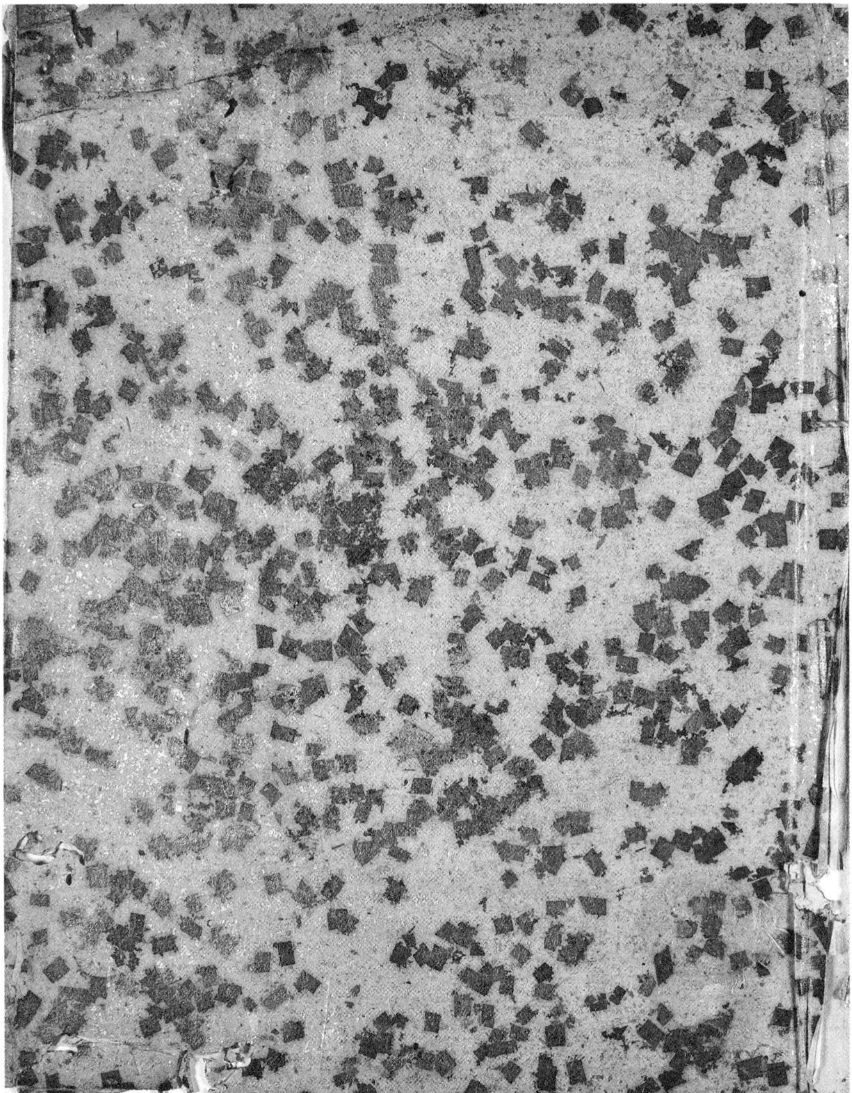

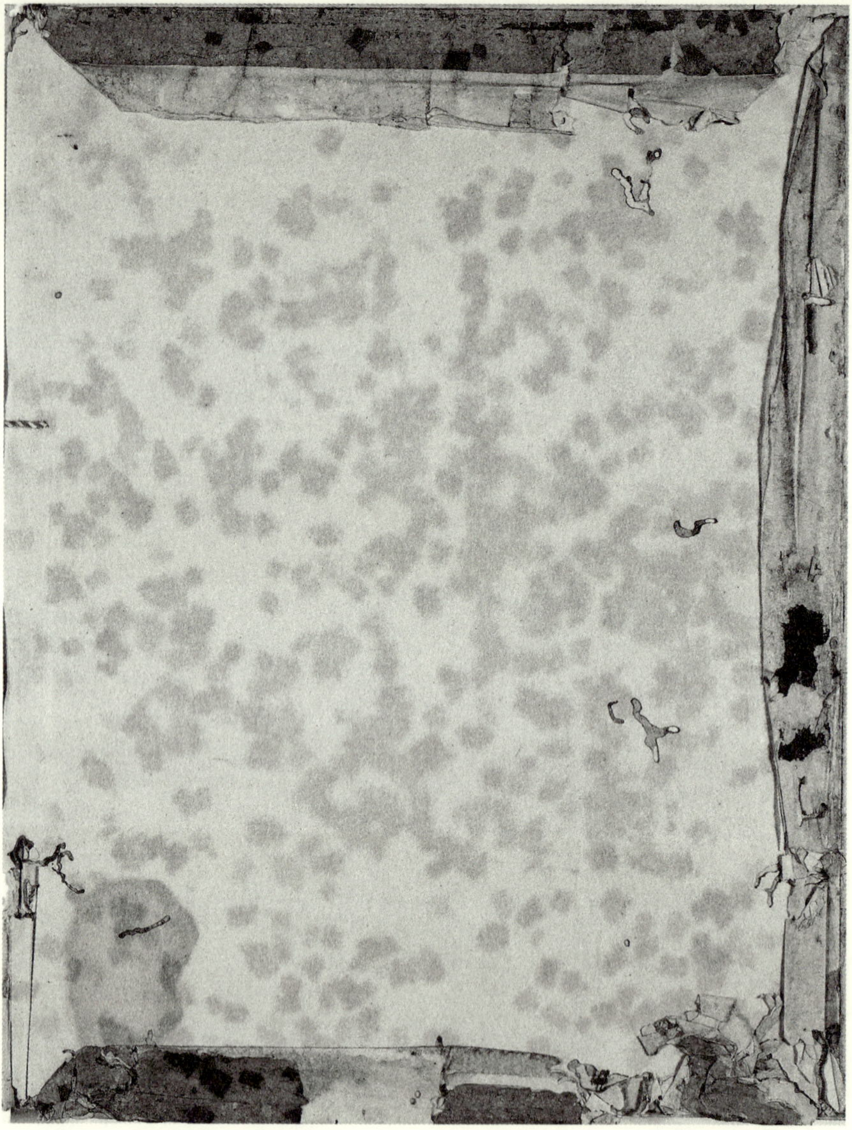

九代抄　裏表紙見返裏（裏表紙欠損）

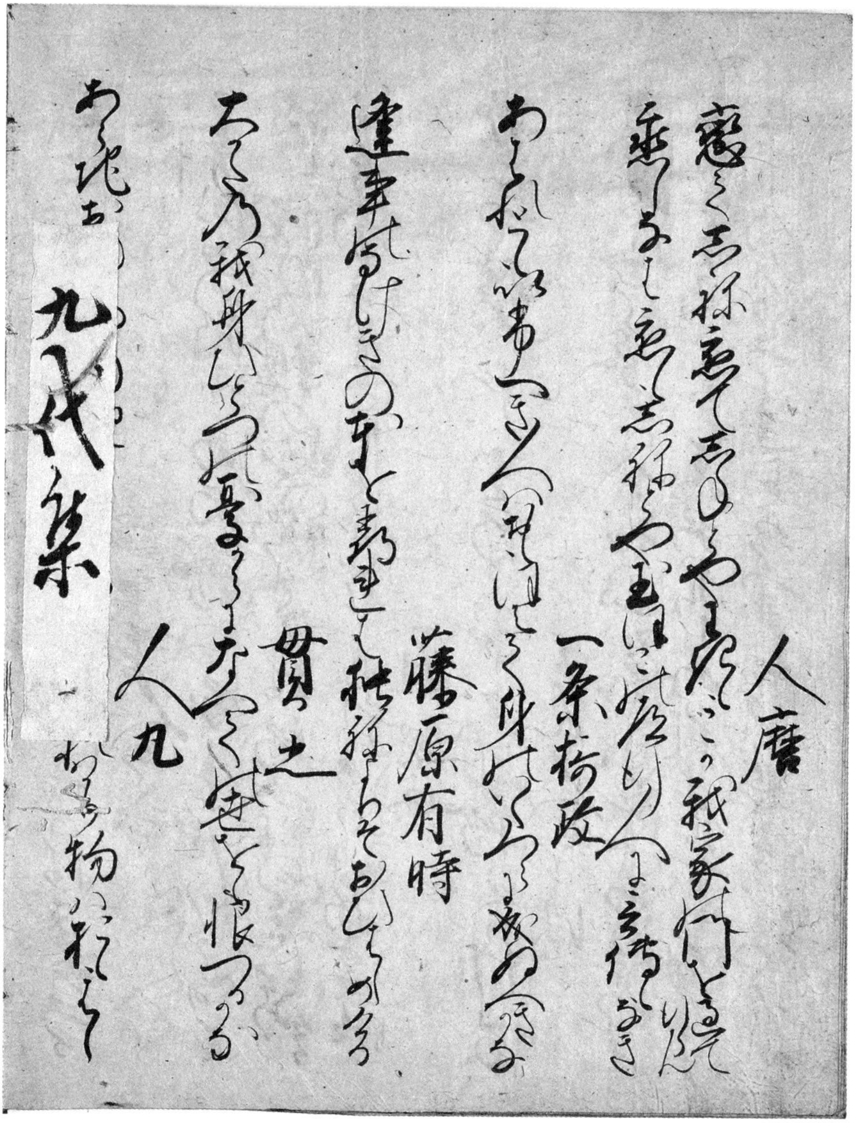
人麿
一条摂政
藤原有時
貫之
人
九
九代集

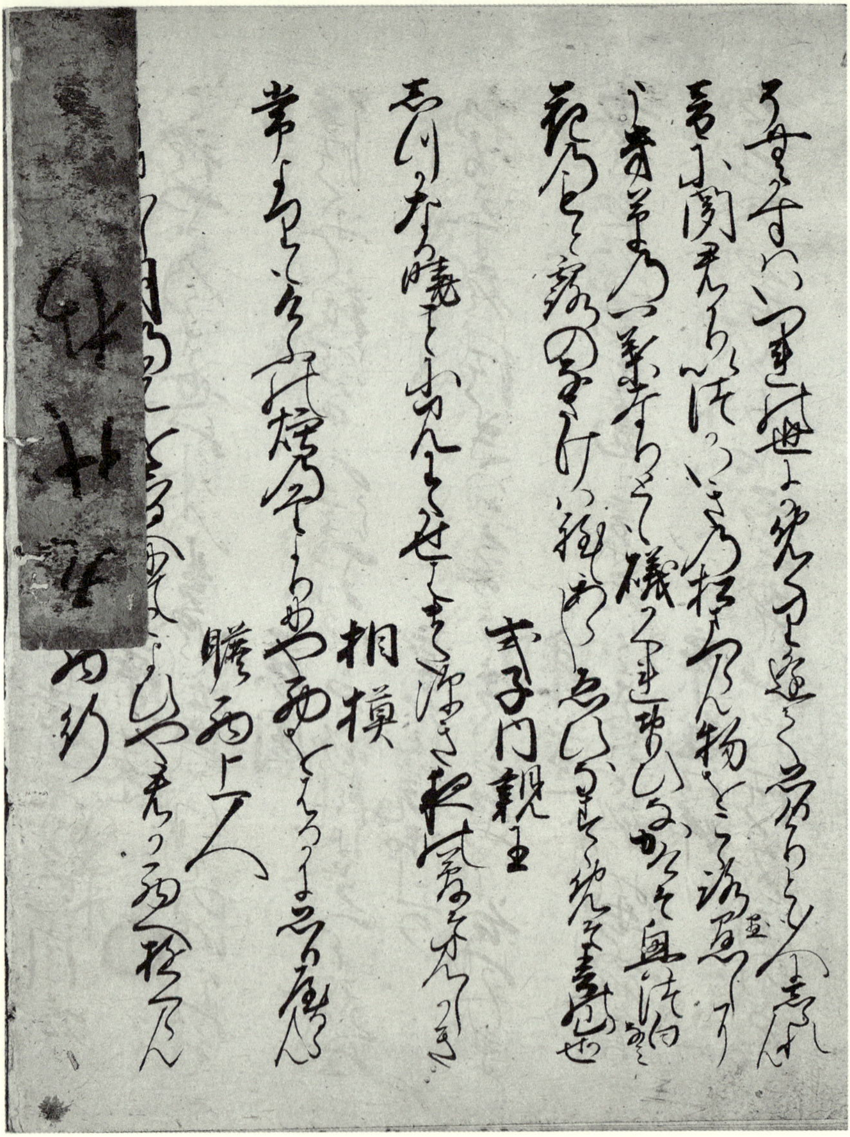

解説

酒井茂幸
吉田唯
小田剛
安井重雄
近藤美奈子

愚見抄

（図書番号〇二一 ‐ 三四三 ‐ 一）

龍谷大学大宮図書館蔵『愚見抄』（以下「龍谷大本『愚見抄』」と略称）は、夙に福田秀一により現存最古の文正元年（一四六六）の書写奥書（後掲）を有する伝本として紹介されている。[1] その後、室町時代初期写で冷泉為秀筆本の転写本かとされる冷泉家時雨亭文庫蔵本（以下「時雨亭文庫本」と略称）が出現し、[2]『愚見抄』の諸本や本文の研究は新たな段階に入っている。[3] ただ、書写奥書により伝来経路が明らかな龍谷大本『愚見抄』の価値は未だ失われていないと言えよう。本解説では、『愚見抄』の成立や説述内容に関する研究史を確認した上で、龍谷大本『愚見抄』の書誌と奥書を掲げ、その本文の特性について述べる。

『愚見抄』は、鵜鷺系偽書（『愚見抄』の他に『愚秘抄』『三五記』『桐火桶』の定家仮託書）の中で最も早く成立し、[4]「基俊系・冷泉家的」な性格を有するとされ、[5] 室町前期の冷泉家では定家真作と見なされていたことが指摘されている。応永一六年（一四〇九）に今川了俊が一子彦三郎に与えた庭訓である『了俊一子伝』（『日本歌学大系』所収本に拠る）には、

一、和歌の抄物の事、家々に様々有。皆或は詞等の事を注たる也。詠歌のすがた心仕等をこまかに教られたる事は、只俊成卿、定家卿、為家卿ばかり也。是を朝夕心を静て可披見也。和歌秘々、詠歌の一躰、愚見抄、詠歌大がい、古来風躰、毎月抄等なり。

と本書の名が見える。作者は細谷直樹が阿仏尼説を提唱し、[6] 一方で佐佐木忠慧は冷泉為相説を提示しているが、[7] 一般に「阿仏尼・為相らの関与を考えうる」とされており、[8] それは前述した本書の説述内容の論究と整合する。本文中には『毎月抄』の引用が見られ夙に注目されているが（ここでは『毎月抄』の定家真偽については立ち入らない）、

井上宗雄により、『毎月抄』には恐らく為家筆本があり（前掲『了俊一子伝』の記載に基づく推定）、それを冷泉家が所持していたように思え、『愚見抄』は『毎月抄』を見て書いたと推測されている。[9] また、『愚見抄』が『愚秘抄』の母胎となったことは諸先学が一致して論じるところであり、本解説でも後に触れる。

書中はまず、歌のあるべきさまを初学者向けに説き、次に十躰とその外の躰の解説がある。そして、『毎月抄』に拠ったと思われる詠歌法が続き、最後に秀歌例を挙げて習うべき躰と然らざる躰とを説示する。本解説では、この中で最も中心の話題とも言え、本文の様態に若干の問題のある十躰論を説く件りについて以下に本文を略掲した（時雨亭文庫本に拠る。清獨・句読点私意。以下同様）上で討究する。

又、詩十躰とても侍り。詩歌の十躰、共に相違なきにや。三五記に詳しくわかちあてゝ侍り。十躰と申すは、幽玄躰・長高躰・有心躰・事可然躰・麗躰・濃躰・有一節躰・面白躰・見様躰・粒（拉ラツ）鬼躰、これ也。よろしくそれはふるくしおきて侍れば、見知せよ。此外の躰は又可存知事、あまた侍り。いわゆる写古躰・景曲躰・存直躰・行雲躰・廻雪躰・理世撫民躰と申ことあり。

はじめに、「三五記に詳しくわかちあてゝ侍り」とある『三五記』は現存の『三五記』とは別のものであり、「別本三五記」と呼称されている。[10] そして「よろしくそれはふるくしおきて侍れば、見知せよ」と述べるが、これらは『定家十躰』と『毎月抄』に見え、この二書を念頭に置いていることを装っている。また、「此外の躰は又可存知事」とする「写古躰」以下は、『愚秘抄』や『三五記』に掲げられている風躰の一部である。なお、この中の「行雲躰」「廻雪躰」や「理世撫民躰」等が正徹・心敬らにより取り上げられ、後代に影響を与えたことはよく知られている。

さて、次に龍谷大本『愚見抄』の書誌を掲げる。

縦二六・七センチ×横二〇・〇センチ。藍鈍色をした菱形文様の改装表紙左方に外題（墨の書き題簽）「愚見抄全」（本文別筆）。本文共紙の原表紙中央に外題（直書）「愚見抄」。左下に「真増」の署名（いずれも本文別筆）。内題「愚見抄」。袋綴一冊本。本文料紙は楮紙。墨付一五丁、遊紙後一丁。半丁行数一一行、文正元年写。奥書は以下のとおり（真増〈未詳〉の相伝奥書のみが、本文や書写奥書とは別筆）。

建保四年十月十三日終功畢／遺老藤原朝臣定家判
弘長第二之暦南呂中旬之候／以祖父黄門自筆本以書写之／藤原朝臣為氏判
応永廿七年十月十四日以秘本令／書写之訖、可秘々々更不可出函中／深可祇之于時
文正元年丙戌十一月二十四日写之訖
文明六年三月二十四日／相伝真増

建保四年（一二一六）一〇月の定家奥書は『愚見抄』の全ての伝本に見出される。ところが、建長二年（一二五〇）九月の為氏の本奥書は、龍谷大本独自のものである。ここで想起されるのは、『桐火桶』第三類本「幽旨」系（佐藤恒雄の分類に拠る）(11)の諸本の奥書に見られる、

弘長弐年七月二日自筆相伝了／藤原朝臣為氏

の本奥書である。さらに、いわゆる板本系に属する（三輪正胤の分類に拠る）(12)『愚秘抄』本奥書には、

于時弘長二年八月十一日相伝之／前中納言藤原朝臣為氏在判
正応三年正月十四日件本同京極黄門自筆本共相伝之／侍従藤原朝臣為実在判

とある。いずれの為氏奥書も信頼し難く、板本系『愚秘抄』から類推すると、龍谷大本『愚見抄』と『桐火桶』第三類本「幽旨」系の諸本の為氏奥書にも、二条家庶流の為実の関与が想察される。この龍谷大本の奥書から

は、冷泉家周辺で成立して受容されていた『愚見抄』が為実流に取り込まれた痕跡を見出せる。『愚秘抄』は一冊本から板本への成長過程で『愚見抄』から多量に説述を使用しているが、その実相は、かつて八島長寿が「板本の作者が冷泉家的なものを板本に加える方法として愚見抄の記述を多量に借用した」と述べたとおりである。[13]また、次に述べるとおり、龍谷大本『愚見抄』は他の諸本と比べて特に目立った異文はなく、改変の手が加わらなかったのである。

『愚見抄』の現存諸本は、本文異同を主な基準に、第Ⅰ類甲類（冷泉家本系統）・乙類（飛鳥井家本系統）、第Ⅱ類（二条家本系統）・第Ⅲ類の三類四系統に分類される。[14]主要な伝本のうち、時雨亭文庫本は第Ⅰ類甲類に、東北大学附属図書館蔵三春秋田家旧蔵本[15]（以下、東北大本と略称）は第Ⅰ類乙類に、龍谷大本は第Ⅱ類に分類される。龍谷大本を第Ⅱ類と弁別したのは、独自な脱落があり（後述）、また、他の諸本に見られない為氏に仮託した奥書を有するためである。ただ、根幹において龍谷大本は、第Ⅰ類甲本と同様な本文を有し、次にこのことを論証する。

まず、時雨亭文庫本と東北大本とで対立する本文異同一三箇所を掲出する（便宜上前掲注（1）『中世評論集』の頁・行数を掲げる）。

①心得すへぬ↔こたへすへぬ（六三頁一行）、②さ、竹↔竹（六七頁一三行）、③事可然躰↔可然躰（六七頁二行）、④歌さま↔さま（六七頁八行）、⑤意得わくへし↔心得おくへし（六七頁一一行）、⑥なからも↔なとも（六七頁一二行）、⑦よも↔峯（七七頁二行）、⑧なり↔ナシ（八六頁八行）、⑨取捨↔用捨（八九頁一行）、⑩よまん↔よむ（九〇頁三行）、⑪なる哥↔には（九〇頁四行）、⑫いひのこして↔のこして（九〇頁五行）、⑬後の哥↔此歌（九四頁四行）

いずれも一見して東北大本の側の誤写・誤脱に起因する異同であることが会得されよう。そして、龍谷大本は、⑪「なる哥」↔「には」が「なる」である以外、時雨亭文庫本に一致し、古態を留めていることが確認される。

一方で、龍谷大本の本文には、独自の異同が存し、その性格について國米秀明は、他の六本と対校の結果、「龍谷大学本以外の六本は、おおよその見かけの上では、龍谷大学本にいくつかの短文を差し挟んで成立しているように見える」と指摘している（前掲注（1）論文）。以下、國米が挙げている異同箇所を、時雨亭文庫本に拠り掲出する（傍線部が龍谷大本にない本文）。

Ⅰさながら初心の時、むねとよむべきすがたを思わかち侍る、ゆゝしき重事にて侍也。

Ⅱ歌の本には、代ゝの勅撰どもそのかず侍れば、それにて躰をみしたゝめて、まなぶべきなり。

Ⅲとし〱月〱に先非のかむがへらるゝ（筆者注、龍谷大本・東北大本他「こと」トアリ）のみぞ侍る。それと申は、たゞかけりすぐし侍し事共也。

Ⅳ常人のそゞろにといふ詞をよむとて、すゞろにといふ事、なにと心得たるにか。綺字をすゞろにとよむとかや。

Ⅴこの帝は一国の尊主、万人の秀頂なり。有心躰の歌は、和漢の本意至極とすべき躰也。かるがゆへに、なぞらへなづくる成べし。有心躰ながらも理世撫民躰と言はるべきさま也。是哥の灌頂なるによりて、くはしくは載せず。

Ⅵさびしき姿と申は、

　日くるればあふ人もなしまさ木ちる峯のあらしのをと許して

　ふるさとはちるもみぢばにうづもれて軒のしのぶに秋かぜぞ吹

此たぐひにて侍べし。

Ⅶおもふべし〱、代ゝの勅撰の中にも、万葉の様をば已達の後存ずべし。古今集は初心のため、錬磨の人のため、ともにわたりて始終よろしかるべし。

Ⅷよせつよき詞を又一首によせてよむ也。ふときをほそきによみそへ、こまやかなるを、けだかき詞によみまぜつれば、哥きずばみて不具なり。

ⅠⅢは「むねと」「かむがへらるゝ」の所がそれぞれ一丁表、一丁裏の丁移りに当たっており、[16] さらにⅢは同字句「こと」への目移りの可能性も加わり、いずれも誤脱であろう。ⅣⅤも、類似語句（それぞれⅣ「すゞろと」「すゞろにと」、Ⅴ「秀頂なり」「灌頂なる」、Ⅷ「よむ」「よみ」）の目移りによる誤脱と考えられる。Ⅶも「万葉の様をば」「古今集は」と誤脱が生じやすい箇所である上、『愚見抄』が『毎月抄』の「万葉はげに世も上り、人の心もまして此世には学ぶとも及べからず。殊に初心の時、自らも古躰を好事有べからず」を受けているとすれば、齟齬をきたす。また、Ⅱの「代々の勅撰」に続く「どもそのかず侍れば、それにて躰」の有無の場合も、龍谷大本の本文では、勅撰集を全て同格に扱う論旨になる。しかし、元来『愚見抄』では、Ⅶの時雨亭文庫本の説述のように、『万葉集』を含めた歴代の勅撰集にも、風体に差異があることが意識されているとすると、龍谷大本の本文は、本来の記述を単純化する方向にあり、不注意による省略と考えられる。

ただ、Ⅵの「故郷は～」詠の有無は、誤脱の可能性も考え得るが、他のケースとは同列に推断できない。まず、丁移りに当たっているなど、誤脱を引き起こす要因が見当たらない。そして、引用歌の後の「比たぐひにて侍べし」の「比たぐひ」は、指し示す例歌が一首でも意味が通じる。さらに、注意されるのは、前述のとおり、『愚見抄』をもとに作成されたと思われる[17]『愚秘抄』一冊本（『日本歌学大系』所収本に拠る）に、

されば俊頼朝臣も十躰の何れとも見えざらん歌の、しかも皆躰ごとに満足したらむをよき歌と申すべしと、父卿もいはれしと、物に書き残し侍り。さて愚詠にもまことによく案じよせたりとおぼゆる歌はこれこそと

て、

日くるれば逢ふ人もなし正木散る峯の嵐の音ばかりして

されどもこの歌は主の自讃程は侍らぬやらん。

と「故郷は～」詠が見えないことである。無論、『愚見抄』と『愚秘抄』一冊本では、引用歌前後の論述内容が異なり、当該の二首も、『愚見抄』では「さびしき姿」の例歌であるのに対し、『愚秘抄』一冊本は俊頼の「十躰の何れとも見えざらん歌の、しかも皆躰ごとに満足したらむ」「よき」歌の例歌として掲げられている。だが、いずれも構成の大枠としては、十体論の派生体を説く件りの末尾に位置するから、『愚秘抄』一冊本の記述が、『愚見抄』を踏まえていると考えられる。もっとも、現存諸本の現状からは、時雨亭文庫本の祖本の段階で「故郷は～」詠が存在しなかったとは、考えにくい。すると、『愚秘抄』一冊本作者が披見したのは、為実周辺に伝流した龍谷大本の祖本であり、その段階で「故郷は～」詠を欠脱していたため、『愚秘抄』一冊本は、前掲のような記述になっているとも推定し得る。

そして、『愚秘抄』板本（早稲田大学図書館蔵〈ヘ四　二一二二〉本に拠る。以下同様）には、

俊頼朝臣も哥の無上躰とは、十躰の中いづれの姿とも見えざらむ歌の、しかも躰ごとに読入て侍らむぞ申べきとかきをきて侍り。比哥ぞとて、

日暮ればあふ人もなしまさ木ちる峯のあらしの音ばかりして

と、自讃（じさん）の哥をいだして侍り。されども此哥は、ぬしの思へりけるほとはなくこそ侍らめ。数躰を存ぜる歌とまでは申がたし。

故郷はちる紅葉々にうづもれて軒のしのぶに秋かぜぞ吹

是はよろしき姿とぞ覚え侍る。

と、「故郷は～」詠が「日暮るれば～」詠の次に加えられている。これは『愚見抄』一冊本から板本への増補の過程で、現存の時雨亭文庫本の祖本を披見し得た者が付加したものであろう。

このように、前掲八箇所の龍谷大本の独自異文は、ほとんどは、為氏奥書の偽作以降の転写の過程で生じた脱落と見なされ、二条家庶流の人物による本文の改変は行われなかった。ただ、Ⅵ「故郷は～」詠の有無については、不注意による誤脱とは推断できず、『愚秘抄』一冊本の成立との連関の可能性を指摘し得る。龍谷大本の親本が為実かと思われる二条家庶流に伝流し、為氏奥書が偽作された段階でも、本文に増補や改変の手が加わらなかったのは、御子左家・冷泉家伝来の庭訓の如き権威性を帯びたテキストと認識されていたからであろう。

以上、龍谷大学本『愚見抄』の本文批判を行ってきたが、該本は、基本的には第Ⅰ類と同様の本文内容であり、独自の異同は、そのほとんどが転写過程における脱落と判断された。一方、前節掲出の「故郷は～」詠の事例のように、『愚秘抄』一冊本になく、『愚秘抄』板本に見える記事の中に『愚見抄』との類似箇所が存する。『愚見秒』は、『愚秘抄』板本系では、記事の増補に際しての素材として扱われており、必ずしも忠実に祖述されていない。ただ、語句の言い回しに、『愚見抄』の本文批判の参考とし得る箇所が存する。たとえば、「理世撫民躰」の説明の中の、

この帝は一国の尊主、万人の秀頂なり。有心躰の歌は、和漢の本意至極とすべき躰也（『愚見秒』、前掲）

彼堯舜は一国の尊主、万人の秀頭也。有心躰は、歌の本賢至極とする処の躰、只これなるべし（『愚秘抄』、板本）

では、「躰也」が東北大本では「歌也」となっており、『愚秘抄』板本に、『愚見抄』の時雨亭文庫本等の古写本

の本文批判から想定される原型に近い本文が保存されている。龍谷大学本では前述のとおりこの前後の記述が欠脱しており(V)、同本に見える脱落は、為氏奥書の二条家庶流による偽作以後に生じたものであることが判明する。『愚見抄』の本文批判と、『愚秘抄』一冊本から板本への成長過程の跡付けとが交錯する一事例を提示し、筆を擱きたい。

(1) 『鑑賞日本古典文学二四　中世評論集　歌論・連歌論・能楽論』(角川書店、一九七六年)「愚見抄」。なお、國米秀明「龍谷大学図書館蔵『愚見抄』について」(『中世文芸論稿』第一一号、一九八八年)に書誌解題が存し、吉原克幸「『愚見抄』の研究――その伝本と龍谷学蔵本の翻刻――」(『中世文芸論稿』第一二号、一九八九年)には全文が翻刻されている。
(2) 『冷泉家時雨亭叢書第四〇巻　中世歌学集　書目集』(朝日新聞社、一九九五年)に影印と解題所収。「解題」は島津忠夫執筆。
(3) 酒井茂幸「『愚見抄』伝本考」(『国文学研究』第一三六集、二〇〇二年)参照。
(4) 石田吉貞『藤原定家の研究』(文雅堂書店、一九五七年初版、一九六九年改訂版)。
(5) 八島長寿「鵜鷺の書形成考」(『横浜国立大学人文紀要』第一二輯、一九六五年)、田中裕「定家仮託書(上)」(『中世文学論研究』〈塙書房、一九六九年〉)。なお、鵜鷺系偽書の真偽・成立・成長などについては、福田秀一「定家系偽書の成立と毎月抄その他の真偽について」(『中世和歌史の研究』〈角川書店、一九七二年〉)に、問題点や研究史の詳細な整理がなされている。
(6) 細谷直樹「愚見抄は阿仏尼の作か」(『言語と文芸』第五巻第一号、一九六三年)、後に『中世歌論の研究』〈笠間書院、一九七六年〉)。
(7) 佐佐木忠慧「愚見抄の批判」(『宮城学院女子大学研究論文集』第二五号、一九六四年、後に『中世歌論とその周辺』〈桜楓社、一九八四年〉)。
(8) 『和歌大辞典』(明治書院、一九八六年)「愚見抄」項(川平ひとし執筆)。
(9) 井上宗雄『中世歌壇史の研究　南北朝期』(明治書院、初版一九六五年、改訂新版一九八七年)。

(10) 前掲注(5)田中論考。ただし、前掲注(5)八島論文および吉原克幸「『愚見抄』所引「三五記」の再検討——彰考館蔵『和歌奥義』を参考にして——」(『北畠典生教授還暦記念　日本の仏教と文化』〈永田文昌堂、一九九〇年〉)は現存の『三五記　上』が当たるとする。

(11) 『徳川黎明會叢書　和歌篇四　桐火桶・詠歌一躰・綺語抄』(思文閣出版、一九八九年)「解説」。本解説の為氏奥書の引用は、宮内庁書陵部蔵(一五〇‐七二七)本に拠った。なお、島津忠夫は、『桐火桶』第三類本「幽旨」系は、「鎌倉末期のある時期に冷泉家本をもとに出来た二条家庶流のもので、為実あたりの関与が考えられ」るとする(「鵜鷺系偽書の成立と展開——冷泉家時雨亭文庫本の出現から——」(『島津忠夫著作集第七巻　和歌史上』〈和泉書院、二〇〇五年〉所収)。

(12) 『愚秘抄』の諸本は、一冊本系統と二冊本系統に大別される(『日本歌学大系　第四巻』〈風間書房、一九五六〉「愚秘抄」解題、前掲注(5)田中論考)。二冊本の内部は、三輪正胤によると、第一に東北大学附属図書館蔵三春秋田家旧蔵本、第二に高野山大学蔵本や板本、第三に続群書類従本に分類される由である。『日本古典文学大辞典　第二巻』(岩波書店、一九八四年)「愚秘抄」項、「偽書の歌論——『愚秘抄』のばあい——」(『和歌文学論集七　歌論の展開』〈風間書房、一九九五年〉)。

(13) 前掲注(5)八島論文。

(14) 前掲注(3)。

(15) 片野達郎「「愚見抄」」(『文芸研究』第六六集、一九七〇年)に書誌解題と翻刻がある。本解説における東北大本の引用は同論文の翻刻に拠った。

(16) Ⅰは前掲注(5)田中論考は、龍谷大本の引用にあたり「欠脱」として内閣本により補っている。前掲注(1)國米論文も「ちょうど丁数の変わり目に当たっており、目移りによる異同の可能性もある」と注記する。

(17) 前掲注(5)田中論考は、『愚見抄』と『愚秘抄』一冊本の巻頭と巻末の類似を指摘した上で、『愚見抄』から『愚秘抄』一冊本が成立し、『愚秘抄』一冊本が『愚見抄』の原型を伝えるとする。

(酒井茂幸)

光闡百首

（図書番号〇二一―二二七―一）

当該本は、龍谷大学大宮図書館・龍谷蔵所蔵本である（以下、龍大本）。仮綴一冊本、二八・七センチ×二一・五センチ。本文の料紙は厚手の楮紙で、一面一〇行、一首一行書。墨付二八丁（巻末に遊紙一丁あり）、本文は、平仮名・片仮名・漢字の混交文である。表紙左上には、本文の冒頭部分である「近曾被犯病雨」を打付書きしている。この表紙の上に、墨筆で欠損の跡を模した表紙が新たに一丁綴じられている。

裏表紙には、「大正二年六月廿二日（日曜日）補修」と墨書きがあり、この墨書きが記すように、『光闡百首』全体に修理が施されている。しかしながら、各頁の下段部分の欠損が著しく判読不明な箇所も多く見られる。欠損箇所のうち、赤ペンにて補った箇所も見受けられるが、今回、その箇所については参考とせず、文政三年写本（妻木直良旧蔵・現在所蔵者不明）を底本とする『仏教古典叢書』にて確認を行った[1]。なお、墨付八丁表と、一七丁裏の二箇所にそれぞれ付箋があり、前者は「澄心ノ母ハ蓮誓ノ女、顕誓ノ姉也。法名妙祐」、後者は「妙照ハ顕誓ノ兄玄□ノ室　永正四年落飾、元亀元年寂八十二」と、共に朱筆で書かれている。

奥書によると「永禄十載十二月廿二日書之／欣求浄土沙門顕誓／于時天正拾四丙戌九月下旬奉写／□□法橋」とあり、龍大本は、天正一四年（一五八六）の書写本であるが、顕誓（一四九九～一五七〇）により永禄一〇年（一五六七）に作成されたことが確認できる。題名に記される「光闡」とは、顕誓の号である光闡房による。当該本は、顕誓が、安心相違の讒言を受けて永禄一〇年一〇月に播磨に蟄居を命ぜられ[2]、その年の一二月までの間に汚名を返上するべく詠んだ百首を収めた和歌集である。

顕誓については、『本願寺通紀』に「諱兼順。童名光慶丸。後改㆓光玉丸㆒。公名侍従。号㆓光闡坊㆒。光教寺蓮誓宗蓮主第七子第九子。母前権大納言持季女」と、[3]蓮如の第七子である光教寺・蓮誓の第九子として誕生したことが記されている。また、『真宗人名事典』には「永禄十年法義一件で光徳寺乗賢に讒訴され、播磨英賀に蟄居、顕如に「顕誓領解之許状」を提出。[4]同年「今古独語」、翌年「反故裏書」を著し、自己の正当性を主張した」とあり、讒言を撤回することが目的であるために当然ではあるが、顕誓の著作は、蟄居後のものが多く、その中に『光闡百首』も含まれる。

この『光闡百首』が百首であることを顕誓は『今古独語』の中で、[5]

こゝに十月廿日、予が病霧はれゆく暁、往事を思ひ、和歌を詠吟す。それより同き廿五日にいたるまで、漢和をまじへ、十三首所解の趣き筆にまかせてしるす。そのゝち廿八日より、時々の頓作を書あつめて、九十九首にをよび、先百首に一首をのこし、筆をさしをき侍る砌、信秀来ていはく(以降省略)

と、自らの和歌を集めたところ、九十九首もあったので、一首を加えて百首としたと記している。しかし、『光闡百首』の巻末では、百首にしたことについて、

然讒者弥増悪競来欲(殺譬似悪)　獣毒虫走向吾亦不恐水(火之難)　唯(乗)　願力之道殊更保公為救(厳師加思)　宛如二尊之影(護一心正念偏尋其道)　待再興之期悲(喜)　交流(兼又百首之)　詠者准人寿之譬行事一分(二分者)　比歳月日時仍独対硯上(筆与)　涙共記之畢

のように、二河白道の譬である「人寿百首」に准じたものであると説明しており、『今古独語』で記した偶然の産物ではなく、意図的に仕組まれた数であることを主張している。確かに、自らの潔白を証明するための和歌集を偶然の産物と述べるよりも、『光闡百首』でも言及している善導『観無量寿経疏』の「二河白道」の説明を意識して百首としたとする方が最もらしいと考えたのではないだろうか。『光闡百首』では、善導『観無量寿経疏』

の引用のみならず、聖徳太子の『十七条憲法』を太子の命日に書写したことに始まり、法然の命日や親鸞の命日に、それぞれの著作を書写したことも記している。『光闡百首』に、一番多く登場する人物は、顕誓の祖父である蓮如である。顕誓は、蓮如の命日のみならず、頻繁に蓮如について記している。

顕誓の蓮如を意識していると思しき箇所は、和歌と和歌の間に記された文章のみならず、顕誓が詠んだ和歌そのものにも見られる。顕誓の和歌には、「弥陀たのむ」をはじめとする阿弥陀如来について詠んだ和歌が三五首あり、全体の四〇%を占めている。『蓮如上人集』にも「弥陀たのむ」という句が何回も使用されていることから、和歌による阿弥陀如来や真宗の教義を述べようとする姿勢を蓮如より顕誓が模倣し、このことにより、身の潔白を示そうとしたようである。和歌に関しては『光闡百首』本文で次のように述べている。

予イトケナカリシ時トクサケヨ（千代ヲコ）メタル春ナレハト梅ノ花ヲヨミ侍シソノコトノ葉ヲアハレミ敷嶋ノ道ニス、メ入給ソレヨリハシメテ三十一モシノコトノ葉ニ心ヲカケイマ老ノ後ノナクサミトナリ侍ルユカリノ露モカウハシク、ムカシノ風モナツカシウ覚侍ウへ御オト、小倉大納言季種卿ニ論語ノ訓説ヲ（ウ）ケ奉和歌ノ道マテモカタリ出タマヒ逍遥（院内府ノ）御点ナト申ウケ侍シ古ノ事マテヒ（トリコト）シテカキツケ侍ルナラン。

顕誓が、逍遥院三条西実隆に歌の添削を受けていたという右記により、顕誓が中央歌人と交流があったことが見て取れ、和歌への造詣が深かったことも読み取れる。このような中央歌人との交流は、覚如等の伝記にも記されており、真宗においても和歌を重んじる傾向が、中世期に存在したことを示しているといえる。

顕誓の著作以外で著名なところでは、『常楽台主老衲一期記』（以下、存覚一期記）がある。『存覚一期記』とは、存覚の一代記であり、常楽台とは、存覚が開基した常楽寺のことである。『存覚一期記』の巻末を基に竹下一夢

は、(6)

即ち現行する一期記は、光教寺顕誓が大永年間上洛の際に、常楽寺の兼忠法印に面謁して一期記のことを聞き、兼忠より原本を借用して短日の間に之を抄出した。しかるに享禄の晩年世上動乱の時に、常楽寺は灰燼に帰したので、存師の真筆等は悉く焼失した。一期記も亦焼失した。然して天文十九年に顕誓が上洛した時に、一期記の原本が焼失したので、早急に往昔の抄本を再写したのが現行するこの一期記(以下省略)

と、現行の『存覚一期記』が、天文一九年に顕誓が上洛した際の書写としている。天文一九年は、顕誓が晴れて許された年でもある。

また、『光闡百首』内の次の一文には光真・兼忠という人物が登場している。

サテモ今般(ハン)ハカラサル横難ニアヒテ（身心ヲ痛）マシム我ヒトリノ案立衆人ノ譏言口筆ニモツクシカタシシカレトモ今師上人ノ厚恩仏（祖ノ照）覧マシ〳〵ケルニヤ虚説ヤウヤク（顕ハレユクコト）カツハ又三公労功ノ恩致別シテ（ハ両君哀憐）ノ芳情ナリ。古語ニ家ニワサ（ハイアル時ハ）、親ニアラサ（レ）ハスクハ（スト云々。此言マコトナルカナ）。真俗二公（ハ）蓮如上（人）ノ曾（孫法印純恵ハ、オ）ナシキ玄孫ニコソ彼曾祖師光真（法印ハ、先）考ト他ニコトナル法友ナリ（キ。其孫弟光恵）僧都ハ予ト従父ナリシカハ、世（世ノ芳契タエス）。中ニモトリワキ身ヲクタキ心ヲ（尽シ）給フ御志タクヒスクナクソ覚之侍（ヘ）ル。

光真・兼忠は、常楽台の歴代の住持であり、(7)特に光恵は、顕誓の潔白を証明するのに一役買った人物でもある。この常楽台と顕誓との関係は『異本反故裏書』にも、(8)

去永禄十年。早写之本。今年三月十二日。重而所書也。右此一帖。従二光闡坊一。常楽寺殿江被レ為レ参候。写留者也。於二末代一。依レ為二重宝一如レ此候。自今已後。不レ可レ有二外見一者也而已。

とあり、顕誓と常楽台の間に親交があったことが見て取れる。このような常楽台との関わりにより、顕誓は、身の潔白を証明してもらえ、さらに、『存覚一期記』を書写するに至ったようである。

当該本より、蓮如の孫といえども、一度「異安心」の嫌疑をかけられると易々とは放免されないという、真宗のコンサバティブな姿勢が垣間見られる。

（1）本文を引用する際、文政三年本で補った箇所は、（ ）内に記すこととする。

（2）安心（あんじん）とは、浄土真宗では最も重要視される用語である。『浄土真宗用語大辞典』には、次のように説明がなされている。

安心は、信心と全く同義であるが、信心と同義なることを最初に用いられたのは、善導大師の『往生礼賛』前序の安心、起行、作業の三心、五念があげられ、正しく三心を安心とされているのである。

浄土真宗の上では、安心なる語をもっとも多く用いられているのは、蓮如上人である。安心が逆に異なると異安心といわれ、一宗の生命が崩壊する。それはこの私の救いに直接する問題でもっとも重要であった。

（3）『真宗全書』第六八巻、一一九頁。江戸時代に玄智により作成された本願寺の僧伝・寺伝を網羅した通史。

（4）顕如は、本願寺十一世。

（5）龍谷大学大宮図書館・写字台文庫蔵『今古独語』（請求番号一九二／二八W）を使用。

（6）竹下一夢『存覚一期記ノ研究並解説』（永田文昌堂、一九六四年、四頁）。

（7）妻木直良「常楽台主老衲一期記の研究」（『仏教大学論叢』第二四二号、一九二二年二月）に詳しい。

（8）龍谷大学大宮図書館・龍谷蔵『異本反故裏書』（〇二一／二四七／一）を使用。

【参考】

○北西弘「光教寺兼順（顕誓）後嗣考」（『大谷学報』第五八巻第三号、一九七八年一一月）。
○江藤澂英『浄土仏教古典叢書』（中外出版、一九八四年）。

○井上宗雄・大取一馬編古典文庫第四六五冊『中世百首歌』（白橋印刷所、一九八五年）。

（吉田　唯）

詞字注

（図書番号九一一・二〇六－四二一－一）

この「詞字注」は、龍谷大学図書館所管写字台文庫旧蔵書の一本であり、祖師手向・禁中御会歌書・詩歌会・俊成入道九十賀記の四書と共に一冊に合綴された写本である。合綴本の改装表紙左上部の題簽に、「祖師手向詞字注　禁中御会歌書」と並記した外題があるが、実際には改装表紙に見られる三書の他、元禄頃催された「詩歌会」（仮称）、及び「俊成入道九十賀記」を含む合綴本となっている。当面の「詞字注」は、原表紙左側に打付書で「詞字注」と外題。表紙・本文用紙ともに厚手の楮紙。内題も同じく「詞字注」とある。縦二八センチ、横二一センチ。一面九行、歌二行書。墨付五〇丁。首に遊紙一丁。遊紙裏と墨付第一丁表に「写字臺之蔵書」の長方型と丸型の蔵書印計二顆が捺されている。被注歌には多く集付の肩注が付されているが、その集付は必ずしも正しいものとは言えない。例えば、146番の「すみのぼる……」の歌には「千載」と集付されているが、実は金葉集・秋部の源俊頼の歌である。そして龍谷大学図書館蔵写字台文庫旧蔵本が孤本であり、この「詞字注」について書かれたものは、大取一馬氏の

○中世文芸論稿、第2号「宗祇の『詞字注』とその成立時期について」（昭和51年4月）―「論稿①」と略

○同、第7号「宗祇の勅撰集注釈書『詞字注』（翻刻・解説）」（昭和56年3月）―「論稿②」と略、なお「詞字注」の歌番号はこの論文による

○『新古今古注集成』（中世古注編　1）…「詞字注」中の新古今の歌だけを翻刻したもの―「古注編」と略がある。詳しくはこれらの著によられたいが、以下、これら（の著）をふまえつつ述べていこう。奥書（「論稿①、②」、「古注編」をもとにした）

本云
此一冊、従古今始て（之）代々集のうち所々の詞注て（之）／尋取仰尊命いなひかたくて注付奉る者也、定壁（マヽ）／案可侍五恥（云）々

延徳三年秋八月日　　　宗祇在判

此一冊去年夏比堺ニ在津之時、泉州塩穴／実相院哥道（執）心の条、数日相語早、以芳志（第）披／見させられし訖、然ヲ令書寫者也、可秘々々

天文十四年乙巳五月日　　主源尹隆朝臣

如本書寫仕候者也

によれば、この書は宗祇の著書であったことが知られ、さらに当該書は延徳三年（一四九一）八月の宗祇の奥書のある伝本を、天文一四年（一五四五）五月に源尹隆――細川氏関係の武将で陸奥守という（井上宗雄『中世歌壇史の研究　室町後期』明治書院、昭和47年12月、改訂新版、昭和62年12月）――が書写し、これをさらに（江戸前・中期かに）写したものである。

内容は、

春部

（1）古今　袖ひちてむすひし水の氷れるを春立けふの風やとくらん
　ひちてはひたしてむつましくする心也

（2）後撰 降雪のみのしろ衣打きつゝ春来にけりと驚かれぬる
　蓑の代と云心也又身の代といふ事もあり

で始まり、末は、

（322）古今 君か代は千世にや千代にさゝれ石の岩ほと成て苔のむすまて
　此哥の心無不審者也但千世にや千世と云ハ千世と心得る人有や文字てには也上に付て心得へし

である。さらに各部の冒頭は、春部の冒頭は、春部（前述）の次の

夏部
（65）拾遺 神まつる宿の卯花しろたへのみてくらかとそあやまたれける
　みてくらは幣の事也

秋部
（93）拾遺 秋立ていくかもあらねこのねぬる朝けの風は袂涼しも
　このといふ字別儀なしこのねぬるあした也

冬部
（171）千載 いつみ川水のみはたのふしつけにしはまの氷冬はきにけり
　みはたとはふかき所を云ふしつけとは柴を水に入れは其影に魚のよるをすくひ取物也其水の氷れるを初冬のこゝろに読り

恋部
（177）古今 夕くれは雲のはたてに物そ思天津空なる人をこふとて

雲のはたのてのやうになひきたるをはたてといへり夕につねに有物なれは夕恋なとに雲のはたてとはかり読り

雑部

（217）後撰 君か為いはふ心のふるけれはひしりの御代の跡ならへとそ

聖代のときをいふ延喜なとの事歟

という記述にも分かるように、古今集から新古今集までの歌を抄出し、注を施したものである。が、八代集・約九五〇〇首中の三二二首の抄出であり、八代集全体からすれば、ほぼ1／30、約3％のわずかな抄出ということになる。宗祇の（八代集の）秀歌撰でもなく、あくまでも、詞・字、今日の言葉でいえば歌語の注が主体であり、まさに〝詞字注〟の書名通りである。この詞字という語は、③133拾遺愚草2203「あれまくも人はをしまぬ故郷の……」の注釈、拾遺愚草抄出聞書（B387、48頁）に、「あれまくは詞字也（小田）みまくほしきの類也……」と出てくる。詞字注の中をみると、言うまでもなく簡略な注、例として、上述の他、18「春草の惣名也といへり」、が多いが、中には詳細な注もある。また注のない、歌だけを挙げている92、284、302～310もある。さらに、①1古今208のように、二箇所（128、313――ただし記述は異なる――）注をしているものもある。そして注のない、歌のみを記す302～310の次の、古今伝授の三鳥の311、312、313より後、最末の322までが、注は比較的詳しい。その詳細な注をみると、311、313に分かるように、煩雑な語義を注するものでなく、一首全体の本意を抒情的な立場から解明しようとする態度が見うけられるものがあり、その点では、宗祇の他の著書における注釈と軌を一にするものといえよう。

全体の内訳は、春64首（1～64）、夏28首（65～92）、秋78首（93～170）、冬6首（171～176）、恋40首（177～216）、雑106首（217～322）の六部立に部類し直し、注釈を施したものとなっている。上記では、冬が6首と極端に少なく、春、秋、

	古	後	拾	後拾	金	詞	千	新古	計
春	16	9	6	10	3	2	5	13	(64)
夏	5	5	3	3	2	0	6	4	28
秋	22	7	7	4	2	2	12	22	78
冬	1	0	1	1	1	0	1	1	6
恋	7	7	9	3	5	1	5	3	40
雑	24	6	29	12	8	0	8	19	(106)
計	(75)	34	(55)	33	21	5	37	(62)	322

雑（その他ゆえに一〇〇首以上）が五〇首を越している。また本書の各部立における各勅撰集歌数は上表の如くである。（但し、末の〈表1〉〈表2〉を見て分かるように、詞字注記載の部立と各勅撰集内の部立とは必ずしも一致していない）。上表をみると、勅撰集ではやはり詞花集が五首と少なく、五〇首以上は古今、拾遺、新古今である。そして被注歌――注のない歌も――には肩注として集付が記されているが、その集付は、部立同様必ずしも合っていない（これも末の〈表1〉〈表2〉参照）。さらにその注釈のあり方は、前述の如く、語の意味や一首全体の歌の心をはじめ、縁語等の修辞の指摘を主としている。

注釈するに当たっては、定家の「顕注密勘」（歌学大系別巻五）や「僻案抄」（同）の注を援用している場合も多く見られる。また、定家を尊崇し、その学説につらなることを強調するような次の注釈も見られる。「……清輔の奥義抄には此儀也。以前の理は定家卿の注也。何事も同事ながら定家の説をもつて当流の理とする也。」（316）。さて宗祇の勅撰集注釈としては、東常縁講釈の聞書である「古今集両度聞書」の他に、「新古今和歌集聞書」「十代抜書」が知られているが、当該の「詞字注」もその奥書と注釈内容から考えると、宗祇の勅撰集注釈書の一つに加え得る書である（「古注編」617、618頁）。

もう少し内容を細かくみてみよう。古今伝授の一つである「三鳥」（呼子鳥・312、百千鳥・311、稲負鳥・313）に関する歌は、三首とも雑部の中で、一まとめとして注釈がなされている。詳しくは影印を見てもらえればいいのであるが、その中の百千鳥については、「百千鳥」を鶯とせず、「萬（万）の鳥」と簡結に述べ、すぐに歌全体の心を解する注釈に転じている。また「稲負鳥」については、簡略に諸説をあげるだけで、「稲負鳥」が「庭たゝき」であると断定している。これは『八雲御抄』の説によっているが、『古今集宗祇略抄』に記されている言と同趣の内容である。右記の注は、「稲負鳥」の諸説をあげた後に、歌の本意を定家の『僻案抄』に記された注釈で説明している。先の歌と共に、秘伝となった事柄でありながら、前述の如く、煩雑な語義を注するものでなく、そこには一首全体の心を注解しようとする態度が見うけられるのである。つまり注釈の根底に宗祇の抒情精神が流れていることを知るのである。本書の注釈では、前に述べたように、藤原定家の説を重んじており、その中でも、定家の『僻案抄』に抄出されている歌については、その注釈を大いに尊重し踏襲する傾向がある（「論稿①」30頁上下。詳しくは26、38、39、61、90、97、123、162、174、189、211、265、290、292、313、314、316、317参照）。他、123「俊成卿の儀也」もある。

ところで、本注釈書が成立する年の五月には、宗祇は北陸の旅路についている。『実隆公記』の記事から、宗祇の北陸への旅行は、五月から一〇月までの五ヵ月間であったことが知られる。従って延徳三年八月の宗祇の奥書のみられる本書は、右旅行中に著わされたものということになる（「論稿①」34頁上下）。人物叢書『宗祇』（吉川弘文館）「略年譜」338頁にも、延徳三年、七一歳、「五月二日、越後下向（四回目）のため離京。一〇月三日帰京」とある。つまり、旅の途次、地方の有識者の求めに応じて、八代集のうちのごく一部の、ポイントとなる歌の、歌語の注を施したといったところが、この詞字注の実態なのではないか。

さらに述べよう。文明一三年（一四八一）、六一歳の宗祇が、一月～四月と六月～七月に東常縁から古今和歌集の東家の説を聞いたものに、翌年五月に常縁が証明を加えたものが、前に触れた「古今和歌集両度聞書」（片桐洋一著『中世古今集注釈書解題三』）であり、詞字注と比較すれば、

1、詞「ひちてはひたして也むつましくする心也」…2、古「袖ひちてとは、大かたは、ひたす也。但むつま

しく也。」
69、詞「郭公のなかんとて羽をひろくるをいへり」…137、古「打はふきは、なかむとて羽をひらくやうにするを云。」
100、詞「秋ことにわたる河なれは紅葉をはしにわたすや云心也紅葉の橋とてはなき也」…175、古「秋ごとのかよひなれば、紅葉を橋にわたせばやと云り。紅葉の橋とてあるにはあらざるべし。」
206、詞「ゆるときやかてしつまらぬをゆたのたゆたといふそれを我心によそへたり」…508、古「たゞとかくたゆたひて物思ふよし」―「ゆたのたゆた」（八代集では古今508のこの一例のみ）

と、相通ずるものが見い出されるのである。では最後に、詞字注と八代集抄、新古今集美濃の家づと、の記述を通して、詞字注がどのようなものであるのか、その一端をみることにしよう。

7 拾遺 さゝ波やあふみの宮は名のみにして霞たなひき宮木もりなし　（①3拾483）

志賀の宮このあれて後守人なき心也宮木はその宮にあるうへ木なるへし

八代集抄「宮木守は、内裏造営の材木などの奉行なり。天智の宮殿は、名ばかりに荒果て、造営の宮木ひく物はなく、霞斗棚引となり。引と縁を取にや。」

77 新古 声はして雲路にむせふ郭公泪やそゝく宵の村雨　（①8新215）

むせふは物のとゝこほる心也氷に水のせかるゝをいふ泪をもらさしとおさふる心なり

八代集抄「一声なきて、しばし雲路にとだえたるほどに、村雨の降出しさま也。それを泪にむせぶやうに雲路にむせぶとよみ給へる所、此歌の妙所なるべし。扨むらさめを、かのむせぶほどにこぼるゝなみだにやとの心なるべし。古今に「声はして泪はみえぬ郭公我衣手のひつをからなん」此歌を取給へるにや。」

美濃の家づと「本歌へこゝはしてなみだはみえぬほとゝぎす云々、このうたにては、初句のはもじは、こゝろなし、たゞ本歌の詞によれるなり、雲路、むら雨によせあり、むせぶは、なみだのむせぶにて、むせぶほとゝぎすのなみだといふつづきなり、一首の意は、本歌には、なみだは見えぬとあれ共、此むら雨は、其涙のそゝくにやあらんと也、」

最後に、詞字注所収の歌が、勅撰集のどれに当るかを表にしたものが、〈表1〉であり、勅撰集は新編国歌大観①の索引の番号により、初句の本文は同①の歌集によった。また集付の誤記を正して、詞字注の歌を各勅撰集別に分けたのが、〈表2〉である。

（小田　剛）

〈表1〉

春1 1古2「袖ひちて」	2 2後1「ふる雪の」	3 8新8「風まぜに」	4 6詞278「はるくれば」
5 8新708「はつ春の」	6 7千9「わぎも子が」	7 3拾483「さざなみや」	8 8新1598「須磨の浦の」
9 2後48「竹ちかく」	10 3拾11「うちきらし」	11 5金12「うぐひすの」	12 1古1011「梅花」
13 3拾531「勅なれば」	14 4後1150「いつかまた」	15 4後33「うづゑつき」	16 6詞5「雪きえば」
17 8新21「いまさらに」	18 4後149「のべみれば」	19 8新77「あらをだの」	20 2後697「つまにおふる」
21 8新1012「けふも又」	22 1古45「くるとあくと」	23 3拾29「あさまだき」	24 7千26「むめがかは」
25 3拾1008「いにし年」	26 2後41「いもが家の」	27 8新71「あらし吹く」	28 8新72「たかせさす」
29 7千618「おく山の」	30 4後136「しめゆひし」	31 8新103「花の色に」	32 1古349「さくら花」
33 1古590「わがこひに」	34 3拾1038「さくら花」	35 8新759「桜ちる」	36 1古95「いざけふは」
37 1古109「こづたへば」	38 1古111「こまなめて」	39 1古85「春風は」	40 1古102「春霞」
41 2後85「かきごしに」	42 2後123「折りつれば」	43 4後110「ひととせに」	44 8新151「から人の」

45 8新119「はるさめの」	46 1古395「ことならば」	47 1古870「日のひかり」	48 1古496「人しれず」
49 4後1201「まだちらぬ」	50 4後720「わがおもふ」	51 7千1116「もろ人の」	52 1古30「春くれば」
53 1古29「をちこちの」	54 8新67「雨ふれば」	55 4後159「みがくれて」	56 7千109「きぎすなく」
57 2後139「きみにだに」	58 4後153「むらさきに」	59 5金85「いけにひつ」	60 1古121「今もかも」
61 2後72「春の池の」	62 2後66「もえ渡る」	63 4後683「いかにせん」	64 5金92「かへるはる」
夏 65 3拾92「かみまつる」	66 2後162「ゆふだすき」	67 4後1108「もろかづら」	68 4後169「さかきとる」
69 1古137「さ月まつ」	70 1古152「やよやまて」	71 1古160「五月雨の」	72 1古158「夏山に」
73 2後159「こがくれて」	74 3拾116「郭公」	75 5金111「ほととぎず」	76 7千155「たづねても」
77 8新215「こゑはして」	78 1古1013「いくばくの」	79 8新1044「五月雨は」	80 4後204「みたやもり」
81 5金146「さは水に」	82 7千198「ともしする」	83 7千178「いとどしく」	84 7千180「五月雨に」
85 7千182「五月雨に」	86 8新1492「五月雨は」	87 7千205「はやせ川」	88 8新185「さくらあさの」
89 2後1088「はちすばの」	90 2後903「はちすばの」	91 2後216「たなばたは」	92 3拾134「さばへなす」
秋 93 3拾141「秋立ちて」	94 4後236「あさぢはら」	95 8新293「ふかくさの」	96 2後231「こひこひて」
97 2後241「けふよりは」	98 2後234「玉鬘」	99 7千236「たなばたの」	100 1古175「天河」
101 8新325「わくらばに」	102 3拾1083「たなばたの」	103 3拾1089「天の河」	104 2後374「打ちはへて」
105 8新368「それながら」	106 8新538「松にはふ」	107 8新966「はつせ山」	108 8新788「玉ゆらの」
109 8新1992「みづくきの」	110 6詞108「をぎの葉に」	111 2後343「名にしおへば」	112 1古1016「秋ののに」
113 1古1019「花と見て」	114 8新342「花みにと」	115 7千268「花すすき」	116 1古1107「わぎもこに」
117 8新624「野辺みれば」	118 1古223「をりて見ば」	119 8新330「秋はぎを」	120 8新331「はぎが花」
121 8新393「故郷の」	122 1古366「すがるなく」	123 3拾813「かのをかに」	124 8新1347「はぎのはや」
125 1古204「ひぐらしの」	126 1古772「こめやとは」	127 8新343「むきて見むと」	128 1古208「わがかどに」
129 7千795「たのめこし」	130 1古761「暁の」	131 1古216「秋はぎに」	132 7千308「そまがたに」

133	3拾954	「あらちをの」
137	1古1091	「みさぶらひ」
141	8新1190	「庭におふる」
145	4後253	「すだきけん」
149	1古882	「あまの河」
153	7千981	「さざ浪や」
157	8新754	「神世より」
161	1古269	「久方の」
165	5金245	「おほゐがは」
169	1古1015	「むつごとも」
173	3拾260	「人はいさ」
恋 177	1古484	「夕ぐれは」
181	2後916	「伊勢の海の」
185	1古732	「ほり江こぐ」
189	2後625	「なにはがた」
193	4後821	「かるもかき」
197	5金360	「なにせんに」
201	8新1052	「あづまぢの」
205	5金373	「ふみそめて」
209	2後566	「君により」
213	3拾872	「ちりひぢの」
雑 217	2後1378	「君がため」

134	8新1374	「なつのゆく」
138	1古615	「いのちやは」
142	8新924	「山ぢにて」
146	5金188	「すみのぼる」
150	1古1030	「人にあはむ」
154	7千1011	「ふるさとの」
158	3拾169	「相坂の」
162	3拾1120	「かの見ゆる」
166	7千356	「おぼろけの」
170	7千1026	「契りおきし」
174	1古550	「あは雪の」
178	1古701	「あまのはら」
182	7千847	「このまより」
186	3拾701	「なき事を」
190	3拾858	「みな人の」
194	3拾895	「たらちねの」
198	6詞218	「くれなゐの」
202	1古703	「夏びきの」
206	1古508	「いで我を」
210	2後515	「おもひがは」
214	4後611	「おぼめくな」
218	3拾1166	「松がえの」

135	2後394	「かずしらず」
139	7千718	「あさまだき」
143	8新737	「ぬれてほす」
147	7千301	「てる月の」
151	1古692	「月夜よし」
155	1古203	「もみぢばの」
159	2後367	「秋ぎりの」
163	1古282	「おく山の」
167	1古421	「たむけには」
171	7千389	「いづみ川」
175	4後1118	「よにとよむ」
179	2後712	「くれはどり」
183	3拾976	「ほのかにも」
187	4後644	「あふみにか」
191	7千804	「そなれ木の」
195	8新1432	「はし鷹の」
199	7千955	「これをみよ」
203	3拾663	「たますだれ」
207	2後769	「つのくにの」
211	2後874	「ひきまゆの」
215	1古567	「君こふる」
219	3拾1168	「我のみや」

136	7千265	「たつたひめ」
140	8新1111	「ちらすなよ」
144	8新910	「しながどり」
148	8新383	「しきしまや」
152	7千509	「かり衣」
156	1古1027	「葦引の」
160	6詞123	「あふさかの」
164	4後364	「みなかみに」
168	4後1206	「もみぢばは」
172	8新556	「たかせ船」
176	5金275	「みづとりの」
180	3拾1210	「をとめごが」
184	5金395	「しまかぜに」
188	5金495	「つのくにの」
192	7千848	「まぶしさす」
196	7千789	「あさでほす」
200	8新1164	「あしの屋の」
204	5金514	「わがこひは」
208	1古502	「あはれてふ」
212	3拾679	「逢ふ事は」
216	3拾806	「まさしてふ」
220	5金305	「ちよふれど」

221	5金315	「おとたかき」
222	5金316	「くもりなき」
223	5金327	「きみがよは」
224	7千616	「ちはやぶる」
225	8新749	「すべらぎを」
226	8新756	「ときはなる」
227	3拾265	「がまふのの」
228	3拾266	「あさまだき」
229	3拾274	「声たかく」
230	3拾284	「おほぞらに」
231	2後1344	「君が世は」
232	5金341	「おきつしま」
233	7千479	「かへりこむ」
234	7千494	「をしへおく」
235	3拾353	「あまとぶや」
236	4後532	「あなしふく」
237	8新898	「いざこども」
238	8新972	「さすらふる」
239	1古829	「なく涙」
240	1古837	「さきだたぬ」
241	1古846	「草ふかき」
242	3拾1289	「わぎもこが」
243	3拾1320	「まきもくの」
244	3拾1294	「人なしし」
245	3拾1304	「なよ竹の」
246	3拾1337	「ごふつくす」
247	3拾1347	「ももくさに」
248	3拾1348	「霊山の」
249	3拾1349	「かびらゐに」
250	3拾1350	「しなてるや」
251	3拾1351	「いかるがや」
252	4後550	「なみだがは」
253	4後576	「わかれにし」
254	8新768	「かたみとて」
255	8新1987	「たれなりと」
256	8新1921	「のりのふね」
257	4後1164	「しろたへの」
258	4後1165	「いまよりは」
259	4後1166	「いなりやま」
260	4後1173	「あめのした」
261	7千1287	「もろ神の」
262	8新1854	「ふだらくの」
263	8新1865	「しら浪に」
264	8新1867	「とびかける」
265	8新1915	「河やしろ」
266	8新1872	「ちぎりありて」
267	8新1877	「宮ばしら」
268	8新1883	「神風や」
269	8新1886	「ちはやぶる」
270	8新1909	「たちのぼる」
271	3拾579	「みてぐらは」
272	3拾584	「わが駒は」
273	3拾585	「さいばりに」
274	3拾593	「ねぎかくる」
275	3拾619	「おほなむち」
276	8新1855	「夜やさむき」
277	5金582	「みかさ山」
278	1古1022	「いそのかみ」
279	1古1060	「そゐにとて」
280	1古1036	「かくれぬの」
281	1古1049	「もろこしの」
282	1古1056	「なげきこる」
283	7千1183	「ともしして」
284	7千1192	「したひくる」
285	5金574	「ひかげには」
286	3拾488	「そらの海に」
287	1古925	「きよたきの」
288	1古1097	「かひがねを」
289	3拾527	「あしひきの」
290	1古874	「玉だれの」
291	1古894	「おしてるや」
292	1古1094	「こよろぎの」
293	2後1219	「年ふれば」
294	3拾543	「みつせ河」
295	3拾491	「いにしへに」
296	7千1131	「あすしらぬ」
297	8新1588	「白波の」
298	8新1604	「みづのえの」
299	2後1175	「春やこし」
300	5金565	「のきばうつ」
301	2後1259	「今こむと」
302	2後1377	「けふそくを」
303	7千1180	「あやしくも」
304	4後932	「はるさめの」
305	4後1205	「君がかす」
306	4後288	「こよひこそ」
307	4後548	「そなはれし」
308	3拾1315	「さざなみの」

番号	巻	集・歌番号	初句
309	3	拾97	「家にきて」
310	4	後1080	「ととのへし」
311	1	古28	「ももちどり」
312	1	古29	「をちこちの」
313	1	古208	「わがかどに」
314	1	古474	「立帰り」
315	1	古544	「夏虫の」
316	1	古472	「白浪の」
317	1	古497	「秋の野の」
318	1	古653	「花すすき」
319	3	拾179	「いづこにも」
320	1	古904	「ちはやぶる」
321	1	古1074	「神がきの」
322	1	古343	「わが君は」

〈表2〉勅撰集所収歌

古今	春1	2	12	1011	22	45	32	349	33	590	36	95	37	109	38	111	39	85	40	102	46	395	47
	870	48	496	52	30	53	29	60	121	夏69	137	70	152	71	160	72	158	78	1013	秋100	175	112	1016
	113	1019	116	1107	118	223	122	366	125	204	126	772	128	208	130	761	131	216	137	1091	138	615	149
	882	150	1030	151	692	155	203	156	1027	161	269	163	282	167	421	169	1015	冬174	550	恋177	484	178	701
	185	732	202	703	206	508	208	502	215	567	雑239	829	240	837	241	846	278	1022	279	1060	280	1036	281
	1049	282	1056	287	925	288	1097	290	874	291	894	292	1094	311	28	312	29	313	208	314	474	315	544
	316	472	317	497	318	653	320	904	321	1074	322	343											
後撰	春2	1	9	48	20	697	26	41	41	85	42	123	57	139	61	72	62	66	夏66	162	73	159	89
	1088	90	903	91	216	秋96	231	97	241	98	234	104	374	111	343	135	394	159	367	恋179	712	181	916
	189	625	207	769	209	566	210	515	211	874	雑217	1378	231	1344	293	1219	299	1175	301	1259	302	1377	
拾遺	春7	483	10	11	13	531	23	29	25	1008	34	1038	夏65	92	74	116	92	134	秋93	141	102	1083	103
	1089	123	813	133	954	158	169	162	1120	冬173	260	恋180	1210	183	976	186	701	190	858	194	895	203	663
	212	679	213	872	216	806	雑218	1166	219	1168	227	265	228	266	229	274	230	284	235	353	242	1289	243
	1320	244	1294	245	1304	246	1337	247	1347	248	1348	249	1349	250	1350	251	1351	271	579	272	584	273	585
	274	593	275	619	286	488	289	527	294	543	295	491	308	1315	309	97	319	179					
後拾遺	春14	1150	15	33	18	149	30	136	43	110	49	1201	50	720	55	159	58	153	63	683	夏67	1108	68

	169	80	204	秋94	236	145	253	164	364	168	1206	冬175	1118	恋187	644	193	821	214	611	雑236	532	252	550
	253	576	257	1164	258	1165	259	1166	260	1173	304	932	305	1205	306	288	307	548	310	1080			
金葉	春11	12	59	85	64	92	夏75	111	81	146	秋146	188	165	245	冬176	275	恋184	395	188	495	197	360	204
	514	205	373	雑220	305	221	315	222	316	223	327	232	341	277	582	285	574	300	565				
詞花	春4	278	16	5	秋110	108	160	123	恋198	218													
千載	春6	9	24	26	29	618	51	1116	56	109	夏76	155	82	198	83	178	84	180	85	182	87	205	秋99
	236	115	268	129	795	132	308	136	265	139	718	147	301	152	509	153	981	154	1011	166	356	170	1026
	冬171	389	恋182	847	191	804	192	848	196	789	199	955	雑224	616	233	479	234	494	261	1287	283	1183	284
	1192	296	1131	303	1180																		
新古今	春3	8	5	708	8	1598	17	21	19	77	21	1012	27	71	28	72	31	103	35	759	44	151	45
	119	54	67	夏77	215	79	1044	86	1492	88	185	秋95	293	101	325	105	368	106	538	107	966	108	788
	109	1992	114	342	117	624	119	330	120	331	121	393	124	1347	127	343	134	1374	140	1111	141	1190	142
	924	143	737	144	910	148	383	157	754	冬172	556	恋195	1432	200	1164	201	1052	雑225	749	226	756	237	898
	238	972	254	768	255	1987	256	1921	262	1854	263	1865	264	1867	265	1915	266	1872	267	1877	268	1883	269
	1886	270	1909	276	1855	297	1588	298	1604														

自讃歌注　付百人一首

（図書番号〇二一・三五七－一）

『自讃歌』は、新古今歌人一七名（後鳥羽院・式子内親王・藤原良経・慈円・源通光・同通具・釈阿・俊成卿女・宮内卿・藤原有家・同定家・同家隆・同雅経・源具親・寂蓮・藤原秀能・西行）の各一〇首、計一七〇首の秀歌選で、撰者は未詳、

鎌倉中期頃の成立かとされる。しかし、成立後は後鳥羽院撰と考えられて『新古今集』の主要歌人の秀歌選として流布し、室町時代以降、数多くの注釈書が著された。龍谷大学蔵『自讃歌注』(以下、「龍大本」と略す)はそのような『自讃歌』の注釈書の一つで、木戸孝範による加注と考えられるものであり(以下、木戸孝範注『自讃歌注』について、特定の伝本に関係なく全般的に指示する場合は「孝範注」と略す)、常縁注、宗祇注、兼載注などと並んで優れた内容を持つ『自讃歌注』である。

木戸孝範は、主に関東で活躍した武家歌人。生没年ともに未詳だが、永享初年(一四二九)頃生、文亀二年(一五〇二)以降没。文安末・宝徳初頃(一四四八~五〇)、冷泉持為門弟として京都で活躍した木戸三郎実範(康富記)が孝範の初名かとされており、長禄二年(一四五八)以後堀越公方足利政知に従って伊豆に下向の後、孝範と改名。応仁元年(一四六七)頃には在京している。文明元年(一四六九)までに生涯の官途である従五位下三河守となる。後に堀越公方のもとを離れて太田道灌のもとに参じ、文明六年(一四七四)武州江戸歌合、同じ頃の太田道灌等歌合に出詠した。罷釣斎とも号す。(1)

右のように、孝範が冷泉家に学んでいることから、孝範注には冷泉流の注説が見られる。たとえば、「松体」「長高体」「有一節体」「抜群体」「見様体」「行雲体」「面白体」等『三五記』に見える歌体名の指摘もその一つである。しかし、冷泉流であるというだけではなく、『新古今集』の配列に基づく合理的な歌意の理解や、心敬に繋がるような思想性などもうかがわれ、室町期を代表するたいへん個性的で魅力的な注釈書となっているのである。(2)

さて、龍大本の書誌は次の通りである。

室町後期写。一冊。寸法は、縦二六・一センチ、横二二・一センチ。現表紙は、剝した原表紙と見返しを丁子色の厚紙に貼付したもの。原表紙は丁子色、無地。墨付五三丁。遊紙なし。料紙は薄手の楮紙。見返しも共紙。全体に薄い染み跡があり、水を被ったことがあるか。全体に判読に支障のない程度の若干の虫損がある。一面一四行。一首一行書。歌は注より一字下げで書写する。一～四五丁表に「自讃歌注」、四六丁表～五三丁表に「百人一首」を書写。「自讃歌注」「百人一首」・奥書は同筆で書写。ミセケチなどの傍記も同筆と思われる。「百人一首」は「自讃歌注」に比べて大きめの字で書写する。外題は「後鳥羽院自讃歌注」と白無地題簽（汚れ、虫損あり）に墨書。題簽の寸法は縦一一・三センチ、横二・七センチ。内題は「自讃哥注」。奥書は「此一本雖為秘本依所望書写畢／于時明応五年二月八日」とある。表表紙に請求番号他四枚のラベルを貼付。表表紙見返しに「写字台之蔵書」の朱長方印（縦七・九センチ、横四・七センチ）を捺す。

室町期の写本らしい縦横の寸法がそれほど違わない紙形で、書写時期は奥書に記す明応五年（一四九六）をそれほどは下らないと思われる。明応五年は孝範の在生時に当たるが、以下に記すように、孝範自身の書写である可能性はなく、少なくとも孝範自筆原本から二度目の転写本であると思われる。また、百人一首を合写しているのは、孝範が関与した百人一首注の存在が指摘されているところから興味深い[3]。

現在、孝範注は次に挙げた、①～⑩の一〇本が確認されている[4]。黒川昌享・王淑英編『自讃歌古注十種集成』（桜楓社、一九八七年、以下『十種集成』と略す）の分類を参照して、Ⅰ類（増補・省略のない系統）・Ⅱ類（増補本系統）・Ⅲ類（略本系統）に分け[5]、奥書を挙げて若干のコメントを付した。龍大本はⅠ類③に位置させた。

【Ⅰ類】

①書陵部蔵延岡内藤家旧蔵『自讃歌注』（152―420）。写一冊。文明八年（一四七六）一二月二五日奥書本を永正一五年（一五一八）五月上旬に慈運法親王が書写。文明八年奥書は、⑤⑩にも存するが、孝範注の中では最も早い

奥書年次であり、孝範注Ⅰ類本が少なくとも文明八年には著されていたことが知られる。杉本まゆ子によって紹介され、本文は龍大本に近いことが指摘された。(6)

〈奥書〉

此一帖依或人之懇望難黙止不顧後勘之

嘲哢所加僻案之詞也特亦凌厳寒之間烏

篆比興〻〻旁不可及外見者也

文明八年丙申残臘廿五日

諫議中郎将藤原朝臣　判

永正十五年仲夏上旬之候依小童之

御所望不顧悪筆染禿毫訖

竹裏老翁（花押）

②大東急記念文庫蔵『自讃歌注釈』（41-18-3035）写一冊。室町末写。明応二年（一四九三）九月一六日、偃月老人（河内入道宗高）所持本を書写した旨の奥書あり。(7)

〈奥書〉

此一冊藤原孝範於関東東(ママ)注釈之云々

以偃月老人本令書写畢

明応弐年菊月既望

③龍谷大学図書館蔵『自讃歌注』（021-357-1）写一冊。前掲。

【Ⅱ類】

④三手文庫蔵『自讃歌之注』（哥・陸・318）写一冊。奥書なし。『十種集成』に翻刻あり。序文を有する。

⑤内山逸峰自筆本『自讃歌』写一冊。綿抜豊昭『近世越中　和歌・連歌作者とその周辺』（桂書房、一九九八年）に翻刻あり。同書によると、内山逸峰写。逸峰は安永九年（一七八〇）没。①の文明八年奥書（「此一帖～諫議中郎将藤原朝臣　判」）を持つ。奥書から①の末流写本と思われるが、所々「或註」を増補するのでⅡ類とした。

⑥神宮文庫蔵『自讃和歌』（三・711）写一冊。『後鳥羽院御百首』他と合綴。増補・頭書あり。奥書なし。「天明四年甲辰八月吉旦奉納／皇太神宮林崎文庫以期不朽／京都勤思堂村井古巌敬義拜」の印あり。

⑦小林強氏蔵『自讃歌鈔』明和三年（一七六六）写一冊。増補・頭書あり。外題は「自讃歌鈔／逍遙飛鳥井宗祇□註光屋註」（題簽、破れアリ）。序文を有し、序文に加注する。

〈奥書〉

本云　右此本依有暦年望以誓文血判申
　　請取也可秘〻〻穴賢〻〻
明暦二丙申歳極月中旬書写畢
この本なかにし氏のふよしのよすかをもて
ゆたかなる文の又の年八月にうつし校合畢
　右之本者予同氏光屋法名亮経書写ノ本ヲ以テ写
　頭書等愚意不決をハ皆除之是光屋私考等
　有故也

元禄十二己卯年仲冬末旬以光屋之本書写之
釣寂子

右之本父度会光昱書を以校合畢ぬ
明和三年丙戌十一月下旬
度会忠品（花押）

【Ⅲ類】

⑧冷泉家蔵『自讃哥伝』。為広の明応七年（一四九八）詠草に合綴。冷泉家時雨亭叢書『為広詠草集』（朝日新聞社、一九九四年）に冒頭と末尾のみ影印。外題は「明応七年詠草付自讃哥　為広」（為広自筆外題）。内題は「自讃哥伝」。⑨の親本。為広筆か。本書により、明応七年頃には孝範注略本が成立していたことが知られる。また孝範注が冷泉家に蔵されていたことが明確となったことは重要で、しかも「末代重宝」としながらも注作者を「有子細」として明示しなかったこと（奥書）が注意される。注作者が孝範であることが②奥書からしか分からない理由は、この辺りにあるとも思われる。

〈奥書〉

此本末代重宝也暮〻可秘〳〵
注作者依有子細此本にも
是を被略者也

⑨書陵部蔵『自讃歌注』（特85）写一冊。霊元院宸筆本。⑧を親本として正確に書写。

⑩書陵部蔵『自讃和歌註』（鷹466）写一冊。文明八年奥書本（①等）を基に簡略化したか。ただし、文明八年奥書の

「文明八年丙申残臘廿五日」の部分を脱。また、天文一二年（一五四三）一二月上旬の奥書、嘉永六年（一八五三）一二月下旬の書写奥書がある。

〈奥書〉

本云
此一帖依或人之懇望難黙止不顧後勘之嘲弄
不加僻案詞也将又凌厳寒之三字不見比興云々旁不
可及外見者哉

諫議中郎将藤原朝臣判

天文第十二暦十二月上旬　（34ウ）

忠順卿家蔵令新写

嘉永六年十二月下旬　（花押）　（35オ）

右の一〇本のうち、②の奥書に「此一冊藤原孝範於関東東(ママ)注釈之云々」とあることから、当該自讃歌注の加注者が木戸孝範であり、成立したのは関東においてであると推定されている。

Ⅰ類とした①～③はいずれも室町期写とされる写本であり、孝範注原本の面影を留めているものと考えられる。①～③の奥書から、孝範存生時の、文明八年・明応二年・明応五年、少なくとも三度にわたって孝範注は書写されている。また、Ⅲ類⑧は孝範存生時にすでに略本が制作されていた可能性が高いことを示す（それが孝範の手によるものか否かは不明）。また、略本の親本については、⑧⑨はⅠ類のどの本に拠ったか不明だが、⑩は①系統の本に拠ったものと思われる。Ⅱ類はⅠ類本に増補が加えられたものだが、④⑤は基本的にⅠ類の本文そのものに若干の増補が加えられているに過ぎない。⑥⑦は頭書他かなりの増補が見られ、江戸期においてなされたことが明らかな増補を多数含む。
右のように、龍大本は原本の面影を保つと考えられるI類三本のうちの一本として重要な伝本であるといえよう。
龍大本が孝範存生中の奥書年次を有しながらも転写本であると明らかに知られるのは、次の例からである。

此哥無注
冬のよのね覚ならひし槙の屋の時雨の上にあられふる也　（15オ2行）

右の通具歌は、肩に「此哥無注」と記し、実際に注文を欠く（前述のように、肩注はおそらく本文と同筆である）。しかし、孝範注諸本はすべて左のような注文を有している（龍大本に本文が近いと指摘されているI類①によって掲示）。

よな〳〵の空、めさま吹(ママ)たひに聞は、槙のやの時雨さひしかりしも、いさゝかならふ心のありつるに、俄に音ふりかへたる霰こそたへかたけれとよめり。

これをどう考えるかであるが、右のような無注の例が龍大本において他にも見られるようならば、龍大本が草稿本的性格を有していたとも考えられるが、諸本との異同状況からはそのようには思われない。おそらく、龍大本の親本段階ではすでに右の注文の欠脱が生じており、龍大本書写者がそれに気づいて肩注を付したものであろう（もちろん、親本にすでに注文の欠脱と肩注が存した可能性もある）。つまり、親本はすでに孝範注原本の転写本であったということとなる。

孝範筆本（原本）→某写（57番歌注欠脱）→明応五年二月八日某写（龍大本）

もちろん、「孝範筆本」と「某写」の間にもう何段階かの転写があった可能性もある。
次に、龍大本に七〇箇所以上存するミセケチ・補入・重書について記しておく。それらの傍記も本文と同筆と思われるが、本行本文書写時に誤写を犯して訂した場合と、全冊書写後に親本と校合して訂した場合とがあると思われる。

前者の例としては次のような箇所がある（以下、重書で訂した字は□を付した）。

ちり初てい（と）く散……何かの字の一画目を書いてミセケチを施し、「と」を書いた。（5オ4行）

かやう[の]（の）心もち……「に」の一画目を書いて誤りに気づき、重書で「の」に修正するが、結局ミセケチして「の」を右に傍記。（7ウ10行）

後者の例は甚だ多いが、次のような箇所がある。

給し（ひ）ける（1オ7行）

物○（の）あはれを（1ウ7行）

この○（御）哥を（1ウ10行）

ほとり○（うち）時雨て（1ウ12行）

詞（や）の忘れ（3オ6行）

春日山宮このたつみ（南）（8オ11行）

ひとりやねなむ（あかさ）となり（25ウ1行）

空行月の末の里人（しら雲）（31オ4行）

風もさむかりき身はな[ら]はしの……「し」に「ら」を重書。（39ウ6行）

右のうち、8オ11行・31オ4行等の例は和歌の一部であるが、親本が「たつみ」であったのを「南」とする異本と校合した、あるいは親本が「里人」であったのを「しら雲」とする異本と校合した注記とも見えるが、孝範注諸本の校異からはそうは考えられず、やはり龍大本書写者が親本との校合の際に気づいて訂正したものと思われる。

なお、正しく書写していながら誤って訂正した例もある。

かは○（か）りはてたる後は　（20ウ14行）

右の例は、「かはりはてたる後は」が正しいことが諸本によっても確認されるので、龍大本書写者が誤認したものといえよう。

また次のような目移りによると見られる脱文がある。

和哥の浦や沖つ塩あひに浮み出る哀我身のよるへしらせよ　（31オ・31ウ）

わたつ海のおきつしほあひにうかふあわの消ぬ物からよる方もなしといへる本哥をとれり、当御宇此道の中興としてたつさはれるともから寵美あつからすと云事[を]いへり、磯のなみわけ沖に出にけりといへるも御前に出たるをいへり……

注文「云事[を]」の「[を]」は、「也」の上に「を」を重書している。右の箇所は、書陵部本①では次のようになっている（〈　〉は龍大本の脱文箇所）。

和哥のうらやおきつしほあひにうかひ出る哀わか身のよるへしらせよ

わたつ海の沖つ塩あひにうかふあわのきえぬ物からよる方もなしと云へる本哥をとれり、当御宇此道の中興としてたつさわれるともから窮（ママ）賞にあつからすと云事〈なし、されは沖津しほあひにうかひいつるとなり、沖とは公宴の事〉を云へり、磯の波分沖に出にけりと云へるも御前に出たるをいへり、……

すなわち、「事なし」と「事をいへり」との目移りによって脱文が生じたものと思われる。

右のように、龍大本に存するミセケチ・補入・重書は基本的に慌ただしく書写したことによって生じたもので、[8] 異本校合によって記された例や訂された例はほとんどないものと思われる。つまり、ミセケチ・補入・重書によって龍大本の親本の姿がある程度保存されているのだと思われる。

ただし、異本注記が全くない訳ではなく、次の二箇所に見られる。(9)

下紅葉うつろひ行は玉ほこの道の山風（秋イ）寒く吹らし　（41オ14行）

も塩やく海士の磯屋の夕煙たつ名もくるし思消（たえイ）なて　（41ウ12行）

また、46オ以下に書写される百人一首にも次の一箇所に見られる。

あ（同）ふことのたへ（えイ）てしなくは中〳〵に人をも身をも恨さらまし　（49オ5行）

親本にすでに異本注記が存したかどうかは不明だが、いずれも和歌に付されていることから、他の孝範注伝本を参照したのではなく、何らかの歌集と校合したことによる異本注記であろう。なお、「イ」とは記さないので、レベルは異なるが、何らかの歌集かあるいは他の孝範注伝本を参照した可能性がある箇所として左記の注本文の例がある。

たえてつれ（ね）なき君か心かといへる……書陵部本①は「つねなき」とする。　（29オ11行）

龍大本は書陵部本①と近い本文を持つと指摘されているが、龍大本と書陵部本①とで本文が異なる例も右のようにそれなりに存する。右に挙げた29オの例では、家隆の被注歌「桜花夢かうつゝかしら雲の絶てつれなき嶺の春風」(29オ8行)の第四句は書陵部本①「たえてつねなき」であり、また例えば、

なき人のかたみの雲や時○（雨）るらん夕の雨に色は見えねと　（3オ1行）

の第三句は書陵部本①「しほるらん」である。いずれも『新古今集』においても異同がある箇所である。このように、龍大本と書陵部本①という同系統の伝本においても異同が存し、今後、本文全体が紹介されていない大東急本②を含めてⅠ類三本の本文の校合が孝範注原本の姿を見定めるために必要となるかと思われる。

以上のように、龍大本は室町期写の孝範注伝本の一本として、大変重要な位置を占めるものといえるのである。

最後に、写真では分かりづらい箇所について記しておく。

つらからし（「し」をミセケチし右に「ん」を書くが、「ん」は擦り消ちか）　（6オ1行）

我□聞しには（□は虫損。字が存するか否か不明。書陵部本①は「われ〳〵聞しは」とする）　（12オ14行）

たのむれぬ（「む」に虫損あり。「む」をミセケチして右に「ま」を記す）　（13オ14行）

さ夜深行まゝに（「て」の上に「行」を重書し、ミセケチして右に「行」と記す）　（34ウ1行）

（1）小川剛生『武士はなぜ歌を詠むか』（角川学芸出版　二〇〇八年）参照。

（2）孝範注の加注内容については、赤瀬信吾「木戸孝範『自讃歌注』の分岐」（国語国文第五五巻一〇号、一九八六年）、黒川昌享・王淑英編『自讃歌古注十種集成』（桜楓社、一九八七年）、安井重雄「木戸孝範『自讃歌注』加注の視点――「感情をしる」――」（『神女大国文』第七号、一九九六年）参照。

（3）『米沢本百人一首抄　解読と注釈』（米沢古文書研究会、一九七六年）、『百人一首頼常聞書・百人一首経厚抄・百人一首聞書（天理本・京大本）』（和泉書院、一九九五年）参照。

（4）孝範注の諸本については、石川常彦編『月花集拾遺　温泉寺本自讃歌注』（和泉書院、一九八一年）、黒川昌享・王淑英編『自讃歌古注十種集成』（桜楓社、一九八七年）、「『自讃歌孝範注』輪読（一）～（十四）」自讃歌孝範注研究会（（一）～（五）＝中世文芸論稿一二～一六、一九八九～一九九三年、（六）～（十四）＝自讃歌注研究会会誌一～九、一九九三～二〇〇一年）、杉本まゆ子『自讃歌注　孝範注』（『書陵部紀要』五四、二〇〇二年）参照。

（5）『十種集成』は、その時点で判明していた孝範注六本を、一類（増補・簡略化の基本的にない系統）、二類（略本系統）、三類（増補本系統）、と分類する。現在では、孝範注一〇本の存在が報告されており、また注（4）に掲げた「『自讃歌孝範注』輪読（一）～（十四）」の校合の成果も受けて、本解説では、名称をⅠ類・Ⅱ類・Ⅲ類と改めて、Ⅱ類（増補本系統）、Ⅲ類（略本系統）とした。Ⅱ類④は『十種集成』では一類とされたが、①②③の三本と比較すると若干の増補が見られるので、同じく若干の増補を有する⑤とともにⅡ類とした。なお、①③⑦⑨⑩は実見したが、②は『十種集成』「孝範注校異」に、⑤は翻刻に、⑧は冷泉家時雨亭叢書解題の情報に、④⑥は国文学研究資料館蔵紙焼写真等によって調査した。

(6) 注(4)杉本論文参照。

(7) 井上宗雄「大東急記念文庫蔵　自讃歌注釈・和歌十躰(毎月抄)について」(『かがみ』第一二号、一九六八年)、同『中世歌壇史の研究　室町後期』(改訂新版　明治書院、一九八七年)参照。

(8) 龍大本には書写の際に生じたと思われる墨汚れが散見する。これも慌ただしく書写したためかと思われる。

(9) 龍大本の二箇所の異本注記は、書陵部本①ではいずれの箇所も龍大本の本行本文と一致する。

(安井重雄)

九代抄

(図書番号〇二一－三四一－一)

龍谷大学図書館蔵『九代抄』は、列帖装一帖。原表紙は失われていて、現在の表紙は鳥の子紙(少々破損)。縦二二・五センチ×横一七・五センチ。外題は左肩に打付書で「九代抄」とある。なお、一一三丁と一一四丁との間に、縦一二・七センチ×横二・六センチの題簽とおぼしき朽ち葉色の小片が綴じられている。巻首部分が欠損しているので内題は不明であるが、恋部の前には「九代抄下」とある。原裏表紙も失われており、本文の後には順に、遊紙五丁、原裏表紙の見返しと思われる金散らし雲母切箔が施された料紙、遊紙二丁が続いているが、綴じ誤りがあるのではないかと思われる。室町後期写。料紙は鳥の子。墨付一二三丁。一面一一行、一首一行書。集付が朱書、部立名と歌題が墨書されている。

次に、歌数について述べる。巻首から一三〇(一)番歌の作者名「藤原成宗」まで一二九首が欠けており、本書の第一首目は一三〇(一)番歌「花なれやと山の春の朝ほらけ嵐にかほるみねの白雲」である。さらに、一四一番歌「さもこそは春は桜の色ならめうつりやすくもゆく月日かな」（作者名「内大臣」は存す）から一五二（一一二）番歌「久堅の天の岩戸の昔よりあくれはかすむ春はきにけり」の作者名「参議雅経」まで、おそらく一丁分の一一首が欠けている。他に、夏部一七八番「み山いてゝよはにやきつる時鳥暁かけてこゑのきこゆる（平兼盛）」、秋部四五五番「妻こふる鹿のたちとを尋ぬれはさ山かすそに秋風そ吹（匡房）」、恋部八三〇番「よそにのみみてやゝみなんかつらきや高まの山のみねの白雲（よみ人しらす）」も欠けており、総歌数一三五七首である。なお、冬部五九三（四五一）番歌は「楸おふる川辺の」以下が記されておらず、恋部九〇二（七五八）番歌「君にあはんその日をいつと松の木の苔のみたれて物をこそおもへ」は、九〇一（七五九）番の作者名「読人しらず」の上の余白に小字で補入されている。また、冬部には歌順の乱れがあり、六七〇（五二八）番「磯上ふるのゝを篠霜をへて一夜はかりにのこる年哉（摂政太政大臣）」の次が六七三（五二九）番「石はしるはつ瀬の川の浪枕はやくもとしの暮にけるかな（後徳大寺左大臣）」・六七二（五三〇）番「いそかれぬとしの暮こそ哀なれ昔はよそに聞し春かは（入道左大臣）」・六七四（五三一）番「老のなみ越ける身こそ哀なれことしも今はすゑの松山（寂蓮）」・六七一（五三二）番「朝ことのあか井の水に年暮て我世の程のくまれぬるかな（律師隆聖）」の順となっているが、これは後述する第三類本の特徴である。

奥書は次の通りである。

右一冊従後撰集至続後撰集拾遮眼
銘肝之作書者一千五百首号九代抄也
送春鐘尽秋漏而閑窓勤之専為老
懶之難堪博覧又思童蒙之不及深

求耳

文亀第三暦孟冬上旬弄花軒肖柏

『九代抄』は、前掲の奥書に記されている如く、文亀三年（一五〇三）に連歌師の肖柏が、後撰集より続後撰集に至る九代の勅撰和歌集から一五〇〇首の秀歌を抄出したものである。肖柏が『九代抄』を抄出した理由として片山亨は、(2)肖柏が文亀元年に連歌新式の改定増補を行っていることと、これについての木藤才蔵の「後撰集から続後撰集までの歌を抜き書きしたのは肖柏改定の連歌新式本歌取事に『但〈至続後撰集可用本歌之由又被定〉』と注記されているのと関連があり、この頃には古今集から続後撰集に至る十代集の歌を本歌として取ることができることになっていたからだと思う。ただし、この抄が九代抄であって十代抄でないのは、古今集だけを別格扱いしたからであろう(3)」という指摘を挙げている。

片山によると、『九代抄』の諸本は同一祖本から派生したものであるが、奥書署名の異同、欠歌番号、歌順の異同等から、諸本は左記の如く三類に分けられる(4)。

第一類本に属するのは室町期写の内閣文庫本（函架番号・和二〇〇―九七）である。本書には、秋部四六三番「みよしの丶山の秋風さよふけてふるさと寒く衣うつ也」、冬部六七五番「久方の月すみわたるこからしにしくる丶雨は木葉成けり」、恋部七二七番「あしひきの山鳥のおのしたりおのなか〳〵し夜を独かもねん」・七四四番「たらちねの親のいさめしうた丶ねは物思ふときのわさにそ有ける」・八二五番「なけ丶とて月やは物をおもはするかこちかほなる我涙哉」、雑部一〇四九番「都にて吹上の浜を人とは丶けふみるはかりいか丶こ（か）たえ（ら）ん」から一〇六〇番「捨はてんと思ふさへこそ悲しけれ君に馴にし我身と思へは」まで、計一七首の欠歌があるが、「奥書に云う一冊本の形体を有し、集付や部立注記を持たない、現存本最古の書写本として原本の俤をとどめている」[5]とされる伝本である。奥書署名は「夢庵老」。

第二類本は、甲南女子大学図書館本(室町期写)、大東急記念文庫本(江戸期写)、太田武夫氏蔵本(江戸期写)である。奥書署名は「夢庵拙子」。そのうち室町期古本の甲南女子大学図書館本(伝姉小路済継筆)は冬部六一八番「山里の風すさましき夕くれにこのはみたれて物そかなしき」の一首のみが欠けているが、「集付・部立名歌題注記は一切なく原本の俤をとどめている」[6]とされる。

第三類本はさらに下位分類されており、A東洋文庫岩崎本(室町期写)、後藤重郎氏蔵本(室町期写)、龍谷大学図書館本(室町期写)、宮内庁書陵部本(室町期写)、岩国徴古館吉川家本(江戸期写)、B高松宮本(江戸期写)、神宮文庫本(江戸期写)、C北野神社本(江戸期写)である。第三類本の特徴は「弄花軒肖柏」の奥書署名や既述の歌順の乱れの他、伝本による異同はあるものの、集付や部立名・歌題注記が付されていることである。

さて、『九代抄』の中には数少ないが注を付された本がある。『九代集抄』『九代抄』と称される二種類の聞書注釈で、これらは別本ではあるものの密接な関係にあるとされる。[7]この室町時代後期に成立した二種類の注釈書が依拠した『九代抄』が第三類本の完本であると考えられている。東洋文庫本は、春部七八番「みよし野は山も霞て白雪のふりにし里に春はきにけり(摂政太政大臣)」、夏部一七八番「深山出て夜半にやきつる郭公暁かけてこゑのきこゆる(平兼盛)」、秋部四五五番「妻こふる鹿のたちとを尋れはさやまかすそに秋風そ吹(匡房)」、冬部五九三番「楸生るさはへのあさち冬くれはひはりのとこそあらはれにける(好忠)」、恋部八三〇番「よそにのみ見てや〻みなんかつらきやたかまの山のみねのしら雲(よみ人しらす)」の五首が小字で書き入れられているものの、『九代抄』諸本中唯一の欠歌のない完本である。片山は「『九代集抄』の依拠した『九代抄』は東洋文庫本のごとき完本であったと思われる」[8]と述べている。なお、東洋文庫本に小字補入されている五首について龍谷大学図書館本を見てみると、七八番は巻首欠歌部に相当するので除外するとして、上述の如く一七八番・四五五番・八三〇番が欠けていて、五九三（四五一）番が二句の途中までしか書かれていないというように、龍谷大学図書館本は東洋文庫本と極めて近い関係にあることがうかがわれる。

また、第三類本にみられる集付や部立名・歌題注記は『九代集抄』との深い関係を示すものである。第三類本のうち集付を朱で記しているのは、東洋文庫本と龍谷大学図書館本である。片山は「おそらく『九代抄』はもと集付や部立名・歌題注記をもたない形であったと思われ、第三類本に至って加えられたとおぼしく、第三類本古本である竜谷大学図書館本（室町中期写）や東洋文庫本が集付を朱書し、部立名・歌題注記を墨書しているのはその原初形態を示していると思われる」[9]と述べ、『九代集抄』の三伝本（甲南女子大学図書館本（赤木文庫旧蔵本）、島原・松平文庫本、太田武夫氏蔵本）と第三類本の東洋文庫本について部立名・歌題注記の所在状況を表にして次のように考察している。すなわち、第三類本東洋文庫本は雑部にのみ部立名・歌題が注記されているが、これらは勅撰集詞書にみえるものである。『九代集抄』には雑部に加えて、さらに春部より恋部にわたって五〇例[10]の歌題が注記されている。これらの歌題のうち勅撰集詞書によるものは八例で、それ以外の歌題は「歌の内容から恣意によって付されたもの」で、「従って『九代集抄』の部立名・歌題注記が第三類本に影響を与えたと考えるよりも、『九代集抄』が雑部の部立名・歌題注記を踏襲し、さらに四季・恋部にも歌題注記を付したものとみるのが妥当であろう」と推論し、「『九代集抄』の底本となった『九代抄』がどの系統本であったか明確ではないが、第三類本と極めて関連深いものであった」と結論づけている。

さて龍谷大学図書館本の部立名・歌題注記について、片山の作成した表で東洋文庫本と比較調査してみると、五箇所の異同がある。

一箇所は部立名の付された歌が異なっている。東洋文庫本では一〇一九番（拾遺一一九五）「こぬ人をしたに待つ、久かたの月を哀といはぬ夜そなき」に「雑恋」と付されているが、龍谷大学図書館本では一〇二一（八七八）番（拾遺一二一〇）「乙女子が袖ふる山のみつかきの久しき代よりおもひそめてき」に「雑恋」と付されている。拾遺集をみると一〇一九番は「雑賀」部、一〇二一番が「雑恋」部で、龍谷大学図書館本の方が正しい部立名である。ただ、『九代集抄』の三伝本も東洋文庫本と同様なので、東洋文庫本には第三類本の原初形態が残っていて、龍谷大学図書館本は整備されていると考えられよう。

残る四箇所の異同は龍谷大学図書館本に部立名・歌題注記が欠けているというものであるが、その歌は一一五五（一〇一二）番「椎柴の露けき袖は七夕もかさぬにつけて哀とやみん」、一二七三（一一三〇）番「年くれしなみたのつら、とけにけり苔の袖にも春や立らん」、一四一四（一二七一）番「今日そみる玉の台のさくら花のとけき春にあまるにほひを」、一四一七（一二七四）番「いさやこらかしゐのかたに白妙の袖さへぬれて朝なつみてん」である。一二七三番は『九代集抄』の三伝本にも部立名が付されているので、龍谷大学図書館本の付載漏れのように思われる。それに対して、一一五五番、一四一四番、一四一七番については、『九代集抄』の三伝本にも部立名・歌題注記が付されていないので、龍谷大学図書館本の方に第三類本の原初形態が残っているのではないかと考えられる。

部立名・歌題注記については、『九代集抄』の伝本間においても付載に出入りが認められ、また、東洋文庫本・龍谷大学図書館本には付載されているのに『九代集抄』には付されていない歌、逆に東洋文庫本・龍谷大学図書館本には付載されていないのに『九代集抄』には付されている歌もあり、複雑である。部立名・歌題注記は追補しやすい性質のものであるが、それを見極め第三類本や『九代集抄』の原初形態を探究するためには、東洋文庫本に加えて龍谷大学図書館本も有用だと思われる。

このようにみてくると、龍谷大学図書館本は、巻首などに欠歌があるとはいえ、『九代抄』の数少ない室町期写本で、また『九代集抄』『九代抄』と称される二種類の『九代抄』注釈書が依拠した第三類本古本として、さらに上述の部立名・歌題注記が示すように、第三類本の最も整備されたものとされる東洋文庫本を補う伝本として重要な位置を占めるといえよう。

(1) 歌番号は、片山享・近藤美奈子編『九代集抄 乾』(古典文庫第四三五冊、一九八二年)、同『九代集抄 坤』(古典文庫第四三七冊、一九八三年)によるが、龍谷大学図書館本の通し番号を括弧内にゴシック数字で示す。なお、龍谷大学図書館本および他本に欠けている歌も前掲書によって示す。

(2) 片山享「『九代抄』について」(『甲南国文』第二八号、一九八一年)。同「『九代集抄』解説」(『九代集抄 乾』、古典文庫第四三五冊、一九八二年)。

(3) 木藤才蔵『連歌史論考下』(明治書院、一九七三年)五五〇頁。

(4) 注(2)に同じ。

(5) 注(2)片山享「『九代抄』について」。

(6) 注(5)に同じ。

(7) 片山享「『九代抄』注本について」(『甲南国文』第二九号、一九八二年)。同「『九代抄』解説」(古典文庫第四四〇冊、一九八三年)。

(8) 注(5)に同じ。

(9) 注(2)片山享「『九代集抄』解説」。

(10) 数字は筆者が表を数えたものである。

(近藤美奈子)

刊行の辞

龍谷大学図書館には、数多くの貴重書が収蔵されている。これらの資料は本学創設以来の永い伝統と多くの諸先学の努力によるものであって、研究資料としての価値は高く評価されている。これらの貴重書については、かねて国内外の諸学者より、広く公開することによって、斯学の進展に寄与することが望まれていた。

このたび、龍谷大学はその要望に応えて、また、資料の保存と利用の両面より勘案し、これらの貴重書を複製本として、それに研究と解説を付し、逐次刊行することを計画、ようやく実現の運びとなった。この計画は非常に膨大なものであるが、学界にはまことに意義深いものであると信ずる。

わが仏教文化研究所は、龍谷大学図書館より、昭和五十一年にこの研究と編集についての依頼をうけた。そこで当研究所では指定研究第一部門として、真宗、仏教、真宗史、東洋史、国文の五部門を設け、それぞれに学外からも専門研究者に客員研究員として応援を求め、国内外の関係諸資料の照合をふくめた研究を進めて来た。

爾来五ヶ年を閲して、その研究成果を年々刊行しうる事となったが、その間において研究と編集に従事された方々の尽力を深く多とすると共に、この出版が各分野の研究の進展に大きく貢献しうることを念願している。

本叢書が出版されるについて、題字をご染筆頂いた本願寺派前門主大谷光照師をはじめ、本学関係者の各般にわたってのご支援、さらに印刷出版をお引受け頂いた各出版社のご協力に厚く御礼申上げる次第である。

昭和五十五年三月二十七日

龍谷大学仏教文化研究所長

武内紹晃